LE CERCLE DES COUTURIÈRES

ANA LENA RIVERA

Traduit de l'espagnol
par Justine Aerts

City
Roman

Retrouvez tous les titres City Editions :

www.city-editions.com

Publié pour la première fois en Espagne sous le titre *Las Herederas de la Singer* par Penguin Random House Grupo Editorial, S. A. U.
Les droits de ce livre sont représentés par Bookbank Literary Agency (www.bookbank.es).
Photo de couverture : © Mary Wethey / Trevillion Images
ISBN : 978-2-8246-2702-1
Code Hachette : 32 8498 7

Collection dirigée par Christian English & Frédéric Thibaud
Catalogue et manuscrits : city-editions.com

Dépôt légal : Novembre 2025

À mon père, qui, de là où il est, me voit et sourit.
À mes grands-parents, qui vivent dans mes souvenirs, même s'ils étaient déjà partis quand je suis arrivée.
À ma tante Anita, qui laisse un vide énorme en tête de file. Ce sont les âmes de cette histoire.

« Pour voyager loin, il n'y a pas
de meilleur navire qu'un livre. »

EMILY DICKINSON

Note de l'auteure

Aujourd'hui, je vous présente *Le Cercle des couturières*, quatre générations de femmes nées à quatre époques différentes du vingtième siècle, dont les vies contiennent l'histoire de milliers de personnes réelles. Cachées entre ces pages, vous trouverez des expériences qui sont si vraies et proches de nous qu'elles résonnent dans notre cœur et dans notre mémoire comme si c'étaient les nôtres.

Une Singer, identique ou similaire à celle avec laquelle nos mères et nos grands-mères ont cousu pendant des heures et des heures, tisse leurs histoires. Cette vieille machine à coudre se transmet de l'une à l'autre, accompagnée des blessures et des réussites de chacune de ses propriétaires. L'instrument se trouvait dans tous les foyers et conserve aujourd'hui la magie du souvenir, car il suffit de le regarder pour entendre distinctement le cliquetis inlassable de la pédale et redevenir les petits enfants que nous étions, avec ces robes en nid d'abeille ou ces pantalons courts qui laissaient apparaître nos genoux pleins d'égratignures.

Nous ne vivons pas seulement nos vies, mais nous héritons des victoires et des défaites de nos parents, qui les ont eux-mêmes héritées des leurs. Nous les faisons nôtres, sans nous en rendre compte, et, après avoir livré nos propres batailles, nous transmettons le résultat à la génération suivante. Alors quand, comme les protagonistes de ce roman, nous voyons nos enfants, nos petits-enfants et nos arrière-petits-enfants surmonter ce que nous n'avons pas pu, nous savons que rien n'a été vain, que ce que nous avons vécu s'additionne, que nous sommes tous unis et que ce que nous laissons derrière nous est aussi important que ce que nous emportons.

J'espère qu'avec ces femmes, vous revivrez votre histoire, celle des vôtres, et qu'ensemble, nous rendrons leur héritage inoubliable.

Ana Lena

1

Ana, 2019

Le premier souvenir de la vieille Singer qui me vient à l'esprit remonte au jour de la mort de Franco. Je me levai plus tôt que d'habitude à cause de l'agitation qui régnait dans notre petit appartement de la banlieue d'Oviedo, mais je n'allai pas à l'école. Mon père ne partit pas travailler non plus. Je le vois encore clairement dans ma mémoire, en train de fumer un cigare devant la télévision. Il s'était versé un verre de cognac, comme celui qu'il avait l'habitude de boire le dimanche après le dîner. La radio était allumée dans la pièce de couture, où je me trouvais avec ma mère et ma grand-mère Aurora. Nous étions seules, toutes les trois, parce que les apprenties couturières ne s'étaient pas présentées ce jour-là.

Ma mère était nerveuse et de mauvaise humeur.

— Cet homme va nous attirer des ennuis. Comment peut-on avoir une idée pareille ? Les cigares puent tellement, l'entendis-je dire par-dessus le cliquetis doux et rythmé de la machine à coudre de ma grand-mère, qui devait rendre les voisins fous.

Elles avaient quatre robes à livrer pour un mariage huppé qui aurait lieu à l'hôtel Reconquista, véritable icône de l'élégance à Oviedo puisqu'il s'agissait du seul palace cinq étoiles de la ville. En plein mois de décembre.

Le père de la future mariée était atteint d'un cancer et ils craignaient qu'il ne puisse pas être présent s'ils attendaient l'été. Le premier essayage avait été convenu pour quatre jours plus tard.

— Si Franco est vraiment mort, comment vont-ils pouvoir célébrer le mariage le mois prochain ? murmura ma mère à mi-voix tout en brodant une ceinture en tulle sur la robe de la demoiselle d'honneur.

Ma grand-mère continuait d'appuyer sur la pédale de la Singer, qui devait avoir près d'un siècle à l'époque. La Singer, pas ma grand-mère, qui n'en avait qu'un demi.

Pendant ce temps, assise sur le plancher en bois qui craquait au moindre mouvement, ignorant tout de l'émoi qui touchait le pays, je me débattais avec du fil et une aiguille, essayant de faire des points réguliers dans un morceau de toile de jute. Le dé à coudre pour enfant que ma mère m'obligeait à mettre m'ennuyait. Je l'enlevais toujours lorsqu'elle avait le dos tourné, mais ce matin-là, je ne l'entendis pas prononcer les mots magiques qui avaient le pouvoir de remettre le petit cylindre métallique en nid d'abeille sur mon majeur : « Couturière sans dé, coud peu et coud mal. »

À dix heures, la machine à coudre se tut, ma grand-mère regarda la radio et ma mère ferma les yeux pour écouter Arias Navarro, qui, la voix entrecoupée, confirma la nouvelle du décès du Caudillo. Cinq minutes s'écoulèrent, mais elles me semblèrent durer des heures, alors que je restais là, assise par terre, le cœur battant et les yeux rivés sur les visages de mes ancêtres. Ma mère immobile, presque paralysée, ma grand-mère inexpressive. Quand l'homme à la radio eut terminé de parler, ma mère ouvrit les yeux et je me dirigeai vers elle pour qu'elle me prenne dans ses bras. J'avais besoin de sentir que tout allait bien, mais elle me repoussa.

— Le mariage ne va pas avoir lieu, dit-elle en sortant de la pièce, comme si je m'en souciais.

Ma grand-mère se remit alors à coudre et le son cadencé et constant de la Singer redevint le bruit de fond chez moi, comme tous les jours.

Quarante-quatre ans plus tard, la nouvelle de l'exhumation de la dépouille du dictateur et de son transfert au cimetière du Pardo raviva ce souvenir. La vieille machine à coudre ornait depuis des années un coin de mon salon de près de quatre-vingts mètres carrés, silencieuse et recroquevillée, comme si elle regrettait les petits espaces qu'elle avait habités par le passé. Mes ancêtres n'avaient pas connu l'abondance. Le grand triomphe de ma mère fut de me voir mariée à Carlos, si cultivé, chef d'entreprise, et surtout, très riche. Ma maison à La Finca de Madrid, qui ne fut jamais vraiment la mienne mais celle de Carlos, fut pour elle un symbole de réussite, sa mission de vie accomplie. De mon côté, je me sentais toujours plus petite là-bas, jour après jour, comme la Singer dans son coin. Et après des années à nous rendre de plus en plus invisibles, il ne resta plus de place dans cette immense demeure pour aucune de nous deux.

AURORA, 1938

Frutos, Juan Fructuoso Cangas selon son acte de baptême, avait beau être une véritable fureur sexuelle, cela ne suffit pas pour que sa femme conçoive plus d'un enfant. Qui ne fut même pas un garçon. Condamné à n'avoir d'autre descendance qu'Aurora, Frutos ne relâcha pas ses efforts pour disséminer la semence Cangas parmi les prostituées de la région minière des Asturies. La moitié de son salaire journalier était destinée à Olvido, sa femme, pour payer les dépenses du ménage, un quart était réservé pour les « au cas où » et le dernier quart aux vins et aux prostituées. Les réserves « au cas où » s'additionnaient rarement, car les imprévus, bien plus prévisibles que le pensait Frutos, se succédaient mois après mois. Néanmoins, grâce aux revenus supplémentaires que son épouse et sa fille apportaient au ménage avec leur aiguille et leur dé, les comptes de la famille survécurent pendant de nombreuses années, même les plus difficiles, jusqu'à ce qu'Aurora atteigne l'âge de seize ans.

C'est alors qu'un matin de l'été 1938, tandis que les bombes tombaient sur le port et les civils de Gijón, dans le puits Santa Barbara de Turón, un bout de roche se détacha et tomba sur le dos de Frutos, lui cassant une vertèbre et plusieurs côtes. Par miracle d'un dieu miséricordieux, sa moelle épinière en sortit intacte, même après le sauvetage, mais Frutos se retrouva cloué au lit, incapable de travailler, souffrant et sans revenus. Grâce à la solidarité de la mine, un travail était offert aux fils des blessés et des défunts. Les familles des mineurs ne devaient pas connaître la faim : ni aujourd'hui, pour celui qui aurait été la victime du sacrifice que la mine exigeait de manière récurrente et aléatoire ; ni demain, pour celui qui aurait la malchance de voir le malheur s'acharner sur lui. Ce qui était peu courant, c'était que le sacrifié n'ait pas de fils ou de frère pour le remplacer.

Ainsi, par une journée chaude d'août, en pleine guerre civile, Aurora intégra la mine comme pelleteuse à l'extérieur du puits, où elle chargeait à l'aide d'une grande et lourde pelle les wagons de charbon qui transportaient le minerai extrait jusqu'au lavoir de La Cuadriella.

Pendant la guerre, les mines regorgeaient de femmes, appelées les charbonnières : le front laissait nombre de veuves et orphelins. Comme la loi leur interdisait d'entrer dans la mine, elles devaient se contenter des tâches mal rémunérées à l'extérieur du puits, soit en chargeant les wagons avec la matière première extraite, soit en transportant de lourds seaux d'eau toute la journée, ou à l'intérieur du lavoir, à respirer le charbon qu'elles triaient en séparant les morceaux du précieux minerai des autres restes inutiles.

Aurora avait entendu dire que des femmes, dont le mari ou le père était parti au front, travaillaient à l'intérieur de la mine, mais elle fut tout de même surprise de les voir entrer, à la vue de tous, dans les cages qui les transportaient à des dizaines de mètres sous terre. Bien que la loi ne les considère pas comme aptes à descendre dans les tunnels, les charbonnières de l'intérieur, engagées comme pelleteuses, nettoyeuses, porteuses d'eau ou gardes-barrière, ramassaient en réalité le charbon des galeries comme le faisaient avant elles les hommes, enrôlés par les armées des deux camps pour mourir ou pour tuer, laissant derrière eux des familles entières à la merci de la famine et de la maladie.

À la vue des gestes déterminés de ces femmes, qui ne pouvaient cacher leur inquiétude quant à ce qu'il adviendrait de leurs enfants si elles ne ressortaient plus jamais de ces tunnels mortels, Aurora fut saisie d'effroi. À cet instant, elle comprit que si peu de choses les séparaient, elle et toutes les autres, de ce futur qui pourrait être le leur. Une balle, une bombe, un accident. En une seconde, la vie changeait, rarement pour le mieux. Elles en étaient la preuve, tout comme ces charbonnières, entassées quelques mètres plus loin dans la cage qui descendait.

Aurora n'avait pas besoin de descendre dans la mine pour savoir ce qu'était le travail dur. La pelle, lourde comme la lance d'armure médiévale qui figurait dans l'un des rares livres qu'elle avait chez elle, eut raison de ses mains ainsi que des muscles de ses jambes et de son dos avant la fin de la première heure de travail. Elle ne se pensait pas capable de continuer, mais elle le fit jusqu'à ce que, à la fin de son service, elle puisse enfin reposer ses mains ensanglantées. Le jour suivant, munie de bandages et de gants de Frutos que sa mère avait adaptés à sa taille pendant la nuit, elle reprit la tâche éreintante de pelleter le charbon dans les wagons.

Cela ne faisait pas plus de deux heures qu'elle travaillait lorsqu'une collègue l'avertit :

—Ferme ta blouse. Don Ceferino est ici aujourd'hui. Il se promène depuis un moment et te regarde chaque fois qu'il passe. Comme un renard qui guette le poulailler.

—Qu'est-ce que tu veux dire ? questionna Aurora, assez maligne pour ne pas regarder en direction de don Ceferino, le contremaître, chargé, entre autres, de la sécurité des mineurs.

—Fais attention. Ce type n'est pas dans son bureau aujourd'hui, et quand l'ours sort de sa tanière, il cherche une proie, précisa sa collègue.

Aurora referma sa blouse et continua à travailler en silence. Ce jour-là, elle aperçut plus d'une fois don Ceferino rôder dans la zone des pelleteuses, mais elle fit semblant de ne pas remarquer sa présence. Elle chargea le charbon, le corps moulu, les mains soulagées par ses gants et le cœur faisant un bond chaque fois que le prédateur s'approchait.

Quand la journée fut enfin terminée, Aurora prit le chemin du retour, couverte de poussière noire et trempée de sueur. Deux kilomètres et demi qu'elle parcourut seule, à l'écart du groupe de femmes qui, toutes aussi fatiguées et endolories, n'avaient pas plus envie de bavarder qu'elle. Elle avait besoin de réfléchir pour trouver un moyen de se libérer de la punition injuste que la vie lui avait infligée après l'accident de son père. Elle regarda les montagnes qui entouraient la vallée, immenses et denses, d'un vert sombre presque noir ; elles brillaient dans la clarté orangée du coucher de soleil, émettant de petits reflets colorés dus à l'effet de la lumière sur la poussière de charbon. Qu'elles étaient belles de l'extérieur ! Autant qu'elles étaient laides et perfides de l'intérieur. Comme elle, pensa-t-elle. Un joli visage, avec un beau corps à la Ginger Rogers, mais le sentiment permanent d'être sale à l'intérieur, comme si quelque chose pourrissait en elle chaque fois que son père se faufilait dans sa chambre la nuit. Cette réflexion lui donna l'idée qui pourrait lui épargner les mois, voire les années qui l'attendaient à pelleter du charbon et qui viendraient à bout de la beauté que Dieu lui avait offerte si l'état du dos de son père ne s'améliorait pas.

Aussitôt rentrée chez elle, Aurora se rendit directement dans la chambre où Frutos somnolait, transpirant à cause de la chaleur de l'été et des calmants prescrits par don Fabian, le médecin du village.

—Comment allez-vous, père ? demanda-t-elle en approchant son visage de l'oreille de Frutos.

Il ouvrit les yeux et sourit à sa fille, sa douce et voluptueuse Aurora, qui depuis le lendemain de sa naissance ne lui apportait que de la joie. Il n'avait pas été heureux dès qu'il l'avait vue, car Frutos voulait que son premier-né soit un garçon, sans se douter des avantages qu'une fille lui apporterait quelques années plus tard.

—Comment s'est passée cette deuxième journée ? Mieux avec les gants ? questionna-t-il.

—Mieux, père, mieux, mais je suis éreintée.

—Tu t'y habitueras. Ce n'est qu'une question de temps pour que tes muscles s'endurcissent, répondit-il, compatissant à la souffrance de sa fille. Cela ne durera pas longtemps, je te le promets. Le médecin dit que d'ici quelques mois je pourrai bouger, et si je ne peux pas travailler comme piqueur, je ferai autre chose, mais je ramènerai à nouveau de l'argent à la famille.

—Bien sûr, père, il en sera ainsi. Mais en attendant, j'ai entendu dire qu'au lavoir, les trieuses gagnent six pesetas par jour, presque deux fois plus que moi, et que le travail n'est pas si dur.

—Oh, Aurora, sois reconnaissante de ce que tu as. Les trieuses ne sont pas mieux loties que toi. Le lavoir est un nuage d'humidité, on n'y voit presque rien et on a du mal à respirer là-dedans.

—Mais elles sont mieux payées et sont à l'abri. Ou alors comme garde-barrière ou téléphoniste ou même comme nettoyeuse. Tout sauf transporter le charbon.

Le visage de Frutos se tordit.

—Ces femmes dont tu parles sont des veuves de mineurs, et elles obtiennent ces emplois après des années de travail comme pelleteuses ou dans les lavoirs. Toi, tu as un père et tu vas te marier, ce n'est que temporaire. Ils ne vont pas t'offrir un poste de téléphoniste, c'est certain.

—Mais si j'en obtenais un, ce serait très bien, vous ne croyez pas ? Si nous connaissions quelqu'un d'influent…

—Ne te fais pas d'illusions. L'influence de ton père s'arrête à faire de toi une pelleteuse, comme n'importe quel autre mineur.

—Et celle de don Ceferino ?

Frutos, qui avait déjà entendu des rumeurs selon lesquelles le contremaître, probablement le plus compétent que le puits ait jamais connu, négociait avec les femmes des emplois contre des faveurs, comprit alors l'idée de sa fille et une vague de colère lui brûla les entrailles. Il tenta de se retourner dans son lit, mais le corset qui l'immobilisait pour maintenir ses vertèbres et ses côtes dans la bonne position pour se souder sans causer plus de dommages que ce qu'il avait déjà subi l'en empêcha.

—Si je pouvais bouger, je te donnerais quelques coups de ceinture qui t'enlèveraient toute envie de répéter ces atrocités, lança-t-il à sa fille dans une colère noire.

—Pas des atrocités, père, corrigea-t-elle, faisant fi de la menace maintes fois proférée, mais jamais mise à exécution. Des aspirations. En fin de compte, vous avez déjà veillé vous-même à ce que je ne sois pas vierge le jour de mon mariage. Alors, dites-moi, avant que je ne fasse une bêtise en vain : est-ce que don Ceferino peut m'obtenir un emploi qui me débarrassera de la pelle ?

Frutos fut horrifié par la froideur de sa fille, et par ce sentiment qu'il en était lui-même la cause. Pour la première fois depuis qu'il avait découvert les douceurs d'Aurora, il fut conscient de ce qu'elle devenait à cause de lui. Ses yeux s'humidifièrent de rage pure, bien qu'il essaye de le cacher en détournant le visage autant que son état le lui permettait.

—Ne le fais pas. Ne t'y avise pas, supplia-t-il en tentant de faire sonner ces mots comme un ordre.

Aurora ne rencontra don Ceferino que plusieurs jours plus tard et ne laissa pas passer l'opportunité. Ce travail la tuait et elle craignait de perdre son avantage dès qu'une autre femme arriverait, plus jolie, avec une poitrine plus abondante et les hanches plus prononcées.

Don Ceferino arriva pendant le service de l'après-midi, alors qu'elle avait déjà commencé à charger le wagon. Il la regarda et, cette fois, Aurora lui rendit son regard de façon provocante. Non pas comme une proie soumise, mais avec un air de défi lancé au chasseur pour qu'il l'attrape.

Le contremaître n'était pas habitué à recevoir une telle réponse à ses regards. Il connaissait la peur ou la supplication, voire le dégoût, mais jamais le défi. Les femmes de la mine avaient besoin d'argent, et lorsqu'il avait des vues sur l'une d'entre elles, elle se soumettait ou se condamnait, elle et sa famille, à mourir de faim. La sensation de puissance que provoquaient les rumeurs qui couraient à son sujet excitait don Ceferino. Il se promenait parfois parmi les charbonnières pour les effrayer, bien qu'en réalité sa réputation dépasse ses exploits réels, car il avait rarement satisfait ses instincts en profitant de sa position à la mine. La première fois s'était produite juste après le décès de sa femme, avec une veuve dont le mari était mort lors de la révolution asturienne. Cette jolie mère de trois enfants s'était présentée à son bureau pour l'implorer de lui procurer un emploi. Son mari n'étant pas mineur, elle avait peu de chances, voire aucune, d'intégrer la mine. Ces femmes n'avaient plus d'autre option que de chercher dans les décharges les morceaux de charbon qui s'étaient glissés dans le minerai inutilisable pour remplir un panier à vendre à la fin de la journée, mais cela ne suffisait pas à nourrir trois enfants. Elle avait elle-même laissé entendre quel prix elle était prête à payer contre un contrat de travail, offrant la seule chose qu'elle possédait.

Ceferino avait volontiers accepté d'assouvir ses ardeurs avec elle en échange d'un poste de trieuse au lavoir. Il l'avait fait non pas une, mais plusieurs fois, jusqu'à ce que la nouveauté s'estompe et qu'il laisse le gardien jouir de la chair de la veuve, avant que leurs rencontres cessent d'alimenter les rumeurs parmi les femmes pour devenir des plaisanteries parmi les mineurs. La dernière fois que cela s'était produit, c'était avec une jeune pelleteuse qui avait cassé sa pelle, que le gardien voulait lui faire payer. Elle était venue à lui, l'implorant de l'aider. Son père était souffrant et son salaire ne lui permettrait pas de payer ses médicaments si elle devait rembourser la pelle. Quand don Ceferino lui avait expliqué comment faire pour qu'il paie lui-même non seulement la pelle, mais aussi les médicaments, Sofia – tel était le prénom de la jeune fille – avait refusé. Elle était vierge. Un homme de bonne famille avait commencé à la courtiser et voulait l'épouser, et s'il l'apprenait, ses chances de se marier et de sortir de la mine seraient réduites à néant. Don Ceferino, désireux de goûter de nouveau à une chair intacte, l'avait convaincue qu'une fois suffirait pour lui pardonner la casse de la pelle, et là, dans le bureau, au milieu des vêtements déchirés et de ses larmes, il l'avait dépucelée en moins d'une minute. Aussi, quand Aurora le regarda dans les yeux avec cet air de panthère en cage, non seulement il eut du mal à soutenir son regard, mais il faillit chanceler d'effroi. Don Ceferino passa la journée à penser avec excitation à cette pelleteuse, fille d'un mineur du puits, qui tôt ou tard reviendrait travailler. Sale affaire. Les filles de mineurs étaient sacrées et les ouvriers très unis. Ce jour-là, Ferino prit soin de ne plus repasser dans la zone de chargement. Dès qu'il fut rentré chez lui, il se mit au lit, seul, comme tous les soirs depuis le décès de sa femme, et se soulagea en pensant à la pelleteuse au regard félin.

Le mois suivant, Aurora commençait à travailler comme téléphoniste dans le puits et s'empressait de répondre présente chaque fois que le contremaître l'appelait.

Frutos ne raconta jamais à son épouse comment Aurora avait obtenu cette promotion, pas plus qu'il ne lui avoua les fois où il s'était immiscé dans le lit de sa propre fille, sans se douter qu'Olvido était depuis longtemps au courant de la relation malsaine qui liait sa fille à son mari, et qu'elle avait choisi de ne rien voir ni entendre, mais de se taire.

AURORA, 1939

Frutos invita Paulino, un jeune mineur du puits Espinos, à goûter chez lui dans l'intention de le présenter à Aurora, mais cette dernière se montra grossière. Olvido prépara des biscuits aux noisettes et du café au malt et à la chicorée, qu'elle disposa du mieux qu'elle put sur la table de la cuisine. Elle sortit de son trousseau une nappe brodée dont elle ne s'était jamais servie, attendant que l'occasion se présente, et, de la vitrine du salon, des tasses du service à café brillantes, impeccables faute d'avoir été utilisées. Tout cela pour faire bonne impression au prétendant, qui n'était pas contremaître, mais était quand même un bon parti. Paulino était jeune, élégant, aisé et désireux de trouver une femme à épouser.

Aurora entra dans une colère noire quand elle apprit l'embuscade que lui avaient tendue ses parents et ne voulut rien savoir du goûter durant lequel ils comptaient jouer les entremetteurs.

—Mais qu'est-ce que tu crois ? demanda Frutos à sa fille, en s'assurant qu'Olvido ne l'entende pas. Que don Ceferino va t'épouser ?

Au vu de l'expression d'Aurora, il vit qu'il avait tapé dans le mille.

—Ne sois pas naïve, ses enfants ne le permettront jamais.

—C'est ce que vous m'avez dit quand j'ai voulu arrêter de travailler comme pelleteuse, de ne pas être naïve, et regardez ce qui s'est passé : en moins d'un mois, je travaillais déjà comme téléphoniste.

—Ce n'est pas la même chose, loin de là. Tu n'as plus rien à offrir à cet homme, désormais. Il a déjà obtenu ce qu'il voulait de toi. Et, nom de Dieu, un travail, c'est très différe,t d'un mariage !

—Ne blasphémez pas, père. Et quant à ce que vous dites, nous verrons bien, rétorqua-t-elle d'un air hautain.

—Je ne te comprends pas. Que trouves-tu à don Ferino ? Un vieux veuf avec des enfants !

—Il a une maison à Mieres, moderne et avec l'eau courante, un salaire de contremaître, et ses deux fils sont mariés et vivent chacun dans leur propre maison, cela ne vous suffit-il pas ? dit Aurora en évitant de croiser le regard de son père.

—Je vois que tu connais bien les lieux, répliqua Frutos, enragé.

Aurora rougit, et il comprit ce qui se passait réellement.

—Oh, mon Dieu, lança-t-il, ce n'est pas que pour ça. Ne me dis pas que tu es tombée amoureuse de ce vieillard ! Quelles idiotes vous êtes, vous, les femmes ! Mais quelles idiotes ! Il est plus âgé que moi, ça pourrait être ton père…

—Mais ce n'est pas mon père, contrairement à vous ! fulmina Aurora, avec ce regard sauvage qu'elle avait lorsqu'elle était furieuse.

Frutos se tut face à l'attaque de sa fille. Cela faisait presque deux ans qu'il ne l'avait pas touchée et il espérait en vain que le temps ensevelirait cette histoire dans l'oubli.

Quand Paulino arriva chez eux, Aurora le salua froidement, le regarda boiter avec mépris, comme si l'idée même qu'elle puisse s'intéresser à un homme comme lui était une plaisanterie, et après vingt minutes de conversation polie, elle se leva de table, dit au revoir sans laisser le temps à sa mère de protester, prit sa bicyclette et planta là ses parents et son prétendant : les premiers, gênés par le comportement de leur fille ; le second, ébloui par sa beauté.

Aurora arriva chez Ferino après avoir parcouru à vélo les cinq kilomètres qui la séparaient de l'homme qu'elle voulait pour mari, tandis qu'elle s'éloignait de celui que ses parents avaient choisi pour elle.

Ferino ne s'attendait pas à cette visite et, même s'il ne la repoussa pas, l'inconscience d'Aurora l'inquiéta. Ses enfants auraient pu être présents, n'importe quelle voisine qui l'aurait vue entrer chez lui au milieu de l'après-midi pouvait aller tout leur raconter. À ses fils ou à celle qui espérait devenir sa seconde épouse. Ce vélo de femme devant la porte de sa maison ne ferait qu'attirer l'attention des mauvaises langues.

Lorsque Ferino réprimanda sa jeune amante pour s'être présentée à l'improviste, Aurora recourut à une méthode qu'elle savait infaillible avec lui : se donner à lui sans réserve, sans détour, comme il aimait, et comme elle aimait le faire aussi.

Ses besoins satisfaits, Ferino revint à la charge.

— Aurora, chérie, j'ai adoré cette visite, mais tu ne peux pas te présenter ici comme ça. Mes enfants auraient pu être présents. Sans parler de ce que diront les voisins s'ils te voient entrer ou sortir.

— Il y a une solution facile à ce problème, répondit Aurora, un sourire malicieux aux lèvres.

—Que veux-tu dire par là ? l'interrogea Ferino, sur ses gardes.

—Si je vivais ici…

—Mais, enfin, la coupa Ferino en riant, comment pourrais-tu vivre ici ? À quel titre ?

—Comment ça, à quel titre ? En tant qu'épouse, bien sûr.

Ferino dévisagea Aurora avec incrédulité, dans un mélange de colère et de compassion.

—Ce n'est pas possible. Tu sais bien que ce n'est pas possible.

—Pourquoi pas ? Je t'aime. Tu ne m'aimes pas, toi ? Je ne te plais pas ?

—Évidemment que tu me plais, et je t'apprécie beaucoup, mais la vie ne se résume pas à ça. Je ne peux pas épouser quelqu'un comme toi.

—Quelqu'un comme moi ? C'est-à-dire ?

Ferino, de plus en plus agacé par la situation, ne voulait pas perdre de temps avec des minauderies.

—Tu es une charbonnière qui couche avec le premier venu pour obtenir ce qu'elle souhaite, répondit-il. Et ne crois pas que j'ignore que tu n'étais pas vierge quand tu es venue me trouver. Tu étais déjà bien débouchée. Les hommes remarquent ce genre de choses.

Aurora sortit de la maison les joues rouges, débraillée et les larmes lui brouillant la vue. Elle enfourcha son vélo et pédala à toute vitesse sans savoir où aller, jusqu'à ce qu'elle se rende compte qu'elle n'avait qu'un seul endroit où retourner et un seul chemin à suivre. Après ce qui venait de se produire, elle ne pouvait pas retourner au puits Santa Barbara : mieux valait mourir de faim que de honte. Enfin, si Ferino, redevenu don Ceferino à partir de cet après-midi-là pour elle, ne la mettait pas à la porte ou ne la renvoyait pas à son poste de pelleteuse.

Ce soir-là, Aurora conclut un accord avec son père, qui évita de poser des questions sur ce qui était arrivé. Ce n'était pas nécessaire. Inutile également qu'Aurora continue de travailler comme téléphoniste à la mine. Lui-même décida qu'il quitterait le puits Santa Barbara dès qu'il trouverait un emploi dans un autre puits, où l'on ne serait pas au courant des rumeurs qui couraient à La Rabaldana et où il n'aurait pas à voir le visage de ce contremaître tous les jours.

Le lendemain, Aurora retourna coudre avec sa mère et se montra douce, aimable et réceptive à la façon maladroite dont Paulino lui faisait la cour.

Trois mois plus tard, Frutos rejoignit le puits Espinos aux côtés de son futur gendre. Aurora et Paulino annoncèrent leurs fiançailles, en même temps que don Ceferino annonçait les siennes avec une jeune veuve sans enfants qu'il courtisait depuis plus d'un an. Celle-ci, issue d'une famille noble, était la fille de l'un des ingénieurs responsables de la Brigade de sauvetage des mineurs.

AURORA, 1940

Le jour du mariage d'Aurora Cangas, vêtue d'une belle robe crème cousue et brodée à la main, il n'y eut ni réception ni bal, juste un déjeuner avec leurs proches. Elle et Paulino furent mariés à dix heures un mardi de mai étonnamment ensoleillé après plusieurs jours de bruine, à l'église San Martín de Turón. Ils célébrèrent l'événement dans la cuisine de la maison de ses parents avec la famille proche et quelques voisins, et firent honneur à une tarte aux noix accompagnée de chocolat chaud et de quelques doigts d'eau-de-vie de raisin, avant que son père et son jeune mari enfourchent leurs vélos pour se rendre au puits où, chaque jour, ils abattaient le charbon d'arrache-pied, sans perdre de vue le chardonneret qui les avertirait s'ils atteignaient un sac de grisou.

Aurora reçut un cadeau de mariage deux mois avant la date fixée : une Singer à pédale, avec un établi, achetée d'occasion à Mieres. Elle appartenait à une couturière qui venait de mourir et ne laissait que des fils derrière elle. Aurora et sa mère poncèrent et cirèrent le bois de la table et, le jour du mariage, elles exposèrent la machine moderne en plein milieu du salon, comme s'il s'agissait d'une œuvre d'art. Les invités l'admirèrent comme telle.

—Qu'est-ce donc que cette tache sombre sur le bois ? s'étonna Tina, qui travaillait dans l'atelier de couture.

—Tu ne comprends pas. C'est le veinage. Ces machines proviennent des États-Unis, et les arbres sont comme ça là-bas, répondit Olvido, qui avait réfléchi pendant plusieurs semaines avec sa fille à la réponse à faire au cas où l'une ou l'autre insidieuse leur poserait la question.

Tina, peu convaincue par son explication, se tut en voyant qu'elle n'obtenait pas de soutien du reste des participants, plus occupés à ne pas manquer la dernière part de tarte que par le veinage du bois américain.

Aurora et sa mère s'efforcèrent d'avoir l'air radieuses ce jour-là, même si cela leur demanda du travail. Elles passèrent l'après-midi à préparer le cadeau des voisines : une poule qui ne pondait plus et qui représentait un luxe en ces temps de famine. Pour l'attendrir, elles la firent mijoter à feu doux sur la cuisinière à charbon de la maison d'Aurora, qui faisait l'envie de ses amies. Non seulement Aurora était la première d'entre elles à se marier, alors qu'elle allait avoir dix-huit ans, mais en plus elle épousait Paulino Muñiz, âgé de vingt-deux ans et orphelin, qui travaillait comme piqueur, le poste le mieux payé de la mine, après ceux des contremaîtres et des ingénieurs, bien sûr. Extraire le charbon dans les entrailles de la terre en explorant de nouvelles veines comportait plus de risques que n'importe quelle autre activité souterraine, mais cela rapportait plus d'argent. Paulino possédait sa propre maison, avec une grande cuisine et un salon au rez-de-chaussée, deux chambres au premier étage et deux latrines, une en haut et une en bas, attenante à la cuisine. Pour susciter encore davantage l'envie de ses amies, Aurora n'avait pas de belle-mère à supporter. Après son accouchement, la mère de Paulino avait contracté la tuberculose et, malgré tous ses efforts pour guérir et ne pas laisser son fils seul, elle n'avait réussi qu'à retarder son décès. Paulino était devenu propriétaire de sa maison le jour où un coup de grisou avait fait de lui un orphelin à la suite de l'effondrement du tunnel dans lequel son père piquait le charbon.

Au tout début de l'après-guerre, les gardes civils semaient la peur dans le bassin minier, une région syndicaliste, dissidente et révolutionnaire puisque le charbon était extrait de l'intérieur de ses montagnes et qu'ils ne gagnaient pas suffisamment pour mettre un bout de pain à la table de leur dortoir à la caserne militaire. Les mineurs, en revanche, surtout ceux qui possédaient une petite parcelle de terre, s'ils ne pouvaient pas se permettre de folies, ne mouraient pas de faim. Et personne ne prenait cela à la légère lorsqu'il s'agissait de nourrir ses enfants.

Paulino n'avait qu'un seul défaut : il boitait depuis l'âge de quatre ans après avoir contracté la polio. Si cela le rendait moins attirant et lui avait valu des coups de bâton, de l'aversion et quelques lancers de pierre lorsqu'il était enfant, cela ne l'empêchait pas de piquer le charbon aussi bien qu'un autre et de supporter le club de football de Turón tous les dimanches après-midi. Surtout, cela l'avait rendu inapte à aller au front et il avait traversé la guerre sans la peur de l'enrôlement forcé qu'avaient connue certains de ses camarades.

Quand Paulino rentra du travail ce soir-là, après une journée raccourcie et plus calme grâce à ses noces, pour la première fois depuis qu'il avait intégré la mine, une bassine d'eau chaude et une serviette propre et fraîchement repassée l'attendaient, ainsi qu'une poule mijotée avec des pommes de terre et des oignons du potager de ses beaux-parents, sans oublier son épouse, désormais sienne pour la vie, qui avait revêtu sa robe de mariée pour l'accueillir. Paulino se serait jeté sur Aurora avant la poule s'il n'avait pas eu la considération qu'il se devait d'avoir.

Ils dînèrent rapidement. Aurora toucha à peine son assiette, par crainte de tacher sa robe, qu'elle voulait transformer en blouse et en jupe dès le lendemain avec sa Singer étincelante. Quant à Paulino, il était impatient de déflorer sa femme, sans se douter que son beau-père s'en était déjà chargé à sa place deux mois après qu'Aurora avait eu ses premières règles et que ses seins avaient eu besoin d'un soutien-gorge pour les soutenir.

Aurora ne remarqua que deux différences entre le sexe avec son père et le sexe avec son mari : avec Paulino, c'était plus rapide et il n'entrait ni ne sortait en douce de sa chambre. En revanche, cela avait été différent avec don Ceferino. Après la précipitation du premier jour, Aurora s'était rendue secrètement chez don Ceferino à Mieres à plusieurs reprises, lors desquelles elle avait découvert que le sexe pouvait être plus qu'une simple obligation conjugale et l'étape nécessaire à la conception d'enfants. Mais avec Paulino, cela redevint ce que sa mère lui avait expliqué : « Tiens bon et simule bien, puis ce sera fini rapidement. » Ce fut ce qui se produisit lors de leur nuit de noces. Quelques secondes après s'être déchargé en elle, Paulino ronflait à côté de son épouse, épuisé par la journée, par l'émotion d'avoir quelqu'un pour s'occuper de lui et d'avoir joui pour la première fois du corps d'une femme qui ne le vendait pas pour de l'argent. Peut-être même qu'elle lui offrirait un enfant bientôt. Un fils. Il avait l'intention d'essayer tous les soirs. Ce qu'il ne soupçonnait pas, c'était qu'à l'intérieur de sa femme, la graine d'un autre germait déjà depuis un mois : une petite fille qui s'appellerait Agueda, comme la mère de Paulino.

Agueda, 1941

Agueda naquit la nuit de l'Épiphanie 1941, après plusieurs heures de travail au cours desquelles Aurora se promit de ne plus jamais être mère. Elle accoucha à domicile, avec l'aide d'une sage-femme experte, qui, quand elle tint dans ses bras le bébé de trois kilos et six cents grammes, à la peau mate et avec une touffe épaisse de cheveux noirs sur la tête, se contenta de murmurer : « Les prématurés de cette ville sont de plus en plus grands. À mon époque, il n'y en avait pas autant et ils n'étaient pas aussi gros. »

Agueda hérita des oreilles décollées de son père biologique, qu'elle passa le reste de sa vie à essayer de dissimuler sous ses cheveux. Son grand-père Frutos reconnut les gènes de don Ceferino, car le contremaître était fier d'être devenu le patron de beaucoup de ceux qui l'embêtaient à l'école et lui jetaient des pierres en criant en chœur : « Ferinou la feuille de chou, cours, cours, avant qu'on t'attrape le cou. »

—Le bébé a les oreilles de mon grand-père, déclara Frutos lorsqu'il vit sa petite-fille, alors qu'au fond de lui, il remerciait le ciel qu'Aurora ne travaille plus dans le puits Santa Barbara.

Si Olvido se souvenait des petites oreilles rondes du grand-père de son mari, elle ne fit pas de commentaire, remerciant Dieu qu'au moins l'enfant ne ressemble pas à Frutos, sans savoir qu'il ne s'était plus approché de sa fille depuis qu'il avait appris ce qui se passait entre Aurora et don Ceferino.

Lorsque la sage-femme posa Agueda dans les bras de sa mère et l'aida à prendre le sein, Aurora ressentit le même dégoût que si elle avait été un bébé rat géant. Agueda s'accrocha au mamelon avec une force inhabituelle pour un nouveau-né, et Aurora voulut la repousser avec la férocité d'un animal gravement blessé, mais elle supporta de la laisser là, à téter un lait imaginaire qui ne viendrait que trois jours plus tard à son sein. Trois jours et trois nuits durant lesquels Agueda pleura désespérément de faim, poussée par son instinct de survie à appeler à l'aide, au vu du mépris de sa mère. Ce fut Olvido qui s'occupa d'Agueda, jusqu'au jour où le cancer qui la dévorait de l'intérieur la cloua au lit. Deux semaines plus tard, elle décédait.

Les funérailles d'Olvido eurent lieu dans l'église où Aurora et Paulino s'étaient mariés dix-huit mois plus tôt. Ce jour-là, le soleil n'apparut pas, seule une pluie persistante tombait sur les tenues noires des personnes qui accompagnaient le cercueil et s'ajoutait aux larmes qui baignaient leurs visages, rendant leur goût moins salé. Mais Olvido ne fut même pas la protagoniste de ses propres funérailles. La vieille tante de la seule famille à avoir un titre de noblesse dans ce bassin minier, celle de la fiancée de Ferino, mourut le même jour. C'est pourquoi le prêtre organisa les funérailles d'Olvido avec deux oraisons funèbres, mais sans messe. Il fallait en effet libérer rapidement l'église où le cercueil en acajou massif qui contenait la dépouille de l'aristocrate était sur le point d'arriver.

Alors que la nouvelle du bombardement japonais sur la base de Pearl Harbor bouleversait le monde et que l'Espagne tremblait de peur à l'idée d'entrer dans une nouvelle guerre, à Turón, un chariot remontait le corps d'Olvido sur la route escarpée vers le cimetière. Les mules s'enlisèrent à plusieurs reprises dans le bourbier qu'était devenu le chemin avec la pluie des jours précédents. Une fois sur place, les fossoyeurs la placèrent dans la tombe et la recouvrirent de terre, en attendant la pierre tombale que le prêtre viendrait bénir une fois les obsèques de la vieille noble terminées.

Ce jour-là, Paulino se rendit au puits sans son beau-père. Frutos n'alla pas travailler, même s'il était de service ce dimanche-là. Devenir veuf était une raison suffisante pour ne pas aller à la mine pendant une journée.

Aurora se retrouva seule à la maison avec Agueda. Elle savait qu'elle était désormais l'unique personne présente pour l'élever. Elle laissa l'enfant dans son berceau et s'assit pour coudre à la machine. Elle recevait de plus en plus de commandes en tant que couturière, un des rares emplois acceptables à l'époque pour une femme mariée. Là, concentrée pour donner le rythme nécessaire à la machine de façon à produire des points égaux, elle se coupa du monde, des souvenirs de sa défunte mère, de son père vivant accablé de solitude, et d'Agueda, sa propre fille, qui pleura de faim pendant plus de deux heures avant de succomber à l'épuisement sans parvenir à attirer l'attention d'Aurora.

AURORA, 1936

Après le décès d'Olvido, Aurora ne fut plus jamais la même. Jusqu'à la fin de ses jours, elle regretta sa présence, et plus elle vieillissait, plus sa mère lui manquait, même si le ressentiment l'envahissait chaque fois qu'elle se souvenait du jour où elle avait réussi à trouver la force d'avouer les visites nocturnes occasionnelles de son père – surtout quand son salaire était épuisé avant la fin de la semaine et qu'il devait choisir entre le vin et les prostituées.

Une semaine par mois, Aurora était chargée de récurer le sol de la maison. Chaque jour elle s'occupait d'une partie de ce parquet non verni qu'on ne pouvait pas nettoyer autrement qu'à genoux, avec de l'eau, du savon et une brosse à poils durs. Aurora préférait mille fois la couture au ménage, mais depuis qu'elle était toute petite, sa mère lui avait délégué cette tâche ingrate. Au moins, Olvido n'était pas une maniaque de la propreté comme la mère de son amie Purita, qui l'obligeait ainsi que ses deux sœurs à nettoyer le sol tous les jours et à laver le linge dans la rivière. Aurora accompagnait quelquefois sa mère pour faire la lessive, mais plus pour l'aider à porter le panier et à essorer ensuite le linge que pour le laver dans les eaux froides de la rivière Turón.

—La rivière abîme les mains et je veux que les tiennes restent belles comme celles d'une jeune fille jusqu'à ce que tu te maries. Voyons si nous pouvons faire en sorte qu'un contremaître tombe amoureux de toi, ma fille. Tu es si jolie, ce serait un vrai conte de fées, avait l'habitude de dire sa mère.

Olvido était loin de se douter du caractère prémonitoire de ses paroles ni de la douleur que pouvaient causer les souhaits exaucés.

Le jour où Aurora perdit confiance en sa mère, elle était de corvée de nettoyage de l'escalier. La tâche lui prit deux heures. Quand elle se redressa, son bras droit et ses genoux étaient douloureux, mais elle s'en fichait. Elle pouvait à présent consacrer le reste de sa journée à des occupations plus agréables, d'abord en aidant sa mère à la cuisine, puis à la couture. On avait confié à Olvido la confection d'une jupe de baptême pour le petit-fils d'une voisine, et Aurora adorait coudre ce genre de dentelle, avec des petits points et la douceur du tulle.

Aurora attendit ce qu'elle pensait être le bon moment pour raconter à sa mère ce qui se passait certains soirs avec son père, de plus en plus régulièrement depuis que Frutos s'était rendu compte que moins il dépensait au bordel, plus il avait d'argent pour acheter de l'alcool. Elle croyait que lorsqu'elle aurait surmonté la honte immense de le dire à voix haute, sa mère s'assurerait que cela ne se reproduise pas et qu'elle n'aurait plus à en parler. Plus jamais.

Avec la confiance qui accompagne l'espoir, elle choisit le moment où elles écossaient toutes les deux les petits pois. Les pois dans un pot, les cosses dans un autre. Il ne resterait qu'à enlever les filaments des cosses pour les faire revenir avec un peu de chorizo et de lard ou les préparer en purée. À l'époque, on ne pouvait pas se permettre de gaspiller quoi que ce soit.

Elles travaillaient toutes les deux en silence lorsqu'Aurora se libéra du lourd fardeau qui lui rongeait le cœur. Sa mère se tut, fendit la cosse qu'elle avait saisie, puis s'essuya les mains sur son tablier. Enfin, Olvido se leva, se plaça devant sa fille, qui, pétrifiée, observait la réaction étrange de sa mère. Sans dire un mot, elle gifla Aurora si fort qu'elle eut la marque de ses doigts sur le visage. Les yeux de la jeune fille s'emplirent de larmes, mais elle ne dit rien. Elle porta la main à sa joue pour atténuer la douleur et baissa la tête juste avant que sa mère lui ordonne de lever les yeux.

—Regarde-moi, dit Olvido en se rasseyant. Il est temps que tu apprennes une bonne fois pour toutes que dans cette vie, nous, les femmes, sommes là pour voir, entendre et nous taire. Surtout nous taire. Ton père est ton père, celui qui s'échine à piquer du charbon douze heures par jour pour ramener de l'argent à la maison afin que toi, tu puisses vivre comme une jeune fille. C'est lui qui commande ici, et je ne permettrai pas que tu lui manques de respect. Tu es là pour le servir et pour prier qu'il ne soit pas emmené au front. Alors, ne t'avise pas de répéter ce que tu viens de dire. À personne. Jamais de la vie. Tu te tais et tu obéis. C'est compris ?

Aurora acquiesça, ramassa une autre cosse et continua de récolter les pois, les larmes coulant sur ses joues pendant un long moment, jusqu'à ce que sa mère, qui s'était calmée, reprenne la parole.

—Je me suis dit que cet après-midi, tu pourrais broder un ange sur le bonnet de la robe de baptême.

S'il y avait une chose qu'Aurora aimait encore plus que la couture, c'était la broderie.

—Je peux le faire en bleu ?

—Non, ma fille, non. En blanc. Il faut qu'il soit blanc. Que cherches-tu ? Qu'ils ne nous paient pas ? Don Leoncio serait capable de refuser de baptiser l'enfant s'il portait quelque chose de bleu. En plus, si tout est blanc, ses sœurs pourront en hériter quand il en aura. Brode-le en blanc et fais en sorte que ce soit joli. Avec des ailes et le reste.

—Bien sûr, maman, répondit-elle, le visage toujours endolori, la honte dissimulée dans sa poitrine et son imagination dessinant déjà l'ange qu'elle broderait sur le bonnet du bébé.

Aurora aurait aimé avoir une sœur. Pas des frères, car d'après ce que racontaient ses amies, ce n'étaient que des porcs qui augmentaient la quantité de vêtements à laver et à repasser, de casseroles et de poêles à récurer, et qui mettaient la maison en désordre. *Et peut-être qu'ils attendraient la même chose de moi que mon père*, pensa-t-elle. L'idée l'horrifia tellement qu'elle la chassa de son esprit, reconnaissante que ses parents n'aient pas d'autres enfants.

Ce soir-là, ignorant tout de la conversation que son épouse et sa fille avaient eue le matin même, Frutos retrouva Olvido qui l'attendait dans son lit. S'il avait eu la tentation de se rendre dans la chambre de sa fille, elle se dissipa entre les jambes de sa femme, qui se montra plus attentionnée qu'elle ne l'avait été pendant toute la durée de leur mariage.

OLVIDO, 1936

La mort de ses parents plongea Olvido dans un chagrin constant qu'elle s'efforçait tous les jours de surmonter sans y parvenir. Après plusieurs semaines d'insomnie, au cours desquelles elle ne cessa de se retourner dans son lit, alourdissant la laine du matelas jusqu'à ce que Frutos commence à se plaindre, le docteur lui prescrivit des gouttes à prendre avant de se coucher. Le médicament soulagea Olvido, la plongeant dans un sommeil profond et hypnotique, mais le lendemain, elle se réveilla avec l'esprit embrouillé et la sensation d'avoir passé la nuit dans le coma. Elle passa plusieurs mois dans cet état, sans s'occuper ni d'Aurora, ni de son mari, ni de sa maison. Les voisines commencèrent même à faire des commérages après qu'Olvido fut arrivée plusieurs fois à la rivière avec le panier à linge, mais sans le savon Lagarto nécessaire pour le laver. Ignorant tout des messes basses, Olvido passa son deuil sous l'effet des barbituriques que le pharmacien lui préparait ponctuellement selon les instructions du docteur. Elle ne se rendait même pas compte des fois où Frutos s'approchait d'elle dans l'intention d'user de son privilège conjugal et la trouvait totalement inconsciente. Le problème survint le jour où la guerre emporta le docteur habituel, qui fut remplacé par don Fabian, un médecin plus jeune et moins enclin à prolonger les ordonnances.

—Voyez-vous, Olvido, vous en avez déjà pris suffisamment. Les femmes ont les nerfs fragiles, cela fait partie de leur nature, mais ces médicaments ne sont pas destinés à cela. Si vous avez des difficultés à dormir, buvez une tisane de tilleul avec de la valériane. Si vous ne trouvez pas le sommeil avec cela, occupez-vous de votre époux. Et si votre état ne s'améliore toujours pas, alors parlez-en au prêtre, car la médecine ne peut plus rien pour vous.

C'est ainsi que, privée de barbituriques et de temps pour s'en déshabituer, Olvido vit ses insomnies refaire surface et s'aggraver. Ce fut précisément ce qui lui permit de voir son mari se lever et abandonner le lit conjugal. Il tarda tellement à revenir qu'Olvido se leva juste à temps pour le voir sortir de la chambre de sa fille. Quelques jours plus tard, Aurora lui raconta ce qui se passait avec son père. Ce fut la dernière nuit qu'Olvido essaya de dormir.

Au contraire, elle s'efforçait désormais de rester éveillée pour faire savoir à Frutos que, s'il se levait, elle serait là à l'attendre à son retour.

Frutos retourna auprès de sa femme et Olvido décida de faire honneur à son nom et d'oublier. Surtout, grâce à cette méthode inutile qui consiste à se taire et à nier ce qui s'était passé, elle espérait qu'Aurora oublie.

2

Ana, 2014

À minuit, alors que j'étais déjà au lit en train de regarder une série Netflix dans notre chambre, mon téléphone sonna. Je m'attendais à ce que ce soit Carlos qui m'appelait pour me prévenir qu'il rentrerait plus tard que prévu. Il oubliait souvent de me tenir au courant avant d'être déjà sur le chemin du retour. Mon mari avait pris l'habitude de rentrer du travail aux petites heures du matin plusieurs jours par semaine.

Ce n'était pas lui au téléphone cette nuit-là. C'était Alba, ma fille.

— Salut, ma puce, je suis ravie de t'entendre. Comment ça se fait que tu m'appelles à cette heure-ci ? Je suis déjà au lit.

— Je viens de parler avec papa et il m'a demandé de te prévenir qu'il rentrerait tard.

— Je ne sais pas pourquoi il s'en donne la peine. Ce qui serait inhabituel, ce serait qu'il rentre pour le dîner.

— Oui… Au fait, est-ce que la vieille Singer prend toujours la poussière dans le débarras ?

— Oui, j'en avais marre de subir les foudres de ton arrière-grand-mère chaque fois qu'elle rentrait chez moi et la voyait dans le salon.

— Je peux la prendre ?

— Pour quoi faire ? répondis-je, légèrement contrariée.

Alba n'avait jamais approché la machine à coudre de sa vie. Elle considérait la couture comme un symbole typique de l'oppression patriarcale, parmi tant d'autres.

— Pour une exposition sur l'émancipation de genre.

Je ne fis pas de commentaire parce que je ne voulais pas m'exposer à un sermon revendicatif de la part de ma fille, mais je ne pus m'empêcher de me demander comment il pouvait y avoir une exposition sur l'émancipation de genre. Féminin, supposai-je. Si deux genres existaient depuis toujours, ma fille ne se référait qu'à un seul quand elle utilisait ce mot. De plus, d'après ce qu'elle m'avait expliqué, il en existait à présent beaucoup d'autres, dont un binaire, comme les langages de programmation.

— Écoute, ma puce, lui dis-je, et si tu passais à la maison demain pour mieux m'expliquer ?

— Donc, tu me la prêtes ?

— Je n'ai pas dit ça, m'empressai-je de répondre avant qu'elle ne me raccroche au nez avec un bref « Merci, maman. À demain. »

Je n'entendis pas Carlos rentrer cette nuit-là, et quand je me réveillai, il n'était déjà plus au lit. Un lit *king size* qui semblait petit dans notre chambre gigantesque et dans lequel cela faisait un an, six mois et vingt et un jours que nous n'avions pas fait l'amour. Carlos admirait le luxe et la beauté des voitures, des maisons, des vêtements et des femmes. Il rejetait tout ce qui n'était pas raffiné. C'est pourquoi, à ce moment de notre vie, je compris qu'il me rejetait, moi.

Le lendemain, je me levai de mauvaise humeur et les explications floues de ma fille quant à ses intentions envers la Singer n'arrangèrent rien, alors je refusai de me plier à sa demande. Heureusement pour nous deux, sans quoi la machine à coudre de ma grand-mère aurait fini réduite en cendres dans le parc du Retiro.

Aurora, 1940

Le jour où Paloma Sánchez San Francisco rencontra Aurora, la grand-mère d'Ana, elle fut horrifiée. Il était difficile d'imaginer que ce sac de kilos de graisse et de liquides stockés, avec une jupe qui lui tombait jusqu'aux chevilles et les cheveux sans teinture, avait été dans sa jeunesse une des plus belles femmes du bassin minier asturien. Difficile aussi de croire que sa petite-fille, Ana, la femme qu'allait épouser son fils, était son portrait craché, comme l'assurait pourtant sa famille avec des photos d'Aurora à l'appui. On n'y voyait aucune ressemblance avec la vieille femme obèse et grotesque qu'elle était devenue. Aurora était née avec une beauté qui l'avait avantagée et blessée à parts égales, comme ce serait le cas de sa petite-fille des décennies plus tard.

Désirée par les hommes et enviée par les femmes, Aurora avait utilisé son corps autant de fois que nécessaire. Cependant, ce ne fut pas son corps qui la sauva en cet après-midi funeste de 1940, lorsque deux soldats ivres et enragés des troupes maghrébines de Franco entrèrent par erreur chez elle, alors qu'elle et sa mère se relayaient pour coudre sur la nouvelle machine d'Aurora, une Singer d'occasion, offerte par ses parents pour son mariage qui aurait lieu quelques semaines plus tard. Elle allait coûter à Frutos des heures de travail acharné. Aucune personne saine d'esprit n'aurait laissé de côté cette merveille technologique jusqu'au grand jour. Encore moins alors qu'il y avait une robe de mariée à coudre et un trousseau à terminer, en plus des commandes et des retouches qu'Olvido acceptait dès que l'opportunité se présentait. Grâce à cela, ils pouvaient se payer la nourriture aux prix exorbitants du marché noir pour compléter le menu imposé par la carte de rationnement, qui était loin de couvrir les besoins vitaux de la famille.

À la radio, Concha Piquer chantait *A la lima y al limón* pendant qu'Olvido achevait sur la machine à coudre la robe de soie que sa fille porterait le jour de son mariage. Aurora, assise à côté d'elle, faufilait à la main le pantalon que Paulino, le marié qui n'avait ni mère ni sœur pour lui coudre ses vêtements, porterait fièrement.

Les deux femmes sursautèrent lorsque ces hommes, armés et vêtus de pantalons bouffants, ouvrirent d'un coup la porte en bois qui les séparait de la rue et qu'elles ne fermaient que pendant la nuit, comme dans toutes les maisons du village. Ils pénétrèrent dans la cuisine sans crier gare, tachant le sol de la boue de leurs bottes. Aurora et sa mère se levèrent et s'approchèrent l'une de l'autre instinctivement, cherchant à rester unies pour se sentir protégées.

— Que voulez-vous ? Que cherchez-vous ? les interrogea Olvido.

— Où sont les hommes de la maison ? répondit le plus petit, avec un accent sifflant qui rappela à Aurora celui d'un serpent.

Rien ne provoquait plus de terreur dans le bassin minier que les soldats réguliers africains, affectés là pour contrôler les révolutionnaires. Ils avaient la réputation d'être des mercenaires sauvages, cruels et sanguinaires. Pilleurs et voleurs, ils étaient capables des crimes les plus atroces et étaient habitués à tuer des Espagnols pour de l'argent, des promesses de fortune et, surtout, pour le plaisir de se venger de l'envahisseur.

— Vous êtes sourdes ? Ne m'avez-vous pas entendu ? répéta le Maure en s'approchant. Où sont vos hommes ?

Elles reculèrent toutes les deux jusqu'à ce que la cuisinière à charbon les arrête dans leur élan.

— À la mine, répondit Olvido, sans préciser que, dans cette maison, il n'y avait qu'un seul homme, Frutos, Fructuoso Cangas, qui ne se mêlait pas de politique et qu'ils n'avaient aucune raison de chercher.

Mais, en ces années agitées, il n'y avait pas besoin de raison pour traîner un homme hors de chez lui et le torturer, voire le tuer.

Le Maure qui avait parlé s'adressa à son compagnon dans une langue qu'elles ne comprenaient pas. Il se tourna vers la porte d'entrée, la verrouilla et la bloqua à l'aide de la chaise sur laquelle Aurora était assise avant leur arrivée, piétinant la soie beige qu'Olvido était en train de coudre minutieusement une minute auparavant.

Au même moment, à la radio, Estrellita Castro se mit à chanter *Suspiros de España*, comme s'il s'agissait d'une mise en garde pour les deux femmes.

Le soldat qui semblait diriger fit un geste à son collègue qui, en réponse, s'approcha d'elles et les sépara violemment. Olvido cria et l'homme reprit la parole d'un ton menaçant.

— Taisez-vous ! ordonna-t-il lentement et calmement, de cette voix sifflante qui les fit trembler.

Le regard glacé de ce Maure au teint olivâtre, laid et dégingandé, au nez proéminent et aux oreilles décollées, les parcourut de haut en bas. Leurs cœurs s'emballèrent : cela ne présageait rien de bon et il n'y avait pas de possibilité de s'enfuir.

Aurora étouffa un cri et se prépara à obéir à tout ce que les hommes attendaient d'elle tandis qu'Olvido sentait qu'elles n'allaient pas s'en sortir vivantes. Les troupes maghrébines ne laissaient aucun témoin de leur barbarie.

Le plus petit, le seul à avoir pris la parole jusqu'à présent, s'approcha d'Aurora et, sans la quitter des yeux, lui ordonna :

— Soulève ta robe.

Aurora ferma les yeux, maîtrisa son dégoût face à la forte odeur d'alcool qui se dégageait de l'haleine de son agresseur et obéit. Si c'était tout ce qu'ils attendaient d'elles, elle était disposée à le leur donner sans résistance.

L'instinct maternel d'Olvido se manifesta alors face à la scène à laquelle elle allait assister. Elle tenta de séparer l'horrible homme de sa fille, mais l'autre soldat l'attrapa par les cheveux et la tira violemment pour la retourner, impassible devant ses cris, jusqu'à l'encastrer, dos à lui, contre le plan de travail en marbre de la cuisine. Olvido pleurait de douleur et commença à le supplier, craignant qu'ils ne les tuent. Comme si son imploration attisait davantage la soif de domination et de sang de ses hommes, son agresseur se mit à rire et recommença à lui tirer les cheveux pour qu'elle s'agenouille. Il approcha ensuite son visage de son entrejambe en criant « Suce, sale pute » avec un fort accent étranger, sans cesser de rigoler.

L'agresseur d'Aurora l'accompagna, tout en continuant à prendre ce qu'il voulait d'elle comme si de rien n'était. Pendant ce temps, Aurora se répéta le mantra qu'elle avait récité tant de fois : « Tiens bon, ce sera bientôt fini. »

Quand les rires qui leur glaçaient le sang cessèrent enfin, le violeur d'Olvido éloigna son visage, la gifla avant de la repositionner où il voulait qu'elle soit en disant :

—Encore, et mieux.

Olvido sanglotait en essayant de satisfaire le Maure pour sauver sa vie, mais elle dut le blesser parce qu'il cria quelque chose qu'elles ne comprirent pas en lui attrapant le bras, l'entraîna vers la cuisinière à charbon et prit le tisonnier qui brûlait à l'intérieur.

—Tu vois comment se comporte mon ami ? Tu ferais mieux de continuer à m'obéir gentiment comme ça, dit son agresseur à Aurora, entre deux halètements.

Aurora profita de cet instant pour attraper le couteau à désosser sur le plan de travail et le lui planta dans le cou. Occupé à son propre plaisir, il avait baissé la garde devant le manque de résistance de sa victime, et ne l'avait pas vue venir. Mortellement blessé, il se couvrit le cou de la main pour tenter vainement d'arrêter l'hémorragie et recula en titubant jusqu'à s'effondrer sur la machine à coudre flambant neuve, imbibant de sang le meuble en bois dans lequel elle était encastrée.

Son collègue jura dans sa langue et lâcha Olvido pour se lancer sur Aurora, qui ne tenta pas de s'enfuir. Elle était pétrifiée, appuyée contre le marbre, le couteau ensanglanté à la main. Ce fut alors qu'Olvido puisa dans ses tripes une force qu'elle ignorait posséder et frappa l'homme à la tête avec le tisonnier ardent qu'il s'apprêtait à appuyer sur sa peau. Il s'effondra au sol, et cela suffit à Aurora pour sortir de son état de choc et s'approcher de l'homme qu'elle avait poignardé pour vérifier s'il était mort. C'était le cas. Elle lui avait sectionné la carotide et il s'était vidé de son sang en moins d'une minute.

Le couteau en main et prête à tout, Aurora s'approcha de l'autre soldat, qui gisait au sol, les yeux vitreux et immobiles. Au cas où il serait toujours en vie, elle prit deux morceaux de tissu dans le panier des chutes et lui lia les mains et les pieds.

Olvido s'approcha de sa fille, pâle et sereine, et elles s'enlacèrent comme s'il n'y avait pas deux cadavres sur le sol de la cuisine.

Aurora ne retrouva jamais son calme après cela, mais suffisamment la raison pour comprendre que tuer deux soldats des troupes africaines de Franco pouvait les conduire au poteau d'exécution, et que ce qu'elles raconteraient ne pourrait rien y faire.

AGUEDA, 1947

Agueda avait six ans la première fois qu'on lui tira les cartes. Sa mère l'avait enfermée dans le garde-manger pendant une bonne partie de la journée. C'était la punition préférée d'Aurora : non seulement elle apprenait à sa fille à bien se comporter, mais elle s'en débarrassait aussi pendant un moment. Ainsi, Agueda avait appris très tôt que la meilleure chose qu'elle puisse faire pour contenter sa mère était de se rendre invisible. Elle détestait qu'on l'enferme dans l'obscurité du garde-manger, imaginant que les rats parviendraient à s'y introduire à la recherche de nourriture et qu'ils commenceraient à lui grignoter les pieds, ou que les cafards grimperaient le long de ses jambes nues et transies de froid dans cette pièce humide, la confondant avec le mur.

Ce jour-là, Aurora oublia Agueda. Les petits jouaient chez la voisine pendant qu'elle avait de la couture à faire. Elle était si absorbée par son travail qu'elle ne mangea pas, pas plus qu'Agueda, dont les larmes s'asséchèrent à force de pleurer dans sa prison et dont l'estomac était tiraillé entre les gargouillements de faim et les nausées causées par la peur de ne jamais en sortir.

Ce ne fut que lorsque son père rentra de la mine, trempé par la bruine qui l'avait accompagné sur les quatre kilomètres qu'il avait parcouru à vélo, et qu'il demanda où était la petite qu'Aurora se souvint de sa fille.

Paulino dévisagea sa femme avec déception. Il avait rapidement découvert que, sous la beauté dont il était tombé amoureux, se trouvait un cœur dur et sévère qui lui était impossible d'aimer, malgré tous ses efforts.

Moins Paulino aimait Aurora, plus il adorait Agueda. Il aimait tous ses enfants, mais Agueda était spéciale. Peut-être parce qu'Aurora n'avait jamais été une mère pour elle, ou parce qu'elle était tellement différente de lui qu'il avait peur de ne pas la comprendre, ou parce qu'Agueda était une petite fille réservée au regard triste qui ne s'illuminait que quand elle le regardait, lui, son père.

Quand Aurora libéra enfin Agueda après des heures d'enfermement, Paulino l'autorisa à manger deux portions de pain au chocolat et à sortir jouer dans la rue jusqu'à l'heure qu'elle souhaitait.

—Mais mets quelque chose sur toi, il pleut, l'informa-t-il avant qu'elle ne sorte, impatiente de respirer l'air frais et de profiter de sa liberté.

Il y avait effectivement une bruine épaisse, mais elle s'en moquait. Elle se promena en donnant des coups de pied aux pierres sur le chemin, à la recherche de quelqu'un avec qui jouer, mais elle ne trouva aucune de ses voisines dehors. Ses vêtements étaient humides et elle commençait à avoir froid, mais elle ne voulait pas rentrer chez elle. Elle avait besoin de respirer un peu plus longtemps cet air humide qui avait le goût de la liberté. Elle continua vers le parc près de la rivière, au cas où Florita s'y trouverait. C'était la nouvelle élève de l'école, arrivée récemment au village avec son père et sa grand-mère, attirés par le chant des sirènes de la prospérité que les mines apportaient à la vallée.

Agueda marcha jusque-là et arriva au moment où le soleil commençait à se cacher derrière les montagnes. Elle trouva Florita et sa grand-mère Herminia, assises sur le devant d'une vieille maison à l'abri de la pluie. Florita se leva, heureuse de voir la seule amie qu'elle s'était faite à l'école depuis son arrivée et impatiente de la présenter à sa grand-mère. Florita n'avait ni mère, ni frères, ni sœurs.

—D'où viens-tu comme ça ? questionna Herminia avec un accent qui ne provenait pas de ces vallées.

—De Villapendi, répondit Agueda en se retournant pour monter du doigt la zone dans laquelle elle vivait. Et vous ? Vous parlez comme la sœur Tránsito.

—Je ne la connais pas, mais je suis de Burela. Tu sais où ça se trouve ?

Agueda secoua la tête.

—En Galice ! Je suis galicienne, même si j'ai eu la mauvaise idée d'épouser un pêcheur asturien qui m'a emmenée à Luarca, expliqua-t-elle en riant de son trait d'esprit. Mais je n'ai jamais perdu mon accent. Tu sais où se trouve Luarca, ma chérie ?

Agueda secoua à nouveau la tête, sans dire un mot.

—C'est à côté de la mer, proche de la Galice. Il y a un port là-bas, d'où sortent des bateaux tous les matins pour pêcher. Ils reviennent à midi remplis de sardines, d'anchois, de maquereaux et même parfois de thons, en été.

Cette image transporta Agueda, qui n'avait jamais vu la mer, dans un récit d'aventures comme ceux que lui racontait son père, avec des pirates, des monstres marins et des sirènes.

—Je n'ai jamais vu la mer, avoua-t-elle.

—L'océan est énorme, et quand il se met en colère, il devient furieux et très noir, il rejette de l'écume blanche et rugit plus fort que les lions, expliqua Florita.

Agueda trembla rien que d'y penser. Elle n'était plus certaine de vouloir être une princesse des mers qui épouserait un pirate comme dans l'histoire de son père.

—Tu veux savoir quand tu verras la mer ? proposa Herminia.

—Oui, oui, oui, répondit Agueda. Et je veux aussi savoir si je vais me marier avec un pirate !

L'imagination de la petite fille la fit sourire.

—Nous allons le demander aux cartes ! Viens, entrons et profites-en pour te sécher, tu es toute mouillée.

—Les cartes savent ça ? s'étonna Agueda, qui ne se souciait pas d'être sèche ou pas.

—Bien sûr, ma petite, bien sûr. Les cartes savent tout.

—Chez moi, elles ne servent qu'à jouer à la bataille ou à la brisque, répondit-elle, aussi enthousiaste que peu convaincue.

Florita vivait au sous-sol, dans un taudis où les latrines étaient partagées avec les quatre voisins qui occupaient les logements de la partie inférieure de la maison. Il ne comptait que deux chambres, une où dormaient la fillette avec sa grand-mère et une autre pour le père, ainsi qu'une cuisine avec des meubles anciens dont la protagoniste était une énorme radio en bois. Le sol était en terre battue, non pavé.

Ce fut là, autour d'une table à deux pieds avec quatre chaises différentes, que s'assirent Herminia, Agueda et Florita, prêtes à demander leur avenir à un jeu de cartes espagnol.

— Silence, maintenant. Laissons parler les esprits, ordonna Herminia d'un ton solennel en ouvrant un paquet enveloppé dans un tissu brodé qui ne contenait non pas un mais trois jeux de cartes, tous plus usés les uns que les autres.

Florita, habituée aux tirages de cartes de sa grand-mère, était calme, mais le cœur d'Agueda battait la chamade dans sa poitrine avec une force telle qu'elle craignit que la vieille femme ne l'entende.

— Coupe, ordonna grand-mère Herminia.

Lorsqu'elle vit qu'elle n'avait pas compris de quoi elle parlait, elle prit un autre tas de cartes et demanda à Florita :

— Montre-lui comment faire.

Florita coupa et Agueda l'imita avec son propre paquet, créant deux piles faces cachées.

— Choisis-en une, indiqua Herminia. Sans réfléchir.

Agueda s'exécuta puis Herminia retourna les deux paquets. En haut de celui qu'elle avait choisi, il y avait l'As d'Épée ; dans l'autre, le Valet de Denier.

— Ma pauvre petite ! réagit-elle avec un geste d'inquiétude.

— Qu'est-ce qu'il y a ? demanda Agueda, effrayée.

— La vie que tu souhaites n'est pas dans ta pile. Tu es le Valet de Denier, ici, dans le tas que tu n'as pas choisi, et celui que tu as désigné est protégé par l'As d'Épée qui symbolise les peines que tu devras subir, les sacrifices que tu devras faire et les dangers que tu devras affronter si tu veux réaliser tes rêves.

— Je peux changer de pile ? demanda-t-elle, les yeux légèrement humides.

— Plus possible, ma chérie, plus possible, mais nous allons voir ce que l'avenir que tu as choisi te réserve. Je suis certaine que tu vas y arriver, répondit Herminia avec un sourire pour éviter que la fillette ne soit plus effrayée qu'elle ne l'était déjà.

La lecture des cartes d'Herminia prédit à Agueda un avenir de conte de fées, avec un homme merveilleux qui l'emmènerait voir la mer, plusieurs fils qui la couvriraient de fierté et de richesse, et deux filles magnifiques et affectueuses qui resteraient toujours à ses côtés.

La nuit était presque tombée lorsqu'Agueda sortit de chez Florita, rêvant d'un beau pirate qui l'emmènerait voir la mer, car dans son imagination, l'homme merveilleux que lui avait décrit Herminia était un pirate avec un foulard sur la tête, une chemise en soie et une épée qu'il utilisait sans pitié et avec habileté contre ses ennemis.

Herminia, quant à elle, était inquiète. Elle n'aimait pas ce qu'elle avait vu dans les cartes d'Agueda : le Valet de Denier à l'envers, le Six de Bâton, le Trois d'Épée... Une main désastreuse. Cette fillette allait connaître de nombreuses souffrances, et la première serait une perte qui compliquerait beaucoup sa vie, même si les cartes n'indiquaient pas de quoi il pouvait s'agir. Herminia croisa les doigts. Le lendemain, elle irait cueillir des branches d'eucalyptus et les apporterait à Agueda pour la protéger des mauvaises énergies qu'elle avait remarquées autour d'elle. Au moins, il avait arrêté de pleuvoir.

Aurora, 1940

Aurora connut de nombreuses journées marquantes au cours de sa vie, mais aucune ne la frappa autant que celle qui se termina avec deux cadavres sur le sol de la cuisine de sa mère et sa machine à coudre flambant neuve tachée du sang d'un horrible soldat des troupes africaines.

Depuis que Paulino avait demandé la main d'Aurora, il allait déjeuner ou dîner tous les jours chez ses beaux-parents, selon son horaire de travail. Sans parents ni frères et sœurs, il était devenu un membre de la famille à part entière, sauf à l'heure du coucher. Paulino n'était pas du genre à fréquenter les bars. Contrairement à la majorité des mineurs, il ne buvait pas et n'était pas un coureur de jupons. Son seul vice était de fumer. Il fumait ce qu'il pouvait obtenir grâce à la carte de fumeur et ce qu'il se procurait au marché noir, et s'il n'y avait ni l'un ni l'autre, tout ce qu'il pouvait rouler. Il fumait cigarette sur cigarette pendant les heures qu'il passait éveillé en dehors de la mine. Même Frutos, qui avant l'accident rentrait chez lui tous les jours en sentant le vin et au moins une fois par semaine en puant le sexe avec des inconnues, semblait à présent avoir changé en suivant les pas de Paulino. Pour ne pas laisser son gendre seul à la maison pendant qu'il traînait dans les bars, il s'asseyait à la table familiale tous les soirs, sobre et d'humeur à bavarder. Olvido était plus heureuse que jamais. Elle chantait même parfois en faisant la vaisselle, de la couture ou la cuisine. En pleine période d'après-guerre, alors que les nouvelles d'arrestations, de disparitions et d'exécutions arrivaient quotidiennement dans le bassin, la famille Cangas vivait une période de bonheur relatif.

Au retour du gendre et du beau-père ce soir-là, après dix heures à la mine et le chemin à vélo, le dîner n'était pas prêt. À la place, ils trouvèrent deux cadavres maghrébins, déjà froids, enveloppés dans des linceuls improvisés, et une cuisine impeccable qui sentait l'eau de Javel et le vinaigre. Olvido et Aurora, épuisées par la tâche et nerveuses à cause de l'angoisse de ce qui s'était produit et de la peur de ce qui pourrait arriver, leur racontèrent les événements de l'après-midi de manière si précipitée que Frutos et Paulino comprirent davantage de ce qu'ils virent que de ce qu'ils entendirent. Il était clair que leur seule option était de se débarrasser des cadavres et que ceux-ci demeurent cachés pour le reste de leur vie. Si on les découvrait, ils ne pourraient qu'attendre la torture et la mort.

—Il faut les emmener dans la forêt, suggéra Paulino. Là, ils accuseront le maquis.

—Et comment les sortir d'ici ? l'interrogea Frutos, peu convaincu. On va nous voir. Tu sais très bien que regarder à travers les rideaux pour voir ce que font les voisins le soir est un sport qui a beaucoup plus d'adeptes que le tournoi national de football. Et encore, c'est si la Guardia Civil ne nous arrête pas. En plus, nous n'avons pas de charrette.

—Je peux en trouver une, ainsi que de l'aide pour les y charger, insista Paulino.

—Ne demandons pas d'aide, intervint Olvido. Personne ne voudra porter deux morts qui ne lui appartiennent pas.

—Pedro, si.

—Qui est Pedro ? demanda Aurora, stupéfaite d'être sur le point d'épouser un homme qu'elle connaissait à peine.

—Le parrain de mon père. Il nous aidera. Il a une charrette et deux mules.

—Tu ne m'as jamais parlé de lui, fit remarquer Aurora d'un air soupçonneux.

—Il nous aidera, affirma Paulino.

—Je ne savais même pas que cet homme existait et nous devrions lui raconter que nous avons tué deux Maures de Franco simplement parce que tu prétends que c'est une personne de confiance ? Tu es fou, Paulino.

—Je vais le chercher, déclara-t-il, déterminé.

—Attends, l'arrêta Frutos, la petite n'a pas tort. Comment être certains qu'il ne va pas nous dénoncer ?

—Parce que je vous le dis. Vous avez une meilleure idée ?

Paulino et Frutos remontèrent sur leurs vélos, sous les protestations d'Olvido et d'Aurora.

—Si tu te trompes, nous sommes tous morts, affirma Frutos avant de quitter la maison.

Après trente minutes à pédaler en montée, ils laissèrent leurs vélos devant une petite maison en pierre isolée au milieu de nulle part. Ils durent frapper plusieurs fois à la porte en bois avant d'entendre une voix de l'autre côté.

—Qui est-ce ?

—C'est Paulino, le fils d'Ambrosio.

Après un grincement de la serrure, la porte s'ouvrit.

—Paulino, fiston, entre, dit un homme maigre aux cheveux blancs, enveloppé dans une épaisse robe de chambre à carreaux, à la fois propre et usée. Quel malheur t'amène ici à une heure pareille ?

—Je vous présente Frutos, mon futur beau-père.

Pedro pencha la tête pour regarder Frutos, mais ne s'approcha pas et ne lui adressa pas un mot.

Après que Paulino lui eut résumé en trois phrases ce qui s'était passé, Pedro leur servit trois verres d'eau-de-vie de raisin maison et les invita à s'asseoir.

—Nous n'avons pas le temps pour ça, s'emporta Frutos, qui n'était pas encore intervenu. Il y a deux cadavres dans ma cuisine, avec mon épouse et ma fille. Elles sont en danger.

—Et si nous ne gardons pas la tête froide, vous finirez tous morts. Et moi avec. N'importe qui aurait pu voir ces hommes entrer dans la maison et vous voir en sortir à cette heure tardive. Sans oublier que si je vous accompagne avec une charrette et qu'un voisin nous voit y charger deux paquets, nous sommes perdus.

—Ça dépend quel voisin, corrigea Frutos.

—Vous êtes prêts à courir le risque ?

En réalité, Frutos ne voulait même pas être là, mais il n'avait pas de meilleure idée non plus. De plus, au fur et à mesure que le niveau d'adrénaline baissait, la peur prenait sa place.

—Demain, il y a un marché à Turón, les informa Pedro.

Frutos réprima difficilement l'ironie qui tentait de s'échapper de sa bouche. Leur vie était en danger un peu plus à chaque instant et ils perdaient leur temps avec un vieillard qui ne proférait que des propos incohérents.

— Et en quoi cela va-t-il nous aider ? l'interrogea Paulino alors que Pedro n'ajoutait rien. Demain, des recherches seront déjà lancées pour retrouver les Maures.

— Les choses qui passent le plus inaperçues sont celles qui se font en plein jour. Descendez les cadavres à la cave et demain, vous m'inviterez à déjeuner. Maintenant, allez au village et faites-vous voir au bar à boire quelques verres, mais ne rentrez pas ivres. Plus vous passerez du temps hors de chez vous, pire ce sera.

— Si nous ne voulons pas attirer l'attention, c'est une mauvaise idée d'envoyer Paulino au bar. Mon gendre n'a d'autre vice que la cigarette, dit Frutos, de plus en plus désespéré.

— Vous raconterez que les femmes étaient occupées à confectionner la robe de mariée et que le repas n'était pas prêt, continua Pedro, faisant fi du commentaire de Frutos. Dites-le à voix haute pour que l'on vous entende et, si l'occasion se présente, plaisantez sur les femmes et les mariages. Quand vous rentrerez chez vous, cachez les corps jusqu'à ce que j'arrive demain. Allez-y vite, il n'y a pas de temps à perdre.

Les deux hommes reprirent leurs vélos et, cette fois, pédalèrent dans la descente. Frutos, plus athée par ses dires que par ses convictions, priait intérieurement. Paulino rompit le silence.

— Pedro a sauvé plus d'hommes pendant la guerre que les médecins. Faisons-lui confiance.

— Si c'est le cas, comment se fait-il qu'il n'ait pas encore été fusillé ? Ce genre de choses s'ébruitent.

— Parce qu'il est curé. C'est le père Pedro. Il est retraité et vit ici maintenant, dans la maison où il est né.

Quand Frutos et Paulino rentrèrent chez eux une heure et demie plus tard, parlant fort et sentant le vin, Aurora et

Olvido n'en crurent pas leurs yeux. Cependant, dès que la porte fut fermée, les hommes retrouvèrent leur sérieux, expliquèrent aux femmes ce qu'elles devraient dire si on leur posait des questions le lendemain et, à eux quatre, descendirent les cadavres à la cave. Ensuite, Paulino rentra chez lui pour ne pas éveiller les soupçons. Cette nuit-là, personne ne parvint à fermer l'œil, pas même père Pedro, que pourtant presque rien n'empêchait plus de dormir depuis longtemps.

AURORA, 1947

Le samedi suivant la visite d'Agueda, grand-mère Herminia se rendit chez elle accompagnée de sa petite-fille, avec plusieurs choses qu'elle avait préparées pour aider l'enfant à contrer la malchance : quelques branches d'eucalyptus saupoudrées d'eau et de sel, une gourde d'eau de rivière avec quelques feuilles de menthe à l'intérieur qu'Agueda devait boire pendant plusieurs jours, et un petit paquet de tissu avec du laurier à mettre sous son matelas.

Ce fut Paulino qui ouvrit la porte à la vieille dame et à Florita.

Ce matin-là, il s'était levé avec une grosse toux, comme cela lui arrivait souvent depuis quelque temps. Ce n'était qu'après avoir roulé sa première cigarette de la journée et que la fumée ait envahi ses poumons qu'il se sentait soulagé. « Tu devrais voir le médecin », lui avait suggéré Aurora plus d'une fois, mais sa femme n'était pas non plus très insistante.

Depuis la naissance des jumeaux, dès qu'ils s'adressaient la parole, ils se disputaient. En ce moment, les garçons étaient en train de se quereller à l'étage, mais le bruit de la machine à coudre d'Aurora ne cessait pas. Ce serait sûrement Agueda qui irait s'occuper des enfants.

—Foutue femme ! Elle n'a pas le moindre instinct maternel ! se lamenta Paulino.

Il se leva à contrecœur, sa cigarette en main et un café à moitié entamé, pour voir qui frappait à la porte. Il trouva une jeune fille très mince et dégingandée qui tenait la main d'une vieille femme qui, à en juger par les rides sur son visage, pouvait aussi bien avoir mille ans.

—Que voulez-vous ? demanda-t-il.

Herminia se présenta et Paulino fut ravi d'apprendre qu'Agueda avait enfin une amie à l'école.

—Vous ne venez donc pas d'ici ?

—Nous sommes de Luarca, répondit Herminia, mais nous vivons ici à présent. Mon gendre a réussi à se faire embaucher comme foreur dans la mine de Clavelina et nous voici. Nous sommes très heureux. À Luarca, nous n'avions que les champs ou la mer, et avec la petite et sans ma fille, ce n'était pas une vie.

—Je suis navrée pour votre fille.

—Je vous en remercie. Mais il faut toujours regarder vers l'avenir, n'est-ce pas ?

—Alors, bienvenue dans la zone minière. Entrez. Qu'est-ce qui vous amène chez nous ?

—Nous sommes venues donner quelques affaires à Agueda, expliqua Herminia en montrant le sac en tissu qui pendait à sa main droite.

Elle suivit Paulino à l'intérieur de la maison d'Agueda. C'était un manoir comparée à celle d'Herminia et de Florita. En voyant la grande cuisine et les deux étages qui comptaient chacun des latrines, cette dernière pensa que son amie était riche.

—Vous êtes aussi mineur ?

—Piqueur. Comme mon père, paix à son âme.

Paulino éteignit sa cigarette et recommença à tousser. À chaque fois qu'il arrêtait de fumer, la toux revenait.

—Votre maison est magnifique.

—Je vais prévenir Agueda.

Paulino trouva sa fille près des jumeaux. Elle avait réussi à les faire jouer ensemble sans qu'ils se disputent. La rancœur envers sa femme se transforma en douceur lorsqu'il regarda sa petite fille. Ils laissèrent les garçons en haut et, une fois redescendus, Paulino eut pitié de l'amie chétive de sa fille. Elles avaient le même âge, mais Agueda avait l'air plus âgée et en meilleure santé. Elle n'était pas plus grande, mais elle devait peser quelques kilos de plus.

—Voulez-vous un petit pain avec du chocolat ? proposa-t-il aux filles.

Les yeux de Florita s'illuminèrent.

—Du vrai chocolat ? demanda-t-elle.

En pleine période de rationnement, le chocolat était le rêve de tout enfant.

—Je prends ça pour un oui, dit Paulino en lançant un clin d'œil à la petite, tout en sortant quelques carrés de chocolat provenant du marché noir, qu'il accompagna de petites miches de pain.

—Papa, maman va se fâcher, l'avertit Agueda.

—Ne t'inquiète pas pour ça, viens. Mangez puis sortez jouer, mais finissez le pain ici, qu'on ne vienne pas vous le prendre.

Pour Herminia, il ajouta :

—Si vous voulez bien attendre un instant, je vais chercher ma femme. Elle est en train de coudre dans le séjour, précisa-t-il, comme si le cliquetis de la Singer n'était pas une indication suffisante.

Aurora n'apprécia pas interrompre son travail pour cette vieille femme ridée, vêtue d'une jupe et d'une blouse noires qui avaient connu des jours meilleurs, et la tête recouverte d'un foulard de la même couleur.

—Ravie de vous rencontrer, la salua Herminia, d'une voix si douce que même Aurora ne put manquer de courtoisie.

Au contraire, elle lui offrit même une tasse de café, qu'Herminia s'empressa d'accepter.

Au bout de dix minutes, Aurora écoutait les histoires fascinantes d'Herminia sur la vie en bord de mer, les bateaux, les pêcheurs et les tempêtes.

—J'aimerais tellement voir la mer ! commenta-t-elle avant de boire une gorgée de son café qui tenait plus du malt et de la chicorée qu'autre chose.

—La mer est inoubliable, je vous l'assure. Voulez-vous que nous demandions aux cartes quand vous allez la découvrir ?

—Aux cartes ? Vous voulez dire le tarot ? Je ne crois pas à ce genre de choses.

—Je comprends, mais pour les consulter, vous n'avez pas besoin d'y croire. Qu'avez-vous à perdre ?

Aurora acquiesça, peu convaincue mais très curieuse.

Herminia sortit son petit paquet qui contenait les deux jeux de cartes et commença le rituel sous l'œil attentif d'Aurora, qui se demandait si cette vieille dame emportait ses cartes partout. Ce n'était pas le cas. Herminia était venue chez eux dans le but d'en découvrir davantage sur ce qu'elle avait lu dans le tirage d'Agueda. Elle tira les cartes non pas à une mais à trois reprises pour Aurora, et chaque fois, un passé et un futur tordus comme des hiéroglyphes apparurent.

—Vous allez avoir une vie longue et intense.

—Ouf, je ne sais pas si ça me plaît, car j'ai déjà eu ma dose d'intensité, grommela Aurora.

—Je le vois. Regardez, vous voyez cette carte ? Elle est sortie dans les trois tirages, expliqua-t-elle en montrant le Quatre de Bâton. Et celle-ci, le Roi de Bâton, dans les deux derniers. Vous êtes une personne spéciale, déterminée comme peu d'autres femmes, et votre vie a été et continuera d'être différente de celle des gens ordinaires. Rien ne vous arrête.

—Vous dites ça à tout le monde. Personne ne veut entendre que sa vie consistera à se tuer à la tâche pour mettre de la nourriture sur sa table. Nous rêvons tous d'une vie différente, comme vous l'appelez.

—Eh bien, Aurora, je ne sais quoi vous dire. Une vie telle que la vôtre est mieux racontée que vécue.

À ce moment, Aurora commença à prendre Herminia plus au sérieux.

—Que pouvez-vous voir d'autre là-dedans ? questionna-t-elle.

—Vous voulez vraiment le savoir ? En fait, personne n'a envie de connaître son futur. Les gens pensent que oui, mais s'ils le connaissaient, leur vie deviendrait un enfer dans l'attente de l'inévitable. D'ailleurs, nous savons tous que nous allons mourir et nous vivons comme si ce n'était pas le cas. Pouvez-vous imaginer connaître les détails du reste de votre vie ?

Aurora resta silencieuse.

—Alors, racontez-moi mon passé, je le connais déjà, finit-elle par répondre.

—Voyons voir, Aurora, voyons voir, reprit Herminia. Vous connaissez bien entendu votre passé, mais il est possible que vous n'aimiez pas savoir comment les cartes le racontent. Vous n'êtes pas sans savoir que même les faits ne sont pas vrais puisque, comme le dit l'expression, tout est une question de point de vue.

Aurora ne répondit rien. Cette vieille dame l'intriguait, mais dans le bon sens du terme. Elle avait des papillons dans le ventre alors que cela faisait des années qu'elle ne ressentait plus aucune excitation pour quoi que ce soit.

—Racontez-moi mon passé. Il pourra m'ébranler, il pourra me dégoûter, mais il ne pourra plus m'effrayer.

—Je vois des morts, naturelles et violentes… Je vois du désamour, de la tromperie et, que Dieu me pardonne, de la honte. Beaucoup de honte.

Herminia se tut.

— Vous avez raison. Je ne veux pas savoir ce que l'avenir me réserve, conclut Aurora en se levant après quelques instants de silence, mettant fin à la visite.

ALBA, 2010

Alba Fresno fut une enfant désirée et aimée par sa mère et ses grands-mères. Chacune à sa manière. Par son père également, mais Carlos faisait partie de ces hommes qui pensaient que les enfants relèvent de leur mère jusqu'à un certain âge, et les filles pour toujours. Très tôt, il emmena Carlitos et Jesús dans la loge que son entreprise possédait au Bernabéu, lorsqu'ils eurent atteint l'âge où ils ne faisaient plus trop de vacarme et pouvaient être bercés dans l'art de conclure des contrats dans le cadre de leur spectacle favori. À la fin du match, Carlos s'en allait avec les clients et renvoyait les enfants chez eux avec le chauffeur, car certaines parties des discussions d'affaires n'étaient pas pour les mineurs. Alba n'accompagna jamais son père au football et n'apprit jamais à négocier des contrats d'entreprise comme les hommes de la famille Fresno. Cela ne l'empêcha pas de tisser une relation spéciale avec son père, au contraire. Carlos adorait sa princesse et n'oubliait jamais de lui ramener un cadeau lorsqu'il rentrait de voyage.

Alba grandit sans autres préoccupations que celles de son âge, gâtée par sa mère et plus encore par ses deux grands-mères, Agueda et Paloma, aussi différentes l'une de l'autre qu'une autruche et un paon. Alors que ses frères faisaient du football, elle jouait à la poupée, allait faire du shopping dans les meilleures boutiques de Salamanque avec sa mère et sa grand-mère Paloma, jouissait de fêtes d'anniversaire pleines de fondants et de paillettes, avec des châteaux gonflables et des animateurs qui inondaient le jardin de sa maison. Petit à petit, elle commença à concurrencer ses camarades du lycée britannique pour le titre de la plus belle, la mieux habillée et la préférée des professeurs.

Ce ne fut qu'à l'adolescence que son chemin commença à s'éloigner de celui de ses ancêtres. Ses amis devinrent le centre de sa vie et sa mère, le symbole du conformisme féminin ; sa grand-mère Agueda représentait la soumission au patriarcat ; son arrière-grand-mère, l'aliénation des femmes par la société ; et sa grand-mère Paloma, même si elle s'en sortait mieux, était tout de même la preuve vivante que la façon dont les hommes permettaient aux femmes d'accéder à une vie meilleure passait par leurs corps. Pour ce qui était de la génération de sa grand-mère Paloma, Alba pouvait le comprendre, mais Ana, sa mère, n'avait aucune excuse puisqu'elle était allée à l'université. Paloma, elle, n'avait jamais eu cette opportunité.

Les quatre femmes écoutèrent les premiers discours revendicatifs d'Alba avec la stupéfaction que l'on a devant un chiot espiègle redevenu du jour au lendemain l'animal sauvage que, par nature, il était destiné à être. Passé l'étonnement, Ana s'arma de patience pour endurer l'adolescence de sa fille, persuadée que ce n'était qu'une phase passagère. Agueda se tut, ne comprenant pas de quel patriarcat Alba parlait, tandis que Paloma s'inquiétait du futur de sa petite-fille. Quant à Aurora, elle se contenta de murmurer et de se réjouir des écarts de langage de son arrière-petite-fille.

Comme les choses ont changé ! pensait Agueda en son for intérieur. *Ma mère était si sévère !* Si Agueda avait raconté le quart de ce qu'Alba disait, elle aurait passé une journée entière enfermée dans la réserve. Et maintenant, la grande préoccupation d'Aurora était de ne pas offenser Alba, et elle restait silencieuse devant son arrière-petite-fille, se contentant de faire la moue. Agueda avait même remarqué avec surprise que sa mère esquissait un sourire quand Alba commençait ses discours.

Agueda avait passé sa vie entière à construire un futur meilleur pour sa fille au détriment du sien. Elle avait travaillé nuit et jour à la couture, d'abord avec sa mère, puis seule, ensuite à l'atelier et, plus tard, dans l'académie de couture qu'elle avait eu tant de mal à mettre sur pied. Tout cela pour acheter un bel appartement dans le centre et une voiture afin qu'Ana puisse être au même niveau que ses camarades de son école privée, étudier à l'université de Madrid et, enfin, épouser un homme qui la traiterait comme une reine. Pour Agueda, cela ne signifiait rien de moins qu'une maison avec domestiques pour que sa fille ne soit jamais obligée de salir ses jolies mains ni d'accepter un emploi qui la réduirait en esclavage. Cela lui avait coûté de nombreux sacrifices, mais elle avait réussi, et voilà maintenant qu'Alba considérait le mode de vie d'Ana comme un fléau féminin.

Mais les nouvelles générations croient-elles vraiment que les femmes peuvent aspirer à quelque chose de mieux ? Agueda n'arrivait pas à s'en convaincre. *C'était si différent dans ma jeunesse !* pensait-elle.

Elle se souvenait de tous les samedis où, après avoir passé la matinée à nettoyer la maison et à coudre avec sa mère, elle s'entraînait avec son amie Florita avant d'aller au bal, dans l'espoir qu'un jour un homme l'inviterait à danser. Quelqu'un qui ne soit ni l'un de ses propres frères ni un ami des prétendants de Florita qui, même après la mort de son mari, avait plus de succès qu'Agueda.

— Tu danses comme une vraie yéyé, lui disait son amie par-dessus Conchita Velasco qui jouait sur la vieille radio, et Agueda acquiesçait d'un air résigné.

Florita, son père et sa grand-mère Herminia avaient déménagé quelque temps auparavant dans un appartement moderne de trois chambres en plus du salon, des deux salles de bains avec baignoire et eau courante, mais ils avaient emporté la vieille radio, même si leur prospérité économique leur permettait déjà de rêver à l'acquisition d'une télévision, maintenant que le signal avait enfin réussi à traverser la cordillère Cantabrique.

— Tu sais, dit Agueda à Florita lorsqu'elles eurent fini de bouger comme elles avaient vu Conchita Velasco le faire la veille à la télévision, si je ne me marie pas, je voudrais faire des études pour devenir sage-femme. Le nouvel hôpital de Mieres en a besoin. Je pourrais apprendre puis aller travailler là-bas.

— Et la couture ?

— Je n'aime pas coudre, Florita. J'en ai assez de passer des heures avec ma mère, tu sais comment elle est. Elle n'arrête pas de critiquer tout ce que je fais. Je passe plus de temps à découdre qu'à faire quelque chose d'utile. Tu sais bien qu'elle ne me laisse ni couper ni faire des patrons, je me contente de faufiler et de coudre des boutons et des fermetures éclair. L'autre jour, j'ai eu l'idée de prendre un patron dans un *Burda* et de le couper moi-même. Elle a manqué de me tuer parce qu'elle disait que j'avais abîmé le tissu, alors que c'est elle qui a failli tout gâcher en insistant pour réparer mes erreurs.

— Ta mère est…

— Oui, tu as de la chance de ne pas avoir connu la tienne… Oh, Florita, désolée ! Je ne sais pas ce que je dis. Pardonne-moi, dit-elle en faisant un signe de croix.

— Bah, ne t'inquiète pas, j'ai mon père et ma grand-mère. Je me sens chanceuse de les avoir. Et toi, tu te marieras bientôt et tu oublieras ta mère, tu verras.

— Mais personne ne veut de moi, je n'ai même pas un seul prétendant.

— Tu oublies Facundín, plaisanta Florita.

— Très drôle, c'est l'idiot du village ! J'en ai marre d'entendre les gens me rappeler comme ma mère était belle et blonde. Il ne manquerait plus qu'ils me disent « Comment a-t-elle pu avoir une fille aussi petite, olivâtre et dodue ? ».

—Bon, cet après-midi, tu te mets sur ton trente-et-un et on va danser, idiote, car il y aura certainement beaucoup de jeunes hommes venus d'ailleurs aux célébrations du Christ. C'est peut-être ton jour ! Tu veux voir ce qu'en pensent les cartes ?

Agueda accepta. Les cartes lui donnaient toujours de la motivation pour continuer d'espérer cet avenir qui ne semblait jamais arriver. Et ce fut ce qu'elles firent à nouveau cet après-midi-là. Sur la coupe, l'As de Denier ; dans le tirage, le Cinq et le Sept de Coupe. Il n'y avait pas de meilleurs présages pour l'argent et l'amour.

—Tu vois ? Tu vois ? s'écria Florita. Tu vas te marier, c'est sûr ! Et ce sera pour bientôt.

Évidemment qu'Agueda le voyait. À cette époque, elle lisait mieux les cartes que Florita et grand-mère Herminia réunies. Un nœud se forma dans sa gorge, l'empêchant de respirer. Elle avait toujours forcé l'interprétation des cartes pour qu'elles correspondent à son désir de se marier et de fonder une famille loin du joug de sa mère, mais cette fois, rien n'était laissé à l'interprétation : jamais le message n'avait été aussi clair. Elle ferma les yeux et pria pour que la prophétie des cartes se réalise.

3

Ana, 2018

Selon leur père, seuls deux de mes trois enfants étaient doués pour les affaires : Alba et Jesús, ceux qui avaient hérité du caractère des Fresno. Carlos, lui, bien que volontaire, me ressemblait beaucoup et, visiblement, cela le privait de l'agressivité nécessaire pour être un requin. Pour l'instant, mon mari n'avait pas de successeur pour reprendre l'entreprise parce que notre petit Jesús n'avait que douze ans et Alba avait décidé d'étudier les beaux-arts plutôt que le commerce. À peine diplômée, elle nous avait annoncé qu'elle voulait se consacrer aux installations artistiques de protestation, ce qui, aux yeux de Carlos, était synonyme de mourir de faim s'il arrêtait de subvenir à ses besoins. Quand il avait menacé de le faire, Alba avait quitté la maison pour aller vivre dans un appartement en collocation près du Rastro et travaillé comme serveuse dans un bar du quartier tout en expérimentant son art. Après sa première installation en 2014, sponsorisée par l'association féministe pour laquelle ma fille était bénévole, Alba avait fini en garde à vue. L'installation, qui devait au départ être exposée pendant une semaine en commémoration de la libération des femmes pour célébrer la Journée internationale de la femme, avait attiré l'attention des médias spécialisés et de nombreux curieux étaient venus voir la mise en scène : une sorte de cône creux réalisé avec des symboles du patriarcat, situé dans le parc du Retiro, à côté du palais de Cristal. Cela devint problématique lorsque, le 8 mars, Alba mit le feu à son œuvre, la transformant en bûcher gigantesque. L'idée était brillante, même mon mari le reconnut, mais l'impact médiatique fut tel que ma fille se retrouva avec un casier judiciaire. Bien que l'incendie ait été planifié et réalisé de manière contrôlée, le manque d'autorisations et le risque encouru dans le parc le plus emblématique de Madrid constituaient un délit passible d'une peine d'emprisonnement. Le jeune âge d'Alba, le fait que le feu n'ait pas eu de conséquences et le soutien des organisations féminines et LGBT aux responsables de l'initiative permirent aux avocats de la famille Fresno de la faire sortir de prison. En outre, grâce aux contacts de Carlos et de mon beau-père, l'identité d'Alba ne fut pas divulguée dans la presse.

Carlos passa un savon à notre fille pendant plus de deux heures, durant lesquelles elle resta stoïque, sans s'excuser d'autre chose que « des ennuis que je t'ai causés, papa ». De mon côté, en revanche, je ne savais pas quoi lui dire. Les paroles de la juge résonnaient dans ma tête : « Cette fois, vous êtes tirée d'affaire parce que c'est la première fois. Si cela se reproduit, je ferai personnellement en sorte que même une armée d'avocats ne puisse pas vous sortir d'ici. La balle est dans votre camp. »

J'étais terrifiée à l'idée de voir ma fille en prison, mais en même temps, je ressentais une fierté maternelle qui me faisait culpabiliser, mêlée au soulagement que la vieille Singer ait été épargnée du bûcher.

Ce ne fut pas la seule fois qu'Alba fit ce genre de choses, mais au moins elle veilla à ce qu'aucune de ses actions n'enfreigne le Code pénal. Ma fille était contrevenante mais pas idiote.

AGUEDA, 1966

Après de nombreux tirages lui annonçant l'arrivée d'un merveilleux prince charmant qui la demanderait en mariage, Agueda rencontra Jesús lors du bal des festivités du Christ. Elle avait déjà vingt-cinq ans, sept de plus que sa mère lorsqu'elle avait épousé son père. Elle commençait à craindre de rester seule, alors que Florita, qui avait le même âge, avait déjà eu le temps de se marier et de devenir veuve. Ce samedi-là, Agueda rentra chez elle avec un bonheur inconnu dans le cœur, même si elle était aussi une boule de nerfs.

L'après-midi, Florita l'avait aidée à choisir sa tenue, à se coiffer et même à se maquiller un peu. En dehors de la maison, bien sûr, parce que sa mère ne voulait pas la voir avec du rouge à lèvres, un décolleté ou quoi que ce soit d'autre qui puisse rendre un peu plus attirant ce petit corps potelé qu'on lui avait donné.

Un nouveau groupe appelé Les Archiducs allait se produire lors des festivités et beaucoup de monde était venu les écouter. Florita et Agueda se promenèrent d'abord sur la foire, observèrent les enfants s'amuser sur les autos tamponneuses, les carrousels et dans le train fantôme, puis mangèrent des calmars frits. Les rues étaient bondées et elles avançaient difficilement, si bien que lorsqu'elles arrivèrent à la salle María Luisa, le bal avait déjà commencé. Florita commanda deux vermouths et en tendit un à Agueda.

—Oh non, pas question. Je préfère le moût. Le vermouth m'étourdit, dit-elle en regardant le liquide grenat avec curiosité et respect.

—Écoute, Agueda, soit tu te décoinces un peu, soit aucun garçon ne s'approchera de toi avec ce visage de bigote.

—De bigote ?

—Oui, chérie, oui, de bigote. On dirait que tu t'apprêtes à rejoindre un couvent. Alors, prends ça et bois. Mais doucement, ne sois pas malade, tu en es capable.

— Si c'est justement aujourd'hui que quelqu'un s'approche de moi et prend peur parce que je pue l'alcool, je te tue, répondit Agueda en acceptant le vermouth.

Néanmoins, non seulement Jesús, un blond grassouillet aux joues roses originaire d'Oviedo, ne prit pas peur, mais le rire niais d'Agueda après son verre de vermouth lui sembla si agréable qu'il pensa qu'il pourrait l'écouter tous les jours.

Ils dansèrent sur une, deux, trois chansons. Ensuite, ils perdirent le compte. Quand une musique de Dúo Dinámico commença, Jesús la regarda dans les yeux et lui chanta les paroles, lui promettant d'attraper les étoiles et la lune et de les mettre à ses pieds, et Agueda tomba amoureuse pour la première et unique fois de sa vie.

Elle apprit ce jour-là que Jesús, de deux ans son cadet, avait perdu son père à l'âge de douze ans et sa mère quelques mois plus tôt. Il travaillait dans un grand magasin de la chaîne Botas, en plein centre d'Oviedo, ce qui aux yeux d'Agueda était le summum de la sophistication. Quand Jesús la raccompagna chez elle, elle s'imaginait déjà vivre dans la capitale asturienne, prendre un café avec Florita dans un endroit sympathique du centre-ville après avoir conduit les enfants à l'école et avant de se rendre au centre commercial pour faire les courses du jour.

Cette nuit d'été, elle s'endormit avec ces doux rêves, après avoir passé l'une des plus belles journées de sa vie.

Aurora, 1940

Le 30 mars 1940, trois jours après que les nazis eurent entamé la construction d'Auschwitz et deux jours avant que Franco n'ordonne l'édification de la Valle de los Caídos, la Guardia Civil se présenta chez Aurora. Au cours des années qui suivirent, elle parlerait mille fois de cette date, qu'elle décrivait comme le jour le plus terrifiant de sa vie. C'était faux, mais c'était la seule des journées cauchemardesques qu'elle avait vécues dont elle pouvait parler sans révéler ses secrets et ses hontes, et que n'importe lequel de ses contemporains pouvait comprendre. Il était presque l'heure du déjeuner lorsque deux gardes civils vêtus de capes et de tricornes tambourinèrent sur la porte en bois massif, toujours verrouillée depuis l'assaut des Maghrébins. Ils ne cessèrent d'insister jusqu'à ce qu'Olvido vienne leur ouvrir.

—Bonjour, madame. Fructuoso Cangas est ici ?

—Il est au bar. C'est son jour de congé au puits. Puis-je demander ce que vous lui voulez ?

—Il doit nous accompagner à la caserne.

À cet instant, Frutos, qui remontait la pente menant à sa maison, vit les deux membres de la Guardia Civil à sa porte et fut tenté de faire demi-tour et de courir, mais la peur le figea sur place au milieu de la rue et une crampe lui retourna l'estomac. Pour une raison que seul le cerveau humain pouvait comprendre, la honte de se vider sur place l'emporta sur la peur de la Guardia Civil et le poussa à avancer vers eux comme si de rien n'était. En arrivant, il reconnut Ramón, un ancien camarade de classe avec qui il ne s'était jamais entendu. Plus d'une fois, Ramón avait reçu des coups de pierre de la part de Frutos, jurant toujours de se venger. Le sourire qu'affichait le visage de son ennemi d'enfance indiquait que le moment où les rôles de dominateur et de dominé allaient s'inverser était arrivé.

—Suivez-nous, ordonna le deuxième garde.

—J'ai besoin d'aller aux toilettes, dit Frutos sans attendre une réponse positive à sa demande et en sachant qu'il allait se liquéfier sur place.

—Vous irez à la caserne, répondit le même garde civil.

—On peut lui accorder ça, tu ne crois pas ? Je le connais depuis l'école, intervint Ramón, avec une telle froideur dans le regard que Frutos sut que se chier dessus aurait été une bénédiction comparé à ce qui l'attendait.

Dès leur départ, Olvido éclata en sanglots. Elle chercha les bras de sa fille, mais celle-ci la repoussa et partit en courant vers le puits Santa Barbara. Ferino aimait se reposer le dimanche et ses années de service à la mine lui avaient valu le privilège de prendre congé les jours qu'il souhaitait, alors Aurora espérait le trouver au travail le samedi.

Aurora volait sur son vélo, à tel point qu'il creva au bout de la route. Elle le laissa là, au risque de le perdre pour toujours, et continua en courant. À son arrivée au puits, elle était consciente des ragots que sa course effrénée vers le bureau du contremaître allait provoquer, mais elle s'en fichait. Elle le trouva vide. Désespérée, elle partit à sa recherche, où qu'il soit.

— Il est à l'intérieur, dans l'atelier 3. Il y est depuis un moment, il devrait bientôt sortir, l'informa quelqu'un.

Aurora patienta cinquante longues minutes, priant un dieu que les prêtres disaient bon mais qui ne cessait de lui envoyer des malheurs.

— Que faites-vous ici ? l'interrogea Ferino quand il arriva dans son bureau.

— La Guardia Civil a emmené mon père.

L'expression de Ferino changea, tout comme sa façon de traiter Aurora.

— Tu sais pour quelle raison ?

— Ils n'ont rien dit. Il ne s'est jamais mêlé de politique. Peut-être a-t-il trop parlé au bar. Je pensais que, vu la position de votre fiancée et les contacts que votre famille entretient avec le régime, vous pourriez peut-être vous renseigner… tenta Aurora.

Elle ne s'autorisa pas à tutoyer l'homme qui avait brisé son cœur, son ego et ses rêves d'une vie confortable.

— Laisse-moi faire. Maintenant, rentre chez toi et attends, répondit-il, sans reconnaître que le fait de revoir Aurora, effrayée, en sueur et plus belle que jamais, avait réveillé en lui des instincts qui n'existeraient jamais avec sa future femme. Je te recontacterai.

Aurora fut soulagée. Ce n'était pas l'affection pour Frutos qui l'avait poussée à demander de l'aide à Ferino, à sa fiancée ou à qui que ce soit, mais le fait que sa mère et elle dépendaient toujours de lui pour se nourrir. De plus, elle ne savait pas combien de temps Frutos serait entre les mains des tortionnaires, et s'ils le tabassaient afin de lui arracher la vérité, elles étaient perdues. Elle avait suffisamment de raisons pour vouloir qu'il rentre chez lui sain et sauf.

Les vingt-quatre heures qui suivirent furent les plus longues de sa vie. Sa mère ne cessait de pleurer, parfois seule, parfois accompagnée d'une voisine, terrifiée à l'idée qu'ils reviennent les chercher après avoir interrogé Frutos. Aurora, en revanche, répara son vélo et passa son temps à coudre. La Singer, un cadeau de mariage qui n'avait pas encore été célébré, fonctionnait nuit et jour. Quand le cliquetis cessait, c'était parce qu'Aurora la graissait, changeait l'aiguille ou raccrochait la courroie qui reliait la roue à la pédale. Elle termina de coudre sa robe de mariée, le pantalon de son fiancé et cousit même un édredon en patchwork, jusqu'à ce que le dimanche en milieu d'après-midi, un garçon d'une douzaine d'années frappe à la porte et lui remette une lettre manuscrite.

Viens chez moi à vingt heures. Que personne ne te voie entrer. Je laisserai la porte ouverte.

C'étaient les mêmes consignes que quand elle allait voir Ferino dans un objectif bien différent.

Aurora suivit les instructions. Il avait pleuviné toute la journée et, lorsqu'elle arriva à Mieres, la pluie fine l'avait complètement trempée. Elle laissa son vélo à deux pâtés de maisons de chez Ferino, avança à vive allure, la tête couverte, puis entra sans frapper. Comme le promettait la lettre, la porte était ouverte et ne montra pas de résistance quand elle la poussa.

Ferino l'attendait.

—Mais tu es trempée. Attends ici, je vais te chercher quelque chose pour te sécher.

Après qu'Aurora eut essuyé en partie l'humidité, il l'invita à s'asseoir. Son visage ne laissait rien présager de bon.

—Ton père n'est pas accusé d'être un syndicaliste ou de s'opposer au régime, il est détenu pour la disparation de deux réguliers africains. Quelqu'un a déclaré les avoir vus entrer chez vous et on n'a plus entendu parler d'eux depuis. J'ai téléphoné au contremaître du puits Espinos et Frutos travaillait quand, selon l'informateur, ces individus sont entrés dans la maison.

Aurora pâlit et Ferino le remarqua.

—Tu sais quelque chose de cette histoire ? l'interrogea-t-il.

Comme Aurora ne répondait pas, il s'approcha pour la secouer vigoureusement.

—S'il y a la moindre chance que cela puisse aider ton père, tu dois me raconter ce que tu sais. Sinon, la prochaine étape, c'est que, lorsque la Guardia Civil découvrira qu'il n'était pas chez lui, ils vous arrêteront, toi et ta mère. Et tu sais ce qu'ils font aux détenus : les coups partent avant les questions. En tant que femme, tu sais aussi ce qui vous attend d'autre.

Aurora craqua et raconta tout.

—Qui est l'homme qui vous a aidés à les enterrer dans la cave ? demanda Ferino.

—Je ne le connaissais pas. Je sais qu'il est prêtre et qu'il s'appelle Pedro. C'était un ami du père de Paulino, son parrain ou quelque chose comme ça. Je n'en sais pas plus.

—Et tu dis que cet homme aide les fugitifs.

—C'est ce que j'ai entendu Paulino et mon père dire.

—Je ne te promets rien, mais je vais voir si je peux faire quelque chose, dit-il en s'approchant d'elle.

Aurora tremblait de peur et de froid. Elle avait envie de se réfugier dans les bras de Ferino, mais elle refusa à trois reprises de succomber à cette tentation : la première fois, avec la faiblesse causée par son désir d'accepter ; la deuxième, avec la rage du rejet qu'elle avait subi lorsqu'il ne l'avait pas choisie ; et la troisième, avec la certitude de succomber à cet homme qu'elle avait utilisé pour finir par être elle-même utilisée.

Une heure plus tard, elle sortit de chez Ferino avec un grand vide dans le cœur, parce que l'homme qu'elle aimait, ou croyait aimer, était pour une autre, parce qu'elle ne serait jamais propriétaire de cette maison dans laquelle elle souhaitait vivre, et parce que la vie à laquelle elle aspirait n'était pas à sa portée. L'idée que la fiancée de Ferino était le seul espoir de faire sortir son père de prison et de sauver sa vie et celle de sa mère ne faisait qu'attiser sa rage, qu'elle confondait avec le désir.

Lorsqu'elle remonta sur son vélo pour retourner chez elle, il avait cessé de pleuvoir. Aurora interpréta ce caprice de la météo asturienne comme un signe d'espoir.

AGUEDA, 1967

Le mariage d'Agueda eut lieu à l'église de Turón un samedi matin, quelques mois à peine après la rencontre des deux époux, parce que c'était la seule façon pour Jesús d'échapper au service militaire. La prorogation de son intégration à l'armée pour soutenir sa famille avait cessé au décès de sa mère, mais se marier lui permettrait d'incorporer la réserve lorsque ce serait son tour de passer la visite médicale.

Après la messe, une réception fut organisée à la Casa Nando, un restaurant du village voisin, où on leur servit du ragoût asturien, un chevreau cuit au four et un gâteau de mariage. De la nourriture, du cidre et de la liqueur en abondance pour les vingt-cinq convives : du côté de la mariée, Aurora, Florita, Herminia, Pedro, Paulino et les frères d'Agueda. Le reste était du côté du marié. La fête commença à midi et ne se termina que tard dans la nuit.

Agueda portait une robe blanche qui lui arrivait au-dessous du genou, droite et très discrète, car tout autre style l'aurait rendue plus trapue. La mariée n'attirait pas l'attention. En revanche, Aurora, âgée de quarante-cinq ans et vêtue d'une robe moulante qui mettait en valeur ses formes, et Florita, avec sa jupe imprimée qui lui arrivait au-dessus du genou, bien avant que les minijupes ne deviennent à la mode dans la région, rivalisaient pour attirer les regards des invités et du reste des convives présents dans le restaurant.

Même Aurora sembla s'amuser ce jour-là. Elle but, fuma et dansa. Agueda mit sur le compte de l'alcool l'offre que lui fit sa mère après le dessert, et peut-être Aurora était-elle déjà un peu éméchée, mais sa proposition n'en était pas moins sérieuse.

—Prends la Singer dans la capitale. Tu en as plus besoin que moi. Peut-être même qu'on pourra nettoyer cette maudite tache de sang sur le bois là-bas.

—C'est du sang sur le bois ? demanda Agueda, alarmée. De qui ?

—Ne pose pas de questions indiscrètes, ma fille, répondit-elle en se rendant compte qu'elle en avait trop dit. Tu la veux ou pas ?

—Et vous, alors ?

—Je me débrouillerai.

—Mais si vous n'avez plus de machine, de quoi allez-vous vivre ?

—Oh, Agueda, mon enfant, comme tu es curieuse ! rétorqua-t-elle en s'éloignant.

Agueda ne prit pas Aurora trop au sérieux. Elle n'aimait toujours pas coudre, mais avec la Singer elle pourrait commencer à gagner sa vie à Oviedo dès le premier jour et compléter ainsi le salaire de Jesús. Elle rejeta l'idée pour éviter de se faire des illusions, pensant que le lendemain, sa mère ferait marche arrière. Néanmoins, cette nuit-là et les suivantes, l'idée que la tache sur le bois, qu'elle connaissait depuis toujours, était le sang de quelqu'un ne cessa de lui tourner dans la tête.

Pour les gens de la mine, l'Oviedo des années 1960 n'était pas une ville facile. Agueda se retrouva dans une société élitiste et fermée qui détectait son accent du bassin minier dès qu'elle ouvrait la bouche, si les gens n'avaient pas déjà eu des soupçons en regardant attentivement ses vêtements. « De Mieres ? » furent les mots, accompagnés d'une grimace, qu'elle entendit le plus souvent lors des premiers mois qui suivirent le mariage. « De Turón », répondait-elle, et l'expression de son interlocuteur se tordait alors davantage.

Habituée à n'avoir d'autres amis que Florita, Agueda ne remarqua rien d'étrange dans sa nouvelle ville : pour elle, c'était naturel de ne pas être intégrée. Celui qui s'en rendit compte, en revanche, ce fut Jesús.

— Agueda, chérie, tu mets du temps à te débarrasser de ton accent, lui dit-il un mois après leur mariage.

— Qu'est-ce que tu veux dire ?

— Tu n'as pas remarqué qu'ici nous ne parlons pas comme dans les bassins ? Ce n'est pas bien vu. On pourrait même se moquer, tu sais comment sont les gens.

Agueda n'était pas stupide. À partir de ce jour, elle essaya de lisser son accent pour qu'il ressemble à celui des habitants d'Oviedo, mais le temps passait sans qu'elle y parvienne.

Elle fit le tour des magasins pour trouver où acheter du tissu de qualité à bon prix et suivre les tendances des boutiques exclusives de la rue Uría, et, en peu de temps, on la connut comme « la fille de Mieres ».

« Je ne suis pas de Mieres, mais de Turón », ne se lassait-elle pas de répéter, mais cela n'avait pas d'importance.

« La couturière de Mieres », continuaient-ils de dire dès qu'elle avait le dos tourné. La suite n'était généralement pas agréable.

Elle laissa sa carte de visite dans les magasins. Elle avait pris la Singer de sa mère et, au moins, elle pouvait commencer à faire des réparations, sa seule contribution aux dépenses du foyer qu'elle partageait avec son mari. Mais elle n'obtint que quelques commandes sporadiques, insuffisantes pour aider à payer le loyer de leur petit appartement situé dans un quartier à une vingtaine de minutes du centre.

Malgré tout, Agueda ne perdit pas espoir. Florita lui manquait, mais elle s'était débarrassée de sa mère, sans oublier qu'elle avait Jesús, à présent. Ce dont elle avait besoin, c'étaient de clientes, mais pour cela, il ne suffisait pas d'être bonne couturière : il fallait avoir du style et du goût pour les habiller.

AURORA, 1949

Paulino ne sut jamais que c'était sa propre épouse qui avait dénoncé le père Pedro pour sauver Frutos. Il tint secrètement pour responsable son beau-père d'avoir succombé à l'interrogatoire brutal de la Guardia Civil et d'avoir trahi le curé pour sauver sa vie. Si Frutos fut épargné, le père Pedro n'eut pas la même chance et fut fusillé une semaine après la libération de celui-ci. Frutos ne sortit tout de même pas indemne de sa rencontre avec son ancien camarade de classe, qui lui fractura la rate, lui cassa le bras droit, le défigura et recouvrit son corps d'hématomes et de brûlures de cigarette. Rien que le temps et le repos ne puissent guérir. En tout cas, à l'extérieur. Les fois où Frutos se réveilla en hurlant après être retourné en rêve dans la caserne, entre les mains de cette bête de Ramón, étaient une autre histoire.

Paulino tenta de dissimuler le ressentiment qu'il éprouvait à l'égard de son beau-père, qu'il savait irrationnel. De temps en temps, il parvenait à le comprendre, mais il ne lui pardonna jamais. Ses parents étant morts, Pedro était son seul lien avec le passé et, lorsqu'il fut fusillé, Paulino ressentit ce vide en lui que seuls les orphelins connaissaient. C'est pourquoi il décida de changer son horaire de travail au puits avec une excuse banale, pour ne plus croiser son beau-père sur la route, ou au travail, ou même aux heures de repos. Il réduisit également le nombre de visites chez lui. Comme Aurora ne semblait pas non plus s'intéresser à son père depuis le décès de sa mère, leur relation se refroidit tellement qu'ils passaient des semaines sans se voir. Aurora était toujours occupée à la couture et Frutos n'insistait pas. La culpabilité le rongeait, non pas pour avoir dénoncé le père Pedro, dont il n'avait même pas prononcé le nom pendant l'impitoyable interrogatoire auquel il avait été soumis, mais pour ce qui s'était passé avec sa fille des années auparavant. Quand il remarqua que son gendre prenait ses distances, il se mit à craindre qu'Aurora lui ait raconté les fois où il avait rejoint son lit. Il accepta donc le rejet de sa seule famille, non sans ressentiment, et noya ses démons dans le vin et les prostituées, comme il l'avait toujours fait, mais avec à présent plus de démons et sans Olvido. Comme tout son salaire pouvait servir à assouvir ses vices et que personne n'était là pour l'en empêcher, il mangeait peu, buvait beaucoup et dormait mal.

Certains voisins comméraient, murmurant qu'Aurora était une mauvaise fille, mais à cette époque, tous avaient bien d'autres sujets de préoccupation qu'une relation distante entre une fille mariée et son père. En fin de compte, Aurora avait toujours été étrange et les hommes de la génération de Frutos ne se mêlaient pas de la vie de leurs filles, même lorsqu'ils étaient veufs.

Aurora, quant à elle, ignorait complètement le ressentiment de son mari, jusqu'au soir où Paulino, la langue déliée par les quelques verres d'eau-de-vie de raisin qu'il avait bus, lui fit part de la rancœur qu'il portait en lui.

— Ton père dépense tout son salaire dans les femmes et le vin, Aurora. Il se tue, et je ne crois pas que ce soit parce que ta mère lui manque ni parce qu'il se sent seul, mais parce qu'il est rongé par le remords, cracha-t-il.

— Qu'est-ce que tu racontes, Paulino ? Mon père a passé sa vie à aller voir les putes, comme la majorité des mineurs, et tu es l'un des rares à ne pas rentrer ivre à la maison tous les jours. C'est pour ça que l'eau-de-vie affecte autant ton raisonnement ce soir. Je vais devoir dire à Romana de ne plus en apporter.

Paulino toussa et sortit une des cigarettes qu'il roulait tous les jours pour ne jamais en manquer.

— Ce n'est pas ça, laisse-moi t'expliquer, dit-il en aspirant une bouffée de fumée qui calma sa toux et lui permit de parler à nouveau. La culpabilité me ronge et je veux m'en débarrasser.

— En quoi te sentirais-tu coupable des actes de mon père ?

— C'est cette culpabilité qu'on a quand on ne pardonne pas. Si le père Pedro me voyait, il aurait honte de moi. Il disait qu'il fallait sauver tous ceux qui sont en danger, qu'ils soient nos amis ou nos ennemis. C'était le meilleur homme que mon père et moi ayons connu. Et ton père l'a dénoncé. Pedro nous a aidés à enterrer les Maures sans rien demander en échange et Frutos le remercie en l'envoyant au bûcher.

— Qu'est-ce qui te fait dire ça ? Pourquoi penses-tu que c'est mon père ?

— Parce qu'il est sorti vivant de la caserne et que Pedro a été condamné à mort. Ils n'ont même pas attendu une semaine avant de le fusiller, tu ne vois donc pas ce qui s'est passé ?

Tandis que Paulino était en proie à une nouvelle quinte de toux, plus forte que la précédente, Aurora comprit les événements. Elle se souvint de la conversation chez Ferino, juste avant qu'ils ne se retrouvent pour la dernière fois. Il lui avait posé des questions sur le curé, sur le fait qu'il avait sauvé les républicains persécutés comme il avait sauvé auparavant les rebelles. C'était comme ça qu'il avait libéré Frutos de prison, en l'échangeant contre un plus gros poisson. Il était clair qu'aucun garde civil n'aimait les Maghrébins que Franco avait fait venir pour faire ce qu'il pensait qu'eux-mêmes n'étaient pas capables d'accomplir, mais en cette funeste année 1940 où Pedro avait été arrêté et fusillé, tout le monde voulait trouver ceux qui avaient aidé les rouges à se cacher, à quitter l'Espagne ou à s'enfuir dans les montagnes.

Aurora ne détrompa pas Paulino et, submergée par sa découverte, l'abandonna à ses tourments. Il en fut de même pour Agueda, qui, se sentant ignorée, avait acquis la capacité de passer inaperçue et aimait écouter les rares conversations entre ses parents du haut de l'escalier. Ce fut la première fois qu'elle entendit parler des Maghrébins décédés, et même si elle ne comprit rien de ce qu'elle avait entendu, son instinct lui disait qu'il valait mieux ne rien savoir. Elle fit donc un signe de croix et se retira dans sa chambre pour réciter trois *Notre Père*, comme les religieuses lui avaient appris à le faire en guise de pénitence alors qu'elle savait bien qu'elle avait laissé tomber Dieu. Le lendemain, elle irait chez Florita pour demander à Herminia de lui tirer les cartes, pour voir si elles pouvaient lui en dire plus.

AURORA, 1968

À la naissance d'Ana, un an après le mariage de ses parents, sa grand-mère Aurora devint obsédée par sa propre mère. Olvido s'était occupée d'Agueda alors qu'elle-même refusait ne serait-ce que de baisser les yeux sur ce rappel constant de son malheur. Aurora se retournait dans son lit en pensant à sa petite-fille qui venait de naître et, chaque fois qu'elle parvenait à s'endormir, Olvido entrait dans ses rêves et la réveillait.

Bien qu'elle continue à enseigner la couture à la Section féminine de la Phalange et que doña Pilar lui permette de coudre sur leurs machines pour quelques clientes, quand elle rentrait chez elle, seule depuis que les jumeaux étaient partis travailler en Allemagne, et sans la Singer, Aurora s'ennuyait. Elle sortait tous les soirs pour fumer une cigarette avec Ramona, la voisine, accompagnée parfois d'un verre d'eau-de-vie de raisin, mais même comme ça, elle avait du mal à trouver le sommeil.

Après deux semaines sans dormir, Aurora comprit le message de sa mère. Elle prépara sa valise, fuma une dernière fois avec Ramona et partit pour Oviedo.

Le quartier d'Agueda lui sembla plus laid que Turón. De nombreuses rues n'étaient pas pavées et étaient boueuses à cause de la pluie. Il y avait une usine, des terrains à bâtir vides et même un cynodrome. On aurait dit que tout ce qui n'avait pas sa place dans le centre d'une ville qui se targuait d'être l'une des capitales les plus majestueuses d'Espagne avait été jeté là.

Agueda et Jesús vivaient au troisième étage sans ascenseur, dans un appartement de trois chambres, avec une salle de bains et une cuisinière au gaz butane. Le salaire d'un vendeur d'une chaîne de grands magasins ne permettait pas plus. Agueda avait transformé le salon en zone de couture, où présidait la Singer, dans l'intention de donner des cours à des apprenties couturières. La plus grande chambre servait alors de séjour et ils dormaient dans une autre avec la petite. La troisième chambre, minuscule, était destinée à Ana lorsqu'elle serait prête à l'occuper. L'appartement disposait également d'un balcon, qui arborait fièrement l'enseigne

« Bloque Fontanela » gravée sur la façade et par laquelle la lumière pénétrait dans le salon.

—Où est-ce que je m'installe ? demanda Aurora sous le regard ébahi de sa fille et de son gendre quand elle se présenta à leur porte. J'ai pensé qu'avec la petite, vous auriez besoin d'aide.

—Ana n'utilisera pas sa chambre avant quelques mois, suggéra Agueda, en se tournant, avec Ana dans ses bras, pour regarder son mari, qui ne savait pas non plus comment réagir face à une telle intrusion dans leur vie.

—Je mettrai un lit de camp dans la pièce où se trouve la Singer, comme ça, je n'occuperai pas la chambre de la petite. Je vais faire installer une ligne téléphonique. Pour l'instant, je la paierai, mais elle ne doit pas servir pour des bavardages idiots, d'accord ? annonça Aurora au jeune couple. Il nous faut un téléphone pour que les clientes nous localisent, mais nous n'allons pas les faire venir dans ce quartier éloigné. Nous ferons des visites à domicile pour prendre les mesures et faire les essayages.

—Mère, j'ai déjà visité toutes les boutiques du centre, mais on ne veut pas m'embaucher.

—Cela ne m'étonne pas, avec ton allure... Je me chargerai moi-même de trouver des clientes. Toi, occupe-toi de la petite et de ton mari, et tu m'aideras pour tout ce que je te demande. Heureusement, tu vis dans la seule rue pavée de ce bout du monde. Comment fait Jesús pour se rendre au travail tous les jours ?

—Il y a un bus.

—Et moi, je me suis farci le trajet à pied ? Tu n'as pas pensé à me le dire ?

—Mais vous ne m'avez même pas prévenue de votre arrivée ! se justifia Agueda, craignant que la visite de sa mère s'éternise plus que quelques jours.

Aurora alluma la radio où, sur la chaîne locale, Menchu Álvarez del Valle présentait *Rumbo a la gloria*, un concours de chants asturiens qui accompagna Aurora, à nouveau assise devant la Singer, pendant ses premières heures de couture. Elle sentit alors que les choses rentraient dans l'ordre.

Au cours des mois suivants, Aurora n'aida pas Agueda avec le bébé, mais bien avec la couture. En moins de trois jours, elle termina les quelques commandes que sa fille avait réussi à obtenir. Ensuite, elle se coiffa, revêtit sa plus belle robe et se mit un peu de couleur sur les joues avant de partir pour le centre-ville. En une journée, elle revint avec plus de commandes que ce que sa fille avait obtenu en un an.

AGUEDA, 1969

Ana fêta son premier anniversaire avec un printemps arrivé plus tôt que prévu.

—Je vous invite à déjeuner. Un jour comme celui-ci mérite d'être célébré, dit Jesús à sa femme et à sa belle-mère. Même le soleil est de bonne humeur aujourd'hui pour l'anniversaire de ma princesse.

—Hors de question. Pourquoi sortirions-nous dépenser de l'argent alors que j'ai déjà préparé un gâteau ?

—Nous le mangerons pour le goûter. Nous irons dans un vignoble pour que la petite puisse profiter de l'air libre. Nous avons besoin de nous amuser un peu et je ne vois pas de meilleure occasion.

—Je reste ici. Allez-y tous les deux, intervint Aurora.

—Mais c'est l'anniversaire du bébé.

—Justement. J'ai beaucoup de travail ici, Agueda lambine beaucoup sous prétexte de s'occuper d'elle.

—Alors vous restez ici avec votre petite-fille ? la taquina Jesús.

Aurora dévisagea son gendre, à la recherche d'un signe indiquant qu'il plaisantait, mais elle n'en trouva aucun. Jesús avait plus d'expérience qu'elle pour faire croire aux gens ce qu'il voulait. Cela faisait des années qu'il peaufinait cette compétence quotidiennement dans son travail.

— Vous savez quoi ? Allons-y, mangeons en famille, l'occasion en vaut la peine, répondit finalement Aurora avant de se diriger vers la salle de bains pour se préparer.

— Ta mère serait capable d'aller sur la lune et d'en revenir dans une de ces fusées que les Américains vont lancer juste pour ne pas rester toute seule avec la petite, murmura Jesús à l'oreille d'Agueda.

— Si elle n'avait pas obtenu une tonne de clientes régulières pour que je puisse m'occuper de notre fille, je la renverrais à Turón sur-le-champ.

— Même toi, tu n'y crois pas, répliqua Jesús.

Agueda ne mit pas Aurora à la porte, et Aurora ne partit pas de son plein gré avant que s'écoulent dix années.

4

ANA, 2003

Je pensais à Gonzalo de plus en plus souvent. À lui et à sa mère. Les parents de Gonzalo tenaient un café à quelques mètres de l'arrêt de bus scolaire, où mon amie Angela et moi descendions tous les après-midi, à côté de l'église San Juan. Les jours où il ne pleuvait pas, nous avions l'habitude de traîner dans la rue pendant une demi-heure pour nous changer les idées avant de rentrer chez nous pour goûter et faire nos devoirs. Gonzalo rentrait de l'école à la même heure et, rapidement, il commença à rester un peu avec nous. Gonzalo était très beau, avec ses cheveux bouclés et ses yeux bleus. En plus, il était en quatrième et nous paraissait beaucoup plus âgé que nous. Bientôt, il entrerait au lycée – à nous, qui étions deux années en dessous, cela nous paraissait si lointain ! Très vite, nous commençâmes à l'attendre à l'arrêt de bus ou lui à nous attendre, selon qui arrivait en premier. Ensuite, nous mâchions du chewing-gum, grignotions des graines de tournesol ou nous contentions de discuter. En réalité, je ne me souviens pas de quoi nous parlions, mais je sais que nous riions bêtement et que nous faisions des gestes que nous supposions être de la drague. Ce petit moment avec lui devint le centre de nos conversations pendant plusieurs semaines et notre motivation quotidienne. Jusqu'au jour où, alors que nous attendions Gonzalo, sa mère sortit de la cafétéria et, sans avoir besoin de se présenter, nous dit :

— Je ne veux plus que vous parliez à mon fils. Gonzalo a déjà beaucoup d'amis et il n'a pas besoin d'amies filles.

Paralysées par un mélange de peur et de honte, nous nous tûmes.

— Vous m'avez bien entendue ? insista-t-elle comme nous ne répondions pas.

Je crois me souvenir que nous hochâmes la tête parce que la femme s'en alla et que nous ne la vîmes plus jamais, mais son visage et ses cheveux courts, teints d'un noir intense et rendus volumineux par les bigoudis qu'elle devait porter chaque nuit, restèrent gravés dans ma mémoire. Je me rappelle également les rayures de son tablier qu'elle n'avait pas pris la peine d'enlever pour sortir de la cuisine et nous approcher.

Elle était déjà en train de traverser la rue quand apparut Gonzalo. Elle se dirigea vers lui et le fit rentrer dans le café.

Nous ne parlâmes plus jamais avec lui. Il ne nous attendit plus, et nous non plus. Lorsque nous nous croisions, il baissait la tête sans même nous dire bonjour. Nous arrêtâmes aussi de l'inclure dans nos conversations, l'enterrant sous un mélange de déception et de honte, qui pour moi fut la découverte de l'amour. Cette année-là, qui marqua en quelque sorte le début de la fin de mon enfance, je rêvai de nombreuses fois en secret que sa mère ne nous avait pas séparés, que nous grandissions, devenions des adolescents et que nous pouvions alors commencer à sortir ensemble, puis que plus tard nous nous marierions, peut-être que nous reprendrions le café de ses parents et que nous aurions même un fils qui rentrerait tard du lycée pour faire ses devoirs à une table que nous pourrions voir de la cuisine.

L'année suivante, nos parents commencèrent à nous donner de l'argent de poche hebdomadaire. Nous l'économisions pour pouvoir nous acheter le *Super Pop* tous les quinze jours, devenant folles devant les photos des célébrités. Puis Gonzalo fut de l'histoire ancienne, et je fis les mêmes rêves avec les acteurs hollywoodiens qui remplissaient les pages de notre magazine préféré. Au début de mon adolescence, mes enfants avaient les cheveux de Don Johnson et les yeux de Rob Lowe. Pendant un moment, ils ressemblèrent même au batteur de Hombres G, dont j'ai oublié le nom. Ensuite, je grandis et je ne pensai plus à Gonzalo jusqu'en 2003. C'était un dimanche. J'étais à Oviedo parce que mon père avait été hospitalisé pour une pancréatite. En descendant de sa chambre après que ma mère y fut montée, déjà douchée et prête à passer l'après-midi et la soirée avec mon père, je n'avais pas envie de rentrer à la maison et de supporter grand-mère Aurora, alors je m'arrêtai un moment au Montoto, un bar à quelques mètres de là, qui était plein à craquer à l'heure de l'apéro. Je me frayai un chemin vers le comptoir pour commander un vin et un *preñadito*, un petit pain fourré au chorizo qui avait fait la renommée du lieu. Quand je cherchai un endroit où m'asseoir, je le vis. Il n'avait pas changé, avec ses boucles, ses yeux bleus et la taille qui était déjà la sienne à l'âge de douze ans. Gonzalo était si petit qu'il attirait l'attention. Là, parmi ses amis, si on ne faisait pas attention, on pouvait le confondre avec le fils de l'un d'entre eux. Moi qui étais grande sans pour autant me démarquer, je le dépassais d'une tête. Je suis restée là à le regarder sous l'effet de la surprise, puis il me vit, et j'ignore si ce fut à cause de mon geste condescendant ou parce qu'il ne savait pas comment réagir, mais il baissa le regard et se retourna rapidement vers ses amis. J'avalai mon verre de vin et mon pain garni, puis rentrai chez moi avec un sentiment étrange de satisfaction que je ne parviens toujours pas à m'expliquer aujourd'hui.

Agueda, 2003

Le 10 avril 2003, comme tous les vendredis, Agueda dispensait un atelier de broderie dans son académie. Avec ses six élèves, toutes à peu près du même âge qu'elle, c'était l'un de ses moments préférés de toute la semaine. Elles brodaient des robes de baptême, des serviettes, des parures pour berceau, des layettes et tout type d'objet pour les petits-enfants qui venaient de naître. Ce jour-là, elles brodèrent peu et bavardèrent beaucoup. Les sujets étaient nombreux : elles discutèrent de l'entrée des États-Unis à Bagdad et toutes, comme le reste du monde, tenaient pour acquis que la guerre ne durerait pas parce que les Irakiens n'avaient aucune chance face à la puissante armée américaine ; elles mentionnèrent également leurs projets pour Pâques qui arrivait à grands pas, avec la visite de leurs enfants et petits-enfants pour certaines et, pour d'autres, l'agitation des bagages pour quelques jours de vacances à la plage ; de plus, le pape était de passage en Espagne, ce qui suscitait certaines controverses, même si elles appréciaient toutes Jean-Paul II, et l'une d'entre elles pensait même s'aventurer à Madrid dans l'un des bus affrétés par l'Église pour que les fidèles asturiens puissent voir le souverain pontife. Alors que la conversation s'orientait vers la météo de la Semaine sainte, Aurora entra dans l'atelier. De nombreuses années auparavant, Agueda avait insisté pour qu'elle ne se montre pas trop lorsqu'elle enseignait. Aurora avait presque toujours respecté cette demande, non pas pour faire plaisir à sa fille, mais parce qu'elle ne manquait rien avec ces femmes qui ne cessaient de jacasser.

— Agueda, dépêche-toi, viens, lança-t-elle en ouvrant la porte, vêtue d'une chemise de nuit en flanelle qui lui descendait jusqu'aux chevilles.

— Maman, s'il vous plaît, comment pouvez-vous venir ici dans cet état ? lui reprocha Agueda.

— Bonjour, excusez-moi de vous interrompre, dit Aurora en s'adressant aux femmes présentes dans l'atelier, avant de se retourner vers sa fille pour ajouter : Je suis venue te chercher habillée comme ça parce que c'est urgent et que je n'allais pas m'arrêter pour mettre ma tenue du dimanche. Tu viens ou quoi ?

— Accordez-moi un instant, s'il vous plaît, s'excusa Agueda en écartant son cerceau de broderie pour se lever.

Elle attrapa Aurora par le bras et murmura :

— Qu'est-ce qui se passe ?

— Le foie de ton ivrogne de mari a dû exploser, expliqua-t-elle avant de fermer la porte qui reliait l'atelier à la maison, suffisamment fort pour que toutes les élèves l'entendent.

Agueda courut jusqu'au salon où Jesús avait passé des heures et des heures ces dernières années, depuis le jour fatidique de son licenciement.

Elle le trouva là, dans une mare de vomi, se tordant de douleur et présentant un jaunissement suspect de la peau et de l'œil.

— Je dois aller à l'hôpital, Agueda, j'ai très mal.

— Tu vas voir, c'est une appendicite. Maman, appelez le 112.

— Oui, oui, une appendicite, marmonna Aurora en composant le numéro d'urgence.

Jesús avait des défauts, comme tout le monde, mais c'était son époux, c'était un homme bon, et elle ne voulait pas être veuve.

Il entra aux urgences de l'Hôpital central des Asturies et, après un bref examen, fut rapidement envoyé en radiologie. Agueda resta dans la salle d'attente, seule, craignant de ne plus jamais le revoir. Elle se rappela l'après-midi de leur rencontre, le jour où il lui avait demandé de l'épouser, et le jour de leur mariage ; elle se souvint également de sa présence à ses côtés lorsqu'elle avait appris qu'elle ne pourrait plus avoir d'enfant, en silence, lui tenant la main, les larmes aux yeux ; mais aussi de son visage paniqué quand ils étaient rentrés chez eux avec la petite Ana ; ou comment il l'avait soutenue quand elle lui avait fait part de son envie de créer sa propre académie de couture ; elle se rappela la joie qui avait empli son regard lorsqu'on avait ouvert à Oviedo un magasin Galerías Preciados, qui selon lui n'avait rien à envier aux Galeries Lafayette parisiennes, et qu'on lui avait offert un poste de responsable de la section hommes ; elle n'oubliait pas le regard vide qu'il avait eu le jour de son licenciement d'El Corte Inglés, après que son patron lui eut dit, lors de l'évaluation annuelle, que son rayon était le plus mal noté par les clients, que ses manières étaient efféminées et ses techniques de vente, obsolètes, et que n'importe quel jeune vendeur serait plus efficace que lui. Ce dont ne voulait pas se souvenir Agueda, c'était du jour où elle avait appris que Jesús préférait les hommes aux femmes. Mais, même si elle ne s'en fichait pas, quel homme était parfait ? De tous les maris qu'elle connaissait, le sien était le plus poli, le plus gentil et le plus affectueux avec son épouse et leur fille. Il ne haussait jamais la voix et ne la contredisait jamais. Il était serviable et compréhensif, et c'était bien plus que ce que la majorité des femmes pouvaient dire de leurs maris. Agueda avait son jeu de cartes dans son sac à main, comme toujours, mais elle n'osa pas le sortir là, dans la salle d'attente des urgences, devant tant de monde, alors elle ferma les yeux et pria en silence pour que Jesús ne meure pas. Pas aujourd'hui.

AURORA, 1940

Aurora rencontra Ramona peu de temps après avoir épousé Paulino. À l'époque, Ramona Fierro avait dix-huit ans et vivait avec sa mère et sa sœur María quelques maisons plus haut dans la rue.

Ramona avait intégré la mine à l'âge de seize ans pour charger les wagons de vingt tonnes avec ses sœurs María, attardée mentale de dix-sept ans, et Ursula, l'aînée des trois, qui avait dix-neuf ans. Leur père étant mort, la pension de veuve ne suffisait pas pour les faire vivre toutes les quatre. Entre prendre les paniers et sortir le charbon des décharges pour le laver dans la rivière, dans l'eau jusqu'à la taille, avec la pâte noire dégoulinante qui sortait quand le charbon était filtré, et le vendre maison par maison, elles avaient choisi d'intégrer toutes les trois la mine en échange d'une demi-journée de salaire chacune et du renoncement de leur mère à sa misérable pension de veuve. Ce fut la meilleure proposition qu'elles purent obtenir, mais même ainsi, elles y gagnaient. Ainsi, une fois la guerre terminée, les sœurs Fierro commencèrent leur propre combat à bord de la cage de descente du puits Santa Barbara.

Quatre mois après son entrée dans la mine, Ursula, terrifiée par les attaques et par les humiliations qu'elles y subissaient depuis le premier jour, épousa Raimundo el Barrenista, un mineur. C'étaient les seuls hommes capables d'accepter le stigmate social qui entourait les charbonnières. Raimundo lui porta son premier coup lors de leur nuit de noces.

Entre toutes ces raclées, Ursula eut cinq enfants. Elle cessa de parler à sa sœur Ramona le jour où Raimundo, alors qu'Ursula en était à sa deuxième grossesse, la battit si violemment qu'elle perdit le bébé. Ce jour-là, Ramona arriva à l'entrée de la mine, certaine de tomber sur la brute qu'était son beau-frère. Elle descendit de la cage à un niveau qui n'était pas le sien et, armée de la pelle de María, s'approcha de lui et lui porta un premier coup qui l'assomma à moitié. S'ensuivirent vingt autres, laissant Raimundo avec deux côtes cassées, les muscles meurtris, le corps couvert de bleus et une entaille au sourcil. Elle ne le tua pas, car plusieurs mineurs l'empêchèrent de le faire, même s'ils attendirent longtemps avant d'intervenir. Ce fut don Ceferino qui, sachant comment se comportait Raimundo à la maison, régla l'affaire sans dossier et sans licencier

Ramona, concluant l'histoire en lui passant un bon savon. Il ne lui demanda aucune faveur en retour, car Ramona était aussi laide et brute qu'un ogre.

Ce n'était pas la première fois que Ramona agressait un autre mineur. La première fois, il s'agissait d'un piqueur qui avait tenté de violer María à la fin de son service, et Ramona s'était assurée que tout le puits soit au courant. Sa sœur était la victime parfaite : jolie, avec une poitrine abondante et l'innocence de l'enfance permanente à laquelle l'oxygène qui lui avait manqué lors de l'accouchement l'avait condamnée. Contrairement à elle, Ramona était grande, forte et souffrait d'hirsutisme depuis qu'elle avait eu ses règles pour la première fois, ce qui expliquait qu'elle n'ait jamais été la cible des désirs de ses collègues.

—Que voulez-vous en échange ? demanda Ramona au contremaître.

—De toi, rien.

—Alors, de qui ?

—De personne, mais tu m'en dois une, si un jour j'en ai besoin. Et si jamais tu refais une chose pareille, tu finiras à la rue, compris ?

Ramona répondit par un grognement inintelligible.

—Qu'as-tu dit ?

—Qu'on verra bien. Sinon quoi ? Je me laisse faire sans me défendre ? Ou, pire encore, je les laisse s'en prendre à ma sœur ?

—Ramona, arrête de me casser les couilles, tu vois bien que je ferme les yeux.

—Ouais, et depuis quand tu es quelqu'un de bien, toi ?

Ramona ignorait qu'elle n'avait pas à s'inquiéter de la réputation du contremaître, car il était occupé à cette époque avec Aurora. Depuis qu'il avait goûté à la chair de la jeune fille, il avait cessé d'exiger la même chose d'autres femmes en échange de sa protection. Aurora lui donnait tout ce qu'il pouvait souhaiter, car elle ne refusait jamais rien à Ferino.

Ce que Ramona savait, en revanche, comme tant d'autres charbonnières, c'était qu'ils entretenaient une relation, mais elle ne fit jamais un seul commentaire, pas même lorsqu'Aurora épousa Paulino, un voisin de toujours qu'elle connaissait depuis sa naissance. Chacun s'occupait de ses affaires. Si Paulino ignorait tout ou ne voulait rien savoir de la liaison de sa femme avec ce contremaître, c'était son problème.

L'insomnie qui avait accompagné Aurora tout au long de sa vie s'aggrava au cours des derniers mois de sa grossesse. Un matin, alors que Paulino dormait et qu'elle se retournait dans son lit, elle sortit sur le seuil de sa maison, vit la petite lumière rouge de la cigarette de Ramona quelques mètres plus loin et, sans réfléchir, s'approcha d'elle.

— Tu en veux une ? lui proposa Ramona.

— Je n'ai jamais fumé. Ça aide à dormir ?

— Ça donne sommeil et ça coupe l'appétit.

— Que des avantages, commenta Aurora en acceptant.

Ramona lui passa la cigarette. Aurora tira une taffe et toussa, mais elle recommença. Elle observa Ramona rouler la deuxième avec un soin qui ne seyait pas à ses grandes mains calleuses, puis elles fumèrent en silence. Aurora s'en alla ensuite avec un simple merci. Ce ne fut pas la dernière nuit au cours de laquelle Ramona et Aurora partagèrent un moment de tabac en plus de ce que parvenait à apporter Aurora : du café malté certains jours, du vin dilué d'autres fois, de l'eau-de-vie de raisin quand elles avaient de la chance et juste de l'eau quand elles n'en avaient pas, en fonction du marché noir et du rationnement. C'était ainsi, en fumant et sans parler, que les deux femmes se libéraient l'esprit des misères de la journée.

Les voisines ne tardèrent pas à commérer sur cette amitié naissante, jusqu'à ce que Paulino demande des explications.

— Tu vas fumer pendant la nuit chez la charbonnière ?

— Parfois. Mais pas dans sa maison, juste sur le pas de sa porte.

—Ramona est brute, grossière et on ne peut pas lui faire confiance. Elle a battu son beau-frère et a manqué de le tuer. Elle avait ses raisons, il faut le reconnaître, mais si tu la fréquentes, tu vas t'attirer des ennuis avec le reste du voisinage.

—Je l'aime bien, répondit-elle en guise d'explication.

Paulino regarda les chevilles enflées d'Aurora, son visage bouffi et ses mains meurtries et décida d'attendre qu'elle accouche avant d'aborder à nouveau le sujet. Il ne voulait pas se disputer avec elle dans cet état. On disait que les femmes enceintes embellissaient, mais la sienne vivait très mal la grossesse. « C'est parce que ce sera une fille », disaient sa belle-mère et ses voisines. « Les garçons sont plus faciles à élever, dès qu'ils sont dans le ventre », ajoutait l'une ou l'autre.

ANA, 1984

Le 14 août 1984, Ana sortit faire la fête pour la première fois, à l'âge de seize ans, comme le reste de ses amies. Naïves, tout excitées et impatientes de découvrir le monde, elles se sentaient enfin libres. Mais d'abord, Agueda et les autres mères s'assurèrent de savoir avec qui leurs filles allaient sortir et s'accordèrent toutes sur l'heure du couvre-feu.

C'était la grande nuit des festivités de la Vierge de Begoña à Gijón et, comme chaque année, des personnes de tous âges, des familles entières, se rassemblaient à minuit sur la plage ou se pressaient aux fenêtres et aux terrasses de la promenade du front de mer pour regarder le feu d'artifice. Certains le faisaient même depuis des bateaux. Ensuite, les jeunes et moins jeunes remplissaient les bars de la ville, ouverts jusqu'au petit matin. Ana et ses amies ne resteraient pas jusqu'au bout, car elles devaient être rentrées chez elles pour une heure du matin.

Le plan de la bande d'Ana était de boire de la bière et de manger des graines de tournesol sur la Cuesta del Cholo, à Cimadevilla, le quartier des pêcheurs, puis de regarder les feux d'artifice depuis la plage et de rentrer à pied chez elles. La nuit était sans danger car les rues et les terrasses étaient bondées.

Ana et ses amies avaient passé tout le mois à admirer un très beau garçon qui ne leur prêtait aucune attention. Elles avaient mené l'enquête et savaient tout ce qui était de notoriété publique à son sujet : il s'appelait César, était originaire de Gijón et venait de terminer sa première année d'ingénieur industriel. César savait qu'il plaisait et, cet été-là, picorait de fleur en fleur dès qu'il en avait l'occasion. Ça faisait une semaine qu'il s'était rendu compte de l'attention que lui portait la clique d'Ana et des gloussements idiots qu'elles émettaient lorsqu'il se tournait vers elles. Il avait remarqué Ana, même s'il s'intéressait en général aux filles plus âgées. Les adolescentes ne voulaient souvent pas coucher, alors que les universitaires lui laissaient plus d'options. Néanmoins, il la garda à l'œil au cas où un soir l'occasion se présenterait de l'embrasser et de la tripoter un peu.

Ana, un peu pompette à cause de la bière, le regarda avec un air plus suggestif que jamais. César avait des projets après les feux d'artifice, alors il ne répondit pas à son flirt dans un premier temps, mais ses amis l'encouragèrent.

—Elle est vraiment canon, mec, et je parie qu'elle devra bientôt rentrer chez elle. C'est pour bien finir l'été !

César se dirigea vers Ana. Quand elle le vit approcher, elle dut forcer sur ses jambes pour ne pas vaciller, tandis que ses amies chuchotaient sans aucune retenue.

—Je m'appelle César et cela fait plusieurs jours que je t'ai remarquée. Comment tu t'appelles ?

—Ana, parvint-elle à dire, l'air hébété.

—Eh bien Ana, ma petite Ana, je me trompe peut-être complètement, mais je pense que toi aussi tu m'as remarqué.

Ana et César s'éloignèrent de leurs amis respectifs, sans les perdre de vue, et s'accoudèrent à la rambarde de la côte qui donnait son nom à la rue. Ils papotèrent et rirent, puis César l'embrassa là, sous le regard des amies d'Ana, qui ne la quittaient pas des yeux et ne cessaient de commenter le spectacle en chuchotant et en gesticulant dans leur coin.

César les invita à venir regarder le feu d'artifice avec eux et ils descendirent tous vers le sable pour contempler sur l'escalier le spectacle lumineux avec lequel la ville célébrait la nuit de la Vierge. Là, collé au mur de pierre de la promenade maritime, César serra Ana contre lui et lui toucha le sein par-dessus sa robe.

—Hé, tu vas trop vite !

—Ça ne te plaît pas ? demanda-t-il en retirant sa main.

—Ce n'est pas ça.

—Écoute, fais-le-moi aussi et on sera quittes, proposa César en portant la main d'Ana à son entrejambe. Tu vois ?

C'était la première fois qu'Ana touchait les parties intimes d'un garçon, même si c'était par-dessus son pantalon, et elle fut impressionnée par la bosse qu'elle sentit sous sa main.

L'instinct et la courte expérience de César lui laissèrent penser qu'il avait atteint la limite avec elle, du moins pour cette nuit, et il se remit à l'embrasser et à lui toucher le sein par-dessus sa robe. Ana ne protesta plus.

Quand il fut l'heure de rentrer, César ne lui proposa pas de la raccompagner car la fête continuait pour lui. Ana marcha le long de la digue, pleine de gens qui se promenaient dans toutes les directions, répondant au flot incessant de questions et d'exclamations : « Où vit-il ? », « Il embrasse bien ? », « Vous avez prévu de vous revoir ? », « Il t'a pelotée, non ? », « Non, mais vraiment, j'hallucine ! » Ana venait de tomber amoureuse, ou en tout cas, c'était ce qu'elle croyait, la tête dans les nuages et le cœur qui manquait de sortir de sa poitrine. Arrivées au niveau de l'escalier 11, elles se séparèrent, chacune se dirigeant vers sa maison. Dans sa rue, qui ne comptait aucun bar, il n'y avait personne, mais elle ne s'en rendit même pas compte. Elle n'avait de place que pour César dans son esprit. Elle ouvrit le portail avec sa clef et ce qu'elle imaginait être un voisin la suivit. Dans son quartier, il y avait beaucoup d'appartements de vacances et c'était normal de ne pas connaître tout le voisinage. Ce ne fut qu'après avoir appelé l'ascenseur qu'elle s'aperçut que cet homme venait de sortir son pénis gonflé de sa braguette et qu'il le pointait vers elle. Ana cria et courut en direction de la rue, mais lorsqu'elle ouvrit le portail, l'homme se dépêcha de sortir et s'éloigna en disant « désolé, désolé ». Ana appuya avec insistance sur le parlophone, morte de peur et incapable de comprendre quoi que ce soit de ce qui venait de se passer. Jesús posa son troisième verre de whisky sur la table du salon et se leva pour répondre, surpris. Ana disposait de son propre jeu de clefs. Quand il entendit sa fille crier : « Descends, papa, s'il te plaît ! », il se précipita vers la porte, le cœur battant, tandis qu'Agueda, qui somnolait dans le fauteuil devant Juanito Navarro, sortait de sa torpeur.

—Qu'est-ce qui se passe ? Où est la petite ?

—Au portail, répondit Jesús en dévalant l'escalier.

Le temps que Jesús descende les cinq étages, Ana décida de ne pas parler à ses parents de ce qui s'était passé au cours de cette étrange soirée. Craignant qu'ils ne la laissent plus sortir, elle ne leur parla ni de César ni de l'incident avec l'inconnu à l'entrée.

—Qu'est-ce qui s'est passé ? l'interrogea son père lorsqu'il arriva en bas.

—Rien, j'ai juste vu une souris à l'intérieur et j'avais peur d'entrer, mentit Ana.

—Où est-elle ?

—Je ne sais pas. Je crois qu'elle s'est faufilée dans le local technique.

— Je préviendrai le syndic demain. Tu m'as fait peur ! Comment s'est passée ta première sortie nocturne ? demanda Jesús en fermant la porte de l'ascenseur.

AURORA, 1942

Aurora et Paulino restèrent peu de temps fiancés. Ils n'avaient aucune raison d'attendre et Paulino était pressé de se marier : la solitude n'était pas l'état naturel d'un homme et, même s'il était habitué à ne pas avoir de femme à la maison, il ne sentait seul depuis le décès de son père. Lorsqu'il ouvrait la porte de chez lui à son retour de la mine, il avait l'impression d'entrer dans un cimetière et il avait envie de compagnie. Aurora fut sa première petite amie. Du vivant de son père, il était réticent à l'idée de se marier : une femme aurait perturbé leur routine et causé des problèmes.

Quant à Aurora, son envie d'épouser Paulino avait été motivée par le rejet de Ferino. Dès leur première rencontre, elle jugea Paulino selon le modèle masculin qu'elle connaissait. À seulement dix-huit ans, elle était habituée à ce que les hommes n'attendent qu'une seule chose d'elle, alors elle supposa que le prix à payer pour ses fiançailles avec Paulino serait le même. Pour cette raison, et non pour d'autres convictions, Aurora décida que Paulino ne la toucherait pas avant le jour de leur mariage. Elle fut véritablement surprise de voir qu'il n'essaya même pas. Aurora ne chercha jamais Paulino, mais petit à petit, elle apprit à faire ce qu'elle n'avait jamais fait ni avec Ferino ni avec son propre père : le rejeter.

Après la naissance d'Agueda, Paulino respecta non seulement la période d'abstinence, mais il attendit aussi de nombreux mois supplémentaires avant de recommencer à s'approcher timidement de son épouse. Aurora le rejeta une fois, deux fois, trois fois, et ainsi de suite pendant plus d'un an. Paulino tint bon jusqu'à n'en plus pouvoir. Le jour où il explosa, Agueda, encore bébé, commençait à courir partout dans la maison et à prononcer ses premiers mots.

Le couple se disputait beaucoup. Paulino reprochait à sa femme le mépris qu'elle manifestait à l'égard de la petite Agueda. Olvido, inquiète de la situation, se mit d'accord avec Frutos pour offrir un moment d'intimité aux époux. *Raza* était à l'affiche au cinéma Froiladela, un film écrit par un certain Jaime de Andrade qui, selon la Radio Pirenaica, la chaîne du Parti communiste que de nombreux foyers républicains écoutaient clandestinement, était en réalité Francisco Franco lui-même. Cette vérité qui circulait sous forme de rumeur eut l'étrange effet de pousser tout le monde à aller voir le film : ceux du côté du Caudillo au cas où ce serait le leur et ceux du côté des perdants pour la même raison.

C'était un samedi et Paulino avait congé. Frutos se chargea de leur faire la proposition.

—Allez au cinéma, profitez du fait d'avoir des beaux-parents jeunes et un seul enfant, avant de peut-être nous donner d'autres petits-enfants. Ne faites pas comme nous, qui n'avons eu qu'Aurora, dit-il à son gendre.

Paulino accepta, rempli d'espoir de voir Aurora enthousiaste et la situation s'améliorer entre eux. Aurora, de son côté, n'accepta que parce que sa mère l'y obligea.

—Écoute, Aurora, si tu ne respectes pas tes engagements envers ton mari, l'histoire peut très mal se terminer pour vous, pour Agueda et pour les enfants que vous aurez dans le futur, la prévint-elle. Tu sais très bien de quoi je veux parler.

—Je n'aurai pas d'autres enfants, mère, répondit-elle, évitant une conversation que sa mère avait étouffée dans l'œuf quand Aurora avait eu besoin d'en parler.

Maintenant qu'Olvido elle-même semblait vouloir aborder le sujet, c'était elle qui n'était plus disposée à y penser.

—Ne détruis pas ta vie, celle de ton mari et celle de ta fille.

—Pourquoi pas ? C'est ce que tu as fait, non ? Me gâcher la vie parce que tu as refusé de satisfaire mon père au lit ?

Olvido ne se laissa pas démonter.

—Va au cinéma avec ton mari. Agueda reste avec moi ce soir. Ne déclare pas la guerre à Paulino, c'est un homme bien. Nous avons déjà suffisamment connu la guerre, et ce n'est pas fini.

Seules les larmes que sa mère retint convainquirent Aurora d'accepter.

Le film ne lui plut pas, notamment parce qu'elle n'y prêta pas la moindre attention. Elle croisa Carmina, une pelleteuse miteuse et bavarde qu'elle avait côtoyée pendant les mois passés à travailler dans la mine, qui lui apporta des nouvelles qu'elle aurait préféré ne pas entendre.

—Tu te souviens de don Ceferino ? demanda Carmina avec de mauvaises intentions.

—Le contremaître ? Vaguement, prétendit Aurora.

—Il avait une si mauvaise réputation et regarde-le maintenant : marié avec la petite-fille des marquis, qu'il a, à son âge, mise enceinte. Qui l'aurait cru, n'est-ce pas ? Sachant qu'il a déjà des enfants adultes et doit approcher de la cinquantaine. Et elle ? Une veuve sans enfant qui ressemble à un fantôme d'ange blond, si pâle et sérieuse qu'elle donne l'impression de ne pas avoir dc sang dans les veines. Eh bien, il semblerait que dans la chambre à coucher, elle ait de la chaleur dans le corps ! dit-elle en riant et en montrant ses fesses.

La nouvelle inattendue donna à Aurora l'impression d'avoir été jetée dans la rivière en plein hiver. Elle dissimula le frisson qui secoua son corps lorsqu'elle l'apprit et fut reconnaissante d'entrer dans la salle de cinéma pour ne pas avoir à continuer à discuter avec Carmina. Un mélange de colère, de déception et de peine envers elle-même l'envahit tandis qu'à l'écran, Alfredo Mayo incarnait un personnage qui ressemblait étrangement à Franco. Heureusement, il n'y eut pas d'entracte et elle n'eut pas besoin de se composer un visage devant Paulino le temps qu'elle se remette de sa contrariété.

À la fin du film, la salle se mit à chanter l'hymne national ou fit semblant, comme c'était de coutume à l'époque. S'ils omirent le salut fasciste, tous portèrent tout de même la main à leur cœur.

Quand ils furent de retour chez eux, Olvido avait préparé le dîner : des pommes de terre rissolées au paprika avec du chorizo, une bouteille de vin rouge et des crèmes à la vanille faites maison. En pleine famine, Aurora préférait ne pas penser à toutes les choses dont sa mère devrait se priver pour leur offrir ce luxe. Une note mal écrite au fusain sur le plan de travail de la cuisine leur annonça qu'elle avait emmené Agueda dormir chez elle et qu'elle la ramènerait le lendemain matin après le petit déjeuner.

Paulino s'efforça d'agir avec galanterie pendant le dîner. Il s'intéressa à ses affaires et lui raconta une anecdote de son enfance qu'elle ne connaissait pas encore. Aurora sourit sans le regarder, elle mangea peu et écouta encore moins, s'amusant à imaginer ce que serait sa vie si elle avait épousé Ferino. Paulino feignit de ne pas remarquer qu'elle était distraite ; au moins, elle souriait. Pour rester optimiste, il but deux verres de vin, ce qui lui réchauffa l'estomac et augmenta son taux de testostérone.

Après le dessert, Aurora se leva pour débarrasser et Paulino, habitué à se débrouiller seul à la maison, en fit autant. Une fois la cuisine et la vaisselle nettoyées, Paulino suivit Aurora vers leur chambre à coucher avec des intentions claires, mais elle le repoussa.

—Non, Paulino, pas aujourd'hui. Je pense que je digère mal le dîner.

—Si, Aurora, aujourd'hui.

—J'ai dit non, Ferino, je n'ai pas envie maintenant ! laissa-t-elle échapper.

Elle fit mine de rien, mais il était trop tard.

—Alors, les rumeurs disent vrai ? C'est donc pour cela que tu t'es comportée ainsi quand Carmina t'a parlé de cet homme. Et moi qui pensais que si tu n'étais pas vierge quand nous nous sommes mariés, c'était à cause de ces maudits Maghrébins. Que Dieu ait leur âme !

—Quelles rumeurs ? Qu'est-ce que tu racontes ?

Paulino se souvint des quelques conseils que son père lui avait donnés sur la vie : « Gâte tes enfants sans qu'ils s'en aperçoivent et ne les laisse pas te manquer consciemment de respect. Et gâte encore davantage ta femme, mais ne lui permets jamais de te manquer de respect, même si tu penses qu'elle ne le fait pas exprès. Fais tout ce qui est nécessaire, mais ne cesse jamais d'être l'homme de la maison. »

Sa fierté blessée et ses scrupules désinhibés par le vin, il attrapa Aurora par le bras, l'entraîna vers le lit et, bien qu'elle tente de se débattre, plus par surprise que par rejet, commença à écarter sa jupe avec plus de force que d'habileté.

—Tu vas déchirer ma jupe du dimanche ! C'est celle de notre mariage !

—Eh bien, enlève-la toi-même, tu sais clairement comment faire ! lança-t-il, s'éloignant juste assez pour que sa femme puisse se déshabiller.

Aurora se tut et souleva sa jupe.

—Enlève tout, ordonna Paulino.

—Mais tu dis toujours que tu ne veux pas que je sois nue.

—Qu'est-ce que tu sais de ce que je veux ? Enlève tout, je t'ai dit !

—Je n'ai pas envie, Paulino. Si tu en as tellement envie, soulage-toi et finis vite, mais laisse-moi tranquille.

Paulino s'écarta, mais il entendit à nouveau la voix de son père et, les yeux fixés sur Aurora, il enleva la ceinture de son pantalon.

— Tu vas voir, à partir de maintenant, tu ne me parleras plus jamais comme ça, dit-il.

Et cette phrase fut prémonitoire. Aurora comprit ce que sa mère avait voulu lui expliquer cet après-midi-là : pour un mari, le sexe était une option ; pour une femme, c'était une obligation. À partir de ce jour, tous les samedis et les veilles de fêtes, Aurora se plia aux exigences de Paulino. Ce fut la seule fois où il frappa sa femme et, bien qu'il n'en soit pas fier, il n'en eut pas non plus de remords.

De son côté, cette nuit-là, Aurora finit de se convaincre que, s'il existait un homme bon, elle était capable de le transformer en démon. Elle avait réussi à faire ressortir la fureur animale de son mari, qui semblait l'homme le plus calme du monde. Le curé l'avait mise en garde lors de la réunion préparatoire au mariage : « N'oubliez pas, Aurora, les femmes doivent obéissance et soumission à leur mari. Faites attention à ne pas réveiller la bête sauvage, auquel cas vous devrez en assumer les conséquences », l'avait prévenue don Leoncio en lui faisant le même sermon qu'à toutes les femmes sur le point de se marier. C'était tout ce que le prêtre connaissait de la vie de couple et il l'enseignait dans le village avec une véritable vocation d'évangélisateur. *Quelle bête ?* s'était-elle demandé à l'époque. Paulino était un homme réfléchi, calme et plus doux qu'elle ne l'aurait souhaité. Deux ans après le discours de don Leoncio, Aurora pensa avoir compris ce que le prêtre voulait dire. Ainsi, elle se mit en tête qu'elle était responsable du comportement de Frutos, de Ferino, de Paulino et même de ces redoutables Maghrébins, car elle portait le mal en elle.

Lorsque Paulino s'endormit, Aurora se leva et, humiliée et pleine de culpabilité, s'assit devant sa machine à coudre. Elle décousit avec rage la jupe et la blouse qu'elle avait confectionnées à partir de sa robe de mariée et utilisa le tissu pour coudre deux robes pour Agueda. Elle ne voulait plus jamais reporter ces vêtements. Quand elle eut terminé, l'aube s'était levée. Elle alluma la cuisinière à charbon pour chauffer la pièce, remplit une bassine d'eau chaude et l'apporta dans la chambre de Paulino pour qu'il se lave, puis lui prépara son petit déjeuner.

Paulino hocha la tête lorsqu'il vit le changement qu'il avait provoqué chez sa femme et lui sourit, satisfait. En tant qu'homme qui se respecte, Paulino ne se dérobait pas à ses obligations et, que cela lui plaise ou non, il avait indéniablement fait ce qu'il fallait pour éviter que son foyer ne s'effondre.

À peine son mari parti, Aurora reçut la visite de doña Rosina, la voisine, une vieille commère avec laquelle elle n'avait jamais eu beaucoup de contacts.

—Ne t'inquiète pas, ma fille, la première fois, tu ne fermes pas l'œil de la nuit, mais après, ce n'est pas si grave. Prends ça, pour te sentir mieux, lui dit-elle en lui tendant une carafe de tilleul et une petite bouteille d'eau-de-vie au miel.

—Je ne comprends pas, doña Rosina, de quoi parlez-vous ?

—Ne joue pas à l'imbécile et n'aie pas honte. Tous les hommes battent leurs femmes, mais elles ne vont pas le raconter sur les toits.

Le visage d'Aurora s'échauffa et elle ne sut que répondre.

—Ton Paulino est un homme bien et il ne boit pas, continua doña Rosina avant de s'en aller. Occupe-toi de lui comme tu l'as fait ce matin et tout se passera bien, tu verras. Maintenant, bois un thé au citron vert avec quelques gouttes d'eau-de-vie, c'est un remède miracle.

Aurora ferma la porte et s'empressa de tirer les rideaux de sa maison avant de fondre en larmes. Quand elle parvint à se calmer, elle s'assit à la machine à coudre et passa les doigts sur la tache sombre de l'établi de la Singer. Grâce à ce petit geste, elle se sentit mieux. Ce sang incrusté dans le bois représentait la seule victoire de sa vie face aux hommes.

Ana, 1984

Sans téléphone fixe dans l'appartement d'été, la seule façon pour Ana de retrouver César était de le chercher dans le quartier dans lequel elle l'avait croisé pendant toutes les vacances. Mais d'abord, Ana devait se rendre sur la plage pour jouer aux cartes avec ses amies. En ce jour férié ensoleillé, la plage était une vraie ruche et la matinée sembla durer une éternité. L'attente fut encore plus pénible lorsque la mère de Cova vint les chercher pour danser la *Danza Prima*, durant laquelle les habitants de Gijón et les étrangers se donnaient la main le long de la plage de San Lorenzo. Sur le chemin jusqu'au Muro, elle les sermonna lourdement sur le fait de ne pas monter sur une moto avec des inconnus. Apparemment, une fille était morte la veille dans un accident. Elle leur parla des dangers de ne pas porter un casque, de faire du stop et de toutes les choses dont on les avait déjà averties cent fois et qu'elles entendraient encore souvent.

Ana mit plus de deux heures à se préparer cet après-midi-là. Elle tenta en vain de se faire des boucles avec de la mousse et un sèche-cheveux, et elle essaya deux fois tous les vêtements de sa garde-robe, mais rien ne la convainquit. Finalement, elle se relava les cheveux et les laissa lisses, comme elle le faisait toujours. Elle mit plus de maquillage que d'habitude, si bien qu'Agueda la força à en enlever une partie.

—Mais, maman, ne fais pas la coincée.

—Je ne suis pas coincée, mais toi, tu n'es pas une danseuse de cabaret, ma fille. Cette couche de maquillage est atroce, alors que tu es toute belle. Tu n'as pas besoin de te peindre le visage, surtout pas comme ça, tu as l'air d'un clown. Ne mets pas ce fard à paupières vert, au moins. Tu ressembles à Hulk quand il se met en colère.

Ana sortit dans une robe en mousseline blanche qui la mettait à son avantage, des sandales rouges qui n'étaient pas trop inconfortables pour qu'elle puisse marcher jusqu'au centre sans s'abîmer les pieds, ses cheveux comme tous les jours et juste un peu plus maquillée qu'à son habitude.

Elles allèrent directement au Planeta, le bar où elles avaient rencontré César la veille, mais il n'y avait aucun signe de lui ni de ses amis. Elles restèrent là deux heures, avec une bouteille de cidre et un paquet de graines de tournesol, mais César ne se montra pas.

— Allons-nous-en, y a pas de beaux mecs ici. On n'a qu'à aller sur la route des vins, proposa Cova.

— Non, s'il vous plaît. Je veux attendre ici, au cas où il arriverait. Il m'a dit qu'il passerait par ici aujourd'hui.

— Il est sûrement en pleine gueule de bois.

— Ou il n'a pas envie de venir, lança Cova. Tu sais comment sont les mecs une fois qu'ils ont conclu.

Ana termina l'après-midi à vomir dans les toilettes du Planeta pendant que ses amies lui tenaient les cheveux. Elle rentra chez elle avec son mascara qui avait coulé et si pâle qu'Agueda prit peur.

— Ma chérie, que t'est-il arrivé ? Qu'as-tu bu ?

— Rien, maman, on est allées manger des *patatas bravas*, et je crois que je ne les ai pas digérées, mentit-elle. Je vais aller me coucher et je serai comme neuve demain.

Les amis de César ne réapparurent qu'une semaine plus tard. Sans lui.

— Si tu ne vas pas leur demander où il est, je m'en charge, dit Cova.

— Je passe mon tour, répondit Ana.

Marta et Cova allèrent leur parler et Angela resta près d'Ana, qui essayait de ne pas regarder vers eux. Elle vit néanmoins du coin de l'œil que Marta se couvrait la bouche de ses mains et que Cova jouait avec ses cheveux, mais pas de manière aussi aguicheuse que d'habitude. Elles revinrent leur annoncer la nouvelle, tout agitées.

— César est à l'hôpital, ma belle. Il a eu un accident de moto.

—Il va bien ? questionna Ana, aussi nerveuse que s'ils étaient ensemble depuis des années et non quelques heures.

Cova secoua la tête.

—Ils l'emmènent à Toledo. Aux soins pour les paraplégiques.

—Qu'est-ce que ça veut dire ?

—Qu'il ne remarchera plus jamais. Il a une lésion irréversible de la moelle épinière ou un truc du genre. Quel choc ! dit Marta.

Ana fondit en larmes comme si son fiancé venait de mourir, et c'était ce qu'elle ressentait, car dans sa tête, César était l'amour de sa vie.

—Tu le lui dis ou je m'en charge ? demanda Cova.

—Me dire quoi ?

—Il était sur la moto avec sa petite amie.

—Quelle petite amie ?

—Il avait rendez-vous avec elle après avoir passé la soirée avec toi. Elle regardait le feu d'artifice chez ses parents. Elle était arrivée le jour même des États-Unis. Elle est morte. Tu te souviens de la fille dont parlait ma mère ?

Les larmes d'Ana cessèrent soudain de couler.

—Je suis désolée, chérie, dit Angela.

Ce fut la dernière fois qu'elles mentionnèrent César devant Ana, car lorsque quelqu'un abordait le sujet, elle se montrait très digne et se contentait de dire : « Ce chapitre de ma vie est clos », comme elle avait entendu quelqu'un le faire à la télévision avant de s'approprier la phrase.

5

Ana, 2003

J'entendis durant toute mon enfance ma mère raconter qu'après ma naissance, mes parents me ramenèrent à la maison le jour où Massiel remporta l'Eurovision. Cette inconnue dans la vingtaine, à la grande bouche et aux cheveux si longs qu'ils lui arrivaient jusqu'à la taille, fille d'Asturiens, élevée entre Madrid, Oviedo et Gijón, réveilla l'orgueil national général, et asturien en particulier. Selon ma mère, pendant que de nombreuses familles célébraient la victoire de la nouvelle star, chez nous, elle essayait de m'allaiter et pleurait à cause de son premier échec maternel. Mon père la consola dans un premier temps, avant de se désintéresser de la question, sachant que sa mission dans mon éducation consistait à me fournir un toit et de la nourriture, ainsi que d'autres tâches mineures, comme aller nous chercher à l'hôpital. Il était venu dans sa toute nouvelle Citroën 2 CV, qu'il avait achetée au grand dam de ma mère et à la grande joie du vendeur, à qui il signa les mensualités sur cinq ans. Il fit son premier trajet dans la voiture familiale flambant neuve le 6 avril 1968, une semaine après ma naissance, à la suite d'une césarienne qui faillit me coûter la vie et celle de ma mère, et qui l'empêcha d'avoir d'autres enfants, me privant de frères et sœurs.

Je restai donc enfant unique, une fille pour la plus grande joie de ma mère, qui n'avait connu ce lien féminin où l'on se raconte tout en échange de soutien et non de conseil qu'avec Florita, et pour la plus grande déception de mon père, qui voulait un fils avec qui partager des matchs de foot, des films de cow-boys et, plus tard, des bouteilles de cidre. Je n'appris que bien des années après, lorsque son pancréas lui donna son premier sérieux avertissement, que mon père n'aimait ni le foot ni les fusillades dans l'Ouest américain, mais les muscles des sportifs et des acteurs. Dans ces spectacles, les hommes pouvaient contempler d'autres hommes sans craindre d'être étiquetés comme peu virils. Et je ne l'aurais jamais découvert sans la popularisation du DVD.

Cela se produisit la semaine de Pâques, lorsque mon père fut hospitalisé pour une pancréatite.

Je passai la semaine à Oviedo tandis que ma mère refusait de laisser mon père seul une seconde. Mes tâches se limitaient à faire les courses, préparer le repas pour moi et pour ma grand-mère Aurora et monter à l'hôpital tôt le matin pour que ma mère puisse rentrer se doucher et se changer après avoir passé la nuit dans un fauteuil bleu inconfortable doublé de plastique dans une tentative vaine d'imiter le cuir. Elle était de retour avant midi pour ne pas louper la visite quotidienne du médecin, qui disait toujours la même chose : « Il va mieux, mais il est essentiel qu'à sa sortie, il suive le régime prescrit et, surtout, qu'il arrête de boire. Son pancréas ne pourra plus tolérer une seule goutte d'alcool. »

De son côté, ma grand-mère était occupée à terminer les commandes que ma mère avait en attente. Les cours avaient été suspendus. « Je ne veux pas risquer que ta grand-mère y mette le bazar », expliqua-t-elle. Elle ne me donna qu'une seule consigne : « Veille à ce qu'elle se lave et mange tous les jours. » Dans cet ordre. Je compris tout de suite pourquoi je devais surveiller que ma grand-mère se douche, mais pas l'obsession de ma mère à faire manger cette femme qui pesait alors près de quatre-vingt-dix kilos et se déplaçait avec une agilité surprenante pour une octogénaire. Les jours où elle parvenait à éviter la douche le matin, je devais la forcer à entrer dans la baignoire le soir. Même ainsi, je devais m'assurer par l'odorat qu'elle sortait de la salle de bains en sentant le savon et le propre et non le mélange de sueur et d'eau de Cologne avec lequel elle essayait parfois de me tromper.

—Nous nous sommes toujours lavés un jour par semaine et voilà que vous vous acharnez à détruire votre peau avec de l'eau et du savon, lança-t-elle un jour où je me disputais avec elle au sujet de ses habitudes hygiéniques. Quand vous aurez mon âge, vous ressemblerez à des raisins secs à force de vous frotter autant.

Le reste de la journée, je me promenais dans les magasins et sur les lieux de mon enfance, sans donner rendez-vous à qui que ce soit ; je n'avais personne à appeler. Je visitai le parc San Francisco, me baladai dans les rues pavées de la vieille ville, entrai dans la cathédrale et, un jour, pris même la voiture pour monter au Sacré-Cœur, au sommet de la montagne Naranco, afin de voir la ville d'en haut. Mais je passai la majeure partie de mon temps à la maison, l'académie et l'atelier de la rue San Barnabé, à fouiller dans mes souvenirs.

Ce fut au cours de ces recherches que je trouvai, derrière un morceau de bois mal camouflé dans un meuble du salon, une horreur démodée dont la fonction principale était de prendre de la place, plus de vingt DVD de films pornographiques masculins gays. J'aurais voulu soupçonner ma grand-mère Aurora, que je jugeais capable de tout, mais je ne pouvais pas imaginer qu'elle prenne secrètement plaisir à regarder des hommes avoir des rapports sexuels. Je n'envisageai même pas la possibilité que ces films puissent appartenir à ma mère, donc, par défaut, il ne restait qu'un seul suspect dans la famille qui pouvait posséder un tel matériel : mon père. Je passai en revue tous les DVD. Certains d'entre eux étaient récents, dont un qui était sorti seulement six mois auparavant.

Tout en réfléchissant à ma découverte, je me rendis à l'hôpital pour tenir compagnie à ma mère. Pendant que mon père passait une nouvelle échographie abdominale, je lui parlai des films, en omettant leur caractère pornographique. Ma mère ne broncha pas. Elle ne savait clairement pas de quoi je parlais.

— Où as-tu dit les avoir trouvés ? Ça ne me dit rien. Je n'aime pas trop regarder des films, je préfère regarder la télé avec ton père ou papoter avec les élèves après l'atelier. Comme elles ont toutes mon âge maintenant, on s'entend bien.

— Ton âge ? Et elles veulent devenir couturières ?

— Non, ma chérie, non. Aujourd'hui, on appelle ça le stylisme et ça s'étudie en formation professionnelle ou à l'université. Les femmes qui suivent l'atelier sont des dames comme moi ou plus âgées qui vont devenir ou sont devenues grands-mères et qui veulent apprendre à tricoter, broder ou coudre pour confectionner de jolis vêtements pour leurs petits-enfants. Elles s'ennuient toutes beaucoup. Maintenant, je suis en concurrence avec l'académie d'artisanat de l'autre côté de la rue. C'est pour ça que je ne veux pas les laisser avec ta grand-mère. Elle serait capable de leur raconter tout ce qui lui passe par la tête.

Comme je n'obtins aucune information de la part de ma mère, je tentai ma chance auprès de ma grand-mère le soir même. Je laissai traîner un des films sur le comptoir de la cuisine. Nous avions du poulet rôti pour le dîner et j'oubliai délibérément de mettre le pain sur la table, sachant combien elle aimait tremper la mie dans la sauce.

— Tiens, chérie, ne laisse pas ça ici, tu vas le tacher et l'abîmer, me dit-elle lorsqu'elle trouva le DVD devant la boîte à pain.

— Ce n'est pas à moi. C'est un film, non ? Lequel ?

Grand-mère Aurora chaussa les lunettes qu'elle portait attachées à un fil autour de son cou pour regarder la pochette puis la lâcha comme si elle était en feu.

— Qu'est-ce que ça fait là ?

— C'est quoi, grand-mère ?

— Un des films d'invertis que ton père regarde ! Quelle famille ! Et ne fais pas cette tête, mon enfant. Ne fais pas comme ta mère, qui ne sait jamais rien, même pas ce qui se passe dans son propre lit.

Avant que je puisse protester, elle alluma la télévision pour écouter le journal et se servit un généreux morceau de poulet.

J'entretenais une relation étrange avec ma grand-mère. Quand j'étais petite, elle était différente des grands-mères des autres enfants. Elle ne m'achetait pas de cadeaux, ne me préparait pas de gâteaux et ne m'emmenait pas non plus au parc. Elle m'ignorait pratiquement. Mais elle me confectionnait des robes, des jupes et des pulls. Elle m'avait même cousu une veste avec un vieux jean et un Mickey brillant au dos, comme celle qu'elle avait vue dans un magazine. Toutes mes amies me l'enviaient et je l'aimais tellement que je l'avais portée jusqu'à ce qu'elle devienne trop petite. À ce moment-là, ma grand-mère ne vivait plus avec nous. Elle me manqua rarement. Nous n'avons jamais passé autant de temps ensemble que pendant la période où mon père était à l'hôpital.

Mon père rentra à la maison une semaine plus tard et je leur dis au revoir avec la promesse de revenir vite, en fonction de ce qui serait possible avec les enfants. Mon intention était aussi sincère et volatile que l'engagement de mon père à ne plus boire.

Ana, 1985

L'été de 1984 se termina et Ana rentra à Oviedo, au lycée et à ses habitudes. Elle entrait en première et, comme toujours, ses études occupaient ses semaines jusqu'au vendredi, puis elle sortait avec ses amies.

Si l'été avait été pour Ana la découverte de ce sentiment débridé et naïf de l'amour adolescent, l'hiver donna lieu à des relations très peu romantiques avec les garçons. De plus en plus jolie et prisée par les adolescents et les étudiants qui venaient de commencer l'université, elle se laissa désirer. Ses sorties se résumaient à boire pour être pompette avant de choisir avec qui fricoter parmi ses nombreux prétendants, dans l'un des deux bars qu'ils fréquentaient.

Elle oubliait César pendant la journée mais elle se souvenait de lui presque tous les soirs, se demandant ce que serait sa vie maintenant qu'il ne pourrait plus marcher. Elle s'imaginait qu'il avait eu l'accident parce qu'il se disputait avec sa petite amie, après lui avoir dit qu'il voulait rompre avec elle parce qu'il l'avait rencontrée et qu'il était tombé amoureux d'elle, et mille histoires semblables qui réconfortaient son cœur immature. L'année s'écoula entre les cours, l'étude et les week-ends, jusqu'à ce qu'un samedi, un garçon à l'agressivité désinhibée par l'alcool s'emporte après qu'Ana l'eut rejeté.

— Tu es en train de me dire que tu fricotes avec tout le monde sauf avec moi ? lança-t-il.

— Je sors avec qui je veux et tu ne me plais pas.

— Tu t'es tapé la moitié d'Oviedo ! Tu aimes toutes les bites, et la mienne est plus grosse que toutes les autres. Tu vas l'adorer.

Ana le gifla, les yeux remplis de larmes et le visage en feu, puis il lui rendit la pareille. Heureusement pour tout le monde, les serveurs et les amis du mec le firent sortir.

—Je suis désolée de te dire ça, commença Marta quand elle vit qu'Ana s'était un peu calmée.

—Tais-toi, ordonna Angela.

—De quoi parlez-vous ?

—Tu as une réputation de salope qui suce les bites de tous les mecs.

—Quoi ? Mais je n'ai jamais fait ça avec personne !

—Tu sais comment ça marche, ma belle, expliqua Angela. Les garçons peuvent faire tout ce qu'ils veulent, et plus ils concluent, plus ils sont cools, mais si nous, on fait la même chose, on nous traite de putes.

Ana éclata en sanglots et hoqueta de nervosité, ne parvenant à articuler qu'une seule chose :

—J'ai envie de crever.

Ce fut cette nuit-là qu'Ana décida de convaincre ses parents de la laisser partir étudier à Madrid.

AURORA, 1944

Ferino sentit son cœur s'arrêter le jour de l'arrestation de son fils aîné, accusé d'être républicain. Idéaliste comme son grand-père et justicier comme sa mère, Cefe, qui depuis ses vingt ans refusait de répondre au nom de Ferinín, fut arrêté lors d'une réunion illicite en compagnie de plusieurs personnes soupçonnées d'aider des fugitifs. Lors de la perquisition, plusieurs tracts communistes furent retrouvés. Quand il fut transféré à la prison de Mieres, son père ne put lui épargner les coups et la torture de l'interrogatoire, mais il le sauva de la mort après avoir supplié sa femme, qui refusait d'intervenir. C'était une chose d'user de son influence pour libérer un innocent que l'on voulait seulement faire parler, mais c'en était une autre de faire sortir un détenu pris en flagrant délit de conspiration contre le régime. Ferino vécut les pires jours de sa vie.

— J'ai déjà sorti de prison ce mineur de Turón, répondit son épouse, celui qu'on reliait à la disparition des soldats maghrébins. Les faveurs ne sont pas gratuites, encore moins pour moi.

— Gratuite ? Mais tu l'as libéré en échange de ce pauvre curé !

— Tout de même, elles ne sont pas gratuites.

— Peu importe ce qu'il en coûte, c'est de Cefe dont nous parlons, mon fils aîné, pour l'amour du ciel ! Ça doit être une erreur. Il n'a jamais été communiste. Il ne s'intéresse même pas à la politique.

— Eh bien, moi, je ne suis pas du tout surprise, parce que Cefe est un désastre. Il aurait pu être ingénieur, mais il a abandonné l'université pour épouser une moins-que-rien qu'il a mise enceinte.

Ferino se tut et fusilla sa femme du regard, tout en sentant monter en lui une haine irrationnelle. Si elle n'avait pas fini par céder, cette journée aurait pu se terminer en tragédie pour tout le monde.

— Je le ferai, accepta enfin Pilar, un peu effrayée par le geste menaçant de son mari. Pas pour lui, mais pour l'enfant, car je suis mère aussi. Mais Cefe est un traître et ce que tu me forces à faire me donne la nausée.

— Pilar, l'avertit-il, c'est de mon fils que tu parles.

— Et tu devrais en avoir honte. Rien que de penser que c'est le demi-frère de mon fils…

— Ce n'est pas son demi-frère, c'est son frère tout court.

— Au mieux, un demi-frère, et ne me le rappelle pas.

Ferino eut envie de la gifler, mais il ravala sa fierté. Il ne pouvait pas risquer que son fils aîné se retrouve devant le peloton d'exécution et il ne doutait pas que ce serait ce qui arriverait si elle ou un membre de sa famille ne l'empêchait pas. À la place, il la dévisagea avec un dédain auquel sa femme était insensible. Elle devenait chaque jour plus fanatique, plus fière de ses origines, comme si elle avait honte d'avoir dû l'épouser pour ne pas se retrouver vieille fille à la réputation de veuve riche.

Pilar ne réussit pas à faire libérer Cefe, ou ne voulut pas essayer de le faire, mais elle lui sauva la vie. Il fut envoyé au camp de travail forcé de Torre del Águila à Séville, près d'Utrera, dans une zone inhabitée connue sous le nom d'El Palmar parce que la terre y était si aride que seuls les petits palmiers poussaient. Là, dans ce désert, les prisonniers républicains travaillaient comme des esclaves, malades et mal nourris, à la construction d'un barrage.

Ce fut ainsi que Pilar réussit à éloigner Ferino de son fils aîné, de son petit-fils et d'elle-même. Marisa, la femme de Cefe, suivit son mari, comme tant d'autres familles de prisonniers, pour être proches d'eux et pouvoir leur apporter de la nourriture qu'elles n'avaient même pas pour elles-mêmes. Marisa devint ainsi l'une des premières habitantes de la région d'El Palmar, et Ferino resta seul, en compagnie d'une femme qu'il méprisait pour l'avoir fait se sentir faible, avec pour seule joie son petit garçon, malgré sa déception qu'il soit la copie conforme de sa mère. Ce que Ferino ne refusait jamais, c'était l'argent de son épouse, qu'il envoyait une fois par mois à sa belle-fille pour qu'elle sorte du taudis dans lequel elle vivait dans ce coin infâme du monde et parte avec le petit à Utrera ou à Séville. Elle accepta l'argent, mais tant que son fils était petit, elle resta à El Palmar, attendant le jour où son mari serait libéré.

La nuit où sa belle-fille partit pour Séville, Ferino envoya un mot à la maison d'Aurora par l'intermédiaire d'un jeune homme désireux de gagner quelques réaux.

Je veux te voir. Chez moi. Quand ton mari partira à la mine.

La note coupa le souffle d'Aurora. Elle n'avait plus vu Ferino depuis le jour de l'arrestation de Frutos à cause de ces maudits Maghrébins et elle n'avait eu d'autres nouvelles de lui que celles que cette commère lui avait partagées au cinéma Froiladela, lorsqu'elle lui avait parlé de la grossesse de Pilar, l'épouse de Ferino, ce qui avait rendu Paulino si furieux qu'il avait levé la main sur elle cette nuit-là. Deux ans s'étaient écoulés, mais le souvenir de cette scène lui revint si clairement qu'il la poussa à aller à la rencontre du seul homme qui l'avait traitée comme une femme. Seules la fierté et la douleur du rejet la firent hésiter.

Elle partit à la recherche de Ramona, mais elle était de garde à la mine. Elle se décida alors ; elle emmena Agueda chez la voisine, se fit une beauté et enfourcha son vélo, les pensées se bousculant à une vitesse folle dans sa tête et son cœur battant la chamade sous l'effet de l'effort et de la nervosité. Au moins, il ne pleuvait pas.

Quand elle arriva, Ferino l'attendait déjà. Elle entra et un picotement dérangeant dans la gorge la fit tousser. La maison n'avait pas changé d'aspect depuis la dernière fois qu'elle y était venue, mais elle était à présent sans vie et poussiéreuse.

—Tu ne vis plus ici ? questionna-t-elle.

Ferino secoua la tête.

—La richarde a une plus belle maison, lança Aurora, énervée à l'idée que ce qui était pour elle un rêve ne suffisait pas à une autre. Pourquoi m'as-tu fait venir ?

—J'avais besoin de te voir. Je n'arrête pas de penser à toi, répondit Ferino en s'approchant.

Aurora sentit ses entrailles fondre.

—Tu aurais dû y penser avant de l'épouser, tu ne crois pas ?

—J'ai eu tort.

—Et maintenant, que veux-tu ?

—Mon fils aîné, Cefe, est dans un camp de concentration.

—Eh bien, je suis désolée pour toi, répondit-elle. Y a-t-il quelque chose que je puisse faire ?

À à peine vingt-deux ans, elle avait déjà perdu sa capacité d'empathie.

—Me consoler, répondit-il en s'approchant davantage.

—Trouve-toi une traînée comme les autres mineurs, rétorqua-t-elle avant de se retourner vers la sortie.

—Je ne cherche pas du sexe, je te veux toi, ton contact, ton odeur.

Lorsque Ferino lui saisit le bras et la tira vers lui, Aurora résista, tout en sachant qu'il n'avait pas à insister beaucoup pour faire tomber ses barrières. Elle le repoussa sans force et il l'attira encore plus.

Agueda passa la journée chez Felisa, la voisine à qui sa mère l'avait confiée pour un petit moment, parce qu'Aurora ne revint pas avant la tombée de la nuit, juste à temps pour que Paulino la trouve chez elle à son retour de la mine. Sa tête était pleine de phrases éculées prononcées dans les moments d'exutoire, qui redonnaient à Aurora l'illusion de l'amour perdu : « Pilar ne m'aime pas, elle ne me comprend pas, elle ne m'attire pas », « Je ne pense qu'à toi », « J'aurais dû t'épouser toi plutôt qu'elle », « Toi, tu es une vraie femme. »

Cette nuit-là, Aurora manqua son rendez-vous avec Ramona. Elle craignait que son amie remarque quelque chose sur son visage et ne voulait partager son secret avec personne.

ANA, 1985

Alors qu'Agueda et Jesús réfléchissaient jour et nuit à la demande de leur fille unique d'aller étudier l'architecture à Madrid, l'été arriva et il fut temps de partir à Gijón pour le mois d'août. Le désir d'Ana de quitter Oviedo empêchait Agueda de dormir depuis le moment où elle lui en avait fait part. Elle ne voulait pas voir sa fille partir et rester travailler là-bas après ses études sans jamais revenir à la maison, comme c'était ce qui arrivait à tant d'autres. Rien que d'y penser, elle en avait le cœur brisé.

Ana, de son côté, était impatiente d'avoir des nouvelles de César. Était-il revenu ? Avait-il repris le cours de sa vie ? Comment allait-il ? se demandait-elle.

Elle ne le vit nulle part au bar de l'année précédente. Une rampe pavée avec des marches n'était de toute façon pas adaptée à un fauteuil roulant. Les quatre amies se rendirent donc sur la route des vins et s'installèrent devant La Naviera, un bar situé au rez-de-chaussée d'un bâtiment en forme de proue qui lui avait donné son nom. Deux heures plus tard, elles y étaient toujours. Les jeunes occupaient à présent chaque centimètre carré de l'espace extérieur, et il était temps de rentrer. Ce fut alors que César et ses amis apparurent. Ces derniers précédaient le fauteuil roulant pour lui faire place. César continuait d'attirer l'attention où qu'il aille.

Ana s'enfuit en courant dès qu'elle croisa son regard, sans même attendre ses amies. Cette nuit-là, son sommeil fut léger, elle était prisonnière de rêves étranges qui ne la laissèrent pas se reposer.

— Tu as mauvaise mine, chérie. Tu n'as pas bien dormi ? l'interrogea Agueda le lendemain matin.

— Je vais bientôt avoir mes règles, je crois, maman. J'ai mal au ventre, mentit-elle.

— Un peu de lait chaud te fera du bien.

— Tu sais qu'un garçon est devenu paraplégique à la suite d'un accident de moto ? dit-elle pendant que sa mère faisait chauffer du lait dans la casserole pour lui préparer un chocolat chaud, comme s'il s'agissait d'une discussion matinale ordinaire.

— Comme c'est triste ! Tu le connaissais ?

— Un peu. Il est en études d'ingénieur.

— Ses pauvres parents !

— Et lui…

— Bien sûr, ma chérie, cela va de soi. Surtout lui, dont la vie et les rêves ont été interrompus. J'espère qu'il pourra terminer ses études, même si je me demande bien qui va embaucher un infirme. Un ingénieur, qui plus est. Et il ne pourra pas se marier, parce qu'il ne pourra pas avoir d'enfants. Tu préfères quels biscuits, les Campurrianas ou les Cuétara ?

Ana ne revit César qu'une semaine plus tard, toujours à La Naviera, entouré de filles. Cette fois, il était déjà là quand elle arriva et elle ressentit une pointe de jalousie en le voyant si bien traité. L'orgueil la poussa à s'arrêter pour parler à l'un de ses éternels prétendants, l'un de ceux auxquels elle n'avait pas l'intention de prêter attention, mais qui étaient toujours prêts à lui offrir une bière.

César s'approcha d'elle dix minutes plus tard. Il était facile à voir venir, parce que tout le monde s'écartait pour lui faire de la place, mais elle fit semblant de ne pas le remarquer, même lorsque son interlocuteur lui fit signe qu'il était derrière elle. César tendit la main et lui tapa deux fois sur l'épaule. Elle exagéra son expression de surprise.

— Salut, ta tête me dit quelque chose, dit-il avec un sourire encore plus charmant que dans les souvenirs d'Ana.

— Ça fait longtemps !

— T'as vu ma nouvelle moto ? demanda-t-il en montrant sa chaise.

— Très cool.

Une demi-heure plus tard, Ana était assise sur les genoux de César et ils se couvraient de baisers. Plus d'un s'étonna que ce soit un type en fauteuil roulant qui ait été choisi par une fille aussi séduisante.

Ils se donnèrent rendez-vous le lendemain, puis le surlendemain et ainsi de suite. Ana ne raconta rien chez elle ; elle voulait éviter les questions et les jugements. Le secret perdura jusqu'à ce qu'Agueda tombe sur les parents de Cova lors de sa balade du soir avec Jesús sur la digue qui, à cette heure-là, était pleine de passants désireux de profiter de la brise marine venue de la mer Cantabrique.

—Ma fille m'a dit qu'Ana avait un petit copain. Ça me désole de savoir qu'elles commencent si jeunes… commença la mère de Cova.

—Ana n'a pas de petit copain. De nos jours, les filles et les garçons sont amis. Ce n'est plus comme avant, quand les garçons nous approchaient, c'était pour courtiser.

Jesús resta silencieux, sans perdre une miette de ce que disait sa femme.

—Je ne sais pas, elle dit qu'ils sont ensemble. Et Ana est si gentille, parce qu'avec le malheur qui s'est abattu sur ce garçon, une autre ne l'aurait même pas regardé, et elle est si jolie. Mais on dit que ses parents ont de l'argent.

—De quoi parles-tu ?

—Vous n'êtes pas au courant ? fit la mère de Cova, ravie d'être la première à annoncer une telle nouvelle. Ana sort avec un garçon en fauteuil roulant.

—Celui qui a eu un accident de moto ? questionna Agueda, bien que sa voix sorte à peine de sa bouche.

—Tu sais de qui elle parle ? voulut savoir Jesús, effaré par l'information.

—Oui, c'est bien lui, confirma la mère de Cova en hochant la tête. Il a été paralysé l'année dernière. Le pauvre, quel malheur !

Agueda coupa court à la conversation, essayant d'assimiler l'information qui lui faisait un choc.

—On te laisse, on est pressés.

AURORA, 1944

Depuis ses retrouvailles avec Ferino, Aurora le voyait une fois par mois. Chez lui. Quand Paulino était à la mine. Elle retomba amoureuse, si tant est qu'elle ait arrêté de l'être un jour. Néanmoins, cette fois, Ferino éprouvait des sentiments réciproques, avec cette intensité avec laquelle on tombe amoureux à l'adolescence ou quand on a plus de quarante ans. Aux yeux de Ferino, Aurora était toujours une déesse de vingt-deux ans, même si l'accouchement, les vêtements lavés dans la rivière, les escaliers frottés à genoux et les heures de couture avaient mis à rude épreuve son corps et ses mains. Mais surtout, ce qui rendait fou amoureux Ferino, c'était qu'Aurora s'enflammait quand elle se donnait à lui. Peu à peu, leurs rendez-vous se succédèrent toutes les trois semaines, et parfois seulement deux semaines s'écoulaient entre deux entrevues. Les voisines de Ferino commencèrent à chuchoter, même si personne n'osait aller rapporter à l'aristocrate, encore moins en cette époque où la faim faisait rage et où les arrestations de ceux soupçonnés de ne pas être des amis du régime allaient bon train, alors même que la guerre était terminée depuis des années.

Aurora attendit des mois avant de se confier à Ramona. Elles se voyaient presque tous les soirs pour fumer sur le seuil de la maison de Ramona, mais elles parlaient à peine. Ni l'une ni l'autre n'en avaient besoin. De plus, si les murs avaient des oreilles, dans la rue, tout sujet de conversation autre que le temps, même à voix basse, était dangereux. Et elles n'étaient pas du genre à parler de la météo. Néanmoins, de temps à autre, certains matins où Ramona ne travaillait pas au puits et avait besoin de compagnie, elle venait prendre un café chez Aurora où, même si elles n'étaient pas très généreuses en paroles, elles se sentaient plus en sécurité pour discuter.

Ramona se présenta chez son amie un jour où Aurora palpitait à l'idée de voir Ferino dans l'après-midi.

— Tu m'as l'air bien heureuse, tu as les yeux qui brillent, commenta Ramona avec un clin d'œil complice.

— Je le suis.

— Eh bien, par les temps qui courent, c'est précieux. Tu as l'air d'une ado amoureuse. Je suis contente pour Paulino.

Bien qu'Aurora ne dise rien, Ramona put lire son expression.

— Ou pas. Fais attention à toi, Aurora, très attention. Et si tu as besoin d'aide, viens me trouver.

— Merci, parvint-elle à répondre.

Et cela leur suffit à toutes les deux.

AGUEDA, 1985

Jesús avait toujours trouvé que l'obsession de sa femme de tout consulter dans les cartes était une superstition absurde, et ce qu'il aimait encore moins, c'était qu'elle mette ces imbécillités dans la tête de la petite Ana. Il lui arrivait d'aborder le sujet avec Agueda, mais elle le regardait toujours comme un saint regarderait un hérétique, avec un mélange de compassion et de foi. Il était clair pour lui que mener cette guerre avec elle revenait à envoyer ses troupes à la mort et il préférait se réserver pour des batailles qu'il pouvait gagner. Cependant, cet après-midi-là, Jesús choisit de se ranger du côté de l'ennemi : il n'avait rien à perdre, et la nouvelle que sa petite fille s'était amourachée d'un garçon en fauteuil roulant l'effraya tellement qu'il avait besoin d'être guidé. Agueda et lui décidèrent de prendre leur temps avant d'intervenir. Ils craignaient que, s'ils s'y opposaient ouvertement, Ana s'obstine à vouloir voir ce type. Mais ils avaient également peur de ne pas intervenir et que cette histoire ne se termine pas toute seule, comme c'était fréquent à l'âge d'Ana, mais qu'ils tombent amoureux pour de bon et veuillent se marier. Ils envisagèrent de la raisonner, mais Jesús craignait que la logique et l'amour de sa fille adolescente provoquent une explosion non désirée.

— Je vais tirer les cartes et voir si elles me disent quelque chose, lança Agueda après avoir considéré des solutions qui ne la convainquirent pas.

— Je t'accompagne, répondit Jesús.

— Mais tu n'y crois même pas.

— Aujourd'hui, ma chérie, je crois en ce qui est nécessaire. Je vais me servir un whisky, ne commence pas sans moi.

Jesús but en silence pendant que sa femme étalait un demi-paquet de cartes sur la table avec la solennité que les circonstances requéraient. Agueda étudia attentivement le tirage pendant un bon moment, puis ramassa les cartes, les mélangea, les coupa et les redistribua sur la table, tandis que Jesús vidait son verre et s'en servait un second.

— Pour l'amour de Dieu, Agueda, dis quelque chose. Je n'en peux plus d'attendre.

— Je te dis que notre fille ira étudier à Madrid. Elle nous bassine depuis des mois pour s'inscrire en architecture. Eh bien, acceptons.

L'idée même qu'Ana s'en aille à Madrid avait torturé ses parents pendant toute l'année scolaire. Cet après-midi, en revanche, elle devint leur bouée de sauvetage. Ce n'était pas ce qu'ils voulaient, mais c'était le meilleur moyen de l'éloigner de ce garçon, qui n'était pas du tout ce qu'ils espéraient pour leur princesse.

— Et c'est les cartes qui t'ont dit ça ? l'interrogea-t-il après être convenu du futur de la petite Ana avec sa femme.

— De façon claire et nette. Le Fou dans le premier tirage, expliqua Agueda, qui avait combiné depuis longtemps le jeu de cartes traditionnel avec le tarot pour confirmer les messages. Et dans le deuxième, le Deux de Bâtons. Ça me fait vraiment plaisir que tu m'aies accompagnée aujourd'hui, mon chéri !

Agueda ramassa les cartes. Sans qu'elle s'en rende compte, c'était l'outil dont disposait son esprit pour ordonner ses propres pensées.

AURORA, 1945

Une année après qu'Aurora et Ferino eurent replongé dans leur amour illicite, elle reçut un mot. Cela ne faisait qu'une semaine qu'ils s'étaient vus pour la dernière fois.

J'ai besoin de toi, mon amour. Cet après-midi à seize heures.

Comme toujours, l'heure coïncidait avec l'horaire de travail de Paulino.

Elle frappa à la porte de Felisa, la voisine d'en face, en tenant la main d'Agueda.

—Encore, Aurora ? Qu'est-ce que tu trafiques ? questionna Felisa.

—Une cliente fortunée à Mieres, quoi d'autre ? Personne ne peut la supporter, mais par les temps qui courent, je ne peux pas la laisser m'échapper.

Felisa fit un signe de tête compréhensif.

—Fais-toi payer avant, parce que ces gens riches parlent beaucoup mais agissent peu, l'avertit-elle en frottant rapidement le pouce de sa main droite contre son index. Viens Agueda, rentre, ta mère a du travail.

Propre et apprêtée, Aurora enfourcha son vélo en direction de Mieres, elle l'attacha au même endroit qu'à son habitude puis, le cœur battant à cause de l'effort d'avoir pédalé et de son rendez-vous inattendu, elle poussa la porte de la maison de Ferino. Elle entra dans le salon et éprouva une soudaine sensation d'étouffement lorsqu'elle vit doña Pilar, l'épouse de Ferino. Avec un air hautain, consciente de sa position de pouvoir, elle l'attendait au milieu de la grande pièce. Aurora fut tentée de fuir de cette embuscade en courant, mais doña Pilar la prit de vitesse.

—Entrez, je vous en prie, dit-elle. Je voudrais que nous parlions.

Aurora ne répondit pas, mais ne bougea pas non plus.

—Je ne vais pas vous demander si vous couchez avec mon mari, car je sais déjà que c'est le cas, alors je vais aller tout de suite à ce qui m'importe : êtes-vous amoureuse de lui ?

La nausée monta dans l'estomac d'Aurora, lui provoquant un haut-le-cœur.

—Vous allez bien ?

Aurora secoua la tête en signe de négation.

—Venez, asseyez-vous.

Comme Aurora hésitait, doña Pilar s'approcha d'elle, la prit par le bras et la conduisit jusqu'au canapé, qui était couvert de poussière comme le reste du mobilier. Là, enfoncée dans le velours moutarde, elle se sentit plus petite que jamais.

—Je vais vous apporter un verre d'eau, mais je ne vous laisserai pas esquiver ma question.

Aurora but et, en regardant doña Pilar, haussa les épaules.

—Quel âge avez-vous ?

—Vingt-trois ans.

—Et vous êtes prête à gâcher votre vie pour un homme marié qui a le double de votre âge ?

Aurora secoua la tête.

—Vous savez que vous pouvez aller en prison pour ce que vous faites avec lui ?

Elle acquiesça, le regard baissé, réprimant un nouveau haut-le-cœur.

—Alors, pourquoi le faites-vous ?

Aurora ne sut quoi dire, parce qu'elle-même ne connaissait pas la réponse.

Doña Pilar la secoua.

—Répondez-moi ! Pourquoi ?

Son silence exaspéra doña Pilar et la gifle qu'elle lui donna transforma la nausée en vomi, qui atterrit sur le canapé.

—C'est dégoûtant, mon Dieu ! Peut-on savoir ce qui vous arrive ? Êtes-vous enceinte ?

Aurora haussa de nouveau les épaules.

—Je ne pense pas. Je n'en sais rien, finit-elle par dire, en essuyant les coins de sa bouche avec son mouchoir.

Doña Pilar lui attrapa le bras et la tira jusqu'à la cuisine. Aurora se laissa guider comme un mouton à l'abattoir.

—Expliquez-moi, s'il vous plaît. J'ai besoin de comprendre ! Mon mari vous fait du chantage, c'est ça ?

Aurora trouva dans ces paroles le moyen de sortir de sa situation précaire. Doña Pilar avait avancé l'explication qui lui convenait le mieux pour mépriser un époux qu'elle n'avait choisi que pour ne pas rester veuve.

—Pour qui avez-vous peur ? Pour votre famille ?

Aurora acquiesça. La terreur l'obligeait à mentir. Mais elle avait réellement peur pour sa famille, non pas à cause de Ferino, mais parce que doña Pilar les avait découverts.

—Si vous ne revoyez plus jamais mon époux, je me chargerai personnellement de mettre votre famille en sécurité. Dans le cas contraire, sachez que de la même façon que j'ai libéré votre père de prison une fois, je peux l'y remettre. Lui, vous et votre mari également. C'est à vous de décider.

—Vous pouvez compter sur moi.

—Tenez votre promesse et vous verrez que je suis une personne reconnaissante. Maintenant, rincez-vous la bouche et sortez d'ici.

Aurora s'exécuta.

Deux semaines plus tard, le mot de Ferino arriva, lui donnant rendez-vous l'après-midi même. Aurora le jeta dans le charbon de la cuisine et ne se présenta pas. Elle fit de même avec les suivants. Elle brûla plus de dix lettres. Toutes plus longues les unes que les autres. De plus en plus désespérées. Elle garda néanmoins la treizième jusqu'au matin où elle se rendit chez Ramona. Si la charbonnière fut surprise par sa visite, elle n'en dit rien. Elle offrit une cigarette à Aurora que celle-ci accepta. Elles fumèrent en silence, jusqu'à ce que le mégot disparaisse.

—Aide-moi à écrire une lettre, demanda alors Aurora.

—Quel genre ?

—Une qui brise le cœur. Je n'y arrive pas.

—Tu ne sais pas écrire ?

— Si, tout sauf ça.

Ramona comprit. Elle accepta le crayon et le papier qu'Aurora lui tendait. Elle remarqua que quelque chose était déjà écrit d'un côté, mais elle le retourna sans lire.

— Qu'est-ce que je mets ?

— « N'insiste pas. »

Ramona écrivit et Aurora mit la note dans l'enveloppe dans laquelle elle l'avait reçue.

— Comment va la grossesse ? demanda son amie.

— Bien. Pour une grossesse.

— Quand vas-tu le dire à Paulino ?

— Quand je ne pourrai plus le cacher.

Aurora retourna chez elle avec la lettre que Ramona avait écrite, les jumeaux de Ferino grandissant dans son utérus et une peur dans le corps qui dépassait de loin la douleur dans son cœur. La femme qui avait libéré son père de prison pouvait faire en sorte que ce soit elle qui soit emprisonnée le lendemain. Doña Pilar était-elle au courant de ce qui s'était passé avec les Maghrébins ? Elle pria pour que Ferino ne le lui ait pas raconté.

ANA, 1985

L'annonce que ses parents acceptaient qu'elle parte étudier à Madrid arriva à Ana enveloppée dans du papier cadeau. À l'intérieur, une valise rose et gris. Agueda la trouva excessivement chère, mais elle savait combien sa fille aimait les belles choses.

— Elle est magnifique, mais pourquoi m'offrir une valise ?

— Après avoir beaucoup réfléchi et fait les comptes, cela nous brise le cœur, mais la réponse est oui, ma chérie. Nous t'envoyons à Madrid pour étudier l'architecture.

Ana fut pétrifiée. Elle était amoureuse de César et, comme tous les premiers amours, le sien lui paraissait unique et infini. Elle cacha sa déception devant ses parents, mais courut appeler César depuis une cabine téléphonique pour lui raconter ce qui s'était passé.

— Tu peux venir chez moi pour m'expliquer plus calmement ?

— Et tes parents ?

— Ils sont sortis, mais s'ils rentrent, ce n'est pas grave : je te les présenterai.

César vivait dans un quartier huppé de Gijón, au bout de la plage, où les grands immeubles cédaient la place aux maisons indépendantes. Ana lui raconta ce qui s'était passé, pleura et se jeta dans ses bras.

— Va étudier à Madrid, dit César en lui caressant les cheveux.

— Et toi ? Et nous ?

— On se verra pendant les vacances. C'est cinq ans. Ça passe vite.

— Qu'est-ce que tu dis ? Cinq ans, c'est une éternité.

— C'est une opportunité. Tu ne peux pas la gâcher pour moi. Si nous devons être ensemble, nous le serons. Et si ce n'est pas le cas, alors c'est que nous n'étions pas faits l'un pour l'autre.

— Tu en doutes ? protesta Ana.

— Non, ce n'est pas ça, mais tu dois y aller et on verra.

César l'embrassa longuement sur les lèvres. Très longuement. Jusqu'à ce qu'Ana s'éloigne, se lève et fasse passer sa robe à bretelles par-dessus sa tête d'un seul geste.

— Je veux qu'on le fasse. Je veux perdre ma virginité avec toi, dit-elle en s'offrant à lui.

Le visage de César se contracta en une grimace.

— Je peux faire beaucoup de choses, et dans le futur j'espère que ce que tu me demandes en fera partie, mais pour le moment, ce n'est pas possible.

Ils passèrent l'après-midi dans le lit de César à jouer, à faire ce qui était à sa portée, et pour Ana, c'était plus que suffisant. Ils mirent de la musique, et le temps passa vite. Ils profitèrent comme on ne peut profiter que de ce que l'on a peur de perdre bientôt, jusqu'à ce que la mère de César ouvre la porte de sa chambre. Ce qu'elle y vit ne lui plut pas.

— César, chéri, dit-elle très lentement avant de refermer la porte, si tu as besoin des services d'une petite prostituée, je comprends, mais ne la ramène pas à la maison.

— Maman ! s'écria César, mais sa mère était déjà partie.

Ana se sentit humiliée, le visage brûlant de honte. Cette première blessure ne suffit pas à la mère de César, qui s'assit dans le vestibule jusqu'à ce qu'Ana se décide à sortir. Elle en profita alors pour la détailler de haut en bas avec dédain, sans avoir besoin de dire quoi que ce soit pour donner à Ana envie de disparaître sous terre.

— Maman, ça suffit, intervint César.

Il se tourna vers Ana et ajouta :

— On se voit demain à notre endroit habituel ?

Ana s'enfuit, les yeux remplis de larmes. Une fois arrivée chez elle, elle s'enferma dans sa chambre et éclata en sanglots. Elle n'en sortit qu'au moment de préparer le dîner. Elle s'assit à la table de la salle à manger, où ses parents regardaient le journal télévisé, et annonça la nouvelle.

— Merci de me permettre d'aller à Madrid. Je vous promets que j'étudierai sérieusement pour obtenir les meilleures notes et que vous soyez fiers de moi. On va dans la cuisine et je t'aide à paner le poisson, maman ?

6

Ana, 2010

Cela faisait seulement quelques mois que nous avions déménagé dans notre villa de quasiment mille mètres carrés à La Finca après avoir quitté la maison mitoyenne dans laquelle nous habitions à La Moraleja depuis que Carlos et moi nous étions mariés. Cela devait être la fin de l'hiver parce que je me souviens que Carlos commençait une allergie aux cyprès de l'Arizona qui, s'ils étaient interdits dans notre jardin, étaient omniprésents à Madrid. Je sais aussi que c'était un dimanche matin, car c'était le seul jour de la semaine où nous prenions le petit déjeuner tous les cinq. Alba avait quinze ans à l'époque. Elle fut la dernière à venir s'asseoir à table, demanda une assiette de fruits frais sans kiwi à la domestique qui nous préparait à manger et lâcha la bombe :

— Papa, maman, je suis lesbienne. J'aime bien une fille de mon cours de peinture.

La phrase lapidaire de ma fille, prononcée, me sembla-t-il, avec beaucoup d'aisance, me rappela une réplique d'un film de ma jeunesse dans lequel une adolescente annonçait sa grossesse à sa famille pendant qu'ils mangeaient : « Je suis enceinte, passe-moi le beurre. » Elle était devenue célèbre parmi les filles de mon âge.

Je cherchai Carlos du regard, mais il était concentré sur sa fille.

—Et comment s'appelle l'heureuse élue ? demanda-t-il, aussi naturellement que si Alba avait dit qu'elle aimait les macaronis à la tomate.

—Elle s'appelle Laura, mais je ne lui ai rien dit.

Mon fils Carlos, qui, du haut de ses dix ans, comprenait parfaitement ce que signifiaient les mots de sa sœur, dévisagea son père avec la même perplexité que moi.

J'imaginais les filles de l'école huppée où étaient scolarisés nos enfants se moquer d'Alba, la traiter de « gouine » ou de « garçon manqué » et d'autres insultes tout aussi horribles dans son dos, comme c'était le cas de plus d'une fille dans mon école, qui n'étaient même pas lesbiennes mais qui avaient eu la malchance d'être rejetées. Puis je me rassurai en me disant que ce n'était probablement qu'une phase, et mon subconscient me trahit :

—Tu es sûre, chérie ? demandai-je.

—De quoi, maman ? D'être lesbienne ou que je n'ai rien dit à Laura ? lança ma fille avec un air de reproche.

Mon fils Carlos m'évita de devoir répondre.

—Qu'est-ce qui va se passer quand ils vont l'apprendre à l'école ?! explosa-t-il. Maman, fais quelque chose. Si mes copains le découvrent, ils vont se moquer de moi !

Jesús, qui était toujours concentré sur la vidéo de *Cars* qu'il devait déjà avoir regardée une dizaine de fois et n'avait même pas pris la mesure de l'importance de la conversation, fit taire son frère.

—Ne crie pas ! hurla-t-il avant de se retourner vers l'écran de télévision.

—Carlos, le réprimanda son père, tu as gravement manqué de respect à ta sœur et je veux que tu lui présentes des excuses.

Néanmoins, Carlos, qui à son jeune âge n'avait pas encore appris à maîtriser son tempérament, se leva de table.

—Je ne compte pas m'excuser, elle va me gâcher la vie !

—Eh bien, tu es puni jusqu'à ce que tu lui demandes pardon, se contenta de dire son père et mon petit garçon s'enfuit en boudant dans sa chambre.

—Qu'est-ce qui se passe, papa ? Pourquoi Carlos est fâché ? C'est quoi une *fesbienne* ? questionna Jesús qui, à cinq ans, zozotait toujours un peu.

Alba le serra contre elle et, en lui donnant un bisou, lui dit :

—Une *fesbienne*, c'est quelqu'un comme ta sœur.

—Ah, d'accord, répondit Jesús avant de concentrer son attention à nouveau sur la télévision.

À ce moment, je pensai à la contraception. J'avais préparé depuis un moment la conversation que j'allais avoir avec ma fille à ce sujet, comme j'aurais aimé que ma mère m'en parle à moi, pour le jour où Alba montrerait de l'intérêt pour les relations avec un garçon, mais avec une fille, tout changeait. Elle n'allait pas tomber enceinte, mais elle pourrait attraper n'importe quelle maladie. En imaginant ma fille avoir une relation sexuelle avec une fille, j'eus un haut-le-cœur. J'essayai de le cacher, mais le remède fut pire que le mal parce que Carlos et Alba me dévisagèrent d'un air décontenancé.

—Aïe ! me plaignis-je.

—Tu vas bien ? me demanda mon mari.

—Alba, ma chérie… commençai-je, sans être capable de continuer.

—Ça te fait faire un infarctus, maman ? demanda ma fille avec une ironie évidente. Je ne pensais pas que tu étais aussi rétrograde.

—Mais je n'ai rien d…

Carlos me tendit un verre d'eau et me fit signe de me taire.

Il me fallut quelques instants pour me remettre du choc.

—Ça ne t'inquiète pas ? demandai-je à Carlos lorsqu'Alba quitta la salle à manger.

—Ça changerait quelque chose que je m'inquiète ?

—Quel est le rapport ?

—Si notre fille aime les femmes, c'est comme ça. Nous vivons au vingt et unième siècle dans un pays libre, alors je ne peux pas l'enfermer à la maison et lui faire subir des décharges électriques. Tout ce que je peux faire, c'est la soutenir et l'aider si elle a un problème.

—Je ne te comprends pas. Tu ne voudrais pas qu'elle soit nor… hétérosexuelle ?

—Je ne pense pas que vouloir l'un ou l'autre nous mène à quoi ce soit. C'est comme ça. C'est tout. Maintenant, je vais en toucher un mot à Carlitos. Il semble avoir les mêmes problèmes que sa mère pour comprendre comment fonctionne la vie.

Il me planta là, confuse, offensée, triste et inquiète pour ma fille.

Je ne sus jamais si Alba avoua ses sentiments à cette Laura ni même si cette fille existait vraiment. Ni combien de temps ma fille avait passé à préparer cette phrase pour nous annoncer la nouvelle, car des années plus tard, lorsque j'eus la maturité émotionnelle nécessaire pour réfléchir à ce qui s'était passé, je compris que ce matin-là, Alba devait être terrifiée à l'idée de savoir comment nous allions prendre la nouvelle, et que c'était Carlos qui avait été à la hauteur, alors que moi, j'avais réagi de la même manière que mon fils de dix ans.

AURORA, 1945

Les jumeaux d'Aurora naquirent à la maison, avec l'aide d'une voisine habituée à faire office de sage-femme et avec Ramona qui dérangeait plus qu'elle n'aidait. Pendant ce temps, Paulino s'occupait d'Agueda et, avec Frutos, fumait cigarette sur cigarette.

Pedro pesait un peu plus de deux kilos à la naissance, après un accouchement douloureux mais sans complications. Aurora eut le coup de grâce lorsque la sage-femme mit l'enfant dans les bras de Ramona et annonça :

—Oh, mon Dieu, un autre arrive !

—Comment ça, un autre ?

—Des jumeaux, Aurora, tu vas avoir des jumeaux.

—Non, non, non, pas question.

—Bien sûr que si.

Aurora eut une quinzaine de minutes pour se faire à l'idée, le temps d'expulser Paulino de son corps.

—Maintenant, mets-le au sein et attends qu'ils tètent. Tu sais comment ça se passe, dit la voisine.

Puis elle se tourna vers Ramona :

—Garde-la à l'œil. Les accouchements de jumeaux sont compliqués. Si elle commence à saigner plus que la normale, il faut appeler le médecin pour qu'il l'emmène à la clinique.

—Et qu'est-ce qui est plus que la normale ? demanda Ramona qui tenait maladroitement les deux enfants, un dans chaque bras, en attendant que la voisine finisse de nettoyer la jeune maman.

—C'est le cadet de mes soucis maintenant, Ramona.

—Si vous avez besoin de quoi que ce soit, vous savez où me trouver, dit la sage-femme en guise d'au revoir.

—J'ai entendu sur Radio Pirenaica que l'ONU ne veut pas admettre l'Espagne à cause de ses liens avec les nazis et les fascistes italiens, dit Ramona dès qu'elle se retrouva seule avec son amie, avant de poser ses bébés sur son ventre.

—Qu'est-ce que j'en ai à faire de ça maintenant ? s'écria Aurora, abasourdie du sujet de conversation de son amie, alors qu'elle n'arrivait même pas à assimiler ce qui venait de lui arriver.

—Je dis qu'aujourd'hui, il y a même eu des manifestations à Madrid. Mais si tu préfères, on peut parler des oreilles décollées des bébés. Comme celles du contremaître.

—Comme si j'allais me préoccuper de ça ! Ce sont les mêmes que celles de mon grand-père paternel selon mon père, alors chut, j'ai déjà suffisamment de problèmes. Il y en a deux, Ramona. J'ai donné naissance à deux enfants alors que je n'en voulais même pas un seul. Comment je vais réussir à combiner la couture et l'éducation de ces enfants ? Et si je ne couds pas, je n'aurai aucun moyen de nourrir autant de bouches. Je suis vraiment maudite !

Ramona ne fut pas la seule à remarquer une ressemblance chez les bébés.

—Encore ? lança Frutos dès qu'il se retrouva seul avec la jeune maman. Si ton mari l'apprend, il va te rouer de coups et je ne compte rien faire pour m'y opposer.

—Pourquoi dites-vous « encore » ? questionna-t-elle, confuse.

—Comme si tu ne savais pas de quoi je parle, salope. Tu n'es qu'une salope ! cracha son père.

—Et vous un micheton, mais je ne fais pas de commentaires.

—Comme si tu pouvais comparer ! En plus, comme si ça ne suffisait pas, tu en fais deux !

Aurora ne répondit pas au mépris de son père, mais elle s'inquiétait qu'il puisse avoir la langue trop pendue lors d'une de ses beuveries qui se faisaient de plus en plus fréquentes au bar.

Cette fois, Frutos n'utilisa plus les oreilles imaginaires de son grand-père pour justifier le fait que les enfants ne ressemblent pas à Paulino, qui, insensible au physique de tout bébé, même à celui des siens, ne remarqua même pas les oreilles.

Aurora ne sentit pas non plus l'instinct maternel avec ses fils, même si elle savait qu'ils étaient ceux de l'homme qu'elle aimait. La seule chose qu'elle ressentait était la charge multipliée, car avec Agueda encore petite, ils étaient maintenant trois dont il fallait s'occuper, et à porter des couches.

Paradoxalement, la solution à ses problèmes vint de doña Pilar, l'épouse de Ferino. Reconnaissante qu'Aurora ait tenu sa promesse, elle se montra, selon la coutume, solidaire avec les femmes qui se prosternaient devant elle et lui rendit visite un mois après la naissance des jumeaux, ignorant alors la ressemblance des enfants avec son mari.

Ce fut Agueda, âgée de quatre ans seulement, qui ouvrit la porte à l'aristocrate et se paralysa en voyant une femme si grande et si élégamment vêtue.

Doña Pilar entendit le bruit de la machine à coudre et les pleurs des jumeaux derrière la porte fermée de la cuisine et, après avoir donné à Agueda un sachet de bonbons au miel, que la petite fille cacha comme le trésor que c'était, elle trouva Aurora en train de coudre tandis que les bébés pleuraient dans un panier posé à même le sol.

Aurora ne l'entendit pas entrer tant elle était déterminée à ignorer ses fils jusqu'à ce qu'elle ait terminé la jupe. Lorsque doña Pilar s'appuya contre la tache sur le bois de la Singer, son cœur s'emballa et elle ne put se retenir de crier. Elle se leva d'un bond, regarda d'abord doña Pilar puis les bébés, rouges d'avoir trop pleuré, et la seule chose qu'elle pensa à faire fut de se justifier.

—Doña Pilar ! Je couds parce que le bruit de la Singer les calme.

—Si tu les mets au sein, je suis certaine qu'ils se calmeront plus vite, répondit celle-ci en la regardant de haut en bas. Cette maison est sens dessus dessous. Ça ne dérange pas ton mari ?

—Si j'avais su que vous veniez… Que voulez-vous ? Je vous assure que j'ai respecté notre accord.

—C'est pour cela que je viens, dit-elle en s'approchant des bébés et en prenant Paulino dans ses bras. Connais-tu la Section féminine de la Phalange ?

Aurora hocha la tête.

—Désormais, je serai la coordinatrice du Service social dans les bassins, et, comme le travail obligatoire pour les ouvrières a été supprimé, nous devons étendre la formation que nous donnons aux femmes pendant le service. C'est pourquoi j'ai pensé à toi.

Ne comprenant pas ce que voulait cette femme, Aurora la laissa poursuivre.

—Je veux que tu te charges de leur apprendre à coudre afin qu'elles quittent le service en étant capables de confectionner toutes seules tous les vêtements dont leur famille a besoin.

Aurora regarda autour d'elle, se demandant comment elle pourrait ajouter une nouvelle tâche à celles qu'elle avait déjà tout en craignant les conséquences si elle refusait. Doña Pilar devina ses inquiétudes.

—Bien entendu, nous te paierons bien et je te présenterai au reste des dirigeantes. Beaucoup d'entre elles ont besoin de renouveler leur garde-robe.

Bien que méfiante et à l'affût d'un piège, Aurora ne tarda pas à accepter, voyant se profiler une solution à cette vie qui l'étouffait.

—Pourquoi moi ?

—Parce que tu couds bien et que je préfère te garder à l'œil. Tu commenceras après-demain, annonça-t-elle en lui tendant une carte. À neuf heures, à cette adresse. À Mieres. Et arrange-toi pour que mon mari ne voie jamais tes enfants, sinon je ne me montrerai pas aussi généreuse. Maintenant, donne-leur à manger, s'il te plaît, ils vont s'étouffer à force de pleurer.

Doña Pilar reposa Paulino et se dirigea vers la sortie, mais elle regarda d'abord autour d'elle.

—Mon Dieu, dans quel état est cette maison ! Tu ne peux pas recevoir ici les clientes que je te présenterai. Et puis, dans quel genre de logement rentre-t-on directement par la cuisine ? Je trouverai quelque chose, dit-elle avant de partir.

Aurora mit ses enfants au sein. La femme de Ferino avait raison, ils étaient tout simplement affamés. Peu à peu, elle se calma elle aussi.

Aurora, 2011

L'adolescence est l'étape où la rébellion et les premières tentatives d'indépendance nous permettent de nous éloigner petit à petit de l'enfance et de la protection familiale pour devenir des adultes. Pour Alba, ce fut également la découverte de sa sexualité, et avec elle, de son objectif : l'émancipation des femmes et la lutte contre le joug patriarcal, qui se traduisait alors pour elle par le binôme mariage-maternité, les deux grands actes de soumission des femmes à un système de citoyenneté de seconde zone, dont elles ne pouvaient pas se libérer avant qu'il ne soit trop tard pour reprendre une carrière professionnelle. Le monde du travail fermait les positions de pouvoir aux femmes pour une raison différente à chaque moment de leur vie : il rejetait les jeunes femmes parce qu'elles seraient bientôt mères, il ne voulait pas de mères parce que leur priorité serait leurs enfants et il ne voulait pas de femmes plus âgées parce qu'à quoi servirait une femme de plus de quarante ans qui avait abandonné le monde professionnel pour élever ses enfants ?

Alba n'était pas arrivée seule à ces conclusions. Elle était devenue accro aux livres de Mary Beard et d'autres écrivaines qui luttaient pour ouvrir les yeux du monde sur l'oppression silencieuse dans laquelle les femmes avaient vécu et continuaient de vivre.

Pour Alba, sa mère, sa grand-mère et son arrière-grand-mère étaient des exemples clairs d'un système qui évoluait en cherchant à changer son image publique tout en sophistiquant les multiples façons de maintenir les femmes dans une position secondaire. Et ce, dans la société occidentale la plus avancée. Dans d'autres sociétés, ce n'était même pas nécessaire : les femmes étaient des biens avec les mêmes droits qu'un animal de ferme et personne ne bougeait le petit doigt pour l'éviter parce que, en fin de compte, l'important était de maintenir l'économie mondiale. Cela dépendait des relations entre les gouvernements : « Si nous faisons des échanges commerciaux, je ne m'occupe pas de ce qui se passe dans ton pays ni toi dans le mien », telle semblait être la devise de la politique internationale.

C'était le discours qu'Alba proclamait sur tous les toits avec la virulence que l'on a à seize ans lorsqu'on diagnostiqua à son arrière-grand-mère Aurora un début de démence sénile, une maladie lente mais évolutive.

— Folle, je l'ai sans doute toujours été, docteur, dit Aurora au neurologue, parce que jusqu'à présent, on ne m'a jamais fait aucun test et je ne me sens pas différente. Est-ce que votre rapport m'aiderait à trouver une place dans une maison de retraite de Madrid ?

En recevant le diagnostic au cabinet du médecin, Aurora sut qu'elle ne voulait rien manquer de l'évolution d'Alba. Alors qu'Ana et Agueda s'inquiétaient de l'exaltation des convictions de la quatrième génération, Aurora riait en silence, mêlant souvenirs et fantaisie sénile à la réalité. Elle sentait dans sa poitrine la fierté de laisser au monde une Alba disposée à mener la guerre que ni sa mère ni sa grand-mère n'avaient su mener.

Peut-être était-ce ce lien qu'elle n'avait jamais ressenti avec sa fille ni avec sa petite-fille qui avait dicté la décision d'Aurora ou peut-être qu'à l'approche de la neuvième décennie de son existence, les événements de la vie lui semblaient moins importants, ou peut-être encore voulait-elle vivre une dernière aventure avant de mourir. Avec Alba, enfin, elle s'identifiait à une femme autre que Ramona, et à une femme qui était la chair de sa chair. Agueda ne pouvait pas être plus différente d'elle, et Aurora ne s'était jamais entendue avec Ana, son portrait craché à l'extérieur, mais son opposé à l'intérieur. Mais Alba était Aurora avec un autre visage et presque un siècle de différence.

Agueda ne contredit pas sa mère et ne s'opposa pas à son départ, non seulement parce qu'elle n'était pas habituée à le faire, mais aussi parce que la possibilité de se débarrasser d'elle plus tôt que prévu était trop tentante pour la convaincre de changer d'avis.

Mais rapidement, la complaisance d'Agueda fit place à la culpabilité et, une fois rentrée chez elle, elle céda à ses remords.

— Maman, si vous partez à Madrid, je ne pourrai pas aller vous voir tous les jours ni même chaque semaine, et à peine tous les mois. Comment vous sentirez-vous, seule là-bas ?

— Très bien. Et ne pense même pas à venir me rendre visite. Tu ne m'as pas suffisamment vue pour toute une vie ? Nous en avons assez toutes les deux, moi de toi et toi de moi. Tu vas voir comme je vais me tirer d'ici. J'en ai ras le bol d'Oviedo, carrément marre. Appelle Ana et vois avec elle si les millionnaires de sa famille peuvent utiliser leurs pistons. Au vu de la tête du docteur quand je lui ai posé la question, je crains que son rapport ne me serve à rien.

— Contacts, maman, ne dites pas « pistons », vous savez qu'Ana n'aime pas ça.

— Bah, ç'a toujours été des pistons. Qu'ils les appellent comme ils veulent, mais qu'ils me trouvent une résidence. Avec une chambre individuelle, hein ? Il ne manquerait plus que je doive supporter une vieille femme dans ma chambre.

Quelques mois plus tard, Aurora et Agueda prirent le train à la gare d'Oviedo en direction de Madrid, munies de sandwichs parce que, d'après la mère comme d'après la fille, ceux qu'ils vendaient dans le train étaient chers et mauvais, ainsi que de quelques magazines pour se distraire à commenter les moindres détails des robes portées par les personnes qui avaient assisté au mariage de William et Kate Middleton. Quand elles arrivèrent à Chamartín, un taxi les conduisit dans l'une des maisons de retraite les plus huppées du nord-ouest de la capitale. Elle y entrait grâce à Paloma, la belle-mère d'Ana, parce que c'était une chose de l'éloigner de son cercle d'amis et une autre d'apprendre que la grand-mère de près de quatre-vingt-dix ans de sa belle-fille était internée dans une maison de retraite publique.

Ainsi commença non seulement la dernière étape de la vie d'Aurora, mais aussi une relation avec Alba qui surprit tout le monde, à l'exception d'Aurora elle-même.

AURORA, 1945

La visite de doña Pilar chez Aurora ne passa pas inaperçue. La présence de l'une des rares automobiles du quartier, une Hispano Suiza T48 avec chauffeur, propriété du frère de doña Pilar, titulaire du titre de noblesse, protecteur de la famille et phalangiste déclaré comme sa sœur, alimenta les conversations de tout le voisinage.

Bien qu'Aurora n'ait jamais entretenu de relations étroites avec les gens du quartier hormis Ramona, les services entre voisines étaient quotidiens pour survivre à la période d'après-guerre. « Aujourd'hui pour toi, demain pour moi » était la devise des zones minières, mais depuis ce matin-là, quand Aurora sortait dans la rue, les femmes faisaient de leur mieux pour ne pas la croiser et elles conseillèrent à leurs filles de ne pas jouer avec Agueda.

—Papa, les autres enfants ne jouent plus avec moi dehors, dit-elle à son père une semaine plus tard.

—Comment ça, ma chérie ?

—Leurs mères le leur ont interdit.

Paulino ne comprit pas, même après les explications d'Aurora.

—Pourquoi cette dame tient-elle à ce que ce soit spécialement toi qui formes les femmes du Service social ?

—Tout ce que je sais, c'est que je n'ai pas cru bon de refuser.

—Non, bien sûr que non. Quelle coïncidence que ce soit la femme du contremaître du puits Santa Barbara ! Tu le connais bien, lui. Très bien, à ce que j'en sais.

— Tu dis ça parce que tu es jaloux. S'il y avait du vrai dans ces ragots, sa femme ne m'aurait pas donné un tel travail, tu ne crois pas ?

Paulino haussa les épaules. Si, comme il le soupçonnait et comme la moitié du village le disait, Aurora et don Ceferino avaient eu une relation illégitime, la dernière chose que la femme de ce dernier aurait voulu aurait été de lui offrir un travail, n'est-ce pas ?

— Et ils vont te payer ? questionna-t-il, laissant le sujet de côté.

— C'est ce qu'elle m'a dit.

— Espérons que ce ne soit pas un piège.

Les réserves de Paulino demeurèrent, mais quand le premier jour de paie d'Aurora arriva, avec une première commande de cinq robes pour une cliente dont la moitié fut payée d'avance et servit à remplir le garde-manger au marché noir, il préféra cesser de s'interroger sur les raisons de la soudaine générosité de la femme du contremaître.

Ramona ne comprit pas non plus la stratégie de doña Pilar.

— C'est délicieux, mon Dieu ! s'exclama-t-elle alors qu'elle savourait un vrai café, sans malt ni chicorée, dans la cuisine d'Aurora, accompagné de quelques biscuits. C'est trop bon pour être vrai, mais fais bien attention que cette dame ne te cherche pas des ennuis.

Plusieurs mois plus tard, Aurora cousait pour de nombreuses femmes de la Section féminine et sa prospérité se répandait sur la rue. Non seulement Ramona profitait de la chance de son amie, mais Aurora pouvait aussi payer sa voisine Felisa pour garder les enfants tous les jours, pendant qu'elle se rendait à Mieres afin de former les femmes du Service social et de montrer des tissus aux clientes dans le local des bâtiments de la Phalange que doña Pilar avait fait aménager pour qu'elle puisse les rencontrer là.

Ce qu'ignorait Aurora, c'était que doña Pilar utilisait cette situation pour humilier son mari.

— Sais-tu, Ferino, que j'ai une protégée qui a été charbonnière sur le puits Santa Barbara ? Elle s'appelle Aurora. Son père a également travaillé là-bas quelques années, celui que tu m'as demandé de libérer de prison, tu te souviens d'eux ? Elle est jolie, même si elle a déjà trois enfants. Blonde, avec de gros seins. Un peu plouc, bien sûr. Rien de plus qu'une charbonnière qui est devenue couturière. Toi qui aimes les femmes raffinées comme moi, tu serais horrifié. Mais elle travaille dur et coud très bien. Toutes mes amies en sont ravies. À tel point que nous l'avons proposée pour accueillir le Généralissime quand il nous fera l'honneur de nous rendre visite le mois prochain.

— Tu n'oserais pas.

— Oh, si, bien sûr que si.

— Elle est au courant ?

— Ce sera une bonne surprise, tu verras.

Ferino se tut et déglutit, tandis que Pilar riait à l'intérieur.

Pendant ce temps, Aurora cousait, encore et encore. Les enfants pris en charge et l'argent arrivant dans le foyer, elle n'avait pas besoin de plus que trois ou quatre heures de sommeil. C'était quasi impossible de passer devant sa porte sans entendre le bruit de la Singer commandé par son pied de plus en plus expérimenté.

ALBA, 2011

Ana voulait respecter la demande de sa mère de rendre visite à sa grand-mère Aurora au moins une fois par mois.

— Pour s'assurer qu'elle y est bien traitée, avait expliqué Agueda. On raconte des histoires terribles sur les maisons de retraite.

— Tu t'inquiètes plus pour elle qu'elle ne l'a jamais fait pour toi, répondit Ana.

Même si la tâche l'ennuyait, Ana se rendit à la résidence une fois par mois. Elle échangeait quelques mots avec Aurora, lui apportait des chocolats, des magazines et des sous-vêtements neufs puis appelait Agueda pour la rassurer sur son état de santé. Jusqu'à l'arrivée du mois d'août.

Les Fresno passaient depuis des années les mois de juillet et août à Sotogrande, dans la province de Cadix. Ils avaient choisi Marbella quand Carlos était petit, mais le tourisme de masse et les scandales de corruption dans la région, liés à la construction et à la politique, les avaient poussés à chercher un endroit plus exclusif et plus tranquille, où ils pourraient faire du business sans être soupçonnés et sans journalistes qui traquent les célébrités ou, à défaut, les millionnaires.

Quand Ana épousa Carlos, ils partagèrent leur temps entre Gijón et Cadix, mais pour Carlos, le boulot ne s'arrêtait pas en été à Gijón, il n'y avait rien d'intéressant pour lui. En tout cas, pas suffisamment pour qu'il y passe plus d'une semaine. Ana, elle, n'avait plus grand-chose à Gijón, hormis ses parents. Elle craignait en plus de tomber sur César, malgré les années qui avaient passé. Malgré tout, elle essayait d'aller voir ses parents pendant une semaine et de leur amener les enfants. Mais Alba venait d'avoir seize ans et la perspective d'une semaine entière à Gijón avec sa mère et ses grands-parents était la dernière chose qu'elle souhaitait, si bien que cet été-là, elle demanda à rester à Madrid avec son père et n'alla pas dans les Asturies. La même année, Carlos clôtura la saison à Sotogrande plus tôt que d'habitude. La crise financière noyait certains petits constructeurs et l'occasion de mettre la main sur des terrains à bâtir à prix cassés se présenta. De son côté, Alba avait prévu de s'échapper vers le centre-ville pour les festivités de la Vierge de la Paloma, avec des amis de l'école.

Ana avait chargé sa fille de rendre visite à Aurora, ce qui lui donna l'excuse parfaite pour passer la journée dehors. Même si, d'après le dicton, la Vierge emportait l'été de Madrid, cette année-là, il faisait très chaud et Alba trouva son arrière-grand-mère à l'intérieur du bâtiment, se réfugiant sous l'air conditionné.

— Bonjour, la salua-t-elle. Comment ça se fait que tu ne sois pas dans le jardin ?

— C'est une véritable serre. J'ai besoin que tu me sortes d'ici, dit Aurora à son arrière-petite-fille, qui reçut sa demande avec une certaine inquiétude.

— De la maison de retraite ? Tu veux retourner vivre à Oviedo avec mamie ?

— Même pas en rêve ! Ce que je veux, c'est que tu me conduises voir le pape.

— Qu'est-ce que tu dis, bisa ? Tu n'étais pas partisane de l'Église chrétienne palmarienne, celle que plus personne ne rejoint ?

— Moi, partisane de quoi que ce soit ? C'est justement pour ça que je veux aller voir le pape, j'ai fait mon temps et je dois être en bons termes avec le grand patron. Et pas un mot à ta mère, encore moins à ta grand-mère.

— N'y pense même pas.

— Et si, en échange, je disais à ta mère que tu as passé la nuit avec moi ici ? Juste au cas où tu en aurais besoin. Si tu te faisais prendre, je veux dire.

— Me faire prendre pour quoi ?

— Alba, ma petite, je ne suis pas née de la dernière pluie. Tu n'es pas rentrée de Cadix par cette chaleur parce que tu avais pitié de ton père qui revenait seul. Personne n'y croit. En tout cas, pas moi. Encore moins en pleine période des fêtes de la Paloma. Ce que tu veux, c'est sortir. Regarde comme tu es toute pomponnée !

— Tu es sûre de souffrir de démence sénile ?

—Je ne sais pas si je suis sénile, mais idiote, ça non, je te le dis. Tu acceptes le marché ?

Alba hésita.

—Et si je refuse ?

—C'est vraiment nécessaire que je réponde ?

—C'est du chantage, répondit Alba, offusquée.

—Non, c'est du troc. C'est ainsi que l'humanité a toujours fonctionné. Je te fournis un alibi au cas où tu te ferais prendre et toi, tu m'emmènes voir le pape, ce jeudi, sur la place de Cibeles.

—Mais ce sera bondé et tu ne pourras pas rester longtemps debout. Avec cette chaleur, tu vas te sentir mal. Ça ne suffit pas de le voir à la télé ?

—Jeudi, tu viens me chercher et tu m'emmènes voir le pape, affirma Aurora. Et sois prudente aujourd'hui, hein. Les hommes sont tous des porcs !

—Je n'aime pas les hommes, bisa, tu n'as toujours pas compris ? rétorqua Alba avant de s'en aller.

AURORA, 1946

En mai 1946, tout le monde parlait de la venue prochaine de Franco dans les Asturies, de ce que mettraient sur pied les guérilleros, de ceux qui iraient le voir pour se débarrasser de leur réputation de républicains et de ceux qui viendraient par opportunisme.

Il était prévu qu'il fasse le tour du bassin minier pour voir les hauts-fourneaux de la Felguera et du puits Mosquitera, où se trouvait un bataillon de prisonniers républicains condamnés aux travaux forcés dans la mine.

Ramona pestait, car tant que Franco serait dans le bassin, aucune charbonnière ne serait autorisée à descendre dans la mine ni aucune femme mariée à l'extérieur, que ce soient des puits prévus dans la visite ou non. Elle allait perdre deux journées de salaire. Comme la loi ne leur permettait pas de travailler à l'intérieur de la mine, elles devaient se rendre invisibles, et ce, au prix des mêmes finances familiales en piteux état qui les obligeaient à travailler comme charbonnières.

Le cortège passerait aussi par Mieres, et la Section féminine de la Phalange était en ébullition avec les préparatifs. Deux jours avant la visite, doña Pilar attendit qu'Aurora termine son cours de couture pour lui annoncer la nouvelle.

—Tu trouveras dans l'armoire du salon ton uniforme de la Phalange. Essaye-le, car après-demain, tu vas rencontrer notre Caudillo.

—Moi ? Mais je ne suis pas phalangiste.

—Comment ça ? Bien sûr que si. Dans ton cœur. N'est-ce pas ?

Aurora hésita, mais doña Pilar ne lui laissa pas le choix.

—Où avez-vous dit qu'était l'uniforme ? finit-elle par demander.

Lorsqu'elle se vit vêtue de ce costume bleu surmonté d'un bonnet rouge, Aurora remarqua que les larmes lui montaient aux yeux. Épouse, fille et petite-fille de mineurs, elle allait rendre les honneurs à Franco, habillée en phalangiste. Ce moment de faiblesse laissa rapidement place à la rage qu'elle portait en elle depuis Dieu savait combien de temps. Que Paulino aille se faire foutre, que son père aille se faire foutre, que tout le monde aille se faire foutre, mais, surtout, que Ferino, qu'elle apprenait à nouveau à oublier, aille se faire foutre. Elle gagnait à présent autant d'argent que n'importe quel mineur, et si pour cela elle devait faire plaisir à doña Pilar, on pouvait bien l'obliger à s'habiller en Mariquita Pérez.

Deux jours plus tard, Aurora fut présentée à Franco comme l'une des femmes victimes de la République, forcée par le gouvernement républicain à travailler à la mine, sauvée par le régime et devenue une épouse prospère, mère de trois enfants, couturière et professeure de couture au Service social. La rencontre ne dura que quelques secondes, le temps pour Franco de hocher la tête en signe d'approbation. Après cela, Aurora obtint le soutien total de doña Pilar, mais elle devint une pestiférée aux yeux du voisinage, tout comme sa fille à l'école. La seule chose qui la blessa vraiment fut lorsque Ramona lui ferma la porte au nez quand elle vint la voir ce soir-là pour qu'elles fument ensemble leur cigarette nocturne rituelle. Aurora n'avait pas pensé à Ramona quand elle s'était soumise à la mise en scène que doña Pilar lui avait proposée, et même si ç'avait été le cas, elle aurait accepté de toute façon. Elle avait beaucoup à perdre si elle ne se conformait pas aux souhaits de l'épouse de son ancien amant et, à l'inverse, beaucoup à gagner.

Même son propre mari, après avoir admis que ce qu'elle avait fait était mieux pour leur famille et la seule option prudente, refusa de coucher avec elle ce samedi-là, alors qu'il avait lui-même fixé les règles des jours où son épouse devait se prêter à l'intimité conjugale. Lorsqu'ils entrèrent dans leur chambre après avoir dîné et mis les enfants au lit, Aurora se déshabilla et fit sa toilette, prête à remplir ses devoirs d'épouse.

— Couvre-toi. Même nue, je te vois habillée en phalangiste.

La seule qui continua à lui adresser la parole fut Felisa, car les trois pesetas qu'Aurora lui donnait pour chaque journée passée à s'occuper des enfants contribuaient à subvenir aux besoins de sa propre famille, en complément du maigre salaire de son mari.

Aucun mineur n'attaqua Paulino au puits à cause des nouvelles tendances politiques de sa femme, mais ils se rattrapèrent avec Frutos au bar.

— Je n'ai clairement pas bien éduqué ma fille, répondit-il au premier qui le réprimanda, sans chercher la bagarre.

Les autres se turent.

Quand l'alcool commença à échauffer les langues, les choses se compliquèrent.

—Combien de temps as-tu passé en prison, Frutos ? Avec les contacts de ta fille, ça n'a pas dû être long. Ce n'était peut-être que du cinéma, balança l'un d'entre eux.

—Tais-toi, mec, t'as pas vu comment il est sorti de là ? Il ne pouvait même pas tenir debout, s'empressa d'intervenir un autre.

—Et ils l'ont relâché et ont arrêté le prêtre du maquis, le parrain du père de son gendre. Quelle coïncidence, insista celui qui le persécutait. De quel côté es-tu ? Où étais-tu pendant la révolution asturienne ?

—Il était chez lui, comme toi, alors ferme-la maintenant, Frutos n'a rien à voir dans tout ça, dit l'un des syndicalistes les plus respectés, apaisant les esprits.

Il n'en menait pas large, mais il devait bien ça à Frutos. Cet homme avait déjà connu assez de malheurs – un veuf avec une fille qui avait une réputation de catin depuis son plus jeune âge, et qui maintenant devenait phalangiste. En fin de compte, Frutos était un bon gars qui, bien que faible d'esprit, n'avait jamais cherché querelle à qui que ce soit.

AURORA, 2011

Si Aurora ne décéda pas à la suite d'un malaise l'après-midi du 18 août 2011, ce fut parce que son heure n'était pas encore venue. La foule qui s'était rassemblée pour voir Benoît XVI démentit le mythe selon lequel rien n'amène autant de supporters que le football. Aucune victoire du Real Madrid n'avait jamais rassemblé sur la place de Cybèle, le Recoletos et le Paseo del Prado la rivière humaine qui s'était réunie pour voir ce pape à l'allure sévère et au discours traditionaliste. Entre les quatre-vingt-dix kilos d'Aurora, les heures d'attente sur le petit tabouret de plage qu'Alba avait acheté à la dernière minute dans un bazar chinois, les bousculades incessantes et la chaleur qui, même si elle n'était pas aussi écrasante que les jours précédents, créait un effet sauna dans cette foule de gens, ce fut un miracle que la vieille dame ne se déshydrate pas.

— C'est qui celui-là ? questionna Aurora en voyant le garçon imberbe à l'allure d'intello qui avait accompagné sa petite-fille à la maison de retraite pour venir la chercher.

— Fernando, un ami de l'université. Il a une voiture. Tu t'attendais à quoi ? Que je demande au chauffeur de conduire mon arrière-grand-mère quasi centenaire voir le pape ?

— Fais attention à ce que tu dis, il me reste encore plusieurs années avant d'atteindre le siècle. Et toi, t'es sûr qu'on t'a donné le permis de conduire avec cette tête de Petit Nicolas ?

— De qui ? demandèrent en même temps Alba et Fernando.

Ils se garèrent à Moncloa, où les attendait un taxi qu'ils avaient réservé et qui mit une heure à les conduire le plus près possible du lieu de rendez-vous avec le pape. La police bouclait les rues, la ville était fermée à la circulation et protégée contre d'éventuels attentats. On ne pouvait pas avancer sur le Paseo de la Castellana, les tours Colomb semblaient inaccessibles et essayer de descendre le Recoletos jusqu'à la place de Cybèle était irréaliste. Aurora transpirait sous sa longue robe fluide en tissu fin. On aurait dit un bonhomme Michelin en tunique pastel essayant de se frayer un chemin dans un flot humain, escortée par deux adolescents.

— On n'aurait jamais dû venir, bisa, c'est de la folie. S'il t'arrive quelque chose, ma mère va me tuer, dit Alba.

— Si ça arrive, ce sera ma faute. Je dirais même que je préfère avoir une attaque ici qu'à la maison de retraite.

— Pourquoi dis-tu ça ?

— Parce que quand on est proche de la mort, c'est important de s'assurer qu'on est en bons termes avec Dieu, alors viens, je veux entendre ce *Ratzinger* au mauvais caractère qui remet l'Église à sa place. Et pour changer de sujet, chuchota-t-elle à l'oreille de son arrière-petite-fille, qu'est-ce qu'il t'a demandé, ce garçon en échange de son aide ?

— Rien, bisa, c'est mon ami.

— Un ami qui veut te tripoter. Avec cette tronche, il n'a jamais touché une fille comme toi de sa vie. Les moches sont encore plus excités que les beaux mecs. Qu'est-ce que tu comptes faire ?

— T'inquiète, il ne dépassera pas l'étape des nichons, répondit-elle pour la taquiner.

— Quelle insolence ! Si j'avais parlé comme ça à ma mère, elle m'aurait giflée puis m'aurait fait récurer toute la maison à genoux. Et il valait mieux que je fasse en sorte qu'elle soit étincelante parce que tant qu'elle n'avait pas donné son feu vert, je n'avais le droit ni de manger ni de dormir. Et ça, c'était si je ne me prenais pas une autre baffe. Ah, comme j'aurais aimé avoir ton âge à cette époque-ci !

Aurora ne mourut pas cet après-midi-là, et elle ne vit pas non plus Benoît XVI. Elle le devina de loin sur les écrans installés sur la place Colomb, et l'écouta à travers les haut-parleurs qui diffusaient son discours à la foule. Elle rentra à la maison de retraite saine et sauve, ses devoirs auprès de Dieu accomplis, mais, surtout, avec une relation naissante avec son arrière-petite-fille, ce qui était le véritable objectif de cette mise en scène.

7

Ana, 1993

J'avais souvent entendu dire que le plus beau jour de la vie d'une femme était celui de son mariage, et ce fut comme tel que je vécus le mien. Loin de devoir me préoccuper de trouver un travail mal payé en pleine crise économique comme les autres jeunes de mon âge, j'épousais un homme riche et beau, et j'allais vivre dans une maison magnifique avec une piscine et un jardin. En outre, Carlos m'avait offert une Audi 80 rouge pour que je puisse entrer et sortir de ce lotissement dans lequel vivaient les célébrités des magazines, mes parents étaient venus à Madrid pour le grand jour et ma robe de mariée était une création exclusive d'un styliste connu, choisie selon mes goûts et ceux de ma belle-mère, qui était la femme la plus élégante que j'aie jamais rencontrée et celle qui payait la robe. Je savais que ma mère aurait aimé me la coudre elle-même et que la cérémonie ait lieu à Oviedo, mais elle était plus qu'heureuse de me voir épouser quelqu'un comme Carlos Fresno.

Je me sentais comme une princesse à la fin d'un conte, juste avant le « Ils vécurent heureux et eurent beaucoup d'enfants. » Mais si dans les contes, les princesses mangent plutôt des perdrix, au menu de mon mariage, il y avait du pigeon ramier, dont je n'avais jamais entendu parler, mais qui, d'après les goûts exquis de ma belle-mère, était le nec plus ultra. Je n'y avais goûté que lors de la dégustation, car le jour du mariage, je fus incapable d'avaler quoi que ce soit. Je ne me demandai pas, ce jour-là, si certaines princesses s'étouffaient avec les perdrix après avoir épousé le prince. Ou peut-être que cela n'arrivait qu'avec les pigeons ramiers.

Carlos travailla tous les jours et une bonne partie des nuits durant les semaines qui précédèrent notre union. Quelqu'un avait mis en garde mon beau-père au sujet de Banesto, la banque avec laquelle Constructora Fresno, l'entreprise familiale, travaillait à cette époque, et ils s'affairaient à transférer les opérations avec une telle urgence que mon fiancé avait attrapé des cernes. Le lendemain, nous allions enfin nous envoler pour les Maldives, un voyage offert par mes beaux-parents.

Pendant notre lune de miel, je tombai enceinte et le rêve devint réalité, comme la fin d'une comédie romantique.

Nous annonçâmes la nouvelle en grande pompe à douze semaines de grossesse. Rien ne laissait paraître que j'étais enceinte, à part les nausées récurrentes qui me clouaient aux toilettes une heure chaque matin avant de me laisser en paix pour le reste de la journée.

C'était une douce époque. Carlos travaillait beaucoup, mais quand nous étions ensemble, il me couvrait de câlins et je pouvais dire qu'il était très enthousiaste à l'idée de devenir père.

Le mois de décembre arriva et le coup financier qui les avait tenus en haleine toute l'année se réalisa : Banesto fut placée sous tutelle. Le soir du Nouvel An, les Fresno n'avaient que des raisons de trinquer, et moi aussi. Avec un peu de champagne français qui, selon ma belle-mère, était la seule boisson qui ne rendait pas les femmes enceintes malades. Je restai sur mon petit nuage jusqu'au mois d'avril.

ANA, 1986

Ana arriva à Madrid à la fin du mois de septembre 1986, âgée de dix-huit ans, avec des manières dignes d'une école privée de province et une beauté à la Grace Kelly qui, même dans une ville aussi peuplée que Madrid, faisait tourner la tête à plus d'un.

Deux jours avant le début des cours, Agueda et Jesús accompagnèrent leur fille à la résidence pour jeunes étudiantes Santa Teresa de Jesús, où Ana allait vivre grâce aux heures interminables qu'Agueda consacrait à l'académie et à l'atelier de couture. Ils firent le voyage dans la Talbot Horizon crème flambant neuve, fraîchement sortie de chez le concessionnaire, qu'ils avaient achetée pour remplacer la 2 CV de la famille. Ils voulaient qu'elle soit bien vue par ses nouveaux camarades. Agueda ne cessa de bavarder tout au long du trajet pour éviter de penser aux nombreuses histoires qu'elle avait entendues sur des filles de bonne famille qui se dévergondaient, commençaient à se droguer et s'attiraient des ennuis lors de leurs études à Madrid.

Après les larmes, les conseils et les avertissements, Agueda et Jesús entamèrent le chemin du retour avec une sensation de vide qu'ils n'avaient jamais ressentie jusque-là.

Les deux premiers mois, Ana passa son temps dans des fêtes de première année, entre bizutage et farces, parfois amusantes mais la plupart assez lourdes, l'obligeant à être ivre chaque week-end pour passer un bon moment. Elle se fit des amies à la résidence, quelques camarades de classe l'emmenèrent dans les bars en vogue parmi les étudiants de l'université, mais ce ne fut qu'après les examens finals que le frère d'une de ses colocataires, chargé des relations publiques du Oh ! Madrid, leur obtint des entrées pour le week-end.

— Mais la blonde a intérêt à venir, hein ! insista-t-il auprès de sa sœur. On me paye pour faire venir des filles sexy.

Le Oh ! Madrid était un lieu culte pour les Madrilènes, situé dans l'un des quartiers les plus huppés de la périphérie de la capitale.

Ce jour-là, la nouvelle de l'attentat sanglant perpétré par l'ETA à l'Hipercor de Barcelone était le sujet de toutes les émissions de télévision et des conversations entre adultes. Tout le pays était choqué par le massacre impitoyable de vingt et un innocents, dont une femme enceinte et quatre enfants, tous carbonisés par la température de trois mille degrés qu'avait provoquée l'explosion dans la zone.

Ana et ses copines commentèrent ce qui s'était passé, en se lamentant avec une touche de complaisance et le choc mêlé à ce qu'elles imaginaient devoir ressentir, mais cela ne les empêcha pas de se pomponner pendant des heures pour aller au Oh ! Madrid parce que, comme pour tous les jeunes, les malheurs des autres leur semblaient bien plus éloignés qu'aux yeux des adultes.

Elles arrivèrent à la boîte de nuit en taxi. Elles avaient fait une cagnotte avec l'argent pour l'aller et le retour, et elles veillaient sur leur carte qui leur donnait droit à une consommation gratuite comme sur la prunelle de leurs yeux.

Ainsi, cheveux au vent, sans soutien-gorge, avec un décolleté que sa mère n'aurait jamais approuvé, les yeux maquillés et une jupe ultracourte, Ana sortit pour la première fois au Oh ! Madrid accompagnée de ses amies qu'elle perdit de vue en moins de trente minutes – et avec elles, l'argent du taxi pour retourner à la résidence. Elle se retrouva seule sur la terrasse de la meilleure discothèque de Madrid, au milieu d'une foule de gens plus âgés qu'elle. Ils semblaient tous profiter de leur soirée, sûrs d'eux, à exhiber leurs sacs Prada et leurs lunettes RayBan, alors que le soleil s'était couché depuis longtemps. La seule chose sur laquelle elle arrivait à se concentrer était de ne pas pleurer.

Au bout de quelques minutes, un certain Nacho lui tapota l'épaule du bout de l'index et lui sortit l'une des phrases les plus éculées des boîtes de nuit :

— Salut, t'es toute seule ?

Ana se retourna, désireuse que quelqu'un lui prête attention, et se retrouva face à un type de vingt-cinq ans passés dont les vêtements avaient dû coûter plus que ce que gagnait sa famille en un mois.

— Non, évidemment, répondit-elle en se ressaisissant. Je suis avec des amies. Elles sont parties aux toilettes.

— Je te présente à mes copains ?

— Bien sûr, accepta-t-elle en arborant son plus beau sourire, soulagée d'avoir trouvé quelqu'un avec qui attendre que ses amies réapparaissent.

Marcelo, Pablo, Lucas, Ivan, Sergio, Carlos et Nestor étaient les amis de ce Nacho. Il n'y avait aucune fille.

— Vous n'êtes que des mecs ?

— C'est un problème ? demanda Nacho avec un sourire en coin.

— Non, évidemment que non, dès que mes copines arriveront, ce sera plus équilibré.

— Prends un verre. Qu'est-ce que tu aimes ? On a des bouteilles de whisky, de vodka et de rhum réservées. Et si tu veux, du champagne.

— Du champagne, ce serait super, accepta-t-elle, convaincue que c'était la bonne réponse.

Si les rires la déroutèrent un instant, leurs paroles gentilles lui indiquèrent qu'elle faisait bonne impression. À tous, sauf à celui qu'on lui présenta sous le nom de Carlos, qui n'arrêtait pas de la regarder avec un sérieux qui ne convenait pas à la situation. Quand ils sortirent les rails de coke, ce fameux Carlos s'éclipsa et Ana l'oublia, concentrée sur la gentillesse et sur l'attention du groupe.

Elle ne sut jamais combien de fois ils remplirent sa coupe de champagne ni pourquoi elle accepta cette pilule rose qui, sur cette terrasse, avec la pleine lune se reflétant sur la *skyline* de Madrid, paraissait inoffensive. Ni pourquoi elle se réveilla plus tard dans les toilettes des hommes, la culotte baissée jusqu'aux chevilles, avec un inconnu qui lui criait :

—Hé, va dans tes toilettes, on en a assez que vous veniez dans les nôtres pour ne pas faire la queue ! Remonte ta putain de culotte et va pisser dans tes chiottes, salope !

Avec la tête embrouillée, l'entrejambe douloureux de sa virginité perdue et un trou de mémoire, Ana releva sa culotte, sortit des toilettes et traversa la boîte de nuit pour retourner sur la terrasse. Ils étaient tous là, mais à présent entourés de filles plus âgées qu'elle, qui la dévisagèrent en rigolant et en chuchotant. Elle ne se souvenait pas de ce qui s'était passé, mais elle ne pouvait supporter ce que son intuition lui disait. Elle courut jusqu'au parking. Là, au milieu des voitures de luxe et du bruit de l'autoroute par laquelle elle était arrivée pour la première fois à Madrid en musique de fond, sans argent, avec la culotte humide de sang et son mascara coulant à cause de ses larmes, elle s'assit sur le bord du trottoir qui séparait les voitures du jardin et éclata en sanglots. Elle voulait être à Oviedo, sur le canapé de son salon avec ses parents, à regarder comme tous les vendredis Mayra Gómez Kemp jouer avec les rêves des participants de *Un, dos, tres.*

Il ne fallut pas longtemps avant qu'un des videurs s'approche de l'endroit où elle était assise, seule et sonnée.

—Voulez-vous que je vous appelle un taxi ? demanda l'homme gigantesque en costume noir.

—Je n'ai pas d'argent. Je dois attendre que mes amies sortent.

—OK, mais vous ne pouvez pas rester ici. Je dois vous demander de bien vouloir partir.

—Je ne peux pas retourner à pied à Madrid. Je vais retourner à l'intérieur pour les chercher.

— Désolée, mademoiselle, mais je ne peux pas vous laisser entrer.

— C'est bon, Juan, je m'en occupe, intervint Carlos, dont la voix fit disparaître le videur sur-le-champ comme par miracle.

Ana dévisagea le type sérieux avec gratitude et méfiance, mais elle ne vit sur son visage qu'un sourire bienveillant.

— Ça va ?

Ana secoua la tête, essayant de dissimuler les larmes qui s'agglutinaient au bord de ses yeux.

— Je n'ai pas d'argent pour retourner à la résidence universitaire et mes amies ont disparu, expliqua-t-elle.

— Ça peut s'arranger, je m'en occupe.

Ana accepta, mais avec les alertes activées pour ne pas refaire la même erreur. Elle n'en eut pas besoin. Carlos entra à nouveau dans la boîte de nuit et réapparut une minute plus tard, quasiment en même temps qu'une voiture avec chauffeur. Il lui ouvrit la portière arrière pour qu'elle entre, mais il ne monta pas. Une demi-heure plus tard, le chauffeur de Carlos la déposait devant la porte de la résidence.

Le samedi, Ana ne sortit pas de sa chambre, l'estomac noué et les images de la veille lui revenant en mémoire comme des flashs, essayant de trouver une autre explication à ce qui s'était réellement passé dans ces toilettes.

Le dimanche à la première heure, elle reçut un appel de la réception. Un livreur du fleuriste le plus luxueux et réputé de la ville, qu'Ana, éloignée des cercles huppés de la capitale, ne connaissait pas, lui avait laissé un bouquet d'hortensias frais à la porte. Les fleurs étaient accompagnées d'un mot.

Comme je ne te connais pas encore, je t'envoie des fleurs sans parfum dans l'espoir que, la prochaine fois, je saurai quelles sont tes préférées. Je passe te prendre à onze heures. Prends un maillot et des vêtements de rechange pour aller manger.

L'invitation donna à Ana l'excuse parfaite pour enterrer l'expérience vécue tandis qu'elle se préparait pour un rencard avec un prétendant mystérieux, qui, selon tous les indices, était le millionnaire de la veille.

Elle ne raconta à personne qu'elle avait été violée au Oh ! Madrid avant bien des années.

AURORA, 1947

La colère de Ramona envers Aurora pour s'être habillée en phalangiste et avoir rendu les honneurs à Franco dura sept mois. Les Rois mages la ramenèrent chez Aurora avec trois *casadielles* faits maison par sa mère et une poupée de chiffon cousue main pour Agueda.

—Je ne vais pas te pardonner pour ce que tu as fait, mais je vais l'oublier, dit-elle à Aurora en lui tendant les cadeaux quand elle ouvrit la porte.

Aurora fit alors ce qu'elle n'avait jamais fait avec personne, du moins pas depuis l'enfance : elle se jeta dans les bras de Ramona, avec une force telle que, sans la corpulence de la charbonnière, elles auraient toutes les deux fini par terre.

—Allez, ça suffit, si j'avais su, je ne serais pas venue, réussit à dire Ramona en entrant dans la maison.

—Je suis terriblement désolée, mais je n'avais pas le choix.

—Nous avons toujours le choix, mais je reconnais que c'était l'option la plus raisonnable pour toi. La plus lâche, aussi. Que tu t'habilles en phalangiste, c'est une chose, ou même que tu fasses le salut fasciste à Franco, mais que tu cautionnes ce bobard comme quoi ils t'ont sauvée de la mine… C'est ce qui m'a vraiment blessée. Si tu es sortie de la mine, c'est parce que tu as soulagé les ardeurs de don Ferino, et sa femme le sait très bien, c'est pour ça qu'elle t'a obligée à te prêter à une telle mise en scène.

— Et pourquoi cela t'importe-t-il autant ?

— Parce que nous sommes tous les jours plus de femmes à travailler à la mine, mais comme c'est illégal, nous sommes de moins en moins payées, nous travaillons plus et dans de plus mauvaises conditions. Bien sûr, on nous interdit d'apparaître sur les photos. Nous devons être invisibles parce qu'aux yeux du régime, les Espagnoles ne travaillent pas ; elles ne servent qu'à changer les couches et à s'occuper de leur mari. Tu sais que pendant la visite, je n'ai pas pu aller travailler et que je n'ai pas touché de salaire ? Et en plus de ça, tu es sortie avec les femmes de ce maudit Service social. Moi, quand j'en ai eu l'occasion, je devais quitter la mine après dix heures de travail et en plus, je devais bosser gratuitement pour elles. Voilà pourquoi ça m'importe.

— Si ça n'avait pas été moi, ç'aurait été une autre. Même si j'avais dit non, ça n'aurait rien changé à tout cela.

— Je sais, pourquoi crois-tu que je suis là ?

Ramona sortit deux cigarettes et en tendit une à Aurora, qui servit du café provenant du marché noir. Le bon. Ensuite, elles burent et fumèrent en silence.

ANA, 1987

Carlos vint chercher Ana dans sa propre voiture, une Volkswagen Golf décapotable rouge, avec un toit blanc et des sièges en cuir assortis. Ana l'attendait comme une boule de nerfs, après avoir changé au moins dix fois de tenue. Elle avait un sac à dos en main contenant trois tenues différentes entre lesquelles choisir à l'heure du déjeuner, en fonction de ce que les gens porteraient.

Le club l'impressionna. Elle connaissait le Centre asturien à Oviedo et on l'avait une fois invitée au club de tennis, mais ce n'était en rien comparable à cette étendue de terre qui comptait un terrain de golf, un centre équestre, des piscines, un terrain de hockey et d'autres installations qu'elle n'eut pas l'occasion de voir ce jour-là.

Carlos la présenta à ses parents lors de ce premier rencard. Son père, Carlos, la salua sans grande attention.

—Oh là là, que mon fils a bon goût ! commenta Paloma, sa mère. Tu es si belle. Si naturelle. Comme disait ma maman, la beauté authentique est celle qui n'a besoin de rien d'autre que de l'eau et du savon. Et plus jeune que lui, comme il se doit.

—Allez, maman, ne dis pas de bêtises, Ana est une amie. Elle était seule ce week-end à Madrid et je l'ai invitée à passer la journée au grand air.

Elle eut moins de chance avec les amies de Carlos : Barbara, Mencia, Maria, Marta, Tana, Marina... Ana perdit le compte. Elles étaient nombreuses, toutes plus âgées qu'elle et, bien qu'elles ne soient pas toutes belles, elles étaient sophistiquées et sûres d'elles. Du moins, c'était l'impression qu'elles donnaient. Elles lui firent deux bises de politesse puis l'ignorèrent. Sauf une.

—Enchantée ! Que tu es mignonne dans ton bikini Zara, lui dit une certaine Beba. Tu fais bien, ça n'a pas de sens d'acheter des vêtements de marque. Il suffit de te regarder, habillée de la tête aux pieds chez Zara, et pourtant superbe, sans complexes.

—Ne l'écoute pas, lui dit Carlos à voix haute pour que Beba l'entende. Le jour où Beba se mordra accidentellement la langue, elle s'empoisonnera elle-même. Dans le fond, ce sont des filles bien, parmi les meilleures qui soient, mais elles ont honte de le montrer.

—Carlos, mon petit Carlos, comme tu es ennuyeux. Je te pardonne uniquement parce que tu es beau et riche, répondit Beba en éclatant de rire bruyamment, imitée ensuite par les autres.

Ana sentit la chaleur lui monter aux joues, mais elle se contenta de sourire, feignant au maximum l'indifférence.

Les garçons l'accueillirent mieux, avec des regards approbateurs et quelques sourires en coin.

Elle suivit Carlos de groupe en groupe. Les conversations portaient sur l'attentat, l'ETA, le nationalisme basque, les actions du gouvernement et les propositions de l'opposition. Tout le monde semblait savoir exactement comment en finir avec les terroristes et quelles politiques mener. Ana n'avait pas d'opinion là-dessus, au-delà du caractère terrible de cette tragédie. Elle n'avait pas voté aux élections l'année précédente, bien que ce soit la première fois qu'elle puisse le faire. L'abstention lui avait paru l'option la plus neutre, moderne et progressiste, qui lui évitait les discussions qui ne l'intéressaient pas. Heureusement, personne ne lui posa de question.

Lorsqu'ils revinrent à la piscine, la bande de Carlos était en train d'organiser une petite compétition de ping-pong et, en parallèle, une partie de mus. Ana ne savait pas jouer au tennis de table, mais elle avait grandi en jouant aux cartes avec sa mère et Florita, avec les élèves de l'académie et avec ses propres amies les matins d'été à la plage, et même parfois avec sa grand-mère Aurora quand elle était de bonne humeur.

— Viens, Miss Zara, on fait équipe toutes les deux. Je ne sais pas jouer au ping-pong, alors on doit assurer aux cartes, lui dit Beba.

Carlos lui fit un clin d'œil en signe d'approbation et Ana accepta. Une heure plus tard, son don pour le mus, avec les signes, les bluffs et le contrôle du risque, n'était plus à prouver, et Beba et elle semblaient être devenues des amies intimes grâce à cette union que crée la victoire partagée.

Distraite par le jeu, elle sursauta lorsqu'elle entendit la voix de Nacho qui saluait tout le monde et lançait des plaisanteries avec aisance. Ana regarda autour d'elle à la recherche de Carlos, mais ne le trouva pas.

Nacho ne mit pas longtemps à la repérer et, à la grande horreur d'Ana, s'approcha d'elle.

— Hé, mais c'est la petite Ana, quelle surprise ! Je ne m'attendais vraiment pas à te trouver ici. Tu t'es remise de ta gueule de bois de vendredi ?

Tout le monde se tourna vers Ana, qui sentit les larmes lui monter aux yeux, mais Beba vint à sa rescousse.

— Nacho, mec, tu es de plus en plus mal élevé. Depuis quand on parle des gueules de bois des autres ? Tout le monde n'est pas capable de s'enfoncer la poudre de talc de sa mère dans le nez et puis d'en enlever l'arrière-goût avec du rhum-Coca comme toi.

Le ton plaisant avec lequel Beba avait lancé la pique et le rire qu'elle laissa échapper obligèrent Nacho à sourire, alors que les autres commençaient à raconter leurs soirées alcoolisées épiques. La partie de mus continua comme si de rien n'était et Nacho rejoignit le tournoi de ping-pong.

Au bout d'un moment, Carlos réapparut. Il salua Nacho d'un geste et se dirigea vers la table où Ana jouait toujours.

— Tu vas te changer pour aller au restaurant ?

— Pas question, intervint Beba. Tu vas devoir attendre pour jouer les romantiques, on est sur le point de gagner le tournoi.

— Ce n'est pas un tournoi, rétorqua Carlos en riant.

— Ça n'en est pas un quand je perds, mais aujourd'hui, si, c'en est un. Et toi, ajouta-t-elle à l'attention d'Ana, t'as pas intérêt à me laisser tomber pour lui.

Une demi-heure plus tard, après avoir gagné au mus et vêtue de la tenue ni formelle ni décontractée parmi les trois qu'elle avait emportées dans son sac, Ana suivit Carlos en direction du restaurant du club.

— Tu es la reine des cartes, on dirait.

— Si tu veux, je peux même te lire l'avenir.

— Tu es aussi voyante ?

— Et très douée.

—Alors, après tu me liras mon avenir. Viens, ils doivent déjà tous être là maintenant.

—Comment ça, tous ?

Ana vit s'éloigner la chance d'être enfin seule avec Carlos.

—C'est l'anniversaire de ma tante Alicia. Elle a cinquante ans, mais la mentalité d'une ado de quinze ans. Tu vas l'adorer, c'est le cas de tout le monde.

Le repas consista en un cocktail sur la terrasse du club, qui se prolongea avec les verres de l'après-midi, interrompus uniquement par l'énorme gâteau que la tante Alicia coupa comme s'il s'agissait d'un mariage après avoir soufflé ses bougies. Ana et Carlos n'eurent pas l'occasion de se retrouver seuls. Ils allaient de groupe en groupe, prenant part à des conversations de toutes sortes, dans lesquelles Ana osait à peine intervenir.

—Fatiguée ? demanda Carlos vers vingt heures, quand les serveurs commencèrent à ressortir la nourriture.

—Un peu, mais ça va.

—Tu veux rentrer à Madrid ?

—Ton chauffeur va me détester, répondit-elle pour tâter le terrain.

—C'est moi qui te reconduis.

Ana ressentit un petit coup dans le ventre lorsqu'elle se souvint du billet de bus qui l'emmènerait à Oviedo le lendemain. Décidée à profiter du trajet en voiture, elle tenta de suivre les conseils de sa mère et de sa grand-mère : « Pour conquérir un homme, écoute, souris et acquiesce », disait la première. « N'écarte pas les cuisses avant d'être mariée et bien mariée », disait la seconde. Elle n'eut pas l'occasion de mettre en pratique le conseil de sa grand-mère, car Carlos ne montra pas la moindre intention de la toucher. Celui de sa mère ne donna pas beaucoup de résultats parce que Carlos ne cessa de lui poser des questions sur sa vie, ses parents et sa première année à Madrid.

—Ma grand-mère travaillait à la mine, raconta-t-elle quand il s'intéressa aux origines de sa famille. Mes arrière-grands-parents aussi, bien sûr, mais ça, c'est courant là-bas. Elle y est restée peu de temps, quand mon arrière-grand-père a dû s'arrêter de travailler après qu'un rocher lui est tombé dessus.

Ana lui raconta la vie de sa mère et de sa grand-mère, mentionnant même la vieille Singer d'Aurora, cette tache mystérieuse qui résistait à tous les produits de nettoyage, la façon elle avait elle-même appris à coudre sur cette machine et qu'elle tirait les cartes aux apprenties couturières pendant les pauses entre les cours. Quand ils arrivèrent à Madrid, Carlos l'invita à dîner sur une terrasse proche, où ils continuèrent à discuter jusqu'à presque minuit, heure à laquelle fermait la résidence. Carlos lui demanda son numéro de téléphone et Ana lui donna le fixe de sa maison à Oviedo, plaçant beaucoup d'espoirs pour cet appel, qui se fit attendre. Elle ne raconta pas à sa mère ce qui s'était passé avec Nacho, mais elle lui parla de Carlos pendant des jours. Les premières nouvelles de sa part arrivèrent sous forme d'une orchidée noire accompagnée d'une note :

Pour Ana, ma douce charbonnière.

—Chérie, quelle vilaine chose ! Quel genre de garçon envoie une fleur comme ça ? Elle ressemble plus à un avertissement de la Mafia qu'à autre chose, dit Agueda, qui venait de regarder *Le Parrain* sur le magnétoscope VHS que Jesús avait tenu à acheter en dépit des protestations de sa femme, qui ne comprenait pas pourquoi il aurait fallu acheter un nouveau lecteur alors que le Beta fonctionnait parfaitement.

AGUEDA, 1947

La première amie d'Agueda fut Mari Flora, une poupée de chiffon offerte par Ramona, la charbonnière, quand elle avait six ans. Ramona lui dit que c'était un cadeau des Rois mages, mais elle savait que ce n'était pas vrai, car jusqu'à cette année-là, ils ne lui avaient offert que des vêtements cousus par sa mère et des ustensiles de couture et de nettoyage. Jamais une poupée aussi jolie que celle de Ramona. Mais d'après sa mère, à cette époque, même les Rois mages étaient soumis au rationnement et la situation ne leur permettait pas d'apporter des poupées aux enfants. Elle la prénomma Mari Fora d'après le conte de Calleja que son père lui lisait dans l'un des rares livres qu'ils avaient chez eux. Fascinée par cette héroïne courageuse, elle s'endormait avec la poupée tous les soirs puis, le matin, elle la gardait précieusement sous son matelas. Mari Flora devint son plus grand trésor, mais aussi son pire cauchemar, car Aurora profita de l'attachement d'Agueda à sa poupée pour la menacer de la déchirer à coups de ciseaux si elle n'obéissait pas. Aurora ne mit jamais sa menace à exécution, non pas parce qu'elle ne voulait pas contrarier sa fille, mais parce qu'elle craignait la réaction de Ramona si elle l'apprenait.

Sans autres enfants avec qui jouer, Agueda s'accrocha à Mari Flora comme à une amie réelle et elle ne doutait pas que la poupée lui parlait, car elle l'écoutait.

Un jour, en rentrant de l'école, elle alla chercher Mari Flora sous son matelas et ne la trouva pas. Son cœur commença à battre si vite qu'elle crut qu'il allait sortir de sa poitrine. Elle souleva le matelas, y plongea les mains et tâta la laine d'un bout à l'autre, mais la poupée était introuvable. Son angoisse était telle qu'elle osa même questionner sa mère, alors que celle-ci était en pleine session de couture sur sa machine.

—Je pense que les jumeaux l'ont prise, répondit Aurora.

Agueda courut chez Felisa à la recherche des jumeaux et elle les trouva là, mais aucune trace de la poupée. La voisine nia l'avoir vue. Agueda passa des jours entiers à chercher Mari Flora, sans pouvoir dormir et en pleurant à chaudes larmes. Aussi, lorsque, quelques mois plus tard, Florita, une petite fille laide, dégingandée et mal nourrie, arriva au village et que l'institutrice la présenta par son prénom, elle sut que Mari Flora était revenue sous la forme d'une enfant pour être son amie.

AGUEDA, 1987

La première année qu'Ana passa à Madrid fut très triste pour Agueda. Elle se languissait de sa petite fille. Tous les soirs, elle se couchait en regrettant de l'avoir envoyée étudier à Madrid, mais tous les matins, elle se rappelait que, même si c'était difficile pour eux, c'était mieux pour Ana. Cela ne rendait pas la situation moins douloureuse. Ils étaient à nouveau seuls, Jesús et elle, comme au début, mais avec une meilleure situation, leurs vies faites et leur nid vide.

Visite après visite, Agueda commença à accepter le fait qu'Ana ne vivait plus avec eux et que seul l'été leur ramènerait la joie d'être tous les trois réunis.

Ana rentra à la maison en juin, ils passèrent le mois de juillet à Oviedo et, quand arriva le mois d'août, Oviedo se vida, comme toutes les villes sans mer avant que le tourisme gastronomique et culturel ne se développe, l'académie sans élèves et l'atelier sans commandes. Agueda, Jesús et Ana préparèrent leurs valises et voyagèrent dans la Talbot pleine à craquer pour s'installer dans l'appartement de Gijón, prêts à profiter des vacances d'été. Pour la première fois depuis des années, Agueda avait emmené la vieille Singer à Gijón, au cas où elle aurait des commandes à terminer ou pour une touche finale de dernière minute.

Il n'y avait pas de téléphone là-bas, alors Ana était partagée entre le désir d'être avec ses amies et la crainte de ne plus avoir de nouvelles de Carlos avant la fin de l'été.

Le vendredi 14 août, après deux semaines à éviter César et juste avant la grande soirée des festivités de Gijón, Ana écoutait à plein volume et chantait *I Still Haven't Found What I'm Looking For*, le dernier tube de U2, ce qui l'empêcha d'entendre la sonnette de l'interphone.

Agueda courut prévenir sa fille, alors qu'elle enlevait sa robe de chambre et essayait de décider ce qu'elle avait le temps d'enfiler.

—Quoi ? Comment ça Carlos est en train de monter ? Ici ? s'écria Ana, au bord de l'hystérie.

On sonna à la porte et Ana crut qu'elle allait vomir de nervosité. Agueda alla lui ouvrir pendant qu'Ana se brossait les dents, arrangeait ses cheveux et se mettait du mascara.

—Pardonnez-moi d'arriver comme ça, mais je n'avais pas de moyen de vous prévenir et j'ai décidé à la dernière minute de venir passer le week-end à Gijón, dit Carlos.

—Entrez, entrez, répondit Agueda, vouvoyant un homme qui venait d'avoir vingt-six ans.

Carlos regarda avec curiosité le grand appartement vétuste, qui paraissait avoir été décoré avec les restes d'un magasin de meubles démodés. Il sourit en voyant la vieille machine à coudre au bois taché dont Ana lui avait parlé lors de leur premier rendez-vous et Agueda interpréta mal son geste. Elle ne s'était jamais préoccupée de la décoration, encore moins dans une résidence d'été, et s'en voulut que ce soit la première impression qu'allait avoir d'eux ce garçon qui paraissait cocher toutes les cases de ce dont elle avait rêvé pour sa fille, sachant qu'il y en avait peu comme lui. Agueda lui présenta Jesús, qui, beaucoup moins inquiet que son épouse, se leva pour lui serrer la main et l'invita à s'asseoir, en lui proposant un verre de cognac et du tabac.

Carlos s'assit dans le fauteuil que Jesús lui indiquait, mais refusa le cognac et la cigarette. Jesús baissa le volume de la télévision et mit en sourdine Luis Mariñas, le présentateur du journal, qui bougeait à présent les lèvres comme un mime avec une image de Ronald Reagan derrière lui.

Si Jesús avait une qualité innée, c'était d'être capable d'engager la conversation avec n'importe quel interlocuteur sur des sujets banals qui n'offenseraient personne et, après tant d'années passées à vendre des vêtements pour hommes, il était également passé maître dans l'art de disséquer la qualité des pièces portées par tous ceux qu'il croisait à moins de trois mètres. Les vêtements de Carlos étaient de bonne qualité et chers. Très chers.

— Tu connaissais déjà Gijón ? l'interrogea-t-il pour entamer la conversation avec ce visiteur inattendu.

Quand Ana apparut à la porte du salon, Carlos et Jesús discutaient de la douceur de l'été asturien.

— Salut, Carlos, quelle surprise ! le salua-t-elle d'un air décontracté, mais à l'intérieur, elle avait l'impression d'avoir des grenouilles qui bondissaient dans le ventre.

Le soir, elle annula sa sortie avec ses amies. Carlos l'emmena dîner dans un restaurant cher, le genre que ni elle ni ses amies ne pouvaient se permettre et où ses parents n'allaient jamais parce que, pour eux, l'argent gagné et économisé en travaillant dur était trop précieux pour le gaspiller dans des restaurants où ils ne se sentaient même pas à l'aise.

Ana ne sortit plus jamais avec ses amies pour faire la fête. À partir de ce moment-là, et pendant les quatre années qu'elle passa à l'université, elle attendit toujours Carlos. Jusqu'au jour de leur mariage. En hiver, à Madrid, elle sortait avec lui et ses amis, et en été, à Gijón, elle allait à la plage ou elle se promenait le long du Muro avec ses parents, pendant que ses amies fréquentaient les discothèques, rencontraient des garçons, buvaient et montaient sur des motos sans porter de casque pour sentir la brise marine. Carlos n'aimait pas qu'elle sorte seule à Gijón, elle ne voulait pas croiser César et ses parents étaient ravis que leur fille n'aime pas sortir. Après un été passé à essuyer des refus, ses amies arrêtèrent de la contacter.

AGUEDA, 1947

Agueda avait depuis longtemps appris à jouer seule dans la rue, près de la porte de la maison. Florita vivait loin et Aurora permettait rarement que sa fille s'approche de chez son amie pour jouer.

—Il y a plein de choses à faire ici et je veux que tu restes dans le coin, là où je peux te trouver rapidement quand j'ai besoin de toi.

Alors Agueda jouait seule pendant les pauses entre ses devoirs. La petite fille était là, devant la porte, absorbée dans une course de pois chiches, quand Ramona approcha.

—Qu'est-il arrivé à Mari Flora ? demanda la charbonnière, même si cela faisait des mois que la poupée avait disparu.

—Je l'ai perdue.

Le simple souvenir de sa poupée décomposa le visage d'Agueda, qui fit la moue.

—Tu l'as perdue ou on te l'a prise ? Parce que tu n'aurais pas voulu la donner.

Agueda haussa les épaules.

—Je l'avais laissée sous mon matelas comme tous les jours, mais quand je suis rentrée de l'école, elle n'y était plus. Ma mère m'a dit que les jumeaux l'avaient prise pour aller chez Felisa, mais Felisa ne l'avait pas vue et…

Ramona lui passa la main dans les cheveux quand les larmes lui montèrent aux yeux.

—Tout va bien, ne t'inquiète pas, je vais m'occuper de Mari Flora.

Ramona laissa la petite fille sur le trottoir et se dirigea vers la maison d'en face.

Ce fut Felisina, la fille aînée de Felisa, qui lui ouvrit.

— Ta mère est là ?

La jeune fille secoua la tête, se demandant pourquoi la charbonnière cherchait sa mère, alors que cela faisait des années qu'elle ne parlait à personne.

— Et quand revient-elle ? demanda Ramona.

— Elle ne devrait plus tarder. Pourquoi la cherches-tu ?

— Cela ne te regarde pas.

Felisina dévisagea la grosse femme de haut en bas et voulut l'envoyer promener, mais elle se retint. La réputation de brute de Ramona n'était plus à faire et effrayait aussi bien les hommes que les femmes.

— Maintenant, si vous voulez bien m'excuser, je dois aller travailler à la compagnie de téléphone, il est déjà tard, dit-elle.

Elle sortit de la maison et laissa Ramona là, à attendre Felisa.

Cette dernière mit une demi-heure à arriver. Pendant ce temps, Ramona joua avec Agueda et ses pois chiches, assise sur le pas de la porte. En silence, comme lorsqu'elle fumait avec Aurora. Agueda ne semblait pas s'inquiéter de la parcimonie des mots de Ramona. Felisa fut tellement surprise de les voir devant chez elle qu'elle trébucha. Juste le temps pour Ramona de se mettre debout.

— Rentre chez toi, ordonna-t-elle à la petite, je dois parler à Felisa.

Agueda se dépêcha de ramasser les pois chiches et rentra chez elle.

— Dis-moi, lança Felisa en haussant le ton.

— Comment osez-vous voler une poupée à une enfant ? l'interrogea Ramona d'un air menaçant.

— Et comment oses-tu venir m'insulter dans ma maison ?

— Je ne vous insulte pas, je dis seulement la vérité. J'ai vu votre petite-fille hier à Mieres avec la poupée d'Agueda.

— C'est sans doute une qui lui ressemble.

—Non. C'était celle-là. Je le sais parce que c'est moi qui l'ai faite.

Felisa sentit ses jambes trembler. Ramona la saisit par le col de sa robe et lui dit :

—Vous n'êtes qu'une voleuse lâche qui vole les enfants. Je ne vous file pas une raclée parce que nous sommes voisines, mais vous feriez mieux de rendre la poupée à Agueda si vous ne voulez pas que je change d'avis.

—Lâche-moi, je n'ai rien volé. Aurora m'a donné la poupée un jour où on lui devait plusieurs commandes et où elle n'avait pas d'argent pour me payer. Comme c'était l'anniversaire de ma petite-fille, elle m'a donné la poupée en guise de paiement.

Ramona relâcha Felisa, qui s'enhardit.

—Et pourquoi vous ne me l'avez pas dit avant ?

—Parce que tu me l'as pas demandé. Tu as commencé à me traiter de voleuse comme ça. Après tu viendras te plaindre que personne ne t'adresse la parole à part la couturière phalangiste.

—Ne vous méprenez pas, je ne me plains pas que l'on ne me parle pas. Je me porte bien mieux comme ça.

Ramona tourna les talons et rentra chez elle. C'était une chose de s'occuper de la voisine qui avait volé la poupée à la petite, mais c'en était une autre de se mêler de ce qu'Aurora faisait avec sa fille. Elle n'était pas du genre à fourrer son nez dans ce que les gens faisaient chez eux, sauf si c'était nécessaire. En s'en allant, elle aperçut Agueda qui, la porte ouverte, avait assisté à la dispute. Elle eut de la peine pour la petite fille, mais c'était la vie ; une succession de déceptions, et plus tôt elle l'apprendrait, mieux ce serait pour elle.

AGUEDA, 1992

Agueda et Jesús ne rencontrèrent pas les beaux-parents de leur fille avant le jour de ses fiançailles. À ce moment-là, les détails du mariage avaient déjà été soigneusement planifiés par la mère du marié. Comme le mariage n'allait pas être célébré dans la ville de la mariée, les parents de Carlos eurent la déférence de se rendre jusqu'à Oviedo pour voir dans quel genre de famille leur fils allait se marier. Paloma appréciait Ana. Elle était si jolie, blonde, docile et polie. La mère de Carlos voyait sa future belle-fille comme une femme qui s'adapterait à son fils et, surtout, à elle-même, sans protester, sans se faire remarquer, tout en faisant bonne figure dans n'importe quelle réunion sociale. Il ne lui manquait plus qu'à améliorer son style, et l'argent suffirait pour ça. Si, au départ, l'idée de parcourir plus de quatre cents kilomètres pour rencontrer une famille qui, pour autant qu'elle le sache, allait la décevoir la contrariait, elle se rendit tout de suite compte que c'était la meilleure option : quel que soit le genre des parents d'Ana, il n'y aurait pas de témoins de cette première rencontre.

Carlos senior se montra plus optimiste que Paloma.

—Donne-leur une chance. Ils pourraient te plaire.

—Ne lui crée pas de faux espoirs, papa, elle ne va pas les aimer.

—Alors, considère que les cinq heures de voiture qui nous séparent seront une bénédiction à l'avenir. Demain midi, tu seras de retour à Madrid, dit Carlos senior.

Le chauffeur au volant et Carlos, père et fils, se relayant au téléphone de la voiture, Paloma sortit un livre de son sac Prada. Elle en était presque aux dernières pages lorsque le chauffeur s'arrêta sur l'esplanade de l'hôtel Reconquista.

Le bâtiment colonial, encadré de palmiers, et le portier en uniforme qui leur ouvrit la porte sur un intérieur de pierre, avec ce luxe qui simule l'austérité, surprirent les époux Fresno.

—Au moins, le séjour sera agréable, commenta Paloma.

Quelques semaines avant la rencontre, Agueda avait proposé de préparer le dîner chez eux pour recevoir les futurs beaux-parents de sa fille, mais Carlos, connaissant les goûts de ses parents, avait refusé. Cela permettrait aussi de garder la présentation de la grand-mère Aurora pour une autre occasion et d'adoucir l'impact que la famille d'Ana allait avoir sur sa mère.

— Bien sûr que non, répondit-il à Agueda. La demande en mariage est un moment dont nous devons tous profiter !

— Mais non, ça ne me dérange pas.

— Pas question, je veux traiter ma belle-mère comme il se doit : comme une reine. Je vous prends déjà votre fille, le moins que je puisse faire est de vous inviter à dîner. En plus, de cette façon, nous ne serons qu'entre futurs mariés et futurs beaux-parents, ajouta Carlos pour conclure la discussion tout en glissant qu'il ne comptait pas sur la présence d'Aurora au dîner.

Carlos savait depuis longtemps ce qu'il devait dire à Agueda pour qu'elle fasse ce qu'il voulait et elle lui facilitait vraiment la tâche.

Casa Lobato, un restaurant situé sur le mont Naranco, sur les hauteurs de la ville, avait été le lieu choisi par Carlos pour l'occasion. Sous prétexte qu'il s'agissait du plus ancien restaurant d'Oviedo, il avait opté pour cet endroit pour minimiser les surprises : une cuisine asturienne et de bonnes critiques gastronomiques pour s'assurer de l'approbation de ses parents et, en même temps, une atmosphère traditionnelle pour que ses futurs beaux-parents ne détonnent pas.

Quand le chauffeur se gara sur le parking du restaurant, ils virent Ana descendre de la banquette arrière de la Talbot Horizon que conduisait Jesús.

— C'est la voiture de ton beau-père ? demanda son père.

Carlos le regarda depuis le siège avant et hocha la tête.

— Voilà un dîner prometteur, fit Carlos senior avec un sourire en coin en observant du coin de l'œil la grimace de son épouse qui découvrait les nouveaux membres de sa famille.

L'élégance du costume de Jesús surprit Paloma. La robe d'Agueda, trop cérémonieuse pour l'occasion et le lieu choisi, était jolie, mais ne convenait pas à son corps potelé. La coiffe qu'elle portait dans les cheveux était, sans aucun doute, de trop.

Mais ce fut lorsque la belle-mère de Carlos ouvrit la bouche que Paloma dut prendre une grande respiration.

—Quel accent sympathique ! dit-elle. Si… chantant ?

—C'est parce que je suis originaire du bassin minier, expliqua Agueda, même si on ne le remarque presque plus. Je vis à Oviedo depuis tellement d'années que quand je rentre dans mon village, on me dit que je parle avec l'accent de la capitale.

Paloma acquiesça sans faire de commentaires. *De la capitale de Ploucland*, pensa-t-elle.

Une fois assis à table, Carlos poussa Ana à raconter une anecdote sur le restaurant : une élève des Teresianas, le lycée dans lequel elle avait étudié et qui se trouvait à quelques mètres de là, était venue acheter un petit pain et était tombée sur le chanteur de Hombres G en train de manger. En l'espace de dix minutes, des dizaines d'adolescentes en uniforme au bord de l'hystérie avaient afflué dans le restaurant dans l'espoir de rencontrer David Summers en personne. Tout le monde réagit à cette histoire avec plus d'enthousiasme qu'elle n'en méritait, surtout parce que cela leur permit de briser la glace. Ils continuèrent à discuter de l'école d'Ana, de Carlos et de leurs anecdotes d'enfance.

Seul Carlos senior remarqua la fréquence à laquelle Jesús remplissait son verre et que sa femme essayait continuellement de le mettre hors de sa portée dans une vaine tentative de le pousser à manger plus et à boire moins.

À l'heure de l'échange des cadeaux, ses yeux brillaient, mais ce fut la main d'Agueda qui trembla lorsqu'elle tendit à son futur gendre la petite boîte avec la montre Omega en or. Elle lui avait coûté une somme qu'elle n'aurait jamais imaginé dépenser pour une montre, mais pour l'occasion, elle ne voulait pas faire mauvaise impression et paraître avare. La montre représentait ce qu'elle gagnait en un trimestre, mais Ana allait se marier avec un millionnaire et elle voulait qu'elle entre dans la famille par la grande porte. Même Paloma fut surprise par la qualité du présent. Lorsqu'Agueda vit la mimique approbatrice de la mère de son futur gendre, elle poussa un soupir de soulagement. Elle n'avait pas fait ça pour rien et le diamant surplombant l'or blanc sur lequel était inscrit « Je t'aime. Carlos. 1992 » que sa fille arborait sur son doigt compensait tous ses sacrifices.

Une fois dehors, Carlos se rendit compte que Jesús n'était pas en mesure de conduire et proposa galamment de les ramener.

— C'est moi qui conduis, répondit Ana avec dignité. Mon père va dormir tôt, alors il est vite fatigué.

— Je disais ça pour pouvoir descendre avec toi et t'inviter à boire un verre, ne gâche pas mon excuse, dit Carlos, gérant avec adresse la situation gênante.

Ana accepta et, quand ils montèrent dans la voiture, elle vit les yeux de sa mère se remplir de larmes.

— Qu'est-ce qui se passe, maman ?

— C'est l'émotion, ma chérie, l'émotion.

Mais en réalité, les paroles qu'elle avait entendu la mère de son futur gendre prononcer alors qu'elle s'asseyait à l'arrière de la Jaguar résonnaient dans sa tête : « Mon Dieu, Carlos, avec quelle paire de ploucs nous allons nous apparenter ! Tu as entendu comment parle cette femme ? En plus, elle est toute bossue. Qu'est-ce qu'elle est laide ! Et cet accent ? Certains mots étaient incompréhensibles. Je vais devoir réfléchir à la façon de m'y prendre pour qu'elle soit à peine visible le jour du mariage ! »

8

ANA, 1994

En 1994, les journalistes nous offraient chaque jour de nouveaux sujets de conversation. L'actualité était à l'époque beaucoup plus exaltante que les affaires familiales des télénovelas, qui occupaient une place de choix dans les discussions d'après-dîner en semaine. Je ne m'intéressais pas trop à la politique, mais je devais me tenir au courant et être en cohésion avec les opinions de mon beau-père et de mon mari, selon qui l'Espagne semblait être un pays à la noix ou de Don Pimpón, comme le qualifierait un groupe de musique celtique quelques années plus tard. Ils étaient soucieux de profiter de l'impact économique de ce cirque, qui, même à mes yeux, semblait indigne d'un pays de l'Union européenne : quand ce n'était pas le directeur de la Guardia Civil qui fuguait après avoir pillé les fonds souverains, c'était le banquier le plus célèbre du pays qui tombait ou l'ex-gouverneur de la Banque d'Espagne qui était mis en examen. Le président du gouvernement voyait même l'enquête sur un groupe terroriste gouvernemental, créé pour combattre les véritables terroristes, lui éclater au visage, alors qu'un inconnu à la tête de l'opposition, sur lequel personne n'aurait misé un sou, rendait célèbre une phrase reprise dans toutes les caricatures de presse : « Démissionnez, monsieur González. »

Mon souvenir le plus vif de cette année-là, comme si je le vivais aujourd'hui, c'est le jour où j'ai accouché. Je ne perdis pas les eaux, mais je ressentis de terribles douleurs, comme des décharges électriques qui me traversaient l'estomac. C'était trois semaines avant le terme et ma mère n'était pas encore arrivée à Madrid pour être présente le jour de la naissance de son premier petit-fils. Carlos était au travail et quand je l'appelai sur son portable, il téléphona à ma belle-mère, qui vint immédiatement chez moi pour m'emmener à l'hôpital. Quand j'arrivai au Ruber Internacional, le médecin qui avait suivi ma grossesse, le gynécologue de ma belle-mère et celui de plusieurs de ses amies, confirma que j'étais sur le point d'accoucher et me laissa entre les mains de la sage-femme pour le travail. Pour une première fois, ce fut rapide :

— Vous êtes faite pour donner la vie, vous vous dilatez comme une vraie pro, disait la femme que je ne connaissais pas et qui, régulièrement, venait se mettre entre mes jambes pour introduire ses doigts dans mon vagin et calculer les centimètres d'ouverture.

Carlos arriva juste à temps pour me voir avant qu'on ne m'emmène dans la salle d'accouchement. À ce moment-là, je remarquai que j'avais fait pipi, mais j'étais gênée à l'idée que mon merveilleux mari s'en aperçoive, alors je ne dis rien, pas même lorsque les aides-soignants vinrent me chercher. Le médecin m'attendait dans la salle d'accouchement avec la sage-femme. C'est à elle que je dis tout bas :

— Je crois que j'ai fait pipi.

Lorsqu'ils soulevèrent le drap qui me couvrait, ils virent le sang qui teintait ma blouse de rouge et je me souviens uniquement avoir entendu le médecin dire :

— Anesthésiez-la tout de suite. Le placenta s'est détaché. Le bébé doit sortir.

Je ne sus jamais à quoi ressemblait le visage de mon fils parce qu'on ne me laissa pas le voir mort.

Je quittai l'hôpital sans autres armes pour faire face à ce qui s'était passé que le conseil brutal de ce gynécologue que je ne retournai plus jamais voir :

— Ce n'est pas grave. Vous êtes en vie, c'est le plus important. Maintenant, attendez trois mois et faites le suivant. Vous avez eu beaucoup de chance, car vous allez bien et rien ne vous empêchera d'avoir une famille nombreuse.

En réalité, il m'avait sauvé la vie alors que j'avais bien failli mourir en même temps que mon fils, mais je n'allais pas bien et je ne me sentais pas chanceuse. Les prescriptions pour les antidépresseurs et anxiolytiques qui se succédèrent les mois qui suivirent ne firent qu'anesthésier ma douleur. J'avais perdu pour toujours la joie que je ressentais avant le décès de mon fils, qui n'avait pas pu se séparer de moi.

AURORA, 1949

Le 3 novembre 1973, le présentateur du journal télévisé du soir annonça l'explosion de grisou dans le puits Mariquita, à Quirós. Six hommes morts, dont l'un lors de son premier jour de travail. Les images étaient dévastatrices. Les mineurs qui avaient réussi à sortir semblaient à la fois reconnaissants et désespérés ; ceux qui n'étaient pas en service arrivèrent à l'entrée de la mine pour essayer d'aider, en demandant qui était encore pris au piège. Et les familles de ceux qui se trouvaient à l'intérieur priaient sainte Barbe pour que les leurs sortent vivants de ce trou, sans se soucier de savoir s'ils devraient cette faveur à Dieu ou au diable.

Les Asturies étaient en deuil, le bassin en état de choc. Un autre sacrifice humain, une autre vengeance de la terre pour avoir creusé sous sa peau et violemment arraché le minerai.

Agueda et Aurora étaient absorbées par l'écran. Aurora se rappela alors cette journée, vingt-quatre ans plus tôt, où la même catastrophe s'était produite dans le puits María

Luisa. À l'époque, il n'y avait pas de télévision pour informer les Espagnols de l'ampleur du désastre et de la désolation qui régnait dans le bassin minier. Diffuser des informations sur les accidents survenus dans les mines était interdit, afin d'éviter que les mineurs se révoltent. Seul un avis de décès commun était autorisé pour les défunts. Cependant, cet accident fut si grave que même le journal le plus lu des Asturies, *La Nueva España*, dirigé à cette époque par le Movimiento, avait publié un bref compte rendu de la tragédie.

À dix-huit heures, des cartouches de dynamite détonant à deux cents mètres de profondeur provoquèrent un coup de grisou qui sema la terreur dans les galeries. Le directeur de la Brigade de sauvetage minier fut directement averti et la nouvelle se répandit dans le bassin. Les maisons privées n'avaient pas de téléphone, mais les standards téléphoniques manquaient d'intimité et les opératrices écoutaient chaque conversation dans leur secteur. Dès la première communication sur l'accident émise depuis le téléphone du puits, la rumeur du terrible événement se répandit parmi elles et, grâce à elles, les familles apprirent la tragédie quelques instants après qu'elle se fut produite.

Ce fut Felisina, la fille de la voisine, qui travaillait à la compagnie de téléphone, qui répandit la nouvelle dans le quartier d'Aurora.

—Une très grande tragédie, ce maudit grisou a explosé dans le María Luisa. Les sirènes ont retenti il y a plus de dix minutes. Il paraît qu'il y a beaucoup d'hommes à l'intérieur, raconta-t-elle aux voisins.

—J'y vais tout de suite, déclara Paulino quand il entendit Felisina.

—Pour faire quoi ?

—Voir si je peux aider.

—Je viens avec toi, affirma Aurora.

—Même pas en rêve. Et que fais-tu d'Agueda et des jumeaux ?

Paulino prit sa veste et son béret.

—Ils peuvent rester avec ma mère, proposa Felisina. Je vais l'appeler pour qu'elle vienne ici. Comment allez-vous vous y rendre ?

—À vélo, répondirent Aurora et Paulino en chœur.

—Soyez prudents, il ne faudrait pas vous faire renverser par une voiture.

Ils traversèrent le village, où la triste nouvelle commençait à se répandre, et croisèrent d'autres mineurs qui sortaient de chez eux dans le même but que Paulino. Tous restaient silencieux par peur des gardes, à la fois bouleversés et calmes, sachant que les leurs étaient en sécurité. Au moins pour ce jour-là. La majorité des mineurs de Turón travaillaient dans le puits Santa Barbara, qu'on appelait La Rabaldana, ou dans d'autres puits plus proches. Aucune femme ne s'était jointe au cortège.

—Fais demi-tour. Rentre à la maison, ordonna Paulino à son épouse.

Et Aurora obéit. Pas par soumission à son mari, mais parce qu'elle regrettait depuis un moment d'avoir demandé à l'accompagner.

Deux heures s'écoulèrent avant que les mineurs aperçoivent le chevalement du puits María Luisa depuis la route. Ils se joignirent aux groupes qui se dirigeaient vers la mine depuis les villages à proximité. De plus en plus de personnes se joignaient aux proches des mineurs en service, qui attendaient des nouvelles à l'extérieur, entre prières, larmes et lamentations. Le curé de Ciaño, le village voisin, consolait ceux qui s'adressaient à lui. Paulino et ses compagnons avaient fait le voyage en vain. Ils ne pouvaient rien faire pour les personnes bloquées dans le puits, sinon partager la désolation de la tragédie. Il était même impossible d'atteindre les galeries où l'explosion avait eu lieu. Les brigadiers étaient déjà entrés, les autorités locales commençaient à arriver et, deux heures après l'accident, on ne savait toujours rien des mineurs qui étaient encore à l'intérieur.

—Ça s'est produit dans la quatrième section de l'atelier de la Vieja, mais dans la galerie d'Agapito, tout a aussi volé en l'air, déclara l'un de ceux qui étaient sortis, en se référant aux couches qui avaient été endommagées.

—Ça brûle et la fumée empêche le passage, rapporta un étayeur qui, lorsque la mine avait explosé, s'en allait placer du matériel et avait échappé de moins d'une minute à l'explosion.

Les mineurs sortaient tachés de noir et secoués, et ceux qui avaient été proches de l'accident étaient désorientés, certains présentant des symptômes d'asphyxie. Peu apportaient d'autres nouvelles qu'« une explosion terrible dans la Vieja ». Une foule d'épouses, de filles et de mères au cœur serré, de fils qui retenaient leur souffle, de pères et de frères, pour la plupart mineurs également, commençait à se former. Parmi les proches et ceux qui sortaient de la mine, les premières rumeurs des causes de l'accident commençaient à se répandre :

—Ils ont déclenché un tir de mine et ç'a pris le grisou. La fumée et le feu ont envahi la galerie. Ils sont en train de mourir brûlés vifs là-dessous.

—Cette couche-là n'est pas ventilée. On l'avait signalé, mais personne n'a rien fait.

Les autorités et le juge avaient déjà fait acte de présence, accompagnés de plusieurs agents de la Guardia Civil. Dans le plus grand puits des Asturies, les mineurs pouvaient faire du grabuge lors de situations aussi critiques.

Le premier cadavre sortit à vingt-deux heures trente, au milieu des cris et des pleurs des proches. Le chagrin pour la famille du défunt se mêlait au soulagement de ceux qui ne le reconnaissaient pas comme l'un des leurs. Il était minuit quand le troisième fut remonté. Trois hommes brûlés et asphyxiés, et tout le monde savait que cela ne faisait que commencer.

— Qui manque-t-il ? demandait-on.

Et on dressait la liste des travailleurs en service.

Parfois, de bonnes nouvelles arrivaient aussi :

— Ton père est en bas, mon gars, dit un piqueur à un garçon après la sortie du troisième cadavre. Il va bien, il est avec les équipes de sauvetage.

Et sa famille rendit grâce au ciel en pleurant de soulagement d'être parmi les chanceux que la mort avait épargnés cette fois-ci.

À trois heures du matin, on comptait à présent quatre morts. Le désespoir gagnait les proches et les survivants.

— Je ne trouve pas Joaquín, dit un mineur noir de suie et de charbon qui semblait avoir du mal à respirer.

— C'est l'enfer. Les deux fils de Benito ne peuvent pas mourir dans la mine, répétait en boucle l'homme en parlant de son protégé de dix-sept ans, le fils de son collègue Benito, qui avait intégré la mine à la place de son grand frère un an auparavant. Benito lui avait alors demandé : « Par pitié, veille sur lui, je t'en supplie. Que l'on ne nous le prenne pas lui aussi… Ma femme deviendrait folle. »

Le dernier cadavre ne fut remonté que trois jours plus tard, et les enfants d'Aurora ne quittèrent la maison de Felisa que lorsque Paulino revint le lendemain et alla les chercher.

ANA, 1988

La personnalité dominatrice de Beba suscita l'admiration d'Ana dès leur première rencontre. Beba affrontait le monde comme si tous devaient se prosterner devant elle, alors qu'Ana préférait passer inaperçue de peur d'être attaquée.

Les week-ends où elle allait au club avec Carlos, Ana cherchait la compagnie de Beba, et cette dernière s'était prise d'affection pour Ana, même si elle la considérait comme une étudiante encore trop immature. À vingt-huit ans, Beba menait une brillante carrière dans une banque privée : elle gérait des investissements de gros capitaux et obtenait des rendements supérieurs à ceux de ses collègues. Elle vivait seule dans un appartement dans le quartier huppé de Pozuelo de Alarcón et conduisait une Golf GTI bleu ciel. Elle n'avait pas de petit ami ni, selon ses dires, de temps pour une relation sérieuse. Aux yeux d'Ana, du haut de ses vingt ans, Beba était un véritable modèle.

Elles étaient chez Beba, dans la salle de bains. Ana, assise sur le rebord de la baignoire, terminait un Coca-Cola Light.

—Tu ne veux pas d'enfants ? lui demanda-t-elle.

—Des enfants avec qui ?

—Ben devine… avec un homme, répondit Ana.

—C'est bien ce que je voulais dire, rétorqua Beba en tirant sur le coin de son œil pour tracer une ligne noire. Avec quel homme ? Tu en vois un ici, toi ? Manquerait plus que je sois aveugle en plus d'être moche.

—Tu n'es pas moche.

—Je ne suis pas belle non plus, et je ne compte pas me marier avec un loser sans avenir.

Ce n'était pas la première fois qu'Ana lançait le sujet du mariage et des enfants avec celle qu'elle considérait à présent comme sa meilleure amie.

—Oh Ana, tu m'énerves avec ça ! Épouse Carlos et fais-lui des enfants. Profites-en, la beauté, c'est pas éternel. À partir de trente ans, même les plus jolies galèrent à se trouver un mec.

—Il me semble que tu es plus douée pour donner des conseils que pour les suivre. Ou tu veux dire que je ne suis pas maligne, donc que je ne peux qu'aspirer à me marier et être mère ?

—Ou peut-être que c'est l'inverse : *je* dois être maligne si je veux avoir la vie que je veux. Si Carlos m'avait choisie, ta future belle-mère (un sacré numéro, soit dit en passant) m'aurait crucifiée. Et après elle, toutes ses copines. Et après ses copines, leurs maris. Tu sais ce qui se serait passé ? Je me serais retrouvée sans mec et sans boulot. Aujourd'hui, les femmes se battent pour avoir un quota de postes de direction. On parle de vingt-cinq pour cent, et beaucoup trouvent ça insultant qu'on les oblige à donner des promotions à des femmes.

À ce moment-là, quelqu'un sonna à l'interphone et la conversation en resta là. C'était Carlos. Depuis que l'ETA avait séquestré, quelques mois plus tôt, l'homme d'affaires Emiliano Revilla, les Fresno et d'autres entrepreneurs espagnols avaient engagé des gardes du corps. Carlos était accompagné de deux agents de sécurité et avait interdit à Ana de sortir seule. Ils utilisaient l'appartement de Beba les vendredis et samedis soir pour passer un moment ensemble pendant qu'elle sortait boire un verre avec sa bande.

—Quel enfer ! se plaignit Ana. S'ils ne relâchent pas ce type bientôt, Carlos va finir par me mettre en cage.

—S'il est toujours en vie… Tu vois, là-dessus j'ai un avantage : mes parents ont déjà bien assez de mal à boucler les fins de mois, alors personne ne veut me kidnapper.

Ana fut surprise, mais elle n'eut pas le temps de lui demander ce qu'elle voulait dire parce qu'elles entendirent l'ascenseur s'arrêter à leur étage. Beba attrapa son sac, embrassa Carlos sur la joue et leur dit au revoir.

—Amusez-vous bien, les gars.

Elle fit un signe de la main puis entra dans l'ascenseur. Ils ne surent pas si elle s'adressait à eux ou aux deux gardes du corps plantés devant la porte.

Quand Ana questionna Carlos au sujet des parents de Beba, il confirma ce que son amie lui avait dit.

—Mais elle est membre du club ! s'étonna-t-elle. Et ce n'est pas vraiment un endroit que fréquentent les gens qui ont du mal à joindre les deux bouts.

—Beba est la fille d'un des comptables du club, c'est pour ça qu'elle y a un accès libre. C'était une élève brillante. Dès qu'elle a commencé à sortir du lot, ses parents ont tout mis en œuvre pour l'envoyer dans le meilleur lycée puis dans l'université la plus prestigieuse du pays. Elle ne parle jamais de ça, mais je sais qu'ils ont dû hypothéquer leur maison pour payer ses études. Elle est brillante, mais seule. C'est une battante.

—On dirait que tu l'admires.

—C'est le cas.

—D'après elle, ta mère ne l'aime pas.

—Ma mère n'aime pas les femmes qui s'immiscent dans un monde qu'elle considère comme réservé aux hommes. Toi, elle t'adore.

—Je ne sais pas comment je dois le prendre.

—Bien, parce que plaire à ma mère, c'est loin d'être facile, et toi, tu lui as plu dès le premier jour.

—Et pourtant, je ne viens pas d'un bon milieu, comme tu dis.

Carlos sourit, mais n'ajouta rien. Il savait très bien que sa mère considérait ce détail comme un avantage : si Ana venait un jour à se rebeller contre sa belle-mère, elle retournerait d'où elle venait ; or une fois qu'on s'est habitué au luxe, l'idée de devoir de nouveau se préoccuper de tenir jusqu'à la fin du mois est bien plus effrayante qu'on ne le croit.

AURORA, 1949

Le lendemain de la tragédie du María Luisa, Aurora revit Ferino. Cinq ans s'étaient écoulés depuis leur dernière rencontre.

Ce vendredi-là, les mines asturiennes fermèrent pour la première fois de leur histoire, faute de mineurs. Tous étaient partis accompagner les défunts et leurs familles. Ce fut la plus grande manifestation spontanée des habitants qu'ait connue le bassin minier. Une marée humaine partit de l'esplanade du puits, se relayant pour porter les cercueils sur leurs épaules et partager la douleur des veuves, des orphelins et des mères. Parmi eux se trouvaient Frutos et Paulino, tandis que Ferino, lui, frappait à la porte d'Aurora.

Elle se figea. Les années ne l'avaient pas épargné et la cinquantaine s'était abattue sur Ferino sous forme de cheveux blancs, de quelques rides supplémentaires et de quelques kilos dans le ventre – un signe qui, en pleine période d'après-guerre, suscitait davantage l'envie que le rejet. Aurora, de son côté, devenue plus large après ses grossesses mais toujours aussi belle et jeune, parut à Ferino plus désirable que jamais.

—Ils commencent à emmener les morts au cimetière. Des gens de tous les villages miniers y vont. Toi pas ? demanda Ferino sans autre préambule.

—Non. Ceux qui sont morts n'ont plus besoin de moi et les miens sont tous vivants. Que fais-tu ici ?

—J'ai pensé que ton mari ne serait pas présent et que, toi, tu ne serais pas allée à l'enterrement. On dirait que j'avais vu juste, dit Ferino en penchant la tête pour apercevoir l'intérieur de la maison. Je peux entrer ? Ta fille est là ?

—Ma fille ? Pourquoi demandes-tu après ma fille ? rétorqua-t-elle en lui barrant le passage.

—Tu préfères que je reste ici sur le pas de la porte pour donner matière à commérer aux voisines ?

Aurora s'écarta et laissa Ferino entrer.

—Qu'est-ce que tu veux à Agueda et pourquoi ? l'interrogea-t-elle, de plus en plus méfiante.

—Tu le sais très bien.

—Absolument pas.

—Eh bien, moi, si, parce que c'est ton père qui me l'a dit. C'est pour ça que je suis venu. Ce qui s'est passé au María Luisa peut arriver demain dans n'importe quelle autre mine, et si ton mari ou ton père venaient à disparaître, je prendrais soin de la petite. En secret, évidemment, mais je ne la laisserais pas mourir de faim. Si elle a besoin de quoi que ce soit, préviens-moi.

— Tu te préoccupes d'Agueda, mais pas des jumeaux ?

— Qu'ai-je à voir avec les jumeaux ?

Aurora ne comprit pas, mais l'instinct l'empêcha de contredire Ferino.

— Agueda n'est pas là, elle est chez la voisine.

— Tu es très belle.

Aurora sentit ses jambes trembler.

Chez elle, à même le sol, parmi les tissus de couture, au pied de la Singer, alors que tout le bassin minier pleurait ses morts, elle retrouva le plaisir d'être avec un homme – un plaisir qu'elle n'avait plus connu depuis la dernière fois qu'elle avait été avec Ferino, avant que doña Pilar les sépare. Et elle s'abandonna à ce plaisir avec cette satisfaction animale qui naît quand le désir se mêle au ressentiment.

Celles qui virent don Ceferino entrer et sortir de chez Aurora laissèrent les rumeurs en suspens. Ce jour-là, on ne parlait que de l'accident du puits María Luisa.

En dépit des lois strictes imposées après la guerre pour interdire aux femmes de travailler à l'intérieur des mines, les contremaîtres préféraient Ramona à n'importe quel piqueur. Elle ne se soûlait pas, ses seuls vices étaient d'asséner des coups à quiconque insultait sa sœur et de fumer une cigarette sur le pas de sa porte après le dîner. En plus, elle était bien moins payée qu'un mineur, même si cela restait plus que toutes les autres femmes. À la mine, Ramona portait toujours un pantalon et une chemise et, avec ses cheveux courts, on pouvait la confondre avec un homme. Elle continuait à extraire le charbon comme les plus costauds des piqueurs et protégeait sa sœur María, que plus personne n'osait approcher depuis longtemps.

— Je serais folle si j'arrêtais la mine. Avec nos deux salaires, ma mère, ma sœur et moi vivons comme des reines. Je bosse mes douze heures, puis je fais ce que je veux. Tu crois que j'envie la vie de ma sœur Ursula ? Elle en est à son cinquième gosse avec son soûlard de mari, qui la tabasse un jour sur deux depuis qu'ils se sont mariés, confia-t-elle un jour à Aurora.

Elles partageaient une méfiance instinctive envers les êtres humains, apprise dès l'enfance, et c'était précisément ce qui, paradoxalement, les rapprochait. Elles étaient toujours distantes, mais Ramona était la seule personne avec qui Aurora aimait boire un café, même si la plupart du temps elles le faisaient en silence.

Le lendemain matin de l'enterrement des premières victimes, alors que l'on continuait à remonter des cadavres du puits María Luisa, Ramona se présenta chez Aurora avec deux cigarettes roulées.

— Paulino est là ? demanda-t-elle.

Il était absent. Ramona chercha alors comment dire à Aurora ce dont elle était venue lui parler ce matin-là. Aurora servit deux tasses de malt à la chicorée qu'elle gardait au chaud sur les braises du poêle à charbon.

— Je n'ai pas de vrai café aujourd'hui ; les flics franquistes ont intercepté les vendeurs du marché noir.

— Ça ira comme ça. Les mineurs sont en ébullition. Ils parlent de faire grève, commenta Ramona.

— Et toi pas ?

— Comment pourrais-je faire grève ? Je serais la première licenciée. Je ne figure sur aucun registre d'ouvriers, et moi, j'ai besoin de la mine, alors je serre les dents et je pique le charbon. Tu vas voir qu'ils ne le feront pas non plus, ils n'iront pas jusqu'au bout. La plupart claquent leur paie dans les bars, les bordels et au marché noir. De quoi vivront-ils s'ils ne descendent pas à la mine ?

— Heureusement que Paulino n'est pas du genre à s'attirer des ennuis, reconnut Aurora.

— Et Ferino ?

— Qu'est-ce que tu veux dire ?

— Te taper un contremaître pour qu'il te file un poste de téléphoniste, ça s'appelle se débrouiller. Mais le faire quand la seule conséquence est que ça risque de te coûter cher, c'est de la bêtise, ma petite Aurora. Si sa femme apprend que vous vous êtes revus, elle est capable de te faire arrêter. Et ne parlons pas de ce qui se passera si ça remonte aux oreilles de Paulino. C'est un homme bien, mais un homme quand même. On s'en fout que le contremaître t'excite, ça n'en vaut pas la peine.

Aurora aurait mis n'importe qui d'autre lui aurait tenu des propos aussi vulgaires à la porte. Mais pas Ramona.

— Et si je pouvais en tirer quelque chose ? demanda-t-elle, songeant à ce que Ferino avait dit au sujet d'Agueda.

— Alors là, c'est autre chose. Ça change tout. Mais fais gaffe, c'est très risqué.

Elles restèrent là toutes les deux un moment, en silence, pendant que Ramona terminait sa boisson chaude, qui, à force d'en boire chaque fois que l'argent manquait ou que le marché noir les laissait tomber, commençait à se confondre pour elle avec du vrai café.

Ramona se leva pour s'en aller et Aurora retourna à la pédale de la Singer, le seul endroit où elle se sentait en sécurité.

AGUEDA, 1993

Le mariage d'Ana n'eut pas lieu à Oviedo, la ville de la future mariée, comme le voulait la tradition, mais à Madrid. Agueda l'accepta, car elle aurait cédé sur n'importe quoi pour pouvoir voir sa petite Ana épouser Carlos.

Ils se marièrent un dimanche midi, à l'église Saint-Jérôme-le-Royal. Leurs proches ainsi que trois cents autres invités, venus presque tous du côté du marié, assistèrent à la cérémonie. La mariée portait fièrement une robe dessinée sur mesure avec une longue traîne dont la photo fut scrutée par des milliers de lectrices dans l'article que publia le magazine *Hola* dans sa rubrique mondaine.

Pendant le banquet à l'hôtel Villamagna, sur le Paseo de la Castellana, l'artère principale de Madrid, Agueda ne toucha pas à son assiette. Elle était trop concentrée à veiller à ce que son mari ne boive pas plus que de raison et ne se fasse pas remarquer, et à ce qu'elle-même ne commette aucune erreur devant la mère de son gendre, tout en feignant de ne pas se rendre compte de la condescendance avec laquelle celle-ci la traitait. Elle gardait le sourire pour que sa fille la voie heureuse.

—Fascinante ta robe, Agueda, commenta Paloma Sánchez San Francisco.

—C'est un modèle Valentino, répondit Agueda, sans tout à fait mentir, reconnaissante que sa fille ait insisté pour qu'elle achète une robe de créateur pour l'occasion.

—Comme tu tiens une école de couture, je pensais que tu l'avais faite toi-même.

—Dans notre atelier, nous habillons le gratin de la société d'Oviedo, mais comme un médecin ne se soigne pas lui-même, les couturières préfèrent choisir un autre styliste pour s'habiller, rétorqua Agueda, en récitant les mots que sa fille l'avait poussée à répéter au cas où elle aurait besoin de répondre aux piques de la mère de son gendre.

Paloma, voyant que la conversation ne prenait pas la tournure qu'elle espérait, changea de sujet, recourant à celui qui fonctionnait à n'importe quel mariage :

—Qu'est-ce qu'ils sont beaux et comme ils ont l'air heureux !

Agueda sentit de la satisfaction en constatant qu'elle avait réussi à impressionner Paloma. Ce qu'elle ne révéla pas, en revanche, c'était que sa robe n'était pas une vraie Valentino. Ce n'était pas une question de prix – même si le nombre de zéros sur l'étiquette du modèle original lui faisait mal au cœur autant qu'au portefeuille –, mais de morphologie : son corps trapu qui n'avait jamais eu une taille de guêpe avait depuis la ménopause pris une forme inversée, sa taille étant plus large que ses hanches. Impossible de faire rentrer cette silhouette dans aucune des robes qu'elle avait essayées dans les boutiques chics d'Oviedo. Lassée de souffrir dans les cabines d'essayage et de supporter les conversations absurdes avec les vendeuses qui tentaient de la convaincre qu'elle était ravissante alors qu'elle savait qu'elle était boudinée comme un saucisson, elle avait décidé de copier le modèle et de le confectionner elle-même. Elle avait acheté la meilleure soie qu'elle avait pu trouver, du même vert foncé que la robe la plus chère qu'elle avait essayée, et l'avait réalisée à l'identique, jusque dans les moindres détails, mais sur mesure. Elle était bien décidée à emporter ce secret dans sa tombe.

Ce qu'elle avait acheté, en revanche, c'était un petit chapeau pour les cheveux, une pochette assortie à la robe et des escarpins à semelles rouges que sa fille avait choisis pour elle et qui lui faisaient mal aux pieds.

— Tu es magnifique, maman, lui avait dit Ana quand elle avait essayé le tout à l'hôtel.

L'approbation d'Ana avait été le plus gros boost de confiance qu'Agueda avait reçu de toute sa vie. Elle s'assit à sa table, fière, et observa les invités faire honneur au buffet et ensuite profiter de la soirée. Les jeunes et moins jeunes poursuivirent la fête au Joy Eslava, mais Agueda parvint à s'éclipser avec son mari, déjà bien éméché, avant qu'il ne commence à se ridiculiser. Elle prit comme excuse la fatigue des préparatifs du mariage, ceux-là mêmes auxquels Paloma ne l'avait pas autorisée à participer, ce qu'elle avait accepté pour ne pas causer des ennuis à sa fille. Elle n'avait eu droit qu'à l'honneur d'acheter les cadeaux pour les invités. Il y avait bien sûr eu du tabac blond, comme l'exigeaient la tradition et la belle-mère d'Ana, mais aussi une commande très spéciale d'Ana elle-même, qui n'avait pas du tout fait rire Paloma et qui avait horrifié grand-mère Aurora, mais qui remporta un franc succès auprès des invitées grâce à sa touche *vintage* : des répliques miniatures d'une machine à coudre Singer qui, lorsqu'on tournait la manivelle, jouaient un paso doble imitant le rythme des points de couture. C'était la manière qu'Ana avait trouvée pour que sa mère se sente représentée lors du mariage et pour compenser le fait de lui avoir volé le plaisir de participer aux choix de chaque détail de la cérémonie, comme c'était habituellement le rôle de la mère de la mariée.

AURORA, 1949

Aurora ne sut jamais la frayeur que Ferino avait eue le jour où Frutos s'était présenté à sa porte, peu après la naissance d'Agueda.

Convaincu d'accomplir son devoir de père et de grand-père, Frutos attendit son jour de repos, enfila ses habits, enfourcha son vélo et se mit en route vers la demeure de l'épouse du contremaître de Santa Barbara. Il pédala à un rythme tranquille pour ne pas arriver en sueur devant cet homme qu'il devait appeler *don*, et qui, pourtant, lui semblait insignifiant comparé à la femme qu'il avait épousée. Arrivé à destination, il attacha son vélo à la grille, remonta l'allée impeccablement entretenue qui traversait le jardin, et frappa à la porte à l'aide du heurtoir.

Une femme vêtue d'un uniforme, d'un tablier et d'une coiffe lui ouvrit. Frutos se sentit intimidé, mais il prit son courage à deux mains pour mener à bien la mission qu'il était venu accomplir.

Quand Ferino fut prévenu qu'un ancien piqueur du puits Santa Barbara l'attendait, celui-là même qui l'avait empêché de fermer l'œil de la nuit alors qu'il revoyait tous les protocoles de sécurité après qu'un éboulement lui eut brisé le dos, mais surtout, le père d'Aurora, son ancienne maîtresse, la femme qu'il avait tenté d'oublier chaque jour pour finir par y penser toujours davantage, il supposa qu'une catastrophe était arrivée.

Il craignait que Frutos vienne le prévenir que la Guardia Civil avait trouvé les cadavres des Maghrébins et qu'Aurora avait été arrêtée. Il descendit lui-même pour l'emmener dans son bureau.

— Fructuoso Cangas, dit le contremaître en refermant la porte derrière lui. Que se passe-t-il ?

— Excusez-moi de m'être présenté chez vous, don Ceferino, enfin, chez votre… dit Frutos, intimidé par le luxe de la maison et la prospérité que le contremaître avait acquise avec son mariage. Enfin, je viens pour une affaire très délicate.

— Je vous écoute.

D'un geste, il l'invita à s'asseoir et en fit autant.

— Je voudrais vous parler de ma fille Aurora.

Don Ceferino se redressa sur son siège.

— Dites-moi, l'encouragea-t-il, voyant que Frutos ne semblait pas savoir comment continuer.

— Je ne sais pas si vous savez qu'elle s'est mariée il y a quelques mois.

— Mes plus sincères félicitations.

— Elle vient d'avoir une fille.

— Dans ce cas, doubles félicitations, répondit-il, de plus en plus intrigué par l'évolution de la conversation.

— Elle est née prématurément à sept mois, mais c'est une petite fille charmante et en pleine santé. Agueda, c'est le nom de ma petite-fille, et elle ne semble pas du tout prématurée.

—C'est une excellente nouvelle. Je suis très heureux pour votre famille.

—Je voudrais vous demander d'apporter votre aide à cette enfant si un jour elle en a le besoin.

—Je ne suis pas sûr de comprendre. Vous voulez que je sois le parrain de votre petite-fille ?

—Non, non, certainement pas. Certains pourraient remarquer le détail des oreilles.

—De quel détail parlez-vous ? voulut savoir Ferino, qui se montrait particulièrement susceptible sur cette partie de sa physionomie après une enfance où ses oreilles avaient eu beaucoup plus d'importance qu'elles n'en méritaient.

—De cette malheureuse coïncidence qui fait que ma petite-fille a les mêmes oreilles que vous.

Ferino resta silencieux et Frutos aussi. Il n'avait rien d'autre à ajouter. Quelques minutes plus tard, ils se serrèrent la main sur le seuil de la porte de la maison après que le contremaître eut accepté la demande de Frutos.

C'est pourquoi, des années plus tard, après qu'Aurora eut découvert la conversation entre son père et son amant, elle qui savait que Ferino n'était pas le père d'Agueda, elle décida de demander des explications à Frutos avant que le désordre qu'il avait créé ne lui cause des ennuis. Elle attendit que son père ait sa matinée de libre pour aller le voir. Elle voulait qu'il ait les idées claires. Il buvait de plus en plus, mangeait de moins en moins et passait énormément de temps dans les bordels.

Si Frutos fut surpris par la visite de sa fille, il n'en dit rien. Il se contenta de se retourner pour l'inviter à entrer, sans se soucier que sa maison soit poussiéreuse et sente le renfermé.

—Vous vous souvenez de Ferino, le contremaître ? le questionna Aurora dès que la porte fut fermée.

Frutos se rassit à table pour boire le café noir qui lui servait de petit déjeuner – la seule chose qu'il pouvait avaler après une nuit d'excès.

—Tu te moques de moi, Aurora ? dit-il. Tu t'es levée avec l'envie de faire des blagues ce matin ? Et toi, tu te souviens de lui ?

—Écoutez, père, je ne suis pas venue ici pour me disputer. Je veux simplement savoir pourquoi vous êtes allé lui dire qu'Agueda était sa fille.

—Tu as une objection à faire ? À chacun sa conscience, mais au moins qu'il le sache. Cet homme a de l'argent et des bonnes relations, qu'il a d'ailleurs déjà utilisés pour nous une fois. Surtout avec toi, bien sûr, avec ce que tu lui donnais...

—J'ai obtenu bien plus de lui que de vous, qui avez eu tout gratuitement, rétorqua-t-elle.

Frutos se leva d'un bond. La gueule de bois et la solitude du jour de congé réveillaient en lui une colère qu'il avait de plus en plus de mal à contrôler.

—Que veux-tu ?

—Savoir comment vous avez réussi à le lui faire croire.

—Ça, tu le sais sûrement mieux que moi, parce que lui, en tout cas, il n'a eu aucun mal à faire les comptes. Et ne me pousse pas à aller plus loin, la rumeur court déjà qu'il est venu chez toi le jour de l'enterrement de nos compagnons du puits María Luisa. Quelle honte ! Si ton mari l'apprend, il va te tabasser, si c'est un vrai homme, et tu l'auras bien mérité.

—Il est venu prendre de vos nouvelles et de celles de Paulino.

—Et tu as mis plus d'une heure à lui expliquer que nous étions avec les familles des défunts. Comme tout le monde. Écoute-moi bien, Aurora, ne me casse pas les couilles, retourne chez toi, je ne suis pas venu te demander des comptes.

—Voyez-vous, père, celui qui m'a engrossée d'Agueda est enterré dans la cave de cette maison. Les mêmes oreilles décollées et aussi laid que votre petite-fille.

Frutos ouvrit la bouche pour parler mais la referma sans dire un mot.

—Mais ce qui est fait est fait, poursuivit Aurora. Et pour le bien de tous, mieux vaut que Ferino continue à croire qu'elle est de lui. Voyez si vous pouvez aussi lui faire croire qu'il est le père des jumeaux.

—Tu le lui expliqueras toi-même. Moi, je ne veux pas de problèmes avec la femme de ce type.

—Alors, au moins, ne dites pas un mot de ce que je viens de vous révéler à propos d'Agueda. Pour une fois que vous avez bien agi, continuez sur votre lancée.

—Tu ne dois pas t'inquiéter de mon silence. Ce serait un comble qu'on nous relie aux Maghrébins à cause des oreilles de la gamine. Certaines choses dans la vie sont comme un sac de fumier : si tu le secoues, tu finis toujours couvert de merde, même quand il est bien fermé.

—Tant mieux, parce que Paulino crache ses poumons quand il rentre de la mine et quand il se lève le matin, alors je ne crois pas qu'il durera encore longtemps. Avec trois gosses, l'aide de Ferino ne me fera pas de mal.

—Tu n'es quand même pas pressée de devenir veuve ! Même si le contremaître t'aide, ça ne compensera pas. Paulino est jeune, mais c'est vrai que ceux qui ont eu la polio ne vivent pas longtemps. Convaincs-le d'aller voir un médecin.

—J'ai de quoi payer le médecin, mais il va dire qu'il faut l'hospitaliser. Vous savez ce que ça coûte ?

—La phalangiste ne te paie pas assez ? Et sinon, tu n'as qu'à écarter les cuisses pour son mari, ça, tu sais bien le faire. Mais fais attention à ne pas te retrouver encore enceinte. Vous n'êtes que des sales putes, vous les femmes. Et toi, encore plus que toutes les autres.

Aurora sortit sans répondre et Frutos sentit un frisson lui parcourir l'échine en pensant que le sang de cet assassin se mêlait au sien dans les veines de sa petite-fille.

Olvido, 1920

Olvido rencontra Frutos au mariage de sa sœur Mercedes. Il avait dix-neuf ans et elle dix-huit, et ils tombèrent amoureux dès le premier regard. Il tomba sous le charme de sa poitrine généreuse, de ses cheveux blonds, de sa peau claire et de ses joues roses ; elle tomba amoureuse de l'amour, d'un mineur qui la sortirait de sa campagne et de cette odeur constante d'étable et de fumier. Elle en avait assez de nourrir les poules, de traire les vaches, de battre du fromage, de hacher la viande, de l'assaisonner et de l'embosser dans des boyaux après l'abattage. Turón et Mieres lui étaient familiers, car Olvido descendait au marché avec sa mère pour vendre des fromages et du chorizo. Elle était fascinée par la foule qui s'y pressait, par ces jeunes filles qui lançaient des regards enjôleurs aux garçons, par les enfants qui couraient sur la place, et même par une domestique venue faire ses courses, plus exigeante que tous les autres et que tout le monde cherchait à satisfaire, car ils savaient qui était sa patronne.

Frutos, que son père avait emmené à l'âge de quatorze ans faire ses débuts dans les arts de l'amour avec une professionnelle pour ensuite fêter cela ensemble avec sa première cuite, voulait se marier pour pouvoir avoir tous les soirs ce qu'il ne pouvait obtenir qu'avec de l'argent lors de son jour de paie. C'est ainsi que, malgré le désaccord de leurs parents, Olvido et Frutos se marièrent.

Personne n'avait expliqué à Olvido ce qui allait se passer lors de la nuit de noces, ni à Frutos comment il devait s'y prendre avec sa femme dans un moment aussi délicat. Alors, il fit ce que les professionnelles lui avaient montré et Olvido ressentit une telle douleur que l'amour des mois de fiançailles se transforma en dégoût, en peur et en aversion à l'endroit de son tout nouveau mari.

Olvido compta les jours avant de pouvoir revoir sa mère, comme un prisonnier compte les jours avant de sortir de prison. Lorsque, deux semaines plus tard, sa mère vint lui rendre visite après avoir passé la matinée au marché, Olvido avait déjà préparé ses affaires dans la malle qu'elle avait utilisée le jour de son mariage.

—Mère, lança-t-elle en se jetant dans ses bras en sanglotant, sortez-moi d'ici et ramenez-moi à la maison. J'ai déjà tout préparé, aidez-moi à charger ça dans la charrette.

—Mais, qu'est-ce que tu racontes, ma fille ? Que se passe-t-il ? Ce misérable t'a frappée ? Je t'avais bien dit que tu étais trop jeune et que les mineurs sont des brutes.

—Il ne m'a pas frappée, mère. Ce qu'il m'a fait est bien pire.

Olvido raconta à sa mère les approches passionnées et grossières de Frutos pour consommer le mariage au cours des deux semaines qu'ils venaient de passer ensemble.

—Mais enfin, Olvido, tu n'as jamais vu les animaux ou quoi ? Tu pensais que c'était quoi, le mariage ? Voilà pourquoi tu avais tant envie de te marier !

L'explication maternelle des devoirs conjugaux arriva trop tard pour Olvido. Malgré tous ses pleurs et son désespoir, elle ne parvint pas à convaincre ses parents de la laisser revenir chez eux, dans cette maison qui sentait le lait caillé et le chorizo mis à sécher et qu'elle regrettait d'avoir quitté.

—Maintenant, c'est ici chez toi, trancha sa mère. Frutos est ton mari et dans peu de temps tu auras tes propres enfants. Et veille à satisfaire ton homme, ces mineurs ont la réputation d'être violents. Profite du fait qu'il soit encore jeune et ne soit pas encore abîmé par la vie.

Ce soir-là, Olvido ne protesta pas lorsque Frutos s'approcha d'elle. Ni le suivant, ni les autres. Elle apprit à fermer les yeux et à prier pendant que son mari obtenait ce qu'il voulait d'elle. Les mois s'écoulèrent et elle tomba enceinte d'Aurora. Même dans les derniers mois de grossesse, elle continua à se montrer docile face aux désirs de Frutos. C'est pourquoi à la naissance de la petite, quand le médecin les informa de la nécessité d'une période d'abstinence, Olvido vécut les semaines les plus heureuses de sa vie, à s'occuper de ce petit ange aussi blond qu'elle, un bébé potelé aux joues roses qui tétait avec vigueur et dormait dans une paix que la vie se chargerait bientôt de lui arracher.

9

ANA, 1996

La première grosse dispute que j'ai eue avec Carlos eut lieu quelques mois après la naissance d'Alba. Dès ses premiers jours, elle était une enfant turbulente. Elle avait du mal à dormir et réclamait presque constamment d'être dans les bras. Une nounou expérimentée m'aidait pendant la semaine, mais elle prenait ses week-ends et c'était moi qui devais alors m'occuper du bébé.

Ce samedi-là, Carlos n'était pas à la maison. Il rentra après l'heure du dîner, alors qu'Alba venait de s'endormir après plus d'une heure passée à pleurer dans mes bras. Je l'attendais à l'extérieur de la chambre pour qu'il ne la réveille pas. Il avait déjà mangé et faisait la tête.

—La petite dort ? questionna-t-il.

—Oui, ne la réveille pas. Tu étais où ?

—Dans une réunion de crise. Nous avons un problème avec l'adjudication d'un contrat qui était censé être le nôtre.

—Un samedi ? demandai-je.

—Oui, un samedi. Les problèmes se moquent qu'on soit le week-end.

—J'ai toujours pensé qu'être riche permettait de déléguer les soucis à d'autres et de passer du temps avec sa famille.

Carlos me dévisagea comme si j'avais un problème mental et ne prit pas la peine de me répondre. Il alla dans la salle de bains, se changea dans le dressing et se coucha. Ce fut alors que son Motorola StarTAC se mit à sonner sur la table de nuit et que Carlos se précipita dessus pour répondre.

— Qu'est-ce qui se passe ? Ils font marche arrière ?

Alba se remit à hurler de manière si aiguë qu'elle me perça les tympans. Carlos sortit de la chambre vêtu de son pyjama, l'air contrarié par les pleurs de sa fille qui l'empêchaient d'entendre correctement son interlocuteur.

Je pris la petite dans mes bras pour la calmer, mais quand Carlos revint une demi-heure plus tard en marmonnant des excuses, elle était toujours en train de pleurer. Sans explication, je la posai dans ses bras et m'en allai.

— Tu vas où ? m'interrogea-t-il, mais je ne me retournai pas pour lui répondre.

J'appelai le chauffeur et lui demandai de me conduire chez Beba. Je la prévins depuis le téléphone de la voiture. Heureusement, elle était toujours chez elle. Elle comptait sortir, mais plus tard.

Quand j'arrivai et lui racontai ce qui s'était passé, elle me regarda avec horreur.

— Rentre chez toi, me conseilla-t-elle.

— Pas question. Si ça ne te dérange pas, je vais m'incruster dans tes projets de ce soir.

— Je ne crois pas, non. Je vois Nacho et ses copains. De toute façon, tu devrais rentrer chez toi.

— Pourquoi tu fréquentes ce type ?

— Parce que son père est l'un de mes plus gros clients, avec ton beau-père. Tu as vu ma voiture ? Cet appart ? Mes vêtements ? Comment crois-tu que j'aie pu avoir le boulot que j'ai dans une banque en tant que femme, jeune et fauchée ?

— Parce que tu es la meilleure.

— Ouais, comme si c'était suffisant. Je travaille plus que quiconque, mais grâce à Nacho et Carlos, et parce que je me suis fait une place parmi les gens de leur rang, j'ai eu l'opportunité de montrer que je suis la meilleure. Sans eux, au lieu d'être courtière de grands capitaux, je serais en compétition pour un poste de caissière dans une succursale. Dans quel monde vis-tu ? Rentre chez toi, Ana, je suis sérieuse, ou tu vas avoir de sérieux ennuis.

— Carlos a besoin d'une leçon.

— Carlos a besoin de se reposer. Il a travaillé toute la semaine pour mener à bien un projet compromis avec les analystes. C'est crucial pour l'entreprise. S'il ne s'en sort pas, les investisseurs vont faire baisser la valeur des actions et son père va le crucifier. C'est lui qui a engagé sa responsabilité dans cette affaire et il prend un risque.

— Et cela l'empêche d'être un mari et un père, alors c'est à moi de tout endosser.

— De quoi te charges-tu, ma pauvre innocente ? Tu as tout ce qu'il te faut. Ta seule occupation est de t'occuper de ta fille et tu as une nounou pour ça.

— Je dois aussi être là où ma belle-mère veut que je sois. Je n'en peux plus des galas de charité et des événements sociaux, et je ne passe pratiquement plus de temps avec mon mari.

— Il t'emmène dîner tous les vendredis.

— Pas hier.

— Je t'ai déjà expliqué qu'il avait un projet important en jeu. Écoute, pense ce que tu veux, comprends ou pas, mais rentre chez toi. Ne te complique pas la vie comme ça. Si ta belle-mère apprend ça, elle va te faire la misère.

Je ne cédai pas. Beba s'en alla et je restai chez elle. Je me servis un gin tonic dans son petit bar et je finis par m'endormir dans le canapé en regardant El Gran Wyoming.

Quand je rentrai chez moi le lendemain matin, ni Carlos ni Alba n'étaient présents. La personne qui travaillait à la maison le dimanche me dit que mon mari était parti à la salle de sport et qu'Alba était chez ma belle-mère. Je sentis mon pouls s'accélérer et j'appelai Paloma.

— Tu es réapparue ? me dit-elle d'un ton acerbe.

—Je n'avais pas disparu, j'étais chez Beba. Le chauffeur de Carlos m'y a emmenée.

—Tu l'expliqueras à ta fille, on verra si elle comprend, parce que moi, je ne comprends évidemment pas.

—Je viens la chercher.

—Non.

—Vous me l'amenez ?

—La petite va passer la journée avec moi. J'ai déjà prévu quelque chose. Je t'aurais bien demandé ton avis, mais tu n'étais pas là.

—Quand pourrai-je venir la chercher ?

Je n'osais pas affronter ma belle-mère, surtout pas par téléphone.

—Je ne sais pas. Peut-être aujourd'hui, peut-être demain ou dans une semaine. Ça dépendra de toi. Quand tu auras compris que ce que tu as fait est inacceptable et que cela ne se reproduira jamais.

—Il n'en est pas question ! Rendez-moi ma fille, lançai-je.

—Pour l'instant, tu n'es pas la bienvenue chez moi, répondit ma belle-mère avant de raccrocher.

À l'époque, nous ne vivions pas encore à La Finca. Mes beaux-parents avaient une immense villa dans le centre de La Moraleja et nous vivions dans une maison de ville moderne dans le quartier de Soto. J'appelai le chauffeur, mais il refusa de m'emmener, me disant qu'il avait reçu l'ordre d'attendre le retour de mon mari. Je n'aimais pas conduire et cela faisait des mois que je ne m'étais pas mise derrière le volant. Je ne savais pas non plus comment installer le siège d'Alba. J'appelai donc un taxi.

Une fois arrivée, je me dirigeai vers la grille et sonnai. Personne ne répondit. Je sonnai, encore et encore, mais seul le silence me répondit. Une heure plus tard, je commençai à rentrer à pied chez moi, en pleurant, angoissée et sans les chaussures adaptées. Quand j'arrivai à la maison, j'avais mal aux pieds, mon talon ne cessait de saigner et j'avais les yeux secs à force de pleurer.

Carlos était rentré de la salle de sport.

— Tu es un salaud, le réprimandai-je.

Les larmes me remontèrent aux yeux.

— Eh bien, ce salaud s'attendait à des excuses.

— Ta mère m'a enlevé Alba.

— Alba est bien avec sa grand-mère, il ne va rien lui arriver. Et nous devons parler, toi et moi. Prépare-toi, nous sortons déjeuner. Juste nous deux.

— Tu ne dois pas travailler ?

— On a une réservation pour treize heures.

Je craignis le pire. Et s'il demandait le divorce ? L'idée me terrifiait.

Il m'emmena au restaurant russe au centre de Madrid, dans lequel nous avions fêté notre premier anniversaire de mariage. Après cette soirée, lors de laquelle j'avais goûté pour la première fois du caviar à vingt ans, c'était devenu mon restaurant préféré. Je suppose que c'était pour cette raison qu'il l'avait choisi pour avoir une conversation inconfortable. Ou alors parce que personne ne nous connaissait là-bas et que l'endroit était suffisamment éloigné de notre environnement habituel pour que personne ne puisse nous entendre. Carlos ne me demanda pas le divorce, mais il me fit clairement comprendre ce qu'il attendait de moi et à quel point il était déçu. Je crois qu'à ce moment-là, il regrettait de m'avoir épousée.

— Je ne peux pas me permettre que ma femme se comporte comme une enfant, dit-il, comme s'il était l'héritier du trône, et d'une certaine manière, c'était le cas. Si tu ne veux pas t'occuper de la petite pendant les week-ends, engage une autre nounou. Nous ne sommes pas un couple de fonctionnaires qui partagent les tâches ménagères et parentales. Nous ne vivons pas dans un appartement et nous ne payons pas notre voiture à crédit. Tu m'as épousé et cela comprend beaucoup d'avantages. Énormément. Et cela implique également des sacrifices, car rien n'est parfait dans la vie. Certains jours, les sacrifices sont plus faciles à supporter que d'autres, mais il faut toujours penser aux bonnes choses qui découlent de ta situation.

—Je vois, je vois. Je devrais m'estimer heureuse de la chance que j'ai eue. Cendrillon devenue princesse.

—Moi, je suis reconnaissant d'être avec toi.

—Pourquoi moi ? Pourquoi m'as-tu choisie ?

—Comment peux-tu me demander ça maintenant ? Je t'ai épousée parce que tu m'as conquis. Parce que la conquête se fait en un instant, mais que l'amour ne dure que si l'on en prend soin chaque jour. S'il devient un fardeau, il est vite terminé. C'est ma vie et je l'adore. J'espère que tu apprécies aussi tout ce que je t'offre et j'attends de toi que tu agisses en conséquence. Pourquoi tu m'as épousé ?

—Parce que tu étais parfait, répondis-je.

—Eh ben, j'aurais préféré que tu répondes autre chose. Et pas au passé.

—Je veux dire que tu es parfait, mais que tu l'étais déjà à l'époque. Qu'y a-t-il de mieux que d'être parfait ?

—Être aimé. C'est beaucoup mieux qu'être parfait.

Je m'empressai de m'excuser et de lui dire que je l'aimais évidemment. Et c'était la vérité, mais tout comme le fait que je l'avais épousé parce qu'il était le prince charmant qui venait à ma rescousse. Impossible de dire non. Quelle protagoniste de conte de fées dit non à l'arrivée du prince ? Ce n'était pas une option.

L'après-midi, une fois que nous fûmes rentrés à la maison, Carlos m'emmena dans la chambre à coucher. Je n'étais pas d'humeur, mais je n'osai pas le lui dire. Ce fut pire, parce qu'il le remarqua.

—Je ne sais pas ce que tu as compris, Ana, mais ça ne va pas comme ça, dit-il. Je n'ai pas besoin que tu couches avec moi si tu n'en as pas envie. Plein de femmes voudraient être à ta place. Quand tu veux, viens me chercher.

Carlos se leva, s'habilla et partit. Et je commençai à paniquer. Il avait raison. De nombreuses femmes voudraient être à ma place. Si je ne réagissais pas, je pourrais tout perdre. Y compris ma fille. On me le faisait clairement comprendre.

Le soir, ma belle-mère me ramena Alba. Avant de s'en aller, sur le seuil de la porte, elle m'attrapa le bras et me serra si fort que le lendemain, j'avais deux marques violettes là où ses doigts m'avaient touchée.

— Je laisse couler pour cette fois, mais il n'y en aura pas une seconde, m'avertit-elle en me pointant du doigt. C'est à toi de voir.

Ni Carlos ni Paloma ne reparlèrent de ce qui s'était passé. En tout cas, pas à moi. Le lendemain, je m'inscrivis dans une auto-école pour me remettre à niveau en conduite. Je ne voulais pas me sentir enfermée dans cette maison dans laquelle je n'avais aucune autorité sur ceux qui étaient censés être à mon service.

Ana, 2003

Ana ne sut jamais pourquoi Beba l'avait choisie pour l'accompagner dans les traitements de fertilité. Elle qui, avec Alba et le petit Carlitos, avait déjà les deux enfants qu'elle avait désirés et qui n'avait jamais eu à envisager la monoparentalité.

Elle le lui demanda après une fête au cours de laquelle la famille Fresno tenta de décrocher un contrat pour la construction d'importantes tours à Madrid. Quand Paloma dit à Ana qu'il était temps de partir et de laisser leurs maris entamer les négociations, Beba s'approcha pour partir avec elle.

— Tu ne restes pas ? demanda Ana, habituée à ce que Beba continue la soirée pour poursuivre ses propres intérêts professionnels.

—Je n'ai rien à pêcher aujourd'hui ici. Je suis venue en taxi, tu m'invites à boire un dernier verre chez toi ?

Le chauffeur les conduisit chez Ana.

Lorsque cette dernière servit le gin tonic, Beba aborda le sujet.

—Je veux avoir un bébé et je vais avoir besoin de quelqu'un pour m'accompagner lors du prélèvement d'ovules et des traitements d'implantation.

—Sérieusement ? Tu veux être maman ?

Beba acquiesça d'un air solennel.

—Compte sur moi, continua Alba. C'est un honneur que tu me choisisses.

—Ne t'emballe pas, ce n'est pas comme si j'avais beaucoup d'options. Je ne veux pas demander à une des harpies de la bande et je n'ai ni mère ni sœur, alors il ne reste plus que toi, dit-elle.

En voyant la tête d'Ana, elle rectifia :

—Je plaisante, idiote, je veux que ce soit toi. Je vais le faire à Valence, dans la meilleure clinique du pays, et j'ai besoin que ce soit rapide. Je ne peux pas m'éloigner trop du boulot si je veux le garder.

—Même pas pour ça ? Je croyais que la loi t'autorisait à prendre du temps.

—La loi ne s'applique pas à certains postes. Je suis entourée de hyènes qui attendent de me voir faible pour se débarrasser de moi.

—Tu pourrais te faire renvoyer ?

—Bien sûr, le licenciement en Espagne coûte cher mais est libre. Ça doit rester secret, comme ça, ils ne me renverront pas avant que je sois enceinte, quand j'aurai alors quelque chose à négocier pour minimiser ma perte.

—Ils ne peuvent pas te faire ça, protesta Ana.

—Ils le peuvent et ils le feront. Ils sont convaincus que leur technique de harcèlement et d'intimidation a fonctionné. Mon chef n'arrête pas de me répéter à quel point je suis intelligente de ne pas être maman et que les femmes sont stupides de renoncer aux opportunités que nous avons tellement réclamées pour aller changer des couches. Il dit que c'est à cause de cette inconséquence féminine, à force de ne pas savoir ce que l'on veut, que le monde est dominé par les hommes.

—Ton patron est un connard !

—Si ce n'était que lui… Le petit message d'un vice-président était encore mieux : « Une femme comme toi, Cristina. » Et ce salaud m'a appelée par mon prénom, alors que même les clients ne m'appellent pas comme ça. Et il a ajouté : « … qui a renoncé à la vie que choisissent la plupart des femmes, va aller très loin, car ce que font les autres est médiocre, n'est-ce pas ? Tout le monde peut jouer les nounous ou passer un dimanche au centre commercial, mais toutes ne peuvent pas regarder le monde d'en haut, tu ne crois pas ? Toi, tu es prête à le faire. »

—On dirait presque une menace.

—C'en est une, clairement. Et attends, tu veux savoir la meilleure ? Il a quatre enfants et mon patron en a trois, mais ils n'ont visiblement jamais changé une couche. Ils ont tous les deux des potiches à la maison, dit-elle avant de se rendre compte de sa gaffe. Enfin, tu vois ce que je veux dire…

—Ne t'inquiète pas, je ne me sens pas visée. J'hallucine qu'on te dise ça.

—Des remarques du genre « Pourquoi une femme comme toi voudrait avoir des enfants ? », j'en ai eu un paquet, surtout ces dernières années, depuis que j'ai eu trente-cinq ans. Certaines plus subtiles que d'autres mais je n'ai pas envie de toutes les ressasser. C'est pour ça que c'est super important que tu gardes le secret, que tu n'en parles à personne.

—Même pas à Carlos ? Ce n'est pas son genre.

—Oui, je sais, dit-elle en se mordant la langue. Quoi qu'il en soit, il doit le savoir. Tu ne peux pas venir à Valence comme ça sans rien dire, surtout qu'on devra y aller plusieurs fois.

— À ce stade de la vie, tu aimerais encore être à ma place ?

— Ça te dérange si on en boit un autre ? dit Beba en montrant son verre du doigt.

Ana acquiesça et se leva pour préparer les gin tonics.

— Beba, tu ne m'as pas répondu.

— Oui, j'y réfléchis… mais je ne sais pas. Tu n'as pas l'air très heureuse.

— Tu crois que tu le serais dans ma situation ?

— Peut-être pas, ou peut-être que si. C'est impossible de savoir comment les choses auraient tourné.

Même si elles n'en avaient jamais parlé, Ana savait depuis longtemps ce que Beba ressentait pour Carlos avant qu'elle-même entre dans leur vie, tout comme elle savait que Paloma n'avait jamais accepté la relation entre Beba et son fils, et que Carlos, de son côté, n'avait jamais vraiment cherché à se battre pour elle. Tout cela remontait à quinze ans auparavant.

— Il faudra que tu me fasses les piqûres d'hormones, dit Beba quand Ana revint s'asseoir dans le canapé. Je déteste les aiguilles. Je ne me sens pas capable de le faire moi-même.

— La superwoman a peur des aiguilles ?

Beba haussa les épaules.

— Tu vois.

AGUEDA, 1949

Agueda rentra de l'école un midi de décembre, les jumeaux sautillant à côté d'elle, les fesses douloureuses et le cœur très triste. Ce jeudi-là, les enfants ne parlaient que de Noël qui approchait, mais Agueda était loin de se réjouir de la crèche et des chants traditionnels : la maîtresse l'avait beaucoup battue alors qu'elle n'était pas en tort. Tout ce qu'elle voulait, c'était s'enfermer dans sa chambre et pleurer la vie qui lui avait été imposée. Mais en entrant dans la maison, Agueda trouva son père assis dans le fauteuil et, sans chercher à comprendre ce miracle, elle courut se jeter dans ses bras. Seul son père était un meilleur réconfort que la solitude. Elle se blottit contre lui et fondit en larmes tandis que Paulino réprimait une grimace de douleur.

Depuis des mois, Paulino sentait que son corps le lâchait et cela devenait de plus en plus difficile de lever la pioche pour piquer. En réalité, il ne se souvenait pas avoir vécu un jour sans souffrir. La polio l'avait touché lorsqu'il était enfant et, en plus de sa claudication, elle lui avait laissé une douleur chronique. Il ne pouvait pas cacher qu'il boitait, mais il gardait la douleur pour lui, dissimulée sous l'habitude de faire plus que quiconque, de prouver qu'il était aussi fort que les autres. C'est pourquoi il n'avait pas accordé d'importance aux symptômes qui s'étaient aggravés ces derniers temps. Du moins, jusqu'à ce matin-là, où il fut incapable de descendre la rampe verticale vers la galerie où il devait extraire le charbon. Il avait déjà senti que quelque chose n'allait pas sur le chemin vers le puits, cela s'était accentué dans la cage d'ascenseur et, une fois dans le train souterrain, il avait eu de plus en plus de mal à faire semblant, mais il se dit qu'après avoir mangé un sandwich, il irait mieux. Il s'agrippa au premier étai pour commencer à descendre vers sa section, mais la douleur l'en empêcha. Nicolas, le collègue dont Paulino allait reprendre la tâche, fut le premier à remarquer qu'il n'était pas en état de travailler.

—Ça va ? lui demanda-t-il.

Paulino n'eut pas le temps de répondre. Une quinte de toux faillit le précipiter dans l'obscurité profonde de la rampe. Avec un autre collègue, Nicolas le soutint et, en voyant le sang sur le haut de sa chemise, ils le ramenèrent à la surface malgré ses protestations. Ils ignoraient tout du sang que Paulino crachait le matin après sa première cigarette, car ils ne l'avaient jamais vu fumer. Fumer dans la mine était l'une des pires fautes qu'un mineur pouvait commettre. Le grisou, ce gaz invisible et inodore, était toujours présent dans les galeries, à des concentrations variables, et le risque qu'une petite étincelle l'enflamme et réduise tout le monde en cendres était si élevé que le simple fait d'avoir du tabac sur soi, même sans le fumer, pouvait entraîner un renvoi immédiat.

L'infirmerie du puits renvoya Paulino chez lui ; ses protestations n'y changèrent rien, on lui interdit de redescendre.

—Je sais que tu as besoin de ta paie, mais tu dois voir un médecin. Si tu meurs, ta famille ne manquera pas que du salaire d'aujourd'hui, lui dit Efrén, l'infirmier.

Quand don Ernesto, ingénieur, apprit que Paulino, le boiteux, fils et petit-fils de mineurs morts à la mine, était à l'infirmerie, il alla le voir.

—Que lui arrive-t-il, Efrén ?

—Il doit être examiné par un médecin de toute urgence, mais il ne veut pas rentrer chez lui. Il crache du sang et, même s'il ne veut pas l'admettre, il souffre beaucoup. Il a eu la polio quand il était enfant.

Don Ernesto s'adressa au malade sur un ton très sérieux :

—Paulino, on va te ramener chez toi et je me chargerai personnellement de faire venir un médecin.

Ce fut la dernière fois que Paulino vit le chevalement du puits Espinos, après trois ans passés à y travailler six jours par semaine.

Quand il arriva chez lui, Aurora n'était pas là. Son épouse était partie à Mieres pour prendre des mesures d'une cliente et de sa fille, qu'elle allait habiller pour un mariage à Oviedo. Paulino s'allongea dans le fauteuil et y resta jusqu'à ce qu'Agueda rentre de l'école. L'étreinte triste de sa fille lui laissa penser que quelque chose n'allait pas et il voulut dissimuler sa douleur, mais même la petite, une fois ses peines apaisées, se rendit compte que la situation était étrange.

—Qu'est-ce que vous faites à la maison ? Vous allez bien ? Où est maman ? commença-t-elle à questionner sans lui laisser le temps de répondre.

—Je vais bien, chérie. Ta mère a dû aller à Mieres et n'est pas encore revenue, mais il y a du pot-au-feu qui mijote sur le feu de la cuisine.

—Ne vous inquiétez pas pour ça, papa. Je m'en occupe.

Agueda n'avait pas fini de parler qu'Aurora arriva.

—Que fais-tu ici ? demanda-t-elle en voyant son mari.

—On m'a renvoyé à la maison.

Paulino fit signe à sa femme de ne pas parler devant les enfants, mais elle n'en tint pas compte.

—Un accident ? Qu'est-ce qui t'arrive ?

—Vous avez eu un accident, papa ? demanda Agueda.

Il vit ses yeux se remplir à nouveau de larmes.

—Prends les jumeaux et montez, lui ordonna Aurora.

—Mais, maman… commença-t-elle à protester avant d'obéir face au regard menaçant de sa mère.

Après que Paulino lui eut raconté ce qui s'était passé, Aurora s'enferma dans l'atelier, sortit la feuille où elle avait noté les mensurations des clientes, étendit le papier à patrons sur le sol et commença à dessiner les différentes pièces des robes à l'aide d'un mètre ruban et d'une craie. Elle regarda la Singer devant laquelle elle passait ses journées assise à coudre et, pour la première fois, s'adressa à elle à voix haute :

—À partir de maintenant, c'est toi et moi seules qui devrons ramener l'argent dans cette maison, parce qu'il est hors de question que je retourne à la mine.

Même si son ventre criait famine, Agueda ne serait pas redescendue à la cuisine, de peur que sa mère l'enferme dans le garde-manger pour avoir désobéi, si ce n'était pour ses petits frères, qui geignaient et commençaient à se faire mal entre eux, animés par cette rage sourde que provoque la faim.

Elle s'approcha de l'escalier et n'entendit rien. Elle descendit les premières marches et l'une d'entre elles craqua.

—C'est toi, Agueda ? demanda son père.

Elle ne répondit pas.

—Descends, descends, n'aie pas peur.

Les garçons dévorèrent l'assiette de haricots et le morceau de pain qu'Agueda leur servit, mais Paulino refusa sa portion.

—Il y a quatre œufs dans le garde-manger que maman garde pour dimanche. Si vous voulez, je peux vous faire une omelette, dit Agueda, qui, du haut de ses huit ans, n'en avait jamais cuisiné, mais se sentait capable de tout pour que son père aille mieux.

—Non, ma petite, mange. Moi, je n'en veux pas. Passe-moi mes cigarettes et le cendrier.

Le médecin promis par don Ernesto arriva vers dix-neuf heures, après avoir terminé sa journée de travail à l'hôpital d'Oviedo. Aurora ne sortit de l'atelier qu'à ce moment-là, après que Paulino eut entendu le bruit cadencé de la Singer pendant des heures. La machine s'arrêtait et redémarrait sans cesse et Paulino imaginait sa femme plongée dans la couture : coudre, vérifier, découdre et recommencer. Loin du monde et, surtout, de lui et des enfants.

—Depuis combien de temps crachez-vous du sang ? demanda le médecin.

—Quelques mois.

—Des difficultés pour respirer ?

—Comme tous les mineurs. Ça doit être la silicose.

Le docteur haussa les sourcils, mais n'insista pas.

—Racontez-moi ce qui vous est arrivé ce matin.

—Un malaise. Je n'ai pris qu'un café avec une goutte de lait comme petit déjeuner et je suis allé travailler à vélo. En voulant descendre la rampe, mon corps ne m'a pas obéi.

—Vous n'avez pas pu descendre à cause de la douleur ou parce que vous ne teniez plus debout ?

—La seconde option.

—Des douleurs ?

—Je suis piqueur, il y en a toujours. Je passe beaucoup d'heures avec la pioche et le marteau.

—Des antécédents médicaux ?

—La polio, quand j'étais enfant. J'ai eu de la chance, elle ne m'a laissé qu'une claudication qui m'a permis d'éviter le front.

—C'est la première fois que cette paralysie vous arrive ?

Paulino regarda le médecin avec un air de défi.

—Non, finit-il par avouer.

—Nous devons vous emmener à l'hôpital, conclut-il.

—Où ça ? À Mieres ? Le nouveau de la Croix-Rouge ? intervint Aurora pour la première fois.

—Nous allons l'emmener à Oviedo. Je vais m'assurer qu'on lui prépare un lit. Si vous avez des difficultés à remplir les papiers de la Sécurité sociale, on pourra vous aider là-bas.

—Combien cela va-t-il nous coûter ?

—Rien, madame. C'est une affaire entre don Ernesto et moi. Je dois l'examiner là-bas pour lui faire passer des tests. Ici, je ne peux faire que des suppositions.

Quand Paulino quitta la maison avec une petite valise pour se rendre à l'hôpital, tandis qu'Aurora maugréait à cause de la perte du salaire journalier et de sa malchance, Agueda sentit que son cœur partait avec lui et craignit qu'il ne revienne jamais.

ANA, 2003

Dès le premier rendez-vous, le médecin de la clinique de fertilité de Valence fut clair avec Beba : à quarante-deux ans, tomber enceinte ne serait pas facile. Il lui partagea aussi des bonnes nouvelles, des cas de femmes plus âgées qui étaient tombées enceintes dès leur première tentative. Le sperme d'un jeune donneur anonyme aiderait dans le processus. La décision de Beba de le faire avec ses propres ovules, et non avec des ovules donnés comme le conseillait le médecin, compliquait les choses.

—Avec des ovules de quelqu'un d'autre, c'est comme adopter, et si tu adoptes, tu n'as pas besoin de passer par la grossesse, dit Ana.

—Comme si j'avais le choix ! L'adoption prend environ cinq ans pour les jeunes couples. À quarante-deux ans et célibataire, je n'ai aucune chance.

Après quelques semaines d'injections quotidiennes, le premier prélèvement d'ovules fut encourageant. Lorsque Beba se réveilla de l'anesthésie, le médecin avait de bonnes nouvelles : trois des ovocytes étaient viables pour la fécondation. Deux jours plus tard, les nouvelles étaient moins prometteuses : un seul avait survécu.

Après l'implantation, elles rentrèrent à Madrid. Il ne restait plus qu'à attendre. Deux semaines plus tard, Beba était très enthousiaste : ses règles n'étaient pas arrivées et il était temps de vérifier si l'embryon s'était implanté. Elle n'avait pas pu attendre de retourner à la clinique et avait fait un test de grossesse. Quand elle et Ana virent le résultat, elles sautèrent de joie. Deux barres. Positif.

La mauvaise nouvelle arriva avec l'échographie. Beba était enceinte, mais l'embryon n'était pas viable. Il fallait l'extraire au bloc opératoire et attendre plusieurs mois avant de réessayer.

Beba dut demander quelques jours de congé au travail.

—Une opération mineure, mais nécessaire, expliqua-t-elle simplement.

Ce fut la première de six tentatives infructueuses en deux ans. Six déceptions et un espoir qui s'évanouissait à chaque nouveau traitement. À quatre reprises, elle dut subir une intervention chirurgicale pour retirer l'embryon. Quatre semaines supplémentaires pendant lesquelles Beba dut s'absenter d'un travail pour lequel elle s'était battue chaque jour et chaque nuit pendant des années.

—Encore ? lui dit son patron. Je vais être franc avec toi, Beba, on s'inquiète pour toi. Si tu n'es pas en état, tu devrais prendre soin de toi, et peut-être que le mieux serait que pendant un certain temps…

— Je suis en parfait état. Mes résultats ne sont-ils pas toujours les meilleurs ?

— Si, je te l'accorde, mais bon, je dis ça pour t'aider. La rumeur court que tu essayes d'avoir un enfant, tu sais comment sont les gens, ils aiment les commérages. Dans tous les cas, si ça arrivait, sache que nous trouverions la meilleure solution. Tu sais à quel point nous t'apprécions, il n'y aurait aucun problème à revoir ta situation.

— Je ne comprends pas ce que vous entendez par « revoir ma situation ».

— Nous voulons continuer à compter sur toi après tout ce que tu as apporté à la banque, c'est pourquoi nous serions prêts à te trouver un poste plus tranquille, à un niveau compatible avec ce qui se passe dans ta vie, quoi que ce soit. Non pas que je croie aux rumeurs, mais il se passe clairement quelque chose. On devrait bien sûr ajuster ton salaire, mais tu sais que l'entreprise est de ton côté. Nous sommes là pour tout ce dont tu as besoin.

Beba s'en alla sans répondre, parce que tout ce qu'elle aurait pu dire à ce moment-là lui aurait coûté sa réputation et peut-être même son travail. Elle ne put même pas pleurer une fois arrivée à son bureau, une grande cage de verre qui ne la protégeait pas des regards indiscrets. Une intimité limitée, en accord avec la nouvelle politique de proximité entre les dirigeants et le reste des employés. Tout le monde à la vue de tous. À part les vrais dirigeants, qui se réfugiaient à un étage qui leur était réservé.

Le soir, Beba se permit de pleurer. Chez elle. Seule. Devant *Pretty Woman* pour se rappeler qu'elle vivait dans une société qui n'accepterait jamais que Julia Roberts et Richard Gere échangent leurs rôles.

Le lendemain, Beba appela Carlos et il lui planifia une réunion avec son père.

Les informations que Beba fournit à Carlos Fresno senior ce jour-là étaient confidentielles, et les divulguer était un délit. Elle le fit cinq fois au cours de sa carrière professionnelle, et cela fit la différence qui permit à l'entreprise des Fresno de devenir l'un des groupes commerciaux les plus prospères du pays. L'un des rares à avoir diversifié ses activités avant la crise de 2007, réservé des fonds pour acheter des terrains lorsque les prix s'effondrèrent et à s'être relancé dans la construction résidentielle dès que le marché se montra à nouveau favorable. En échange, Beba étant la principale interlocutrice de l'entreprise Fresno auprès de la banque, sa position demeura à l'abri de toute attaque interne visant à la déloger.

Mais aucune influence ne permit à l'un des embryons implantés au cours des années suivantes de survivre dans son utérus pour lui donner l'enfant qu'elle désirait tant. Un désir qui, avec le temps, se transforma en deuil, et le deuil en acceptation, mais pas en oubli, car une partie de son cœur mourut avec les enfants qui moururent en elle et un vide angoissant l'accompagna pour le reste de sa vie.

AURORA, 1951

Aurora coupa les ponts avec son père le soir où Paulino agonisait à l'hôpital, lorsque Frutos se présenta à sa porte, ivre et hurlant comme un possédé.

— Traîtresse ! Tu n'es qu'une traînée, une pute, une sale fille !

En entendant ces cris dans la rue, Aurora se précipita à la fenêtre pour voir ce qui se passait. Frutos l'aperçut et, au lieu de se taire, continua à crier.

— Sale pute sournoise ! Tu as tué ta mère de chagrin et maintenant, ton mari est en train de mourir seul, tu n'as même pas voulu le ramener à la maison pour qu'il meure parmi les siens ! Et moi ? Tu m'isoles comme un paria, tu ne me laisses même pas voir mes petits-enfants !

Ramona vola au secours d'Aurora dès qu'elle entendit le vacarme.

— S'il vous plaît, père, que dites-vous ? Taisez-vous, vous allez vous faire arrêter. Allez, entrez ! dit-elle derrière la fenêtre, mais Frutos résistait et Aurora n'osa pas sortir avant de voir son amie.

Frutos dégageait une forte odeur d'alcool et de sueur rance. Grâce à la force de Ramona, elles parvinrent à elles deux à le faire entrer dans la maison.

— Que faites-vous, père ? Comment osez-vous crier comme ça devant ma porte ? Vous voulez qu'on nous arrête tous ?

— Tu as tué ta mère de chagrin en lui racontant des mensonges sur moi et en l'exposant à ces Maghrébins. Tu as sûrement dû les provoquer, toi qui écartes les cuisses dès que le premier venu se présente ! Et Paulino ? Pauvre homme, tu l'as trompé, même avec ses enfants. Tu n'es qu'une traînée et rien qu'une traînée ! Que fais-tu ici avec cette virago invertie au lieu d'être avec ton mari ?

— Taisez-vous, père, taisez-vous. Vous allez réveiller les enfants.

Frutos s'approcha d'elle, mais quand Ramona lui barra le passage, il trébucha et se cogna la tête contre la table de la cuisine avant de tomber par terre.

Voyant qu'il ne se relevait pas, Aurora et Ramona coururent prendre son pouls. Frutos respirait, mais elles ne parvinrent pas à le réveiller. Elles soignèrent sa blessure comme elles purent et le couvrirent.

— Je reste dormir ici, dit Ramona. Je ne vais pas te laisser seule avec lui.

Aurora accepta, car ce qui était arrivé avec son père avait réveillé toutes les peurs qu'elle gardait en elle et elle se sentit terrifiée.

Cette nuit-là, elles dormirent ensemble, enlacées. La sensation que leur provoqua cette proximité physique réconforta Aurora et enflamma Ramona, qui ne ferma pas l'œil de la nuit, craignant que Frutos ne monte à l'étage et incapable de trouver le sommeil tant elle brûlait de désir pour Aurora.

À leur réveil à l'aube, Frutos n'était plus là. Aurora se précipita vers la Singer, souleva la machine du pied en fer qui la soutenait et trouva vide le petit compartiment où elle gardait ses économies pour les imprévus.

— Cet argent était tout ce que j'avais, j'en ai besoin pour payer l'enterrement de Paulino le moment venu. Je n'ai plus rien. Cela fait un an que nous n'avons plus le salaire de la mine et les économies que j'avais du Service social ont toutes été englouties par les médecins et les médicaments.

— L'ingénieur n'avait pas dit qu'il s'occupait des frais médicaux ?

— Il l'a fait les premiers jours, jusqu'à ce qu'on nous dise qu'il n'y avait plus grand-chose à faire, puis il s'est désintéressé. Et maintenant, je n'ai plus rien.

— Je vais chez Frutos sur-le-champ pour récupérer l'argent de force, annonça Ramona.

Aurora l'arrêta.

— Si je ne le fais pas, il reviendra.

— C'est mon père.

— C'est un salaud.

— Oui, mon salaud de père, je sais.

Ana, 2004

Le 11 mars 2004, la vie de cent quatre-vingt-douze familles vola en éclats. Des milliers de personnes perdirent le sommeil alors qu'elles revivaient chaque nuit l'explosion soudaine du train de banlieue dans lequel elles voyageaient. Aucun Madrilène ne prit plus jamais le train sans penser à l'attentat islamiste d'Atocha. Alors que l'Espagne entière descendait dans les rues pour manifester, les Britanniques entendaient pour la première fois l'hymne espagnol retentir au palais de

Buckingham, les Français et les Roumains mettaient leur drapeau en berne, et les père et fils Carlos Fresno travaillaient d'arrache-pied pour stopper la chute en bourse de leur entreprise, qui, comme tant d'autres, s'était effondrée après l'attentat. Il était vital de se redresser avant leurs concurrents.

Ana regardait les images du prince Felipe et de sa fiancée, une femme originaire d'Oviedo un peu plus jeune qu'elle, en visite à l'hôpital Gregorio-Marañón, quand elle sentit son estomac se retourner, ce qu'elle attribua au choc provoqué par le massacre. Elle était seule chez elle, Alba à l'école et Carlitos à la crèche. Elle avait besoin de partager la stupeur et la douleur que cette tragédie inhumaine lui causait. Elle n'appelait jamais Carlos ni Beba pendant les heures de bureau, mais ce jour-là, elle avait besoin de mettre des mots sur ce qu'elle ressentait. Aucun des deux ne répondit au téléphone.

La maison lui parut immense et vide, alors elle se servit un verre. Il lui en fallut ensuite un deuxième pour trouver le calme qu'elle cherchait. Elle se réveilla au son du téléphone. C'était la crèche de Carlos qui attendait qu'elle vienne le chercher. Elle se leva d'un bond et fut prise de nausées. Elle arriva juste à temps aux toilettes pour vomir. Elle se rinça le visage, puis courut jusqu'au garage. Elle récupéra d'abord Carlos puis Alba, qu'elle laissa à la nounou avant d'aller se coucher. Elle se sentait étourdie, avec une forte envie de vomir.

Carlos rentra à la maison vers onze heures du soir.

—Je ne me sens pas bien, je crois que j'ai attrapé un virus, dit-elle quand son mari ouvrit la porte de la chambre.

—C'est pour ça que tu es arrivée en retard pour récupérer les enfants ?

—Comment tu le sais ?

—L'école m'a prévenu. C'est le protocole de sécurité.

—Sérieusement ? Je suis juste arrivée un peu en retard. J'ai vomi quand j'étais en train de me préparer. Je pensais que c'était à cause du choc de l'attentat, mais ça ne passe pas.

—Tu veux que j'appelle le médecin ?

Ana refusa.

— Alors je vais dormir dans la chambre d'amis au cas où tu serais contagieuse. Je ne peux pas me permettre de tomber malade maintenant. Si tu as besoin de quelque chose, réveille-moi. Essaye de dormir, peut-être que ça ira un peu mieux demain, dit Carlos.

Quand Ana se réveilla, son mari était déjà parti et elle ne parvint pas à joindre Beba avant le soir.

— Fais un test de grossesse, tu n'es pas née de la dernière pluie... lui conseilla Beba après l'avoir écoutée, puis elle raccrocha aussitôt, épuisée par les séquelles physiques et émotionnelles de sa dernière tentative de fécondation infructueuse, par la pression au travail et par l'incertitude concernant l'avenir financier de ses clients.

Beba avait vu juste : Ana découvrit qu'elle était enceinte de celui qui allait être son troisième enfant.

AGUEDA, 1951

Paulino mourut comme il avait vécu : sans faire de vagues. Dans son lit d'hôpital, dans des draps tout juste changés, après une semaine d'agonie. Le syndrome post-polio, aggravé par le tabac et par la poussière de charbon, lui avait détruit les poumons et l'avait emporté. Ce même syndrome l'avait rendu stérile, bien qu'il n'ait jamais douté être le père des trois enfants que sa femme avait mis au monde.

Il laissa derrière lui une fille anéantie, deux fils trop jeunes pour comprendre et une veuve qui se demandait comment elle allait s'en sortir, avec ce qu'il restait encore à payer aux médecins et à l'hôpital, ne comptant que sur sa misérable pension de veuve et sur ce qu'elle gagnait avec sa Singer et aux clientes qu'elle trouvait grâce au Service social.

Après que ses économies eurent été volées par Frutos, Aurora dépensa l'argent que Ramona put lui prêter dans les funérailles de Paulino. La tombe appartenait à la famille, elle n'eut donc à payer que le cercueil – le moins cher – et l'inscription sur la pierre tombale : le nom de son mari sous celui des beaux-parents qu'elle n'avait jamais connus. Ce fut le transport du corps de l'hôpital d'Oviedo jusqu'au cimetière qui absorba la plus grosse part.

Selon ses calculs, si elle arrivait à survivre avec la carte de rationnement pendant deux mois, elle pourrait rendre à Ramona l'argent qu'elle lui avait prêté. Ils auraient faim tous les quatre, mais ils finiraient par s'en sortir.

Le soir de l'enterrement, n'ayant ni le temps ni l'envie de s'inquiéter des sentiments de ses enfants, Aurora se rendit chez Ramona, en quête d'un peu de tranquillité en sa compagnie au milieu de la fumée de tabac.

Ce jour-là, pour la première fois, Ramona l'invita à franchir le seuil de sa porte et elles s'assirent dans la cuisine.

—Et ta mère et ta sœur ? demanda Aurora en regardant autour d'elle.

—Au lit, répondit-elle en attrapant la boîte de tabac à rouler, le papier à cigarettes et une autre petite boîte.

—C'est quoi ?

—De l'herbe. Les Maures de Franco en ramènent.

—Plutôt crever que de fumer ça ! Je ne veux rien d'eux, même pas de l'or.

—Celle-ci ne vient pas des Maghrébins. Je la cultive moi-même dans un coin du potager.

Aurora dévisagea son amie avec méfiance et secoua la tête.

—Ne t'inquiète pas, bon sang, je te dis qu'aucun Maure n'y a touché. Ça fait des miracles, tu verras comme ça détend.

La première bouffée de marijuana mélangée au tabac procura à Aurora une sensation de paix aussi agréable qu'inattendue.

—Et Ferino, il ne peut pas faire en sorte que tu reprennes ton poste de téléphoniste ? Tu n'as plus de mari à qui rendre des comptes, dit Ramona, qui, comme tous ceux qui parlent peu, allait droit au but quand elle ouvrait la bouche.

— Il ne manquerait plus que je doive voir Ferino tous les jours. Je ne veux rien avoir à faire avec les hommes. Plus jamais.

— La seule autre option, c'est les lavoirs, ou pire encore, voir tes enfants crever de faim, car avec la couture et la pension de misère qu'on donne aux veuves, ça ne va pas suffire. Tu me diras si ça vaut encore le coup de rester amoureuse de ce type, franchement Aurora, toi de toutes les femmes…

— Mais moi, ce qui m'intéresse, ce n'est pas Ferino, c'est sa femme. J'ai besoin de plus de clientes du type de celles qu'elle me présente ; elles paient bien. Mais je ne peux plus coudre toute seule et je mets un temps fou à faire les allers-retours jusqu'à Mieres à vélo ou en autocar, chargée de toutes ces robes. Je vais m'acheter une moto, lança-t-elle.

Les effets de la drogue faisaient jaillir ses idées à toute vitesse.

— Je trouverai bien une solution.

— Tu vas voir comme les voisines vont commérer. On va bien rigoler quand on verra leur tête enragée. Et cette dame-là, elle sera d'accord ? Elle est si intransigeante.

— Je m'occupe de doña Pilar. Ce qui m'inquiète pour le moment, c'est de savoir comment je vais gérer le deuil. La dernière chose qu'une femme veut quand elle commande une robe pour une occasion spéciale, c'est qu'une veuve toute de noir vêtue vienne lui prendre ses mesures.

Ramona resta silencieuse pour l'encourager à continuer.

— Je vais aussi retirer Agueda de l'école pour qu'elle m'aide, annonça-t-elle après avoir eu une nouvelle révélation. Je comptais la laisser y aller jusqu'à douze ans, mais j'ai besoin de plus de mains pour coudre.

Pendant ce temps, Agueda, loin de se douter du destin que sa mère lui préparait sous les effets de la marijuana, pleurait son père dans sa chambre, avec le chagrin d'une personne qui sait qu'elle est seule au monde.

Ana, 2005

Ana n'aurait jamais osé demander à Beba qu'elle soit la marraine du petit Jesús, après tant d'essais infructueux pour concevoir un enfant. En revanche, Carlos n'eut aucun scrupule à le faire et Beba accepta, ravie.

— On va faire paraître le baptême dans la rubrique mondaine de *Hola*, dit Carlos à Ana. Sur la photo, il y aura toi, moi, Beba et le bébé.

— Je ne comprends pas pourquoi vous donnez autant d'importance à ces petits encadrés en noir et blanc que personne ne lit.

— Les dames chez le coiffeur ne les lisent peut-être pas, mais je t'assure que les gens que ça intéresse, eux, les lisent.

Ce à quoi Ana ne s'attendait pas, c'était que Beba arrive au baptême accompagnée de Nacho, et qu'elle se comporte devant tout le monde comme s'ils étaient en couple.

Même si Nacho avait assisté à son mariage et aux baptêmes d'Alba et de Carlos, il était toujours resté en retrait et il ne s'était jamais approché d'elle pour lui dire bonjour. Nacho était imposé par Carlos, et Ana s'en accommodait, mais c'était une chose de le voir de loin et une autre de manger à la même table que lui, celle des parents, des parrains, des marraines et des grands-parents paternels.

— Qu'est-ce qui t'arrive, chérie ? demanda Agueda avant le banquet.

— On va me faire asseoir à côté d'un type que je ne supporte pas. Je me suis fait piéger.

— Qu'est-ce que tu as contre cet homme ?

— C'est une mauvaise personne et il me dégoûte.

— Alors pourquoi tu l'as invité ?

— C'est une décision de Carlos.

— Il doit avoir ses raisons. Allez, tiens-toi bien, c'est une fête, après tout.

—Et vous, vous n'êtes même pas à notre table. C'est toujours pareil. On n'a jamais notre place ici.

—Ana ! la gronda sa mère. Tu es madame Fresno, la belle-fille du président d'une des plus grandes entreprises du pays et la mère des enfants du futur président. Tu trouves que tu n'as pas ta place ? Nous, on est très bien à la table qu'on nous a attribuée. C'est même mieux, on est plus à l'aise. On ne va pas laisser ta grand-mère toute seule et tu ne voudrais pas non plus qu'elle soit à côté de ta belle-mère, on ne sait jamais ce qu'elle pourrait sortir.

Ana se tut, même si elle aurait mille fois préféré être assise à côté de sa grand-mère Aurora qu'à côté de Nacho, qui se comportait comme bon lui semblait et disait tout ce qui lui passait par la tête. Peu importait si c'était déplacé. Et Carlos le laissait faire.

Elle se contint jusqu'à ce qu'ils se lèvent de table, puis elle alla parler à Beba.

—Tu ne peux pas sortir avec Nacho, lui dit-elle à voix basse en marchant vers le jardin où seraient servies les boissons. Tu n'as aucune idée de ce qu'il m'a fait.

Beba la dévisagea comme si elle avait invoqué le diable.

—À toi et à tant d'autres.

—Il a fait la même chose à d'autres ? Et personne n'arrête ce salaud ?

—Fais très attention à ce que tu dis et ne t'avise surtout pas de révéler ton secret concernant Nacho à qui que ce soit.

—Comment peux-tu sortir avec lui ?

—Écoute, Ana, on ne me verra avec lui que sur les photos. Il me rend service. Alors ne fais pas la gamine et arrête de te plaindre. Le jour où Carlos t'enverra balader, même un saint applaudira.

Ana se pétrifia en entendant les paroles de Beba et sentit la chaleur lui monter au visage.

Jesús, son père, s'approcha d'elle quelques minutes plus tard, un gin tonic dans une main et un whisky dans l'autre.

— Je me suis dit que tu en aurais sans doute besoin, dit-il en lui tendant le cocktail.

— Je ne suis pas heureuse, papa, je ne suis pas heureuse.

— Eh bien, ma chérie, qui l'est vraiment ?

— Tu n'es pas heureux ?

Jesús haussa les épaules.

AURORA, 1952

L'année 1952 emporta avec elle les cartes de rationnement de la vie des Espagnols et Frutos de la vie d'Aurora. Depuis la mort d'Olvido, Frutos s'était enfoncé dans une spirale de beuverie et de prostituées. Ses cuites étaient de plus en plus scandaleuses, plus fréquentes, et finissaient de plus en plus mal. Le salaire ne suffisait plus, les économies qu'il avait volées à sa fille s'épuisèrent et, après plusieurs avertissements, il fut renvoyé du puits.

Le soir où il perdit son emploi, il se rendit chez sa fille, plus ivre que jamais, mais il ne parvint pas en haut de la côte. Felisina, la fille de la voisine, qui partait travailler à la compagnie de téléphone, le trouva titubant dans la rue et fit demi-tour pour prévenir Aurora.

Ramona aperçut Felisina arriver à la hâte et se mit en travers de son chemin.

— Qu'est-ce qui se passe, Felisina ? Pourquoi es-tu si pressée ?

Ramona et elle ne s'étaient pas adressé la parole depuis l'incident avec Felisa, sa mère, au sujet de la poupée de chiffon d'Agueda, mais comme elle savait qu'elle était proche d'Aurora, elle lui confia la nouvelle.

— Frutos arrive et il est ivre, complètement ivre.

— Laisse Aurora tranquille, je m'en charge.

— Et qu'est-ce que tu vas pouvoir faire, toi ?

— Qu'est-ce que je vais faire, *moi* ? Tu m'as vue ?

Felisina préféra ne pas répondre, fit comme si de rien n'était et se dépêcha de repartir au travail, car si elle arrivait en retard on le lui décomptait de son salaire.

Ramona trouva Frutos en bas de la montée, marmonnant des insanités, dans un état pitoyable et obstiné comme seuls peuvent l'être les ivrognes qui ont une idée en tête. Mais la charbonnière était une dure à cuire. Elle l'attrapa par le bras et le força à faire demi-tour, décidée à le raccompagner elle-même chez lui.

—Le meilleur piqueur de Turón se fait virer, balbutia-t-il, en parlant de lui-même. Et tout ça à cause d'Aurora, qui n'apporte que des malheurs.

—Allez, Frutos, on vous a viré parce que vous êtes un ivrogne. Quel rapport avec votre fille ? dit Ramona, essayant de le raisonner.

—Tout est sa faute, c'est le démon ! C'est elle qui nous a foutus dans cette affaire avec les Maghrébins, cette salope !

Ramona l'attrapa par le col et le secoua.

—Ne vous avisez pas, hein ? Ne vous avisez pas ! Parce que si j'ai appris quelque chose à la dure, c'est de m'occuper des pères de merde dans votre genre. Et je vous préviens, vous ne ferez pas le poids.

—Qu'est-ce qui t'arrive, la gouine ? À toi toi aussi, elle te plaît, ma fille ? Rien de nouveau, tout le village le dit !

Ramona le menaça d'appeler la Guardia Civil s'il ne se taisait pas, et il y réfléchit à deux fois, car cette femme rustre et brute était bien capable de tenir parole.

Elle réussit alors à le convaincre de rebrousser chemin et de renoncer à son intention, mais pour en être certaine, elle l'accompagna tout le trajet, supportant ses délires d'ivrogne.

Le lendemain matin, il fut retrouvé avec le crâne ouvert dans une flaque de vomi.

Aurora ne sut jamais avec certitude si Ramona avait tué son père ou non, mais elle le pressentit lorsque son amie, après avoir laissé Frutos, frappa à sa porte. Elle savait se taire, mais pas mentir.

—Ton père est venu il y a un moment avec l'intention de te faire une nouvelle scène. Et sans doute de te soutirer de l'argent, j'imagine, parce qu'il a été renvoyé du puits. Mais ne t'inquiète pas, il ne reviendra pas ce soir, il est ivre mort.

—Reste dormir, lui demanda Aurora.

En voyant que son amie était incapable de la regarder dans les yeux, elle sut qu'il s'était passé quelque chose d'autre.

—Je ne peux pas. Je commence à travailler à six heures aux lavoirs.

—Ça m'est égal, je me lève pour coudre vers quatre ou cinq heures du matin.

—Aurora, ne joue pas avec le feu. Je ne peux pas dormir avec toi comme si de rien n'était.

—Juste cette nuit. Au cas où on te demanderait où tu étais, répondit Aurora, faisant mine d'ignorer ce qu'elle savait depuis longtemps.

Ramona secoua la tête.

—Reste chez toi, et moi chez moi. Je m'occupe de mes problèmes toute seule, comme je l'ai toujours fait.

La charbonnière rentra chez elle, consciente que ce dont le village n'avait vraiment pas besoin, c'était qu'on alimente encore la rumeur selon laquelle il y avait plus que de l'amitié entre elles, et ce, le soir même où elle avait tué Frutos avec le tisonnier de la cuisine. Ramona ne put dormir cette nuit-là, pas parce qu'elle avait tué quelqu'un pour la deuxième fois de sa vie, mais à cause du souvenir du corps chaud d'Aurora dormant à ses côtés.

10

Ana, 2013

La Toussaint de mon enfance ne ressemblait en rien à l'Halloween de mes enfants.

Je me souviens du Jour des morts comme d'un moment très solennel. Chaque 1er novembre, ma mère et moi prenions le train jusqu'à Turón, le village où elle avait grandi et où je ne me rendais qu'une fois par an.

Deux jours avant, ma mère allait nettoyer les tombes de mon grand-père et de mes arrière-grands-parents. Elle enlevait la saleté accumulée pendant l'année, leur rendant leur teinte blanc grisâtre de pierre naturelle, et elle y déposait des fleurs fraîches. À l'époque, ma grand-mère Aurora ne faisait pas encore partie de notre vie, embarquée dans son aventure palmarienne du côté de Séville, et nous n'allions au cimetière que toutes les deux. J'avais deux oncles, les frères de ma mère, mais ils ne vivaient pas non plus dans les Asturies. Aucun d'eux n'avait voulu entrer à la mine et ils étaient partis à l'étranger, à Stuttgart, en Allemagne, pour travailler dans la métallurgie. L'un s'était lancé en politique et avait terminé leader syndical chez IG Metall, le syndicat de la métallurgie. Il était célèbre là-bas pour avoir défendu les droits des travailleurs étrangers, en tout cas, c'était ce qu'on disait. Il devait bien gagner sa vie, car il revenait chaque été dans une Mercedes plus grosse que l'année précédente et il s'était acheté une villa en bord de mer, sur la plage, à l'époque exclusive, de Salinas, près d'Avilés. Je ne les voyais que parfois au mois d'août, à leur retour de vacances, lorsque ma mère organisait un déjeuner à Gijón. Pour moi, c'étaient deux étrangers. En revanche, mon grand-père Paulino et mes arrière-grands-parents Frutos et Olvido, que je n'avais jamais connus, vivaient dans des souvenirs inventés dans ma mémoire grâce aux histoires que me racontait ma mère et à cette visite annuelle à l'endroit où ils étaient enterrés : mes arrière-grands-parents dans une tombe au centre du cimetière, et mon grand-père à une extrémité, avec ses propres parents. Chaque année, ma mère se demandait ce qu'elle devrait faire lorsque ma grand-mère Aurora mourrait : l'enterrer avec ses parents ou déplacer mon grand-père Paulino pour qu'il repose aux côtés de sa femme. Cette préoccupation semblait si importante pour ma mère que, même si je ne la comprenais pas tout à fait, je la partageais avec elle et essayais de proposer des solutions.

—Que veut grand-mère ?

—Qu'on la brûle et qu'on jette ses cendres dans la rivière Turón, répondit ma mère, impassible.

—Et pourquoi est-ce qu'on ne respecte pas sa volonté ? l'interrogeai-je, me sentant concernée par cet avenir inévitable qui inclurait le décès de ma grand-mère.

—Parce que ce n'est rien d'autre que l'une de ses folies, chérie. Personne ne fait ça avec ses morts. Même pas avec ta grand-mère, déclara ma mère.

J'arrêtai alors d'insister.

Petite, j'adorais jouer entre les tombes et arracher l'herbe qui, avec l'humidité du Nord, recouvrait lentement chaque recoin si personne ne freinait sa progression lente et constante. Ma mère avait l'habitude de me mettre une robe élégante, cousue spécialement pour l'occasion, et des souliers vernis qui, dans la boue que devenait le cimetière à cause de la pluie automnale qui tombait le jour même ou les jours précédents, finissaient dans un sale état pour la visite aux grands-parents. Mais cela n'avait pas d'importance, car les morts ne se soucient pas de ces choses-là.

Mon père ne nous accompagnait jamais. Le même jour, il apportait des fleurs à ses parents au cimetière du Salvador à Oviedo, puis rentrait directement à la maison. Il aurait eu le temps de nous accompagner ensuite, mais il n'aimait pas la région minière, et encore moins le fait que ma mère s'arrête tous les deux mètres pour bavarder avec des femmes qui ne s'intéressaient pas du tout à lui.

Les conversations se répétaient constamment : à quel point je ressemblais à ma grand-mère Aurora et les derniers événements sociaux du village, qui se résumaient à des mariages, des baptêmes et des enterrements.

— C'était qui, celle-là ? demandais-je à ma mère après chaque arrêt.

— Une voisine, répondait-elle généralement.

Après la messe au cimetière, nous allions déjeuner chez son amie Florita, où sa grand-mère Herminia, une vieille dame qui semblait sortie tout droit d'un film de gentilles sorcières, nous avait préparé un ragoût asturien et du riz au lait. Elle nous tirait ensuite les cartes. Je l'adorais, et ma mère encore plus. Avant de partir, il nous restait une dernière tâche : passer chez ma grand-mère Aurora pour vérifier que tout était en ordre. Fermée, sale et pleine de poussière, cette maison avait quelque chose de fantomatique.

— Montre-moi ta chambre, maman, lui demandais-je chaque année.

— Encore ? protestait-elle, tout en me conduisant à l'étage.

La chambre de la petite fille qu'avait été ma mère était minuscule et ne contenait qu'un lit avec une armature en fer noir, une table de chevet en bois, une chaise et une armoire également en bois, très sombre, avec une seule porte. Deux choses attiraient mon attention : la hauteur du lit et le fait que cette chambre ne ressemblait en rien à la mienne.

— Tu n'aimais pas le rose ? Tu préférais ce gris si laid ? la questionnais-je avec l'innocence de l'enfance, car je ne pouvais pas concevoir qu'une petite fille n'ait pas une chambre comme la mienne, rose et pleine de dentelles, de volants et de peluches.

— Je ne me souviens pas, chérie, c'était une autre époque, me disait-elle.

Ma mère me manquait en ce jour de Toussaint de 2013. Je savais que ce n'était pas une bonne journée pour elle. La tradition avait changé. Ce jour-là, elle resterait à Oviedo et irait rendre visite à mon père dans le columbarium de la basilique San Juan, où reposaient ses cendres. La veille, elle était allée au cimetière de Turón pour nettoyer les tombes et mettre des fleurs fraîches, mais c'était la première année qu'elle laissait son père seul pour être avec son mari.

Pendant que je me maquillais le visage en blanc et violet devant le miroir de ma salle de bains – qui m'était réservée, car depuis que nous avions déménagé dans cette grande villa à La Finca, Carlos et moi ne partagions même plus la salle de bains –, je me rendis compte que cela faisait plusieurs jours que pas cinq minutes ne passaient sans que je pense à elle. Peut-être parce que je repensais à ses hésitations sur l'endroit où enterrer grand-mère Aurora, et qu'il me semblait de plus en plus probable que ce soit finalement Aurora qui doive décider où enterrer ma mère, vu qu'elle n'avait aucune envie de mourir.

Ce soir-là, ma fille Alba avait l'intention d'emmener « bisa », comme elle l'appelait – pour *bisaïeule* – à la très chic fête d'Halloween de mes beaux-parents. L'idée me paraissait assez malvenue, mais je ne pouvais que me réjouir d'avance en imaginant la tête que ferait Paloma en la voyant débarquer. Pour la première fois depuis des années, j'avais envie d'assister à une fête organisée par ma belle-mère.

AGUEDA, 2013

Le même cancer qui avait emporté la brillante intelligence de Steve Jobs, le charisme de Patrick Swayze et la voix prodigieuse de Luciano Pavarotti mit fin à la vie de Jesús, laissant Agueda seule, veuve, et de nouveau envahie par ce sentiment d'être seule au monde qu'elle avait connu avant de se marier.

Durant les derniers jours d'agonie, elle ne sentit pas ce vide dans son cœur. Pas même le jour de l'enterrement, alors qu'elle était entourée d'Ana, d'Alba, de Carlos et de nombreuses anciennes élèves venues la soutenir. Même les beaux-parents de sa fille et Aurora elle-même firent le déplacement depuis Madrid. Tant de monde était présent que l'église San Juan – la plus grande après la cathédrale, et celle où, quatre-vingt-dix ans plus tôt, le roi Alphonse XIII avait tenu le rôle de parrain pour le commandant Franco lors de son mariage avec Carmen Polo – débordait, et on ouvrit les portes pour que les gens puissent suivre la messe depuis l'extérieur.

Une semaine plus tard, après le départ d'Ana, Agueda resta seule. Le silence envahit la maison et s'infiltra dans son âme. Elle s'assit sur une chaise, et comprit alors à quel point elle se sentait perdue.

Sans atelier de couture, sans élèves, sans Jesús, son appartement de la rue San Bernabé, situé au deuxième étage du bâtiment, lui paraissait gigantesque. Sa mère, qui vivait depuis deux ans déjà dans une maison de retraite à Madrid, ne lui manquait pas, ni Ana, car à force de ne pas la voir, elle s'était habituée à son absence dans sa routine. Celle qui lui manquait, en revanche, c'était Florita, après qu'elle eut été emportée par un infarctus. Comme le diagnostic était déjà tombé pour Jesús, occupée qu'elle était avec la chimio, les vomissements et les soins, elle n'avait même pas eu l'occasion de la pleurer. Continuer à vivre dans un monde dans lequel il ne lui restait rien d'autre à faire que d'attendre la mort n'avait pas de sens, même si, d'après le médecin, rien ne semblait indiquer qu'elle en soit proche. À ce moment-là, la vie lui semblait absurde.

Les jours précédents, prise dans le tumulte du deuil, Agueda avait refusé à de multiples reprises la proposition d'Ana de venir vivre à Madrid avec elle.

—Qu'est-ce qu'il te reste dans les Asturies, maman ? Tu vas être très seule. Et si tu as besoin de quelque chose ?

—Je connais beaucoup de monde, chérie, tu l'as bien vu à l'enterrement de ton père.

—Tu le dis toi-même, maman : tu *connais* des gens, mais tu n'as ni amies ni famille.

—J'ai mes frères à Gijón depuis qu'ils sont à la retraite.

—Et combien de fois les vois-tu par an ? Deux, trois ? Allez, six, si on exagère. Ils ont beaucoup en commun, ils ont passé leur vie ensemble, mais avec toi ? Après quarante-cinq ans en Allemagne ?

Après plusieurs heures assises sur sa chaise à repenser à cette conversation avec sa fille, Agueda trouva une nouvelle mission. Cela faisait longtemps qu'elle trouvait Ana éteinte, triste, de plus en plus maigre chaque jour. Elle se demanda depuis combien de temps elle n'avait plus entendu sa fille rire. Elle fit les calculs et, une fois qu'elle eut les idées claires, prit la décision de vendre son appartement à Oviedo et d'en acheter un à Madrid. Proche d'Ana, mais elle ne voulait pas s'imposer chez sa fille, car les vieilles femmes, c'est ennuyeux, et ce n'est qu'après les funérailles que les choses qui nous embêtaient laissent place aux bons souvenirs et que les mauvais s'effacent.

Elle n'emporta même pas la machine à coudre dernier cri qu'il restait à l'atelier parce qu'Ana avait toujours chez elle la vieille Singer, et elle était certaine qu'elle accepterait de la lui rendre pour les trois ou quatre retouches qu'elle aurait encore à faire. *Elle doit en avoir marre de ce vieux truc. Les riches aiment les choses des pauvres, mais juste pour faire bonne figure*, pensa-t-elle avant de se coucher. Elle avait à présent un plan pour le reste de ses jours. Rien que l'idée d'être proche de celle qui restait toujours sa petite fille lui réchauffa le cœur.

AGUEDA, 1951

La présentation d'Aurora, vêtue de l'uniforme de la Phalange, devant Franco, lui valut suffisamment de commandes pour que son foyer puisse vivre sans connaître la misère pendant les années qui suivirent, et même pour économiser un peu d'argent. Les amies de doña Pilar prirent goût à se faire confectionner leurs tenues par la charbonnière de Franco. Les commandes commencèrent à s'enchaîner et Aurora pédalait sur sa Singer tous les jours et de nombreux soirs. Les jumeaux étaient gardés par la voisine, et Agueda, à seulement sept ans, se retrouva chargée d'une bonne partie des tâches domestiques. Aurora put alors se désengager des obligations familiales et s'enfermer dans son petit atelier de couture. Elle engageait de temps à autre une élève méritante du Service social comme assistante, mais dès qu'elles apprenaient le métier, elles prenaient leurs propres commandes et s'en allaient, alors Aurora devait tout recommencer. Elle cousait bien, ses clientes lui restaient fidèles et de nouvelles arrivaient régulièrement, mais elle manquait de temps pour honorer toutes les demandes, et cela la rongeait de voir ces revenus lui échapper. Jusqu'au jour où Paulino tomba malade et où elle dut dépenser toutes leurs économies dans un traitement qui ne servit à rien. Aurora toucha une pension de veuve, bien insuffisante pour élever trois enfants. Même si elle cousait dix-huit heures par jour, elle ne pouvait à elle seule répondre à toutes les commandes nécessaires pour faire vivre la famille. Elle dut donc prendre des décisions : ses fils étaient trop petits pour aller à la mine, et, même si Agueda n'était pas très habile avec une aiguille et du fil, elle allait bientôt avoir dix ans, alors c'était la meilleure option. Elle devait avoir plus de clientes, plus de commandes, ce qui requérait de l'aide bon marché, de préférence gratuite. En plus, elle voulait que sa fille apprenne à coudre, car si elle, malgré sa beauté, n'avait pas réussi à épouser mieux que Paulino, Agueda, qui était si laide, n'allait pas avoir la tâche facile.

La nouvelle de devoir quitter l'école pour commencer à coudre avec sa mère prit Agueda par surprise. Ce qui la bouleversa le plus, ce ne fut pas tant le changement de programme que la solitude qu'elle entrevoyait. Aucune option ne lui convenait : elle n'aimait pas l'école, mais elle n'aimait pas non plus coudre, et encore moins passer du temps avec sa mère. En l'absence de son père, son seul réconfort était son amie Florita, et si elle laissait tomber l'école, Florita risquait de se lier à une autre et de l'abandonner à jamais.

—Il va falloir que tu apprennes vite et que tu sois minutieuse parce que mes clientes sont très exigeantes. Nous ne pouvons pas les décevoir, et moi toute seule, je n'arrive pas à tout faire.

—Mais si je ne vais pas à l'école, je vais devenir idiote, protesta Agueda, désespérée à l'idée de perdre Florita.

—Les femmes n'ont pas besoin de savoir plus que lire, écrire et compter, car on ne nous laisse rien faire d'autre, alors à quoi ça sert de continuer ?

—J'adore l'école, mentit Florita.

—Et moi, je voudrais être riche mais, comme tu vois, je suis couturière. Et encore, j'ai échappé de justesse au métier de charbonnière. On a besoin d'argent. Ton père est mort. De quoi crois-tu qu'on va vivre ? Estime-toi heureuse que je ne t'envoie pas ramasser du charbon dans les déblais toute la journée pour le revendre pour une bouchée de pain. Tu commences dès demain.

Herminia apporta une solution à l'angoisse d'Agueda.

Cet après-midi-là, Agueda arriva en larmes chez elle pour prévenir Florita qu'elle ne retournerait plus à l'école. Quand elle apprit la nouvelle, Herminia consola l'enfant, puis, une idée en tête, laissa sa petite-fille s'occuper de son amie et alla chercher son jeu de cartes. Elle les étala au nom d'Aurora et un Trois de Deniers qui ouvrait la partie, suivi d'un Valet de Deniers juste en dessous, mit Herminia sur une piste.

Cette nuit-là, elle ne cessa de se retourner dans son lit, jusqu'à ce que, le lendemain, elle se rende chez Aurora.

— Quelle visite inattendue ! Entrez, entrez, dit Aurora, dans l'espoir que la vieille dame s'en irait rapidement. Vous arrivez à un moment où j'ai plein de travail. J'apprends à Agueda à coudre, voyez-vous.

— Alors je ne pouvais pas mieux tomber. Je ne prendrai pas beaucoup de votre temps. Au contraire, je compte justement vous en faire gagner.

— Je vous écoute.

Herminia sortit de chez Aurora avec un panier de vêtements à découdre et à repasser en plus de l'engagement de la couturière d'enseigner la couture à Florita comme elle allait le faire avec Agueda. Dans un premier temps sans salaire, puis elles conviendraient ensuite de la valeur du travail de la fillette.

Florita arriva le lendemain, heureuse d'être avec son amie, mais très triste de ne pas continuer l'école. Elle, elle aimait bien les mathématiques, l'histoire et la géographie.

Aurora remarqua tout de suite que Florita n'avait aucun talent pour la couture, mais elle n'arrêta pas pour autant d'essayer de lui inculquer l'art de faire des points droits, ce qui lui valut une flopée de tapes derrière la tête, de gifles et de coups sur les mains, tout comme à Agueda. Aurora, ne voulant pas perdre sa fille de vue, avait en effet cessé de l'enfermer dans le garde-manger et adopté une nouvelle méthode de punition rapide, qui ne nécessitait pas que les fillettes cessent de travailler.

Ana, 2013

Vingt-huit ans, cinq enfants à eux deux, chacun un mariage et lui un divorce fut le temps qu'il fallut à Ana et César pour se revoir, et cela se produisit après la mort de Jesús.

Cet été-là, Carlos et Alba allèrent à Sotogrande et Ana emmena les garçons à Gijón pour passer les vacances avec sa mère. Agueda était décidée à déménager à Madrid, mais elle devait d'abord régler ses affaires dans les Asturies.

—Pourquoi tu ne garderais pas cet appartement, chérie ? Si on vend celui d'Oviedo et celui-ci, plus rien ne te rattachera à tes origines. D'après ce que m'a dit l'agence, la somme que je pourrais tirer de celui d'Oviedo suffirait pour m'acheter un petit appartement près de chez toi. Enfin, quand je dis « proche », c'est une façon de parler, parce que je devrai venir te voir au bus, vu que là-bas, tout est loin, et les prix ! Et encore, tu vis en banlieue. J'aurais presque intérêt à aller dans une maison de retraite comme ta grand-mère.

—Il n'en est pas question, maman. Je comprends que tu préfères avoir ton chez-toi que de vivre avec moi, mais dans une maison de retraite, c'est non. Et cet appart, tu le gardes pour venir en été. À Madrid, il fait une chaleur épouvantable.

—Et qu'est-ce que je ferai ici si tu ne viens pas avec les enfants ? On est si bien pour le moment. Dommage qu'Alba ne soit pas là.

—Il n'y a plus que Jesús qui voyage avec plaisir avec moi, et ça ne va pas durer. Carlos est venu à contrecœur et Alba ne veut pas entendre parler de moi. Elle est à Cadix avec ses copines, à s'afficher fièrement comme féministe progressiste.

—Ça lui passera, va. C'est de son âge.

—Je n'ai jamais fait ce genre de choses.

—Tu en as fait d'autres. Quel choc tu nous as fait quand tu t'es amourachée de ce garçon en fauteuil roulant ! Même si, il faut le reconnaître, tu as toujours été une gentille fille.

Ana ressentait encore de l'humiliation face au mépris qu'avait eu la mère de César envers elle. Même si elle ne rougissait plus à chaque fois qu'elle y pensait, ses joues s'échauffaient toujours.

—Ne me le rappelle pas, maman, je ne veux pas parler de ça.

—Et si on se tirait les cartes ? Elles vont peut-être nous dire quoi faire.

—Allez, d'accord. Pourquoi pas ?

Après quelques tirages, Agueda prédit à Ana de nombreuses retrouvailles après tant d'années sans avoir passé l'été entier là-bas. Et elle ne se trompait pas.

Ana sortit se balader pendant qu'Agueda préparait des crêpes au chocolat à ses petits-enfants, espérant que l'odeur d'une douceur chaude les ferait lâcher la console qu'ils avaient branchée sur la télé du salon et qu'ils n'avaient pas quittée depuis leur arrivée. Ana n'appela personne. Elle n'avait pas le numéro de celles qui avaient été ses amies adolescentes, et de toute façon, elle n'aurait pas su quoi leur dire. Elle voulait simplement parcourir les lieux de cette jeunesse qui semblait si lointaine à présent, et bien plus sympathique que lorsqu'elle la vivait. Elle arriva à la Cuesta del Cholo et les gens qu'elle y croisa lui semblèrent extrêmement jeunes, même s'ils ne l'étaient pas plus qu'elle à l'époque où elle fréquentait l'endroit. Elle parcourut la route des vins avec la même impression, puis la promenade du Muro parmi les couples plus âgés et les retraités qui faisaient leur balade du soir, puis elle atteignit l'escalier 13. Là, sur un banc en bord de mer, elle tomba sur Cova – l'ancienne amie qu'elle avait le moins envie de voir. Surprise, joie hypocrite jusqu'à être exagérée, bises et accolades accompagnèrent leurs retrouvailles.

— Quand les autres vont l'apprendre !

— Tu es toujours en contact avec Marta et Angela ?

— Bien sûr, voyons. Et si on ne t'a plus vue, c'est parce que tu ne voulais pas. Depuis que tu t'es mise avec ton friqué, t'as plus voulu entendre parler de tes copines prolétaires.

— Ne dis pas ça, ce n'est pas ce qui s'est passé…

— Peu importe, maintenant, tu n'as plus d'excuses. Cette semaine, on passe du temps ensemble. À voir si Angela peut nous caler dans son agenda, elle vient tout juste de divorcer et elle est en mode fiesta non-stop, tu vois le genre.

— Tu sais ce que devient César ?

Cova la regarda avec surprise.

— Bien sûr. Pourquoi ?

Ana haussa les épaules avant de répondre.

— J'aimerais lui parler.

— Attends, je te passe son numéro. Je dois filer, ma fille m'attend et je suis à la bourre. Je t'appellerai pour qu'on se voie, d'accord ?

Ana resta un instant à fixer le numéro de César dans ses contacts tandis que Cova s'éloignait à la hâte. Elle ouvrit son sac pour y ranger son portable, puis, quelques secondes plus tard, elle le sortit à nouveau. Le cœur battant, elle écouta la première sonnerie, puis la deuxième, et alors qu'elle s'apprêtait à raccrocher après la troisième, une voix qu'elle aurait reconnue entre mille répondit.

Une heure plus tard, César l'attendait dans un café juste à côté de son immeuble, un bâtiment récent situé près de la place du Parchis, en plein centre-ville.

En le voyant, une vague d'émotion la submergea. Le fauteuil roulant n'avait rien enlevé à la beauté de César – il était toujours aussi séduisant. Il s'était mis au triathlon et concourait dans le monde entier en catégorie paralympique. Même ses cheveux étaient toujours de ce roux flamboyant et, comme c'était souvent le cas avec cette couleur, il n'avait pas un seul cheveu blanc.

César avait obtenu un poste d'ingénieur dans la fonction publique des Asturies, était père de deux adolescentes et divorcé. Il était aussi ravi de la voir.

—Deux filles ? demanda Ana. Tu peux ? Je veux dire, est-ce que tu…

César éclata de rire et Ana retrouva l'étudiant séduisant et joyeux dont elle se souvenait. Seules quelques rides au coin des yeux trahissaient le passage du temps.

—Tu veux savoir si je peux fonctionner au lit ?

Ana rougit et César se remit à rire.

—Oui, je peux. Les médecins ont réglé ce problème. Et pour les filles, on est passés par une clinique.

—Je suis heureuse pour toi.

—Tu veux monter chez moi ? On peut commander quelque chose à manger. Ou si tu préfères, on peut essayer de réserver quelque part, mais tu sais ce que c'est, un samedi soir d'août à Gijón, pas facile de trouver une table libre… J'aimerais continuer à discuter avec toi. On a plein de choses à se raconter.

Ce soir-là, Ana trompa Carlos et retomba amoureuse de César en à peine quelques heures, comme lorsqu'elle était adolescente. Elle rentra à pied chez elle, tard dans la nuit, et les trottoirs lui semblèrent légers, comme si elle marchait sur des nuages.

Agueda l'attendait, éveillée et inquiète.

—Ana, ma chérie, j'en suis déjà à ma troisième tisane ! Pourquoi ne m'as-tu pas prévenue ? Et regarde ton maquillage, tout a coulé… Qu'est-ce qui s'est passé ?

—Rien de mal, maman. Va te coucher, il est tard.

—Mais enfin, qu'est-ce que tu manigances ? protesta-t-elle alors qu'Ana la conduisait dans sa chambre.

Ana ne vit l'appel manqué de Cova et le message WhatsApp qui le suivit qu'après s'être glissée dans son lit, prête à passer la nuit à revivre ses retrouvailles avec César :

Appelle-moi, s'il te plaît. C'est important.

Ana connecta son téléphone à son chargeur et repoussa Cova ainsi que le reste du monde au lendemain, pour enlacer son oreiller et rêver de César.

Ce fut justement un message de sa part qui la réveilla :

On remet ça ?

Ana sourit, reposa le téléphone et se pelotonna sous les draps, bien décidée à traîner un peu au lit avec le souvenir de la veille, mais cette fois, ce fut Cova qui vint troubler l'illusion :

Appelle-moi. Il faut que tu saches quelque chose.

Je viens de me réveiller. De quoi s'agit-il ?

Aussitôt, le téléphone sonna.

—Je suis contente d'enfin arriver à te joindre, dit Cova en guise de bonjour. Je n'ai pas fermé l'œil de la nuit. Tu as appelé César ?

Ana se tut. Elle n'avait aucune envie de partager le moment qu'elle avait passé en compagnie de César avec qui que ce soit, encore moins avec sa moins bonne amie parmi ses copines d'adolescence.

—Écoute, continua Cova, tu fais ce que tu veux, hein, mais je crois que tu devrais savoir que César est l'ex d'Angela.

Ana continua de se taire, mais cette fois, parce que les mots lui manquaient.

—Ana, tu m'entends ? insista Cova.

—Quelle salope ! lâcha Ana.

—Qu'est-ce que tu racontes, enfin ? Tu t'es mariée bien avant eux, et d'ailleurs, tu ne nous as même pas invitées à ton mariage. En plus, toi et lui, ce n'était qu'un amour de vacances… Et c'est toi qui as rompu, alors que lui, il était fou de toi. Il s'est mis avec Angela des années plus tard. Je voulais simplement que tu le saches puisque tu m'as demandé le numéro de César hier… Ce n'était sûrement pour rien, mais bon. C'était juste pour que tu le saches. J'espère que ça ne va pas gâcher nos plans de sorties toutes ensemble.

— Écoute, Cova, laisse tomber. Je n'ai pas envie de vous voir. C'était une erreur, dit Ana avant de raccrocher, coupant la parole à Cova.

Elle envoya ensuite un message sec à César :

Va te faire foutre.

César l'appela, encore et encore, mais Ana ne répondit pas. Ni ce jour-là ni le suivant. Ni jamais. Elle rentra à Madrid et pria pour que Carlos n'apprenne jamais son aventure à Gijón.

AURORA, 1955

Aurora mit cinq ans à économiser suffisamment d'argent afin d'acheter la Vespa qui allait susciter commentaires, jalousies et commérages dans tout le voisinage pendant des mois.

Si la mort de Paulino l'avait plongée dans la précarité économique, elle qui élevait désormais seule ses trois enfants, elle avait aussi apporté une chose positive : elle pouvait conduire et acheter une moto sans avoir besoin de l'autorisation de son mari. Aurora n'était pas la seule femme à posséder un permis de conduire, loin de là, mais elles restaient peu nombreuses, bien que plus de vingt-cinq ans se soient écoulés depuis que la première femme l'eut obtenu. Elle n'était pas non plus la seule à avoir une Vespa dans les Asturies, mais bien dans son village.

Quand elle circulait à moto, un foulard noué sur la tête pour ne pas se décoiffer et sa jupe soigneusement maintenue pour éviter que le vent ne lui joue des mauvais tours, les regards se tournaient vers elle, mêlés à quelques insultes au sujet des femmes qui conduisaient et à des marques de stupéfaction : « C'est dans la cuisine qu'elle devrait être, comme une femme digne de ce nom », ou encore : « Où va donc ce pays ? »

Aurora put néanmoins compter dès le départ sur le soutien de doña Pilar, et par conséquent sur celui des membres de la Section féminine ainsi que des clientes les plus rentables qui, qu'elles soient d'accord ou non avec l'achat de la moto, étaient toujours du même avis que doña Pilar. La Vespa lui permettait de gagner du temps et de la liberté, car elle ne dépendait plus des trains – qui couvraient les passagers de suie à tout bout de champ – ni des autocars, d'une grande lenteur à cause des multiples arrêts dans les villages.

Aurora rentrait sa moto dans la cuisine le soir, car elle refusait de la laisser dans la rue, même attachée. En journée, elle la garait dans les bureaux de la Section féminine, avec la permission exceptionnelle de doña Pilar. Cela avait surpris Aurora, persuadée qu'elle ne parviendrait pas à la convaincre facilement.

— Bien sûr que tu la laisses à l'intérieur. Si la Vespa appartenait à un homme, je refuserais, mais si on apprend que c'est la tienne, on risque de te la voler ou de la démolir.

Doña Pilar, pourtant fervente défenseuse des principes selon lesquels une femme ne doit pas montrer son décolleté ni se découvrir les bras, mais est tenue de se consacrer à sa famille et de rester éternellement soumise à l'homme comme si elle était mineure toute sa vie, venait de faire une déclaration qui semblait presque une revendication.

— Merci, doña Pilar, vous êtes vraiment bonne avec moi.

— Tu ne t'en rends compte que maintenant ?

Aurora hésita.

—Je veux dire… commença-t-elle, mais aucun mot ne sortit de sa bouche.

—Cela fait des années que je te protège, car je suis mère aussi et que tes enfants me font de la peine. Si j'avais voulu me débarrasser de toi, tu serais allée en prison pour adultère, ou pire. Et si je ne m'étais pas occupée de toi, tu aurais vécu dans la misère à coudre pour tes voisines, sans être sûre qu'elles puissent te payer. Tu aurais envoyé ta fille ramasser le charbon dans les déblais et les garçons à la mine dès qu'ils en auraient eu l'âge. Mais je ne l'ai pas fait pour toi, je l'ai fait pour Agueda. Je ne voulais pas que mon mari me reproche que sa bâtarde ait dû descendre à la mine par ma faute. Maintenant, elle me doit ce service pour toute la vie.

—Votre mari ? demanda-t-elle, bouche bée.

—Ne fais pas semblant de ne pas comprendre, nous savons toutes les deux de quoi je parle. Et si ça te surprend que je sois au courant, n'oublie pas que les époux ont reçu de Dieu la mission de s'entraider.

Aurora se tut à nouveau, non pas parce qu'elle ne trouvait pas les mots, mais parce que doña Pilar avait raison : sa vie aurait été très différente si elle ne l'avait pas fait entrer dans la Phalange. Et si son mari et elle avaient accepté l'idée qu'Agueda était la fille de Ferino sans poser de question à la seule personne qui pouvait en être certaine, elle n'avait aucune intention de les détromper. Et encore moins tant qu'elle continuait à tirer profit de cette absurde croyance, que Frutos avait sortie de son chapeau – ou plutôt des oreilles décollées d'Agueda.

AURORA, 2013

La fête d'Halloween des Fresno était organisée sous prétexte de faire plaisir aux enfants, de la famille ou autres. Ils avaient leur propre salle au rez-de-chaussée de la villa des Fresno, avec un goûter, du maquillage, un château gonflable et des animateurs, le tout décoré comme une maison hantée pour enfants. Pendant ce temps, les adultes participaient à une fête digne de ce nom dans l'immense salon de l'étage principal. Avec plus de quatre-vingts invités adultes, c'était l'occasion idéale de conclure les derniers accords et d'atteindre les objectifs de l'année, tandis que les déguisements étaient un moyen très pratique pour engager la conversation.

Comme toujours, Ana accompagnait Paloma pour accueillir les invités. Si Ana avait une qualité aux yeux de sa belle-mère, c'était de bien présenter. Elle avait une de ces beautés classiques qui suscitent l'admiration sans éveiller le désir et des manières inoffensives, et représentait à la perfection la famille. Cependant, ce soir-là, Paloma n'était pas satisfaite de sa belle-fille.

—Je peux savoir ce qui t'a pris de t'habiller comme ça ?

—C'est Halloween. Je suis déguisée en mariée cadavérique, se justifia-t-elle.

—Tu as l'air ridicule. Tu ne laisses rien à l'imagination avec cet accoutrement dénudé, sans parler de ton visage et de tes cheveux qui sont un vrai désastre avec toute cette peinture blanche et ce crêpage. Tu vois quelqu'un d'autre habillé comme ça ? Tu n'as plus quinze ans !

—Je suis désolée, répondit Ana. Si vous préférez, je me mêle aux invités.

—Il n'en est pas question. Tu restes ici, les hommes ont une affaire importante à conclure ce soir.

—Ah oui ? Carlos ne me raconte jamais rien.

—C'est aussi quelque chose qui se mérite.

Si Paloma était déjà mécontente d'Ana, son expression se tordit autant que le lui permettaient les traitements au botox et au collagène quand Alba apparut avec Aurora et son ami Fernando.

—Regarde, mamie, j'ai convaincu bisa de se déguiser, dit Alba en désignant Aurora qui, au lieu de ses habituelles robes informes colorées qui lui tombaient jusqu'aux chevilles pour masquer son obésité, portait une version noire avec une sorte de ceinture rouge autour de la taille.

— Et elle est censée être quoi ? questionna Paloma, horrifiée par la vision d'Aurora qui ressemblait à un cafard géant avec un nœud de paquet-cadeau.

— Ben, ça se voit pas, mamie ? Une cardinale ! C'est stylé, non ?

Paloma faillit se signer, mais elle se retint.

— Et toi ? demanda-t-elle à Alba.

— Je suis Harley Quinn.

— C'est qui, celle-là ?

— La lesbienne la plus génialissime des films Batman, qui met la pâtée au vieux riche coincé qui se déguise en chauve-souris.

Ana retint un fou rire et Paloma, qui ne voulait rien entendre de plus, s'écarta pour les laisser passer.

— Quel Halloween vous allez me faire passer, reprocha-t-elle à sa petite-fille. L'année prochaine, c'est moi qui choisis vos costumes.

— Eh bien, sois contente, mamie, j'ai failli venir déguisée en Poison Ivy.

— En quoi ? demanda Paloma à Ana alors que le trio étrange s'éloignait à la recherche d'un endroit où Aurora pourrait s'asseoir.

— Alors, elle est pas géniale, la fête d'Halloween chez ma grand-mère ? dit Alba à Aurora.

— Halloween, mon œil ! Chez nous, c'était l'Amagüestu ! Je célébrais la Toussaint chez mes grands-parents, à griller des châtaignes sur le feu et à creuser des citrouilles. On mettait des charbons ardents dedans et ensuite on se barbouillait le visage de noir. Surtout les gosses, mais pas que, beaucoup d'adultes aussi. Et on se goinfrait de châtaignes. Avec l'excuse que chaque châtaigne libérait une âme du purgatoire pour l'envoyer au paradis, alors hop, on en mangeait ! Parce qu'à l'époque, on manquait de tout. Bien sûr, comparé à l'après-guerre, c'était une époque d'abondance. Et maintenant, les curés disent que c'est une mode qui vient des États-Unis ? Eh ben, faut croire qu'ils ont la mémoire courte, hein !

—Et vous vous déguisiez ?

—Non, ça non, et encore moins en morts comme ta mère aujourd'hui. Elle est affreuse. J'ai déjà vu assez de morts dans ma vie pour que ça me plaise.

—Pourtant, t'as aussi vu pas mal de curés, et regarde comme la soutane te va bien, plaisanta Alba en riant.

—Oui, mais aux curés, je dois beaucoup. J'en ai cousu un paquet, de ces trucs, dit-elle en soulevant le tissu ample. Tu vois comme je m'en sors encore bien ?

—Vous l'avez cousue vous-même ? questionna Fernando, de plus en plus impressionné par l'arrière-grand-mère d'Alba.

—Avec la Singer que ma mère a dans le salon en déco, expliqua Alba. Tu devrais voir comme elle gère encore la pédale !

—Et encore, si j'avais une machine moderne ! La Singer, elle est bonne pour la casse. Mais si ta mère me l'avait dit, je lui aurais fait un vrai costume. Regarde-la, toute pleine de sang dans ce costume riquiqui. Comme s'il n'y avait pas assez de sang exposé dans le salon de son manoir ! Cela dit, à côté de cette baraque, la sienne fait pâle figure, ajouta Aurora en regardant autour d'elle.

—De quoi parles-tu, bisa ? Quel sang ?

—Rien, ma p'tite, rien. Des vieilles histoires.

Alba trouva un endroit confortable où Aurora pourrait s'asseoir dans un fauteuil et la laissa en compagnie de Fernando pendant qu'elle allait chercher un serveur pour leur apporter des boissons et s'assurer qu'on n'oublie pas de passer par là avec les plateaux de nourriture.

—Et qu'est-il arrivé à ce… Ama… ? commença Fernando avant de préciser, face à l'expression perplexe d'Aurora : Cet Halloween asturien.

—L'Amagüestu.

—Vous avez arrêté de le célébrer ?

—Oui, après qu'une bombe a tué ma grand-mère alors qu'elle faisait la queue pour acheter du pain pendant la révolution asturienne et que mon grand-père est décédé quelques mois plus tard. Je n'ai jamais su s'il était mort de faim, de chagrin ou de solitude. De faim, sans doute, parce qu'après le départ de ma grand-mère, il s'est assis sur une chaise et a refusé de manger. Puis Franco est arrivé et les curés ont interdit l'Amagüestu, sous prétexte qu'il fallait célébrer la Toussaint en allant à la messe et en apportant des fleurs au cimetière. Alors, on a troqué les feux de camp et les citrouilles contre les chrysanthèmes sur les tombes de mes grands-parents. Enfin, quand on avait de quoi en acheter, bien sûr. Ce qu'on a continué à faire, par contre, c'est griller des châtaignes, jusqu'à ce que…

Soudain, comme si elle avait eu un court-circuit dans le cerveau, Aurora mit fin à la conversation :

—Tu m'embrouilles, Fernando. Je ne veux pas parler de cette époque, alors arrête de me poser des questions et concentre-toi sur Alba parce qu'avec ta tête de petit curé progressiste, tu vas la perdre.

—Mais Alba et moi, on est juste amis. Elle vous a déjà dit qu'elle préférait les filles… répondit Fernando, un peu contrarié par la conclusion de l'arrière-grand-mère.

—Moi, je crois qu'elle dit ça par esprit de contradiction, ça changera avec l'âge. À moins qu'elle aille vraiment au lit avec une fille à faire leur truc de ciseaux, là ?

—Aurora ! s'offusqua Fernando, éclatant de rire malgré lui. Si la grand-mère d'Alba vous entendait…

—Je m'en fiche comme de l'an quarante, de cette Paloma. On dirait qu'elle a avalé un de ces bambous qu'elle a plantés partout dans le jardin, on se croirait dans la cage de ChuLin !

—Qui ça ? questionna Fernando.

—Le panda du zoo. Mais dans quel monde vis-tu ? s'étonna-t-elle avant de s'apercevoir que ChuLin était mort peu après la naissance de Fernando. Vous êtes jeunes, mes enfants, si jeunes ! Bref, je m'égare, Alba te plaît ?

—Bien sûr, tout le monde aime bien Alba, répondit-il, un peu gêné.

—Eh bien, si tu ne te comportes pas plus comme un homme, tu ne risques pas de tremper ton biscuit !

—C'est très ringard, ça.

Aurora et Fernando mirent fin à leur discussion lorsqu'ils virent Alba approcher avec un plateau rond surmonté de trois coupes de champagne.

—Du vrai champagne français, bisa. Tu vas voir, tu vas adorer.

AGUEDA, 1956

Depuis qu'Agueda et Florita avaient commencé à coudre avec Aurora, il était évident que la première se débrouillait bien avec le faufilage, les finitions et les surpiqûres, et qu'elle n'aimait pas l'effronterie de sa mère. Florita, en revanche, dont la seule préoccupation était de ne pas contrarier Aurora pour éviter de recevoir un coup sur la tête, une fois qu'elle eut compris que les femmes instruites n'intéressaient personne, trouva qu'abandonner l'école était une bonne idée, même si son manque de talent fut vite apparent. Il fallait défaire et refaire ses coutures trois fois, si bien qu'Aurora l'écarta des étoffes les plus délicates pour la cantonner aux tâches secondaires et aux broderies, avec lesquelles elle s'en sortait un peu mieux.

Les problèmes commencèrent lorsque, à quinze ans, Florita devint le cygne qu'elle était destinée à devenir : ses formes maladroites s'épanouirent en un corps élancé et harmonieux, sa poitrine se développa et une espièglerie ingénue se glissa dans son sourire.

Pour la jeune fille innocente qu'était Florita, se savoir le centre de l'attention des hommes lui offrait une reconnaissance qu'elle n'avait jamais connue jusque-là. Elle répondait aux compliments par des sourires, en dépit des avertissements constants d'Herminia sur les intentions que certains pouvaient avoir envers elle.

Peu d'hommes ne s'étaient pas encore attardés sur Florita dans le village, alors qu'Agueda, de plus en plus ronde, petite et timide, devenait invisible à côté d'elle.

Herminia ne lâchait plus sa petite-fille d'une semelle. Elle l'accompagnait tous les matins chez Aurora et lui ordonnait de ne pas quitter la maison avant qu'elle ne vienne la récupérer.

L'été arriva en Espagne, et avec lui fut lancée la Croisade pour la décence, « en faveur de la pudeur, de la modestie et de la pureté », destinée à freiner l'allègement des tenues et des mœurs pendant les mois les plus chauds. Herminia profita de cette loi pour interdire à sa petite-fille de porter des décolletés ou des manches trop courtes. Le climat tempéré des Asturies n'apportait pas de grandes vagues de chaleur, mais il mettait tout le monde de bonne humeur et encourageait la vie en plein air.

Cette année-là, un concours de costumes pour enfants était organisé lors des fêtes du village, et Agueda et Florita décidèrent de tenter leur chance avec leur propre confection : la première coupait le tissu et cousait, tandis que Florita le brodait. Elles profitaient des moments où les jumeaux étaient à l'école et où Aurora s'en allait en Vespa pour remplir ses obligations auprès de la Phalange et prendre des mesures et faire des essayages chez les clientes qu'elle avait obtenues grâce à doña Pilar.

Pendant ce temps, elles allumaient également la radio pour écouter les péripéties sentimentales des personnages des feuilletons et soupiraient en entendant les amours et les déconvenues d'intrigues plus que mièvres, jusqu'au retour d'Aurora, qui éteignait la radio en leur disant que tout cela n'était que des bêtises, et que le seul amour qui vaille était celui de l'argent.

Pendant les festivités, Agueda et Florita parvinrent à convaincre leur patronne de leur accorder un peu de temps libre pour se promener dans le village et participer à la procession. Les premiers bals eurent lieu, et Herminia, toujours aussi vigilante, veilla à ce que sa petite-fille ne tombe pas dans les bras d'un jeune homme peu convenable ou aux intentions douteuses.

Le jour du concours arriva et les deux amies étaient très nerveuses. Les circonstances jouaient en leur faveur : leur costume était le plus joli et la fillette qui le porterait, une voisine de Florita âgée d'à peine six ans, avait une grâce et un aplomb naturels qui mettaient encore plus en valeur leur tenue.

Le concours avait lieu dans le cinéma, qui occupait désormais l'espace de l'ancien cercle ouvrier de Turón, fermé après la guerre. Le jury était composé de quelques dames de la bonne société, du maire et d'un journaliste d'Oviedo du nom d'Arturo Vereterra, qui relaterait ensuite l'événement dans le journal le plus lu des Asturies. Ce serait une publicité précieuse pour le gagnant. Arturo remarqua Florita et lui adressa un sourire, auquel la jeune fille répondit, troublée par l'attention soudaine de cet homme qui, dans la trentaine, avait le charme hérité de la génétique et l'élégance qui s'achète avec de l'argent.

— Tu as vu le journaliste ? Comme il est beau ! chuchota Florita à l'oreille de son amie.

— Il est un peu trop vieux, répondit Agueda en ricanant.

— Il ressemble à Cary Grant.

— Son costume est très élégant.

Florita contempla l'homme, et quand leurs regards se croisèrent, elle détourna la tête en riant doucement, ce qui n'échappa pas à l'attention du journaliste.

Entre la nervosité du concours et l'émoi de son premier flirt, Florita eut soudain besoin de se soulager. Elle quitta la salle pour aller aux toilettes. Arturo interpréta son geste comme une invitation à s'approcher, alors il la suivit et attendit qu'elle ressorte. Quand il lui adressa la parole, des feux d'artifice explosèrent dans le cœur de Florita.

—Votre costume est magnifique, dit Arturo. C'est mon préféré. Je suis presque décidé à lui donner mon vote.

Elle le remercia, sans se rendre compte de la proposition implicite que contenaient les paroles de cet homme.

—En voyant la beauté de sa créatrice, j'aime encore plus le costume, ajouta-t-il. Je pense que tu as de grandes chances de gagner.

—Le mérite ne revient pas qu'à moi. Mon amie Agueda a créé tout le modèle, moi je n'ai fait que la broderie, répondit-elle, troublée par le compliment.

—Eh bien, maintenant, tu peux rendre la pareille à ton amie en menant le costume à la première place du concours, tu ne crois pas ?

—Bien sûr, mais qu'est-ce que je pourrais bien faire pour ça ?

—Je vais te l'expliquer, dit-il en lui frôlant la poitrine de la main.

Un mélange de peur et d'excitation la paralysa.

—Viens avec moi.

Arturo se plaça derrière elle pour la faire avancer tout en parcourant son dos du doigt.

Agueda, inquiète que Florita ne soit pas encore revenue, partit à sa recherche et tomba sur la scène. Contrairement à son amie, aveuglée par une telle attention, elle comprit les intentions du journaliste immédiatement. Elle écarta Florita de lui et lui lança :

—Espèce de porc ! Elle n'a que quinze ans.

Le costume d'Agueda et Florita ne remporta pas le concours, mais Aurora apprit qu'elles avaient utilisé ses tissus et consacré du temps qu'elles auraient pu employer à avancer sur leur travail pour elle, ce qui la fit entrer dans une colère noire.

D'une gifle, elle mit Florita à la porte.

—Tu ne reviendras pas coudre chez moi, ingrate. Élève des corbeaux, ils te crèveront les yeux !

Agueda ne ferma pas l'œil de la nuit, enfermée dans le garde-manger, morte de peur et de chagrin à l'idée de devoir désormais coudre avec sa mère sans son amie à ses côtés, tandis que Florita bouillonnait d'émotions contradictoires après ce qui s'était passé avec cet homme.

Les supplications d'Herminia pour qu'Aurora reprenne Florita furent vaines.

—Qu'elle couse si elle veut, répondit-elle, mais qu'elle le fasse chez vous. Elle ne remettra plus les pieds chez moi. Et Agueda va être sous surveillance pendant un moment, car ces filles idiotes qui ont toujours eu la vie facile, dès qu'on leur donne un peu de liberté, font des bêtises. Faites travailler Florita comme charbonnière un temps, et vous verrez qu'elle aura retenu la leçon. C'est ce que j'envisage de faire avec Agueda.

—Et si je te rembourse les tissus qu'elles ont utilisés pour confectionner leur costume ? proposa Herminia.

—Ce n'est pas la question. Je ne veux pas de votre argent, vous en avez assez besoin. Je n'ai rien contre vous, au contraire, mais si je ne veux pas que votre petite-fille revienne, c'est parce qu'elle n'est pas douée pour la couture. Et si en plus je ne peux pas lui faire confiance, vous parlez d'une aubaine ! Occupez-la à autre chose ou cherchez-lui un mari rapidement, elle est très jolie et ce sera mieux pour lui assurer un avenir.

ANA, 2013

La seule fois où Ana se soûla en public, ce fut devant sa fille, sa grand-mère et sa belle-mère. Et tous les invités de la fête d'Halloween des Fresno. La désapprobation constante de Paloma à l'égard de son déguisement de mariée cadavérique l'avait rendue nerveuse et elle avait commandé un gin tonic pour se calmer. Le premier la détendit un peu, mais pas suffisamment. Elle commença à se sentir beaucoup mieux après le deuxième, à tel point qu'elle en commanda un troisième. L'estomac vide.

Heureusement pour Ana, Aurora se rendit compte que quelque chose n'allait pas. Depuis le fauteuil dans lequel son arrière-petite-fille l'avait installée, elle pouvait voir Paloma chercher quelqu'un, probablement Ana.

—Aide-moi à me lever, Alba, je veux parler à ta mère.

—Maman doit rester avec les personnes que ma grand-mère et mon père lui indiquent, bisa, laisse-la tranquille.

—Je crains fort qu'aujourd'hui, ça ne soit pas possible. Aide-moi à me lever, vite, je crois que Paloma l'a déjà trouvée.

Aurora rejoignit Ana, mais après Paloma.

—Tu es ivre ? lança-t-elle à sa belle-fille.

—Ça ne va pas mieux, chérie ? demanda Aurora avant de continuer à l'intention de Paloma : Elle a la nausée depuis ce matin et mal au ventre. Elle a chopé un virus. Elle n'a vraiment pas bonne mine.

—Un virus ? dit Paloma d'un ton sarcastique. Il a dû se noyer dans le gin alors, parce qu'elle sent l'alcool à plein nez.

—Qu'est-ce que vous dites, donc ? Ma petite-fille ne boit presque pas d'alcool. Ce n'était sûrement qu'un petit verre pour se réchauffer. Alba, allez, demande à Fernando de nous ramener à la maison.

Elles s'en allèrent sous le regard méprisant de Paloma qui, le lendemain à la première heure, se présenta à la porte d'Ana avec l'intention de lui passer un savon.

Elle ne s'attendait pas à trouver Aurora, vêtue d'une chemise de nuit qui lui arrivait aux chevilles, derrière la femme de ménage qui lui avait ouvert la porte.

—Ana dort toujours, on va l'emmener voir le médecin dans un moment parce qu'elle a eu de la fièvre cette nuit, lui expliqua-t-elle en se mettant dans l'ouverture de la porte pour l'empêcher d'entrer.

—De la fièvre ? Depuis quand la gueule de bois fait faire de la température ?

—Quelle obsession ! Mais qu'est-ce qui vous prend donc ? Si vous avez eu des mauvaises expériences avec l'alcool, c'est votre problème, mais n'allez pas chercher misère là où il n'y en a pas. Ana a attrapé un virus, elle se sent mal et on va la laisser se reposer, c'est compris ?

—Celle qui ne comprend pas, c'est vous.

Paloma la poussa pour entrer, mais quelle ne fut pas sa surprise lorsque la vieille dame obèse et revêche lui saisit le poignet avec une force surprenante pour son âge et l'attira brusquement vers elle. La vieille dégageait une odeur qui laissait penser qu'elle ne s'était pas douchée depuis trois jours.

—Ma petite-fille se repose, murmura-t-elle à son oreille tout en lui serrant le poignet encore plus fort, et elle ne recevra aucune visite pendant quelques jours. Je vais m'occuper moi-même d'elle. Inutile que vous reveniez, vous risqueriez de vous contaminer et de tomber malade aussi et avec tous les engagements que vous avez… Je vous tiendrai au courant quand Ana ira mieux. Ou encore mieux, elle le fera elle-même.

Aurora finit par lâcher la main de Paloma, qui, ne sachant pas comment réagir pour la première fois de sa vie, fit demi-tour et ne revint que lorsqu'Aurora retourna à la maison de retraite trois jours plus tard, après s'être assurée qu'Ana allait bien, ou du moins, qu'elle avait retrouvé son état habituel.

Ana ne sut jamais rien de la confrontation entre sa grand-mère et sa belle-mère, ni pourquoi Aurora passa trois jours à errer dans la maison à la regarder attentivement sans dire un mot, comme si elle était l'objet d'une quelconque expérience. Chaque journée passée sous son toit, sa grand-mère entrait dans sa chambre à l'aube pendant qu'Ana faisait semblant de dormir, et la bordait doucement, un geste qui la laissait à la fois perplexe et légèrement effrayée. Mais ce fut justement ce geste qui permit à Ana de s'autoriser, enfin, à pleurer sur la mort de son père, mais aussi pour elle-même et sa propre vie, si enviée et en apparence parfaite, mais dans laquelle elle se sentait comme une impostrice.

AGUEDA, 2014

Agueda passa son premier Noël sans Jesús à Madrid, comme tous les suivants pour le reste de sa vie. En 2014, les Rois mages lui apportèrent la proximité avec sa fille, qui lui avait manqué depuis le jour où celle-ci était partie à l'université, sans savoir qu'elle n'allait jamais revenir, près de trente ans plus tôt. Sa recherche d'appartement ne portait pas ses fruits. La Finca, le quartier où vivait Ana – le quartier de certains joueurs du Real Madrid, des entrepreneurs millionnaires et des artistes ultra-célèbres – affichait des prix inaccessibles pour Agueda, même après avoir vendu l'appartement d'Oviedo et bien qu'elle soit prête à vendre celui de Gijón si nécessaire. En plus, l'endroit se montrait inhospitalier pour qui ne se déplaçait pas en voiture et y accéder depuis les localités voisines comme Pozuelo ou Boadilla, où Agueda était capable de se loger, était compliqué. Les résidents de La Finca cherchaient la tranquillité, ce qui incluait de rendre le quartier résidentiel impénétrable pour les non-résidents.

Les maisons là-bas n'avaient même pas besoin d'alarme. Il y avait des rondes de sécurité vingt-quatre heures sur vingt-quatre, des contrôles d'accès et des caméras. Les habitants se vantaient de pouvoir vivre porte ouverte, chose impensable n'importe où ailleurs. Un univers exclusif et protecteur pour ceux qui en faisaient partie, mais hostile aux étrangers. Et Agueda en était une.

Ce fut Carlos, à qui s'ouvraient les portes fermées à sa belle-mère, qui trouva la solution. En guise de cadeau pour l'Épiphanie, il trouva une maison pour Agueda, à quelques rues seulement de la sienne.

—Mais ce sera en location. Vous comprendrez que la maison du gardien ne peut pas être vendue.

—Mais Carlos, comment est-ce possible ? Où va vivre ce monsieur ?

—Il n'y a pas de monsieur en particulier. Il y a plusieurs concierges et chacun a sa propre maison. Ils travaillent par roulements de huit heures dans la conciergerie, donc cette maison appartient à la copropriété, mais elle est vide, et j'ai obtenu qu'on accepte de nous la louer. Ils ne voulaient faire entrer personne dans le quartier résidentiel, mais comme vous êtes de la famille directe d'un voisin, c'est différent. On connaît le président depuis des années grâce aux affaires, bien avant qu'on emménage ici. Ne croyez pas que ça n'a pas été compliqué de justifier pourquoi vous ne vivez pas avec nous, mais comme je sais que ce n'est pas négociable, c'est la meilleure solution.

—Oh, je ne sais pas, fiston, dit Agueda, le temps de digérer les informations.

—C'est dans un environnement magnifique, il y a trois chambres, pas loin de quatre-vingt-dix mètres carrés habitables, c'est parfait, continua Carlos. À dix minutes à pied d'ici. Bon, ce n'est pas à côté d'un supermarché, comme vous le vouliez, mais vous savez bien qu'il n'y en a pas dans le quartier. Mais il y a un excellent service de livraison à domicile.

Agueda éclata en sanglots.

—Merci, merci.

—Ne pleurez pas, enfin. Le but, c'était de vous faire plaisir.

—Mais je pleure de joie, fiston. J'ai le meilleur gendre du monde. Je peux t'embrasser ?

Carlos serra sa belle-mère dans ses bras pendant qu'Ana les regardait, à la fois reconnaissante et accablée de voir la dette morale qu'elle avait contractée envers son mari continuer à s'allonger.

—Merci, dit-elle à son époux quand enfin la belle-mère et le gendre se furent séparés.

—C'est normal, c'est ta mère. Si vous alliez la visiter toutes les deux ? dit-il en leur tendant les clefs.

—Tu as déjà les clefs ? Tu as signé le bail avant de nous en parler ?

—Bien sûr, chérie, je n'allais pas risquer de passer à côté de l'opportunité.

—Mais c'est moi qui paye le loyer, intervint Agueda. C'est mon chez-moi.

—On en parlera plus tard, répondit Carlos, puis il s'en alla avant que sa belle-mère puisse protester.

Les poings fermés et le visage crispé, Ana resta là, à regarder la porte par laquelle son mari venait de partir.

—Il fait toujours la même chose, dit-elle à sa mère.

—La même chose, c'est-à-dire ? Il ne pourrait pas être plus gentil envers nous. Allez, viens, j'ai tellement hâte de voir la maison ! Je suis surexcitée !

Ana voulait partager la joie de sa mère, mais la seule chose qu'elle ressentait, c'était qu'il avait blessé son orgueil.

La maison était parfaite pour Agueda. Toute neuve et prête à être décorée.

—Depuis combien de temps est-elle vide ? demanda Agueda au concierge. On dirait qu'elle n'a même pas pris la poussière.

—Depuis sa construction. Cinq ans, à peu près. Et il n'y a pas de poussière parce qu'on est venu la nettoyer l'autre jour.

—Qui ça ? demanda Ana.

Le concierge haussa les épaules.

—Bienvenue, souhaita-t-il à Agueda avant de s'en aller.

—Mon mari est un égocentrique qui a toujours besoin de sortir ses tours de magie pour que je me sente inutile. Il ne me pense même pas capable de chercher un appartement pour ma propre mère.

—Tu es sûre que c'est pour ça qu'il fait tout ça ? demanda Agueda. Ce n'est pas du tout l'impression qu'il donne.

—Alors pourquoi a-t-il toujours besoin de sortir des lapins de son chapeau ? C'est insupportable.

—Pour aider, Ana, pour aider. Tu n'es pas le centre du monde, tu sais. Et en général, ceux qui cherchent à te faire du mal ne te rendent pas service. Ça ne serait pas plutôt toi qui lui fais des affronts depuis des années, et non l'inverse ?

Ana reçut les paroles de sa mère comme une gifle, mais elle se tut, blessée autant par Carlos que par sa propre mère, qui se rangeait de son côté.

11

Ana, 2020

Nacho mourut d'une overdose. À cinquante-cinq ans, c'était un drogué fonctionnel qui travaillait comme personne et faisait toujours la fête comme à vingt ans. Jusqu'au jour où, pendant le confinement dû au Covid-19, son cœur lâcha en pleine fiesta virtuelle, dans le salon de son appartement de célibataire doré, rue Serrano, après de nombreuses heures à consommer de l'alcool, de la cocaïne et de la MDMA. Le reste des participants de la fête sur Zoom continuèrent sans lui et ne se rendirent compte de rien parce que les gens entraient et sortaient de cette fête infinie, qui avait une heure de début mais pas de fin. Ce fut la femme de ménage qui découvrit la scène le lendemain matin et qui eut la peur de sa vie en le trouvant étendu devant la porte de la salle de bains. La connexion à la dernière fête à laquelle Nacho avait participé était toujours active, et beaucoup continuaient à s'amuser lorsque la police arriva chez lui.

Je ne peux pas nier que je ressentis une certaine joie en apprenant la nouvelle, mais, en même temps, une étrange culpabilité m'envahit, comme si cette nuit-là, au Oh ! Madrid, j'avais fait quelque chose de mal et que la responsabilité ne lui incombait pas entièrement. C'était d'ailleurs bien ce que semblaient penser Carlos, Beba et les autres. À combien de femmes avait-il fait la même chose qu'à moi ? À cet instant, j'aurais souhaité pouvoir parler à certaines d'entre elles, imaginant que cela m'aiderait à ne plus ressentir cette honte qui me submergeait rien qu'en y repensant.

La famille n'eut pas la possibilité de célébrer les funérailles au moment de sa mort, mais lorsque le mois de juin arriva et que les mesures de confinement dues au coronavirus s'assouplirent, les parents de Nacho décidèrent d'organiser une cérémonie afin que ses amis et connaissances puissent lui faire leurs adieux. Je fus surprise de recevoir une invitation par la poste, dans laquelle on me demandait de confirmer ma présence pour éviter tout problème de capacité d'accueil. Je la déchirai et la jetai à la poubelle, mais le soir même, Carlos, mon désormais ex-mari, m'appela pour me demander si j'avais l'intention d'y aller.

— Tu y vas ? répondis-je.

— Évidemment.

— Avec Beba ?

— Bien sûr.

— Je suis certaine que Beba n'irait pas si Nacho lui avait fait la même chose qu'à moi.

— Beba ? Tu es sérieuse ? dit-il, suivi d'une sorte de rire ou de grognement qui me sembla être du mépris. Vraiment, Ana, parfois je me demande comment tu fais pour être aussi stup… naïve. Tu sais ce que Beba a dû endurer pour en arriver là où elle est ? Parce que quand on veut quelque chose, on fait tout pour l'obtenir. Et toi, tu n'as rien eu à faire pour obtenir ce que tu as, car je continue à m'occuper de toi, même si on n'est plus ensemble.

— Oui, bien sûr, sans toi, que serais-je devenue ? Pauvre petite, qui ne sait rien faire, répondis-je avec ironie. Eh bien, vous, comme vous êtes des victorieux autosuffisants au sommet du monde, vous n'avez qu'à aller montrer que vous êtes au-dessus du bien et du mal en rendant hommage à ce salaud qui a abusé de moi et d'autres femmes, qui étaient sans doute aussi insignifiantes que moi.

—Ana, s'il te plaît, tu sais ce que je pensais et ce que je continue de penser de Nacho, mais ce n'est pas la faute de sa famille, et ce sont nos associés. Je t'appelais simplement pour savoir si tu voulais y aller, mais après cette conversation, j'ai bien compris que non.

—Eh bien, tu sais quoi ? Je vais y aller. Je veux remercier le ciel qu'il soit mort seul comme un chien et d'avoir libéré le monde de sa présence.

Carlos mit tellement de temps à répondre que je craignis que la communication ait été coupée.

—Tu ne vas rien faire… rien…

Il ne trouvait pas les mots et je ne comptais pas l'aider.

—Rien de quoi ?

—Rien qui puisse causer de la peine à sa famille.

—Je ne sais pas. Comme ta mère ne me dicte plus ce que je dois ou ne dois pas dire, je ne sais peut-être pas comment m'y prendre toute seule. Comme je suis si stup… Ah non, naïve. Je suis naïve.

Je raccrochai avec un sentiment de victoire. Je l'imaginais inquiet, discutant avec Beba pour savoir si j'allais choisir les funérailles de Nacho pour leur faire la scène que je ne leur avais jamais faite ou pour dire quelque chose de déplacé sur le défunt.

Je n'eus plus de nouvelles de Carlos jusqu'à mon arrivée à l'église Saint-Jérôme-le-Royal, où je m'étais mariée. Je m'y rendis seule, mais Paloma m'attendait à l'entrée. Mon ex-belle-mère me prit par le bras et me conduisit jusqu'à l'un des bancs intermédiaires, deux rangées derrière Beba et Carlos, pour que je m'asseye avec elle et s'assurer, comme toujours, que je me comporte comme il le fallait, tout en envoyant un message au reste de l'assemblée sur la bonne relation qu'elle entretenait avec la mère de ses petits-enfants.

J'entrai dans l'église avec la ferme intention de profiter des funérailles de cet homme à qui j'avais souhaité tant de malheurs tout au long de ma vie. Je voulais aussi me prouver que j'étais forte et que j'étais capable de voir Carlos et Beba ensemble sans broncher, mais en réalité, avant même l'homélie, les larmes coulaient déjà sur mes joues sans que je puisse les contrôler, jusqu'à ce que Paloma en ait assez.

—Arrête de pleurer, tu vas sortir de l'église dans un état pitoyable, me murmura-t-elle à l'oreille.

Et moi, comme toujours, je lui obéis.

AGUEDA, 1960

En seulement deux ans, Florita tomba amoureuse, se maria et devint veuve.

Elle et Agueda n'ont jamais su que, tandis qu'elles envisageaient deux options pour leur avenir – se marier ou rester célibataires et subir le stigmate social des vieilles filles –, au Sri Lanka, Sirimavo Bandaranaike devenait la première femme présidente au monde. La nouvelle ne parvint pas jusqu'au bassin minier, mais même si cela avait été le cas, elles ne l'auraient pas cru. Bien qu'elles sachent lire, écrire – avec des difficultés – et faire des calculs simples, elles ne connaissaient pas grand-chose à la géographie, à part les fleuves et les affluents espagnols. Cela faisait déjà des années que les deux amies avaient quitté l'école pour se consacrer à la couture, et si quelqu'un leur avait parlé d'un pays nommé Sri Lanka dirigé par une femme, elles auraient cru à une blague.

Aucune des deux ne voulait finir célibataire, car, à part l'église, la Section féminine de la Phalange était le seul endroit où les femmes avaient leur place en dehors du foyer. Les bars leur étaient interdits d'accès et elles n'allaient que de temps en temps au cinéma, et toujours accompagnées.

Et à partir d'un certain âge, à l'approche de la trentaine, ce n'était plus bien vu d'aller danser au bal. C'est pourquoi, à dix-neuf ans, Agueda et Florita passaient leur temps à tirer les cartes et à faire des projets sur l'homme qu'elles allaient rencontrer : un homme bien, qu'elles ne devraient pas aller rechercher à la mine le jour de paie pour éviter qu'il ne dépense tout son salaire dans les bars. Elles rêvaient d'un ingénieur, même si elles savaient qu'ils ne s'intéressaient pas aux filles de mineurs, même quand elles étaient aussi jolies que Florita. Aussi belle que pauvre.

Si Agueda restait fidèle à elle-même depuis le jour de sa naissance, Florita avait changé comme le vilain petit canard du conte. Après avoir été une petite fille laide et mal nourrie toute son enfance, elle fit honneur à son prénom et s'épanouit comme une vraie fleur à l'adolescence ; peut-être un peu trop mince pour la mode de l'époque, avec la famine qu'on laissait à peine derrière, mais avec des jambes très longues qui, jusqu'alors, ne lui avaient servi qu'à être la plus habile à la marelle, ou *cascayu* comme on l'appelait dans les Asturies, et une poitrine inattendue qui compensait le manque de rondeur de ses hanches.

Agueda n'envia jamais Florita. Au contraire, elle était reconnaissante d'avoir une amie comme elle. Les hommes les regardaient partout où elles passaient et, même quand Florita n'était pas là, certains venaient la trouver pour lui demander où elle était. Florita offrait à Agueda un rôle central qu'elle ne se serait jamais crue capable d'obtenir seule. Elle était convaincue que, sans son amie, son destin aurait été de passer inaperçue aux yeux du monde. Agueda rêvait pour Florita d'un avenir digne d'un conte de fées, dans lequel un prince tomberait amoureux d'elle et l'emmènerait ensuite dans son château. Elle ne demandait qu'une seule chose à son amie : qu'elle l'emmène et qu'elle lui présente l'un des pages. Grand-mère Herminia nourrissait aussi de grands espoirs pour sa petite-fille, même si les cartes ne cessaient de lui envoyer des messages confus. C'était pour cela qu'elle la protégeait comme un trésor. Elle accompagnait Agueda et Florita partout où elles allaient, et confiait à Agueda le soin de veiller sur sa petite-fille quand elle ne pouvait pas s'en charger. Mais la vigilance d'Herminia ne put empêcher Florita de tomber amoureuse, non pas d'un prince mais d'un mineur, aussi beau et pauvre qu'elle. Cela se produisit sous les yeux d'Agueda, et elle ne se le pardonna jamais, après que la grand-mère Herminia lui eut tant répété de la surveiller.

Marcelo entra dans la vie de Florita un après-midi d'été, alors que les deux amies passaient leur temps de façon innocente à grignoter des graines de tournesol sur l'esplanade devant l'église. Un mariage avait lieu, et c'est de là que Marcelo sortit. Il était grand et beau, si bien que les filles détournèrent leur regard des mariés pour ne plus le quitter des yeux. Marcelo ne pouvait que remarquer l'effet qu'il produisait sur les jeunes filles et s'il fit d'abord semblant de ne rien voir, un autre invité l'obligea à prêter attention à Florita.

—La plus jolie fille du village est en train de te regarder bouche bée. Profites-en, sa grand-mère a un sacré caractère et on dirait qu'elle ne rôde pas dans les parages aujourd'hui.

Tout comme Florita fut immédiatement séduite par Marcelo, lui aussi fut conquis par Florita. Il était venu de Langreo pour le mariage de sa cousine, qui épousait un contremaître. Sa famille avait bien l'intention de faire les choses en grand, selon les dires de sa tante, mais Marcelo ne se rendit jamais au banquet. Il resta là, assis avec Florita, à tomber amoureux d'elle et à la faire succomber à son charme. Tout cela sous les yeux d'Agueda qui jouait la chaperonne. En voyant naître l'étincelle entre eux deux, elle pensa à la déception que ressentirait Herminia et à la solitude qu'elle allait désormais connaître.

Marcelo était électromécanicien au puits Nicolasa, même si, ce jour-là, il avait davantage l'allure d'un prince. Il arborait même un mouchoir blanc dans la poche supérieure de sa veste. Florita ne respecta pas son couvre-feu. Pendant ce temps, Herminia ne cessait de consulter ses cartes dans une vaine tentative d'apaiser son anxiété. Les présages du tirage étaient presque aussi sombres que ses propres pressentiments. Elle prépara une infusion à base de sauge, de tilleul et de valériane, qui ne parvint néanmoins pas à soulager la pression qui commençait à lui enserrer le cœur. Lorsque Florita rentra enfin à la maison, Herminia aperçut sur le visage de sa petite-fille ce qu'elle avait tant de fois prié pour ne pas voir : elle était tombée amoureuse, et elle sut immédiatement que ce n'était pas d'un prince.

Florita se maria quelques mois plus tard à Turón, puis passa quatre jours à Bilbao et trois à Saragosse pour sa lune de miel, avant de s'installer ensuite à Langreo avec son mari, laissant Herminia et Agueda seules à Turón.

—Pourquoi ne viendrais-tu pas avec moi, grand-mère ?

—Parce qu'un couple marié doit avoir son chez-soi et je ne vais pas laisser ton père tout seul. Même si ce n'est pas mon fils, c'est tout comme maintenant.

De son côté, en revanche, Agueda se sentit seule au monde à Turón. Même si elle passait beaucoup de temps avec Herminia, qu'elle considérait comme sa propre grand-mère, elle n'avait personne avec qui parler de ses préoccupations de jeune fille de son âge. Sa vie se mua en une succession de journées tristes, rythmées par les reproches de sa mère pendant les heures interminables passées à coudre ensemble et par deux frères qui, loin d'être un réconfort, ne faisaient que lui donner davantage de travail, car, comme il était d'usage à l'époque, c'était elle qui lavait leur linge, leur préparait à manger et nettoyait derrière eux. En plus, les deux adolescents la rendaient folle avec leurs rêves de partir à l'étranger.

Florita, en revanche, fut très heureuse avec son mari. Marcelo était bien plus qu'un bel homme : il était gentil, affectueux et travailleur. Sans aucun vice, il remettait son salaire à sa femme, ne gardant qu'un peu de monnaie pour aller boire un ou deux verres au bar. Il ne rentrait jamais ivre, n'allait jamais au bordel et traita toujours Florita comme une compagne précieuse. Le seul défaut de Marcelo était son intégrité et son sens aigu de la justice, qui le poussaient à croire en un monde libre et en l'amélioration des conditions de vie des travailleurs, avec cette naïveté propre à ceux qui ont foi en la nature humaine. Et ce fut précisément ce qui mit fin à leur bonheur, en deux ans à peine.

AURORA, 1976

— Mère, téléphone ! cria Agueda depuis la cuisine de son appartement d'Oviedo. Un certain Ferino vous demande.

Aurora était dans le petit salon, en train de regarder le journal télévisé avec son gendre, qui entamait déjà son premier verre de whisky de la soirée, tandis qu'Agueda faisait la vaisselle dans la cuisine.

— C'est qui Ferino, mamie ? demanda Ana tout en habillant et déshabillant sa poupée Nancy sur le tapis.

— Un fantôme, chérie, un fantôme.

Aurora se leva, hésitant à répondre ou non à l'appel, mais la curiosité l'emporta sur la peur de raviver des sentiments qu'elle n'était jamais parvenue à faire taire malgré tous ses efforts pour les enfermer au plus profond d'elle-même. Elle prit le combiné rouge qu'Agueda avait posé en équilibre sur le téléphone mural, et répondit, sans vraiment croire que Ferino pouvait être au bout du fil.

— Oui ? dit-elle timidement.

— Aurora, c'est Ferino.

Elle reconnut la voix de celui qui, autrefois, avait été son amant. Elle songea alors que l'homme dont elle se souvenait comme si le temps n'était pas passé devait désormais être un vieillard de près de quatre-vingts ans.

— Agueda, s'il te plaît, sors d'ici et ferme la porte.

Les mains plongées dans la mousse qui couvrait les assiettes dans l'évier, Agueda dévisagea sa mère, interloquée.

— Va-t'en, insista-t-elle.

Agueda s'essuya les mains et quitta la pièce.

— Comment va-t-elle ? demanda Ferino.

— Qui ça ?

— Agueda, qui d'autre ?

— Comme toujours. Mais je doute que tu m'appelles pour prendre de ses nouvelles.

— Elle a des enfants ? questionna Ferino, ignorant l'hostilité d'Aurora.

— Une fille, Ana. Elle a huit ans. Et elle n'en aura pas d'autres, car elle ne peut pas. En plus, son mari est homo mais elle ne le sait pas. Elle est couturière, comme moi. Tu veux savoir autre chose ?

— Je t'appelle parce que la maison où vivaient tes parents a été expropriée. On va construire une nouvelle rue et elle se trouve en plein milieu. Les locataires sont déjà partis et les travaux commenceront dans quelques semaines.

Aurora sentit ses forces la quitter. Elle écarta l'une des quatre chaises en formica blanc qui entouraient la table et s'y laissa tomber.

— Mais alors… Ils vont les trouver ! dit-elle enfin.

— Probablement.

— Et qu'est-ce que je fais, moi, maintenant ? On va m'arrêter.

— Écoute, Aurora, cela remonte à des années, je doute qu'on t'accuse de quoi que ce soit, même s'il est probable qu'on te convoque pour témoigner, simplement parce que tes parents vivaient là à l'époque.

— C'étaient des soldats de Franco. Et on les a enterrés avec leur uniforme.

—Oui, mais Franco est mort et les choses vont changer avec Suárez. De toute façon, ils ne retrouveront peut-être qu'un tas d'ossements. Ils ne vont peut-être même pas te contacter. C'était la maison de tes parents et ils sont morts. Tu n'es pas censée savoir quoi que ce soit.

Aurora n'écoutait cependant plus les arguments de Ferino. Dans sa tête, une seule pensée résonnait : son secret allait éclater. Elle insista, encore et encore, mais aucun des arguments de Ferino ne parvint à l'apaiser.

—Je dois te laisser, dit finalement Ferino.

—Je veux te voir, répondit Aurora. Ou bien ta femme te tient-elle toujours en laisse ?

Ferino se tut à l'autre bout du fil, mais, finalement, il laissa l'orgueil parler pour lui.

—Où vis-tu ?

Quand Aurora lui partagea son adresse, il se contenta de faire une promesse peu concrète.

—Je viendrai te voir. Un de ces jours.

—Merci de m'avoir prévenue, dit-elle, mais Ferino avait déjà raccroché.

FLORITA, 1962

Au mois d'avril 1962, une grève historique, tant par son caractère inattendu que par l'adhésion unanime des mineurs de la région, éclata dans le bassin minier. Une étincelle suffit pour tout déclencher, si minuscule qu'elle ne concernait au départ que sept mineurs, licenciés pour avoir réclamé une augmentation de salaire. Comme tant d'autres avant eux. Les causes de la « *huelgona* », comme elle serait bientôt connue dans la région, étaient en réalité naturelles. Le charbon extrait à ce moment-là dans l'atelier 9 du puits de Nicolasa était si dur que les piqueurs mettaient des heures à en extraire la même quantité qu'ils auraient récoltée en une heure dans n'importe quelle autre couche de densité moyenne. Ils se tuaient au travail et, pourtant, avec ce qu'ils réussissaient à obtenir, ils ne parvenaient même plus à se nourrir, alors même qu'une dizaine d'années s'étaient écoulées depuis la période de famine. Les discussions de Florita avec les épouses de mineurs au marché tournaient toujours autour du même sujet : « Les salaires n'augmentent pas et les prix doublent. On n'a même plus de quoi acheter des pommes de terre. Si ça continue comme ça, on va à nouveau mourir de faim. »

Personne n'avait lancé d'appel à la grève. Sans que les syndicats interviennent, le puits s'arrêta : l'équipe du matin ne descendit pas ses vêtements de travail accrochés aux chaînes et les mineurs restèrent dans la salle d'hygiène sans pénétrer dans la mine. La nouvelle se répandit et, le lendemain, d'autres puits cessèrent de travailler à Langreo, puis à Mieres et à Turón. Tout le bassin minier s'immobilisa. Sans manifestations, sans slogans, sans leaders pour galvaniser les grévistes. Les mineurs restèrent chez eux, laissant les puits vides, sans violence, sans conflit, et sans salaire. La police et la Guardia Civil envahirent les rues, mais il n'y eut pas d'affrontements.

Lorsque la faim commença à s'installer dans les foyers, de nombreux mineurs songèrent à retourner travailler. Ce fut alors que les femmes prirent les rênes de la grève et descendirent dans la rue, armées de bâtons et de sacs de maïs.

Le premier matin où elle se leva à cinq heures pour installer un piquet de grève, Florita sentit ses jambes trembler et l'air manquer à ses poumons. Marcelo dut l'aider à enfiler ses chaussures, l'angoisse étant telle qu'elle ne parvenait pas même à nouer ses lacets.

— Tu n'es pas obligée de le faire si tu n'en as pas envie. Tu es une femme. Les femmes ne font pas grève, dit-il, peu convaincu lui-même que c'était une bonne idée que son épouse s'implique dans cette grève. Ç'a toujours été une affaire d'hommes.

— Plus maintenant, répondit Florita avec dignité.

Elle s'assit ensuite pour attendre qu'une camarade vienne la chercher.

Tina, la recruteuse, arriva avec deux sacs de maïs et en tendit un à Florita.

— C'est pour quoi faire ? demanda Florita, qui, d'après ce qu'elle connaissait des grèves, pensait que les bâtons étaient plus efficaces que le maïs.

— Pour les jaunes, lui répondit Tina.

Florita la dévisagea sans comprendre de quoi elle voulait parler.

— Pour un homme asturien, rien ne fait plus mal que de se faire traiter de poule mouillée par une femme, précisa-t-elle.

Dans le groupe de Florita, elles furent sept à semer des grains de maïs sur le chemin menant à l'entrée du puits Nicolasa, où elles rejoignirent d'autres groupes. La plupart se connaissaient déjà. Florita n'était qu'une nouvelle venue au village, comme cela avait été le cas des années plus tôt à Turón. Et même si, cette fois-ci, il n'y avait pas d'Agueda pour l'accueillir avec la chaleur honnête de l'amitié enfantine, il ne fallut qu'une charge de matraques de la Guardia Civil pour qu'elle comprenne qu'elle n'était pas seule.

La police tarda à intervenir. Charger des piquets composés de femmes de mineurs n'était pas la même chose que de s'en prendre aux mineurs eux-mêmes. Elles n'étaient pas violentes, elles ne les provoquaient pas : elles étaient simplement là pour que les jaunes reculent, honteux à l'idée d'entrer dans la mine sous leur regard.

— Vous n'avez pas besoin de descendre à la mine, disaient Florita et ses camarades aux mineurs. Nous avons des vivres. Tout le monde collabore : les bars, les magasins… On vous apportera de quoi manger dès aujourd'hui chez vous. Ne descendez pas au puits, vos enfants auront de quoi se nourrir.

La police hésitait : l'action des femmes était pacifique, mais les mineurs n'entraient toujours pas dans la mine.

Quand ils tentèrent d'arrêter celle qui paraissait être la meneuse du groupe, Florita se retrouva prise dans une étreinte collective qui criait « Toutes ou aucune ! » et les coups de matraque commencèrent à pleuvoir. Terrifiée, elle s'agrippa à ces mains et à ces corps inconnus, tentant de protéger son ventre. Elle n'avait même pas encore annoncé sa grossesse à Marcelo. Seules Agueda et sa grand-mère Herminia étaient au courant.

Elle rentra chez elle couverte de bleus, galvanisée par cette expérience de solidarité entre femmes, mais terrifiée à l'idée de perdre le bébé. Pleins d'incertitudes, ce soir-là, comme chaque soir depuis leur retour de lune de miel, ils allumèrent Radio Pirenaica et ce fut la voix de Dolores Ibárruri, appelant les femmes à l'action, qui la convainquit de retourner au piquet. Et ce fut ce qu'elle fit, jour après jour, jusqu'à ce qu'on arrête Marcelo.

AGUEDA, 1976

Agueda avait grandi en essayant de passer inaperçue, pour éviter que sa mère, les pestes de l'école, la maîtresse et le monde en général ne s'en prennent à elle. Elle ne perdit jamais cette faculté au fil des ans, alors, le jour où sa mère reçut un appel d'un certain Ferino et la chassa de la cuisine pour lui parler, cela lui parut si étrange qu'elle resta derrière la porte. Elle n'avait pas vu sa mère parler à un homme depuis la mort de Paulino, qui remontait à de nombreuses années.

Ce qu'elle entendit ne faisait aucun sens. Elle n'arrivait pas à croire que deux cadavres étaient enterrés dans la cave de ses grands-parents, dans cette maison dont elle gardait à peine des souvenirs, et encore moins que la voix de sa mère soit prise de panique à l'idée qu'on la démolisse. Agueda écouta d'abord puis se tut, mais elle se rendit compte que, depuis ce jour-là, sa mère avait perdu le sommeil. Les rares fois où elle parvenait à s'endormir, elle faisait des cauchemars dont elle se réveillait en hurlant. Quand cela se produisait, Aurora avait pris l'habitude de se lever et de passer le reste de la nuit à coudre, la lampe allumée. À la main. Agueda lui avait formellement interdit d'utiliser la Singer pendant la nuit, depuis qu'on leur avait fait remarquer que le bruit réveillait les voisins.

Un mois après cet appel, quelqu'un vint leur rendre visite. Ce fut une des apprenties qui alla ouvrir. Elles commençaient à en avoir à ce moment-là ; deux, pas plus, car on ne pouvait pas être plus nombreuses dans ce petit salon transformé en atelier et en chambre pour Aurora, grâce à un clic-clac qu'elle repliait tous les matins. En plus, même si une nouvelle machine automatique était venue s'ajouter à la Singer, si les quatre femmes étaient présentes, deux devaient coudre à la main. Ce jour-là, le travail ne manquait pas et elles étaient débordées.

—Un monsieur demande à vous voir, dit la jeune fille à Aurora. Un certain Ceferino.

Si le nom du visiteur éveilla la curiosité d'Agueda, la réaction de sa mère la décupla. Aurora se leva comme si un ressort s'était déclenché sous sa chaise et se précipita vers la porte, avant de s'arrêter à mi-chemin pour se réfugier ensuite dans la salle de bains, dont elle ne ressortit qu'au bout de quinze minutes. Agueda profita de ce moment pour faire connaissance avec le mystérieux visiteur de sa mère. Elle alla à sa rencontre et resta bouche bée en découvrant un vieil homme, vêtu d'un manteau bleu en tissu anglais impeccable et d'un chapeau, et une canne à la main. Elle jeta un coup d'œil autour d'elle et ressentit un peu de honte en voyant la simplicité de leur maison. Cet homme si distingué, manifestement âgé, avait dû monter trois étages à pied, puisque l'immeuble n'avait pas d'ascenseur.

Ferino retira son chapeau et lui tendit la main.

— Tu dois être Agueda. Je m'appelle Ceferino, je suis un ami de ta mère. Excuse-moi de me présenter chez vous comme ça, dit-il en lui tendant une boîte de biscuits. C'est pour la petite. Ta mère m'a dit que tu avais une fille de huit ans.

Agueda, ne sachant pas trop comment se comporter, fit entrer le vieil homme dans le séjour, vide à cette heure de la journée et la télévision éteinte, pour qu'il puisse y attendre Aurora.

— Je peux vous offrir un café ?

— Non, merci beaucoup, mais j'aimerais bien que tu t'asseyes un moment avec moi.

Le vieil homme la fixa comme s'il voulait scruter ses traits, puis demanda :

— Est-ce que la vie te traite bien ? Es-tu heureuse ?

— On ne roule pas sur l'or, comme vous pouvez le voir, mais on est heureux, oui. Pourquoi me posez-vous cette question ?

— Parce que c'est le plus important. J'ai été navré d'apprendre la mort de ton père.

— Cela remonte à si longtemps déjà…

— Tu as des frères, n'est-ce pas ?

— Paulino et Pedro. Ils sont partis travailler en Allemagne et ne reviennent que pour les vacances.

Ferino sourit à l'évocation des prénoms.

— Paulino et Pedro… Quel bel hommage !

— Pourquoi dites-vous ça ? Paulino, c'est pour mon père, mais Pedro ?

— Le père Pedro était un prêtre, ami de ton grand-père paternel et de ton père. Il a été fusillé après la guerre pour avoir aidé des républicains à fuir. Tu n'as jamais entendu parler de lui ?

Agueda secoua la tête, avide d'en savoir plus, mais Aurora entra à ce moment-là dans la pièce, et la voir toute maquillée, perchée sur des talons, la laissa sans voix.

Avant de s'en aller, don Ceferino, qui semblait en savoir plus sur la famille d'Agueda qu'elle-même, lui fit une étrange demande.

—J'espère que ce que je vais te demander ne te dérange pas, mais… puis-je t'embrasser ?

Agueda hésita et regarda sa mère, qui hocha la tête. Elle reçut alors le baiser doux et affectueux de cet homme, stupéfaite, sans quitter des yeux sa mère. Celle-ci s'accrocha au bras du vieil homme et sortit avec lui pour ne revenir que le lendemain, malgré tout le travail de couture qu'elles avaient à terminer.

AGUEDA, 1962

Agueda apprit vite que Florita était détenue à Langreo. On ne sortait pas indemne d'un commissariat ou d'une caserne. Imaginer sa précieuse amie torturée, violée ou rouée de coups lui donna la nausée et la fit vomir.

—Mère, ils ont arrêté Florita, dit-elle après avoir vidé son estomac dans les toilettes. Herminia est en route pour Langreo.

Agueda ne savait jamais à quoi s'attendre de la part de sa mère dans les situations exceptionnelles. Aurora n'était heureuse qu'en cousant, même si son bonheur ressemblait davantage à l'absence de tristesse qu'à la joie. Néanmoins, cette fois, elle répondit comme une véritable mère. Du moins pour Florita.

—Pourquoi a-t-elle été arrêtée ?

—Je ne sais pas, elle s'est mêlée aux piquets de grève. Apparemment, Marcelo aussi est détenu. Pour lui, c'est grave. On l'a pris avec des tracts du Parti communiste.

—Alors, tu sais pourquoi ils la retiennent prisonnière.

—Maman, dit-elle, les larmes aux yeux, Florita est enceinte.

—Mon Dieu ! Reste ici. Je pars à Mieres voir ce que je peux faire.

—À Mieres ? Pour quoi faire ?

—Ça ne te regarde pas.

Pendant qu'Aurora se préparait comme Agueda ne l'avait presque jamais vue faire, cette dernière sortit le jeu de cartes, l'étala sur le tapis d'une main tremblante, et n'y lut que des mauvaises nouvelles.

—Je ne peux pas rester ici, mère. Je vais faire un infarctus ! lança-t-elle quand Aurora sortit sa Vespa dans la rue. Je veux accompagner Herminia.

—N'y pense même pas, ça ne ferait qu'empirer les choses. À mon retour, je veux que les coutures de la robe de la cousine de doña Pilar soient impeccables. Elles doivent toutes être terminées.

Agueda resta là à découdre plus qu'à coudre la robe de la cousine de la femme de Ferino, à qui sa mère s'apprêtait à rendre visite, sans qu'elle ait alors la moindre idée de son existence.

AURORA, 1976

Aurora et Ferino avaient tant de choses à se dire après de nombreuses années sans se voir qu'ils ne se quittèrent pas pendant vingt-quatre heures.

Ils se promenèrent dans le Campo de San Francisco comme un couple marié. Ferino aurait pu être le père d'Aurora et, maintenant qu'il était octogénaire, la différence d'âge sautait aux yeux. Mais elle s'en moquait. Elle marchait fièrement au bras de son ancien amant, pensant à ce qu'aurait pu être sa vie avec lui, à flâner sur le paseo de los Álamos à Oviedo, tout élégants, elle en grande dame, sans avoir besoin de travailler, s'achetant ses vêtements dans les plus belles boutiques. En plus, Ferino aurait été là pour la majeure partie de sa vie ; elle serait devenue veuve à soixante ans au lieu de vingt-huit. Elle le contempla : ses rares cheveux devenus tout blancs, les taches brunes qui couvraient ses mains et commençaient à parsemer aussi la peau de son visage, et ce léger tremblement involontaire de la main droite. Malgré tout cela, elle reconnaissait en ce vieillard le seul homme capable de lui faire perdre la tête.

— Où est ta femme ?

— À Gijón. Nous vivons là-bas depuis des années.

— Et si elle venait à apprendre ta visite ?

— Qu'est-ce que tu veux qu'elle fasse ? C'est un autre temps. Bien meilleur. Dommage que nous ne l'ayons pas connu, nous.

Ils déjeunèrent chez Casa Conrado, un restaurant moderne du centre-ville. Ils discutèrent de tout et de rien, d'une vie entière passée séparés à cause de leurs choix et de ceux des autres, de leurs enfants, des désillusions et de la vitesse à laquelle le temps s'envole.

— Il ne me reste que peu de temps ici-bas, Aurora. Les journées passent lentement, mais les années trop vite ; le signe que ma vie ici se termine.

— À cause de ça ? demanda-t-elle en désignant sa main tremblante.

— Malheureusement, ça ne va pas me tuer. Mais bien mon cancer du pancréas.

— Combien de temps ?

— On ne sait pas. Quelques mois. Ou plus. À mon âge, même le cancer est lent.

— Je suis vraiment désolée.

— J'ai vécu ma vie, maintenant, c'est au tour des autres. Dis-moi, Agueda est-elle vraiment ma fille ?

Aurora hocha la tête. Elle pouvait mentir à Ferino, mais pas à voix haute. Elle ne voulait pas lui dire que Paulino et Pedro étaient ses fils, car il n'allait jamais les rencontrer, mais il pourrait au moins partir avec la joie d'avoir connu Agueda.

— Tu as fait du bon travail, dit Ferino, les yeux embués.

— Tu parles ! Agueda est devenue ce qu'elle est malgré moi. Je n'ai été une bonne mère pour aucun d'eux. Elle, en revanche, elle l'est pour Ana. Et c'est une bonne fille. Elle ne m'aime pas, et je le comprends, mais elle fait semblant et ne prend pas son rôle à la légère. Elle me loge chez elle parce que je n'ai nulle part où aller. Enfin, pour ça… et parce que je couds plus, mieux et plus vite qu'elle.

— Tu aurais eu la vie plus facile si j'étais resté à tes côtés. J'aurais aimé savoir que tu étais enceinte… mais il est trop tard pour les regrets. Il y a quand même quelque chose que je voudrais faire avant de nous dire adieu pour de bon. Je voudrais dormir avec toi. Comme un mari avec sa femme. J'ai une chambre à l'hôtel Reconquista. Si tu voulais bien m'accompagner ce soir, j'en serais très heureux.

— Tu peux encore… ?

Ferino haussa les épaules et Aurora mit un moment avant de répondre.

— Je viendrai, mais pas pour toi. C'est juste que je ne suis jamais entrée dans un hôtel cinq étoiles, finit-elle par dire, et cela suffit à combler Ferino.

AURORA, 1962

Aurora appela Ferino depuis une cabine téléphonique et le hasard voulut qu'il soit chez lui. Ce fut son fils qui répondit et qui lui passa directement son père, épargnant ainsi à Aurora d'avoir à donner des explications à doña Pilar. Il lui donna rendez-vous dans un café proche de la gare, où ils passeraient inaperçus, et ce fut là qu'il la vit arriver et garer sa Vespa.

— Agueda va bien ? demanda-t-il, ne sachant pas encore quelle était l'urgence.

— Oui, mais son amie Florita non.

— Et quel rapport avec moi ?

— Elle a été arrêtée pour avoir participé à un piquet de grève et parce que son mari s'est fait prendre en train de distribuer des tracts.

— Je ne peux pas faire grand-chose.

— Elle est enceinte. Ta femme doit bien avoir quelques contacts. Tu comprends que je ne peux pas lui demander ça moi-même. Je te jure que je te donnerai ce que tu voudras en échange.

Ferino la regarda de haut en bas. Ce n'était plus la jeune fille fougueuse qu'il avait connue, mais une femme de quarante ans ; pourtant, elle le rendait fou chaque fois qu'il la voyait. Mais Ferino avait passé les soixante ans et il ne voulait plus d'histoires, encore moins avec son épouse.

— Je ne veux rien. Je vais voir si je peux faire quelque chose, mais n'espère pas trop : je doute que Pilar veuille s'en mêler. Elle est de plus en plus obsédée par la politique.

La réponse de Ferino frappa Aurora comme un coup de massue. Elle était désespérée à l'idée de ne rien pouvoir faire pour Florita, mais ce qui provoqua en elle un mélange de pitié pour elle-même et de rage fut son refus poli. Elle pouvait vivre en sachant qu'il avait choisi une autre à épouser, une femme riche avec une grande influence. Ce qui était plus difficile à accepter, c'était qu'il ne la désire plus.

AGUEDA, 1976

Agueda ne ferma pas l'œil de la nuit, dans l'attente du retour de sa mère. Elle n'avait aucune nouvelle d'elle depuis qu'elle était partie avec cet inconnu le matin même.

—Agueda, s'il te plaît, arrête de remuer, tu m'empêches de dormir, râla Jesús. Elle va revenir.

—Et si quelque chose lui était arrivé ?

—Si c'était grave, tu le saurais. Les mauvaises nouvelles ne tardent jamais à arriver. Qui sait ce qu'elle est en train de faire.

—Qui peut bien être ce monsieur ? Et ces Maghrébins dont ils parlaient au téléphone ?

—Agueda, il est trois heures du matin ! Essaye de dormir, s'il te plaît, on doit travailler demain.

—Justement, avec tout le boulot qu'on a, elle, elle part se balader avec ce type. Un vieux, en plus. Je ne comprends rien. Ce baiser qu'il m'a donné, c'était très bizarre.

—Par pitié, arrête d'y penser.

Agueda sortit du lit, à la grande satisfaction de Jesús, se prépara une infusion de tilleul, s'installa devant la Singer dans l'atelier de couture et cousit ce qu'elle put.

Elle y était toujours, en robe de chambre et chemise de nuit, quand Jesús lui dit bonjour.

—Il fait déjà jour ? demanda-t-elle et, comme poussée par un ressort, elle alla préparer le petit déjeuner à son mari et à sa fille.

Aurora rentra à la maison vers midi, avec les mêmes vêtements que la veille en fredonnant « *Eva María se fue buscando el sol en la playa* ».

—Vous trouvez ça normal ? la réprimanda Agueda.

—Non, pas du tout. Je trouve ça merveilleux, répondit-elle. Te connaissant, tu as dû appeler la police.

—Jamais de la vie, rétorqua-t-elle, indignée. Allez, installez-vous et venez ici, on a du boulot.

Et c'est ce que fit Aurora : elle se changea et se mit à coudre. Elle avait des commandes à terminer. À ce rythme, elles n'allaient pas tarder à pouvoir s'acheter un appartement en centre-ville.

Agueda ne posa pas de question, sachant pertinemment que sa mère n'y répondrait pas. Elle remarqua néanmoins qu'Aurora passa la journée à chantonner des chansons joyeuses, tout en travaillant, certes, mais en se montrant bien plus distraite que d'habitude.

AGUEDA, 1962

Florita sortit de prison trois jours après son arrestation, le crâne rasé, le visage défiguré par les coups, la cloison nasale cassée et le corps couvert d'ecchymoses, mais le plus douloureux, ce fut d'avoir perdu son enfant sous les coups de pied de ces brutes qui voulaient lui arracher des informations qu'elle ignorait.

Elle savait que Marcelo avait ses affaires, mais elle ne savait rien du Parti communiste, ni des syndicats, ni des tracts. Elle ne l'apprit pas tout de suite, le temps qu'un médecin privé d'Oviedo, pour lequel Herminia avait dépensé toutes ses économies, lui fasse un examen complet. Sa grand-mère craignait qu'un organe interne ait été lésé. Elle voulait aussi qu'il lui reconstruise le nez, car elle ne supportait pas de voir le visage de sa petite-fille défiguré.

Florita ne raconta jamais, ni à Agueda ni à sa grand-mère, ce qui s'était passé dans la caserne, mais elles savaient qu'elle était tombée entre les mains du caporal Pérez, qui terrorisait toute la région par la brutalité de ses tortures et son absence totale d'humanité. Florita tenta d'effacer ces jours-là de sa mémoire pour pouvoir survivre. La journée, c'était plus facile. Mais les nuits, les heures obscures ramenaient les souvenirs de l'horreur vécue entre les mains de ce lâche de la Brigade politico-sociale qui baissait les yeux quand il croisait une de ses victimes dans la rue.

Florita retourna à Turón quelques semaines plus tard, quand elle fut remise de ses blessures et de la chirurgie nasale. Un foulard noué sur la tête, elle entra dans la maison de son père et n'en sortit plus avant de pouvoir se recoiffer, arborant une coupe courte mais à la mode qu'Herminia et Agueda avaient réussi à faire de façon à ce qu'elle ressemble à Audrey Hepburn dans *Sabrina*.

Agueda lui rendait visite tous les dimanches, sans exception. Parfois, elles tiraient les cartes et y voyaient la magnifique chevelure que Florita retrouverait un jour, encore plus épaisse qu'avant ; d'autres fois, elles lisaient ou cuisinaient toutes les trois. L'affection qu'elles lui prodiguaient refermait doucement les blessures de Florita qui, mois après mois, commença à mieux dormir et cessa de crier chaque fois qu'elle s'endormait.

Elles ne reçurent pas la moindre nouvelle de Marcelo avant deux années, lorsqu'on annonça à Florita qu'elle était veuve. Son mari était décédé en prison. À l'époque, elle avait vingt-trois ans, les cheveux lui arrivaient sous les épaules et elle commençait à retrouver l'envie de sourire. Elle n'avait toujours pas pardonné à Marcelo de l'avoir précipitée dans cet enfer sans même lui en parler, mais le savoir mort l'emplit de chagrin et elle se replia sur elle-même plusieurs mois supplémentaires.

Herminia, en revanche, se réjouit que sa petite-fille soit veuve – un état civil bien plus supportable que d'être l'épouse d'un prisonnier politique. En plus, avec un peu de chance, Florita pourrait repartir de zéro.

Herminia ne lui avoua jamais le soulagement que lui avait procuré la mort de Marcelo. Elle préféra laisser Florita découvrir elle-même, peu à peu, les avantages de cette nouvelle situation : elle avait son amie Agueda, toujours célibataire, sa grand-mère Herminia et son père. Elle était à nouveau libre et pouvait profiter de cette vie que ce caporal sadique et sauvage avait tenté de lui voler.

12

Ana, 2013

Les fêtes de fin d'année de 2013 furent un tournant pour les femmes de ma famille : cette année-là, nous lançâmes une tradition, la seule que nous ayons eue dans toute notre vie, et qui ne dura que six ans, car ensuite, ma mère nous quitta. Tout commença la nuit du réveillon du Nouvel An. Nous le passions chez moi, ma mère, ma grand-mère Aurora, ma fille Alba et moi. Mes beaux-parents étaient partis dîner au club, où la fête devait se prolonger jusqu'au petit matin, comme chaque année. Paloma feignit la déception que nous ne l'accompagnions pas, mais je savais qu'au fond, elle était soulagée de ne pas avoir à se montrer aux côtés de ma mère et de ma grand-mère devant ses amies. Carlos avait l'intention de rester à la maison, mais en nous voyant toutes réunies, il décida finalement de se joindre à ses parents et de nous laisser entre filles.

—Vous avez rarement l'occasion de vous retrouver à quatre générations de femmes, et ce n'est pas moi qui vais vous gâcher ça, dit-il. Je vais prendre les garçons avec moi, ils ont leur propre fête au club, et après les douze coups de minuit, je les renverrai avec le chauffeur.

—Quelle chance tu as d'avoir un mari pareil, commenta ma mère. Il est si poli et attentionné avec nous.

—Ouais, répondis-je, un peu agacée.

En réalité, ma mère avait raison. Carlos était poli et attentionné, en plus de toutes ses autres qualités. Son seul défaut était qu'il ne m'aimait plus. Et peut-être que moi non plus. Mais je mettais cela sur le compte de sa passion pour les affaires – il leur consacrait tout son temps, au détriment des enfants et de moi.

Le personnel avait congé ce soir-là et j'eus du mal à convaincre ma mère de ne pas nous préparer le dîner, car à vingt et une heures, un excellent restaurant madrilène devait nous livrer. Ce fut ma grand-mère qui mit fin au débat.

—Agueda, ça suffit. Si la petite a commandé le dîner, assieds-toi et arrête de faire des histoires. Même si tu n'es pas née pour être une dame de haut rang, fais au moins semblant.

Dès que ma grand-mère donnait un ordre, ma mère s'exécutait comme si elle obéissait à un hypnotiseur.

Nous nous installâmes sur le canapé de la pièce attenante à ma chambre pour regarder la télé en attendant l'heure du repas.

—Je n'ai jamais compris pourquoi vous avez mis la télé dans cette pièce avec ce fauteuil aussi petit, alors que vous avez un salon énorme, grommela ma grand-mère. On se tassait comme ça quand tu étais petite parce qu'on n'avait pas le choix dans l'appart minuscule de tes parents, mais maintenant, avec ce palace, ça n'a aucun sens. Enfin bon, au moins, ici, je ne dois pas voir cette maudite Singer. Quel mauvais goût, franchement, de garder cette machine à coudre au beau milieu du salon.

—Cette pièce est réservée à maman, bisa, l'interrompit Alba. Personne n'entre ici. On a plein de télévisions dans la maison, comme ça, chacun peut regarder ce qu'il veut.

—Ah, comme ça, vous n'avez plus besoin de regarder ensemble. Eh bien, finalement, je ne trouve pas ça si bête.

—Si on veut regarder un film ensemble, on a la salle de cinéma au sous-sol, mais en général, on ne s'en sert pas en famille, continua Alba. On y va surtout avec nos amis.

—Quand vous étiez petits, moi je regardais des dessins animés avec vous dans cette salle de cinéma et on mangeait du pop-corn, me souvins-je. Parfois, ton père se joignait à nous, mais ça remonte à des années.

— Bah, les membres de familles parfaites collés les uns aux autres sur un canapé, ça n'existe que dans les pubs, dit ma grand-mère. En réalité, c'est super inconfortable, et maintenant, avec tous ces foutus programmes, plus personne n'est jamais d'accord sur quoi regarder. Quand il n'y avait qu'une seule option, on se la tapait tous, pas le choix ! Vive *Un, dos, tres*, ç'a uni plus de familles que les curés !

— Moi, j'adorais regarder la télé avec Jesús, dit ma mère.

— Bien sûr, puisqu'au troisième whisky, il s'en fichait complètement de ce que tu lui mettais, tout lui allait, lança ma grand-mère.

Mon sang se glaça en entendant ce coup de poignard de la part de ma grand-mère à ma mère, surtout que mon père n'était mort que quelques mois plus tôt. Mais Alba réagit plus vite que moi pour recentrer la conversation.

— En parlant de whisky, vous avez vu la pub de Freixenet cette année ? Pas de célébrités, juste des danseuses qui ont joué le rôle des bulles par le passé, des femmes de tous âges, certaines enceintes, d'autres avec des lunettes… Elle est géniale !

Ma fille commençait déjà à ce moment-là à montrer ses idées.

Plus tard, je craignis à nouveau que ma mère se mette à pleurer, tout en sachant qu'elle n'obtiendrait pas la moindre compassion de la part de ma grand-mère Aurora. Ce fut pendant l'émission qui précédait le dîner, celle qui revenait sur les grands événements de l'année. Quand ils commencèrent à passer en revue les décès, je m'attendais à ce que ma mère évoque entre deux sanglots toute une série d'anecdotes sur mon père, pendant que ma grand-mère la regarderait en silence avec mépris. À ma grande surprise, ma mère porta toute son attention sur l'écran lorsqu'elle entendit le nom de Sara Montiel dans la liste des personnes qui nous avaient quittés. En son hommage, ils diffusaient un vieil enregistrement dans lequel elle chantait « *Fumando espero al hombre a quien yo quiero* » – « J'attends l'homme que j'aime en fumant » –, un long fume-cigarette à la main.

—Je parie que tu ne connais pas l'histoire que je vais te raconter, Alba, dit-elle avec un grand sourire soudain qui lui illumina le visage.

Elle lui raconta alors fièrement que, l'année de son mariage, Sara Montiel avait visité un puits minier dans les Asturies et avait fumé une cigarette à l'extérieur.

—Ça, c'était de la vraie rébellion, dit-elle. En tenue de mineur en train de fumer.

—Bon, c'est pas super sain non plus, mais… tenta de répliquer ma fille.

—Cherche sur Internet, tu vas trouver des photos, encourageai-je Alba, qui dégainait déjà son iPhone 5 flambant neuf que son père lui avait offert pour Noël.

La photo d'un mineur allumant la cigarette de la Saritísima, vêtue de la combinaison et du casque de mineur, était une image transgressive qui remontait à trente ans avant que le Tribunal constitutionnel n'autorise les femmes à travailler à l'intérieur de la mine, alors même que les premières avaient réussi les épreuves d'accès dix ans plus tôt.

—Les femmes ne pouvaient pas travailler à la mine ? Mais je croyais que bisa avait été charbonnière ? réagit Alba, confuse.

—Écoute, Alba, le monde est fou, lui expliqua ma grand-mère. Quand j'avais ton âge, il y avait déjà des femmes qui travaillaient dans la mine, il y en a toujours eu. Notamment ma meilleure amie, Ramona. Cela dit, elles n'apparaissaient jamais sur les photos, car c'était illégal. Non pas que ce soit courant de prendre des photos à l'époque, mais quand il y avait un photographe, on cachait les femmes pour que personne ne les voie. Quand la guerre a éclaté, quand les hommes sont partis au front, ont été tués ou emprisonnés, qui crois-tu qui extrayait le charbon ? Eh bien, les femmes, bien sûr. Les puits ne pouvaient pas s'arrêter de fonctionner. Mais après, le régime, obsédé par l'idée que les femmes ne devaient s'occuper que de leur foyer et des enfants, les a toutes renvoyées. Dans les années 1950, il n'y avait plus aucune femme à l'intérieur des puits. Ils ont même renvoyé Ramona, qui piquait du charbon depuis l'après-guerre. Elles furent reléguées aux lavoirs, et je ne sais pas ce qui était pire parce qu'on n'y voyait rien là-dedans tellement il y avait de la poussière de charbon, et en plus, c'était moins bien payé. Et quand ils ont commencé à mettre les mineurs en préretraite pour fermer les puits, le féminisme est arrivé et les femmes sont retournées à la mine. Moi, ma p'tite, je n'y comprends plus rien. Pourquoi ont-elles besoin d'aller y travailler, maintenant qu'on ne meurt plus de faim ? Parce que personne ne descend à la mine par plaisir. Je peux te dire que c'est le pire des enfers. En plus, les hommes qui restent ne veulent pas d'elles là-bas. Cela dit, quand ils auront fini de les fermer, plus personne n'y descendra, ni hommes ni femmes.

Ma fille supporta le monologue de son arrière-grand-mère avec un stoïcisme dont elle ne faisait preuve avec personne d'autre.

—Mais, bisa, il ne s'agit pas d'un bon ou d'un mauvais travail, mais qu'on puisse faire ce qu'on veut, même si c'est descendre à la mine, lui expliqua-t-elle avec une patience inhabituelle pour une adolescente.

Le repas arriva à l'heure prévue et mon choix de plats reçut un accueil controversé. Les saam de crevettes tigrées en tempura noire avec une mayonnaise au kimchi plurent beaucoup à Alba, mais ma mère les regarda avec méfiance. Ma grand-mère, en revanche, plus décidée, en prit un pour goûter.

—Tout ce baratin alors que ce ne sont que des gambas en beignet à l'encre de seiche, commenta-t-elle. Et ça, ç'a goût de mayonnaise piquante. Et ce truc, là, c'est quoi ?

—Des flamenquins au wagyu, annonçai-je.

— Au wa-quoi ? demanda ma mère.

— C'est une race de vaches à qui… commençai-je à expliquer.

— Des flamenquins sophistiqués, conclut ma grand-mère, et pour une fois, ma mère était d'accord avec elle.

À ce moment-là, je me dis que j'avais eu tort de commander le dîner et que j'aurais dû laisser ma mère cuisiner. La réaction d'Alba fut tout autre : elle décida que son arrière-grand-mère et sa grand-mère devaient goûter d'autres cuisines que les plats asturiens traditionnels auxquels elles étaient habituées.

— Dis donc, ma p'tite, je suis experte en cuisine andalouse, dit mon arrière-grand-mère. Tu crois quoi ? Qu'à Séville on me servait du cassoulet asturien ? J'en ai mangé, sais-tu, des flamenquins, même si je reconnais que ceux-ci sont délicieux. Je buvais même des *rebujitos* avant qu'ils ne soient à la mode. Tu ne vas quand même pas me dire que moi, je ne connais pas le monde !

— Tu n'as jamais goûté la cuisine indienne, ni japonaise, ni chinoise, ni…

— Du riz, répliqua-t-elle. Tous ceux-là mangent du riz. Et en plus, ils sont végétariens. Chaque fois qu'un Asiatique de plus de cent ans passe aux infos, on dit qu'il ne mange que du riz et des légumes. Moi, je préfère mourir plus tôt et manger de la vraie nourriture.

— Ce sont des préjugés et des légendes, bisa. Et toi, mamie, qu'est-ce que tu as déjà goûté ?

— Une fois, je suis allée au restaurant chinois pour fêter la fin de l'année avec des élèves et une autre fois, dans un resto mexicain. Ce n'était pas mauvais, mais il n'y avait de pain dans aucun des deux et moi, j'adore le pain, dit ma mère.

En voyant l'air réprobateur d'Alba, elle se tut de nouveau.

— Vous êtes bien pareilles pour ça ! Je vais vous donner une liste de plats à tester et chacune en choisit un, ça vous dit ? proposa Alba, avant de se tourner vers moi. Maman, prends la cuisine japonaise, c'était à la mode à ton époque et aucune de ces deux-là ne va la choisir. Je meurs d'envie de voir bisa manger du poisson cru.

—Comment ça, « à mon époque » ? protestai-je sans faire attention à l'air effrayé que venait d'adopter ma grand-mère. La cuisine japonaise est toujours à la mode.

—Pas vraiment. Ce qui est tendance, maintenant, c'est la *street food*, maman. Pour ma génération, le japonais, c'est comme le chinois pour la tienne : dépassé. Ce n'est plus aussi branché.

—Bon, alors je choisis la cuisine japonaise, cédai-je. Comme c'est de mon âge…

Alba ignora ma pique. Ou peut-être qu'elle ne la remarqua même pas. Ma grand-mère Aurora opta pour la cuisine péruvienne, non sans demander avant :

—Les Péruviens, ils mangent de la viande ou du poisson cru ?

—Choisis celle-là, bisa, c'est super bon et tu vas adorer.

—Et cette gamine, quand a-t-elle goûté à tout ça, donc ? Elle est à peine majeure, me demanda ma grand-mère.

Je haussai les épaules et Alba ne prit même pas la peine de répondre.

Ma mère mit plus de temps à se décider.

—Cuisine arabe ? Vous en pensez quoi ? proposa-t-elle enfin.

Ma grand-mère devint blême et porta la main à son cœur comme si elle venait de voir un fantôme.

—Qu'est-ce qu'il y a, bisa ? Tu vas bien ?

—La chèvre retourne toujours à la montagne, répondit-elle. Vous ne me verrez jamais dans un resto arabe, ça, je vous le garantis. Même morte.

—Excusez-moi, mère, j'avais oublié combien les Maures vous rebutent. Alors je choisis la cuisine allemande, parce que c'est vrai qu'ils sont grands et beaux.

—De la nourriture fasciste ? protesta ma grand-mère, qui commençait à reprendre des couleurs.

— Dit celle qui est apparue dans le journal en phalangiste saluant Franco, lança ma mère, un peu agacée par les remarques de ma grand-mère.

— Comment tu sais ça ? Tu étais toute petite.

— Tout le village en parlait.

— Même moi je connais cette histoire, grand-mère, intervins-je pour défendre ma mère. Arrêtons les bêtises, la gastronomie n'a rien à voir avec la politique.

— Va pour la cuisine allemande, trancha Alba. Et moi, je choisis le vietnamien, car j'ai envie de goûter du chien et du serpent.

En voyant la tête de mon arrière-grand-mère, elle rectifia :

— Mais si tu me racontes cette histoire de phalangiste, j'oublie le chien et je vous emmène à un food-truck pour goûter un peu de tout.

Je lui fus reconnaissante pour sa petite vengeance.

Et c'est ainsi que nous nous programmâmes notre premier tour des restaurants internationaux. En réalité, c'était la première chose que nous faisions toutes les quatre ensemble dans notre vie, en dehors des mariages, baptêmes et communions. Ensemble pour de vrai. Par choix. Ou plutôt, parce qu'Alba l'avait décidé.

Je crois que ce soir-là, je vis ma grand-mère Aurora heureuse pour la première fois. Dès qu'Alba parlait ou écoutait ses histoires avec intérêt, ses yeux brillaient. Ma mère pleura à plusieurs reprises, mais elle rit aussi, et j'eus l'impression que lorsqu'elle s'apercevait qu'elle n'avait pas pensé à mon père pendant un moment, elle s'en voulait. Je m'amusai bien aussi, mais pour apaiser la tension que me causait un dîner avec les femmes de la famille, je fis un mélange dangereux de gin tonic et de champagne et, le lendemain, je me levai avec un mal de crâne et la bouche pâteuse, bien que je me sois forcée à vomir avant de me coucher pour diminuer la quantité de calories absorbées pendant le dîner.

AURORA, 1976

La nouvelle de la découverte des corps momifiés de deux soldats africains de l'armée de Franco lors de la démolition d'une maison dans le bassin minier fit la une des journaux locaux et nationaux. On en parla même au journal télévisé de midi et du soir. Les corps étaient dans un état de conservation exceptionnel. Les experts attribuèrent cela au sol froid du sous-sol et à sa composition sablonneuse. Les Marocains portaient encore leurs épées et leurs uniformes réglementaires, tachés de sang.

Jesús, journal à la main, entra dans la pièce où Aurora cousait sur sa Singer et Agueda sur sa machine automatique, car sur l'ancienne, elle ne cessait de coincer ses fils.

—Aurora, vous avez vu l'affaire des Maghrébins à Turón ?

—Montre, dit Agueda en prenant le journal que lui tendait son mari.

Les jambes d'Aurora fléchirent et la Singer se tut brusquement, son pied ayant cessé d'actionner la pédale.

—Mère, regardez, c'est la maison de grand-père !

Malgré les années qui s'étaient écoulées depuis leur mort et la mauvaise qualité de la photo en noir et blanc, Aurora reconnut les uniformes de ses agresseurs, et la scène vécue lui revint en mémoire, aussi nette que si elle se déroulait à cet instant précis.

—Vous êtes toute pâle, fit remarquer Jesús. Vous les connaissiez ?

—Moi ? Les connaître ? Personne ne se mêlait à ces assassins ! Même la Guardia Civil ne voulait pas d'eux, alors qu'ils étaient du même camp !

Aurora abandonna sa couture et sortit de la pièce, se dirigeant droit vers le téléphone fixe.

Une voix inconnue lui répondit.

—Don Ceferino est couché, il ne peut pas prendre de communication.

—Réveillez-le, s'il vous plaît, je dois lui parler.

—Je crains que ce soit impossible, il est malade.

—Réveillez-le, par pitié !

—Un instant, je vais prévenir madame.

Aurora raccrocha à l'idée que doña Pilar prenne l'appel. Elle se changea et, sans donner d'explication à Agueda sur sa destination, prit la direction de la gare pour se rendre à Gijón. Elle supposa qu'il ne serait pas difficile de savoir où vivait une famille aussi connue, sans penser que Gijón était bien plus grande que Turón. Ni le premier taxi ni le deuxième ne savaient de qui elle parlait. Elle posa la question à plus de dix chauffeurs avant de trouver quelqu'un qui puisse l'aider.

—Oui, je sais qui c'est. J'ai déjà travaillé plusieurs fois pour cette dame.

Aurora grimpa dans le taxi en réfléchissant à la façon de s'y prendre pour affronter doña Pilar si c'était elle qui venait lui ouvrir.

—Puis-je vous demander ce qui vous amène dans une maison aussi huppée ? Vous n'avez pas l'air de chercher un travail comme domestique.

—Je suis de la famille, mentit-elle.

—Eh bien, vous n'en avez pas l'air non plus.

Aurora s'adossa à son siège sur la banquette arrière et préféra ne pas répondre à l'offense.

Le taxi s'arrêta devant le portail d'une vieille maison seigneuriale, tout au bout de la plage de San Lorenzo. Aurora sonna à l'interphone et la sonnerie d'ouverture retentit immédiatement. Quand elle arriva à la porte principale, elle respira profondément et frappa.

Une femme en uniforme lui ouvrit.

—Je viens voir don Ceferino, dit-elle d'une voix aussi assurée que possible.

—Entrez et attendez dans ce petit vestibule, s'il vous plaît.

Aurora pria pour que ce soit lui et non doña Pilar qui arrive, mais ce ne fut ni l'un ni l'autre. Un jeune homme apparut, qu'elle reconnut tant il ressemblait à sa mère comme le fils de Ferino et de Pilar.

—On m'a dit que vous veniez voir mon père. Il n'est pas en forme. Puis-je vous aider à sa place ?

Aurora fit non de la tête.

—La maladie a beaucoup progressé ? demanda-t-elle.

La surprise se peignit sur le visage du jeune homme.

—Et vous êtes… ?

—Aurora Cangas. Pourriez-vous lui dire que je suis ici ?

—Un instant.

L'attente fut interminable pour Aurora, car elle craignait que doña Pilar n'apparaisse à tout moment. Elle resta plus de trente minutes dans ce salon impersonnel, jusqu'à ce que le fils de Ferino l'accompagne à l'étage supérieur et la conduise dans la bibliothèque attenante à la chambre de ses parents. Là, assis dans un fauteuil, habillé et la main posée sur sa canne, se trouvait Ferino, amaigri, la peau grise et l'œil jauni.

—Nous nous étions quittés d'une si belle façon… Quel dommage que tu doives me voir dans cet état !

—Qu'importe. Tu vas si mal ? Tu m'avais dit qu'il restait encore du temps. Ça ne fait que deux mois.

Ferino haussa les épaules.

—Je t'ai menti. Je pensais que tu ne voudrais pas passer la nuit avec un homme mourant. Je suis déjà en soins palliatifs. C'est une question de jours.

Les yeux d'Aurora s'emplirent dc larmes.

—Ne pleure pas, surtout. Nous nous sommes déjà dit adieu, ce temps est un bonus. J'imagine que tu viens à cause de l'affaire des Maghrébins. Mon fils me lit le journal tous les jours. Je veux savoir ce qui se passe dans le monde jusqu'au dernier moment.

—Nous en avions parlé. Tu m'avais promis que si ça ressortait, je partirais d'ici.

—Tu es sûre ? Ça remonte à si longtemps… Je ne crois pas qu'il y ait de danger.

—Je ne veux pas revivre ça encore et encore, je ne veux pas qu'on me pose de questions, je ne veux pas être là quand ils viendront à ma recherche, et ils viendront parce qu'il ne reste que moi. Je ne veux pas devoir inventer une histoire pour Agueda. J'ai besoin de partir d'ici. J'en ai assez de coudre, de vivre à ses crochets, de la pluie qui nous tombe dessus chaque printemps. Je veux ce que tu m'as promis.

—Ouvre le troisième tiroir de cette commode et prends l'enveloppe bleue, indiqua Ferino en montrant un majestueux meuble en bois orné de dorures. Il y a tout ce dont tu as besoin dedans, avec l'adresse de mon fils Cefe à Séville. Il est déjà au courant. Au cas où il m'arriverait quelque chose avant. Il viendra à mon enterrement. Il insiste, même si je lui ai déjà fait mes adieux il y a quelques mois. Bref, ma chère, bonne chance pour le reste de ta vie. Nous nous rêverons au ciel ou en enfer, où que ce soit, mais j'espère que nous serons ensemble et que nous pourrons enfin profiter pleinement l'un de l'autre. Maintenant, pars. Ceci ne devait être ni ton dernier souvenir ni le mien, et je ne veux pas que cela dure plus longtemps.

Aurora sortit de la bibliothèque dans un mélange de peur, de tristesse et de soulagement de tout laisser derrière elle. Elle se sentait plus légère, comme si les années vécues pesaient et qu'elle s'en libérait pour commencer une nouvelle vie.

Personne ne l'attendait dans le couloir, alors elle fit le chemin en sens inverse et descendit l'escalier. Elle se retrouva nez à nez avec doña Pilar.

—Bonjour, Aurora. N'aie pas peur, je veux seulement te souhaiter bonne chance.

—Je ne me laisse plus si facilement effrayer.

Je n'essayais pas de la défier, c'était juste la vérité.

—Mais c'est la peur qui te fait fuir.

Aurora tutoya doña Pilar en retour, et celle-ci ne la corrigea pas.

—Ferino t'a tout raconté ?

Doña Pilar acquiesça.

—Bien sûr, voyons. Après presque quarante ans, entre lui et moi, les secrets n'ont plus lieu d'être. Et bientôt, Dieu va nous séparer. Du moins, pour un temps.

—Je vois.

—Je suis au courant pour les Maghrébins. Tu as fait ce que tu devais faire. Tu as sauvé ta vie et celle de ta mère. Je suis aussi au courant concernant la journée et la nuit que vous avez passée ensemble à Oviedo. Ferino m'en a parlé avant.

—Et tu étais d'accord ?

Aurora n'était pas encore prête à croire à la compréhension de cette femme. Du moins, pas en ce qui concernait Ferino.

—Tu vois, les années ont passé pour tout le monde, et aujourd'hui, les choses importantes sont ailleurs. Je te souhaite bonne chance, vraiment, et si tu as besoin de quelque chose, dis-le-moi. C'est ce que Ferino voudrait.

—Tu l'aimes ?

—Bien sûr.

—C'est un homme chanceux, répondit Aurora.

AURORA, 2014

Emmener Aurora, qui pesait autant de kilos qu'elle comptait d'années, manger dans quatre restaurants en une semaine s'avéra bien plus compliqué que ce qu'Alba s'était imaginé lorsqu'elle avait proposé d'instruire, sur le plan gastronomique, sa grand-mère et son arrière-grand-mère.

Alba décida de commencer par la cuisine péruvienne, le choix d'Aurora, lors de cette première rencontre familiale. Pour détendre l'atmosphère nerveuse que provoquait l'excitation de cette nouvelle expérience, elle commanda quatre pisco sour, et elle et Ana choisirent les plats à goûter, tous à partager : *ají de gallina*, assortiment de *ceviches*, *tiradito* de thon, *antichucho*, *tamal*, *chicharrón*, manioc en sauce *huancaína* et *causa a la limeña*.

Faire boire le pisco à Aurora avant même de manger une bouchée ne fut pas une bonne idée. Elle l'avala en deux gorgées.

— Qu'est-ce que c'est bon, ce truc ! Alba, commande-m'en un autre.

— Bisa, c'est une boisson alcoolisée.

— On ne le sent pas…

— Eh bien, c'est fort.

— Tu vas commencer à me surveiller, maintenant ?

— Maman, vous allez être malade, implora Agueda.

— Commande-m'en un autre ! exigea Aurora de son arrière-petite-fille.

Ana trancha et appela le serveur.

— Grand-mère a raison, elle est assez grande pour savoir ce qu'elle fait.

— Vous savez ce que je voudrais maintenant ? Une cigarette. Mais avec cette loi antitabac, c'est fichu. Quoique, avec Ramona, on avait l'habitude de fumer dehors. On était très modernes à l'époque.

— Ça, non. Fumer, c'est très mauvais, répliqua Alba.

— Bien sûr, une clope va me tuer, c'est certain, ironisa Aurora. J'ai fumé un joint un jour, qu'est-ce qu'on a rigolé ! Vous avez déjà essayé ?

— C'est illégal, grand-mère, dit Ana.

— Ce n'est pas ce que j'ai demandé, rabat-joie. Vous êtes vraiment des rabat-joie. Ma fille, c'est sûr qu'elle n'a jamais touché à ça.

— Eh bien, cette fois, vous vous trompez, voyez-vous, la contredit Agueda.

— Bien sûr que ma mère a fumé des joints avec Florita ! lança Ana en éclatant de rire avant de se tourner vers Alba. Tu ne t'y attendais pas à celle-là, hein ?

Alba secoua la tête, amusée. Elle voulait en savoir davantage, mais Agueda empêcha Ana de lui raconter. Aurora regarda sa fille avec un certain respect. Le repas se déroula entre grimaces en découvrant de nouvelles saveurs, quelques approbations ponctuées de nombreuses louanges à la cuisine traditionnelle, et rires partagés dans la chaleur du pisco. Au total, Aurora en but quatre. Agueda un seul, Alba aussi et Ana deux, car le chauffeur de Carlos venait les chercher et qu'elle ne devait pas conduire. La frayeur arriva quand, en se levant de table, Aurora tomba par terre d'un coup, avec ses quatre-vingt-dix et quelques kilos et ses quatre-vingt-douze ans.

Elles l'emmenèrent à l'hôpital, où elle passa la nuit en observation. Par miracle, elle ne s'était rien cassé.

—Bisa, fini la tournée gastronomique. Mamie est bouleversée… dit Alba.

—Pas question, menaça Aurora en levant le doigt. Agueda peut dire ce qu'elle veut, mais tu réserves le japonais pour demain.

Et Alba réserva le japonais, car, au fond, elle était d'accord avec son arrière-grand-mère.

AGUEDA, 1977

Quand Aurora annonça à sa fille qu'elle allait commencer une nouvelle étape de sa vie à El Palmar de Troya, Agueda crut que sa mère avait fait un AVC. Aurora, comme tant d'autres gens du bassin minier, était socialiste, croyante en Dieu – ou du moins en sainte Barbe – et peu amie des curés en général, même si elle leur laissait une chance à titre individuel. Les voyants, le fanatisme religieux et ce prétendu évêque aveugle qui enflammait les foules n'avaient rien à voir avec la personnalité de sa mère.

—Ne dites pas de bêtises ! Vous ne vous êtes quand même pas laissé convaincre par ces charlatans !

—La seule qui dise des bêtises ici, c'est toi, qui ne comprends jamais rien. L'Église palmarienne, tout ça m'est complètement égal, et toi, tu ne dois dire à personne où je suis, tu as bien compris ? l'avertit Aurora. À personne. Et surtout pas à la police quand ils viendront t'interroger.

— Mais, maman, pourquoi la police viendrait-elle m'interroger, moi ? Qu'est-ce que j'ai à voir avec ces Maghrébins ? J'étais une gamine à l'époque de l'après-guerre, peut-être même pas encore née. Racontez-moi au moins ce qui s'est passé.

— Moins tu en sauras, mieux ce sera. Et quoi qu'il arrive, jure-moi que tu ne diras à personne où je suis.

Aurora insista pour qu'Agueda lui donne sa parole, sachant qu'elle la tiendrait.

— Mais quand pensez-vous revenir ?

— Peut-être jamais. Qui sait ?

— Eh bien, si vous ne le savez pas vous-même… Et vous allez me laisser seule avec la couture ?

— Ana est grande maintenant, tu n'as plus besoin de moi et j'en ai ras le bol de coudre pour des dames riches sans le moindre souci.

Agueda ne savait pas comment réagir. Elle n'eut de toute façon pas le temps d'y réfléchir parce qu'Aurora fit sa valise et, le lendemain, on la conduisit à la gare pour prendre le train sur la Route de l'Argent pour Séville.

— Je ne comprends pas, Jesús, je te jure que je ne comprends pas. Ma mère a toujours été folle, mais ça, je ne m'y attendais pas.

— Vois les choses du bon côté : tu es débarrassée d'elle.

— Et c'est maintenant qu'elle décide de partir, alors qu'on a une tonne de travail ! Elle ne pense vraiment qu'à elle.

— Ta mère n'est pas facile à vivre, certes, mais elle travaille gratuitement ici depuis que la petite est née.

— On verra combien de temps durera sa lubie.

— Ne me gâche pas tous mes espoirs. Avec un peu de chance, elle ne reviendra pas.

Mais ce ne fut pas la seule surprise qu'Agueda eut cette année-là, alors que l'Espagne entrait dans la démocratie. Elle reçut en effet dix millions de pesetas nets d'impôts. Cela lui sembla être un cadeau du ciel, mais en réalité, ils venaient du patrimoine de Ferino, qui les lui avait légués dans son testament. Sans explications. Il n'y eut qu'un appel d'un avocat, une signature et un virement sur son compte. Agueda ne voulut pas poser de question. Les souvenirs qu'elle avait avec son père étaient aussi brefs que merveilleux et elle n'allait pas permettre que qui que ce soit les ternisse, même si elle n'était pas assez naïve pour ne pas comprendre ni pour refuser l'argent.

L'appartement, sur un étage entier, qu'elle acheta dans un immeuble de la rue San Bernabé, en plein centre d'Oviedo, lui coûta cinq millions. Jesús dut signer l'acte d'achat parce que même si cette année-là, les Espagnols eurent le droit de voter pour la première fois depuis quarante ans, Agueda, comme toutes les femmes mariées, ne pouvait pas signer en son nom propre, quand bien même l'argent lui appartenait. Cela ne la dérangeait pas, car Jesús n'était jamais un obstacle, au contraire, il la soutenait dans chacune de ses décisions. Il prêta son nom et sa signature pour devenir administrateur de l'entreprise d'Agueda, pour acheter de nouvelles machines à coudre et tout le matériel nécessaire pour qu'elle puisse ouvrir son Atelier de couture et son Académie de coupe et confection Mari Flora.

Malgré le nombre de fois où elle dut répondre à la question de l'identité de cette Mari Flora au fil des années, Agueda ne regretta jamais d'avoir donné à son atelier le nom de sa première poupée, celle qui l'avait accompagnée dans sa solitude d'enfant, jusqu'à ce que sa mère la donne, sans se soucier de ce que signifiait ce tas de chiffon mal cousu par Ramona pour sa fille unique.

ANA, 2014

Quand Alba annonça que le plan des quatre dégustations de nourriture internationale était toujours d'actualité, Ana et

Agueda se montrèrent réticentes à l'idée d'emmener à nouveau Aurora au restaurant, alors qu'elle sortait à peine de l'hôpital.

— Qu'est-ce que tu cherches à faire ? Tuer ton arrière-grand-mère ? demanda Agueda. Tu ne vois pas qu'elle est très âgée ?

— Justement. C'est quelque chose qu'elle a envie de faire. On ne va pas la laisser mourir sans jamais avoir goûté de sushis ! Et moi, la semaine prochaine, je dois retourner à la fac, donc on ne pourra plus y aller. Elle en a vraiment envie.

— Je ne le sens pas trop, chérie, insista sa mère.

— Je te promets que cette fois, pas de pisco. On ne lui donne que de l'eau. Bisa n'a rien, les médecins ont dit qu'elle allait bien.

— Si elle est à nouveau mal aujourd'hui… dit Agueda, déjà résignée devant l'insistance de sa petite-fille.

— S'il se passe quoi que ce soit, promis, on arrête tout, assura Alba.

Pour l'occasion, elles choisirent un restaurant japonais où on mangeait sur des tatamis.

— Je ne m'assieds pas là. D'accord pour manger du poisson cru, mais manger par terre, ça non, se rebiffa Aurora quand elles poussèrent les portes du restaurant et qu'elle vit cette table basse entourée de coussins.

— Viens, bisa, y a un truc ! Regarde, je te montre, dit Alba en s'asseyant près de la table. Tu vois ? Il y a un trou en dessous, alors le sol fait office de chaise.

Aurora pencha la tête pour regarder sous la table, peu convaincue, mais elle céda quand Ana s'assit à son tour.

— Vous allez devoir m'aider à m'y mettre. Ils sont malins ces Japonais. Ils peuvent picoler sans risquer de tomber de leur chaise.

Alba et Ana aidèrent Aurora et Agueda. Cette dernière, encore plus réticente que sa mère, ne dit rien pour ne pas gâcher leur enthousiasme, mais elle ne cessa de jeter des coups d'œil sous la table, redoutant qu'une blatte, une araignée ou pire ne surgisse sous ses pieds. Rien que d'y penser, elle en avait la chair de poule. Depuis l'époque où sa mère l'enfermait dans le garde-manger, elle ne supportait plus d'avoir une partie de son corps dans un endroit sombre ou qu'elle ne pouvait pas voir.

— Vous allez goûter quelque chose de délicieux, annonça Alba. Et ne vous inquiétez pas, ce n'est pas cru : ça s'appelle une fondue japonaise et on va la cuisiner nous-mêmes ici à table.

— Je vous avais dit qu'ils étaient malins, ces Japonais. On les paie et c'est nous qui faisons tout le travail, comme dans les stations-service où le client doit mettre son essence lui-même maintenant. N'est-ce pas honteux ?

— Et bientôt, il n'y aura plus de caisses dans les supermarchés, bisa, mais ça, c'est différent, expliqua Alba en éclatant de rire.

L'expérience avec la cuisine japonaise se déroula bien et sans accident, mais sans échapper au commentaire tant attendu d'Agueda et d'Aurora : « On ne mange nulle part aussi bien qu'en Espagne, mais pour un repas, ça passe. » En son for intérieur, Agueda avait décidé qu'elle ne mettrait plus jamais les pieds dans un restaurant japonais. En revanche, la cuisine allemande lui plut. Et à Aurora aussi, même si, comme c'était le choix de sa fille, cette dernière ne voulut pas l'admettre.

AURORA, 1977

Aurora arriva à Séville à la fin du mois d'août 1977. Pour cette nouvelle étape de sa vie, elle avait teint ses cheveux blonds, de moins en moins foncés à force d'avoir des cheveux blancs, en châtain clair. La ville était chaleureuse, joyeuse et bruyante, très différente d'Oviedo et de Gijón, les seules capitales qu'elle connaisse. Comme Cefe était dans les Asturies pour les funérailles de son père, Aurora utilisa une partie de l'argent que Ferino lui avait glissé dans l'enveloppe avec les papiers pour louer une chambre dans une auberge proche des arènes de la Maestranza, où elle attendrait son retour. Elle eut l'impression d'être dans un film de Lola Flores. La vie dans les rues, l'accent chantant, les messieurs sévillans bien coiffés et gominés, les géraniums aux balcons, les hommes criant des compliments – « Gitane », « Yeux noirs », « Quel joli minois, p'tite » –, les vendeurs de fleurs et les calèches tirées par des chevaux… Aux yeux d'Aurora, c'était un décor de cinéma.

Malgré la tristesse causée par la mort de Ferino et l'excitation de cette nouvelle vie de fugueuse qui allait commencer, elle profita pendant ce voyage de quelques jours de liberté inattendue. Elle visita la Giralda, le Real Alcázar, vit le Guadalquivir, se promena en observant les escrocs et leurs complices, mangea à Triana et parcourut le parc de María Luisa, comme n'importe quel autre touriste. Elle goûta les vins de la région, le fino, le manzanilla et le vin à l'orange ; elle mangea du gaspacho, des *patatas aliñás*, des petits poissons frits appelés *chanquetes*, un autre poisson nommé *melva* qui lui rappela la bonite mais avec un goût plus fort, et le sang à l'oignon, qu'elle n'aima pas. Elle acheta même un éventail dans la rue Sierpes pour lutter contre « le chaleur », comme on disait là-bas. Elle s'aventura même à assister à un spectacle de *cante jondo* qu'elle ne comprit pas et à visiter un *tablao* de flamenco qui lui remonta le moral. Dans les années 1970, ce n'était pas habituel de voir une femme seule dans les bars de Séville, mais à la question « Vous attendez quelqu'un ? », posée avec toutes sortes d'intentions, parfois même avec des soupirs et des regards hostiles, Aurora bottait en touche : « Oui, mais plus tard. » À cinquante-cinq ans, bien qu'elle conserve une partie de sa beauté naturelle, elle n'attirait pas les hommes et ne faisait sensation que par le caractère inhabituel de la situation et son air d'étrangère, avec ses yeux bleus que la couleur foncée de ses cheveux mettait encore plus en valeur.

Cefe et Marisa revinrent de Gijón quelques jours plus tard et accueillirent Aurora chez eux, dans le quartier bourgeois de Los Remedios. Cefe s'avéra être un homme d'affaires prospère d'âge moyen, propriétaire de plusieurs magasins de produits périssables, à l'accent andalou curieux qu'il mélangeait à des mots asturiens, ce qui le rendait très singulier. Le fils rappelait à Aurora son père. Il était plus grand et un peu moins élégant, mais bien habillé, plus sympathique et tout aussi énergique. Il lui présenta son épouse, Marisa.

Cefe était de ces hommes qui remplissent l'espace qu'ils occupent. En revanche, Marisa était une femme douce et discrète, davantage destinée à refléter l'éclat de son mari qu'à briller par elle-même.

Ils la reçurent tous deux comme une invitée bienvenue, bien qu'elle ne soit rien de plus qu'une inconnue.

—Les amis de mon père sont mes amis, et encore plus ceux qui remontent à une époque si… commença Cefe en cherchant le mot adéquat, mais il abandonna. Enfin, je n'ai rien à vous apprendre. Quelle horreur, ces temps ! Mon père m'a dit qu'il te devait une fière chandelle.

—Je crois que c'est plutôt moi qui lui en dois une, répondit Aurora, encouragée par le bon accueil du couple.

—À l'époque, il n'y avait rien de plus important que de pouvoir compter sur ses amis ; cela pouvait être une question de vie ou de mort. On en a longtemps voulu à l'épouse de mon père de m'avoir envoyé ici, au camp de concentration, n'est-ce pas, Marisa ? Quelle horreur ç'a été ! J'ai longtemps pensé ne jamais en sortir vivant, comme tant d'autres. Mais avec du recul, je suis vivant et la vie me sourit. Est-ce qu'elle aurait pu m'épargner ces années atroces ? Bien sûr, mon père l'a toujours pensé. Mais elle m'a aussi sauvé la vie.

—C'est une femme étrange. On ne sait jamais si elle vous fait une faveur ou une crasse, confirma Aurora. L'important, c'est que tout cela est désormais loin derrière et que vous allez bien. Vous avez bien réussi.

—Mon père nous a aidés. Il a payé l'école du petit à Séville, à San Francisco de Paula, une des meilleures, parce qu'à El Palmar, il n'y en avait même pas une. Les quelques personnes qui habitaient ici étaient analphabètes. Et très pauvres. Tous mouraient de faim ! Quand Marisa est arrivée, il n'y avait même pas de village, juste une plaine de petits palmiers, mais mon père lui envoyait de l'argent pour qu'elle ait un toit pour elle et notre fils, et pour qu'elle puisse m'apporter un peu de nourriture au camp de concentration, ou de travail, comme on les appelait. Il m'a aussi aidé à démarrer quand je suis sorti. C'était l'argent de Pilar, bien sûr. Mon père gagnait bien sa vie, mais pas autant.

—Oui, ça ressemble bien à doña Pilar et à sa manière très particulière de faire les choses.

Le soir, Aurora dîna avec eux et ils lui préparèrent une chambre dans la maison.

—El Palmar est un village miteux, mais La Alcaparrosa, le quartier des apparitions, va t'impressionner, lui dit Marisa après avoir évoqué des souvenirs communs et servi le repas. Les week-ends, cet endroit est envahi par une foule de croyants. Ou de fanatiques. C'est comme assister à un spectacle, même si je dois reconnaître que ce Clemente en impose quand on l'écoute.

—Donc vous, vous n'êtes pas palmariens, déduisit Aurora, sceptique face à ce cirque religieux qu'elle ne connaissait que par les journaux télévisés, et qui lui semblait un véritable carnaval.

—Nous sommes des fournisseurs d'El Palmar, clarifia Cefe. Avant, les affaires marchaient bien, mais elles vont encore mieux depuis qu'ils sont là. Ici, tu seras en sécurité, tu passeras inaperçue. Tu verras arriver et repartir de véritables flots de pèlerins. Les gens du village louent des chambres pour que ceux qui sont de passage puissent dormir. Même les prêtres ont acheté des maisons là-bas, alors qu'ils vivent à Séville. Personne ne trouvera étrange qu'une autre palmarienne s'installe dans le village pour suivre sa foi. Mais ne te fais pas trop d'illusions sur la maison. Elle est très modeste, comme toutes celles du village. Mon père voulait que Marisa vive à Séville avec le petit, mais elle a refusé de s'éloigner de moi. Elle est restée là avec lui jusqu'à ma libération.

— Pourquoi n'êtes-vous jamais revenus dans les Asturies ?

— Pour quoi faire ? Voir la tête de celui qui m'a dénoncé ou celle de la femme de mon père ? Ou du salaud qui m'a torturé quand on m'a arrêté et que je connaissais depuis qu'on était gamins ? Non. Il valait mieux ne pas revenir.

— Ton père m'a dit que les tracts avec lesquels on t'a trouvé n'étaient pas à toi.

— Je n'étais même pas communiste ! Mon père était contremaître, tu le sais. On m'a tendu un piège, mais je ne veux pas en parler. Même après toutes ces années, ça me fait bouillir.

— Je comprends. Qu'est-ce qu'ils sont bons, ces *mostachones*, Marisa ! Je n'en avais jamais goûté, j'adore ! Tout était délicieux, je n'avais jamais goûté de viande de porc pareille.

— C'est de l'échine de porc ibérique.

— Dans les Asturies, on n'a pas ça. Du jambon ibérique, oui, à des prix prohibitifs, bien sûr, mais ça, non.

— Pour nous, c'est un vrai délice, répondit Marisa. Les curés aiment beaucoup aussi. En fait, ils aiment tout ce qui est bon. Y en a qui font de ces fêtes dans Séville…

— Et l'évêque qui dirige tout ça, il ne se doute de rien ?

Marisa se mit à rire.

— Clemente ? C'est lui qui est à la tête du cortège et il finit plus bourré que les autres. Ils y vont en soutane, ne crois pas qu'ils se cachent, et ils mangent comme des porcs, ils dansent, boivent et pelotent les serveuses.

— Les serveuses, c'est pour faire diversion, dit Cefe en éclatant de rire, parce que ce qui plaît vraiment à Clemente et compagnie, ce sont les serveurs. C'est plus Sodome que Gomorrhe, si tu vois ce que je veux dire.

—Cefe, par pitié, ne sois pas si vulgaire. Que va penser Aurora ?

—Faut qu'elle sache ce qui l'attend là-bas ! Qu'ils ne viennent pas la recruter pour leur secte, répondit-il en riant.

—Rassurez-vous, ça ne risque pas d'arriver, dit Aurora. Les curés, ce n'est pas mon truc. En plus, ce n'est que temporaire, juste le temps que les choses se calment et que je puisse rentrer chez moi sans danger.

—Bien sûr, dit Marisa avec un sourire compréhensif. Nous allons tous les dimanches à la messe là-bas. Tu ne peux pas louper ça. C'est un spectacle de voir Clemente en transe et les gens entrer dans une sorte de ferveur mystique.

—Donc vous assistez à ses messes ? Vous êtes sûrs de ne pas être palmariens ?

—Ça dépend qui pose la question. Ce sont des clients, et ils nous achètent de plus en plus. Et le blé, c'est le blé, comme disent les Sévillans, Marisa met son voile et nous y allons, tous les dimanches et les jours de fête.

Aurora comprenait le couple. Elle savait bien ce que c'était de se rapprocher du soleil le plus chaud pour pouvoir s'en sortir.

—Je propose de porter un toast, s'exclama Cefe en levant son verre de vin. À ton futur et à mon père, qu'il repose en paix.

—À Ferino, que la vie lui ait été favorable, dit Aurora, et tous trois gardèrent un instant le silence.

La conversation se prolongea jusqu'à tard dans la nuit, et Cefe, qui menait les échanges, la ponctua d'anecdotes, même lorsqu'il parla de son fils, leur unique enfant. Il était ingénieur, comme Ferino avait voulu, et avait un bon poste à Madrid.

—Il ne reviendra pas à Séville. Il vit dans la capitale comme un célibataire en or, lança Cefe. Il mène la grande vie.

—Ne fais pas attention à ce que dit Cefe, notre fils est très responsable et travailleur.

—Je n'ai pas prétendu le contraire, mais je te dis qu'il devient connu dans une maison close que certaines personnes de renom ont ouverte à Madrid, et pas parce qu'il y va pour demander la monnaie. Je l'ai appris quand je lui ai rendu visite ce printemps.

—Mon Dieu ! Qu'est-ce que tu racontes ? C'est ton fils ! Qu'est-ce que va penser Aurora ?

—Ne t'affole pas, j'exagère un peu, mais je ne mens pas. En réalité, c'est pour le boulot, avec des clients, tu sais. Il paraît que ces célébrités qui ont lancé le club attirent une clientèle très importante et qu'on y signe des contrats à plusieurs millions.

—De qui parles-tu ?

—Bon, ce ne sont que des rumeurs, rien de certain, mais on dit que Paco Martínez Soria lui-même y aurait des parts.

—Dans un bordel ? Ce n'est pas possible ! s'exclama Aurora, stupéfaite.

—C'est ce qu'on dit, mais qui sait… On prétend qu'il n'y a pas de fumée sans feu, mais les gens adorent aussi inventer des ragots. Le club est ce qu'il y a de plus chic à Madrid, rue Oriente, rien que ça, tout près du Palacio Real, dit Cefe en chuchotant comme s'il craignait d'être entendu.

Quand ils se couchèrent enfin, Aurora se sentit comme libérée d'un fardeau. Elle était prête à recommencer à zéro dans cet endroit où elle ne connaissait personne et où personne ne la connaissait.

13

Ana, 1981

Quand j'avais treize ans, ma mère devint obsédée par les sacs-poubelle qu'on trouvait dans la rue. Elle avait entendu quelque chose aux informations qui l'avait alarmée ; je ne sais plus si c'était à propos d'une bombe cachée dans un sac à ordures ou sur la possibilité que des terroristes puissent commettre des attentats avec un procédé aussi misérable. Pendant plusieurs semaines, elle insista pour que je ne m'approche d'aucun sac que je verrais dans la rue, et moi, sans ressentir la peur qui, comme je le devine à présent, était la sienne, j'obéis. À l'époque, Oviedo n'avait rien de la ville de carte postale qu'elle est aujourd'hui, dans laquelle on ne voit pas un chewing-gum collé sur le trottoir. Ce n'était pas rare de voir, en fin d'après-midi, des sacs-poubelle près des entrées d'immeubles, en attente du ramassage par les services municipaux aux environs de minuit.

Je n'étais pas une ado particulièrement capricieuse ni désobéissante mais, un après-midi, j'accompagnai ma mère acheter une soie imprimée pour la robe d'une cliente et, en chemin, je vis une minijupe en mousseline très ample dans une vitrine et j'en tombai amoureuse. Je lui demandai de me l'acheter avec derrière la tête l'idée qu'elle propose, comme toujours, de me la confectionner elle-même, mais elle refusa catégoriquement.

—Dès que tu bougeras, on verra tout. Ce tissu est trop léger et, en plus, c'est une jupe d'été, donc tu ne peux même pas mettre de collants en dessous, dit-elle.

Mais son explication ne me suffit pas. Dans le magasin de tissu, j'insistai lourdement en lui montrant différentes étoffes pour qu'elle me fasse la jupe qui me plaisait tant.

—Laisse tomber. Non, c'est non ! me dit-elle à plusieurs reprises.

Quand nous sortîmes du magasin, je continuai à me plaindre et ma mère commença à perdre patience.

—Tais-toi un peu avec cette fichue jupe ! me lança-t-elle d'une voix plus forte que d'habitude.

Je sentis une colère que je n'avais jamais connue jusqu'alors monter en moi. Tombant sur un sac-poubelle mal ficelé sur le trottoir, je lui donnai un coup de pied de toutes mes forces et son contenu se répandit sur le trottoir.

Ce fut la seule fois où ma mère me donna une gifle en public, et je la reçus avec un mélange d'humiliation et de rage. Elle ne m'en avait pas donné beaucoup en privé non plus, mais de temps en temps, j'avais reçu quelques claques. À la maison, jamais devant les autres.

Je m'enfuis, les larmes coulant sur mes joues, et elle me suivit. Je l'entendais me réprimander dans mon inconscient et me répéter pour la énième fois son sermon sur les sacs-poubelle qui pouvaient contenir des bombes et exploser si on leur donnait un coup de pied, car les terroristes voulaient faire le plus de mal possible en s'en prenant à des créatures innocentes comme moi et semer la terreur dans la société. Je ne me retournai même pas pour la regarder. Je ne m'arrêtai qu'une fois arrivée au portail, où je dus attendre qu'elle sorte ses clefs et ouvre la porte. Ma mère appela l'ascenseur, mais moi, je montai l'escalier quatre à quatre. Une fois dans l'appartement, je m'enfermai dans ma chambre, décidée à ne pas en sortir.

Pour la première fois, je ne lui adressai pas la parole et je restai insensible à toutes ses menaces et à ses offres de réconciliation qu'elle alterna tout au long de l'après-midi. Lorsque mon père arriva à l'heure du dîner et découvrit la situation, je suis persuadée qu'il eut envie de fuir, mais il ne le fit pas. Ma mère lui raconta ce qui s'était passé pendant que moi, dans ma chambre, je revivais encore et encore l'humiliation qu'elle m'avait fait subir.

Mon père s'approcha de ma porte pour essayer de me faire entendre raison. Lui, je le laissai entrer, mais, malgré son attitude tendre et compréhensive, il ne réussit pas. Il parvint néanmoins à ce que je le prenne dans mes bras et que je pleure contre son épaule, mais pas à ce que je pardonne l'offense de ma mère, ni même à ce que je m'asseye à la même table qu'elle pour le dîner. Vingt minutes plus tard, mon père revint frapper à ma porte pour me laisser un plateau garni d'une généreuse portion de croquettes au jambon – mes préférées –, d'un petit pain, de deux petits-suisses à la fraise et d'un Fanta orange, une évidente offrande de paix de la part de ma mère, qui ne m'autorisait à boire des sodas que le week-end.

J'engloutis le repas et sortis déposer le plateau dans la cuisine. Ma mère en profita pour s'approcher, mais je ne lui laissai aucune chance, bien que j'aie dévoré ses croquettes. Je parvins à l'esquiver et retournai m'enfermer dans ma chambre. Ce soir-là, ma grand-mère Aurora, dont je n'avais plus de nouvelles depuis des années, me manqua, car je m'imaginais qu'elle aurait su transformer ma colère en arme pour mortifier ma mère.

Le lendemain matin, je m'assis à table pour le petit déjeuner comme si de rien n'était. Ma mère ne fit pas allusion à ce qui s'était passé la veille et je ne montrai pas non plus la moindre envie d'en parler. Ni ce jour-là, ni jamais.

Ce ne fut pas la dernière dispute que j'eus avec ma mère pendant mon adolescence, mais je ne me souviens d'aucune autre où ma grand-mère Aurora m'ait manqué.

Alba, 2016

La vie de son arrière-grand-mère Aurora était une source d'inspiration pour Alba. Ses anecdotes éveillaient sa curiosité, la faisaient rire parfois ou l'indignaient, mais elle y trouvait toujours des détails utiles à sa cause, passés inaperçus. Elle avait pris l'habitude de lui raconter des histoires ou de lui apporter des objets pour lui délier la langue, car Aurora ne parlait de sa vie que si Alba parvenait à l'indigner suffisamment pour qu'elle veuille démentir les absurdités auxquelles son arrière-petite-fille faisait semblant de croire. Si elle voulait en apprendre plus sur Ramona, il lui suffisait de lui montrer un article sur Internet qui disait que les femmes n'avaient pas travaillé dans les mines avant 1996. Comme Alba s'y attendait, Aurora s'agaçait alors, et elle lui parlait de son amie, qui avait été piqueuse pendant de nombreuses années avant qu'elle soit renvoyée aux lavoirs parce qu'il n'était plus nécessaire de remplacer les hommes à l'intérieur et que les risques de sanction étaient trop élevés. Si elle voulait qu'elle parle de la Singer, elle n'avait qu'à lui apporter une des répliques miniatures qu'Ana avait offertes en souvenir aux invités de son mariage, bien que sur ce sujet, il soit plus difficile de la faire parler. Aurora se contentait de râler sur les manies extravagantes des gens riches et marmonnait :

— Si j'avais su, j'aurais offert les vieilles chaises en formica de la cuisine à ta mère comme cadeau de mariage au lieu de dépenser de l'argent.

Mais Alba n'obtenait rien d'utile. Un jour, alors même qu'elle ne cherchait pas à soutirer des informations à son arrière-grand-mère, Alba suggéra que les femmes étaient plus souvent blessées que les hommes dans les accidents de voiture parce que les ceintures de sécurité étaient conçues pour le corps masculin. Aurora s'énerva immédiatement et lui raconta les horreurs qu'on lui lançait quand elle traversait le village en Vespa dans les années 1950.

C'est pourquoi, lorsqu'Alba lut sur Internet que le pape de l'Église palmarienne avait quitté El Palmar pour se marier et que son épouse faisait la couverture d'*Interviú*, elle prit sa voiture pour aller au centre commercial le plus proche et acheter un exemplaire du magazine, en version papier, parce qu'Aurora ne supportait pas la version numérique. « Ne me montre pas des écrans aussi petits, bon sang, je n'y vois rien. J'ai déjà assez de mal avec le portable. Le seul écran que j'aime bien, c'est celui de la télé, et encore, pas toujours », disait-elle chaque fois qu'elle essayait de lui montrer quelque chose sur son téléphone ou sur sa tablette.

Ce jour-là, Alba arriva à la résidence avec le magazine, sans se presser, pour profiter au maximum de sa conversation avec son arrière-grand-mère.

— Regarde, bisa, tu sais qui c'est ? lui demanda-t-elle en entrant dans sa chambre.

— Eh bien, une pétasse à poil, répondit Aurora sans trop y prêter attention. Et un peu vieille. Ce magazine, c'est pour les vieilles branches. Avant, au moins, les salopes des couvertures étaient jeunes et jolies.

— Ce n'étaient pas des salopes, c'étaient des mannequins ou des actrices, et elle, c'est une femme normale, enfin, physiquement, parce que pour le reste, elle est tout sauf normale.

Aurora mit ses lunettes et prit le magazine. « El Palmar de Troya. La fiancée du pape se déshabille », disait le gros titre en couverture.

— Il ne manquait plus que ça. Au moins, celui-là n'a pas fini pédé comme les autres.

— Un peu de respect, bisa. Je suis lesbienne et tu le sais très bien.

— Et alors ? Que tu sois lesbienne n'enlève rien au fait qu'ils étaient pédés.

Alba dut reconnaître que, sur ce point, son arrière-grand-mère avait raison.

—De qui parles-tu ? céda-t-elle face à Aurora.

—Des originaux, pas de ces guignols. Le pape Clemente et l'évêque Manuel. Il n'y avait pas plus pédés, ivrognes et fêtards qu'eux. C'étaient des sacrés personnages. Avant d'être pape, à Séville, on l'appelait « la Volt », tu vois le genre. Ils mangeaient et buvaient Séville tout entière et ensuite allaient s'occuper des jeunes curés. Mais ils étaient aussi très généreux avec ceux qui travaillaient pour eux. *Très*.

—Ouais, ouais, je vois, une Église comme il faut, ironisa Alba.

—Comme toutes les Églises. Elles sont toutes formées par des personnes, et nous portons tous des maux en nous, pas moyen d'y échapper.

—Ici, ils disent que cette femme était la Mata Hari d'El Palmar. Eh bien, il n'y avait pas beaucoup de concurrence. Regarde, à l'intérieur, il y a une photo avec lui. Quelle gueule ! Elle bien en chair et lui chauve, en plus on dirait qu'ils ne sont pas encore au courant de l'existence de l'épilation laser. Le pape Grégoire XVIII, tu l'as connu ?

—Oui, lui oui. Elle non, et pourtant, ils disent ici qu'elle a été religieuse, mais elle est très jeune. Lui, c'est le père Ginés. Il l'était quand je cousais pour eux. Il est devenu pape des années plus tard. Et maintenant, c'est un rigolo. Lui, il n'était pas homo, juste un lèche-bottes.

Aurora se perdit dans ses pensées, mais Alba voulait en savoir davantage.

—Pourquoi es-tu allée à El Palmar et y es-tu restée aussi longtemps, bisa ?

—Qu'est-ce que tu es curieuse, ma p'tite.

—Tu veux que je reparte avec le magazine ?

—Tu peux même le brûler, si ça te chante.

Alba savait très bien qu'elle bluffait, alors elle prit la revue et la rangea dans son sac. Comme elle s'y attendait, Aurora grommela :

— Laisse-moi ça ici. Vous êtes vraiment insupportables, vous les jeunes !

— Je te le donne si tu me dis ce que tu as fait toutes ces années à El Palmar.

— Tu ne comprendrais pas.

— Essaie toujours.

— Je ne voulais pas qu'on m'attrape quand ils trouveraient les cadavres des Maghrébins. Maintenant, ouste !

Alba sut que ce n'était pas le moment d'insister, mais elle venait de mettre la main sur ce qui ressemblait à un très gros fil à tirer pour démêler l'histoire de son arrière-grand-mère.

Aurora, 1977

La première fois qu'Aurora se rendit à La Alcaparrosa, c'était fin août, une semaine après son arrivée à Séville, escortée par Cefe et Marisa. Elles portaient une mantille et des manches longues, et Cefe, un costume avec une cravate, malgré la chaleur étouffante de ce désert andalou.

Un mur de quatre mètres de haut entourait le domaine, comme s'il s'agissait d'une forteresse, et une foule de gens était rassemblée à l'extérieur. Ils virent un grand cercle de personnes agglutinées autour d'une femme qui semblait être en pleine crise d'épilepsie.

— C'est qui, elle ? demanda Aurora.

— Une des soi-disant voyantes, la concurrente de Clemente, mais comme tu peux le voir, il s'en sort beaucoup mieux, répondit Cefe en montrant du doigt l'immense basilique en construction qui dépassait des murs. Il a acheté le domaine pour une somme folle, ou du moins, c'est ce qu'on raconte. Depuis qu'il est propriétaire, il interdit aux autres voyants d'entrer.

—Et qui paie tout ça ?

—Il y a des fidèles très riches. Beaucoup sont étrangers, mais il y en a aussi d'ici. Une baronne de La Rioja, avec des milliers d'hectares de vignes, a donné à Clemente seize millions de pesetas il y a quelques années.

Puis, en s'approchant de son oreille, Cefe ajouta :

—On dit aussi que les dons servent à blanchir de l'argent. Ça expliquerait pourquoi il y a autant de millionnaires dévoués à El Palmar disposés à ouvrir leur portefeuille sans jamais mettre les pieds ici. Va savoir ! Ce ne sont que des rumeurs. Allez, entrons.

Malgré tout ce qu'elle avait lu sur El Palmar dans la presse, Aurora n'était pas préparée à voir une telle foule de fidèles à genoux ni autant de prêtres, d'évêques ou autres. Elle compta plus de cinquante soutanes et au moins vingt religieuses au visage voilé. Cette démonstration de foi palmarienne l'impressionna, mais ce qui la frappa le plus, ce fut Clemente lui-même : les orbites vides, les mains gantées de blanc tachées de sang et une voix grave qui résonnait contre les murs de l'église. Il parlait en employant le « Nous », comme si Dieu se dirigeait réellement aux fidèles à travers lui.

Pour Aurora, l'Église palmarienne ressemblait à une tour de Babel. Pas à cause de la messe en latin, qui ne lui paraissait pas si étrange puisqu'elle avait connu la messe tridentine, encore courante une dizaine d'années auparavant, même si elle n'avait jamais été très fan de la religion ni des curés ; ni à cause des accents divers venus de toute l'Espagne, mais parce que beaucoup des personnes présentes ne parlaient même pas castillan et qu'elle ne comprenait rien à ce qu'ils disaient.

—Certaines agences de voyages se font de l'or en amenant des fidèles de tout le pays et même de l'étranger, lui expliqua Marisa. Il y en a même une à Torremolinos qui organise des voyages depuis les États-Unis. Ici, tu trouves de tout : des Hollandais, des Allemands, des Irlandais…

Aurora n'en revenait pas, mais ce que ces gens faisaient ne l'intéressait pas. Si tout le monde s'enrichissait grâce à ce spectacle, elle pouvait sûrement en profiter aussi.

— Qui coud les soutanes des prêtres ? questionna-t-elle, une fois de retour à la voiture.

— Un tailleur de Séville, je suppose, répondit Marisa. Ou plusieurs, car ils sont de plus en plus nombreux chaque fois que nous venons et, à Séville, on fournit de plus en plus de nourriture dans les maisons des prêtres ou de quoi que soient ces énergumènes. À quoi penses-tu ?

— Je pense que les soutanes qu'ils portent doivent être atroces avec cette chaleur, je ne sais pas comment vous supportez ça. Je rôtis comme un poulet.

— On s'habitue à tout.

— Mais je suis certaine qu'ils préféraient être au frais. Tu pourrais m'emmener dans les meilleures boutiques de tissus de Séville ? demanda Aurora à Marisa, déjà en train d'élaborer un plan.

AGUEDA, 1968

Le week-end, Florita avait l'habitude de rendre visite à Agueda et à la petite Ana, qui commençait à peine à ramper à l'époque. Elle prenait le train à Mieres vers midi, après avoir rangé la maison et fait les courses avec Herminia. À la gare d'Oviedo, elle prenait le bus jusque chez Agueda, où elles attendaient que Jesús rentre de son travail dans les grands magasins pour déjeuner tous ensemble dans l'appartement. L'après-midi, s'il ne pleuvait pas, les amies prenaient le bus vers les beaux quartiers pour goûter et promener la petite au parc Campo San Francisco, le cœur de la capitale asturienne, jusqu'à ce qu'il soit l'heure de raccompagner

Florita à la gare, où elles se disaient au revoir jusqu'à la semaine suivante.

Ce samedi-là, alors que Jesús regardait un film de John Wayne dans la petite pièce qui leur servait de salon et qu'Aurora s'était enfermée dans l'atelier de couture installé dans le séjour, les deux amies se retrouvèrent seules dans la chambre parentale. Florita s'assit sur le lit en attendant qu'Agueda termine d'allaiter Ana et que la petite s'endorme.

—Tire-moi les cartes, Agueda, j'en ai besoin. Profitons de la sieste de la petite, demanda Florita.

—Qu'est-ce qui t'arrive ? Qu'est-ce que tu veux savoir ?

—Tais-toi et tire-moi les cartes, dit-elle en tapotant le jeu de tarot d'émotion avant de le tendre à Agueda.

—Avec celles-là ? Tu sais bien que je n'ai jamais été très convaincue par ce jeu.

—Ne sois pas ringarde, c'est celui que toutes les pros utilisent aujourd'hui. Faut vivre avec son temps.

Agueda battit les cartes, un peu excitée par l'enthousiasme de Florita.

—Qu'est-ce que tu veux demander ? dit-elle en lui tendant le paquet à couper.

—Si je vais être heureuse.

—Sacrée question ! On dirait que c'est ta première fois. Ni le tarot ni les cartes espagnoles ne peuvent répondre à ça.

—Tais-toi et concentre-toi.

Agueda étala les cartes et ce que Florita espérait apparut : un Trois de Bâtons et le Monde. Elle commença à lire le tirage, mais Florita l'interrompit :

—Regarde, regarde, il est là. Le voyage !

—Florita, ça peut être un voyage ou tout autre chose, dit-elle avant de comprendre. Tu pars en vacances ? À Benidorm ? Génial !

—Non, à Paris !

—Comment ça, à Paris ? Avec la paroisse ?

—Quelle paroisse, enfin ? Avec José Luis.

— C'est qui, lui ?

— Le patron de Jesús. Je l'ai rencontré à ton mariage.

— Qu'est-ce que tu racontes, Florita ? Cet homme est marié. Il est venu à notre mariage avec sa femme. Je lui ai fait une robe le mois dernier pour le mariage de sa nièce.

— C'est justement pour ça qu'on part à Paris, parce qu'ils sont bien plus modernes là-bas. En France, le divorce est légal. José Luis m'a dit qu'à Paris, les hôtels ne demandent même pas de pièces d'identité aux couples et encore moins le livret de famille. L'Espagne, c'est une prison.

— Oh, Florita, mais quelles bêtises tu me racontes ! Ils sont mariés ici et ils le seront toujours à Paris comme en Chine. Tu es sa maîtresse, c'est tout.

— Là-bas, je serai madame.

— Ils ont deux filles.

— Mais enfin, tu es de quel côté, toi ?

— Du tien, toujours du tien, mais bon sang, réfléchis à ce que tu dis. En plus, il a vingt ans de plus que toi !

— Tant mieux. Comme ça, il a déjà fait sa vie. N'insiste pas, j'y ai bien réfléchi et je n'attends rien d'autre de ta part que ton soutien.

— Oh oui, sa vie est faite, c'est sûr, et il semble bien décidé à la défaire apparemment. Tu as vu la carte du Diable ? dit Agueda, cherchant à la ramener à la raison.

— Et alors ? Elle ne fait pas forcément référence au voyage ni à José Luis.

— On va tirer les cartes espagnoles, ce tarot est peut-être moderne, mais il vaut mieux en avoir le cœur net.

— Inutile, je vais y aller de toute manière.

— Tu me déçois, Florita. Depuis combien de temps vois-tu cet homme ? Tu as couché avec lui ? Évidemment que oui, quelle idiote je suis !

— C'est moi l'idiote, car je pensais que tu serais heureuse pour moi, dit Florita, le visage tordu par un mélange indistinct de colère, de déception et de peur qui n'était pas entièrement lié à son amie.

—Ne réagis pas comme ça, c'est juste que je ne sais pas quoi penser. Qu'est-ce que ta grand-mère a dit ?

—Rien du tout parce que je ne compte pas le lui raconter avant d'être arrivée à Paris. Je l'appellerai de là-bas. Si je le lui dis avant, elle est capable de m'enfermer pour m'empêcher d'y aller. Je lui dirai que je passe la nuit chez toi, que tu es épuisée parce que tu dors mal à cause de la petite, alors j'espère que tu me couvriras et que tu garderas le secret.

—Tout est si, si… commença Agueda, cherchant un mot qu'elle ne trouva pas. Quand pars-tu ?

—Juste après les fêtes de Noël. On prendra le train de nuit jusqu'à Madrid, en wagon-lit, et de là, l'avion jusqu'à Paris. Tu te rends compte ? En wagon-lit et en avion, rien que ça. José Luis a déjà du travail. Aux Galeries Lafayette.

—Jesús en parle tout le temps. Il dit que ce sont les meilleurs magasins du monde, très exclusifs. José Luis parle français ?

—Il étudie depuis un moment à l'Alliance française. Mais il ne sera de toute façon pas en contact avec les clients.

—Jesús va avoir un choc quand il va l'apprendre. Il l'apprécie beaucoup. Je me demande bien quel patron il va avoir maintenant…

—Qui sait ? Peut-être qu'il va obtenir une promotion. Mais tu ne peux rien dire. José Luis ne l'annoncera à l'entreprise que la semaine prochaine.

—Et toi ? Tu comptes faire quoi ? Tu ne vas comprendre personne là-bas.

—Eh bien, profiter de Paris, logée dans le quartier Saint-Denis. Ça donne envie, non ? Il y a plein d'Espagnols. Son frère habite là-bas, c'est lui qui nous a trouvé un appartement. Tu vois, sa famille le soutient, lui, pas comme toi.

—Je ne sais pas, Florita… Tu l'aimes, cet homme ?

— Bien sûr, idiote. Et lui, il m'aime encore plus. Et à Paris, les femmes portent des minijupes. Tu t'imagines si je faisais ça à Turón ? L'autre jour, deux étrangères blondes sont venues dans la mercerie de Xuaco pour acheter des bas en nylon, va savoir ce qu'elles faisaient dans le bassin minier. Leur jupe leur arrivait au milieu des cuisses, et Xuaco a appelé la Guardia Civil.

— Sérieusement ? Et qu'est-ce qu'ils ont fait ? demanda Agueda, oubliant un instant le départ de son amie.

— Rien, encore heureux. Ils ont dit qu'ils ne pouvaient rien faire pour les jupes. Mais la vérité, c'est que c'est mal vu, même à Oviedo. On est très en retard ici.

— Écoute, ce n'est pas non plus qu'une question de minijupe. Avec ton physique, tu n'as pas besoin de montrer tes jambes.

— Ici, je n'ai aucun avenir. Qui voudrait épouser une veuve stérile sans un sou ? J'ai déjà vingt-sept ans ! Je finirai vieille fille. En plus, je ne sais rien faire. Même ta mère m'a mise à la porte parce que je suis nulle en couture. On ne vit qu'avec le salaire de mon père à la mine. Si je ne me tire pas d'affaire, je finirai par laver des escaliers, parce qu'il ne pourra pas forer des galeries de charbon toute sa vie.

Agueda ne sut que répondre. Tout ce que son amie disait était vrai.

La petite Ana émit un petit grognement et Florita se tourna vers le couffin avec tristesse.

— Qu'elle est mignonne ! Et dire que je ne pourrai jamais être mère à cause de ce fils de pute de caporal Pérez.

Les larmes lui montèrent aux yeux à l'évocation du souvenir le plus terrible de sa vie, et Agueda se tut, partageant la peine de son amie.

Agueda ne dit rien à Jesús. Ce soir-là, elle alla se coucher tout de suite après le dîner, craignant que son mari remarque qu'elle lui cachait quelque chose. Le lendemain, avec la petite Ana endormie dans sa poussette, elle se rendit à la cathédrale, et là, à genoux, elle pria pour Florita jusqu'à ce que le bébé se réveille.

AURORA, 1977

La maison de Cefe et Marisa à El Palmar rappelait à Aurora celle de son enfance, celle-là même où ils avaient enterré les Maghrébins. C'était une maison blanche d'une taille similaire à celle de ses parents, de plain-pied sans sous-sol, avec la peinture un peu écaillée, une grande cuisine qui servait également de salle à manger et de salon, deux chambres avec des petites fenêtres grillagées, et une salle de bains un peu vétuste, mais plus modeste que le reste de la maison. Elle n'était pas très différente des autres maisons plus anciennes du village. Aurora s'y installa, bien décidée à jouer le rôle de la veuve fervente spirituellement éprise du pape Clemente, venue de Galice pour vivre sa foi de plus près. En Andalousie, comme Cefe et Marisa le savaient d'expérience, personne ne distinguait l'accent asturien du galicien, même s'ils étaient aussi différents que l'aragonais et le murcien. Preuve en était que le couple était toujours connu à Séville comme « les Galiciens ».

—Nous avons commandé un matelas parce que celui qui s'y trouve est un peu trop vieux, mais avec tout ce qui s'est passé avec Ferino, nous n'avons pas eu le temps de le faire avant, s'excusa Marisa quand elle lui fit visiter la maison. En revanche, j'ai pu envoyer une femme de ménage pour nettoyer.

—Ce n'était pas nécessaire. Il va sans dire que je vous paierai le loyer comme il se doit.

—Il n'en est pas question. Mon beau-père nous a laissé des instructions très claires à ce sujet.

Cefe et Marisa lui apportèrent un petit poste de télévision en noir et blanc et Aurora acheta des tableaux, confectionna des rideaux et aménagea la maison à son goût. La dernière chose qu'elle ajouta fut un panneau sur la porte : « María Aurora. Couturière. Retouches et confections ».

Sa vie devint rapidement une routine : assister aux messes de l'Église palmarienne pour ne pas éveiller les soupçons et chercher des clients parmi les pèlerins et les résidents. Les premières commandes arrivèrent, qu'elle dut coudre à la main, le coussin à épingles au poignet et le dé à coudre sur l'index, comme elle avait l'habitude de faire avant d'épouser Paulino. Ses journées n'étaient interrompues que par de fréquentes virées à Séville avec Cefe et Marisa, qui l'invitaient bien plus souvent qu'elle n'acceptait. Elle ne voulait pas abuser de cette amitié naissante qui la reliait au monde qu'elle connaissait.

Comme il n'y avait pas de téléphone à El Palmar, elle appelait Agueda chaque fois qu'elle rendait visite à Cefe et Marisa depuis leur maison. La réponse de sa fille était toujours la même :

— Non, maman, aucun policier n'est venu demander de vos nouvelles et encore moins nous interroger. Je suis même allée à Turón pour voir si j'entendais quelque chose, mais il n'y a rien de plus que des ragots. C'est parce que j'ai vu la nouvelle dans la presse et au journal télévisé ce jour-là, sinon je dirais que ce sont des rumeurs de vieilles qui aiment semer la zizanie. Vous m'avez laissée avec une montagne de travail à cause de cette histoire de Maghrébins.

— Je t'ai laissée avec une montagne de travail et dix millions de pesetas, ne crois pas que je l'ignore, rétorqua-t-elle.

— Ce que j'aimerais savoir, c'est comment vous le savez, répliqua Agueda.

Aurora se tut et sa fille également. La première n'avait pas envie de parler et la seconde, pas envie de savoir.

Grâce à Agueda, Aurora apprit le silence des médias au sujet des cadavres de Maghrébins, que Cefe attribuait à la proximité des élections. Alors que tout le pays, quel que soit son bord politique, chantonnait *Libertad sin ira*, attiser les tensions d'un camp ou d'un autre ne servait personne. Ainsi, sans autre explication, la nouvelle de la découverte à Turón disparut de la presse écrite et des journaux télévisés, qui diffusaient encore des informations censurées aux familles espagnoles.

L'absence de nouvelles sur l'enquête effraya Aurora encore plus que si sa progression avait fait la une des journaux. Mais la presse ne parlait que des déclarations de Felipe González, du retour en Espagne du leader communiste Santiago Carrillo et des décisions d'un certain Adolfo Suárez, jusqu'alors inconnu, devenu président du gouvernement par volonté du nouveau roi d'Espagne. Si la situation politique du pays, les grèves préélectorales et les attentats de l'ETA parvenaient à éclipser la guerre froide entre les États-Unis et l'URSS, à plus forte raison pouvaient-elles reléguer dans l'oubli la découverte de deux corps vieux de près de quarante ans qui n'intéressaient plus personne et, surtout, dont personne ne voulait se soucier.

AGUEDA, 1969

Six mois s'écoulèrent avant qu'Agueda n'ait des nouvelles de Florita à Paris. Elles arrivèrent sous forme de lettre.

Que Jesús parle avec émotion des images de Neil Armstrong marchant sur la Lune qui avaient bouleversé le monde la veille au soir lui importait peu, car cela ne parvint pas à éveiller le moindre intérêt chez sa femme pour la conquête spatiale.

—Mais il n'y a rien de toute façon sur la Lune, répondit Agueda à son mari, lasse de l'entendre parler de ça.

Ce jour-là, le cœur d'Agueda était déjà ému, non par les exploits spatiaux, mais plutôt par le récit déchirant de Florita. À travers les huit feuilles recto-verso rédigées de cette écriture qu'elle connaissait aussi bien que la sienne, elle sentit les larmes et la tristesse de son amie.

Chère Agueda,
Tu ne m'as jamais autant manqué que ces derniers mois. Si je ne t'ai pas écrit plus tôt, c'est parce que j'étais morte de honte. Tu m'avais pourtant bien avertie que je ne devais pas m'en aller...

Ce José Luis non seulement n'avait pas divorcé, mais avait en plus emmené sa femme et leur fille cadette avec lui, tandis qu'il faisait travailler Florita comme employée à l'épicerie de produits espagnols de son frère. Elle était chargée de balayer, réapprovisionner, faire l'inventaire, livrer à domicile les clients qui le demandaient et de toutes les autres tâches subalternes qui la forçaient à travailler plus de douze heures pas jour.

Tandis que sa femme vit dans un appartement de cent mètres carrés au premier étage, moi je vis dans les combles, sans salle de bains, là où loge le personnel de service. Je dois faire mes besoins dans un seau et ensuite sortir dans la cour pour le vider dans les toilettes communes. Je vis ici dans des conditions pires que lors de mon arrivée à Turón. Et comme il est évident que quand il s'agit des hommes, je me comporte comme une idiote, tous les vendredis, je vais avec lui à l'Hôtel du Nord où nous passons l'après-midi. Mais le pire, c'est l'autre jour, quand je suis tombée nez à nez avec sa femme, juste toutes les deux, et... Ah, ma chère Agueda, j'ai même honte de l'écrire ! Elle m'a dévisagée avec plus de compassion que de mépris et m'a dit : « Il faut être idiote, quand même, ma fille. J'ai tous les bons côtés et toi, toutes les obligations : obéir, récurer, et chier dans un seau. »

Quand elle termina la lecture de la lettre, Agueda sentit que son visage était humide à cause des larmes qui coulaient en silence sur ses joues. Elle relut la dernière phrase encore et encore, avant de plier les feuillets et de les glisser dans sa poche :

Je ne peux pas m'en aller parce que je suis enceinte. Le médecin s'est trompé, semble-t-il, et je ne suis pas stérile. En tout cas, pas autant qu'il me l'avait dit.

— Mère, je pars à Turón, annonça Agueda en ouvrant la porte de l'atelier où Aurora, entre bobines et morceaux de tissu, pestait contre la Singer après avoir cassé sa deuxième aiguille de la matinée.

— Maudite vieille machine ! Tu ne sers plus à rien ! cria-t-elle à la machine à coudre avant de s'adresser à sa fille. Qu'est-ce que tu vas faire à Turón ? Avec tout le travail que nous avons ici !

— Occupez-vous de faire à manger à Jesús quand il rentrera, répondit Agueda.

— Bien sûr, il ne manquait plus que ça ! marmonna Aurora en changeant l'aiguille.

— Si la Singer vous pose tant de problèmes, pourquoi n'utilisez-vous pas la nouvelle machine ? questionna Agueda avant de fermer la porte, en parlant de la machine à coudre automatique récemment achetée.

— Parce que je n'ai pas envie !

Agueda renonça une fois de plus à essayer de comprendre sa mère. Elle couvrit la petite Ana, acheta deux petits pots à la pharmacie et prit le bus jusqu'à la gare.

Lorsqu'Herminia ouvrit la porte, Agueda ne lui laissa pas le temps de se remettre de la surprise.

— Sortez vos cartes, Herminia, Florita a besoin de nous. Et prêtez-moi une casserole pour réchauffer ça pour la petite.

— Qu'est-ce qu'elle a, Florita ? Tu as de ses nouvelles ? Elle m'écrit tous les mois. Elle me dit que Paris est merveilleuse et que cet homme la traite comme une reine, mais je ne sais pas, je ne suis pas tout à fait sereine, dit la vieille femme, qui ne dormait plus depuis le départ de sa petite-fille quelques mois auparavant.

— Ce ne sont que des mensonges. Désolée de vous le dire aussi brutalement, mais nous n'avons pas de temps à perdre avec des demi-mesures.

Herminia porta la main à son cœur.

— Je m'en doutais, dit-elle dans un soupir, tout en sortant une casserole pour le petit pot d'Ana. Tu ne préfères pas que je lui prépare une purée moi-même ? Cette nourriture en conserve n'est pas aussi bonne que le fait maison.

— Ça vient de la pharmacie. Ne vous inquiétez pas, ce n'est que pour aujourd'hui. Je vais le mettre au bain-marie et, pendant ce temps, on tirera les cartes pour Florita.

— Ah, Agueda, mes nerfs ne tiennent plus. Les cartes me disaient déjà que quelque chose n'allait pas. Qu'arrive-t-il à ma petite-fille ? dit-elle en sortant ses paquets enveloppés dans ce tissu qui, à force d'être utilisé, était aussi doux et fin au toucher que de la soie.

Agueda prépara une infusion de tilleul, puis elles consultèrent les cartes dix fois avant de prendre la décision qu'elle avait en réalité déjà prise avant de partir de chez elle : aller chercher Florita à Paris.

AURORA, 1977

L'annonce de la fin de la censure en Espagne eut pour conséquence d'inonder les salles de cinéma de films érotiques. Nadiuska, María José Cantudo, Victoria Vera et d'autres actrices faisaient tourner la tête des hommes espagnols et grimacer de dédain le visage de nombreuses femmes. Tout le monde ne parlait que de ça, sauf Aurora qui ne s'intéressait ni au cinéma ni à cette fièvre postrépression qui saisissait la population espagnole. Sa seule préoccupation était de trouver comment relancer son commerce dans une région du pays où, durant l'été et les premières semaines d'automne, au lieu de s'habiller, la seule chose que les gens avaient envie de faire était de suivre la mode imposée par ces films et de se déshabiller. Un homme en sueur, vêtu d'un costume bon marché et une mallette en cuir à la main, lui apporta la réponse lorsqu'il frappa à la porte de sa nouvelle maison à El Palmar.

Une heure plus tard, Aurora avait signé trois documents pour l'achat d'une Alfa Superautomatique avec un enfile-aiguille révolutionnaire qu'aucune autre machine à coudre ne pouvait égaler.

Aurora commença par des petites retouches pour les gens du village et les visiteurs, mais elle avait d'autres projets. Lors d'une de ses visites à Séville, elle acheta du tissu noir de la meilleure qualité, un plus léger pour l'été et un autre plus chaud pour l'hiver, avec lesquels elle fabriqua, à vue de nez, deux soutanes avec capes assorties. Elle se présenta ensuite en personne pour les remettre à la cathédrale d'El Palmar, toujours en construction, avec l'intention d'approcher Clemente, le leader des palmariens, après la messe. Néanmoins, elle ne put pas lui parler. Le nombre de fidèles réunis empêchait cet homme, aveugle et toujours escorté du reste des évêques autoproclamés, de trouver le temps nécessaire pour apprécier la texture du tissu et essayer les soutanes. Aurora ne baissa pas les bras pour autant. Elle ne voulait pas se contenter d'envoyer les vêtements parce que son avenir pouvait dépendre de la première impression que feraient ses créations.

Cefe et Marisa l'orientèrent alors pour pouvoir le rencontrer dans un moment plus intime.

—Ils vivent dans le centre de Séville. Ils ont plusieurs maisons, lui expliqua Cefe. Tu réussiras peut-être à faire en sorte qu'il te reçoive là-bas.

Aurora commençait à s'habituer à cet entrelacs de rues étroites et pavées qui formaient le centre de la capitale andalouse. Dans l'une d'entre elles, la rue Redes, vivait l'évêque Clemente. Aurora se présenta comme couturière et fervente palmarienne, puis lui offrit les soutanes en guise d'offrande.

Le fait de voir cet homme de près, avec ses orbites vides, la même voix grave et profonde qu'elle avait entendue à La Alcaparrosa, et en même temps ses manières efféminées, qu'il ne dissimulait pas quand il n'était pas en public, l'impressionna.

Comparé aux centaines de millions de pesetas des dons des fidèles, qui ne faisaient qu'augmenter, le cadeau était une broutille, mais Clemente apprécia immédiatement la soutane d'été rien qu'en la touchant. Aurora avait eu l'idée de coudre à l'intérieur un pantalon, dans le même tissu fluide, ce qui ravit l'évêque.

—Combien de soutanes semblables pouvez-vous faire ? demanda-t-il après l'avoir essayée.

—Combien en voulez-vous ?

—Faites-m'en dix et fixez votre prix, répondit-il.

Aurora travailla nuit et jour sur son Alfa Superautomatique, sans demander l'aide de quiconque de crainte que quelqu'un lui vole son affaire.

La semaine suivante, elle se présenta à nouveau chez lui avec dix soutanes identiques et en ressortit avec cinq cent mille pesetas en billets, ainsi qu'une nouvelle commande de dix autres soutanes pour Manuel, le bras droit de l'évêque – et, selon les rumeurs, son amant.

C'est ainsi qu'Aurora devint couturière personnelle de l'évêque Clemente et de son entourage. À peine rentrée chez elle, elle accrocha une pancarte à la porte : « Recherche apprentie couturière ».

Elle acheta ensuite deux téléviseurs couleur Grundig, un pour Cefe et Marisa en guise de remerciement pour les services rendus et un autre pour elle. Elle mourait d'envie de voir Sancho Gracia dans son rôle de Curro Jiménez, le bandit qui occupait alors ses fantasmes les plus intimes, en couleurs.

AGUEDA, 1972

Le fils de Florita vécut deux ans, six mois et trois jours. Au total, deux ans et trois jours de plus que ce qu'avaient prédit les médecins à sa naissance. Il vint au monde cinq mois après qu'un après-midi, Herminia et Agueda se furent présentées à la porte de sa petite chambre dans le quartier parisien de Saint-Denis, bien décidées à ramener Florita avec elles dans les Asturies, de gré ou de force. Par chance, Florita ne montra aucune résistance.

L'accouchement s'étendit sur quarante-huit heures de douleur, d'épuisement et d'asphyxie pour son bébé, qui survécut mais en paya les conséquences. Le médecin lui diagnostiqua une encéphalopathie incompatible avec la vie à long terme. Il omit de mentionner que la cause était le manque d'oxygène pendant l'accouchement, alors Florita accepta la nouvelle comme un châtiment divin pour ses péchés, pour avoir abandonné Marcelo en prison et être tombée amoureuse d'un homme déjà marié et père de famille.

Ses sentiments changèrent au moment de quitter l'hôpital avec son fils dans ses bras. Son bébé n'était plus une punition, mais une compensation que lui offrait Dieu pour tous les mauvais moments, pour le décès de sa mère, pour la famine qu'elle avait connue durant son enfance, pour les tortures infligées par ce caporal Pérez, cruel et sanguinaire, pour la mort de Marcelo et pour la trahison de José Luis.

Florita consacra deux années et demie de sa vie à adorer son bébé, grand, magnifique et presque inerte, sauf lorsqu'il tétait son sein ou souriait de satisfaction une fois repu. Elle l'appela Roberto, comme Robert Redford, qui venait de faire ses débuts dans *Butch Cassidy et le Kid*, un film qu'elle vit deux fois au cinéma et vingt fois supplémentaires à la télévision tout au long de sa vie.

Roberto ne voulait être que dans les bras de sa mère. À Turón, sous la protection de sa grand-mère Herminia et de son père, Florita vécut les deux plus belles années de sa vie. Même la fin tragique que les médecins prédisaient à Roberto ne l'empêcha pas de profiter de chaque instant passé avec lui, jusqu'au jour où elle l'enterra. Dans un cercueil blanc, avec des poignées en laiton doré et un ange sculpté sur le dessus.

—Je ne veux pas de croix, demanda-t-elle aux pompes funèbres. Mon fils était un ange, pas une croix.

Florita fut la seule à ne pas verser une larme pour son petit, qu'elle considérait comme le plus beau cadeau que la vie lui ait offert, et elle remerciait Dieu de lui avoir permis de le garder à ses côtés plus longtemps que prévu. Même Aurora ne put s'empêcher de pleurer. Herminia, malgré ses efforts pour rester forte et être à la hauteur de sa petite-fille, versa aussi des larmes. Agueda était inconsolable, non seulement pour Florita, mais aussi pour elle, en imaginant ce que serait sa vie si sa petite Ana mourait. Elle craignait que la sérénité de Florita ne soit qu'une façade et que derrière se cache une amertume si grande que son amie finisse par commettre une folie.

—Herminia, vous n'êtes pas inquiète pour elle ? J'ai peur que Florita fasse une bêtise. Elle est si calme qu'on dirait que cela cache une tempête intérieure. Tirez-lui les cartes, s'il vous plaît, voyons ce qu'elles disent. Je l'ai fait, mais je ne vois rien.

—Ni toi ni moi ne verrons quoi que ce soit, parce que lorsqu'on perd un enfant, il n'y a plus de cartes qui tiennent. Je te le dis d'expérience. Florita attend ce moment depuis la naissance de Roberto. Elle a profité de chaque minute qu'elle a passée avec lui, de chaque bave essuyée, de chaque lange changé, de chaque sourire qu'elle croyait voir sur son visage. Elle a été plus mère pour Roberto en deux ans que certaines ne le sont avec une demi-douzaine d'enfants menés à l'âge adulte. Laisse-la maintenant chérir ses souvenirs.

Agueda retourna à Oviedo le cœur serré, inquiète pour son amie et, en même temps, impatiente de rentrer chez elle pour prendre la petite Ana dans ses bras et ne plus jamais la lâcher.

Roberto fut le grand amour de Florita, le plus pur, le plus intense et le seul inconditionnel. Il emporta le cœur de sa mère pour le garder en sécurité, car grâce à l'amour de son fils, elle finit par se convaincre qu'avec les hommes, il valait mieux être aimée que d'aimer. C'est pourquoi Florita passa le reste de sa vie à se laisser aimer.

AGUEDA, 1977

Après le départ de sa mère pour Séville, Agueda fut très occupée entre l'héritage de Ferino, la recherche d'appartement, la paperasse puis le déménagement, l'ouverture de son nouvel atelier et académie, les soins à prodiguer à Ana et à Jesús, ainsi que le respect des délais de ses commandes qui, en l'absence de sa mère, l'obligeaient à travailler jour et nuit.

Si, durant les premières semaines sans Aurora, Agueda était hantée par la pensée récurrente que la police pouvait débarquer chez elle à tout moment, l'inquiétude s'estompa au fil du temps, d'autant que la presse ne mentionnait plus les cadavres des soldats et qu'elle ne reçut jamais d'appel ou de visite pour l'interroger au sujet de sa mère.

Pour leur premier Noël, elle insista pour qu'elle rentre à la maison.

—Reviens pour les fêtes, maman. Qu'est-ce que vous faites là-bas toute seule ? De quoi vivez-vous ? Vous avez besoin d'argent ?

—La seule chose dont j'aie besoin, c'est que tu me préviennes si quelqu'un pose des questions sur les Maghrébins.

—Et si je venais vous rendre visite quelques jours ?

—Il n'en est pas question, mais je veux que tu m'envoies la Singer à Séville par le train de marchandises.

—La Singer ? Mais c'est une antiquité. Vous me l'avez offerte parce que vous ne vouliez plus la voir.

—Tu cherches vraiment à me contredire. Tu en as une bien plus moderne, et avec l'argent que t'a laissé Ferino, tu pourras t'en acheter autant que tu veux.

—Et si je vous envoyais une nouvelle et que je gardais la Singer ?

—Je veux ma Singer, alors note l'adresse que je vais te donner et demain tu me l'envoies.

Agueda nota les coordonnées de Marisa et alla dire adieu à la Singer. Elle n'en avait pas besoin, elle avait commandé onze machines toutes neuves – une pour elle et les autres pour chaque élève qu'elle prévoyait d'accueillir en cours – mais cela lui faisait de la peine de savoir que sa mère allait coudre sur une machine aussi inconfortable.

Cependant, Aurora ne la voulait pas pour elle, mais pour sa nouvelle assistante. Surtout, elle la voulait parce qu'elle avait fait un cauchemar dans lequel le sang du Maghrébin sortait du bois de la Singer et prenait la forme d'une masse informe qui étouffait Ana pendant la nuit.

—Ne touche pas à ma petite-fille, lâche ! avait-elle hurlé en se réveillant en sueur, le cœur battant à tout rompre dans ses tempes.

Agueda lui envoya une machine neuve, semblable à celle qu'Aurora s'était achetée pour elle-même, mais sans enfileur automatique.

—On ne la changera jamais, dit-elle lorsque Cefe lui apporta le colis. Enfin, au moins, j'ai une machine pour l'apprentie.

AURORA, 1977

Aurora rendait régulièrement visite à Cefe et Marisa, mais elle préféra passer le réveillon de Noël seule chez elle. Elle déclina également leur invitation à célébrer le Nouvel An avec eux à la soirée cotillon de l'hôtel Bécquer, l'un des plus prestigieux de Séville. Elle le fit par crainte de perdre les seuls amis qu'elle avait là-bas. Bien qu'elle ne connaisse pas grand-chose à l'amitié en dehors de Ramona, elle s'imaginait que, comme tout dans la vie, l'amitié s'use lorsqu'on en abuse. Elle offrit néanmoins à Marisa une robe à longues manches en soie colorée, avec un col rond, longueur mi-genou.

—Elle est très jolie ! Mais comment veux-tu que je mette une robe aussi courte ? Qu'est-ce que qui t'a pris ? protesta Marisa avec un sourire qui illuminait son visage, laissant entendre à Aurora que ses réticences étaient feintes.

—Tu es superbe. Si tu n'oses pas, je te rallonge l'ourlet, mais je te le dis, elle va t'aller à ravir.

—Jolie, oui, mais j'ai passé la cinquantaine et ça, c'est pour les jeunettes.

—Mets-la au moins une fois pour Cefe, et après, je te la reprends.

—Ah, Aurora, ça se voit que tu es devenue veuve jeune. Quand tu es mariée depuis plus de trente ans, ton mari ne te regarde plus, même si tu te pointes devant lui enroulée dans un ruban rouge. Par contre, les cochonneries qu'on passe maintenant au cinéma, ça, il n'en rate pas une ! Je suis quasi sûre qu'il a encadré la photo de Susana Estrada, celle où elle pose les seins à l'air devant Tierno Galván, et qu'il la garde quelque part où je ne peux pas la trouver juste pour s'en repaître en douce. Tu aurais dû le voir le jour où la photo est sortie dans la presse. Pire qu'un chat en rut. Le mariage évolue beaucoup avec les années, même si cette phase a aussi ses bons côtés.

Aurora rougit en pensant aux fantasmes qu'elle nourrissait depuis plusieurs semaines à propos de Cefe, mais Marisa attribua ce trouble à tout autre chose.

— J'espère que je ne t'ai pas vexée, dit-elle, inquiète.

— Non, bien sûr que non. C'est juste que Paulino m'est revenu en tête, mentit Aurora.

Bien qu'elle se croie à l'abri des émotions, la solitude du réveillon la ramena à Ferino, à Agueda et à la petite Ana. Pendant un instant, elle se laissa aller à s'apitoyer sur son sort, tandis que Kiko Ledgard présentait des artistes comme Peret, Marujita Díaz, Isabel Pantoja et el Duo Dinámico, mais leurs chansons ne réussirent pas à l'égayer et les sketches de Bigote Arrocet et de José Luis Moreno ne lui arrachèrent aucun sourire.

La mélancolie dura jusqu'à ce qu'elle entende du flamenco dans la rue. Le village avait envie de célébrer une année pleine d'émotions, de démocratie et de nouvelles libertés. Des voisins frappèrent à sa porte, dans l'ambiance du Nouvel An et, pour certains, avec pas mal d'alcool dans le sang. Aurora leur ouvrit et ils ne la laissèrent pas rester en marge de la fête. « Oh là là, commencer l'année toute seule ? Ah non, ma belle, ça porte la poisse et la poisse, c'est contagieux ! » Voilà l'argument qu'on lui servit pour la sortir de sa tristesse et de sa maison. Ils la firent boire et essayèrent de lui apprendre à danser le flamenco. Elle se coucha au petit matin et se leva tard le Jour de l'an, avec une gueule de bois qu'elle n'avait pas vu venir.

14

Ana, 1978

Je me souviens que c'était au mois d'août, parce que nous étions à Gijón. Il faisait un temps radieux et ma mère était en train de terminer une commande en retard avec la Singer de ma grand-mère, installée là-bas de façon permanente depuis qu'on avait équipé le nouvel atelier dans le centre d'Oviedo de machines modernes. « La Singer sera pour Gijón, pour des finitions ou du raccommodage », avait dit ma mère. Ce matin-là, elle avait commencé à coudre tôt pour pouvoir descendre à la plage à midi, quand le soleil serait haut.

Mon père, fidèle à ses habitudes, prit son petit déjeuner et partit acheter le journal. Il revint du kiosque en riant tout seul et en appelant ma mère.

— Agueda, chérie, il faut que tu voies ça, dit-il, mort de rire.

Ce qui le rendait hilare, c'était l'annonce que le chef de l'Église palmarienne, où se trouvait ma grand-mère – du moins, c'était ce que nous croyions à l'époque –, s'était autoproclamé pape. La nouvelle occupait autant de place que l'annonce de l'abolition de la peine de mort en Espagne ou celle de l'ouverture du conclave au Vatican pour élire le successeur de Paul VI.

— C'est bien l'Espagne, ça, toujours un cirque, commenta mon père.

Ma mère, en revanche, ne semblait pas rigoler.

— Je n'en reviens pas, non mais vraiment, je n'en reviens pas. Mais dans quel genre de secte est allée se fourrer cette femme ? dit-elle, sans arrêter d'actionner la pédale de la Singer.

Évidemment, le tissu se coinça.

— Merde ! s'écria ma mère, qui pourtant ne disait jamais de gros mots. Voilà que je déchire la robe, maintenant. Cette femme me rend folle, même quand elle n'est pas là ! Ah, ta grand-mère, ma chérie, un vrai calvaire !

Ma mère se leva pour aller chercher la paire de ciseaux afin de couper le fil emmêlé autour de l'aiguille, qui retenait le tissu imprimé.

— Jesús, nous devons aller voir comment va ma mère, annonça-t-elle tout en changeant la bobine de la machine.

— Tu veux vraiment aller à Séville par cette chaleur ? Attendons au moins que les fêtes de la Vierge soient passées.

Deux semaines plus tard, les célébrations de la Vierge de Begoña à peine terminées, à six heures dix du matin, nous montions donc tous les trois dans le train qui nous déposa à Séville à vingt et une heures quarante-cinq. À la gare, un taxi nous récupéra pour nous emmener jusqu'à notre hôtel. Mon père voulait aller dîner dans les tavernes de la rue, mais ma mère se servit de moi comme excuse pour manger dans la chambre les sandwichs qu'il nous restait, même si dans le train on n'avait pratiquement pas cessé de grignoter pour tromper l'ennui.

— Ana est morte de fatigue. Il nous reste des sandwichs et quelques canettes de soda.

Mon père poussa un soupir.

— Tu en as préparé beaucoup trop, grogna-t-il.

— Tu peux aller faire un tour tout seul, si tu veux. Je reste ici avec Ana. Prends la clef et ne fais pas de bruit en rentrant.

Ainsi, pendant que mon père profitait librement de la soirée à Séville, ma mère et moins engloutîmes quatre sandwichs et deux canettes de Mirinda, que nous avions mises auparavant dans le petit frigo de la chambre pour qu'elles refroidissent. Ensuite, nous nous couchâmes : elle dans le lit double, et moi dans le lit d'appoint, juste à côté. Je ne sais pas à quelle heure mon père rentra, car je ne l'entendis pas.

AGUEDA, 2014

Agueda se sentait triste de vivre à Madrid sans Jesús. Elle se sentait de nouveau comme l'étrangère, celle du village, celle qui parlait avec un accent trop marqué, qui, pour une raison ou une autre, n'avait pas le charme qu'on trouvait à celui du Sud. Après avoir vendu la maison, l'académie et l'atelier d'Oviedo, elle décida de ne plus jamais coudre, sauf pour reprendre ses propres vêtements. Ou peut-être juste des habits pour bébé si Alba avait un jour un enfant, mais elle en doutait. La vie avait fortement changé et les femmes avaient des enfants passée la trentaine, voire la quarantaine.

—Maman, tu es sûre que tu ne veux pas garder une des machines pour toi ? demanda Ana.

—J'ai déjà cousu tout ce qu'il y avait à coudre dans cette vie. Et puis, je n'ai jamais aimé ça.

Mais quand elle eut terminé de décorer la maison que son gendre lui avait trouvée, elle commença à s'ennuyer. Elle ne connaissait personne, et la résidence ne se prêtait pas à faire des rencontres. Ici, les gens n'allaient pas au marché et ne se promenaient pas dans les rues. Les seules femmes qu'elle pouvait croiser dehors étaient les employées de maison des voisins, des étrangères pressées avec qui elle n'osait pas engager la conversation, car elle savait que si la mère de son gendre l'apprenait, elle en ferait tout un drame. Florita lui manquait beaucoup.

Ana aussi s'ennuyait, mais elle avait ses habitudes, dans lesquelles sa mère n'avait pas sa place. Sa fille passait ses matinées entre la salle de sport et les soins esthétiques dans le but d'être toujours parfaite pour un homme qui était rarement à la maison, ou pour répondre aux convocations de Paloma à un gala de charité ou quelque autre événement social, ce qui arrivait au moins une fois par semaine. Si elle n'avait rien de prévu, après avoir mangé sa salade verte sans vinaigrette et son yaourt nature allégé (le seul repas qu'elle s'autorise quotidiennement jusqu'au soir), Ana avait l'habitude de faire une sieste. Elle se réveillait avant que les enfants ne rentrent de l'école pour les accompagner à leurs activités extrascolaires, puis ils passaient le reste de l'après-midi ensemble jusqu'à ce que les petits dînent et s'isolent dans leur chambre pour regarder la télévision ou jouer à la console avant de dormir. Ensuite, Ana disait souvent qu'elle était fatiguée, mais Agueda savait bien qu'en réalité, elle voulait rester seule. Elles ne dînaient jamais ensemble. Ana prétendait toujours avoir trop mangé au goûter. Elle était très mince et Agueda avait peur qu'elle ne soit sous-alimentée. La voir chaque jour, ne serait-ce qu'une heure ou deux, permit à Agueda de l'observer de près et elle remarqua vite les marques rouges qui ornaient en permanence les articulations de sa main droite.

— C'est quoi, ces blessures, ma chérie ? lui demanda-t-elle à plusieurs reprises.

— Des frottements dus au sport, le fitboxing.

Agueda ne connaissait pas ce genre de boxe, mais l'explication d'Ana ne la convainquit pas. *Seulement à la main droite ?* se demanda-t-elle en silence, sans oser poser la question à sa fille.

Après le décès de Jesús, Agueda n'avait plus qu'Ana. Et ses petits-enfants, certes, mais ces derniers avaient un lien plus fort avec Paloma qu'avec elle, et même si les voir tous les jours lui faisait du bien, celle qu'elle voulait vraiment voir heureuse, c'était Ana.

Il lui fallut un an pour se convaincre qu'elle ne trahissait pas sa fille en consultant un spécialiste en nutrition. Elle demanda conseil à la mère de son gendre, qui savait toujours à qui s'adresser. Après tout, Agueda ne connaissait personne.

—En nutrition ? Tu veux dire un endocrino ? demanda Paloma. Quelle bonne nouvelle que tu te sois enfin décidée à perdre un peu de poids ! Je vais te recommander la meilleure de Madrid. Elle est en secteur privé et très chère, mais ne t'en fais pas, je m'occupe des factures.

—Je te remercie vraiment, mais ce n'est pas nécessaire.

—Mais si, voyons, c'est mon cadeau. Je suis ravie de savoir que tu vas enfin te prendre en main. Et puis, comme ça, tu auras plus de pression pour ne pas abandonner le régime, répondit Paloma en lui faisant un clin d'œil.

À cause de cette conversation, Agueda se mit au régime pour la première fois en soixante-treize ans de vie.

AURORA, 1978

Au mois de juillet 1978, un an après son arrivée à Séville, Cefe se présenta chez Aurora avec un turboventilateur carré de la marque Yelmo et les derniers numéros de la presse people, dont les couvertures étaient monopolisées par Isabel Preysler et Julio Iglesias, qui venaient de divorcer.

—Je t'apporte des magazines, si ça t'intéresse. Marisa a oublié d'annuler l'abonnement au kiosque et ils me les ont amenés ce matin. Et ça, c'est pour te rafraîchir un peu, expliqua-t-il en parlant du ventilateur. C'est le même que ceux qu'on a au magasin. Ça ne fait pas des miracles, mais c'est toujours mieux que ce vieux Taurus à deux vitesses que tu utilises pour le moment.

Si Aurora trouva étrange que Cefe se présente chez elle un samedi midi, juste après avoir fermé le magasin, les bras chargés de cadeaux et alors que Marisa n'était pas en ville, elle ne laissa ou ne voulut rien laisser paraître.

Tous les ans au mois de juillet, Marisa partait chercher la fraîcheur des Asturies et rendait visite à sa mère et à ses frères. Cefe, lui, restait à Séville tout seul jusqu'à début août, quand il fermait alors le magasin pour aller la rejoindre. Ils ne revenaient qu'après les fêtes de Begoña, échappant ainsi aux semaines les plus étouffantes de la ville.

— Allez, laisse tomber la couture pour les curés et viens avec moi. Tu vas voir comment les Sévillans savent s'amuser, l'invita Cefe.

— Avec cette chaleur ?

— Ce soir, c'est la veillée de Santa Ana et les gamins vont grimper au mât de cocagne à Triana.

— Grimper à quoi ?

— Si tu veux le savoir, prends de quoi passer la nuit dehors et monte dans la voiture. Tu vas voir du flamenco, du vrai, celui qu'on danse dans les rues, et goûter les noisettes vertes et les sardines grillées, tu verras, c'est un délice, dit-il en portant ses doigts à ses lèvres, pour lui indiquer que ça allait lui plaire.

Aurora ne se fit pas prier. Tout valait mieux que de rester enfermée à suffoquer par cette température étouffante, amplifiée par les bouffées de chaleur de sa toute récente ménopause. Les sueurs froides qui suivaient, réponse brutale de son corps au manque d'œstrogènes, étaient loin de la soulager, mais plutôt un supplice supplémentaire. Elle ne pouvait plus se passer d'éventail, même si elle n'avoua jamais la vraie raison à qui que ce soit. Elle faisait plus jeune que son âge et elle voulait que cela continue. Si quelqu'un cherchait une femme blonde de cinquante-cinq ans, personne ne penserait à elle, car on lui donnait dix ans de moins. En plus, elle était brune à présent. Et ça lui plaisait. Ses cheveux foncés faisaient ressortir sa peau et ses yeux clairs, et elle sentait qu'elle attirait les regards, des hommes comme des femmes. Là-bas, personne ne la connaissait, alors elle avait pu se réinventer. Mais cela ne l'empêcha pas de rire intérieurement quand un jour, des femmes, débattant de la possible légalisation de la pilule à la mercerie, lui demandèrent son avis. À son âge, ce genre de nouveautés qui arrivaient quand elle n'en avait plus besoin lui importait peu. Elle ne put néanmoins s'empêcher de penser à ce que sa vie aurait été si cela avait existé au moment où elle en aurait eu besoin.

Elle n'utilisa aucun moyen de contraception ce soir-là, quand, après avoir profité de l'effervescence du quartier de Triana, plein de décorations et de monde, Cefe lui prouva qu'il était le digne fils de son père, à plus d'un titre. Elle eut l'impression d'être avec Ferino, mais celui de l'époque où Pilar les avait séparés, pas celui de leur dernière rencontre. Elle éprouva autant de plaisir avec Cefe que ce qu'elle avait ressenti à l'époque, peut-être même plus, parce qu'elle pensait ne plus jamais toucher le corps d'un homme qu'elle désirait.

Pour Cefe, en revanche, coucher avec Aurora n'impliquait aucun lien. Pour lui, elle n'était qu'une simple connaissance qu'il trouvait attirante plus parce qu'elle était accessible que pour son physique : ils avaient à peine quelques années d'écart, et même si elle était belle et bien conservée, Cefe préférait la chair jeune. Ce qui le perdait, c'était cette vieille habitude héritée de son père de séduire toute femme avenante prête à payer un service. Aurora lui en devait un et il jugea que le moment était idéal pour l'encaisser.

Aurora combla les attentes de Cefe au lit comme Ferino lui avait appris à le faire. Plus habitué à donner qu'à recevoir, Cefe connut alors un plaisir que Marisa ne lui procurait pas, elle qui se contentait de s'allonger, d'écarter les jambes et d'attendre qu'il ait terminé. Aucune des autres femmes avec qui il avait couché ne lui avait fait ressentir quelque chose de tel, car, avec Aurora, il découvrit un plaisir qui n'avait rien à voir avec le physique, mais avec le fait de se sentir désiré. Jusqu'alors, Cefe n'avait connu l'intimité qu'avec des femmes qui s'efforçaient de penser à autre chose lorsqu'elles lui donnaient ce qu'il demandait, en échange d'argent ou de quoi que ce soit d'autre dont elles avaient besoin.

Après avoir goûté à Aurora, Cefe voulut recommencer la nuit suivante, puis celle d'après, et ainsi de suite jusqu'à ce qu'arrive le jour de son départ pour les vacances dans les Asturies.

À peine arrivé à Gijón, Cefe oublia Aurora. Elle ne lui revenait en mémoire que pendant ses moments les plus intimes sous la douche, et seulement le temps nécessaire pour atteindre la dose de plaisir recherchée. Aurora, en revanche, n'oublia pas Cefe, pas un seul des instants qu'elle passa devant le ventilateur, à côté de sa machine à coudre dernier cri, en plein mois d'août. Pas une seule fois, néanmoins, elle ne ressentit la moindre culpabilité envers Marisa pour s'être retrouvée dans le lit de son mari, car son expérience l'avait convaincue que dans cette vie, chacun doit faire avec ce qu'il a : son mari, ses malheurs ou ce que le sort lui réserve.

AGUEDA, 2014

— Quels sont vos objectifs ? lui demanda l'endocrinologue lors de la première consultation.

Agueda n'était pas préparée à cette question.

— Dans quel sens ?

— Santé, poids… Qu'est-ce qui vous inquiète ? Vos dernières analyses sont bonnes, juste le glucose qui est un peu élevé, mais rien de grave, ça peut être circonstanciel. J'aimerais toutefois les refaire.

— Comme vous voulez.

La médecin la dévisagea, visiblement perplexe.

— Écoutez, je vous fais une prescription pour les nouvelles analyses et vous reviendrez vers moi avec les résultats dès que vous les avez. En attendant, je vais vous donner quelques consignes alimentaires et des exercices adaptés à votre âge et style de vie. Et vous, de votre côté, vous réfléchissez à ce que vous espérez en venant ici, d'accord ?

Agueda acquiesça.

Après quatre semaines à suivre les conseils du médecin, une heure de marche par jour et un abonnement aux séances pour plus de soixante-cinq ans de la salle de sport huppée de la résidence, Agueda put enfin lui exposer la raison de sa venue.

—Les médecins, c'est un peu comme les prêtres, non ? osa-t-elle suggérer.

L'endocrinologue sourit, devinant où voulait en venir cette femme, si différente du reste de ses patientes.

—Vous faites allusion au secret professionnel ? Rien de ce que vous me direz aujourd'hui ne sortira d'ici.

—Même si ce n'est pas moi qui règle la facture ?

—Même si c'était saint Pierre en personne qui la payait. Qu'est-ce qui vous préoccupe ?

Agueda raconta tout ce qu'elle avait remarqué chez Ana et, au fur et à mesure de ses explications, la pression qu'elle sentait peser sur sa poitrine depuis son arrivée à Madrid s'allégea. La médecin lui montra des photos sur l'écran de son ordinateur.

—Les marques sur sa main ressemblent-elles à celles-ci ? demanda-t-elle.

—Exactement.

—Je dirais que votre fille pourrait souffrir d'un trouble appelé boulimie. Cela consiste à engloutir de la nourriture, souvent en cachette, puis à vomir tout ce qui a été ingéré. Les marques sur les jointures des doigts sont très caractéristiques. Les personnes insèrent les doigts dans la gorge pour se faire vomir.

—Mais Ana est très maigre. Elle ne mange que de la laitue et des yaourts allégés.

—Les boulimiques ont tendance à manger en se gavant quand personne ne les voit. Si c'est le cas de votre fille, il est probable qu'elle se fasse vomir ensuite pour ne pas grossir. Mais je ne peux pas poser de diagnostic à distance. Elle devrait voir un spécialiste, comme un psychologue expert en troubles alimentaires. Je peux vous donner le numéro de l'un des meilleurs dans ce domaine. Il est à la tête d'une clinique spécialisée dans l'anxiété et les troubles qui en découlent, dont la boulimie. Et si vous voulez, je peux m'arranger avec lui pour que ce soit moi qui continue à vous facturer comme nous le faisons pour le moment.

— Ce n'est pas nécessaire, je peux le payer.

La première conversation avec le psychologue donna à Agueda une idée bien plus claire des étapes à suivre. Il s'agissait tout d'abord de convaincre Ana de venir à la consultation.

Agueda connaissait bien sa fille ; elle était comme son père : toujours aimable, toujours souriante, refusant que quiconque l'aide avec ses problèmes. À force de ne pas vouloir déranger, elle allait finir par se faire du mal à elle-même.

— J'ai commencé à voir un psychologue, lui dit-elle après être convenue du plan avec le thérapeute. Depuis la mort de ton père, je n'ai plus goût à rien.

— C'est bien, maman. Il est bon dans ce domaine ?

— Certainement, c'est une amie de ta belle-mère qui me l'a recommandé. J'aimerais te demander une faveur. Dans le cadre de ma thérapie, il aimerait te rencontrer. Il paraît que l'environnement familial est très important.

— Bien sûr, maman, compte sur moi.

Agueda poussa un soupir de soulagement. La première étape était la plus difficile, et finalement, cela avait été plus simple que prévu.

AGUEDA, 1978

Agueda se réveilla dans l'hôtel de Séville au bruit de la serrure de la porte. Elle regarda Ana, toujours endormie sur le lit d'appoint à côté d'elle, puis le radio-réveil numérique qu'elle avait posé sur la table de nuit. Il était presque trois heures du matin. Comme Jesús ne semblait pas parvenir à ouvrir la porte, elle se leva pour le faire à sa place.

—Chut, ne réveille pas la petite, lui murmura-t-elle.

Jesús eut du mal à enfiler le pyjama qu'Agueda lui avait préparé sur son oreiller. Il dut s'asseoir sur le lit, car il n'arrivait pas à mettre le pantalon debout, l'alcool ayant légèrement affecté son équilibre. Il s'endormit aussitôt la tête posée sur son oreiller. Celle qui ne parvint pas à retrouver le sommeil, en revanche, fut Agueda. Non pas à cause des ronflements de Jesús, auxquels elle était depuis longtemps habituée, mais à cause de l'agitation du voyage et de l'incertitude quant à l'état dans lequel elle allait retrouver sa mère. Le fait de ne pas dormir dans son propre lit et la chaleur n'aidaient pas. Pour les Sévillans, elle n'était plus aussi accablante, mais pour elle, le contraste entre l'humidité de Gijón et les quasi trente degrés secs à cette heure de la nuit était très inconfortable.

Elle s'endormit vers sept heures du matin, une heure avant que le réveil annonce qu'il était temps de se lever avec l'accent joyeux des animateurs de Radio Séville.

—Quelle heure est-il ? demanda Jesús dans un sursaut. Chérie, on est en vacances !

Ils prirent le petit déjeuner dans le restaurant de l'hôtel. Jesús ne commanda qu'un café, Agueda un petit déjeuner traditionnel et Ana un continental, comme l'indiquait le menu, parce que ça l'amusait de manger des œufs brouillés le matin, même si elle ne réussit pas à le terminer.

—Je t'avais dit que tu n'arriverais pas à tout manger, et ça coûte plus du double du petit déjeuner espagnol, la réprimanda Agueda.

—Laisse la petite tranquille, Agueda, fit Jesús, avant de s'approcher de son oreille pour lui souffler : T'as hérité une fortune d'un type que tu ne connais même pas.

—Oui, oui, mais ceux qui ont de l'argent en ont parce qu'ils l'économisent, pas parce qu'ils le dépensent.

—Bon, c'est quoi le programme aujourd'hui ?

—On va à El Palmar et on pose des questions sur ma mère. Ça ne peut pas être bien grand. Je suis quasiment sûre que c'est plus petit que Turón, et dans les villages, les étrangers ne passent jamais inaperçus.

—D'accord, mais l'après-midi, je veux emmener Ana faire un tour en calèche dans Séville, comme les demoiselles andalouses, annonça Jesús pour le plus grand plaisir de la petite. J'espère que tu nous feras l'honneur de nous accompagner.

—Que tu es bête, répondit Agueda avec le sourire. Allons-y, on doit prendre le bus jusqu'à Utrera puis de là, aller jusqu'à El Palmar.

La première impression qu'ils eurent du village fut désastreuse. Le taxi qu'ils prirent à Utrera les conduisit dans un endroit qui semblait tout droit sorti d'un western. Au milieu de quelques maisons modestes de plain-pied, plusieurs enfants jouaient dans la rue, sales et mal habillés, ce qui rappela à Agueda des souvenirs de son enfance.

—C'est comme retourner à l'époque d'après guerre, murmura-t-elle à Jesús, tout en serrant fort la main d'Ana, comme si elle craignait qu'on la lui vole.

—Qu'est-ce que ta mère peut bien faire dans ce bled ? On ne s'est pas trompés ? douta Jesús.

—Elle a peur qu'on la retrouve, et je doute que qui que ce soit vienne ici poser des questions.

—Il n'y a pas un seul village en Espagne sans bars. Cherchons-en un, peut-être que quelqu'un saura quelque chose au sujet de ta mère.

Ils demandèrent leur chemin aux enfants, qui les informèrent qu'il y avait plusieurs bars à El Palmar. Ils se dirigèrent vers le plus proche et demandèrent si quelqu'un avait entendu parler d'Aurora.

—Tous ceux qui passent par ici ces derniers temps sont des étrangers, à cause de tout ce raffut provoqué par les apparitions de la Vierge à La Alcaparrosa, leur expliqua le serveur derrière le comptoir. Tant mieux pour nous, je vous le dis, parce qu'on n'arrête pas. Comme il est encore tôt, pour le moment, y a que des gens du coin, mais vous verrez dans quelques heures… Avant les apparitions, personne ne pouvait même nous situer sur une carte, mais maintenant, même les Américains débarquent. Je pense à apprendre l'anglais, comme les serveurs de Torremolinos, c'est pour dire.

—Mais la personne que nous cherchons n'est pas américaine et je vous garantis qu'elle ne parle pas anglais. Elle est asturienne et couturière.

—Eh bien, à part celle qui coud les soutanes pour Clemente et compagnie… Attendez, je vais appeler ma femme. Pepa ! cria-t-il en direction de la cuisine. Viens un peu deux secondes !

Une femme corpulente en tablier ouvrit la porte derrière le bar et s'approcha d'eux. Son mari lui fit part de la description concernant Aurora.

—Ça doit être la couturière qui loge dans la maison des Galiciens, affirma-t-elle immédiatement. Mais elle n'est pas blonde, elle est brune. Et galicienne aussi. C'est la seule couturière qui ne soit pas originaire d'ici. La maison où elle vit était vide depuis des années, mais maintenant, ici, tout se loue, alors il n'y a plus rien de disponible. Vous devriez voir comme les prix ont grimpé ! C'est de la folie !

Un peu perdus par ces informations et sans être certains de ce qu'ils allaient trouver, Agueda, Jesús et Ana se dirigèrent vers l'adresse que leur avait indiquée Pepa.

AURORA, 1978

La surprise d'Aurora fut immense et difficile à supporter lorsqu'elle ouvrit la porte et se retrouva face à sa fille.

—Par sainte Barbe ! Mais qu'est-ce que vous fichez ici ? Avec tout le boulot que j'ai. On ne vous a pas suivis, j'espère ?

—Pouvons-nous entrer ? demanda Jesús, blessé par le mépris de sa belle-mère envers Agueda et Ana.

La porte donnait directement sur un petit salon encombré. Deux machines à coudre trônaient au centre, celle qu'Agueda lui avait envoyée et celle qu'elle avait achetée elle-même, plusieurs rouleaux de tissu noir couvraient le canapé, un ventilateur en forme de mallette tournait à plein régime et un téléviseur couleur dernier cri trônait dans la pièce.

Jesús regarda Agueda, stupéfait.

—Maman, regarde la télé de grand-mère ! s'écria Ana.

—Si seulement ce n'était que ça. Mère, c'est quoi tout ça ?

—Eh bien, ma couture, qu'est-ce que tu veux que ce soit ?

Aurora dut expliquer à sa fille le commerce qu'elle avait monté avec les palmariens pour qu'elle la laisse tranquille.

—Alors, vous n'êtes pas devenue membre de la secte ?

—Moi, dans une secte ? Tu rêves, ma fille. Par contre, je ne rate pas un seul week-end. Faut rester dans les bonnes grâces de ceux qui paient. Je suis aussi palmarienne aujourd'hui que j'étais phalangiste à une époque.

—Et la maison, c'est à qui ?

—À des amis. Arrête de poser des questions, y a rien d'intéressant ici. Dis-moi plutôt si la police est venue.

—Non, maman, personne n'est venu vous chercher. Vous ne connaissez même pas encore l'atelier. Il est magnifique, rue San Bernabé, en plein centre d'Oviedo. Un étage entier de plus de deux cents mètres carrés. Et j'ai des machines modernes comme celle que je vous ai envoyée. Et celle-ci ? tiqua tout à coup Agueda. Pourquoi avez-vous besoin de deux machines ?

—Parce que je ne peux pas coudre toute seule autant de soutanes.

—Comme moi à l'atelier. Vous n'imaginez pas le nombre de commandes que nous avons, et pourtant, j'ai dix apprenties avec moi. Je vais aussi commencer à organiser des cours pour femmes au foyer. Broderie, dentelles, entre-deux, ce genre de choses. Pourquoi ne revenez-vous pas avec nous ?

Jesús dévisagea Aurora comme si elle venait d'adopter une vipère comme animal de compagnie.

— Parce que je suis sûre que quelqu'un cherche encore à savoir comment sont morts ces Maghrébins, et que, tôt ou tard, ils finiront par me retrouver. Quand je m'y attendrai le moins. Et je ne veux pas être là pour servir de bouc émissaire.

— Ce n'est pas comme si c'était vous qui les aviez tués ! protesta Agueda.

L'expression qui traversa le visage d'Aurora glaça Agueda jusqu'aux os, malgré la chaleur d'août de Séville.

— Ana, ma chérie, va voir le reste de la maison, dit-elle.

Elle s'approcha ensuite de sa mère pour lui demander à voix basse :

— C'est vous qui les avez tués ?

— Ce ne sont pas tes affaires. Moins tu en sais, mieux ce sera.

— Mère, dites-le-moi. Jesús, emmène Ana faire un tour dans le village, s'il te plaît.

Une fois qu'ils furent sortis, Agueda ne laissa pas le choix à Aurora, qui finit par avouer ce qui s'était passé cet après-midi-là, quand ces hommes les avaient violées, elle et sa mère. Agueda n'eut pas besoin d'en entendre plus pour tirer des conclusions.

— Et vous dites que vous étiez en train de finir la robe de mariée quand ces hommes… Et je suis née prématurée à sept mois ?

La voix d'Agueda se brisa et elle voulut prendre sa mère dans ses bras, mais Aurora la repoussa. Elle ne pouvait supporter d'être dans les bras de cette fille, le rappel vivant de l'humiliation et de la terreur qu'elle avait vécues ce jour-là et les suivants. Si au moins Agueda avait été une mauvaise fille, mais elle était si gentille et prête à lui pardonner n'importe quelle faute, toujours en quête de son affection, ce qui ne faisait que rendre les choses plus difficiles.

— Mais alors, Ferino, le vieil homme qui m'a légué l'héritage, qui était-ce ? Pourquoi m'a-t-il donné une telle somme d'argent ?

— Parce que la vie est absurde, tout simplement. Il n'a rien à voir avec toi. Maintenant, tu sais ce qui s'est passé, tu as ce que tu voulais. Cette histoire n'en finit plus de me hanter depuis toujours, et j'en ai assez. Maintenant, s'il te plaît, partez et laissez-moi tranquille.

— Vous comptez vraiment rester ici, maman ?

— Pour l'instant, oui.

— Vos fils demandent de vos nouvelles quand ils appellent d'Allemagne et Pedro est venu cet été à Gijón. J'ai dû lui mentir et inventer que vous étiez partie en voyage avec la paroisse. Il va épouser une Allemande. Je ne sais plus quoi leur dire.

— Tout ce que tu veux, sauf la vérité.

Agueda sortit de là les larmes aux yeux, avec une boule au ventre après avoir enfin compris pourquoi sa mère ne l'avait jamais aimée. Ce qu'elle ne comprenait pas, en revanche, c'était pourquoi cet homme lui avait légué dix millions de pesetas. Elle avait soupçonné qu'il était l'amant de sa mère et, par conséquent, son père, mais si elle était le fruit d'un viol, qui était ce vieillard ? Les doutes et les certitudes sur ses origines lui retournèrent l'estomac, au point que lorsqu'elle retrouva Ana et Jesús errant dans les rues de ce village misérable, elle était si pâle que son mari s'en inquiéta.

— Mais qu'est-ce qu'elle t'a dit cette sorcière ? Viens, allons au bar pour qu'ils te préparent une tisane.

— Je ne veux pas de tisane. Je veux partir d'ici au plus vite.

15

Ana, 2014

Le jour de ma première consultation chez le psychologue, Madrid était en deuil. Cet après-midi-là devaient avoir lieu les funérailles d'État d'Adolfo Suárez. Je me rendis chez le thérapeute avec ma mère, qui sanglotait dans la voiture, comme s'il ne s'agissait pas de l'ancien président du gouvernement mais d'un parent proche. Même si ma mère vivait depuis quelques mois à Madrid et qu'elle passait tous les après-midi avec moi et les enfants, elle se sentait très seule.

—Il était très malade, il avait la maladie d'Alzheimer, dis-je, pour tenter d'atténuer son chagrin.

—Tu ne peux pas comprendre ce que représentait cet homme pour ceux qui ont vécu la transition. Ton père l'admirait beaucoup.

—Je comprends, maman, mais ce n'est pas une raison pour te mettre dans des états pareils.

La clinique où nous nous rendions se trouvait en plein milieu de la Gran Vía. L'accès fut difficile à cause des mesures de sécurité mises en place pour les funérailles qui devaient avoir lieu à la cathédrale de la Almudena, en présence de la famille royale et de tous les dirigeants politiques. J'eus du mal à trouver une place de parking où je puisse garer la Q7 que je conduisais à ce moment-là. Je ne me promenais pas souvent dans le centre de Madrid et je fus surprise par la quantité de gens qui remplissaient l'avenue un matin ordinaire.

La clinique occupait deux étages d'un immeuble majestueux du début du vingtième siècle. Comme le thérapeute lui avait été recommandé par une connaissance de ma belle-mère, je m'étais imaginé un cabinet de luxe. Loin d'être ce à quoi je m'attendais, le psychologue était un homme d'une quarantaine d'années, aux manières efféminées, qui portait un jean, un pull et des lunettes à monture épaisse. Il nous reçut dans un cabinet qui aurait très bien pu être le salon de l'appartement où j'avais passé les premières années de ma vie avec mes parents. Il avait un sourire si chaleureux que je me sentis immédiatement à l'aise.

Le mobilier était composé de deux fauteuils en velours indigo confortables et légèrement usés, d'une lampe sur pied, d'une table d'appoint et de quelques étagères blanches Ikea. La fenêtre, recouverte d'un store également blanc, devait donner sur une cour intérieure, car on n'entendait pas le vacarme de la Gran Vía. La boîte à mouchoirs recouverte de motifs marins posée sur la petite table me donna une idée de ce qui se produisait souvent dans cette pièce.

Ma mère n'entra pas.

— Elle sera reçue par une collègue. Vous et moi… Est-ce qu'on peut se tutoyer ? demanda-t-il avant de faire une pause pour me laisser le temps d'acquiescer. Toi et moi, on est ici pour discuter, voir si on peut aider ta mère à retrouver plus vite le goût de vivre.

— Compte sur moi.

— Même si les questions que je vais te poser te paraissent un peu décousues, réponds la première chose qui te vient à l'esprit. Il n'y a pas de bonne ou de mauvaise réponse. Tu es prête ?

J'acquiesçai.

— Qu'est-ce qui te rend heureuse ?

La question me prit de court.

—Moi ou ma mère ?

—Toi. Comme je te l'ai dit, les questions peuvent sembler absurdes, mais elles nous aident beaucoup.

—Je ne sais pas… Mes enfants, je suppose.

—Quelque chose de plus banal. Quelque chose qui te concerne, toi.

—Le moment de la journée où les enfants ont fini de dîner, vont dans leur chambre et où je peux me servir un verre et me détendre.

—Qu'est-ce qui t'ennuie dans ta routine quotidienne ?

—Je n'aime pas aller à la salle de sport.

—Et tu y vas combien de fois par semaine ?

—Quinze heures en tout, trois heures par jour, du lundi au vendredi.

—Pourquoi y aller autant ?

—Parce qu'on attend de moi que je sois jeune et mince.

—Qui attend ça de toi ?

—Ma belle-mère. Et mon mari aussi, je suppose, mais seulement pour avoir une bonne image pour le business, parce que pour le reste, je ne crois pas, même s'il ne s'est jamais plaint. Mais ma belle-mère est très stricte, je dois toujours être parfaite. Comme elle.

—Pour toi, c'est important d'être comme tu es ?

—Oui, je suppose que oui.

—Qu'est-ce que ça t'apporte ?

—Que ma belle-mère soit contente et que mon mari n'ait pas honte de moi.

—Tu crois qu'il aurait honte de toi si tu allais moins souvent à la salle de sport ?

—Je ne sais pas… En quoi ça va aider ma mère, tout ça ?

—Ta mère est triste à cause de la mort de ton père et les changements qu'elle vit lui provoquent de l'anxiété, elle se sent seule et sa plus grande joie, c'est toi.

—Ma mère s'inquiète pour moi ? devinai-je.

—C'est ce que font les mamans, elles s'inquiètent pour leurs enfants, quel que soit leur âge. Tu aimerais revenir un autre jour ?

—Pour rendre ma mère heureuse ?

—C'est une bonne raison.

C'est ainsi qu'en accompagnant ma mère, je commençai une thérapie dont je ne pus bientôt plus me passer. La première conséquence fut que j'échappai au sport une fois par semaine. J'avais mon rendez-vous tous les lundis avec Rubén et, même si j'en sortais parfois épuisée émotionnellement, j'aimais avoir quelqu'un à qui raconter ce que je ressentais, quelqu'un avec qui je n'avais ni attaches ni besoin de faire semblant. Mais ce que j'adorais par-dessus tout, c'était me promener avec ma mère sur la Gran Vía une fois la séance terminée. On avait l'habitude de regarder les vitrines, même si on achetait rarement quoi que ce soit. Ensuite, on s'asseyait à une terrasse pour prendre l'apéro. Je crois que, pour elle, c'était le meilleur moment de la semaine.

AGUEDA, 1968

Agueda épousa Jesús sans rien connaître de plus aux relations entre hommes et femmes que ce que lui avait raconté Florita, qui, avec pour seule référence son court et malheureux mariage avec Marcelo, avait une expérience plutôt basique de la vie conjugale. Aurora n'avait jamais parlé à sa fille des hommes ni des coulisses de la vie à deux. Entre transmettre ce qu'elle savait et se taire, elle avait choisi la seconde option. Peut-être que cela aiderait Agueda à mieux s'en sortir qu'elle.

Jesús ne se montra plus demandeur de relations sexuelles avec sa femme à partir du moment où ils apprirent qu'ils attendaient un enfant, et Agueda pas davantage. Avec un bébé dans son ventre, cela lui semblait inapproprié. Après l'accouchement vint la période d'abstinence postnatale et plus tard, avec Aurora qui cousait le jour et une partie de la nuit, et Agueda occupée par la maison et les soins du bébé, l'intimité se compliqua. Les mois passèrent, et lorsqu'Agueda se rendit compte qu'elle et Jesús n'avaient plus utilisé leur lit pour autre chose que pour dormir depuis plus d'un an, elle se demanda si c'était normal.

Elle consulta les cartes, mais elle n'y trouva aucune indication claire de ce qu'elle devait faire. Aucune ne semblait indiquer un problème de couple, mais elles ne suggéraient pas non plus que cette absence d'intimité soit normale après avoir eu des enfants. Elle décida donc d'appeler Florita.

Elles se donnèrent rendez-vous le samedi à Oviedo et Agueda invita son amie à goûter chez Rialto, une pâtisserie très chic. Même avec Florita, elle était gênée d'aborder le sujet, mais devant deux millefeuilles et deux cafés au lait, elle finit par se confier.

—Oh Agueda, c'est très bizarre, ça. Tous les hommes veulent du sexe. Tout le temps. Ce qui arrive parfois, c'est qu'ils n'en veulent plus avec leur femme.

—Qu'est-ce que tu veux dire ? Ne me fais pas peur.

—Je veux dire que Jesús devrait te courir après comme un taureau après une vache en chaleur, et si ce n'est pas le cas, la première chose dont il faut s'assurer, c'est qu'il n'y ait pas une autre vache dans le coin qui lui donne ce que tu ne lui offres pas. C'est ce que m'a dit ma grand-mère Herminia avant mon mariage, en tout cas : un homme doit toujours sortir de chez lui satisfait.

Agueda sentit le millefeuille lui remonter dans la gorge. Elle faillit le recracher rien qu'en imaginant que Jesús ait une maîtresse. Si grand-mère Herminia avait raison – et elle savait toujours de quoi elle parlait –, le bonheur de son foyer était en péril.

—Ma pauvre, tu es devenue toute pâle. Bon, dis-moi, tu as tiré les cartes ?

Agueda hocha la tête.

—Alors on va y aller et je les tire pour toi, parce que tu sais bien que quand on le fait pour soi-même, ça ne marche pas toujours. Comme dit ma grand-mère, même si les cartes sont claires, quand la personne concernée les lit, elle interprète les messages comme elle veut les entendre.

Mais même entre les mains de Florita, les cartes ne révélèrent pas l'existence d'une autre femme.

—Tu vas devoir faire une petite expérience. Quand Ana sera couchée ce soir, fais-toi belle et passe devant lui avec un sourire coquin, on verra bien comment il réagit.

—Et qu'est-ce que je mets ?

—Ta nuisette de la nuit de noces.

—Je ne l'ai plus, j'en ai fait un chemisier.

—Et tu t'étonnes que Jesús ne soit pas excité ? Viens, on va en acheter une tout de suite.

—Pas question, c'est trop cher. Je vais en coudre une moi-même dans une belle soie noire qu'il me reste de l'enterrement de mon père.

—Avec un grand décolleté, qu'on voie un peu ta poitrine. Je vais t'aider, comme ça, on la termine avant que Jesús rentre.

À elles deux, elles mirent peu de temps à découper et coudre la nuisette à bretelles, avec un décolleté en V qui laissait peu de place à l'imagination. Elles ajoutèrent une bande de dentelle pour la rendre plus sensuelle.

—C'est trop décolleté, protesta Agueda au premier essayage. Je te l'avais dit, on voit mon soutien-gorge.

—Mais Agueda, tu es bête ou quoi ? Enlève ce soutien-gorge de grand-mère ! Avec une nuisette pareille, il ne faut pas en mettre du tout. Et encore moins un de couleur chair comme celui que tu portes. Désolée de te dire ça, mais ça ne m'étonne pas que Jesús ne s'approche pas de toi. Le pauvre, c'est comme s'il était marié à une nonne. Réveille-toi, sinon une traînée va te le piquer.

Agueda passa le reste de l'après-midi tiraillée entre la honte et la peur, jusqu'à ce que cette dernière prenne le dessus. Dès que Jesús se coucha, elle s'assura qu'Ana dormait dans le berceau et alla dans la salle de bains. Elle en ressortit vêtue de la nuisette.

La nuit suivante, Jesús en redemanda et Agueda souffla de soulagement. Il ne semblait pas y avoir de raison de s'inquiéter. Jesús attendait sans doute simplement qu'elle lui fasse comprendre qu'elle était de nouveau prête après la naissance d'Ana, pensa-t-elle.

Son soulagement fut néanmoins de courte durée. Lorsque Jesús lui demanda ce qu'il désirait, l'expression d'effroi qu'elle afficha n'échappa pas à son mari.

—Ce n'est pas obligé que ce soit ce soir, ma chérie. En plus, tu dois te préparer. Je t'expliquerai comment faire, mais c'est ce que tout le monde fait pour éviter les risques. Tu sais bien ce qu'a dit le médecin : une autre grossesse serait presque un suicide.

—Si c'est ce que tout le monde fait… répondit-elle, peu convaincue mais incapable de refuser quoi que ce soit à Jesús.

Florita lui avait mis la peur au ventre. Rien que d'imaginer que Jesús puisse avoir une maîtresse, Agueda en avait l'estomac retourné.

Le lendemain matin, quand Agueda eut donné le sein à Ana et que la petite se fut endormie, Jesús revint à la charge et lui expliqua ce qu'elle devait faire pour être prête pour le soir. Son mari partit travailler et Agueda fut inquiète toute la matinée.

Elle tira à nouveau les cartes, qui ne dirent toujours rien sur le sujet qui la tourmentait. Elle cousit et décousit son travail, incapable de faire une seule couture droite. Elle n'osa même pas couper le tissu de peur de l'abîmer. Après plusieurs heures de travail perdues, Agueda s'habilla et sortit, avec Ana endormie dans sa poussette.

Sans vraiment savoir où elle allait, elle marcha un moment dans le centre-ville, flâna dans les ruelles pavées et se rendit compte qu'elle était arrivée devant la cathédrale. Elle ressentit l'envie d'y entrer. Les rangées de bancs qui occupaient la grande nef centrale étaient presque vides. Seules quelques femmes âgées, emplissant l'air d'une odeur de naphtaline, priaient à genoux sur les prie-Dieu. Une vieille femme sortit d'un confessionnal, et en le voyant libre, Agueda s'en approcha. Elle vérifia qu'Ana dormait toujours, plaça la poussette à l'arrière du petit cabinet de bois où se tenait le prêtre et s'installa sur le côté. Elle avait besoin de soulager son angoisse. Même si un prêtre n'était peut-être pas la personne la plus apte à comprendre ce qu'elle traversait, la grille du confessionnal lui donnait le courage de parler à voix basse, car elle ne se sentait pas capable de le faire à voix haute.

—Mon Dieu, ma fille, quelle folie s'est emparée de votre mari ! Cette partie de votre corps n'a qu'une fonction physiologique, aussi désagréable que fondamentale, qui, en fin de compte, est œuvre de Dieu. Mais ce que votre mari veut vous faire, c'est une abomination totale, déclara le prêtre de la cathédrale en haussant tellement la voix qu'Agueda craignit qu'on puisse l'entendre depuis les bancs.

Au moins, pensa-t-elle avec soulagement, dans le confessionnal, on ne voyait pas son visage.

Agueda ne savait que choisir entre son mari et ses réticences, mais elle finit par choisir son époux, car, si les cartes ne l'avertissaient d'aucun malheur, cela ne pouvait pas être si grave. Et puis, qu'est-ce qu'un curé pouvait bien savoir de l'intimité conjugale ? Ce soir-là, Agueda découvrit une pratique sexuelle qu'elle ne raconterait jamais à aucun prêtre. Elle n'en parla même pas à Florita ni à personne d'autre. Non seulement elle n'apprécia pas mais en plus ce fut douloureux. Néanmoins, Jesús parut si heureux qu'ils finirent par intégrer cette pratique sexuelle, aussi courante chez les anciens Grecs que peu fréquente chez les couples espagnols vivant encore sous dictature. Du moins, officiellement. Le seul avantage qu'Agueda trouva à ce changement dans ses relations avec Jesús, c'est qu'elle n'avait plus besoin de faire des calculs pour éviter les jours fertiles ni de paniquer à chaque retard, de peur que la méthode Ogino ne fonctionne pas, comme c'était arrivé à certaines des élèves de l'atelier et à tant d'autres femmes qu'elle connaissait de réputation.

Dix ans passèrent avant qu'Agueda se dise enfin, après que son mari l'eut convaincue d'aller voir au cinéma *Le Dernier Tango à Paris*, que ce qu'ils faisaient au lit était tellement normal pour les Américains qu'ils en faisaient même des films.

AGUEDA, 1973

Agueda reçut la nouvelle du déménagement de Florita à Oviedo avec autant de joie que de méfiance. Son amie ne se contentait pas de quitter le bassin minier pour la capitale, mais, comme elle le lui avait raconté au téléphone, elle allait vivre dans un appartement près du Campo de San Francisco, un quartier très prisé de la ville.

—Vous avez gagné à la loterie ou quoi ?

—Ah, si seulement !

—Et grand-mère Herminia est d'accord pour déménager ? Elle n'a jamais vraiment aimé Turón, la mer lui a toujours manqué.

—Ne te fais pas de films. Ma grand-mère et mon père ne vivront pas avec moi. Mais je peux te garantir qu'ils ne manqueront de rien.

—Je ne comprends pas.

—Si, tu comprends très bien. C'est exactement ce à quoi tu es en train de penser. C'est un homme qui me paie l'appartement et tout le reste.

—Oh, Florita, ne me dis pas ça. Regarde ce qui t'est arrivé à Paris avec José Luis. Tu es magnifique et on est encore jeunes.

—Pas tant que ça. Une fois passée la trentaine, les hommes nous veulent bien dans leur lit, mais pas pour nous attendre à l'autel. Personne ne va m'épouser. Je suis une veuve qui est partie à Paris avec un homme marié et qui est revenue avec un enfant illégitime. Quel homme bien et sérieux voudrait encore m'approcher ? Je veux dire, sauf avec de mauvaises intentions, bien sûr, ajouta-t-elle en riant à l'autre bout du fil avec une tristesse qui serra le cœur d'Agueda. Je ne veux plus ni d'amour ni d'enfants. J'ai déjà eu les deux. Maintenant, c'est une autre étape qui commence pour moi. Et je ne veux pas non plus travailler. Je veux vivre comme une dame, pas comme une domestique.

—Mais enfin, Florita, les dames, c'est autre chose. Toi, tu seras la maîtresse. Et si ça se passe encore comme à Paris ?

—Ça, ça ne m'arrivera plus. Maintenant, l'argent, c'est d'avance. Et cet homme en a beaucoup, c'est un haut responsable d'une grande entreprise. Tu verrais les costumes qu'il porte…

—Il est sûrement marié. Et si sa femme te découvre ? L'adultère, c'est un délit. Tu pourrais aller en prison, tu ne serais pas la première.

—Je serai prudente.

—Je ne sais pas quoi dire.

—Dis que tu m'acceptes comme cliente, parce que la première chose que je vais faire, c'est te commander six ensembles et plusieurs nuisettes. En soie et dentelle. Très très sexy tout en restant élégants. Je veux être comme Elizabeth Taylor dans *La Chatte sur un toit brûlant.* Tu crois que c'est dans tes cordes ?

Agueda n'était pas très convaincue.

—Tout ce que tu veux, parvint-elle à répondre. Tu viens me voir dimanche, qu'on en parle plus tranquillement ?

—Oui, mais pas pour que tu essaies de me faire changer d'avis. Juste pour prendre le goûter avec toi, et tu en profiteras pour prendre mes mesures.

Ce soir-là, une fois Ana endormie, Agueda prit le panier de vêtements à découdre, le posa dans le salon, s'installa sur le fauteuil à côté de celui de Jesús, sortit ses ciseaux de couture et se mit au travail. En attendant la fin des publicités et l'arrivée de Colombo sur l'écran de leur téléviseur Thomson en noir et blanc coiffé d'une antenne à cornes, elle profita du fait qu'Aurora fasse tourner la pédale de la Singer dans la pièce voisine, et ne puisse donc pas les entendre, pour raconter à Jesús, à demi-mot, la conversation qu'elle avait eue avec Florita.

—Je ne suis pas sûr de comprendre, Agueda, dit son mari après avoir bu une gorgée de son premier whisky de la soirée. Florita va devenir une catin ?

—Enfin, Jesús ! Comment oses-tu dire une chose pareille ?

—Écoute, si ce monsieur lui paie un appartement et toutes ses dépenses, c'est bien pour qu'il puisse la rejoindre là-bas. C'est la définition même d'une catin depuis toujours.

—Depuis toujours, non, car je ne crois pas qu'il y en ait beaucoup avec un appartement et de l'argent. À Turón, les hommes couchent avec des prostituées. Elles, oui, ce sont des catins.

—La différence entre un type qui va au bordel et un autre qui entretient une maîtresse, c'est que le second a de l'argent. Beaucoup d'argent. Fais attention, cette ville paraît grande, mais elle est toute petite, et tout finit par se savoir. Si tes clientes l'apprennent, elles risqueraient d'aller voir une autre couturière.

—Eh bien, j'en trouverai d'autres. Ou c'est ma mère qui les trouvera, elle est bien plus douée pour ça. Personne n'a le droit de juger Florita, encore moins moi, depuis ma maison avec un mari aussi parfait que toi et notre petite

Ana. J'ai tout et elle, elle n'a plus rien. Si elle peut au moins vivre bien… Qu'est-ce que tu veux qu'elle fasse ? Récurer des escaliers ? Avec la beauté qu'elle a ! Ce n'est pas juste.

—Et tu dis qu'il lui a pris un appartement près du Campo San Francisco ? Avec les prix du quartier ! Je me demande bien qui est ce type.

—Je ne sais pas et ça ne m'intéresse pas. Je crois même qu'elle ne le sait pas vraiment elle-même.

—Promets-moi au moins que si tu découvres qui c'est, tu me le diras, demanda Jesús. Tu vas voir la tête de ta mère quand elle l'apprendra.

À cet instant, la musique de *Colombo* retentit et Agueda coupa court à la conversation.

—Pas un mot à ma mère. Et maintenant, tais-toi, ça commence.

Avant la fin du générique d'ouverture, Ana se mit à hurler dans sa chambre après avoir fait un cauchemar et Agueda courut la consoler. Quand la petite s'endormit enfin, elle se redirigea vers le salon et, depuis le couloir, elle reconnut la mélodie de la publicité du ColaCao : « Je suis le petit Noir d'Afrique tropicale », signe évident que l'épisode en était à l'entracte. Elle avait raté toute la première partie.

—Fais-moi un résumé sinon je ne vais rien comprendre, demanda-t-elle à son mari en entrant, tandis qu'il se servait un autre whisky.

Elle devina que ce serait son tour de lui résumer la seconde partie de l'épisode le lendemain. Même pour ça, ils étaient complémentaires, se dit-elle. Elle pensa qu'ils formaient une bonne équipe. N'importe quel autre homme aurait crié au scandale en apprenant ce que faisait Florita, voire lui aurait interdit de la fréquenter, mais Jesús, lui, était compréhensif et savait à quel point son amie comptait pour elle.

Aurora, 1975

La nouvelle de la remise du diplôme à la première femme ingénieure des mines en Espagne, deux cents ans après la fondation de l'école, fit la une de tous les journaux nationaux, car ce fut la princesse Sofía et son mari, Juan Carlos de Borbón, qui le lui remirent.

Cela faisait déjà plusieurs années que la première technicienne des mines avait obtenu son diplôme lorsque Rosa, la nièce de Ramona, fut diplômée de l'école de Mieres en 1963. Ce ne fut pas la première d'Espagne, mais bien des Asturies. À cette époque, Ursula, sa mère, s'était réconciliée avec ses sœurs après s'être libérée de la violence de Raimundo, non pas grâce à la loi, qui ne le lui autorisait pas, mais parce que la nature eut la bonne idée de lui envoyer une thrombose qui le laissa en fauteuil roulant, la bave aux lèvres. Même si Ramona pestait chaque fois qu'elle voyait les soins que lui prodiguait Ursula avec patience en lui essuyant la bouche plusieurs fois par jour, elle ne disait rien pour préserver l'union familiale et, surtout, sa relation avec ses nièces. Elle était particulièrement fière de Rosa. Voir la plus jeune des charbonnières devenir technicienne diplômée avec les honneurs compensait tous les efforts qu'elle et María avaient déployés pour aider Ursula à les élever. Les institutions officielles ne tarissaient pas d'éloges et Ramona ignorait tout des moqueries que Rosa subissait, car personne n'osait le faire sous ses yeux. De plus, sa nièce la connaissait bien et ne voulait pas qu'elle se mette dans le pétrin pour la défendre.

Le jour où Ramona tomba sur une caricature de sa nièce dans une revue minière qui la représentait avec des perles et un décolleté pendant qu'un mineur la regardait d'un air lascif, accompagnée de la légende « Petite pêche à croquer », elle sentit la bile remonter dans son œsophage.

—Qu'ils aillent tous au diable ! Ce connard qui a écrit ça et tous ses morts ! cria-t-elle, toute seule dans le salon de sa maison de Turón. Espèce de lâche, même pas foutu de signer avec son nom !

Le lendemain, Ramona se présenta à la rédaction de la revue à Mieres, bien décidée à remettre à sa place l'auteur de cette plaisanterie douteuse sur sa nièce. Elle ne le trouva pas, mais un collègue, attiré par le grabuge qu'il pressentait, lui donna son identité et son adresse. Ramona s'y rendit, le tisonnier de la cuisinière à charbon dans une main et un panier de pêches dans l'autre. Elle profita de ce qu'un voisin sorte de l'immeuble pour entrer, monter au troisième étage puis sonner à la porte. Par chance, il était seul. Dès qu'il ouvrit la porte, sans donner la moindre explication, elle lui lança une pêche à la tête.

—Mais qui êtes-vous, bon sang ? cria l'auteur de la plaisanterie tout en tentant de se protéger des projectiles.

—Quoi ? Vous ne devinez pas ?

Une fois le panier de pêches vide, Ramona s'arrêta. L'homme se jeta sur elle, mais lorsqu'elle brandit le tisonnier, il se ravisa et la dévisagea. Cette femme grosse et laide, à la coupe de cheveux masculine et portant un pantalon, lui parut grotesque.

C'est alors que Ramona fut prise d'une violente quinte de toux et le journaliste en profita pour la pousser hors de chez lui et la laisser là, sur le palier, à bout de souffle tant elle peinait à respirer.

La porte de l'ascenseur s'ouvrit et deux enfants accompagnés d'une femme sursautèrent en la voyant là, toute rouge et suffoquant à cause de la toux.

—Vous allez bien ? demanda la femme en la scrutant de haut en bas.

—J'ai connu mieux, réussit à répondre Ramona.

—Les enfants, rentrez à la maison et allez chercher un verre d'eau.

Avec l'aide de l'épouse de celui qui s'était moqué de sa nièce, Ramona retrouva ses esprits et repartit de là avec l'amère impression d'être devenue vieille sans s'en rendre compte. Elle n'avait plus assez de force pour remettre à sa place un type qui n'était même pas mineur, juste un gringalet planqué derrière sa machine à écrire.

Ce sentiment ne la quitta pas pendant de longs mois. Pas plus que les quintes de toux, qui, loin de se calmer, se firent de plus en plus fréquentes.

C'est pourquoi, quand, des années plus tard, elle vit que la société espagnole avait suffisamment changé pour qu'une femme puisse désormais devenir ingénieure, elle décida de se battre pour elle-même au lieu de toujours le faire pour les autres. Elle cessa de nier sa maladie par peur qu'on refuse de la soigner parce qu'elle était une femme, et se rendit à l'hôpital des silicotiques d'Oviedo.

Elle appela Aurora, qui vivait depuis des années avec sa fille dans la capitale asturienne. Elles ne s'étaient plus vues depuis. Ramona ne voulait pas sortir de Turón tandis qu'Aurora ne voulait pas y remettre les pieds, même pas pour la Toussaint, si bien qu'elle laissait à Agueda et à Ana le soin d'aller fleurir les tombes familiales. Aurora et Ramona n'étaient pas non plus du genre à se téléphoner, mais elles s'écrivaient des lettres brèves et sobres, d'une demi-page, une page tout au plus. C'était bien assez pour tout ce qu'elles avaient à se dire depuis le départ d'Aurora de Turón. Mais ce jour-là, Ramona prit le téléphone pour appeler la seule véritable amie qu'elle ait jamais eue.

—Je t'accompagne, lui dit Aurora.

Agueda fut surprise : sa mère ne l'avait jamais accompagnée chez le médecin, même pour la naissance d'Ana.

Ramona travaillait depuis des années dans les lavoirs à charbon. Aller piquer à la mine n'avait plus été une option dès que les contrôles s'étaient renforcés pour faire respecter les lois interdisant aux femmes de travailler dans les galeries. Ainsi, Ramona avait vu son salaire journalier diminuer tout en continuant à respirer autant, sinon plus, de poussière de silice, qui s'était accumulée dans ses poumons.

Aurora attendit son amie à la gare, puis, les priorités étant les priorités, elles allèrent directement à l'hôpital, en bus.

— Ce n'est pas la silicose, ma brave dame, ça, c'est un truc de mineurs, lui dit le médecin en ricanant.

— Et vous croyez que je suis quoi ? Vous m'avez prise pour Ali MacGraw dans *Love Story* ?

Ramona lui montra ses mains calleuses, fripées, avec ses ongles noirs à force de laver le charbon, dans un geste loin d'être pacifique.

Le médecin se mit à rire de plus belle. Aurora lui évita de prendre une baffe, et à Ramona un ennui bien plus grave que de devoir supporter un docteur orgueilleux et négligent.

Les examens confirmèrent que Ramona souffrait bien de silicose. À un stade très avancé. Il était temps pour elle de prendre sa retraite, même si, pour ça, elle dut coincer contre un mur l'employé administratif qui se moqua d'elle lorsqu'elle déposa sa demande de classement de silicose au troisième stade pour pouvoir toucher sa pension. Elle avait presque soixante ans et en avait passé plus de quarante à la mine.

Quand la première paie tomba, Aurora et elle prirent un taxi pour aller célébrer l'évènement dans un pressoir à Colloto, en périphérie d'Oviedo, bien loin des restaurants chics de la capitale, qui donnaient la chair de poule à Ramona.

— Un salaire complet sans travailler, Aurora, comme les temps ont changé ! Qui aurait cru ça possible ? On me paie autant qu'avant, mais pour rester chez moi !

Parce que le charbon a transformé tes poumons en passoire, pensa Aurora, mais elle se tut, ne voulant pas gâcher la joie de son amie.

Elles burent du cidre, fumèrent, bavardèrent avec le serveur et commandèrent un plateau de fruits de mer qu'elles dégustèrent pendant plus de deux heures. Après le dessert, les serveurs leur offrirent un pousse-café, et, au rythme entraînant de *Saca el guisky cheli*, elles trinquèrent, rirent, plaisantèrent et chantèrent même, prolongeant le repas jusqu'à ce que le personnel commence à dresser les tables pour le service du soir. Les deux amies n'oublièrent jamais cet après-midi-là, non seulement parce qu'il fut mémorable, mais aussi parce que ce fut le dernier jour qu'Aurora et Ramona passèrent ensemble. Trois ans plus tard, Ramona mourait dans son lit, chez elle à Turón, une main serrant celle de sa sœur Maria, l'autre celle de sa nièce Rosa.

Aurora, entre-temps, avait commencé une nouvelle vie à El Palmar de Troya et n'apprit son décès que plusieurs semaines plus tard.

—Si tu veux, vends la maison de ton père, dit-elle à Agueda lors d'un appel depuis le téléphone de Cefe et Marisa pour lui annoncer le décès de la charbonnière. Tu ne comptes pas y retourner et moi je n'en veux pas. Je n'ai plus rien qui me rattache à ce village.

AGUEDA, 1975

Même si elles se voyaient toutes les semaines depuis le déménagement de Florita à Oviedo, Agueda mit deux ans avant de monter dans l'appartement de son amie. Elle n'osait pas, par crainte que les voisins la voient, que l'amant de Florita arrive ou même d'imaginer des scènes là-bas qu'elle préférait ne pas avoir en tête. C'est pourquoi elles se retrouvaient le dimanche chez Agueda ou sortaient goûter.

Au début, Florita faisait abstraction des réticences d'Agueda, mais elle insista de plus en plus pour qu'elle vienne voir son appartement, bien plus grand, central et lumineux que celui de son amie. Et surtout, où elles pouvaient être seules. Cependant, ce fut Aurora qui réussit à persuader Agueda. En entendant les protestations de Florita depuis la chambre où elle cousait et dormait, elle mit de côté un moment son ouvrage et vint s'asseoir avec elles dans la cuisine pour boire un café.

—Il n'y a rien de mal à être une maîtresse, Florita, lâcha-t-elle comme une bombe, au grand étonnement des deux amies, qui tentaient depuis deux ans de faire en sorte qu'Aurora ne soit pas au courant. Ne laisse pas ma fille te faire croire le contraire.

—Mais, comment savez-vous... ? Je veux dire, pourquoi pensez-vous que je... balbutia Florita.

—Parce que les murs ici sont en papier et que je ne suis pas idiote. De quoi pourrais-tu vivre pour habiter dans ton quartier alors que tu ne sais rien faire ? Et si tu avais gagné à la loterie, tu n'aurais pas laissé ta grand-mère et ton père à Turón. Tu as bien raison de profiter de ce corps et de ce joli minois. Mais par expérience, je te conseille de ne jamais baisser la garde. Sans chéquier, n'écarte pas les jambes, même si c'est le roi lui-même qui te le demande.

—Mais, maman, qu'est-ce que vous racontez ? Quelle expérience ?

—La mienne, insista Aurora. Je n'ai rien demandé et je le regrette amèrement.

Florita dévisagea Aurora la bouche ouverte, mais surtout, elle regarda son amie, qui semblait sur le point de s'évanouir.

—Si c'est une plaisanterie, elle est de très mauvais goût, maman.

—Pas du tout ! rétorqua-t-elle avant de se tourner vers Florita. Joue bien tes cartes, mais surtout, apprends de mes erreurs : ne te retrouve plus jamais enceinte.

—Mais enfin, ça suffit ! cria Agueda à sa mère pour la première fois de sa vie. Vous êtes devenue folle ou quoi ?

—Oui, oui, folle, c'est ça.

Aurora se leva et, sans même prendre la peine de ramasser sa tasse de café, retourna s'enfermer dans sa chambre avec sa machine à coudre.

—Qu'a-t-elle voulu dire ? demanda Agueda à son amie, même si c'était plutôt à elle-même qu'elle posait la question.

—Ne t'en fais pas. Tu sais comment est ta mère, elle est prête à dire n'importe quoi pour attiser le feu. Tiens, on entend déjà le bruit de la machine à coudre, elle ne peut plus nous entendre. Pourquoi tu ne sortirais pas les cartes ? Elles pourraient peut-être nous en dire plus sur ta mère.

—Non, laissons tomber. Je crois qu'elle a juste dit ça pour me tourmenter. S'il n'y avait pas toutes les clientes qu'elle a réussi à ramener et la rapidité et la qualité de sa couture, je l'aurais mise à la porte à coups de pied. Elle crée des modèles qui n'ont rien à envier à ceux de cette Coco Chanel. Tu sais que j'ai déjà économisé cinq cent mille pesetas ? Si ça continue comme ça, dans quelques années, on pourra s'acheter un appartement comptant.

—Ta mère te donne ce qu'elle gagne ?

Agueda acquiesça.

—Presque tout. Elle ne dépense quasi rien. Là-dessus, je n'ai pas à me plaindre. Comment crois-tu que je fais pour payer l'école de la petite ? Sans l'argent de ma mère, je devrais la mettre à l'école publique du quartier. Et moi, je veux qu'Ana devienne une vraie demoiselle. Qu'on ne se moque pas de sa façon de parler comme ç'a été mon cas. Je veux qu'elle fasse des études, qu'elle aille à l'université et qu'elle épouse un ingénieur. Ou un médecin. Tu vois ce que je veux dire.

Et Florita comprenait. Agueda voulait pour sa fille le monde auquel elles, elles n'avaient jamais eu accès.

Le week-end suivant, Agueda laissa la petite avec Jesús et se rendit en centre-ville pour rendre visite à son amie. L'appartement de Florita se trouvait dans un immeuble neuf, sur les hauteurs de la ville. Un peu intimidée, elle sonna à l'interphone, juste avant que le concierge sorte pour demander :

— Vous cherchez quelqu'un ?

— Doña Maria Flor Prieto.

Le concierge la détailla des pieds au foulard qu'elle portait autour du cou et apparemment, son allure ne lui sembla pas mauvaise, car il finit par indiquer :

— Troisième étage, porte A. L'ascenseur de gauche.

L'appartement de Florita était trois fois plus grand que celui d'Agueda et Jesús.

— On pourrait avoir un atelier avec une douzaine d'apprenties ici, s'exclama-t-elle en voyant le salon.

— Avec ce genre de mentalité, tu ne sortiras jamais de la misère.

— Je n'ai pas besoin d'être riche. J'ai beaucoup de chance. J'ai Jesús et Ana.

— Eh bien moi, toute seule ici, je suis très bien. Et quand Julio vient, je dois simplement accomplir mes devoirs, c'est tout. Le reste du temps, ma seule occupation, c'est de profiter de la vie.

— Et avec cet homme, que dois-tu faire ?

— Ma pauvre, quelle question. Je fais ce qu'il me demande.

— Et qu'est-ce qu'il te demande ? Comme si tu étais sa femme, c'est tout ?

— Non, pas comme si j'étais sa femme. Écoute, allons préparer du café et on s'installe pour le goûter. Tu es bien curieuse aujourd'hui.

Après avoir mis la cafetière en route, Florita sortit un plateau de *carbayones*, des petits gâteaux typiques d'Oviedo, puis elles s'assirent dans la cuisine, spacieuse, moderne et lumineuse.

— Tu ne préfères pas qu'on aille dans le salon ? demanda-t-elle. On y voit le parc à travers la fenêtre et même la tour de la cathédrale.

—Le salon, c'est pour les visiteurs. Moi, je suis comme chez moi et je me sens plus à l'aise ici. Réponds-moi, s'il te plaît : qu'est-ce que cet homme te demande ?

—Pourquoi tu veux savoir ça ?

—Parce que Jesús est un homme bien, mais ça fait longtemps qu'il ne me touche plus. Après la naissance d'Ana, on a traversé une période un peu semblable. Je te l'avais raconté un après-midi au Rialto, tu te souviens ?

—Bien sûr. Et après on a cousu une jolie nuisette. Et ç'avait fonctionné.

—Ce que je ne t'ai jamais dit, c'est qu'après ça, Jesús m'a demandé quelque chose de peu conventionnel, et même si ça m'a demandé beaucoup d'efforts et que je ne sais pas si j'ai bien fait, j'ai accepté. Mais il s'en est aussi lassé, et maintenant, ça fait un moment qu'il ne me touche plus du tout.

—Combien de temps ?

—Plus d'un an.

—C'est insensé !

—C'est pour ça que je voudrais savoir ce que les hommes demandent aux femmes qui ne sont pas leurs épouses.

—Viens, dit Florita en se levant.

Elle prit Agueda par la main pour qu'elle la suive.

—Ne crois pas que tous les hommes sont pareils, mais au moins tu comprendras pourquoi certains paient des femmes comme moi pour faire des trucs qu'ils ne feraient jamais à leur épouse, notamment parce qu'ils n'épouseraient jamais une femme qui leur permettrait de faire une chose pareille. J'espère que tu ne me jugeras pas après avoir vu ce que je vais te montrer.

Agueda suivit son amie vers l'une des chambres, aussi nerveuse que curieuse. D'épais rideaux sombres maintenaient la pièce dans la pénombre. Quand Florita alluma la lumière, des spots rouges et violets s'éclairèrent.

—On dirait l'antichambre de l'enfer, commenta Agueda.

—C'est le but, répondit son amie. C'est un lieu pour pécher.

—C'est tout ? C'est juste ça ? Et cette espèce de meuble bizarre, c'est quoi ? demanda-t-elle en montrant un genre de cheval d'exercice.

Florita éclata d'un rire qu'Agueda trouva amer.

—Allez, viens, aide-moi à l'installer. Ce « cheval » est une balançoire de fessée.

—Un quoi ? fit Agueda d'une voix aiguë.

Quand elles eurent terminé d'accrocher la balançoire au plafond et que Florita lui montra les différents instruments de punition qu'elle et don Julio utilisaient lors de leurs rencontres, Agueda sentit son estomac se retourner.

—C'est... C'est... balbutia-t-elle. Cet homme te fait des choses horribles.

—Rassure-toi, il ne fait rien que je ne l'autorise pas à faire. On a un accord. C'est une pratique qu'on appelle la soumission.

—Mon Dieu, Florita, comment tu as pu tomber là-dedans ?

—Ça suffit, n'en dis pas plus. Je t'avais dit que je voulais bien te montrer si tu ne me jugeais pas. Ce n'est pas moi qui ai des problèmes avec mon mari. J'essaie simplement de t'aider.

—Et en quoi ça va m'aider ? Il est hors de question que je fasse ça avec Jesús. On a une petite fille ! Encore moins avec ma mère à la maison... Déjà qu'on l'a fait par-derrière et que le curé de la cathédrale a failli m'excommunier.

—C'est ce que t'a demandé Jesús ? Et toi, au lieu de m'en parler, tu es allée voir le curé ? Tu lui as raconté que...

Florita ne put terminer sa phrase, car elle fut prise d'un fou rire.

—Je peux savoir ce qui te fait rire ? protesta Agueda, pleine de dignité.

Quand Florita parvint à se calmer, elles sortirent de la pièce et allèrent au salon.

—Tu dors dans cette horrible chambre ? demanda Agueda.

—Non, dans celle d'à côté. J'ai largement la place, je n'ai pas besoin de dormir là. La vie est tellement différente de ce qu'on avait imaginé, pas vrai ?

—C'est vrai, ma poule, c'est vrai. J'espère seulement que Jesús n'a pas quelqu'un d'autre. Après tout, il n'a même pas d'argent et son salaire est directement versé à la banque. Avec ce qu'il garde pour ses propres dépenses, il n'aurait même pas de quoi louer les toilettes de cet appartement.

—Ce n'est pas vraiment nécessaire d'avoir tout ça. On peut payer une femme pour un jour. Ou juste une heure. Ou aller dans certains endroits, tu vois ce que je veux dire.

—Je n'imagine pas Jesús aller dans un bordel, répondit Agueda avec conviction.

—Et moi ? Tu m'imaginais ici ?

Agueda secoua la tête.

—Tu me fais confiance ? demanda Florita.

—Les yeux fermés.

—Alors toi et moi, on va se détendre avec un petit cadeau que j'ai reçu.

—On va boire ?

—On va fumer.

—Je n'aime pas le tabac, ça me fait tousser.

—Tais-toi un peu, ce que je vais te donner, ce n'est pas du tabac.

Agueda fuma pour ne pas faire un affront à son amie. La première taffe la fit tousser. La deuxième aussi, mais moins. La troisième, en revanche, lui décrocha un sourire.

—Tu vois, tu commences déjà à te sentir mieux, non ?

—Ce n'est pas dangereux, au moins ?

—Comment une plante qui porte le nom de la Vierge pourrait-elle être dangereuse ? C'est ce qu'il y a de meilleur au monde. Et dire que tu as avoué au curé ce que Jesús t'a demandé de faire, dit Florita en riant.

—Je ne te l'ai pas raconté parce que j'avais honte, alors je l'ai dit au curé. Celui de la cathédrale, en plus ! répondit-elle avant d'éclater de rire à son tour.

Agueda revint à de nombreuses reprises passer des samedis après-midi dans l'appartement de Florita pour bavarder, rire et fumer cette plante qui, selon les hippies aux cheveux longs qui lui semblaient si éloignés de son monde, était médicinale. Et vu comme elle se sentait bien quand elles en fumaient, elle ne douta jamais qu'ils aient raison.

AGUEDA, 1980

—Au moins, elle n'a pas eu le temps d'apprendre la mort de Félix Rodríguez de la Fuente. Elle l'aimait tellement, ça lui aurait fait un sacré choc. Tu te rends compte, mourir le même jour, quelle coïncidence, dit Florita lors des funérailles de grand-mère Herminia.

Agueda acquiesça, comme si la remarque de son amie avait du sens. Herminia s'en allait non seulement avec une part du cœur de sa petite-fille, mais aussi avec une part de celui d'Agueda.

Même Ana, sur le point de fêter ses douze ans, était bouleversée. C'était la première fois qu'une personne qu'elle connaissait mourait. Elle ne voyait Herminia qu'occasionnellement, les rares fois où elles allaient à Turón, mais le Jour des morts, la vieille femme les invitait toujours à déjeuner. Herminia avait l'habitude de lui préparer du riz au lait, son dessert préféré. Ensuite, elle lui tirait les cartes en lui disant des choses très positives sur son avenir, elle lui proposait de jouer avec elle et lui montrait tous ses trucs et astuces accumulés avec l'expérience.

—On en apprend plus sur quelqu'un en le regardant jouer aux cartes que dans n'importe quelle autre situation. Si un jour tu doutes de quelqu'un, joue aux cartes avec lui, disait-elle.

Ce jour-là, néanmoins, il n'y avait ni cartes ni riz au lait, et ce n'était pas la Toussaint. Elles étaient à Turón, sans Herminia. Et elles étaient tristes. Très tristes.

Les gens défilaient lentement et en silence pour présenter leurs condoléances à Florita et à son père. La plupart le faisaient discrètement : « Je suis vraiment navrée, Florita. Herminia était une voisine merveilleuse, on pouvait toujours compter sur elle » ; d'autres en pleurnichant : « Oh, ma pauvre, quel malheur, comme ça, sans prévenir », et ils ajoutaient d'une voix plus forte : « C'était une si gentille femme » ; d'autres encore se montraient plus curieux : « Pauvre Herminia. Quel âge avait-elle déjà ? Qu'est-il arrivé ? » ; et les plus morbides voulaient des détails : « Elle a souffert ou c'était rapide ? Ah, même pour mourir, il faut encore souffrir dans ce monde ! »

Agueda essaya à plusieurs reprises de se mettre en retrait, mais Florita l'en empêcha.

—Ne t'éloigne pas de moi, aujourd'hui, j'ai besoin que tu restes près de moi.

Alors Agueda resta à ses côtés, à recevoir les condoléances avec Florita et son père, comme si elle était elle aussi sa petite-fille, tandis qu'Ana et Jesús étaient plus loin, attendant patiemment que la file de voisines avides de présenter leurs condoléances s'éclaircisse. Cela ne les dispensa pas pour autant d'entendre des commentaires et lamentations : « Ah, la pauvre femme ! Mourir maintenant », disaient-ils, comme si les quatre-vingt-huit années qu'Herminia avait passées dans le monde des vivants n'avaient pas été suffisantes. « Jusqu'au bout, elle s'est débrouillée toute seule. Il y a deux jours à peine, je l'ai croisée à la boucherie » ; « Elle devait être drôlement vieille. Elle l'était déjà quand j'étais gamine », commentait-on en s'entassant sous le porche de l'église pour se protéger de la pluie qui avait commencé à tomber.

—C’était une sorte de sorcière. Je ne sais pas comment elle faisait pour deviner autant de choses, dit une femme.

—Parfois, elle se trompait complètement, répliqua une autre.

On entendait des commentaires et des opinions en tout genre, comme dans n’importe quel enterrement.

La pluie s’intensifia et les gens se dispersèrent dès que le cercueil fut placé dans le corbillard et que celui-ci prit la direction du cimetière. Outre Florita et son père, seuls Agueda, Jesús et Ana accompagnèrent Herminia. Abrités sous leur parapluie, ils observèrent le fossoyeur descendre le cercueil dans le caveau d’où il ne ressortirait pas avant soixante ans, quand la concession arriverait à son terme et que les restes seraient jetés dans la fosse commune.

Ils restèrent sous l’averse le temps que le fossoyeur referme le trou avec du ciment et des briques, en attendant que la pierre tombale définitive arrive, avec le nom d’Herminia et les dates qui avaient marqué son existence.

Ensuite, avec ce vide que seul celui qui quitte un cimetière en y laissant son mort connaît, ils prirent le chemin du retour vers la maison d’Herminia, celle qui avait autrefois été le foyer de Florita, pour boire quelque chose de chaud et se sécher les pieds.

—Qu’est-ce que va devenir ton père ? Parce qu’avec ta vie… enfin, tu vois. En tout cas, tu ne peux pas l’emmener chez toi, et les hommes seuls ne s’en sortent pas, commenta Agueda dans la cuisine quand le père de Florita et Jesús furent partis fumer une cigarette dans le salon.

—Il a une compagne. Malagueña. Il me la présentera la semaine prochaine. Il va aller vivre chez elle à Estepona. Il dit qu’il en a marre de l’humidité et qu’avec sa préretraite de la mine, il vivra bien mieux là-bas.

—Tu savais qu’il était avec quelqu’un ?

—Évidemment que non, il avait gardé le secret, mais il avait déjà tout prévu. Ils attendaient depuis un moment.

Il ne voulait pas laisser ma grand-mère, comme elle ne voulait pas le laisser non plus.

—Ton père est vraiment quelqu'un de bien.

—Ils ont toujours été comme mère et fils plutôt que belle-mère et gendre. Le décès de ma mère si jeune et le fait de m'avoir élevée ensemble les ont unis comme peu de familles. J'espère qu'il sera heureux avec cette femme.

Quand ils partirent, avec la promesse d'Agueda de revenir le lendemain matin pour aider Florita à rassembler les affaires d'Herminia, la nuit était déjà tombée. La journée pluvieuse laissa place à une nuit qui parut aux yeux d'Agueda plus sombre encore que les montagnes de gravats de charbon qui entouraient la vallée minière. Pas une seule étoile ne brillait dans le ciel.

AGUEDA, 1975

Après sa première visite chez Florita, Agueda non seulement y retourna de nombreuses fois, mais elle y emmena même Ana, après s'être assurée que la porte de la « chambre du péché », comme elle l'avait elle-même baptisée, était bien fermée, et avoir très sérieusement précisé à sa fille que « ce que maman et Florita fument » était un secret entre elles trois. Et Ana, se sentant importante grâce à son inclusion dans cette alliance, ne le raconta jamais.

—Florita est devenue riche, maman ? demanda-t-elle lors de sa première visite, une fois passée l'émotion de prendre l'ascenseur.

—Non, pas du tout !

—Mon amie Estefanía, qui vit aussi ici, dit que c'est le quartier des riches et que moi, j'habite là où vivaient les lépreux avant, et maintenant les prolétaires, c'est ce que dit sa mère. C'est quoi un prolétaire, maman ?

Agueda sentit la bile lui monter à l'estomac, mais elle se tut. Elle pensa aux cinq cent mille pesetas qu'elle avait économisées, encore insuffisantes pour épargner à Ana la souffrance causée par le mépris des autres, et comprit un peu mieux Florita. Cet après-midi-là, tandis que la petite Ana jouait sur le tapis du salon avec ses poupées, les deux amies échafaudèrent différentes hypothèses pour expliquer pourquoi Agueda avait perdu tout attrait aux yeux de Jesús.

— Sens ses chemises, cherche des traces de rouge à lèvres, des cartes de visite de lieux suspects, quelque chose qui te donne une piste, proposa Florita.

— Autrement dit, tu veux que je l'espionne.

— Appelle ça comme tu veux. Et en attendant, continue de porter de la lingerie et un bon parfum, il a des besoins, et pour un coup rapide, quoi de plus pratique que sa propre femme ? Au moins que quand il te cherche, il te trouve.

Agueda suivit tous les conseils de son amie, pleine d'espoir de trouver la solution à l'énigme de son mariage. Un jour, alors qu'elle fouillait le portefeuille de Jesús, Aurora entra dans la chambre pour la prévenir qu'elle sortait acheter des aiguilles.

— Trois aiguilles déjà aujourd'hui, trois en une matinée à cause de ce tas de ferraille. Nous devrions vraiment acheter une machine automatique, comme celle que nous a montrée le vendeur d'Alfa l'autre jour. À quarante mille pesetas, on peut se le permettre et on perd du temps à coudre avec la Singer. On pourrait accepter plus de commandes avec une machine moderne. Je peux savoir ce que tu fabriques ? Pourquoi espionnes-tu ton mari ? demanda-t-elle en voyant l'air coupable de sa fille, le portefeuille de Jesús à la main.

— Je ne l'espionne pas, dit comme ça, on dirait que c'est mal. Je vérifie juste qu'il ait tout ce dont il a besoin.

— Tu ne me la fais pas à moi ! Tu es en train de fouiller dans les affaires de ton mari. Quoi, tu veux savoir où il va le premier samedi de chaque mois ?

— Je sais très bien où il va. Il sort dîner avec ses amis. C'est le seul jour où il sort.

— Au moins, là-dessus il ne te ment pas, mais je te garantis qu'il ne sort pas dîner. Et des amis, c'est beaucoup dire…

— Que voulez-vous dire, maman ?

— Que ton mari va chaque mois au Derribo's.

— Et c'est quoi, ça ?

— Un bar de pédés. Un de ces jours, il va se faire arrêter dans une descente de police, répondit-elle. Bon, je vais perdre la moitié de l'après-midi à aller chercher ces foutues aiguilles.

Aurora s'en alla et Agueda resta là, pétrifiée et tremblante.

Des années plus tôt, Jesús était rentré à la maison bouleversé et lui avait raconté que la police avait fait irruption avec des mitraillettes dans les bars du passage Begoña à Torremolinos, un endroit qui ne signifiait rien pour Agueda, où ils avaient arrêté tout le monde parce qu'il s'agissait d'homosexuels. Même beaucoup d'étrangers. Trois cars pleins. Une fois au poste, ils avaient été battus et humiliés, ce qui avait provoqué un scandale diplomatique international. La nouvelle, qui n'était parue ni au journal télévisé ni dans aucun quotidien, avait obsédé Jesús pendant des semaines, sans qu'Agueda comprenne pourquoi.

— Tu es sûr que c'est vrai, ce que tu racontes ?

— Toute la presse étrangère en parle, avait-il répondu.

— Et depuis quand tu lis la presse étrangère, toi ?

— Au boulot, il passe des gens de partout, chérie, des hommes qui ont vu du pays.

Elle n'avait pas compris à l'époque l'inquiétude de son mari. Mais après les paroles de sa mère, elle eut soudain la sensation d'étouffer.

16

Ana, 2019

Je n'avais jamais aimé les grosses voitures. Pourtant, je n'avais conduit que des monospaces, des tout-terrain ou des SUV depuis la naissance d'Alba, qui allait avoir vingt-quatre ans et qui était déjà indépendante. Ou du moins faisait sa vie de son côté. Avec l'argent de son père.

Le choix de ma voiture revenait au service des achats de l'entreprise. Avec trois enfants, la meilleure option était un grand véhicule, car je devais les emmener à l'école quand nous rations le bus, aux activités extrascolaires, chez le médecin ou aux anniversaires de leurs amis. Je ne pouvais choisir que la couleur et les options dont j'avais besoin. Tous les quatre ans, une nouvelle voiture apparaissait au moment où l'ancienne disparaissait. Toujours avant qu'il soit temps de passer le premier contrôle technique. Par sécurité. Par fiscalité. Et même si cette phase de la vie de mes enfants était terminée depuis longtemps et que les deux aînés avaient leur propre voiture, cette vieille habitude continuait.

— Ma secrétaire me dit que ta voiture a déjà quatre ans, on la changerait bien pour un SUV hybride, tu en penses quoi ? demanda Carlos lorsque Jesús, notre plus jeune fils, allait entrer en troisième.

J'acquiesçai. Ce serait une bonne voiture, comme toujours. Haut de gamme, avec tous les équipements. Ainsi, je me retrouvai au volant d'une BMW X5 flambant neuve, que je conduisis avec le même manque d'enthousiasme que les précédentes. Tout changea un jour lors de ma consultation avec Rubén, mon psychologue, à qui, sans savoir pourquoi, je racontai que j'avais changé de voiture. Cela lui sembla important.

— Ferme les yeux. Je veux que tu répondes la première chose qui te passera par la tête. Prête ?

J'acquiesçai.

— Où aimerais-tu aller ? Un endroit où personne ne te connaît. Décris-le-moi.

— Sur une plage déserte.

— Tu es au volant d'une voiture, seule, en route vers cette plage. Tu te vois ? Quelle voiture conduis-tu ?

— Celle que j'ai maintenant.

— Essayons autre chose. Imagine une collection de voitures miniatures. Laquelle attire ton attention ?

— Une Mini. Verte. Avec deux bandes blanches sur le capot et le toit blanc. Elle est trop mignonne.

— Tu te vois au volant d'une voiture comme ça ?

— Je ne crois pas qu'elle serait très pratique, répondis-je.

— Ce n'était pas ma question. Tu aimerais la conduire ? La ramener chez toi ?

— Je crois, oui, concédai-je.

— Que se passerait-il si tu t'achetais une Mini ?

— Carlos dirait qu'elle n'est pas dans le catalogue de voitures proposées par l'entreprise.

— Oublie Carlos, me coupa-t-il. Que se passerait-il ? Tu pourrais faire tout ce que tu fais habituellement avec ta BMW ?

Bien sûr. J'étais presque toujours seule en voiture, parfois dans La Finca, notre lotissement, ou pour aller aux événements organisés par ma belle-mère. Mon seul passager était Jesús quand je l'amenais à ses matchs de hockey ou ma mère quand nous allions ensemble à Madrid.

— Tu ne peux pas continuer à laisser Carlos prendre des décisions à ta place. Tu lui as confié tout le contrôle et lui, il l'a assumé comme une tâche supplémentaire. Es-tu sûre que ça lui importe quelle voiture tu conduis ?

Je ne savais pas ce qui importait ou non à Carlos, mais j'étais certaine que ma belle-mère n'aimerait pas me voir rouler en Mini. Cela ne lui semblerait pas approprié. Ce fut précisément pour cela que Rubén m'encouragea à aller voir un concessionnaire. Juste pour ressentir ce que ça me ferait. C'est ainsi qu'un mois plus tard, je me retrouvai dans un showroom Mini situé sur l'une des autoroutes d'accès à Madrid.

Alors que je remplissais le formulaire, le vendeur, un homme d'une quarantaine d'années, plutôt petit et au ton de commercial aguerri, engagea la conversation. Une discussion agréable et inoffensive, pour éviter le silence gênant pendant qu'il configurait la voiture sur son ordinateur selon mes demandes.

— Vous savez, moi aussi j'ai une X5. Mais un modèle ancien. J'adore BMW, j'y travaillais avant, mais ils m'ont muté chez Mini quand BMW a racheté la marque. Pour la ville, une Mini est bien plus maniable.

— Mes enfants sont grands maintenant, donc je n'ai plus besoin d'une aussi grosse voiture, répondis-je par politesse.

— C'est plus difficile pour se garer et à conduire correctement aussi. C'est déjà un exploit que vous vous sentiez à l'aise avec.

Sa remarque me heurta, mais j'examinai le visage de mon interlocuteur et rien ne me laissait à penser qu'il avait dit ça par préjugé. Jusqu'à ce qu'il ajoute :

— Beaucoup de bus verts passent par ici, ceux qui vont à Madrid et dans d'autres villages, et il y a de plus en plus de femmes conductrices. Elles s'en sortent plutôt bien.

Je ne dis rien. La conversation se poursuivit avec des banalités, sans que, pour lui, cette remarque ait eu plus d'importance que parler de la pluie et du beau temps. Je pensai que c'était moi qui étais trop susceptible et n'y prêtai pas attention. Mais ma tête sembla rester bloquée là-dessus, car deux jours plus tard, je le racontai à Alba lorsque j'allai déjeuner avec elle à Madrid dans un restaurant bio à la mode près de Chueca, où ils faisaient payer vingt euros une salade de laitue et de quinoa. Quand j'eus terminé, ma fille bouillonnait d'indignation.

— Il méritait qu'on l'envoie se faire foutre, ce connard ! Tu ne lui as rien dit ?

— Non, chérie, parce qu'il n'a pas dit ça avec une mauvaise intention.

— Justement, maman. Tu ne te rends pas compte que c'est encore pire ?

— Je ne comprends pas, Alba, et ne parle pas si fort, tout le monde nous regarde !

— C'est bien ça, le grand problème des femmes : toi et tant d'autres, vous ne comprenez pas que les machistes déclarés existent, mais qu'ils sont rares. Ce ne sont pas eux, le vrai problème. Le danger, c'est tout ce machisme qui nous éduque, qu'on subit chaque jour sans mauvaise intention, venant de gens bien, hommes et femmes, sans que ni la victime ni l'offensant en soient conscients. Le problème, c'est que comme on a grandi avec ce machisme, on l'accepte sans broncher jusqu'à ce qu'il s'installe en nous et qu'on occupe, dociles, la place secondaire que la société nous réserve. Que te disait mamie chaque fois que tu arrivais à Oviedo ?

— « Ah, chérie, tu arrives à te débrouiller avec une si grosse voiture ? » répondis-je pour paraphraser ma mère.

— Tu l'as déjà entendue dire la même chose à papa ? Bien sûr que non. Voilà. Et évidemment qu'elle n'avait aucune mauvaise intention envers toi, au contraire ! Mais qu'est-ce que ç'avait comme conséquence sur toi ? Ça te mettait en position d'infériorité par rapport à papa, et toi, tu l'acceptais sans t'en rendre compte. Et c'est comme ça avec des millions de petits détails bienveillants tous les jours. Résultat : on finit par croire qu'on est des citoyennes de second rang sans même s'en rendre compte. Tu comprends maintenant ?

À cet instant, j'aurais voulu être comme Alba et avoir les idées aussi claires qu'elle. J'admirais sa maturité et sa confiance en elle, même si j'étais sa mère et que j'avais le double de son âge. Ce fut elle qui me décida à acheter la Mini.

— Conduis la voiture que tu veux. Et si mamie Paloma n'aime pas, qu'elle aille se faire voir, maman. C'est fini d'être son petit mouton docile.

Je ne sais pas si Alba avait évité exprès de mentionner la réaction de son père, mais je m'en chargeai. Carlos et Alba avaient une relation intense et compliquée, et je ne voulais pas être un motif de dispute entre eux.

Malgré le discours d'Alba, j'étais anxieuse à l'idée d'annoncer à Carlos que j'avais acheté une voiture sans le consulter. Je me souvenais de sa réaction le jour où je lui avais demandé de me chercher un poste dans l'entreprise. J'avais profité du petit déjeuner pour le faire, car c'était le seul repas que Carlos prenait à la maison.

— Tu ne sais pas de quoi tu parles, avait-il répondu après une gorgée de café. Cette vie n'est pas faite pour toi. Si tu veux t'occuper, pourquoi ne pas faire du bénévolat dans une ONG ? Je suis certain que ma mère pourrait t'aider.

— Je veux un vrai travail. Je suis architecte, je pourrais bien faire quelque chose. Je veux gagner ma vie toute seule.

— Et moi, je t'assure que ce n'est pas vraiment ce que tu veux. Encore moins dans une entreprise où tu serais toujours la femme du président.

— Mais par contre, tu voudrais qu'Alba travaille avec toi. Elle, elle ne serait pas la fille du patron ?

— C'est complètement différent, avait-il répondu, avec ce qui m'avait semblé être un regard de commisération.

Il avait laissé son petit déjeuner à moitié entamé, car il avait mis fin à la conversation en se levant de table et en quittant la cuisine.

Le souvenir de ce jour-là me fit repousser la décision de parler à Carlos de la voiture jusqu'à ce qu'elle me soit livrée.

—C'est à qui la Mini dans le garage ? demanda-t-il quand il entra dans notre chambre, à minuit passé.

—C'est la mienne. Je me la suis achetée.

—Si tu me l'avais dit, on aurait pu la prendre en leasing *via* l'entreprise.

—Je veux rendre la X5.

—Tu ne préfères pas garder les deux ?

Je fis non de la tête.

—Je dirai à ma secrétaire de s'en occuper.

Carlos ne fit pas d'autre commentaire. Il se déshabilla, alla dans la salle de bains puis se glissa dans le lit.

—Bonne nuit, dit-il avant de me déposer un chaste baiser sur la bouche et d'éteindre la lumière.

Cinq minutes plus tard, j'entendais déjà sa respiration régulière et constante.

Il s'était endormi.

Ma belle-mère, en revanche, ne le prit pas aussi bien.

—C'est une voiture pour une jeune fille comme Alba, pas pour une femme mûre et accomplie. Si tu veux t'en servir pour aller te promener toute seule, c'est ton problème, mais pour le prochain événement, tu viens avec une voiture digne de ce nom, me lança-t-elle quand j'arrivai en Mini au vide-grenier caritatif organisé pour je ne sais plus quelle collecte de fonds.

Je ne lui obéis pas et gardai ma Mini. Mais ce soir-là, je me goinfrai de glace au chocolat et de chips comme si j'étais dans un film américain, à cause de l'angoisse que m'avait causée toute cette histoire de voiture. Ce que les films ne montraient pas, c'était que la protagoniste devait ensuite se faire vomir pour continuer à rentrer dans du 36 à cinquante et un ans.

AGUEDA, 1980

Agueda et Jesús étaient absorbés par la télévision à regarder l'émission spéciale que diffusait RTVE sur l'assassinat de John Lennon, survenu quelques jours plus tôt, lorsque le téléphone sonna. Aucun des deux ne fit mine de se lever, alors Ana courut jusqu'à la cuisine, ravie de pouvoir répondre à l'appel. Aux yeux d'Ana, John Lennon était un chanteur de vieux. Elle commençait à l'époque à écouter de la musique à la radio et ses chanteurs préférés étaient Miguel Bosé et Nacha Pop.

—Ils ont le sens du timing, dit Jesús, tandis qu'Isabel Tenaille racontait à l'Espagne entière les détails de l'événement et les réactions venues des quatre coins du monde.

Ana revint s'asseoir quelques instants plus tard, déçue.

—Il a raccroché, dit-elle.

Le téléphone ne mit pas dix secondes à sonner de nouveau et Ana courut encore une fois.

—Ça doit être un petit rigolo, parce qu'il raccroche dès que je réponds.

La sonnerie interrompit à nouveau la famille.

—Laisse sonner, dit Agueda avant qu'Ana ne se lève, puis elle ajouta pour Jesús : Pauvre homme, il chantait si bien. J'adore la chanson *Ob-La-Di, Ob-La-Da*.

—Elle te plaît parce que c'est la seule dont tu connaisses un bout des paroles, mais celle-là, c'est de Paul McCartney, chérie.

Le téléphone se tut après quelques sonneries, mais recommença encore et encore, jusqu'à ce qu'Agueda perde patience.

—Je vais répondre moi-même, pour voir s'il me raccroche aussi au nez, dit-elle en se levant.

Une voix masculine demanda à parler à doña Aurora Cangas.

—Qui la demande ?

C'était un journaliste, qui se présenta comme indépendant, désireux de parler aux anciens habitants de la maison où l'on avait retrouvé les cadavres de deux soldats réguliers de Franco.

Agueda se pétrifia. Finalement, sa mère allait avoir raison.

—Pardon, je ne suis pas sûre d'avoir compris.

Le journaliste répéta son discours de présentation.

—Mes grands-parents sont déjà morts, répondit Agueda. Depuis de nombreuses années. Je ne me souviens même pas de ma grand-mère. Vous imaginez bien, elle est morte quand j'avais un an.

—Cette information, je l'ai déjà trouvée dans le registre civil, c'est pourquoi je cherche votre mère. C'est la seule survivante parmi ceux qui habitaient la maison à l'époque où les réguliers africains étaient dans les Asturies.

—Ils sont restés de nombreuses années, et certains s'y sont même installés. Je doute que ma mère puisse vous aider, elle s'est mariée très jeune, peu après la fin de la guerre, et elle est partie vivre avec mon père. Ils avaient leur propre maison, vous savez ? Lui, il était orphelin.

—Les experts assurent qu'ils sont morts au début des années 1940. De plus, leurs uniformes sont encore en relativement bon état et sont très reconnaissables. Même si elle ne vivait plus là, elle pourrait avoir des informations utiles. Pourriez-vous m'aider à la localiser ?

—Ça ne va pas être possible. Ma mère est en Argentine, mentit-elle, comme Aurora lui avait demandé de le faire avant de partir. Elle vit à Buenos Aires. Je peux vous donner une adresse mais elle n'a pas de téléphone là-bas.

Agueda lui donna l'ancienne adresse de connaissances de Turón qui avaient émigré en Argentine et étaient revenues après la mort de Franco. Le journaliste aurait beau enquêter, il ne trouverait rien avec les informations qu'elle lui avait fournies.

Elle pensa à prévenir sa mère de l'appel grâce au numéro qu'elle lui avait laissé en cas d'urgence, mais cela faisait deux ans qu'elles n'avaient plus de contact, depuis l'affront qu'elle lui avait fait lors de sa visite à El Palmar. Agueda ne l'avait même pas informée du décès d'Herminia, tant elle était en colère contre elle. Le lendemain, elle se ravisa et envoya

Jesús au bureau de poste pour télégraphier à l'adresse de Séville qu'Aurora avait laissée : « Journaliste indépendant demande survivants après guerre maison grands-parents. Adresse Argentine transmise. »

Après cela, Agueda tenta d'oublier sa mère : elle ferma les portes de la chambre qu'elle avait préparée pour elle dans sa nouvelle maison et continua sa vie comme avant, avec de plus en plus d'élèves, de plus en plus de commandes, et en s'appuyant sur Jesús à chaque étape de son existence. Elle ne reçut jamais de réponse d'Aurora et dut se contenter d'imaginer que le message lui était bien parvenu. Et elle voyait juste. Aurora reçut le télégramme lorsque Marisa vint la voir pour le lui transmettre. Elle profita aussi de l'occasion pour essayer de la convaincre de passer le réveillon du Nouvel An avec eux cette année-là.

—Ni le Nouvel An ni Noël.

—On ne va pas te laisser seule une année de plus.

—Vous êtes avec votre fils et je n'ai rien à faire là-bas. Je serai très bien ici. Mes voisins m'invitent à leur fête et je passe un bon moment avec eux, trancha Aurora.

Malgré son insistance, Marisa ne parvint pas à la faire changer d'avis. Elle réussit néanmoins à la convaincre d'installer une ligne téléphonique.

—À notre nom pour que tu ne sois enregistrée nulle part, ne t'inquiète pas. Pour ne pas devoir venir jusqu'ici s'il se passe quelque chose. On pourrait te prévenir tout de suite si quelqu'un te cherche. Ça te laisserait le temps de te préparer, lui dit Marisa, et Aurora pensa qu'elle avait raison.

Aurora passa le réveillon de Noël seule dans sa maison d'El Palmar. Elle dîna d'une boîte d'asperges à la mayonnaise, d'une assiette de charcuterie accompagnée d'une baguette, de deux tablettes de nougat et d'une boîte de petites figurines en massepain. Depuis l'arrivée du télégramme, elle ne cessait de manger. Elle cousait et elle mangeait. Tout le temps.

FLORITA, 1981

Julio, don Julio, le patron d'entreprise qui avait ouvert à Florita les portes du monde des maîtresses professionnelles, l'avait remplacée par une autre un mois avant qu'elle ne fête ses quarante ans. Mais il lui avait appris tout ce qu'elle devait savoir pour continuer sa carrière, et il avait été plus que généreux avec elle. Durant les années où Florita avait été à son service, elle avait économisé assez pour s'acheter son propre appartement à Oviedo. En plein centre-ville, dans un immeuble tout juste construit sur le terrain où se trouvait auparavant le couvent des sœurs salésiennes, au-dessus du centre commercial le plus moderne de la ville, rempli de boutiques et doté d'un grand supermarché. Et, ce qui était le plus important pour elle, à quelques mètres à peine de la nouvelle maison, atelier et académie d'Agueda. L'appartement de Florita était petit mais lumineux et gai, avec deux chambres : une pour elle, et une autre pour accueillir son prochain amant régulier. Même pour cela, don Julio l'aida. Il la mit en contact avec un entrepreneur galicien d'une soixantaine d'années, un peu gros, avec un visage qui inspirait confiance, qui l'emmena dîner dans un bon restaurant, la flatta, puis la fouetta après lui avoir remis une enveloppe contenant cent mille pesetas comme paiement anticipé.

— Si tu veux que j'arrête, je reprends la moitié de l'argent, posa-t-il comme condition.

Et Florita tint bon. Le mois suivant, elle le retrouva pour un second rendez-vous.

— Je ne m'attendais pas à avoir de tes nouvelles. Si tu veux recommencer, ce sera deux cent mille, dit-elle au téléphone. Ce que tu demandes est un service intensif.

— Tu n'en vaux pas autant. Tu n'es même pas jeune.

— Combien je vaux, alors ?

— Je pourrais te payer plus du double de ce que tu me demandes par mois, mais à condition d'avoir les clés et l'exclusivité. Par contre, si un jour je te trouve avec un autre ou si ma clé n'ouvre pas, ton petit manège est terminé, parce que personne ne se moque de moi. Et encore moins une pute. Voilà les conditions.

Florita accepta, mais non sans avoir auparavant fixé avec lui la limite exacte de ce qu'Augusto pouvait lui demander. Elle exigea également qu'il lui donne sa parole qu'il ne l'appellerait plus jamais *pute*. Maîtresse, oui ; pute, non.

— Une chose encore : je ne peux pas rester enfermée chez moi toute la journée à attendre que tu arrives. Il faut bien que je sorte faire des courses, régler des papiers, aller chez le médecin, ou prendre un goûter si j'en ai envie. Et je veux des vacances.

— Je n'ai pas l'intention de te garder enfermée, pas du tout, accepta Augusto. Si j'arrive et que tu n'es pas là, j'attendrai. Ou je m'en irai. C'est mon problème. Mais pour les vacances, tu me préviens assez tôt.

— J'ai une amie qui vient parfois me rendre visite.

— Elle sait ce que tu fais ?

— Plus ou moins. Mais c'est une femme mariée et traditionnelle. Nous sommes amies depuis l'enfance. C'est la seule qui vienne me voir. Parfois, elle vient avec sa fille, qui a douze ans et ne doit jamais rien savoir de tout ça.

— Ne t'inquiète pas pour elles. Tu me présenteras comme ton petit ami. Mon comportement sera irréprochable.

Avec Herminia morte et son père vivant à Estepona, la seule personne qui entrait régulièrement chez elle était Agueda, donc une fois ce point-là réglé, Florita accepta.

Augusto rendait visite à Florita une ou deux fois par mois, même s'il arrivait qu'il reste une ou deux nuits d'affilée ou qu'il débarque deux fois la même semaine sans prévenir. Peut-être pour vérifier qu'elle respectait bien les conditions. Peut-être pas. Cela n'empêcha pas Florita de rester constamment sur ses gardes, craignant qu'il ne débarque à tout moment chez elle. Certaines nuits, elle était obsédée par l'idée qu'il puisse se pointer au milieu de la nuit et n'arrivait pas à dormir. Même si cela n'arriva qu'une seule fois. Augusto arriva à deux heures du matin avec une petite valise. Il se déshabilla, se mit au lit et, après lui avoir demandé un pudique service sexuel qui ne dura pas trois minutes, s'endormit. Florita, elle, passa la nuit éveillée. Et avant que le réveil d'Augusto ne sonne à sept heures et demie, elle était déjà maquillée et les dents brossées, prête à répondre aux exigences de son client.

— Bonjour, tu me prépares un café ? Avec un peu de lait et deux sucres, lui dit-il en se réveillant. Tu as des madeleines ?

Augusto entra dans la salle de bains, se doucha, s'habilla, but le café et mangea une des madeleines que Florita lui avait offertes, lui donna un baiser sur la joue et s'en alla. Elle ne le revit pas pendant plusieurs semaines, mais cette visite ne fit qu'augmenter son inquiétude.

AURORA, 1981

Le 23 février 1981, Aurora se leva pour faire la vaisselle, lassée des informations du journal télévisé de midi. On ne parlait que de l'investiture de Calvo Sotelo prévue pour cet après-midi-là. Ils revenaient sur les événements qui avaient provoqué l'instabilité au Parlement espagnol : de la motion de censure contre Suárez, menée par le leader socialiste qui rendait toutes les femmes folles, du moins à Séville, jusqu'à la crise économique que traversait le pays, en passant par la centaine de personnes assassinées par l'ETA au cours de l'année précédente, pour la plupart des gardes civils et des militaires. Aurora ne comprenait pas comment il était possible que le premier président démocratique démissionne après seulement trois ans de mandat et qu'ils mettent à sa place quelqu'un que personne n'avait élu, après que les Espagnols avaient tant rêvé de pouvoir voter pour leurs dirigeants. Cependant, ce qui la préoccupait le plus, c'étaient les attentats de l'ETA, car ils lui faisaient craindre, comme à d'autres, qu'éclate une nouvelle guerre civile et, avec elle, une autre dictature. Cela ne faisait que six ans que Franco était mort et le désordre en Espagne commençait à lui rappeler l'époque du gouvernement républicain telle que la décrivaient ses parents. Comme elle ne pouvait pas résoudre les problèmes du pays, cet après-midi-là, elle fit sa couture en écoutant l'émission d'Hermida, même si, en réalité, ce qu'Aurora aimait par-dessus tout, c'étaient les films où les femmes montraient leurs seins à la moindre occasion. Elle se disait pourtant qu'il serait bien que l'on voie aussi des hommes beaux montrant autre chose que leur torse velu, mais en réalité, ces films la faisaient se sentir bien. Pour une raison qu'elle ignorait, elle se voyait reflétée dans ces actrices. Quand l'émission d'Hermida se termina, elle chercha le programme télé parmi les chutes de tissu. Il lui fallut quelques minutes pour apercevoir le visage de Michael Landon qui faisait la couverture ce mois-là. En voyant qu'ils n'allaient rien diffuser d'intéressant, elle éteignit la télévision, décidée à ne pas la rallumer avant l'heure du dîner. Elle n'alluma pas non plus la radio et, sans se soucier du vote d'investiture, Aurora passa l'après-midi à travailler sur la commande d'une amie de Marisa, qui voulait habiller toute sa famille pour un mariage à Séville. Jusqu'à ce que certaines de ses voisines viennent frapper violemment à sa porte.

— Franco revient, Franco revient, ils l'ont dit à la radio ! Aurora, allume cette grande télé, on va voir s'ils en parlent ! les entendit-elle crier.

Aurora pensa qu'elles étaient devenues folles. Franco était mort et enterré. Mais elle leur ouvrit et les laissa entrer. Elle alluma la télévision, où était diffusé un programme sur les Jeux d'hiver. Comme la télé ne parlait pas de la nouvelle annoncée à la radio, les voisines repartirent pour continuer à prévenir tous les habitants du village. Après avoir allumé la chaîne SER, Aurora entendit le journaliste raconter ce qui se passait au Congrès, grâce au fait qu'un des reporters avait laissé son micro ouvert lorsque les putschistes leur avaient ordonné d'arrêter la retransmission. Elle pensa d'abord que c'était une blague, comme ce qui était arrivé aux États-Unis des décennies plus tôt, quand une émission de radio avait fait croire aux Américains qu'ils étaient envahis par des extra-terrestres. Elle ferma la porte, décidée à ne plus l'ouvrir, peu importait qui frapperait, et continua à coudre en laissant la radio allumée, le ventre noué.

Pendant tout le reste de l'après-midi et toute la nuit, des souvenirs lui revinrent en tête : les bombardements, la mort de ses grands-parents, le rationnement, le travail à la mine, la peur, l'arrestation de Frutos et, surtout, ces Maures qu'elle avait tués et qui continuaient à la hanter quarante ans après.

— Que ça ne recommence pas, que ça ne recommence pas, je t'en supplie, sainte Barbe, je t'en supplie, protège-nous, murmura-t-elle pour elle-même quand, quelques heures plus tard, elle entendit la nouvelle de la proclamation du capitaine général Milans del Bosch depuis Valence comme nouveau chef de l'État et de la prise des rues par les militaires.

Elle prit le téléphone pour appeler Cefe et Marisa, mais des pensées paranoïaques l'envahirent et elle y renonça. Et si les téléphones étaient sur écoute ? De toute façon, même si elle avait réussi à les joindre, elle n'aurait pas été plus rassurée, car la situation n'était pas meilleure chez Cefe. Quand il entendit parler des marches militaires à la radio, il fut transporté à l'époque où il tentait de maintenir en vie son corps sous-alimenté et épuisé dans le camp de concentration, avec l'espoir de revoir un jour son fils et sa femme. Il serra Marisa dans ses bras de toutes ses forces, en répétant sans cesse :

— Je t'aime, je t'aime, je t'aime.

Finalement, Aurora vainquit sa peur et appela Agueda.

— Prenez bien soin de vous… et veille sur la petite, dit-elle lorsque sa fille décrocha.

Puis elle raccrocha.

Aurora regretta de ne pas avoir émigré beaucoup plus loin. Hors du pays. Elle ne se sentait pas la force de vivre une autre guerre. Et encore moins une autre après-guerre.

Les mots de sa mère résonnaient dans la tête d'Agueda tandis qu'elle tenait Florita dans ses bras, dans le salon. Son amie était venue en courant chez elle, morte de peur en apprenant la nouvelle, se revoyant entre les mains du caporal Pérez. Agueda la laissa se réfugier contre sa poitrine et, de l'autre main, serra celle de Jesús, hanté par l'idée d'avoir laissé trop de traces de ses inclinations sexuelles à Oviedo, ayant pris confiance grâce à la liberté ressentie ces dernières années. Ana, la tête appuyée contre la poitrine de son père, savait que la situation était très grave, mais à douze ans, bientôt treize, elle était loin d'imaginer ce qui occupait à ce moment-là l'esprit des adultes de sa famille.

À une heure du matin passé, une fois Radio Televisión Española libérée, Aurora resta pétrifiée devant le téléviseur en entendant Iñaki Gabilondo et Victoria Prego annoncer les négociations menées par le général Armada à l'intérieur du Congrès, tout en diffusant en boucle la vidéo dans laquelle le roi s'adressait aux Espagnols pour réaffirmer son soutien à la Constitution. Aurora n'avait jamais autant prié que cette nuit-là, car elle avait toujours su trouver la force pour avancer dans la vie, mais pas pour revenir en arrière.

Elle passa la nuit à coudre devant le téléviseur, avec en fond sonore deux comédies américaines diffusées pour remplir l'antenne, guettant chaque bulletin d'information.

La situation lui aurait paru incroyable si elle ne lui avait pas été si familière. Elle se souvenait du jour où la guerre civile avait éclaté. Elle avait alors quatorze ans et ne pouvait pas imaginer les conséquences de cette nouvelle qui avait bouleversé le village, tout comme les adultes de l'époque n'avaient pas pressenti l'horreur qui les attendait avec la guerre, puis après.

Ce ne fut que le lendemain, quand les putschistes quittèrent le Congrès, qu'Aurora, comme le reste des Espagnols, vit, stupéfaite, ces gardes civils tirer en l'air dans l'hémicycle tandis que le lieutenant-colonel Tejero, coiffé de son tricorne et armé de son pistolet, leur ordonnait d'arrêter pour ne pas se blesser eux-mêmes. Celui qui impressionna Aurora fut un petit homme d'apparence frêle, qu'elle n'avait jamais vu jusqu'ici, qui résista à la tentative de Tejero de le mettre à terre, sans se laisser intimider par l'arme que le chef du coup d'État agitait sous son nez. Il s'agissait apparemment du lieutenant général Gutiérrez Mellado, un homme qui lui rappela Ferino et qu'elle lui substitua quelque temps dans ses fantasmes les plus intimes. Elle se surprit à désirer se retrouver vite seule avec un homme. Elle pensa à Cefe, et les mois qui la séparaient de l'été lui parurent interminables.

Quant à Cefe, l'amour renouvelé pour sa femme qu'il avait ressenti la nuit de l'occupation du Congrès ne dura que le temps que mit la peur d'un nouveau régime dictatorial à s'estomper. Une fois la situation revenue à la normale et la majorité des Espagnols ralliés autour du roi Juan Carlos Ier, Cefe retrouva son goût habituel pour les plaisirs de la vie et, surtout, pour celui qu'il aimait par-dessus tout, à égalité avec la bonne nourriture : sentir près du sien le corps d'une femme autre que la sienne. Il eut quelques aventures épisodiques avec des personnes qui se faisaient payer jusqu'à l'arrivée de l'été, quand Marisa commença à préparer son voyage à Gijón et qu'il se remit à planifier trois semaines entières avec Aurora qui, en plus du sexe sans restriction, lui offrait une conversation stimulante et la sensation d'être compris.

Florita, 1983

Le dimanche 17 avril 1983, les Espagnols étaient tout excités par la nomination de *Volver a empezar* aux Oscars, mais ni Agueda ni Florita ne montrèrent particulièrement d'intérêt pour la cérémonie. Pourtant, elles la regardèrent toutes les deux. Agueda, parce que pour Jesús, c'était un événement historique, pas parce qu'un film espagnol était nommé aux Oscars, mais parce qu'il était favori ; et Florita, parce qu'Augusto arriva à dix-neuf heures, juste au moment où la chaîne de télévision se connectait au Dorothy Chandler Pavilion de Los Angeles, où se célébrait la cérémonie, et qu'il voulait la voir. Son entreprise avait quelque chose à voir là-dedans, mais malgré toutes ses questions, Florita n'obtint jamais la moindre précision sur le véritable métier de son client.

Les visites d'Augusto n'obéissaient à aucun schéma qui aurait permis à Florita de prévoir quand il allait apparaître. Lorsqu'il arriva, Agueda était toujours chez Florita avec Ana, et, comme ils en étaient convenus deux ans plus tôt, elle le présenta comme son petit ami, même si Agueda savait très bien qui il était en réalité.

— Je vois, dit Agueda en détaillant ce petit homme trapu et laid qui avait les clés de l'appartement de Florita. Ana, ramasse les cartes, on y va.

— Vous jouiez ? demanda Augusto.

Florita acquiesça. Elle ne voulait pas lui avouer qu'elles étaient en plein tirage de cartes pour essayer de deviner ce que son avenir lui réservait. Ce soir-là, l'avenir lui réserva une longue et émouvante soirée d'Oscars qui éveilla leur fierté nationale à tous les deux avant qu'ils n'aillent dormir, puis une séance de soumission avec Augusto, qui précéda un petit déjeuner qu'Agueda interrompit.. Elle était inquiète depuis la veille pour son amie, alors dès que Jesús était parti travailler aux grands magasins, elle se rendit chez elle.

Elle dut appeler plusieurs fois à l'interphone et attendre qu'un voisin sorte pour pouvoir monter. Une fois arrivée à l'étage, envahie d'une peur irrationnelle pour la sécurité de Florita, elle sonna à la porte, encore et encore. Quelques minutes s'écoulèrent, interminables pour Agueda, avant qu'Augusto n'ouvre la porte, portant un bas de pyjama et un t-shirt à l'envers, alors qu'il était presque dix heures du matin.

—Florita est au lit, expliqua-t-il quand Agueda, impatiente, demanda à la voir. On est restés tard à fêter la victoire de Garci à Hollywood hier soir.

Agueda le repoussa et entra en criant :

—Florita ? Florita ? Tout va bien ?

Cela faisait des années qu'Agueda savait comment vivait son amie, mais connaître la théorie était une chose, la voir nue dans son lit, cachée sous un drap et entourée d'instruments qui n'avaient rien de rassurant en était une autre.

—Ça va ? Qu'est-ce qu'il t'a fait ?

Agueda essaya de lui enlever le drap, mais Florita la repoussa d'un coup sec.

—Va-t'en, tout va bien.

—Mais avec quel genre de pervers gagnes-tu ta vie ? lança-t-elle. Oh, Florita, ce n'est pas une vie pour toi. Tu n'as pas besoin de t'infliger ça.

—Qu'est-ce que t'en sais ? Va-t'en maintenant. Je t'appelle plus tard.

Agueda hésitait entre respecter la demande de son amie et l'instinct de la protéger.

—S'il te plaît, va-t'en, tu vas me porter préjudice. Moi, je ne vais pas chez toi faire fuir tes clientes. Pars. Je te promets de t'appeler plus tard.

Agueda quitta l'appartement horrifiée, mais non sans lancer un regard de mépris à Augusto qui, totalement indifférent, attendait assis sur le canapé du salon pour pouvoir retourner dans la chambre de Florita.

—Fais en sorte que ça n'arrive plus jamais. Où en étions-nous ? Ta timbrée d'amie m'a déconcentré.

Quand Florita arriva chez Agueda à l'heure du déjeuner avec une boîte de biscuits moscovitas et de gâteaux palmiers en guise d'offre de paix, elle la trouva comme elle s'y attendait : seule dans l'atelier, entre les clientes du matin et les élèves de l'après-midi. Ana mangeait à la cantine de l'école et seul Jesús était à la maison pendant la pause de midi. À l'époque, les Galerías Preciados fermaient trois heures en milieu de journée, et Jesús, qui n'habitait qu'à cinq minutes à pied de son travail, aimait regarder le journal télévisé et faire la sieste après le repas, ce qui laissait son amie libre.

—Oh mon Dieu, ouf. Ça va ? demanda Agueda dès qu'elle lui ouvrit la porte.

—Bien sûr que ça va. Ça va très bien, en fait. Pourvu qu'Augusto reste avec moi encore de longues années.

—Non, ça ne va pas. Comment veux-tu que ça aille bien ? Ce que te fait cet homme, si on peut l'appeler ainsi, est une aberration.

Agueda serra les poings, enragée contre Augusto.

—Tu veux vraiment parler de ça sur le pas de la porte ?

—Allons dans l'atelier, Jesús n'y met jamais les pieds.

Là, entre les tissus et les machines, Florita et Agueda scellèrent une promesse d'amitié éternelle, qu'elles croyaient jusque-là implicite.

—Je n'ai personne d'autre que toi. Je ne peux pas te perdre. Tu es toute la famille qu'il me reste, dit Florita.

Les deux amies s'enlacèrent pendant un long moment avant qu'Agueda ne s'écarte.

—Allons te tirer les cartes, j'ai le temps avant que mes élèves arrivent. Maintenant que je sais ce qui se passe chez toi, ce sera plus facile de les interpréter.

Les cartes se montrèrent clémentes envers l'avenir de Florita et le tirage fut plein de recommandations liées à la prudence et à la sécurité.

AURORA, 1981

Quand arriva le mois de juillet, Marisa partit pour les Asturies et Cefe retourna se glisser dans le lit d'Aurora, qui n'avait pas besoin de plus que quelques jours par an en compagnie d'un homme pour voir ses besoins satisfaits. L'absence de Marisa marquait le début des vacances d'Aurora, qui, pendant deux ou trois semaines, profitait des sorties, du sexe et de la drague comme si elle vivait un amour naissant. Le reste de l'année, elle était libre, sans obligations et sans cette routine conjugale qui remplace le désir par l'habitude. En plus, elle pouvait compter sur eux deux pour tout ce dont elle avait besoin et pour lui tenir compagnie de temps en temps. Elle ne voyait aucun inconvénient à cette relation et, avec le temps, elle arriva même à se convaincre qu'elle était bénéfique pour Marisa. Tout se passait pour ainsi dire en famille et Cefe ne tombait pas entre les mains d'une femme qui chercherait à lui voler son mari, juste au moment où le divorce venait d'être légalisé en Espagne, même si aucun n'avait encore été prononcé. Avec elle, le mariage de Marisa était en sécurité.

Durant l'été 1981, alors qu'Aurora avait plus envie que jamais de s'amuser après une année remplie de peurs irrationnelles provoquées par le journaliste qui la recherchait et la tentative de coup d'État, et à la suite d'une promenade le long du Guadalquivir, Cefe l'emmena goûter la queue de taureau à la taverne Torre del Oro, un restaurant gigantesque avec une terrasse qui servait de la cuisine andalouse traditionnelle.

— Séville te va bien. T'as pris quelques kilos, fit remarquer Cefe en lui donnant une petite tape sur les fesses.

— Fais attention, enfin, quelqu'un pourrait nous voir. Beaucoup de gens te connaissent ici.

— Et qui irait raconter ça à Marisa ?

— Au cas où, tiens-toi bien.

Ils étaient en train de savourer un gaspacho andalou, auquel Aurora s'était opposée à son arrivée à Séville mais dont elle était désormais friande à cause des chaleurs de l'été, lorsque Clemente Domínguez, autoproclamé pape Grégoire XVII après la mort de Jean-Paul Ier, entra dans le restaurant accompagné de six prêtres palmariens, tous vêtus des soutanes qu'Aurora avait elle-même confectionnées. Elle essaya de se cacher autant qu'elle le put pour ne pas se faire repérer.

Elle se rendit vite compte que les palmariens, absorbés par leur propre fête, ne faisaient pas attention à elle. Le dîner romantique des deux amants se transforma en spectacle théâtral devant l'absurdité de ces hommes en habits ecclésiastiques, buvant du vin sans modération, fumant des cigares et réclamant du flamenco en direct. Sept agneaux entiers furent servis à leur table sur un simple ordre de Clemente. Les rires et les voix s'intensifièrent et, au moment où Aurora et Cefe attaquaient le dessert, Clemente avait déjà mis trois fois la main aux fesses d'un jeune serveur qui, à la troisième fois, alla dire à son patron qu'il refusait de continuer à servir la table des palmariens. Ils ignorèrent si ce fut sous l'effet de la menace ou sous celui de la promesse d'une récompense, mais le garçon revint s'occuper d'eux et Clemente reprit son manège.

Ils étaient si captivés par la scène qu'ils ne virent pas l'homme assis à une table de quatre, qui, discrètement, prenait des photos avec un appareil professionnel.

Aurora et Cefe prolongèrent le repas pour boire un verre de champagne et commenter chaque détail de ce dîner pantagruélique de la haute sphère de cette Église qui se disait elle-même « traditionnelle ». Quand ils partirent, le pape Clemente dansait, soutenu par deux de ses compagnons de beuverie et de foi, qui l'empêchaient de finir par terre, entre sa cécité et son ivresse.

Cefe et Marisa revinrent à Séville à la fin août, après avoir passé le mois à Gijón.

—On appelle Aurora pour sortir ce samedi ? proposa Marisa à son mari. On ne l'a pas vue de tout l'été.

Cefe accepta, comme toujours. L'amitié de son épouse et de son amante était plus confortable qu'il l'aurait imaginé.

Le samedi suivant, ils allèrent chercher Aurora, qui resterait dormir chez eux à Séville, puis prirent la direction de

Viejo Tito, où Aurora avait découvert les escalopes à la Villeroy, un délice qu'on n'avait pas l'habitude de manger dans les Asturies à l'époque.

Ils s'installèrent et commandèrent sans même jeter un coup d'œil à la carte. Ils discutaient joyeusement lorsqu'un serveur entra, accompagné de deux couples d'un âge similaire au leur, pour les installer à la table voisine.

Ils ne leur prêtèrent pas attention jusqu'à ce qu'un des hommes, sans autre malice que celle du commérage, s'arrête pour plaisanter avec Cefe :

— Tiens, on se retrouve ! Cette fois sans le PapaGayO, dit-il en rigolant, reprenant le surnom qui circulait dans tout Séville pour se moquer de l'homosexualité du pape d'El Palmar.

Cefe ne sut quoi répondre.

— Vous ne vous souvenez pas ? À la taverne Torre del Oro, on était à la table à côté de vous deux, ajouta-t-il en désignant Cefe et Aurora, quand est arrivé le guignol de Troya.

Il s'apprêtait à rire à nouveau quand son ami intervint :

— Excusez-le, je crois qu'il vous confond avec d'autres personnes.

— Mais non, comment ça, je confonds ? rétorqua-t-il, avant de se rendre compte qu'il faisait une bourde. Ou si, peut-être. Enfin bref, désolé, j'ai cru… Rien, excusez-moi.

— Moi aussi, j'aurais juré que c'étaient eux, n'est-ce pas, Carmela ? dit une des femmes suffisamment fort pour être certaine que Marisa l'entende.

— On dirait leurs jumeaux, confirma la Carmela en question.

Marisa se tourna vers son mari et son amie sans comprendre ce qu'elle venait d'entendre.

— Vous êtes allés dîner ensemble pendant mon absence ?

Aurora se tut.

— Bien sûr que non, répondit Cefe, reprenant contenance. Et si on avait vu le pape Clemente, on t'aurait tout raconté dans les moindres détails. Ils nous ont confondus avec d'autres gens, c'est certain. Je pense que cet homme est allé boire un coup avec ses amis avant de sortir avec sa femme et qu'il est déjà un peu éméché, vous ne croyez pas ?

— L'alcool rend certains hommes vraiment impertinents, affirma Aurora.

— Oui, c'est sûr, acquiesça Marisa en dévisageant son amie et son mari sans parvenir à se décider si elle devait leur faire confiance ou non.

Finalement, Marisa choisit la première option. Cela ne faisait aucun sens de douter de son mari alors qu'elle ne le laissait seul que deux à trois semaines par an.

Après cette intrusion malvenue, Cefe prit la conversation en main, car Aurora se montra plus taiseuse qu'à son habitude et Marisa aussi. Par chance, la table de leurs délateurs était loin d'eux et ils n'eurent pas à croiser leurs regards.

Après le dessert, Cefe demanda l'addition et Marisa se dirigea vers les toilettes.

— Je ferais mieux de m'en aller, dit Aurora à Cefe. Je ne peux pas dormir chez vous après ce qui s'est passé.

— Justement, après ça, tu n'as pas d'autre solution que de rester. Alors s'il te plaît, fais bonne figure et ressaisis-toi, tu as une tête d'enterrement. Et accompagne Marisa aux toilettes, vous y allez toujours ensemble et aujourd'hui non. Ma femme n'est pas méfiante. Je sais qu'elle ne soupçonne rien malgré ce qu'a dit cette grande gueule qui fourre son nez dans ce qui ne le regarde pas. Mais si tu commences à agir bizarrement et que tu ne restes pas dormir aujourd'hui, elle va commencer à douter, parce qu'elle n'est pas idiote.

Aurora écouta Cefe et se dirigea vers les toilettes, mais en passant près de la table des accusateurs, elle entendit clairement une des femmes l'insulter :

— Il n'y a pas plus grosse traînée que celle-là.

Elle ne prit pas la peine de se retourner ni de répondre, mais elle changea de direction. Elle dépassa la porte des toilettes, acheta un paquet de Winston au distributeur et demanda du feu au bar. Elle n'avait plus fumé depuis la dernière fois qu'elle avait vu Ramona, le jour où elles s'étaient dit adieu pour toujours.

FLORITA, 1995

Florita quitta sa profession à cinquante-quatre ans, avec un appartement à elle et suffisamment d'économies pour vivre jusqu'au moment où elle entrerait en maison de retraite. Elle était contente. Ce n'était pas ce dont elle avait rêvé pour sa vie, car aucune petite fille ne rêve de devoir un jour donner son corps en échange d'argent et d'être jugée à cause de ça, mais elle était convaincue d'avoir choisi la meilleure option possible et elle n'avait aucun regret. Son avenir était assuré, elle avait pris sa retraite alors qu'elle était encore jeune et elle était heureuse, car elle quittait une profession qui, depuis le départ d'Augusto, devenait chaque jour plus précaire.

Sa relation avec Augusto avait duré une décennie, jusqu'à ce que Florita atteigne la cinquantaine, même si la cause de leur rupture n'était pas son âge mais l'accident de voiture qui l'avait laissé entre la vie et la mort pendant des mois. Après cette expérience, il se retira dans son village natal, dans les Rías Baixas, et ne voulut plus revenir à Oviedo. Malgré tout, il fut très généreux lors de leurs adieux. À la place d'une bague de fiançailles, Augusto lui offrit un lingot d'or. Elle le reçut par un coursier privé et, quelques minutes plus tard, il l'appela.

— C'est pour ta retraite, et j'espère que tu la prendras bientôt parce que tu es déjà trop vieille pour être une pute, et qu'il y a une offre de plus en plus grande de filles étrangères qui font tout, absolument tout, et qui facturent à l'heure.

— Je ne suis pas une pute. Je suis une maîtresse. C'était notre accord.

— Mais notre accord est terminé.

— Tu pars avec une plus jeune.

— Je ne vais plus voir personne d'autre que ma femme. Tu as atteint la cinquantaine, mais moi je vais en avoir vingt de plus.

— Tiens, je te pensais plus jeune.

— Si j'avais été plus jeune, je ne serais sûrement pas resté aussi longtemps avec toi, Florita. Même les rides ne t'enlèvent pas ta naïveté.

— Et tu es marié. C'est la seule chose que je sais de toi. Tu ne m'as même pas dit ce que tu faisais dans la vie ni si tu avais des enfants.

— Tu n'as pas besoin de le savoir.

— Dis-moi au moins une chose. Tu t'appelles vraiment Augusto ?

— Bien sûr que non. Je t'ai donné ce prénom parce que je t'ai engagée après Julio, qui ne s'appelle pas non plus comme ça, mais il a commencé à te voir un mois de juillet. Prends soin de toi, s'il te plaît. Finalement, je me suis attaché à toi, c'est dingue ! dit-il avant de raccrocher.

Ce ne fut pas Augusto qui manqua à Florita, mais bien la sécurité économique qu'il lui apportait. Elle passa des mois à chercher un nouvel amant, comme elle préférait les appeler, mais n'en trouva aucun. C'était une belle femme qui n'avait pas mal vieilli, mais les hommes riches ne prenaient plus de maîtresses rémunérées, et encore moins une de cinquante ans. Florita dut donc se résigner à passer une annonce dans la section « Contacts » des journaux locaux : « Femme mature soumise pour hommes sérieux et distingués. Appartement privé. »

Elle obtint plusieurs clients réguliers après beaucoup d'hommes de passage, mais tous réunis ne lui apportaient même pas le quart de ce qu'elle avait gagné avec Julio et Augusto.

La première rencontre avec un client lui faisait toujours peur, par crainte que ce soit un sadique ou un psychopathe, comme elle savait que cela arrivait à certaines femmes. Elle redoutait d'ouvrir la porte à un fou qui la tuerait chez elle sans que personne lui vienne en aide. Pourtant, ce fut un client régulier qui lui donna la plus grande frayeur de sa vie. Pas lui directement, mais ceux qui le suivaient.

C'était un soir de fête après la victoire du Real Oviedo contre le Real Madrid dans un match animé qui s'était terminé par un 3-2 au Carlos Tartiere. Le vacarme et les klaxons dans la rue donnaient au quartier un air de fête en ce dimanche 14 mai. Battre le Real Madrid était une victoire historique.

Ernesto, un avocat veuf et élégant qui la traitait toujours avec considération, même au plus fort de l'acte, arriva à vingt-deux heures comme ils en étaient convenus. Elle le trouva nerveux.

— Qu'est-ce qui se passe ? Tout va bien ? demanda Florita.

— Bof. J'ai parié pour Madrid.

— Tu as perdu beaucoup ?

— Si ce n'était que ce match, ce ne serait pas un problème. Mais ça fait un moment que la chance me tourne le dos… Tu me ferais crédit pour aujourd'hui ? La prochaine fois, je te paie les deux, promis.

À ce moment-là, la sonnette retentit.

— N'ouvre pas. Ne fais pas de bruit, demanda Ernesto.

— Laisse-moi au moins aller voir qui c'est.

Elle n'en eut pas besoin. En quelques secondes, trois hommes gigantesques au visage impénétrable forcèrent la porte d'entrée, que seul le loquet fermait. L'un d'eux la ligota et les deux autres rouèrent Ernesto de tellement de coups que Florita pensa qu'ils allaient le tuer sur place. Quand ils en eurent terminé avec lui, le troisième, après avoir fouillé l'appartement à la recherche d'autres occupants éventuels, leur dit :

— Servez-vous, c'est une pute. Elle aime le sado.

Les deux autres la dévisagèrent et firent non de la tête.

— Elle est trop vieille. On se tire.

Ils laissèrent Florita là, ligotée sur sa chaise, avec Ernesto étendu au sol, se tordant de douleur et le visage baigné de sang.

—N'appelle pas la police, supplia Ernesto entre deux gémissements en voyant que Florita essayait d'avancer avec la chaise jusqu'au téléphone.

Ce fut le dernier client que reçut Florita.

Le lendemain, elle retira l'annonce du journal et appela le service de récupération des encombrants pour qu'ils viennent chercher les meubles de la chambre. Elle enleva les rideaux qui ne laissaient passer aucune lumière et un peintre redonna aux murs leur couleur blanche d'origine. Ensuite, elle appela une agence immobilière pour mettre l'appartement en vente. Une fois les décisions les plus importantes prises, elle appela son père et réserva un vol pour Malaga, où il vint la chercher.

—Je dors à l'hôtel, je l'ai déjà réservé. Je ne veux pas vous déranger, mais j'ai envie de te voir et de passer un peu de temps avec toi, dit-elle.

Florita resta à Estepona avec son père et son épouse jusqu'à la fin de l'été. Elle pêcha du poulpe, dansa le flamenco avec les voisins et profita des bars de plage. Quand le mois de septembre arriva, elle rentra bronzée, détendue et décidée à s'installer à Gijón, là où personne ne parlerait d'elle, où elle serait une inconnue et où les voisines ne feraient pas de commérages sur ceux qui entraient ou sortaient de son appartement. Cette étape était derrière elle.

—Tu ne veux pas rester ici ? demanda son père.

—Non, tu as ta vie ici et je ne serais qu'un poids. Là-bas, j'ai une amie à qui je manque quand je ne suis pas là. Le flamenco et la guitare, c'est bien pour les vacances, mais ce n'est pas mon monde. Sois heureux avec ta femme.

—Il ne nous reste pas beaucoup de temps. Alicia est malade. C'est une question de mois, maximum un an. Métastases.

—Je suis tellement désolée, papa ! Profite du temps qu'il vous reste, et après, tu viendras avec moi à Gijón. Je chercherai un appartement assez grand pour nous deux.

Son père sourit en hochant la tête, mais quelque chose dit à Florita que cela n'arriverait pas. Elle n'eut pas envie de consulter ses cartes, mais cela n'empêcha pas l'inévitable d'arriver : son père décéda peu de temps après. C'était lui qui avait des métastases au foie, aux poumons et aux os. Il suffit qu'elles atteignent son système nerveux pour l'emporter. Trois mois après le retour de sa fille dans les Asturies.

AURORA, 1985

Aurora paya la solitude qu'elle s'était imposée volontairement à Séville sous forme de désillusion.

Elle cousait ses propres vêtements ; lorsqu'il manquait un centimètre à une jupe, elle l'élargissait, et si elle ne pouvait plus rien en tirer, elle la défaisait pour en confectionner une nouvelle. Elle s'habitua à porter des robes amples pendant l'été pour supporter la chaleur et continua à les utiliser en hiver pour atténuer les bouffées de chaleur de la ménopause. Sans traitement hormonal et sans vouloir rompre son anonymat en consultant un médecin qui l'aurait aidée à mieux vivre les ravages que cette étape de sa vie faisait subir à son corps, elle se débrouillait comme elle pouvait : quand les sueurs arrivaient, elle changeait de robe pour en mettre une propre et continuait à coudre ; si elle avait une fringale ou une crise d'angoisse, elle mangeait ce dont elle avait envie puis retournait à sa machine à coudre.

Le jour où Cefe la quitta, elle n'était pas pleinement consciente des vingt kilos qu'elle avait pris depuis son arrivée à Séville. Et ce ne furent que les premiers, car elle en prit vingt de plus les années qui suivirent, dont cinq rien que cet été-là.

Cefe l'abandonna début juillet 1985 par un appel téléphonique qui lui sembla aussi irréel que la voiture fantastique qui apparaissait au même moment sur l'écran de la télévision.

Sachant que Marisa était partie la veille pour les Asturies, Aurora avait préparé sa valise et rangé ses ouvrages de couture, prête à passer avec Cefe les semaines où il se retrouvait seul à Séville, comme c'était le cas chaque été depuis leur rencontre.

Elle ne s'inquiéta pas que Cefe tarde à arriver ; il avait sûrement eu un contretemps au travail. Quand le téléphone sonna, elle sut tout de suite que c'était lui qui l'appelait pour la prévenir de son retard parce qu'à part lui et Marisa, personne ne connaissait son numéro. Elle avait raison sur l'identité de l'appelant, mais pas sur le motif de son appel.

— Cette année, je ne viendrai pas te chercher, lui annonça-t-il. J'ai eu un imprévu.

Aurora comprit que quelque chose clochait.

— Un imprévu ? Ce ne serait pas plutôt une autre femme ?

— Bien sûr que non.

— Alors, qu'est-ce que c'est ? Je ne te plais plus ?

— Ce n'est pas ça. C'est juste que tu es très différente de la femme qui est arrivée à Séville il y a huit ans. Tu n'étais déjà plus toute jeune, mais quelle allure tu avais !

— J'ai tant changé que ça ?

— Écoute, répondit-il calmement, tu as beaucoup grossi.

Dès lors, non seulement elle se mit à manger beaucoup, mais après des années à suer à grosses gouttes dès qu'elle sortait de la douche, elle finit aussi par négliger son hygiène. La colère qu'elle ressentait envers Cefe et elle-même parce qu'elle souffrait autant à cause de lui ne l'aida pas. Sans la moindre motivation pour prendre soin d'elle ou se faire belle, ses habitudes empiraient au lieu de s'améliorer. Sa fille lui manquait. Depuis qu'Agueda était venue lui rendre visite à Séville et n'avait trouvé que du rejet et la vérité sur sa conception, elle ne voulait plus entendre parler d'elle.

Sa rancœur ne l'empêcha pas d'accompagner le couple à l'église chaque week-end, comme elle l'avait toujours fait. C'étaient les seuls jours où elle se douchait et se préparait un peu. Elle voulait éviter que Marisa ne la rejette à son tour, car Cefe profitait des visites d'Aurora pour laisser les deux femmes seules.

— Vous devez certainement avoir vos trucs à vous raconter.

— Viens avec nous boire un *rebujito* ! lui proposa un jour Marisa avant d'expliquer à Aurora qu'il s'agissait d'une nouvelle boisson de la région composée de xérès et de Sprite. J'y ai goûté l'autre jour, c'est délicieux !

Cefe, comme à son habitude désormais, refusa la proposition.

— Est-ce que je suis très grosse ? demanda Aurora à Marisa après deux *rebujitos*.

— Tu es toujours aussi belle.

— Ce n'est pas une réponse.

— Vois le bon côté des choses : si quelqu'un te cherche, il ne te reconnaîtra même pas.

— Plus personne n'est intéressé de toute façon, même ceux qui me cherchaient avant.

Marisa acquiesça en silence, sans se douter qu'elle faisait allusion à son mari. *Cette femme était si belle quand elle est arrivée !* pensa-t-elle en ressentant pour Aurora un mélange de pitié et de tendresse.

— Tu sais quoi ? lui dit Aurora, plus pour se convaincre elle-même que son amie. C'est un soulagement. Les kilos et les années éloignent les hommes, et le cœur vit plus tranquille sans eux.

17

ANA, 1992

Notre premier voyage ensemble, Carlos et moi, fut pour l'Expo de Séville, un an après le retour de ma grand-mère Aurora à Oviedo. La date du mariage avait déjà été fixée pour l'année suivante et ma belle-mère trouvait approprié que j'accompagne mon fiancé. L'entreprise familiale avait remporté l'un des appels d'offres pour la construction et l'aménagement de l'exposition, et mon beau-père devait participer à la cérémonie d'inauguration. Je fus d'abord impressionnée par le train AVE, beaucoup plus propre, rapide et moderne que le Talgo que j'avais l'habitude de prendre pour voyager de Madrid à Oviedo et d'Oviedo à Madrid. C'était en avril, en plein printemps, et Séville me sembla être une ville magnifique. Avec une température similaire à celle des étés asturiens et le soleil qui brillait en permanence dans le ciel, je comprenais que les Sévillans aient toujours envie de chanter et de danser.

Entendre toutes les cloches de Séville sonner à l'unisson et voir le ciel se remplir de colombes et de ballons aux couleurs des drapeaux me bouleversa, mais ce fut en parcourant l'Expo que je pris conscience de l'ampleur des affaires de la famille qui allait devenir la mienne. Je me sentis minuscule et aussi très chanceuse, comme Cendrillon quand le prince la présente à son royaume.

L'Expo m'impressionna : c'était une chose d'étudier les grandes œuvres architecturales, mais une autre encore de voir ce déploiement d'espaces avant-gardistes. Le pavillon des Asturies, même si ce n'était pas le plus spectaculaire, me plut beaucoup. J'admirai la façade recouverte de cuivre oxydé et les ours enlacés aux immenses piliers qui ressemblaient aux arbres des forêts cantabriques, mais je trouvai étrange de ne voir aucune référence aux mines. En réalité, comme presque tous les Asturiens qui n'étaient pas originaires du bassin minier, je ne les connaissais que de réputation, mais j'imaginais la tête que ma grand-mère Aurora aurait faite si elle avait été là, sans voir aucun charbon. Cette pensée me fit rire et me rassura, comme si j'avais trouvé un petit bout de ma maison là-bas. Ce fut une journée merveilleuse durant laquelle j'accompagnai Carlos à tous les rendez-vous de son père. Nous ne nous retrouvâmes pas seuls avant la nuit tombée. Même si nous avions des chambres séparées, Carlos et moi dormîmes ensemble. Ma belle-mère tenait aux apparences, mais elle se moquait de ce que nous faisions en privé. Ce n'était pas la première fois que nous couchions ensemble, nous avions commencé à le faire quelques mois après nous être mis en couple. Mais c'était la première fois que le préservatif se déchirait.

—Merde, merde, merde, dit Carlos. Il s'est cassé ! Putain de Durex de merde !

Je restai là, allongée sur le lit pendant qu'il continuait à râler debout.

—Ce n'est même pas un petit trou, il est complètement fendu de haut en bas.

—Si tu veux, je peux essayer de faire quelques petits sauts, plaisantai-je pour tenter de le calmer.

Je ne trouvais pas cela si grave ; nous étions sur le point de nous marier et nous comptions avoir des enfants jeunes pour que je puisse ensuite commencer ma vie professionnelle sans interruption. Je ne voyais rien de dramatique à tomber enceinte, mais quand je le dis à Carlos, il me dévisagea comme si j'étais folle.

— Il nous faut la pilule du lendemain.

— Ici ? Et où veux-tu qu'on trouve ça ? Il faut une ordonnance.

— Il doit bien y avoir des centres de planning familial, je sais pas moi.

— Où ça ?

— Tu pourrais proposer une solution au lieu de me mettre des bâtons dans les roues ? me lança-t-il, agacé.

— Écoute, ce n'est pas si facile de tomber enceinte, tu sais.

Il me fallut un bon moment pour convaincre Carlos que c'était insensé de passer les deux jours que nous avions à Séville à chercher un centre de planning familial, et encore plus de rater ses rendez-vous professionnels : nous serions obligés de rendre des comptes à ses parents à cause d'une infime possibilité de grossesse. Ce qui sembla finalement le convaincre, ce furent ses envies de parader à côté de son père, un signe clair qu'il succéderait à Carlos Fresno un jour.

Le problème arriva lorsqu'un mois plus tard, la possibilité infime se transforma en test de grossesse positif.

Quand je vis les deux lignes roses dans la salle de bains de ma résidence universitaire, mes jambes se mirent à trembler. Je me sentais trop jeune pour devenir mère, mais ça m'inquiétait moins que la réaction de Carlos.

Ce week-end-là, lors d'un dîner dans un restaurant italien, je pris une profonde inspiration et le lui annonçai comme une bonne nouvelle. Il ne la prit pas comme telle.

— Putain, Ana, tu te fous de moi !

Quand il me parla de l'option de ne pas le garder, je crus qu'il remettait en question notre mariage.

— Mais on va se marier.

— Justement. D'abord le mariage, puis les enfants.

— Ce serait si grave de faire l'inverse ? Et si on avançait la date du mariage ? proposai-je pour lui donner des options.

— Tu sais combien c'est compliqué de réserver une date à Saint-Jérôme-le-Royal ? C'est un mariage, on l'a déjà annoncé, on ne peut pas changer de jour. Ce n'est pas comme ça que ça marche. Ce n'est pas le moment d'avoir un enfant.

— Tu m'aimes ? lui demandai-je, encore et encore.

— Bien sûr que je t'aime, je vais t'épouser. Et on aura des enfants. Mais plus tard, une fois mariés.

Je refusai d'avorter. Il insista, disant que c'était la meilleure solution et que nous aurions des enfants plus tard. Il alla même jusqu'à me reprocher cette grossesse. Mais je ne cédai pas. Carlos attendit vingt-quatre heures avant de le dire à Paloma, ma future belle-mère, qui me prit à part au club ce dimanche-là et n'y alla pas par quatre chemins.

— Si cet enfant naît, tu n'épouseras pas mon fils. À toi de choisir. Pauvre, d'accord. Mais pauvre avec un enfant, comme si tu avais tendu un piège à mon fils comme une vulgaire traînée, ça non. Carlos ne va pas épouser une mère célibataire. Tu te maries en blanc, immaculée. Même si personne n'imagine que les mariées soient encore vierges, personne n'a envie de voir courir dans l'église la preuve vivante qu'elles ne le sont pas. Après le mariage, tu auras tous les enfants que tu voudras.

Elle m'emmena elle-même à la clinique pour avorter. Après l'intervention, je restai trois jours chez elle, le temps que l'hémorragie cesse. Je ne me sentais pas mal, juste un peu faible, et épuisée moralement. Chaque matin, je me répétais que j'avais pris la bonne décision, que c'était la seule possibilité si je ne voulais pas ruiner mon avenir, mais tous les soirs, dans mes cauchemars, un bébé criait après moi en se vidant de son sang, et moi, je restais là, à le regarder sans rien faire jusqu'à ce que mon enfant arrête de crier, et alors je me réveillais. Je me sentis très seule à ce moment-là. Je ne le racontai jamais à ma mère, mais elle me manqua. J'aurais voulu être chez moi, dans mon lit, et qu'elle prenne soin de moi. Peu à peu, les cauchemars me laissèrent tranquille. J'oubliai l'enfant que je n'eus jamais, ou du moins, je ne m'autorisai pas à penser à lui, me concentrant sur le mariage et sur la vie de rêve qui m'attendait aux côtés de Carlos. Pendant un temps, je fus heureuse, même si les cauchemars revinrent des années plus tard, quand je perdis le premier bébé que j'avais mis au monde, persuadée alors que Dieu me punissait pour cet avortement.

AURORA, 1989

La fin de l'amitié entre Aurora et Marisa commença à se dessiner le jour où Marisa ressentit le besoin de s'engager dans une association caritative pour combler le vide qui l'avait envahie après avoir vendu l'entreprise et s'être retirée de la vie active. Et ce, sans avoir droit à une pension, car elle avait travaillé toute sa vie dans l'entreprise familiale, dont seul Cefe apparaissait comme propriétaire. À l'époque de la création de l'entreprise, en tant que femme mariée, il n'existait pas d'autre possibilité. Plus tard, quand ils auraient pu changer les choses, cela ne leur était même pas venu à l'esprit. Marisa n'avait jamais cotisé à la Sécurité sociale durant toutes ces journées interminables au cours desquelles ils avaient bâti leur affaire ensemble ni durant celles qui avaient suivi, parfois plus tranquilles, parfois moins, selon que les temps étaient à la crise ou à la prospérité. Ainsi, quand vint l'heure de prendre sa retraite, elle découvrit qu'aux yeux de la loi, elle n'avait jamais été plus qu'une femme au foyer, dédiée aux tâches domestiques et à l'éducation de son fils, ce qui était vrai aussi, et que son travail dans l'entreprise n'existait nulle part.

— Tu sais, Cefe, nous pouvons être reconnaissants envers Dieu. Nous avons eu une belle vie, lui dit-elle un soir pendant une pause publicitaire alors qu'ils regardaient la télévision après le dîner.

—Pourquoi parles-tu au passé ? Il se passe quelque chose ? Tu vas bien ?

—Oui, oui, ne t'inquiète pas. Je veux dire qu'on a eu de la chance, on a un fils merveilleux, une bonne situation financière, un mariage heureux, et maintenant, une nouvelle étape commence.

—Tu deviens philosophe, répondit-il, soulagé. Qu'est-ce que tu veux dire ?

—Je voudrais rendre un peu de tout ça à la société. Contribuer à améliorer le monde.

—Tu veux parrainer un enfant du tiers-monde ou un truc du genre ? Ça coûte combien ?

—Oui, on peut faire ça aussi, mais ce que je veux surtout, c'est devenir bénévole pour Caritas pour aider les pauvres d'ici, les Sévillans de naissance et d'adoption. Il y a tellement de misère dans cette ville. Tu sais combien d'enfants meurent de faim dans le quartier Tres Mil Viviendas ?

—Ah non, ça, jamais ! Je t'interdis formellement d'aller là-bas.

—Mais non, voyons. Je ne vais pas aller là-bas, je ne suis pas devenue folle. Mais une partie de ce que récolte notre paroisse va à Jesús Obrero, l'église du quartier, qui aide beaucoup d'habitants.

—Ah, d'accord. Si c'est ici, à la paroisse, et que ça te rend heureuse, ça me va. Regarde, ça recommence, dit Cefe en montrant du doigt leur épisode de *La Loi de Los Angeles*, mettant fin à la conversation.

Et ce fut ainsi que Marisa devint bénévole chez Caritas, où elle croisa Sagrario, qu'elle ne reconnut pas. En revanche, Sagrario, elle, la reconnut tout de suite, après toutes les fois où elle avait raconté à son époux et à son amie l'histoire de cette pauvre femme cocue qui dînait à la même table que la maîtresse de son mari.

Ana, 2014

Alba ressentit une émotion qu'elle ne put contenir lorsque le prix Nobel de la paix fut décerné à Malala Yousafzai. Elle était enthousiasmée. Une femme de dix-sept ans, un an de moins qu'elle. Pakistanaise, qui plus est, pas américaine ni allemande ni d'aucun autre pays occidental où les femmes avaient déjà progressé, accédant aux études universitaires, au marché du travail et à tant d'autres choses encore impensables dans d'autres sociétés, comme celle de Malala. C'était justement pour cela qu'elle était récompensée, pour avoir défendu le droit des petites filles à l'éducation. Et surtout, parce qu'on lui avait tiré une balle dans la tête pour l'avoir fait.

Quand Alba entendit Malala Yousafzai dire « Je raconte mon histoire, non pas parce qu'elle est unique, mais bien parce qu'elle ne l'est pas », elle sut qu'elle voulait faire la même chose. Même si elle n'avait pas une histoire semblable à celle de Malala, elle comprit qu'elle pouvait au moins faire entendre les histoires des autres. Elle avait besoin de partager sa joie avec quelqu'un et chercha sa mère dans toute la maison. Ne la trouvant pas, elle se dirigea vers le bureau de son père, une pièce au fond du deuxième étage où personne n'allait jamais. Là, dans le couloir, devant la porte fermée, elle trouva sa mère.

Quand Ana vit arriver Alba, elle porta son index à ses lèvres pour lui demander de ne pas faire de bruit.

Alba s'approcha en silence.

— Tu espionnes papa ? chuchota-t-elle.

Ana haussa les épaules.

Elle ne l'espionnait pas. Elle était venue lui demander à quelle heure il voulait partir pour le club, mais au moment où elle allait ouvrir la porte, elle l'avait entendu parler à voix haute et elle s'était arrêtée pour ne pas le déranger. Elle avait compris alors qu'il était en train de se disputer avec sa mère au téléphone.

—Non, maman, oublie ça. Ana n'a jamais manqué à ses obligations de mère, disait Carlos.

Ana était restée figée derrière la porte. Exactement là où Alba l'avait trouvée. Elle n'entendait pas ce que répondait Paloma, mais pouvait l'imaginer d'après ce que Carlos disait.

—Jesús est encore un enfant et Carlos est un adolescent immature, il ne manquerait que ça pour qu'il fasse une bêtise. Et Alba, bon, Alba, c'est Alba. Je veux que les avocats respectent le contrat prénuptial pour poser les bases, mais je n'ai pas l'intention de la mettre à la rue ni de lui enlever Jesús. Mon but est qu'elle continue à avoir une bonne vie.

Carlos se tut à nouveau. Alba regarda sa mère d'un air interrogatif et Ana secoua la tête pour lui faire savoir qu'elle ne comprenait pas non plus de quoi il s'agissait.

—Ce sont mes enfants, maman, alors fais ce que je t'ai demandé. S'il te plaît. Le divorce sera déjà suffisamment dramatique. Je ne veux pas d'un procès ni que ça tourne au feuilleton, alors quand les avocats auront préparé tout ça, fais-le-moi parvenir et après, je verrai ce que je décide.

Ana s'enfuit en courant, Alba sur ses talons.

—Ça va, maman ?

Mais ce n'était pas à Alba qu'Ana voulait parler. Elle laissa sa fille là, perdue et sans réponse, pour s'enfermer dans sa chambre et appeler sa mère.

—Carlos veut divorcer, annonça-t-elle quand Agueda décrocha.

—Mais qu'est-ce que tu racontes, ma chérie ? Jamais ! Avec tout ce qu'il a fait pour moi…

Ana n'obtint pas l'aide dont elle avait besoin parce qu'Agueda refusait d'accepter ce que lui racontait sa fille. Elle alla alors voir la femme la plus forte qu'elle connaisse : Beba. C'était jour de club et Beba y était déjà. Elle mit du temps à pouvoir se retrouver seule à seule avec elle, mais quand ce fut enfin le cas, elle fondit en larmes. Beba, cependant, minimisa la situation.

—Il vaut mieux ne pas tirer des conclusions hâtives d'une conversation que tu as entendue à moitié derrière une porte. Tu as parlé avec Carlos ?

—Non, bien sûr que non, répliqua-t-elle d'un ton catégorique. T'es folle ou quoi ? Je ne vais pas lui faciliter la tâche. Une fois qu'il m'aura demandé le divorce, il n'y aura plus de retour en arrière possible. Ce que je veux, c'est éviter qu'il me quitte. Je ne sais pas vivre sans lui et je ne veux pas que Jesús grandisse sans son père, qui est déjà si peu présent à la maison pour qu'en plus il ne le voie que deux week-ends par mois. Et Carlitos ? Il vit une adolescence tellement difficile. Ça ne ferait qu'empirer les choses.

La conversation qu'Ana redoutait n'eut pas lieu. Du moins, pas à ce moment-là. Elle attendit, encore et encore, que Carlos lui demande le divorce, mais il ne le mentionna jamais et elle n'osa pas poser de question. Les mois passèrent et elle commença à reprendre confiance, préférant penser qu'elle avait mal interprété ce qu'elle avait entendu.

Alba n'en parla pas non plus à son père ; ni même à sa mère. Elle canalisa sa colère et sa frustration dans un hommage à Malala avec sa première exposition : une installation au parc du Retiro, faite d'objets symbolisant d'une manière ou d'une autre l'oppression féminine, qui la conduisit directement au poste de police lorsqu'elle y mit le feu. Heureusement pour la vieille Singer, Ana avait refusé de la lui donner sans savoir qu'elle évitait ainsi qu'elle soit réduite en cendres, comme tous les autres objets qu'Alba avait condamnés aux flammes.

Aurora, 1991

Sagrario, la collègue de Marisa chez Caritas et autrefois témoin des aventures entre Cefe et Aurora, mit deux ans avant de les lui raconter. Et elle le fit parce que Marisa lui parla d'Aurora.

Cela arriva le jour où elles discutaient des enfants d'El Palmar tout en triant les vêtements et les denrées non périssables dans l'entrepôt de l'ONG.

—Moi, je me moque complètement de tout ce cirque, dit une des bénévoles. Enfin, non, c'est pas vrai, ça me fait honte que ces fanatiques hérétiques viennent d'ici. Avec toutes les belles traditions de vraie foi qu'on a ! Ce que je ne supporte pas, c'est l'histoire des enfants. Le gouvernement devrait faire quelque chose.

—Qu'est-ce qui se passe avec les enfants ? demanda Marisa.

—Ils les couvrent maintenant avec des vêtements même en août et ils censurent les livres. Comme ils vont à l'école publique du village, les enseignants ne savent plus quoi faire. Ils arrachent les pages qui ne leur semblent pas appropriées. Vous, vous fournissiez bien Clemente et compagnie, non ?

—Eh bien oui, répondit Marisa, sur la défensive. Mais nous, on fournissait tous nos clients de la même façon, on ne demandait jamais qui ils étaient ni ce qu'ils faisaient. On n'a rien à voir avec les palmariens. En plus, ma meilleure amie vit à El Palmar et elle vient passer le week-end chez nous une fois par mois, elle ne m'a jamais rien raconté. Vous exagérez sûrement.

—L'argent compte plus que la foi, à ce que je vois, lança son interlocutrice.

Marisa préféra ne pas tomber dans son piège. Sagrario en profita alors pour s'approcher d'elle.

—Ton amie, elle est palmarienne ?

—Elle est couturière, répondit sèchement Marisa, s'attendant à une nouvelle attaque.

—Et elle aime vivre à El Palmar ? La pauvre, c'est si moche ce coin-là !

—Ce n'est pas à moi qu'il faut le dire. C'est le premier endroit que j'ai connu en arrivant à Séville, et à l'époque, c'était bien pire encore. Mon amie vit dans notre première maison. Elle gagne bien sa vie, mais elle s'obstine à rester là-bas. Chacun ses choix.

— Elle ne vient pas d'ici alors ?

— Pas du tout ! Elle vient du Nord. Et El Palmar ne lui réussit pas. À son arrivée, c'était une belle femme, vraiment très belle. Elle attirait tous les regards. Et elle avait de très jolis vêtements parce qu'elle coud remarquablement bien. Mais si tu la voyais aujourd'hui ! Elle a arrêté les teintures, elle a les cheveux tout blancs, elle porte des robes qui ressemblent aux tuniques de Demis Roussos et elle a tellement grossi qu'on dirait une vieille.

Sagrario continua de lui soutirer des informations et la semaine suivante, à la même heure, elle se présenta avec un album photos.

— Regardez ce que j'ai, annonça-t-elle. Vous vous souvenez de ce dont on a parlé la semaine dernière ? Les bonnes sœurs et les fidèles d'El Palmar qui font souffrir et expier jusqu'aux enfants ? Mais regardez ce que font le pape Clemente et sa clique pendant ce temps. C'est un ami journaliste pour *El Correo de Andalucía* qui a pris ces photos. Il ne sort jamais sans son appareil. On dînait avec lui et sa femme quand il les a prises.

Sagrario s'arrangea pour que Marisa voie les photos où l'on distinguait clairement Cefe dînant avec Aurora.

Marisa mit deux semaines à passer du déni à la colère puis se présenta chez Aurora à El Palmar. Elle la trouva en train de coudre sur sa machine automatique des robes d'enfant commandées pour le dimanche des Rameaux.

— Quelle surprise ! Que fais-tu ici ?

— Tu es seule ? demanda Marisa.

— Avec qui veux-tu que je sois ? Je suis soit seule soit avec mes assistantes, mais je préfère qu'elles travaillent chez elles et pas chez moi. Je n'ai plus assez de patience pour avoir des apprenties.

—Qu'est-ce que tu as fait dans les Asturies pour être en cavale depuis tant d'années ? l'interrogea Marisa, avec une telle rage dans la voix qu'Aurora comprit que leur amitié était terminée.

Elle chercha un paquet de cigarettes, en sortit une et l'alluma sans en proposer à Marisa.

—Que se passe-t-il ? demanda-t-elle enfin.

—Pendant combien de temps tu t'es tapé Cefe ? Maintenant, je me doute bien que ce n'est plus le cas, car mon mari a bien trop bon goût pour baiser une vieille boule de graisse laide comme toi.

Aurora tira une taffe, sans paraître perturbée.

—Je suis désolée. Sincèrement, finit-elle par dire.

—Ne mens pas. Ce qui te désole, c'est que je l'aie appris.

—Je n'ai jamais voulu te faire de mal.

—N'aie pas tant d'orgueil, tu n'as pas le pouvoir de me blesser.

—Qu'est-ce que tu veux, alors ? Pourquoi es-tu venue ici ? Comme tu l'as dit, ça fait longtemps que Cefe ne me touche même pas avec un bâton.

Marisa eut un rire amer.

—Je t'ai toujours traitée comme ma sœur, et c'est comme ça que tu me remercies ? En couchant avec mon mari ? Tu ne pouvais pas en choisir un autre ?

Aurora haussa les épaules et fit tomber des cendres dans une tasse avec les restes de son dernier café.

—Ton mari ne t'a jamais été fidèle.

—Et il ne l'est toujours pas. Tu crois que je ne le sais pas ? Mais au moins, avec des prostituées ! Pas avec mon amie.

—Qu'est-ce que tu attends de moi ? Qu'est-ce que tu veux que je fasse ?

—Je veux te voir souffrir, parce que tu es une traîtresse, une voleuse de mari sans gêne.

—Ce qui est fait est fait.

—Je veux te voir en prison. Voilà ce que je veux. Si tu te caches dans ce trou depuis plus de dix ans, c'est que ce que tu as fait devait être vraiment grave.

Aurora tira une dernière taffe sur sa cigarette puis l'écrasa.

—Tu n'obtiendras pas ta vengeance comme ça, finit-elle par dire. Ça fait des années que je n'ai plus peur de ça. Je suis restée ici parce que je m'y sentais bien, et puis je n'ai nulle part où aller.

—Avec ta fille et ta petite-fille. Si tu n'es pas retournée avec elles, c'est par peur. Qui resterait ici toute seule par plaisir ? Ça, je n'y crois pas une seconde.

—Eh bien, tu te trompes, mais tu as raison sur un point : il est temps que je rentre. Ce fut un plaisir de te connaître, et Cefe aussi.

Marisa fut prise d'une telle colère qu'elle se jeta sur elle en hurlant :

—Je vais t'arracher les yeux, salope !

Aurora recula, surprise par l'assaut, mais elle ne put éviter que Marisa l'attrape par les cheveux, avec la force que donne la rage, et la frappe plusieurs fois avec son sac. Elle essaya de se défendre en lui plantant les ongles dans le bras, mais Marisa était tellement hors d'elle qu'elle continua à lui donner des coups, encore et encore, jusqu'à ce qu'elle se sente soudain si ridicule de ce qu'elle était en train de faire qu'elle la lâcha, arrangea ses vêtements et sortit de la maison, laissant Aurora derrière elle, avec ses larmes et ses gémissements.

—Mais enfin, qu'est-ce que tu t'es fait au bras ? Tu t'es battue avec un chat ? la questionna Cefe ce soir-là en voyant les griffures sur la peau de sa femme.

Marisa le fusilla du regard avec une telle rage que le sourire de Cefe s'effaça immédiatement. Elle lui répondit lentement, comme si elle mâchait chaque mot :

—Le chat était une chatte, une grosse chatte qui s'en est sortie dans un état bien pire que moi.

Cefe, qui comprit que la chatte s'appelait Aurora, sut que le mieux à faire était de se taire.

ANA, 2010

Cinq mois après leur rencontre, Beba épousa Juan Camilo, un Colombien sans papiers, beau à couper le souffle, aussi charmant que pauvre et vingt ans plus jeune qu'elle, qui entrerait dans la cinquantaine l'année suivante. Cinq ans plus tard, ils divorcèrent.

Le mariage eut lieu au club, entouré de leurs amis proches, dans une ambiance joyeuse et peu traditionnelle. En plus d'une jolie fête, Juan Camilo obtint ses papiers et Beba l'engagement d'avoir des rapports sexuels non protégés plusieurs fois par semaine.

—Mais c'est quoi, ces hommes que vous avez en Espagne qui ont besoin de sceller le sexe par contrat ? Moi, mon amour, je t'en donne tous les jours si tu veux, même si ce n'est écrit nulle part, dit Juan Camilo, sincèrement déconcerté par une telle demande.

Au vu de ce mariage peu commun, Carlos trouva la fête amusante, tandis qu'Ana, elle, fut scandalisée.

—Avec tout le bon sens de Beba, je n'arrive pas à croire qu'elle fasse ça.

—Il n'y a rien d'insensé.

—C'est de la folie.

—Finalement, tout finit par déteindre. Tu commences à ressembler à ta belle-mère. Laisse Beba profiter de sa vie. Tu ne vois pas comme elle est heureuse ?

—Oui, mais… se marier ? Je n'ai même pas pu la voir avant la cérémonie.

—Pourquoi tu voulais la voir ?

—Pour la ramener à la raison.

—À la raison ?

—Ne fais pas l'idiot. C'est évident ce que ce type cherche à obtenir d'elle.

—Tu es possédée par l'esprit de ma mère, insista Carlos.

—Tu es vraiment d'accord avec ça ? Tu ne vois pas qu'il lui a lavé le cerveau ?

—Moi, tout ce que je vois, ce sont deux personnes qui se marient et qui en sortent toutes les deux gagnantes. Comme dans tous les mariages.

—Ah donc, maintenant, l'amour n'existe plus, le mariage n'est qu'une affaire marchande, un donnant-donnant.

—Marchande, non. Il s'agit que chacun améliore sa situation, peu importe sur quel plan : spirituel, matériel ou sexuel. En tout cas, c'est comme ça pour les mariages qui fonctionnent. Et les mariages qui durent ne sont pas toujours ceux qui marchent.

—Qu'est-ce que tu veux dire ?

—Que tu devrais balayer devant ta porte avant de juger qui que ce soit, conclut Carlos, agacé par les préjugés d'Ana.

Beba tint sa promesse et Juan Camilo, la sienne. Il emménagea dans son appartement, elle lui trouva un emploi en tant que livreur dans l'entreprise d'une de ses connaissances et lui se dénicha en plus un job en tant que coach de salsa pendant les week-ends. Malgré ça, il travaillait moins que Beba et avait l'occasion de passer du temps avec elle et de remplir sa part du contrat, ainsi que pour sortir boire un verre avec ses compatriotes de temps à autre.

Beba apprit à danser la salsa et Juan Camilo à se faire des contacts. Quand Beba le quitta, il travaillait comme assistant d'un membre du club, avait son permis bateau qui l'autorisait à naviguer avec des embarcations de plaisance et il préparait sa licence PPL de pilote privé. Le premier avait été payé par Beba. La deuxième, financée par le patron de Juan Camilo qui voyait en lui un homme travailleur, ambitieux et prêt à aller loin.

— Tu me laisses sans voix, dit Ana quand Beba lui annonça son divorce. Tu as dépensé une fortune pour le sortir de la misère et maintenant que les choses commencent enfin à aller bien pour lui, il se tire ?

— De la misère ? Quelle misère ? Juanca avait juste besoin d'une opportunité. Et il ne se tire pas, c'est moi qui ai rompu.

— Il t'a trompée ? Décidément, ce sont tous les mêmes.

— Tous qui ? Les hommes ? Les Colombiens ? Les immigrés ? Les hommes jeunes qui épousent des femmes plus âgées qu'eux ? Tu fais référence à quoi exactement ? demanda Beba, légèrement agacée.

— À tout ça. On dirait que tu continues à le défendre.

— Mais tu n'écoutes pas, c'est moi qui ai rompu. Juan Camilo ne veut pas me quitter.

— Alors pourquoi divorcer ? demanda Ana, incapable de comprendre.

« Pour ton mari », voulut répondre Beba, mais elle ne le fit pas.

AURORA, 1991

Aurora revint à Oviedo en pleine Semaine sainte, laissant derrière elle les traditions flamboyantes de Séville pour retrouver une ville où la dévotion se vivait avec une sobre austérité. Un ciel gris l'accueillit à la sortie de la gare, au bout de l'avenue principale, sérieuse et élégante sous la pluie. Elle inspira profondément l'air humide et resserra son manteau avant de parcourir les cinq minutes qui la séparaient de la nouvelle maison de sa fille. Nouvelle pour elle, car Agueda y vivait déjà depuis dix ans.

La ville avait beaucoup changé. Les petits commerces familiaux avaient laissé place aux franchises, certaines rues étaient devenues piétonnes, les dalles arboraient fièrement le blason d'Oviedo et la plupart des anciens immeubles des grandes artères avaient retrouvé toute leur splendeur, leurs façades en pierre nettoyées et blanchies.

Ce fut Ana qui, de retour à la maison pour les vacances de Pâques, ouvrit la porte. Aurora la reconnut à peine.

— Qu'est-ce que tu as changé ! Que tu es belle, ma p'tite ! dit-elle avec un léger accent andalou. Tu me ressembles tellement quand j'étais jeune. Tant mieux, parce que si tu ressemblais à ta mère…

Sa petite-fille la dévisagea, stupéfaite, alors qu'elle essayait d'échapper à l'étreinte de cette grand-mère qu'elle n'avait pas vue depuis l'enfance. Quand Agueda vit entrer dans son atelier de couture sa fille accompagnée de cette vieille femme corpulente dans laquelle elle reconnut sa propre mère, la craie bleue avec laquelle elle traçait le patron d'une robe lui échappa des mains et tomba au sol.

— Mère ? demanda-t-elle.

— Quelle différence ! Cet appart en plein centre-ville n'a rien à voir avec celui dans lequel vous viviez avant. Je vois que tu as bien investi l'héritage de Ferino, dit Aurora en observant la partie aménagée en atelier et en salle de cours. Maintenant, tu devrais investir un peu en toi, parce que tu as toujours la même allure, et tu sais bien que les dames aiment que leur couturière soit un exemple de ce à quoi les vêtements ressembleront sur elles. Tu as de bonnes clientes ?

Agueda, muette, hocha la tête. *Vous êtes bien placée pour critiquer la dégaine de qui que ce soit*, pensa-t-elle.

— Et quoi ? Tu ne vas même pas me prendre dans tes bras ? Élève des corbeaux…

Agueda enlaça sa mère avec maladresse, faute d'habitude.

— Vous revenez pour de bon ?

— Oui, je suppose que oui, au moins jusqu'à l'été. Tes frères arrivent quand pour les vacances ? Il faudrait organiser un déjeuner en famille tous ensemble. Tu as vendu la maison de Turón ?

Agueda hocha à nouveau la tête.

—J'ai mis l'argent sur un compte pour le jour où vous me le réclameriez.

—Tu peux le garder, je n'en veux pas. Mais comme je n'ai plus de maison, je vais devoir vivre ici. Tu sais bien que je peux m'accommoder n'importe où.

À ce moment-là, Jesús, alerté par la visite, entra dans l'atelier et regarda son épouse, les yeux interrogateurs, avant de s'approcher pour saluer sa belle-mère. Aurora vit son regard et dissipa tout de suite les doutes.

—Bonjour, mon gendre. Je vais rester chez vous quelque temps. Si ça te va, bien sûr. Je suis sûre qu'Agueda a besoin d'aide à l'atelier. Au cas où vous ne l'auriez pas remarqué, j'ai pris quelques kilos, mais je couds toujours aussi bien. Mieux encore, je dirais. Est-ce que tu sais déjà couper et faire des patrons, Ana ?

Ana secoua la tête.

—Mon truc, c'est l'architecture.

—Tant mieux, reconnut sa grand-mère. C'est bien plus rentable de construire une maison que de coudre une robe. Vous avez perdu votre langue ? Allez, racontez-moi tout, je parie qu'il s'en est passé des choses ici. Alors, après que ce journaliste vous a appelés il y a quelques années, personne d'autre n'est revenu poser des questions à mon sujet ?

—Ni sur vous, ni sur les Maghrébins, répondit Jesús, qui s'était déjà remis du choc. Allez, donnez-moi votre valise, je vais vous faire visiter la maison et vous montrer votre chambre. Votre fille l'a préparée depuis qu'on a emménagé, au cas où vous décideriez de revenir, et malgré toutes les années qui se sont écoulées, elle est toujours là, prête à vous accueillir.

—De quels Maghrébins parle papa ? demanda Ana à sa mère quand Jesús et Aurora sortirent de l'atelier pour se rendre dans la partie privée de l'appartement.

—Je n'étais pas née, répondit Agueda pour esquiver la question de sa fille.

—Ah, des histoires de la guerre.

AGUEDA, 1997

La nouvelle de l'assassinat à Séville d'une femme par son ex-mari, avec qui un juge l'avait obligée à vivre malgré les plaintes déposées pour les terribles violences qu'elle avait subies pendant des années, bouleversa Agueda et Aurora, qui, comme tous les soirs, regardaient le journal télévisé durant le dîner. Selon le reportage, l'homme avait aspergé son ex-femme d'essence avant de lui mettre le feu. Quinze jours plus tôt, la victime avait dénoncé sur Canal Sur le traitement sadique dont elle et ses onze enfants avaient souffert toute leur vie. L'extrait de son témoignage leur donna la chair de poule.

—Mon Dieu, quelle horreur ! dit Agueda en regardant le velouté de courgettes qu'elle venait de servir. Ça m'a coupé l'appétit.

—Pour ce genre de choses, il devrait y avoir la peine de mort, affirma Jesús, indigné.

—Eh ben ! En Espagne, c'est toujours le monde à l'envers, s'exclama Aurora. Tu verras que si maintenant un de ses fils le tue, on l'enverra en prison. Quand bien même tout le monde l'applaudirait. Le fils, je veux dire. Sous la dictature, la vie ne valait pas un sou, et maintenant, on ne peut même plus toucher les assassins.

—Bon, n'exagérez pas, ce que vous dites là, ça se passait pendant l'après-guerre, mais après, ce n'était pas comme ça, répondit Jesús, qui, en temps normal, n'aimait pas donner son avis pour éviter de se disputer avec sa belle-mère.

Mais, ce jour-là, il n'avait pas envie de se taire.

—Les dernières personnes fusillées remontent à 1975.

—Oui, des terroristes aux mains couvertes de sang. Ce n'étaient pas des citoyens ordinaires. Ou bien, selon vous, c'étaient des gens bien ?

—Facho et pédé, en voilà un combo, marmonna Aurora.

—Qu'est-ce que vous avez dit ? demanda Jesús en reposant sa cuillère sur son assiette.

—Oh, ça suffit ! intervint Agueda. À quoi ça sert de discuter de ça maintenant ? Pauvre femme… Quelle vie remplie de souffrances. Écoutez ce qu'ils disent : ses parents ne voulaient pas qu'elle se marie avec lui.

—Je vais chercher le plat, parce que ça, ça ne cale pas, dit Aurora en se levant de table.

Quand elle revint avec un plat de filets de porc panés, Agueda se souvint de quelque chose.

—Vous savez, mère, ce qu'on disait de votre amie Ramona au village ?

—De Ramona ? Plein de méchancetés : charbonnière, garçon manqué, brute, bagarreuse et d'autres insultes du même genre.

—Je parle de la mort du père.

Aurora fut sur ses gardes.

—Quel père ?

—Ben, celui de Ramona et de ses sœurs, qui d'autre ?

Aurora se détendit. Agueda ne parlait pas de Frutos.

—Qu'elles l'ont tué ? J'ai entendu cette histoire une fois, mais les gens ne venaient en général pas me raconter des ragots, encore moins sur Ramona. Ce que je sais, en revanche, c'est que cet homme était le diable en personne. C'était une brute, un sauvage qui leur a fait vivre un enfer. Si bien que la mère de Ramona a divorcé. Pendant la République, bien sûr. On lui a accordé le divorce pour cause de mauvais traitements, parce qu'il lui avait cassé la mâchoire à coups de gifles. C'est Paulino qui me l'a raconté.

—J'ai entendu dire que quand ils ont annulé les divorces prononcés sous la République en 1939, elles ont dû reprendre le père à la maison, mais il n'a pas tenu dix jours.

—C'était avant que je me marie et que je commence à fréquenter Ramona. Elle ne m'a jamais parlé de lui.

— On disait qu'elles l'avaient empoisonné et que le médecin, qui connaissait l'histoire, avait eu pitié d'elles et avait certifié qu'il était mort d'une crise cardiaque. Et comme à l'époque les autorités étaient plus occupées à attraper les communistes qu'à s'intéresser au père de Ramona, ç'a arrangé tout le monde.

— Et comment as-tu appris tout ça ?

— C'est Felisa, la voisine, qui le racontait à l'époque où vous alliez tous les jours au Service social et où on était tout le temps chez elle.

— Felisa, tiens donc ! Eh bien, tu en sais plus que moi. Mais connaissant Ramona, ça ne m'aurait pas étonnée qu'elle l'ait tué à coups de poêle. La seule chose que je peux te dire, c'est que si elle l'a fait, c'est qu'elle n'avait pas le choix. D'après ce que racontait Paulino, c'était un vrai démon. Et tu ne t'en souviens peut-être pas, mais sa sœur aînée, Ursula, s'est trouvé un mari pareil. Parfois, on dirait que l'histoire ne cesse jamais de se répéter dans les familles. Cela dit, Ramona lui a réglé son compte, au beau-frère, un jour à la mine. Elle l'a presque tué à coups de bâton.

— Felisa disait aussi que Ramona était comme son père, aussi grande, aussi laide et aussi brutale. Moi, je me souviens qu'elle avait des poils là, dit Agueda en montrant le dessous de son menton du doigt. Et une sacrée moustache !

— Physiquement, je ne sais pas si elle ressemblait à son père, parce que je ne l'ai jamais connu comme je te l'ai dit, mais pour le reste, non, elle ne lui ressemblait pas : Ramona était quelqu'un de bien.

— Quelle chance vous avez eue, vous, avec mon père ! Et moi avec mon Jesús.

— Avec Paulino, tu veux dire, dit Aurora sans réfléchir.

— Oui, avec papa.

— Bien sûr.

18

Ana, 2015

Malgré le mépris que lui manifestait ma grand-mère, ma mère s'obstinait à lui rendre régulièrement visite à la maison de retraite et ma fille Alba insistait pour la ramener chez moi chaque fois que ça lui chantait. J'essayais d'être présente dès que ma mère et ma grand-mère étaient là en même temps, car ça me faisait de la peine de voir ma grand-mère maltraiter ma mère et que j'étais convaincue qu'en ma présence, bisa, comme l'appelait ma fille, se modérait.

Un jour où ma mère était chez moi, Alba arriva avec bisa et, là, sur les énormes canapés en cuir jaune qui ornaient le salon, nous discutâmes un moment de tout et de rien. Entre autres, de meubles. Tout commença parce que ma grand-mère préférait s'asseoir sur une chaise design inconfortable, avec un dossier qui ne lui couvrait même pas la moitié du dos, plutôt que sur un autre siège.

— Si je m'assieds là avec vous, il vous faudra une grue pour me relever, et encore.

— Tu sais que ces canapés, comme tous les meubles de la maison, valent une fortune, lui expliqua ma fille.

— Tous sauf la Singer que ta mère avait mise là en plein milieu, répliqua ma grand-mère.

— C'est une pièce d'antiquaire maintenant, bisa, tu es en retard.

— Qu'est-ce que tu as fait avec ? J'espère que le ferrailleur l'a emportée.

— Ici, le ferrailleur ne passe pas, on ne le laisse pas entrer, répondit Alba, morte de rire.

— Personne ne l'a prise, je l'ai rangée pour ne pas t'entendre râler chaque fois que tu viens, mais je songe à la ressortir et la mettre dans ce coin-là, annonçai-je pour la faire enrager.

— Ne t'avise surtout pas de faire une chose pareille, sinon je ne remets plus les pieds ici, dit-elle en agitant son index d'un air menaçant. Dommage qu'Alba ne l'ait pas brûlée quand elle a mis la pagaille l'année passée.

— Ana pense à redécorer une partie de la maison, intervint ma mère pour détourner la conversation.

— Commence par ces canapés de l'enfer et achètes-en qui ne ressemblent pas à des flans aux œufs, insista ma grand-mère.

— Ce sont les chambres des enfants qu'on va changer. Carlos veut que la sienne ressemble à un train fantôme et Jesús a déjà dix ans, alors le bleu ciel doit disparaître. Paloma m'a donné l'adresse d'un magasin de meubles pour enfants dans une zone industrielle vers Las Rozas, j'y vais cette semaine.

— Ta belle-mère dans une zone industrielle ? J'ai du mal à l'imaginer, s'étonna ma mère.

— C'est une zone industrielle un peu différente. Il y a des magasins de marques avec des pièces originales et même exclusives. Il y a aussi beaucoup de décoration orientale et africaine. Et les magasins sont très beaux, ce ne sont pas des entrepôts.

— Une zone industrielle chic, ce n'est pas une zone industrielle, protesta ma grand-mère. C'est un centre commercial.

Je ne pus pas lui donner tort.

— Je peux t'accompagner ? demanda ma mère.

— Bien sûr. Et toi, ma puce, tu viens aussi ?

— J'adorerais, mais j'ai des examens et je suis à la ramasse. N'oubliez pas d'acheter des cachopos à la boucherie asturienne. Apparemment, ce sont les meilleurs de Madrid.

— Si tu veux des cachopos, je t'en prépare hein, je les fais super bien ! proposa ma mère, tandis que ma grand-mère ronchonnait en se demandant dans quel genre de zone industrielle on trouvait des meubles et des plats asturiens.

— Je suis sûre que les tiens sont meilleurs, mamie, mais goûte ceux-là et tu me diras s'ils sont bons ou pas.

— Si je comprends bien, cette boucherie est dans une zone industrielle entourée de magasins de meubles chics et ça doit coûter une fortune, dit bisa. Vous les riches, vous ne savez plus quoi inventer. Vous savez quoi ? Je viens aussi, je veux voir ça de mes propres yeux.

Ainsi, le mardi après le déjeuner, ma mère, ma grand-mère et moi prîmes la route de l'Európolis. Quand nous entrions dans un magasin, nous attirions plus l'attention que si les Marx Brothers étaient apparus en personne. Les vendeurs se précipitaient pour apporter un siège à ma grand-mère, non sans avoir choisi au préalable celui qui leur paraissait le plus solide, puis ils s'adressaient à moi avec attention. Quant à ma mère, elle était invisible à leurs yeux.

Quand j'eus une idée claire de ce que je voulais et que j'eus fait un choix parmi ce que proposaient les magasins recommandés par ma belle-mère, nous décidâmes de faire une dernière halte pour acheter les cachopos.

En arrivant à un rond-point sur le chemin de la boucherie, ma grand-mère se tendit. Sur un côté, deux membres de la Guardia Civil sortaient des couvertures et d'autres objets du coffre d'une vieille voiture. Un homme à l'allure arabe, qui semblait être le propriétaire du véhicule, leur expliquait quelque chose en faisant des grands gestes. Il était impossible d'entendre ce qu'il disait, car depuis la voiture, avec la radio allumée, nous n'entendions rien. Ma grand-mère avait peur de deux choses : des hommes à la tête de Maures, comme elle disait, et des gardes civils. Depuis toujours. Du moins, depuis que je la connaissais. Je souris devant ses préjugés sans faire de commentaire. Blaguer à ce sujet n'était pas une option, car elle se tendait immanquablement et se mettait à pester quand le sujet arrivait sur la table. Inutile de lui expliquer que les Maghrébins et la Guardia Civil de son époque n'avaient rien à voir avec les Marocains ni avec les gardes d'aujourd'hui.

— Ce sont leurs descendants, répondait-elle toujours, butée.

Les rues de l'Európolis étaient toujours pleines de voitures. En plus des places le long de la route, certains entrepôts avaient aménagé des places de parking pour leurs clients entre le trottoir et l'entrée de leur établissement. Je me garai là, sur l'une des trois places d'El Jamoncito, et non sans difficulté en montant sur le trottoir. Chargées de cachopos et d'autres mets, nous décidâmes qu'il était temps de rentrer. Ma grand-mère dînerait avec nous et passerait la nuit à la maison. Même Alba s'était jointe au programme.

Je démarrai et commençai à reculer avec précaution. Alors que mon Q7, de travers, occupait complètement le trottoir tandis que je guettais une accalmie pour m'insérer dans la circulation, les deux gardes civils que nous avions vus plus tôt au rond-point sortirent de derrière le bâtiment, où était installé un traiteur. L'un d'eux portait un sac en plastique, comme s'ils venaient d'acheter quelque chose. Ils s'arrêtèrent pour attendre que je termine de reculer, mais je leur fis signe de passer. Je préférais faire ma manœuvre sans que deux gardes civils m'observent. C'est alors que l'un deux tapa doucement à la vitre côté passager, celui où était assise ma grand-mère. Je baissai la vitre tandis que ma grand-mère baissait les yeux pour ne pas regarder cet homme en uniforme, un peu grisonnant et très séduisant. Je lui donnais au moins la trentaine.

— Vous voulez que l'on arrête la circulation pour que vous puissiez sortir sans problème ? me demanda-t-il avec un sourire que je trouvai ironique.

Je souris d'un air désolé. J'hésitai entre accepter et m'excuser. Je craignais qu'il soit en train de se moquer de moi.

Comme je ne répondais pas, il insista mais ses intentions me parurent encore plus confuses.

—Oui, non ? demanda-t-il.

Et je lui souris à nouveau, pétrifiée, sans dire un mot, tandis que ma grand-mère s'enfonçait dans son siège et que ma mère, à l'arrière, observait la scène les yeux écarquillés, comme je pouvais le voir dans le rétroviseur.

—Allez, dit son collègue, beaucoup plus jeune.

L'un arrêta les voitures qui descendaient et l'autre celles qui montaient, et je pus m'insérer dans la circulation facilement.

—Merci beaucoup, dis-je par la fenêtre.

—Ouais, répondit le plus vieux, en se tournant vers moi, le visage fermé.

J'en déduisis qu'il avait simplement voulu être aimable et aider une citoyenne et que, moi, je m'étais comportée comme une ingrate. Je rentrai chez moi, déconcertée. Ma grand-mère n'avait pas dit un mot pendant le trajet du retour, mais je vis du coin de l'œil que ses mains tremblaient.

—Il a vu que tu étais plus âgée et il a pensé que tu n'étais pas capable de sortir toute seule, plaisanta Carlos quand ma mère lui raconta la scène.

—Je te jure que j'ai cru qu'il était ironique et que, dès que je répondrais, il se moquerait de moi, voire qu'il me collerait une amende.

—C'était une situation compliquée, ma chérie. Qui oserait répondre ?

—Il a juste voulu être gentil. Et il était très beau, fit remarquer ma mère.

—Et très garde civil, ajouta ma grand-mère.

Ce soir-là, exceptionnellement, Carlos, convaincu par ma fille, dîna avec nous et les enfants. Seul Jesús refusa de goûter les cachopos, car à cette époque, il refusait de manger du fromage, sauf si c'était sur une pizza.

ALBA, 2018

La première fille qu'Alba présenta à un membre de la famille fut Irene, et la personne en question choisie pour un tel honneur, son arrière-grand-mère. Alba choisit Aurora parce qu'Irene était inquiète à l'idée de sortir avec la fille de l'un des plus grands entrepreneurs d'Espagne, dont l'entreprise apparaissait dans les pages économie des journaux une semaine sur deux. Alba voulait lui présenter sa famille sous un autre angle pour qu'Irene comprenne qu'elle n'était pas seulement la fille de Carlos Fresno, mais aussi l'arrière-petite-fille d'une couturière qui avait auparavant été charbonnière. En plus, elle se disait que si Irene ne fuyait pas après avoir rencontré Aurora, alors le reste de la famille ne devrait pas poser problème. Même sa grand-mère Paloma.

La présentation se fit dans un restaurant, car l'occasion le méritait et parce qu'Aurora se détendait et se montrait plus aimable devant un bon repas. Alba ne voulait pas non plus dépenser trop pour ne pas submerger Irene, alors elle opta pour un restaurant chinois, à la cuisine très soignée et proche de la maison de retraite de sa bisa, où les quatre générations de femmes étaient déjà allées ensemble lors de leur sortie annuelle à la découverte des cuisines internationales, pendant les dernières vacances de Noël. Les préjugés d'Aurora étaient tombés devant le canard laqué. Elle avait même laissé échapper un semblant de compliment : « Qui l'eût cru, de la part des Chinois ! Bien sûr, ils sont si nombreux et si disciplinés qu'il fallait bien que certains sachent cuisiner. »

Avant leur rencontre, Alba prévint Irene :

—Mon arrière-grand-mère est un peu spéciale, elle n'a aucun filtre et dit tout ce qui lui passe par la tête, mais si tu captes son fonctionnement, tu passeras un super moment. Elle a quatre-vingt-seize ans et au moins autant de kilos, dit-elle, et les yeux d'Irene s'écarquillèrent. Si elle dit une énormité, ce qui est plus que probable, ne lui en tiens pas rigueur.

Irene ne fut pas la seule qu'elle mit en garde avant le déjeuner, mais avec Aurora, elle se montra bien plus directe :

—Si tu me la fais fuir, bisa, je ne viendrai plus te voir et je te laisserai mourir d'ennui avec ma mère et mamie, alors sois sage.

—Je ne vois pas ce que tu veux dire. Je suis toujours sage. Comment je pourrais la faire fuir ? Regarde comme ton ami Fernando m'apprécie. D'ailleurs, le pauvre, il doit être contrarié. Il est déjà au courant ?

—Je ne sais pas dans quelle langue te dire que Fernando n'est pas amoureux de moi, il a une copine.

—Bien sûr, il en a eu marre d'attendre.

—Qu'est-ce que tu peux être têtue quand tu as une idée en tête.

Elles choisirent un jour en semaine où Irene ne travaillait pas pour le grand événement.

—Comme tu es jolie ! dit Aurora en voyant Irene.

Elle s'attendait à voir une femme rustre, couverte de tatouages, la tête rasée et aux manières brusques, mais Irene était une petite brunette aux cheveux mi-longs et au visage doux ; elle avait une voix agréable et, en plus de ne pas avoir de tatouages visibles, elle s'était faite belle pour l'occasion avec des bottines à talons, un legging noir et une veste ample rose. Quand Aurora apprit qu'elle était originaire de Séville, son approbation fut totale.

Alba fit la conversation en racontant à Irene des anecdotes amusantes sur la famille et en évitant soigneusement les sujets épineux. Aurora se comporta bien et Irene aussi.

—Bisa était une femme magnifique, commenta Alba, déjà plus détendue après avoir commandé les cafés.

—Meuf, c'est super impoli, la gronda Irene.

—Ne t'inquiète pas, Alba est la même que moi, elle dit ce qu'elle pense sans détour. Aujourd'hui, je suis un épouvantail, mais avant… Ah, avant ! Même passé la cinquantaine, je brisais des cœurs. Dans ta région, justement. Mon arrière-petite-fille t'a dit que j'avais vécu à Séville ? À l'époque d'El Palmar de Troya. Qu'est-ce que j'ai pu coudre comme soutanes pour ces curés vicieux et péd… Oh, pardon, je ne voulais pas être offensante.

—C'est pas grave. Je n'ai pas connu l'époque glorieuse d'El Palmar, mais j'ai entendu mes parents en parler. Mon grand-père les a arrêtés plus d'une fois, justement à cause des soutanes parce qu'ils les portaient sans être ordonnés. Il raconte toujours que celui qui est devenu pape et celui qu'on disait être son compagnon ont passé plus d'une nuit au poste.

—Ton grand-père était policier ?

—Garde civil. Je viens d'une famille de flics. Mon destin était tout tracé, expliqua-t-elle avec un grand sourire.

Irene ne comprit pas pourquoi le visage d'Aurora se transforma comme si elle avait vu un fantôme.

—Tu es garde civil ? Fille et petite-fille de gardes civils ?

—Et arrière-petite-fille. Je suis la première femme de la famille à entrer dans le corps, et en passant par l'académie.

Aurora chercha la main d'Alba sous la table et se tourna vers elle.

—Tu le savais ?

—Mais enfin, bisa, quelle question ! Bien sûr que je le savais.

—Et comme tu es une femme, évidemment, c'est pour ça que tu… Enfin, tu aimes les… Mon Dieu, quelle époque, quelle époque ! Bon, ramenez-moi à la résidence, je ne me sens pas bien. À tous les coups, ce canard qu'on nous a servi, c'était du chat. Comme pendant le rationnement.

Après avoir laissé Aurora à la maison de retraite, Irene interpella Alba :

—Tu m'expliques ce qui est arrivé à ton arrière-grand-mère ?

—Qu'est-ce que j'en sais ? Des séquelles de la guerre, je suppose. Elle a des manies très bizarres.

—Eh bien, ça commence bien avec ta famille.

—Toi, tu ne m'as pas présentée à la tienne. Moi, au moins, j'ai fait un effort.

—Je t'ai déjà dit qu'ils essayaient toujours d'accepter la situation, mais de là à leur présenter ma copine, on n'y est pas encore.

—Donc, ta famille a besoin de temps pour accepter que tu es lesbienne, mais la mienne n'a pas le droit d'en avoir besoin pour accepter que tu es garde civil ?

—Ce n'est pas la même chose ! Ma famille est très traditionnelle.

—Et bisa n'aime pas les gardes civils, chacun ses préjugés, rétorqua Alba avant de se raviser et d'ajouter : Je lui parlerai.

—Oui, vaut mieux. On l'emmerde, bisa.

—Ne parle pas comme ça. On laisse bisa tranquille.

—Je rentre, j'ai besoin d'être seule. On parlera demain, dit Irene en guise d'au revoir.

AGUEDA, 2002

Agueda comprit qu'elle vieillissait quand les pesetas disparurent. Elle se sentait incapable de compter en euros. Elle mettait un temps fou à savoir combien elle payait ses tissus et combien elle devait les facturer à ses clientes. Au début, cela ne lui parut pas étrange de se promener partout avec une calculatrice pour convertir les prix, et elle n'était pas la seule à le faire : les commerçants parlaient en pesetas, de nombreux magasins affichaient les prix dans les deux monnaies et tout le monde convertissait les euros en pesetas pour savoir combien ça faisait. Mais les mois passèrent et Agueda continuait d'avoir du mal. En revanche, Jesús comptait en euros au bout de trois mois, comme si les pesetas n'avaient jamais existé.

—Ne t'inquiète pas, chérie, ça arrive à plein de gens, la rassurait son mari.

—Oui, mais l'autre jour, j'ai perdu de l'argent sur la robe de baptême du petit-fils de Mme Argüelles. J'ai oublié de convertir en pesetas ce que m'avait coûté la soie sauvage ! Pas étonnant qu'elle soit repartie si contente. Ça lui a coûté trois fois rien.

—Ce n'est pas grave, on continuerait à vivre aussi bien même si tu offrais vingt tenues. On a assez d'argent pour le reste de notre vie et Ana n'en a pas besoin.

—Mais ces choses-là ne m'arrivaient pas avant.

—Eh bien, arrête de coudre. Tu as passé ta vie derrière ces machines.

—Bien sûr, à quatre ans de la retraite. Avec la pension ridicule d'indépendante qu'il va me rester.

—Alors continue juste avec l'atelier.

—Non ! On ne sait jamais ce qui peut arriver.

—De toute façon, tu trouves toujours quelque chose pour te plaindre, rien ne te convient.

—C'est bien les hommes, ça ! Vous ne comprenez rien, conclut Agueda, et Jesús abandonna la discussion.

Agueda était encore plongée dans ses tracas lorsqu'elle se rendit à son rendez-vous du week-end avec Florita. Elles avaient prévu de se retrouver le samedi après-midi pour goûter à La Mallorquina. C'était l'un des rares petits luxes que Florita s'autorisait ; elle vivait en tirant sur ses économies en attendant la retraite.

—Heureusement que tu m'as bien conseillée et que j'ai cotisé pour ma pension en tant que couturière, parce que quand on est jeune et qu'on gagne de l'argent, on ne pense pas à l'avenir. Ma pension sera très faible, mais avec un revenu fixe chaque mois, je n'aurai plus de problèmes.

—Tu toucheras la même chose que moi parce qu'on a cotisé pareil. Jesús me dit de prendre ma retraite tout de suite, d'arrêter de travailler ou de ne garder que l'académie.

— Tu as eu de la chance avec Jesús. C'est quelqu'un de bien.

— Il a ses défauts, mais c'est vrai qu'il a toujours été un mari et un père exemplaire.

— Il fréquente encore ces clubs pour hommes ?

— De moins en moins. Personne n'est parfait.

— Tu l'as dit, répondit Florita avant de baisser la voix. J'ai quelque chose de super important à te raconter.

Agueda se tut, attentive, mais le serveur arriva à ce moment-là avec deux décas et les gâteaux – un bartolo pour Agueda et un millefeuille pour Florita –, et la nouvelle dut attendre.

Quand le serveur s'éloigna de leur table, Florita se pencha vers Agueda.

— J'ai un petit ami, murmura-t-elle avant de se redresser avec un sourire.

— Mon Dieu ! Tu t'y remets ? À ton âge ? Tu as épuisé tes économies ou quoi ?

— Mais non, j'ai un vrai petit ami. Et il m'a demandée en mariage.

— Tu vas te marier ?

Agueda n'en revenait pas.

Florita acquiesça avec un air enthousiaste puis prit une bouchée de son millefeuille en se mettant plein de sucre glace sur le menton.

— Et ce monsieur sait que… demanda Agueda en se penchant vers elle pour lui essuyer le visage avec une serviette. Enfin, tu vois ce que je veux dire.

— Bien sûr que non.

— Et s'il l'apprend ?

— Je ne vois pas qui le lui dirait, rétorqua-t-elle en faisant la moue comme une enfant. Il sait pour Marcelo et pour José Luis, et que j'ai eu un enfant avec lui sans être mariée, mais c'est tout. Et il n'apprendra rien d'autre. Officiellement, j'ai été couturière à tes côtés toute ma vie. Tu dois me couvrir.

—Je te couvrirai autant qu'il le faudra, mais pourquoi te lancer dans une histoire maintenant ? Sors avec lui si tu veux, mais ne te marie pas. Il a quel âge ?

—Soixante-quinze ans. Sans enfant.

—C'est un vieux.

—Et nous, des petites fleurs du printemps, peut-être ? répliqua Florita avant de mordre à nouveau dans sa pâtisserie.

—À notre âge, c'est comme pour les enfants, la différence se voit beaucoup. Et prends une serviette, tu t'en es encore mis partout.

—C'est toujours comme ça avec les millefeuilles. Et ne cherche pas toujours la petite bête. En plus, je ne t'ai pas encore dit le plus gros.

—Allez, crache le morceau, la pressa Agueda avant de boire une gorgée de son café.

Cela lui avait coupé l'appétit et elle n'avait plus envie de son bartolo.

—C'est un colonel de la Guardia Civil. Retraité.

Le café ressortit par le nez d'Agueda, ce qui provoqua des regards réprobateurs aux tables voisines. Elle coupa son gâteau et mit un gros morceau dans sa bouche pour ne pas avoir à répondre.

Florita lui laissa le temps d'assimiler la nouvelle pendant qu'elle commandait un autre café au serveur. Agueda ne dit pas un mot tant qu'elle n'eut pas fini son bartolo, et Florita respecta le silence de son amie.

—Je ne sais pas quoi dire. Avec ce qu'ils t'ont fait en 1962… Je me souviens encore de ton état quand tu es sortie de la caserne, la tête rasée et le visage défiguré. Tu as perdu le bébé. Marcelo est mort en prison. Cet homme était déjà en service à l'époque, c'était l'un des leurs.

—Des leurs, non. Il n'était pas là-bas.

—Je me doute bien, mais il était sûrement ailleurs, à faire la même chose à d'autres.

—Ça n'est arrivé qu'ici, dans les Asturies, et lui travaillait à Madrid. En plus, pendant l'après-guerre, il n'était encore qu'un gamin.

—À Madrid aussi il y avait des horreurs.

—Il me jure que non. Après, il est entré dans l'antiterrorisme quand la situation avec l'ETA a empiré. On l'a envoyé à Bilbao et il n'a pas demandé son transfert quand il aurait pu ; il est resté là-bas à risquer sa vie. C'est un homme bien.

—Et cet homme veut te faire la même chose que les autres ? Je veux dire, que Julio et Augusto.

—Non, bien sûr que non ! Il veut juste faire de moi sa femme et qu'on passe ensemble le temps qu'il nous reste.

—Qu'il lui reste.

—Ça, on ne peut jamais le savoir, mais oui.

—Et tu dis qu'il est veuf ?

—Il a été marié pendant plus de quarante ans, mais ils n'ont jamais eu d'enfant. Sa femme est morte y a deux ans d'un cancer.

—Je vois. Et il n'aime pas la solitude. Tu te rends compte que tu vas finir par t'occuper d'un vieillard ? Et où vas-tu habiter ?

—Chez lui, à Gijón. Sa maison est plus grande que mon appartement, qu'on va mettre en location. Avec le loyer et sa pension, on vivra très bien.

—Mon Dieu, Florita, moi, à ce stade de ma vie, je n'arrive même pas à m'habituer à l'euro, et toi, tu te maries et tu repars à zéro. Avec un garde civil, en plus.

—J'aimerais bien que tu sois mon témoin.

—Tu te maries à l'Église ?

—Évidemment. Fermín est très traditionnel. Il va à la messe tous les dimanches. Il est très poli et galant avec moi. Tu sais qu'on a déjà couché ensemble et il était tellement respectueux ! J'ai tiré les cartes et je sais qu'il va te plaire.

—On verra.

—Allez, on va chez toi et on fait quelques tirages pour voir si ça te rassure.

Agueda ne vit pas les choses aussi clairement dans les cartes que son amie, mais elle préféra garder ses réserves pour elle. Et elle fit bien, car la prédiction de Florita se réalisa : Fermín plut à Agueda dès leur rencontre.

Alba, 2018

—Je peux savoir ce qui t'a pris hier ? protesta Alba, à peine arrivée dans la chambre que son arrière-grand-mère occupait à la maison de repos.

—Moi ? Tu n'as pas trouvé ça important de me dire qu'Irene était garde civile ? Comment as-tu pu me faire ça ! Même ta grand-mère ne te soutiendra pas là-dessus, alors qu'elle ne te dit jamais rien. Chaque fois qu'elle se souvient de l'état de Florita quand elle est sortie de la caserne, elle en est malade. De vrais sauvages !

—Je suis sûre que ce qu'ils ont fait à Florita était horrible, mais je suis encore plus certaine que ça n'a rien à voir avec Irene. Et puis… Florita ? Comment s'appelait l'homme avec qui elle s'est mariée ? J'étais présente à leur mariage, même si j'étais petite, et je ne me souviens presque pas de lui, mais je vous ai entendu dire mille fois qu'il était garde civil.

—Irene n'a pas pu commettre d'atrocités parce qu'elle n'était pas née, répondit Aurora en évitant la question de sa petite-fille. Mais son père ?

—Il n'était pas né non plus pendant la guerre.

—Ce n'était pas pendant la guerre, c'était bien pire juste après. Mais tu as raison, son père est sans doute plus jeune. Mais son grand-père, lui, c'est sûr.

—Allez, vas-y… Si tu remontes tout son arbre généalogique, elle finira par payer pour les péchés d'Adam et Ève. Son grand-père est sévillan et, à ce que je sache, il n'a jamais mis les pieds dans les Asturies. Enfin, peut-être en vacances, mais tu vois ce que je veux dire.

— Ça confirme ce que je dis, c'est l'un de ceux qui ont traité Cefe comme un esclave.

— Mais c'est qui, ce Cefe ? Bisa, tu ne serais pas en train de perdre la boule ? Maintenant, tu as une dent contre les gardes civils ? D'abord les Maghrébins, puis les flics. Ce sera qui, après ? Les boulangers ?

— Qu'est-ce que tu racontes, les boulangers ?

— C'est la même logique ! C'est certain qu'à un moment de l'histoire, il a dû y avoir un boulanger qui a fait des choses terribles. Ah, j'ai trouvé ! Leur pain contient du gluten, le poison du vingt et unième siècle avec le sucre, d'après ma grand-mère Paloma. Ça te fait un motif pour les mettre sur ta liste noire. Allez, on les boycotte, c'est aussi logique que ton histoire avec Irene. Les boulangers nous empoisonnent ! À bas les boulangers ! cria-t-elle en levant le poing.

— Et c'est moi qui perds la tête ? demanda Aurora sans broncher devant le comportement de son arrière-petite-fille.

— Écoute, bisa, Irene est ma copine, je l'aime beaucoup, elle est garde civile, elle protège les gens et aide autant qu'elle peut, répondit Alba en essayant de retrouver son calme.

— Elle t'a présentée à sa famille ?

— Pas encore. Ils sont très traditionnels.

— Donc ils n'acceptent pas votre relation ?

— Si, si, laisse-moi terminer. Tu sais que dans les années 1980, les gays et les lesbiennes ont soutenu les mineurs et qu'ils ont organisé une Gay Pride pour leur cause ?

— Ça ne s'est jamais produit.

— Ici, non, mais en Angleterre si, du temps de Thatcher.

— Et qu'est-ce que j'en ai à faire des Anglais ? Ce sont des gens bizarres, regarde la reine mère.

— Allez, on ajoute donc les Anglais à la liste.

— Qu'est-ce que tu essaies de me dire ?

—Qu'Irene est lesbienne, comme ceux qui ont soutenu les mineurs.

—Les Anglais ? Qu'est-ce que ça peut bien me faire ? Et puis, tu dis que c'était dans les années 1980 ? Irene n'était même pas née.

—Ah tiens ! C'est toi qui reprends cet argument maintenant.

Aurora se tut, se rendant compte qu'elle venait de se contredire.

—On réessaiera une autre fois, et tu as intérêt à te comporter comme un ange. Et avec mamie aussi. Je ne veux pas que tu t'en prennes à elle devant Irene.

—Ta grand-mère va venir ?

—Ma mère, ma grand-mère et toi.

—Ça promet. Et ton père ?

—Non, pas mon père. Notre relation est un peu tendue depuis que je suis partie de la maison. Et aussi parce qu'il est trop impressionnant, avec son poste de président de l'entreprise et tout ça. Je la lui présenterai, bien sûr, mais plus tard, quand ce sera officiel. Pour l'instant, juste à vous trois.

AGUEDA, 2002

Le 7 octobre 2002, un an après l'invasion de l'Afghanistan par les États-Unis à la recherche de Ben Laden et des autres chefs d'Al-Qaïda, à la suite des terribles attentats qui avaient fait tomber les tours jumelles de New York, Ben Laden était toujours introuvable et Fermín et Florita se jurèrent un amour éternel devant Dieu et leurs amis.

Le mariage eut lieu à midi en bord de mer, dans l'église San Pedro à Gijón. La journée avait commencé sous la bruine, mais à leur arrivée, les nuages laissèrent place à quelques timides rayons de soleil qui se reflétaient sur l'eau de la mer Cantabrique. La marée basse laissait voir le sable sur la majeure partie de la plage et les vagues se brisaient sur le rivage sans aucune force.

Agueda fut chargée d'habiller la mariée. Florita se maria dans un tailleur couleur écru. Le chemisier en soie vert foncé mettait en valeur le blond de sa coupe mi-longue et s'accordait avec la cravate de Fermín. Elle tenait en main un bouquet avec un simple ruban qui complétait sa tenue. Jesús s'occupa des détails du costume du marié, assorti aux couleurs de Florita. Ils étaient tous les deux magnifiques : Florita conservait sa beauté naturelle après six décennies de vie et de nombreuses souffrances, et Fermín, avec sa prestance militaire et son presque un mètre quatre-vingts, se distinguait par son élégance. Agueda et Jesús furent les témoins de leur mariage.

Ana assista à la cérémonie avec Alba et Carlos, alors âgés de sept et deux ans, qui apportèrent une touche de gaieté à la célébration. La nourrice philippine qui accompagnait Ana s'occupa de les divertir et emmena Carlos faire la sieste dès que le petit commença à se montrer grognon.

Aurora, qui avait refusé à trois reprises d'assister au mariage, avait finalement cédé lorsque Florita s'était présentée chez elle et lui avait lancé :

—Écoutez, soit vous venez, soit vous pouvez dire au revoir à votre sommeil pour le reste de votre vie, car si vous me laissez seule ce jour-là, ma grand-mère Herminia va vous rendre les nuits impossibles depuis l'au-delà.

Aurora savait très bien que grand-mère Herminia en était capable, et de bien pire encore, alors elle accepta, mais non sans poser une condition.

—S'il se marie en uniforme de garde civil, je m'en vais. Et je suis certaine que grand-mère Herminia sera de mon côté là-dessus.

Avec la promesse que Fermín se marierait en civil, Aurora se présenta à la cérémonie, vêtue d'une robe rose clair lui arrivant jusqu'aux chevilles, comme elle en avait pris l'habitude depuis que les kilos et la ménopause avaient couvert ses jambes de varices. Elle portait également un bibi assorti dans les cheveux et un sourire parfait avec lequel elle honora le marié, même si elle ne put s'empêcher de l'imaginer avec des cornes, une queue et crachant du feu.

Du côté du marié étaient présents son unique cousin encore en vie et sa femme, ainsi que deux amis qu'il s'était faits à force de les croiser lors de ses promenades sur la digue du Muro les matins ensoleillés, comme la plupart des retraités de la ville en avaient l'habitude. Quand ils se rencontrèrent, aucun d'eux n'avait d'amis. L'un était parti en Suisse quand il était jeune et, à son retour, il était devenu un étranger pour ceux qu'il avait tant peiné à quitter en partant. Le second s'était retrouvé seul après que ses amis de toujours furent soit placés en maison de retraite, soit morts. Poussés par la solitude, ils avaient commencé par faire exprès de se croiser, puis par se donner rendez-vous à une heure précise pour marcher ensemble ou pour boire un verre, et finalement, ils assistèrent au mariage de Fermín.

Le repas eut lieu à l'hôtel Begoña Park, à l'autre bout de la plage, où les jeunes mariés passeraient la nuit, à la demande de Fermín, qui voulait un mariage qui suive toutes les règles, selon ses propres dires, avec une nuit de noces et une lune de miel. Il avait choisi comme destination un circuit à travers Cordoue, Séville, Grenade et Malaga, avant de passer quelques jours à la plage à Nerja. Florita rêvait d'y aller depuis qu'elle avait vu *Le Bel Été*, mais l'occasion ne s'était jamais présentée et Fermín, qui voulait lui faire plaisir, avait trouvé un petit hôtel familial avec vue sur mer et table d'hôtes qui ouvrait en octobre.

—Depuis quand grand-mère fume-t-elle ? demanda Ana à sa mère en voyant Aurora sortir une cigarette d'un paquet de Winston et l'allumer avec dextérité. Et elle s'est commandé un cognac ?

—Va savoir, parce qu'elle ne boit pas d'habitude, mais elle fume depuis que je suis petite. Quand elle en a envie. Tu sais bien qu'elle fait toujours ce qu'elle veut.

—Elle a l'air de t'agacer. Qu'est-ce qui se passe ?

—Rien, chérie, ce n'est pas à cause de grand-mère. Je ne sais pas ce que Florita lui a dit, mais aujourd'hui, elle se comporte correctement. Elle avait l'air d'un bonbon au soleil quand Florita lui a présenté Fermín. Ce qui m'inquiète, c'est que ton père abuse un peu trop du whisky. Heureusement qu'on dort ici et qu'on ne doit pas rentrer à Oviedo.

—Tu sais bien que papa dépasse toujours un peu les limites dans ce genre d'événements. Mais pour une fois…

—Oui, dans ce genre d'événements…

Agueda ne voulut pas inquiéter sa fille en lui apprenant que ses excès étaient depuis longtemps quotidiens et qu'elle remarquait que le blanc de ses yeux jaunissait de plus en plus.

—Vive les mariés ! cria Jesús à ce moment-là, attirant sur eux tous les regards du restaurant.

ALBA, 2018

La présentation d'Irene à Ana et Agueda, la deuxième rencontre avec Aurora, se passa bien, du moins mieux que la première.

—Ce n'est pas tous les jours qu'on a l'occasion de rencontrer quatre générations de femmes d'une même famille. C'est émouvant de vous voir toutes ensemble, dit Irene pour briser la glace.

—Et toi, tu es la première personne que ma fille nous présente, donc tu dois être quelqu'un de très spécial. Nous sommes très touchées, répondit Ana en signe de bienvenue.

La rencontre eut lieu chez les Fresno, sans Carlos, qui était d'accord pour ne pas y assister. Si cela finissait en mariage, ce serait une autre histoire. Pour l'instant, il préférait aussi que les femmes s'en chargent. Il voulait laisser à sa fille de l'espace pour exprimer sa rébellion et mûrir. Il continuait d'espérer qu'Alba rejoindrait un jour l'entreprise et il savait qu'être une femme ne l'y aiderait pas. Et être lesbienne, encore moins. Mais c'étaient les cartes que sa fille avait tirées, et il faudrait jouer avec.

Elles prirent un café, des *carbayones* et des biscuits moscovitas, qu'Ana avait achetés pour offrir à Irene des produits asturiens et pour apaiser grand-mère Aurora. Les moscovitas avaient le pouvoir magique de la mettre de bonne humeur.

Avant l'arrivée d'Irene, Alba informa sa mère et sa grand-mère de son métier.

—Irene est lieutenante dans la Guardia Civil. Elle vient d'une famille de gardes civils.

—Très bien, ma chérie, comme ça, tu es protégée, dit Agueda.

—Je n'ai pas besoin que qui que ce soit me protège, répliqua Alba, un peu agacée. Ça ne te dérange pas qu'elle soit garde civile ?

—Pourquoi ça me dérangerait ?

—À cause de ce qui est arrivé à Florita.

—Et à tant d'autres, ajouta Aurora.

—Et qu'est-ce que cette fille a à voir avec ça ? demanda Agueda, un peu perdue.

—Rien, mamie ! Tu sais, bisa perd un peu la tête, comme nous l'a expliqué le médecin.

—Ouais, c'est moi la cinglée.

—Restons calmes et accueillons Irene comme Alba le mérite, dit Ana.

La rencontre se passa bien. Elles goûtèrent, discutèrent et rirent même ensemble. Toutes prirent soin de ne lancer aucun sujet épineux ou délicat. Aurora resta silencieuse et Irene fit mine de ne pas le remarquer.

—Tu en as pensé quoi ? demanda Alba à Irene quand elles reprirent la voiture vers Madrid.

—Ta grand-mère et ta mère sont adorables. Ton arrière-grand-mère, par contre, n'a pas ouvert la bouche.

—Elle est presque centenaire, je crois qu'on peut lui pardonner.

—C'est vrai.

—Alors, tu me présenteras à ta famille ? Au moins une personne, ça me suffirait déjà.

—On pourrait commencer par mon frère.

—Le garde civil ?

—Non, pas Curro. Pablo.

—L'ingénieur. Celui qui travaille au contrôle technique ?

—Provisoirement. Il va intégrer une équipe de Formule 1. Mais oui, lui.

—Vous êtes tellement nombreux que je m'y perds. C'est pas commun aujourd'hui, les familles de huit enfants.

—C'est le cas de ma famille et j'en suis fière. Mes parents ont pu payer des études à tous ceux qui voulaient en faire.

—Tu as raison, pardon, c'est juste que si je les connaissais, je me souviendrais mieux de chacun.

—Ça viendra, petit à petit.

Trois jours plus tard, Irene rompit avec Alba. Elle mit dix-neuf jours et cinq cents nuits à l'oublier, comme dans la chanson de Sabina. Dix-neuf jours parce qu'au vingtième elle décida de ne plus jamais parler d'elle et cinq cents nuits parce que ce fut à peu près le temps qui s'écoula avant qu'elle rencontre Deva. Mais elle n'oublia jamais sa dernière conversation avec Irene.

—Il y a un poste vacant à Séville. Mon père a joué de ses contacts et je pars.

Alba se figea.

—Et le déménagement ? Je te rappelle que tu es censée emménager avec moi samedi.

Irene haussa les épaules.

— C'est parce que j'ai insisté pour rencontrer ta famille ? demanda Alba, mais Irene resta silencieuse. Sérieusement, tu comptes me quitter sans me donner d'explication ? Je dois deviner ?

— Notre relation n'a pas d'avenir. Toi, tu veux te promener main dans la main, vivre ensemble, avoir des enfants, fêter Noël en famille et te battre ouvertement pour les causes féministes, LGBT et toutes celles qui te passent par la tête. Tu es une idéaliste.

— Et qu'est-ce qu'il y a de mal à ça ?

— Moi, je veux être la première femme colonelle du corps. Puis, générale. C'est ma priorité.

— Et ce que je fais, c'est justement la seule chose qui peut permettre aux femmes d'aller là où tu veux arriver.

— Tu fais ce que tu fais parce que tu es blindée de thunes. Essaie de naître dans une famille où chaque euro compte pour finir le mois et où tes parents se tuent à la tâche pour pouvoir te payer des études, et on verra si tout te semble aussi facile. Je suis sûre que tu ne passerais pas ton temps à mettre le feu dans le parc du Retiro. Tu peux te le permettre parce que ton père paie la caution et tout le reste. Tu n'as pas besoin de bosser à temps plein ni de vendre tes œuvres pour bouffer ou payer ton loyer. Si tu n'étais pas la fille de ton père, tu crèverais la dalle. Ou pire, tu serais obligée de travailler. Ou de préparer les concours pour enseigner les arts plastiques dans un collège paumé, parce que je te rappelle que tu as fait les beaux-arts. Et tu ne vivrais certainement pas toute seule en te vantant d'être indépendante alors que ton riche papa paie toutes tes factures. Tu vivrais chez tes parents, qui n'auraient pas une maison de mille mètres carrés mais un appart de quatre-vingts, et là, tu verrais le monde complètement autrement.

— Tu veux dire que je serais devenue une lâche comme toi ? lui lança Alba.

Et pendant longtemps, elle regretta ces paroles.

AGUEDA, 2008

Florita vécut la période la plus agréable de sa vie aux côtés de Fermín. Sans souci d'argent et sans personne à qui laisser un héritage, ils sortaient dîner tous les vendredis et déjeuner tous les dimanches, partaient en vacances quatre fois par an, se promenaient chaque après-midi sur la promenade du Muro de San Lorenzo et s'installaient en terrasse pour boire un verre dès que le temps le leur permettait, face à la mer, comme Florita aimait tant le faire.

Leur amour dura six ans, jusqu'à ce qu'un caillot vienne obstruer une artère dans le cerveau de Fermín et l'envoie à l'hôpital.

—Le caillot a atteint une zone inaccessible et nous ne pouvons pas opérer. Nous lui administrons un traitement pour le dissoudre. Pour l'instant, la seule chose à faire est d'attendre, expliquèrent les médecins à Florita.

Quarante-huit heures après son admission aux urgences, Fermín, conscient et stable, se confia à Florita.

—Je ne veux pas mourir sans te dire la vérité sur moi. J'ai aussi commis des atrocités. Rarement de mes propres mains, mais je les ai ordonnées et je les ai toujours tolérées. À l'époque, les détenus n'avaient aucun droit et obtenir les informations dont nous avions besoin était la priorité absolue. Surtout quand j'étais dans l'antiterrorisme. Ce que je peux te jurer, en revanche, c'est que je n'ai jamais touché une femme et que je suis vraiment désolé pour ce qui t'est arrivé. Ç'a dû être terrible et ça n'aurait jamais dû se produire. Mais je ne vais pas te mentir : dans les mêmes circonstances, j'agirais de la même façon. Je faisais mon devoir et je ne regrette rien.

Florita sentit qu'elle manquait d'air.

Fermín avait l'air démuni, avec la perfusion et les médicaments qui entraient par la veine de son bras, le pyjama bleu de l'hôpital, les joues creusées par l'absence de son dentier et sa barbe blanche naissante qu'il n'avait pas rasée depuis son admission.

—Pourquoi m'as-tu menti ?

—Pour la même raison que toi, à cause de ce qui nous a poussés à faire semblant de nous croire mutuellement : parce que c'était notre dernière chance.

—Moi, je t'ai vraiment cru.

—Et malgré ça, tu n'as quand même pas été sincère avec moi.

—Parce que tu ne m'aurais jamais acceptée !

—Bien sûr que non. Mais toi non plus.

—La différence, c'est que moi, j'aurais peut-être pu vivre avec ton passé. Toi, tu n'aurais jamais pu vivre avec le mien.

—Ne te méprends pas, Florita, j'ai vécu avec ton passé. Ce que je n'aurais pas supporté, c'est que tu m'en parles. Et toi, tu peux composer avec le mien ?

—Je ne sais pas. C'est difficile d'accepter que son mari est un assassin tortionnaire et un menteur.

Les larmes aux yeux et la colère montant jusqu'à ses joues, Florita se leva et quitta la chambre. Elle sortit de l'hôpital, bien décidée à ne jamais revenir, à abandonner Fermín à son sort, comme l'avaient fait avec elle tous les hommes qu'elle avait rencontrés dans sa vie.

En sortant, elle fut prise d'un haut-le-cœur et dut se réfugier dans un coin pour vomir sur la pelouse, sous le regard dégoûté de ceux qui entraient à l'hôpital. Elle inspira plusieurs fois l'air frais et humide de la mer Cantabrique puis se mit à marcher sans but pendant plus d'une heure, jusqu'à se retrouver à la gare.

—Un billet pour Oviedo, s'il vous plaît, demanda-t-elle au guichet.

Elle attendit assise sur les sièges inconfortables de la gare les quinze minutes qu'il fallut au prochain train pour arriver.

Elle ne parvint pas à contrôler ses pensées pendant le trajet vers Oviedo, comme si son cerveau tournait à une vitesse qu'elle était incapable de maîtriser. Lorsqu'elle arriva, étourdie par ce tourbillon mental qui la torturait, elle entreprit de parcourir à pied les cinq cents mètres qui séparaient la gare de la maison d'Agueda, mais elle s'arrêta un pâté de maisons avant pour entrer dans la basilique San Juan el Real. En plein milieu de semaine et à midi, elle était presque vide. Il n'y avait que quelques vieilles dames en train de prier, des habituées, et quelques âmes tourmentées venues chercher refuge, comme elle. Elle s'agenouilla sur l'un des bancs de bois du fond et pria pour elle, pour Fermín et pour ne pas se tromper. Quand elle eut terminé sa prière, un peu plus apaisée, elle ressortit et parcourut les quelques mètres qui la séparaient de la maison de son amie.

— Qu'est-ce que tu fais ici ? demanda Aurora dès qu'elle ouvrit la porte. Agueda m'a dit que ton mari était mal en point.

— Je dois parler à Agueda. Tout de suite.

— Elle donne son cours de dentelle, mais si c'est urgent, je peux la remplacer, répondit Aurora, prévenante, avant d'ajouter aussitôt à voix basse : Qu'est-ce qui se passe ? Le poulet t'a frappée ?

Florita ignora Aurora et traversa l'entrée jusqu'à la porte qui menait à l'atelier, séparé du reste de la maison. Dix femmes assistaient au cours ; toutes avaient plus de la cinquantaine et se débattaient avec des vestes, des culottes ou des chaussons roses, bleus, blancs et, pour la plus audacieuse, jaunes.

— Ta mère va te remplacer. Je dois te parler.

Aurora entra, prête à prendre les rênes du cours, sous le regard déçu de certaines élèves tandis que d'autres semblaient amusées. Au moins, ce matin-là, elle s'était douchée.

— Je ne peux pas retourner à l'hôpital près de lui, conclut Florita après avoir raconté à son amie ce qui s'était passé.

— Tu es sa femme et il n'y a pas si longtemps tu me disais que les années que tu as passées avec lui ont été les meilleures de ta vie. Ça change vraiment tant les choses ? Tu ne t'en doutais vraiment pas ?

— Non. J'ai passé ma vie à encaisser des coups et, cette fois, je pensais que c'était mon tour d'être heureuse.

— Et tu l'es. Retourne là-bas. Il est hors de danger maintenant ?

— Non, pas tant que le caillot ne sera pas résorbé, mais les médecins disent qu'il diminue et qu'il ne s'est pas déplacé. Je ne peux pas retourner auprès de lui. Il me dégoûte, vraiment.

— Tu as eu trop d'émotions ces derniers jours, il a failli mourir et…

À cet instant, le portable de Florita sonna dans son sac.

— Ça doit être lui, j'ai déjà bloqué deux de ses appels, dit-elle sans bouger pour répondre.

Le téléphone s'arrêta puis se remit aussitôt à sonner.

— Numéro inconnu, lut Florita.

— Réponds, c'est peut-être important.

Florita décrocha et Agueda la vit pâlir en écoutant son interlocuteur.

— Le caillot s'est déplacé et a bouché une artère, annonça Florita. Ils l'ont plongé dans un coma artificiel.

— Qu'est-ce que tu veux faire ?

Florita la regarda, les larmes aux yeux.

— Tire-moi les cartes.

— Maintenant ?

Après un seul tirage rapide, les deux amies craignirent le pire.

— Je viens avec toi, dit Agueda en attrapant son sac et son manteau.

— Et tu laisses les élèves avec ta mère ?

— Aujourd'hui, elle est de bonne humeur, tu entends comme elles rient ? Tu la connais, quand elle veut, elle peut être charmante. Plus que moi. En plus, ce sont des élèves de longue date, elles la connaissent bien et ne s'effraient plus de ses remarques. Si je ne ferme pas l'atelier, c'est pour elles ; ça me ferait trop de peine de perdre ce lien. Ces petits moments trois fois par semaine me font vivre. Ça fait tant d'années qu'on brode, qu'on tricote et qu'on bavarde ensemble ! Je ne les fais même plus payer, depuis que je suis à la retraite, je trouve ça injuste. En échange, elles m'apportent des gâteaux, des chocolats et quelques bricolages qu'elles font dans un autre atelier après celui-ci. Pardon, je me suis mise à parler comme un moulin tellement je suis nerveuse. Allez, on y va, j'ai tout ce qu'il faut.

Fermín mourut trois jours plus tard. Il ne se réveilla jamais. Florita porta le reste de sa vie la culpabilité de s'en être réjouie, car elle ne se voyait pas retourner vivre à ses côtés. Elle retourna dans son appartement, vendit celui de Fermín et, avec l'argent de la vente et sa pension de veuve, elle essaya de voyager. Sa première destination fut Benidorm, où elle partit pour un mois, qui se prolongea jusqu'au printemps. L'hiver suivant, elle y retourna. Elle se trouva des petits amis sans engagement, dansa jusqu'à l'épuisement et profita chaque jour de la vue sur la mer. Quand elle contemplait l'horizon, elle ne pensait pas à Fermín mais à Marcelo, à son pauvre Marcelo. Elle se souvenait de lui le jour de leur rencontre, si beau et élégant. Ou le jour de leur mariage, lors de leur nuit de noces, maladroite et heureuse, avec cette sensation réconfortante d'être dans ses bras. Mais surtout, celui que Florita revoyait sans cesse, c'était Roberto, et elle s'imaginait avec Marcelo et le bébé en train de se promener au bord de la mer, comme si Roberto avait été l'enfant de Marcelo, celui-là même que cet horrible caporal Pérez lui avait arraché à coups de pied.

Aurora, 2018

Aurora attendait son arrière-petite-fille assise dans un fauteuil de l'accueil de la maison de retraite, avec sa petite valise à roulettes, prête à partir. Alba devait venir la chercher pour dîner chez Ana et, comme d'habitude lorsqu'elle dînait là-bas, elle y passerait la nuit. Dès qu'elle la vit, Aurora remarqua que quelque chose n'allait pas.

— Qu'est-ce qui se passe ? Ça ne va pas ? demanda-t-elle.

— Non, au contraire, je redeviens célibataire. Je suis libre comme l'air.

— Elle t'a quittée ? Je le savais, que cette fille n'était pas faite pour toi.

— Ouais, parce qu'elle était garde civile. Laisse tomber, bisa.

— Je ne parlais pas de ça. Ça se voyait à des kilomètres que tu l'aimais plus qu'elle ne t'aimait. Erreur de débutante. Tu ne pourras être heureuse qu'avec quelqu'un qui t'aime plus que ce que tu l'aimes, lui. Enfin, elle. Et avant que tu ne me dises quoi que ce soit, ne me sors pas de bêtises sur l'équilibre. Il y en a toujours un qui a peur que l'autre s'en aille parce qu'il croit que c'est sa moitié. C'est celui-là qui perd à la fin.

— Eh bien, super philosophie. Mais ne t'inquiète pas, c'est fini pour moi. Quand je voudrai avoir des enfants, j'irai dans une clinique de fertilité ou je trouverai un père qui cherche la même chose, et voilà. Le reste du temps, des plans cul sans complications.

Aurora essaya de se lever pour prendre son arrière-petite-fille dans ses bras, mais elle avait du mal à bouger.

— Saleté de fauteuil. Aide-moi, ma p'tite, tu ne vois pas que je n'y arrive pas ?

Alba la prit par le bras et la tira vers le haut pour l'aider à se lever.

—Ils feraient mieux de mettre des chaises, non ? C'est une maison de retraite quand même. Ces bourges…

Elle râla jusqu'à la voiture et ce ne fut qu'une fois assise sur le siège passager qu'elle se souvint qu'elle voulait prendre son arrière-petite-fille dans ses bras.

—Ça passera. Dans la vie, tout finit par passer, le bon comme le mauvais, dit-elle en lui caressant les cheveux.

—Sûrement, bisa, sûrement. Je ne vais pas rester bloquée sur une nana à qui je ne plais même pas. Tant pis pour elle.

—Et essayer avec des hommes… ? Ils ne te plaisent même pas un petit peu ? Parce que je vois qu'avec les femmes, on ne souffre pas moins. Et il y a d'autres inconvénients.

—Bisa, commence pas ! la réprimanda Alba avant de faire démarrer la voiture.

AGUEDA, 2010

L'appel du commissariat de Gijón surprit Agueda alors qu'elle se promenait avec Jesús dans le quartier historique d'Oviedo. C'était un dimanche, il faisait beau et ils étaient sortis boire un vermouth comme tant d'autres habitants de la ville. Retraités tous les deux, ils se promenaient tous les après-midi et les dimanches matin, mais le vermouth était exceptionnel, car Jesús mangeait de moins en moins et buvait de plus en plus, et Agueda devait rester vigilante pour qu'il ne tombe pas malade.

—Deux vermouths et puis on rentre, l'avertissait toujours Agueda avant d'entrer dans le bar.

Jesús n'essayait plus de commander de troisième, sachant qu'Agueda l'en empêcherait, mais il courait chez lui pour se prendre un whisky après le déjeuner. Mais à peine son verre servi, Agueda rangeait la bouteille et fermait l'armoire à clef jusqu'au dîner.

—Laisse-le tranquille, enfin, lui disait Aurora de temps en temps. Ton mari est fichu. Cette couleur jaunâtre ne présage rien de bon. Au moins, ne lui gâche pas le temps qui lui reste à vivre.

Mais Agueda l'ignorait. Elle paniquait à l'idée de devenir veuve. Elle ne concevait pas la vie sans Jesús, et même si elle ne pouvait pas l'empêcher de boire, elle pouvait éviter qu'il soit ivre mort, littéralement.

Alors qu'ils passaient sous l'arche de la mairie pour se diriger vers la cathédrale, Agueda sentit une vibration dans son sac. C'était un numéro inconnu.

Elle fit signe à Jesús pour qu'ils s'abritent sous les arcades et répondit.

—Agueda Muñiz Cangas ? Ici la Police nationale.

Un frisson de peur instinctive la saisit. Ça ne laissait présager rien de bon.

—Connaissez-vous Mme María Flor Prieto Fernández ?

—Florita ? Bien sûr ! Que lui est-il arrivé ?

—Elle est tombée dans la rue, des passants ont appelé les secours et nous l'avons retrouvée désorientée. Elle est à l'hôpital, les médecins l'examinent. Elle a demandé que nous vous appelions pour que vous puissiez prévenir Marcelo et grand-mère Herminia. Vous étiez dans ses contacts d'urgence.

—Marcelo et Herminia ? répéta-t-elle, très nerveuse. Oh, mon Dieu, Florita ! Mais j'ai parlé avec elle hier après son retour de Benidorm, elle allait bien. On devait se voir cet après-midi. Dans quel hôpital est-elle ?

Ce jour-là, ils zappèrent le vermouth. Agueda et Jesús se dépêchèrent de prendre la voiture. Sans manger. Bien que depuis un moment Jesús évite de prendre le volant, ils firent une exception à ce moment-là.

—Tu vas trop vite, commentait Agueda de temps en temps.

—Chérie, je roule à quatre-vingts. Tout le monde me dépasse.

—C'est leur problème.

À leur arrivée, ils durent attendre plus de deux heures avant de pouvoir voir Florita et avoir des nouvelles des médecins. Jesús acheta deux sandwichs à la cafétéria, en profita pour avaler deux whiskies cul sec, puis revint auprès de sa femme. Agueda refusa de manger.

—Je n'ai pas faim. Tu sens l'alcool. Tu as bu ?

—Juste un petit verre.

Agueda ne fit pas de commentaire, car elle ne pouvait penser qu'à la perte de son amie. C'est pourquoi son visage s'illumina quand ils purent enfin la voir et que Florita s'adressa à elle comme toujours.

—Ah Agueda, quel bonheur de te voir ! Figure-toi que je me suis cassé la hanche.

—Tu nous as fait une sacrée peur ! Que s'est-il passé ?

—J'ai eu un vertige et je suis tombée. J'étais fatiguée du voyage, j'avais mal dormi et je n'avais pris qu'un café au petit déjeuner.

—Quel soulagement que ce ne soit que ça ! La police m'a raconté des choses très étranges.

—Je dois me faire opérer. Je vais rester hospitalisée quelques jours.

—Je sais, c'est juste que, pendant un instant, j'ai eu peur que ce soit autre chose. Qu'est-ce que tu veux que je t'apporte ? Des magazines ? Des vêtements ? Une plante pour que la chambre soit un peu moins triste ?

—Quand vient grand-mère Herminia avec Roberto ? Vous avez prévenu Marcelo ?

Agueda pâlit.

—Comment ça, Florita ?

—Je veux les voir. Mon petit garçon me manque. Et que Marcelo vienne quand il aura fini son service, qu'il mange un peu. J'ai préparé un ragoût avant de partir, au cas où je rentrerais tard.

—Bien sûr, Florita, bien sûr, répondit Agueda, tentant en vain de retenir ses larmes.

Florita resta deux semaines à l'hôpital pour sa hanche cassée. Pendant ce temps, les médecins confirmèrent ce que laissaient présager les symptômes : Florita souffrait d'Alzheimer à un stade modéré. Avant de faire part de leur diagnostic, ils posèrent beaucoup de questions à Agueda, auxquelles elle ne sut pas répondre.

—Savez-vous si quelqu'un dans sa famille en a souffert ? Le facteur génétique est très important pour cette maladie.

—Sa grand-mère maternelle non, son père non plus. Sa mère est morte quand elle était enfant, et je ne connais personne d'autre dans sa famille.

—Vous n'avez jamais remarqué de symptômes avant cela ? Des petits oublis, de la confusion ou de la désorientation ?

—Cela fait plusieurs mois que je ne l'ai pas vue, s'excusa Agueda. Elle a passé tout l'hiver à Benidorm et a toujours été distraite, même enfant.

Quand ils eurent terminé, la doctoresse fut catégorique :

—Cette femme ne peut pas vivre seule.

—Elle n'a pas de famille.

—Alors, c'est vous qui vous en occuperez ?

—Et si je ne le fais pas, que se passe-t-il ? demanda Agueda, très agacée.

—Laisse tomber, dit Jesús. On va mettre Florita dans la voiture et la ramener à la maison.

Agueda chercha une maison de retraite privée avec un joli jardin, assez proche du centre d'Oviedo pour pouvoir aller rendre visite à Florita tous les jours. On l'accepta en échange de l'appartement de Gijón, de l'argent restant de la vente de celui de Fermín et de sa pension complète jusqu'à son décès.

Chaque après-midi, après le déjeuner, Florita recevait la visite de son amie. Même Aurora se décida à l'accompagner parfois. Certains jours, elle était très lucide, parlant surtout de son enfance et de sa jeunesse à Turón, mais d'autres, elle confondait Agueda avec sa grand-mère Herminia et même avec sa mère.

Ce fut précisément en voyant Florita dans cette résidence qu'Aurora décida de partir pour Madrid dès qu'elle apprit par son propre médecin le diagnostic de démence sénile, bien qu'Agueda lui reproche de partir justement au moment où Jesús était si fragile et alors que Florita était dans cet état.

— C'est justement pour ça que je pars, parce que je ne sers à rien ici, dit Aurora.

Agueda ne cessa pas de profiter de la compagnie de son amie, tant les jours où Florita était lucide que ceux où elle la reconnaissait à peine et où elle rentrait chez elle triste et en larmes. Jusqu'au jour où un infarctus inattendu l'emporta. Comme celui qui avait emporté sa mère et sa grand-mère Herminia. Foudroyant. En se levant du lit. L'aide-soignante la trouva morte quand elle vint l'appeler pour descendre prendre le petit déjeuner. Ce lundi de juillet 2012, ils avaient été plus tolérants : depuis la veille au soir, la sélection espagnole était championne du monde de football, et les personnes âgées étaient restées éveillées tard pour regarder les célébrations, et avaient même ouvert quelques bouteilles de cidre El Gaitero, si bien que personne ne s'était inquiété que Florita fasse la grasse matinée.

Quand on la trouva par terre, déjà froide, au pied du lit, l'alarme de son portable continuait de sonner, imperturbable.

19

Ana, 2018

Je mis des années avant de parler à Rubén, mon psychologue, des nuits où la faim et l'angoisse me dévoraient et où, quand je parvenais à me retrouver seule, je me préparais un dîner qui consistait généralement en un grand sachet de frites et une quantité démesurée de charcuterie ibérique. Ce que je préférais, c'était le chorizo. Tout cela arrosé de gin tonics et avec de la glace au chocolat en dessert. Jusqu'à ce que je sente mon estomac enfin apaisé. Ce n'était qu'alors que j'allais aux toilettes pour me faire vomir, puis que, épuisée, je m'endormais. Grâce à cette habitude, j'évitais les kilos en trop et la gueule de bois quand je ne supportais plus la faim et que j'avais besoin de manger jusqu'à ce que mon estomac ne puisse plus rien accepter. C'était ma belle-mère qui m'avait appris l'astuce pour me faire vomir pour que ma balance n'affiche jamais plus de cinquante kilos, le poids esthétiquement adéquat pour mon mètre soixante-neuf. Mon apparence était parfaite selon les standards de beauté applicables aux femmes de la quarantaine, des standards impossibles à atteindre naturellement, que Hollywood et les magazines nous présentaient chaque jour comme normaux à travers les visages défigurés, lisses et brillants des actrices qui, passé quarante ans, devenaient des caricatures d'elles-mêmes à vingt ans. Mon physique correspondait à ce qu'on exigeait de moi grâce au chirurgien esthétique de ma belle-mère, qui m'injectait du botox et de l'acide hyaluronique tous les six mois aux endroits nécessaires, et aux soins de son centre esthétique, qui maintenaient ma peau ferme et sans taches, et mon corps sans cellulite ni ramollissement, préservant ainsi les effets de la liposuccion que j'avais subie après la naissance de Jesús. Pour mon cinquantième anniversaire, Paloma avait l'intention de m'offrir un lifting, que je devais faire environ six mois avant la fête. Un jour, par curiosité, je calculai la somme que j'avais dépensée en traitements esthétiques et chirurgicaux, et je me rendis compte que c'était beaucoup plus que ce que certaines personnes, y compris celles qui travaillaient chez moi, allaient gagner durant toute leur vie. J'eus l'idée d'en parler à Paloma justement lors de l'un de nos rendez-vous de botox et soin vitaminé, et elle me dévisagea d'un air complice.

—N'est-ce pas ? Les gens croient qu'avoir un statut social comme le nôtre, ça ne demande aucun effort. Ils ne se rendent pas compte à quel point c'est difficile. Et nous, on n'a pas d'horaires, pas comme ces gens ordinaires qui finissent leur journée à une heure précise, rentrent chez eux et n'y pensent plus jusqu'au lendemain. Mais bon, on ne peut pas tout avoir dans la vie.

Je scrutai son expression pour tenter de deviner si ses paroles étaient ironiques ou pas, mais je ne vis aucun signe que ce soit le cas. Elle m'avait simplement mal comprise. Une confusion qui, à ses yeux, me mettait en valeur.

En dépit de mon physique de rêve, mon corps n'était pas en aussi grande forme à l'intérieur qu'à l'extérieur. Ce fut Monica, ma gynécologue, qui me le fit savoir. Comme chaque année depuis cinq ans, elle me faisait un frottis, une prise de sang, une mammographie et une échographie.

—Vous êtes officiellement ménopausée. C'est un peu tôt, mais c'est sûrement dû à votre mauvaise alimentation.

Comme je vous l'ai dit lors de vos derniers contrôles, vous êtes en cétose permanente, et ça, Ana, c'est très mauvais.

Monica me parlait avec la confiance de celle qui m'avait aidée à mettre au monde mes trois enfants.

— Vous devez changer vos habitudes et prendre un peu de poids, ajouta-t-elle. Votre taux de fer est encore trop faible et, malgré tous les compléments que je vous prescris, on n'arrive pas à le stabiliser. Je vais vous demander une échographie.

— Pourquoi ?

— Parce que vos indicateurs de la fonction hépatique et rénale sont altérés. Aucun n'est à un niveau alarmant, mais ils ne sont pas non plus dans les limites considérées comme normales. Et si le foie, le pancréas ou les reins lâchent, ce n'est pas bon du tout.

J'allai ensuite directement à ma séance avec Rubén, décidée à trouver une solution au problème. Je venais de découvrir que je ne voulais pas mourir. Mais quelques jours plus tard, j'appris que ce n'était pas moi qui étais en train de mourir, mais ma mère. Un cancer. En phase terminale.

— Tu ne peux pas t'en aller, pas tout de suite. J'ai besoin de toi, lui dis-je, comme si le fait de mourir n'était pas déjà suffisant pour elle.

— Non, ma puce, tu n'as plus besoin de moi. Et moi, je veux partir retrouver ton père. Il me manque tellement. Et il ne sait pas se débrouiller sans moi.

AGUEDA, 2019

Agueda ne vit jamais sa fille divorcée. Un cancer des poumons lui épargna la peine de voir voler en éclats ce qu'elle avait cru un jour être un conte de fées. Elle, qui n'avait jamais fumé de sa vie, à part quelques joints avec Florita. Elle n'avait même jamais mis les pieds à la mine.

Lorsque le médecin lui annonça la nouvelle, cela faisait déjà quelque temps qu'Agueda se sentait fatiguée, mais elle attribuait cela à la solitude et à l'âge. Elle avait même demandé à Ana de la laisser utiliser la Singer pour occuper ses matinées, qui lui paraissaient si longues, même si elle faisait tous les jours une heure de gymnastique senior au centre sportif de la résidence. C'était aussi une excuse pour passer plus de temps auprès de sa fille.

Agueda avait perdu du poids, n'avait plus d'appétit et avait attrapé un gros rhume qui lui provoqua une toux gênante pendant plus de deux mois. Le jour où sa toux lui apporta en bouche un goût métallique de sang, elle se souvint de son père, Paulino, quand il était tombé si malade avant de mourir, et elle prit rendez-vous chez le médecin. Sans rien dire à Ana. Elle ne voulait pas l'inquiéter.

On lui fixa un rendez-vous chez le pneumologue de la Sécurité sociale trois mois après sa demande, trois mois pendant lesquels elle endura ses maux en silence, dans l'ignorance, en attendant qu'on s'occupe d'elle. Le spécialise ne put pas faire grand-chose avec les moyens qu'il avait au cabinet, mais après l'avoir auscultée et avoir analysé ses symptômes, il comprit que quelque chose n'allait pas.

—Vous devriez aller aux urgences pour qu'on vous fasse des tests immédiatement. N'attendez pas qu'on vous fixe un rendez-vous. Si vous le souhaitez, je peux arranger ça tout de suite et ce soir, vous dormirez déjà ici.

—Pas les urgences, s'il vous plaît, je ne veux pas que ma fille soit au courant. Vous ne pouvez pas me faire passer les examens sans m'hospitaliser ?

—Le problème, si vous n'êtes pas hospitalisée, c'est que vous devrez prendre rendez-vous.

—Je ne veux pas entrer à l'hôpital et ne plus en ressortir, comme mon père. Si je dois mourir, je veux passer le temps qu'il me reste aux côtés de ma fille. Venir à la fin suffira largement.

—Je vais vous faire des prescriptions d'urgence. Ce n'est pas comme si vous étiez hospitalisée, mais ça accélérera le processus. Ensuite, revenez me voir, sans prendre rendez-vous. Dès que vous avez les résultats, appelez ce numéro et dites qui vous êtes. Je laisserai une note dans votre dossier pour qu'on vous trouve un créneau.

Au bout d'un mois et trois semaines, on lui annonça le diagnostic. Elle ne voulut pas de traitement.

—La chimio va me guérir ?

—Non, mais ça pourrait vous donner quelques mois de vie supplémentaires, voire plus.

—De vie ? Quelle vie ? À vomir du lit aux toilettes et des toilettes au lit pendant qu'on me rase la tête, les sourcils et les cils ? Je ne veux pas avoir la bouche pleine d'aphtes, que tout ce que je mange ait un goût bizarre, ni me sentir épuisée en permanence. Je l'ai déjà vécu avec mon mari. Je passerais par ce calvaire si c'était pour guérir, mais pour mourir, non. Donnez-moi quelque chose pour calmer la douleur quand elle viendra, je ne veux rien de plus.

Agueda mit du temps avant de l'annoncer à Ana ; elle attendit d'avoir besoin de morphine. Elle n'eut pas de difficulté à convaincre sa fille de sa décision de ne pas se soigner, et en moins de cinq mois, elle commença les soins palliatifs. En revanche, elle ne parvint pas à ce qu'elle accepte de la laisser mourir à l'hôpital.

—Tu vas mourir à la maison, avec ta fille et tes petits-enfants. Je te connais et si tu as voulu que papa meure chez lui, c'est parce que tu pensais que c'était le mieux pour lui. Et c'est ce que je veux pour toi aussi.

—On ne va pas laisser les enfants voir une chose pareille.

—Les enfants ne sont plus des enfants. Et tu es leur grand-mère.

Ce à quoi Agueda ne s'attendait pas, c'était à recevoir la visite quotidienne de la belle-mère de sa fille, qui annula tous ses engagements pour venir passer chaque après-midi auprès d'elle jusqu'au jour où elle entra en agonie. Elles jouèrent aux cartes, Agueda lui apprit à lire en elles l'avenir, aussi bien dans les cartes espagnoles que dans le tarot, et Paloma se révéla une élève brillante. Elle s'entraîna même chez elle pour lui faire la surprise.

— C'est magnifique ce que vous avez fait pour ma mère, la remercia Ana après les funérailles.

— C'était la moindre des choses. C'était la grand-mère de mes petits-enfants et une femme bien.

Ana pensa à cet instant qu'elle ne comprendrait jamais sa belle-mère.

AGUEDA, 1997

Jesús ne sortait sans sa femme qu'un samedi par mois, et lors des rares occasions où il devait assister à un dîner de travail ou à un autre engagement, il la prévenait. Il rentrait généralement chez lui vers vingt et une heures trente après avoir terminé son service, rangé son rayon et fait la caisse. Un samedi de février, à vingt-deux heures, Agueda commença à s'inquiéter, car il n'était toujours pas rentré.

— Il est vingt-deux heures et Jesús n'est toujours pas là. Les anchois sont en train de refroidir et il ne les aime pas froids, il les préfère tout juste frits.

— Moi, j'ai l'estomac qui crie famine et il n'y a rien d'intéressant à la télé. Ils nous bassinent encore avec cette brebis Dolly, dit Aurora. Franchement, cloner une brebis, c'est n'importe quoi, elles se ressemblent toutes ! Blanches, noires ou marron, d'accord, mais pour finir, c'est la même chose. Quelles conneries ! Dolly par-ci, Dolly par-là, comme s'ils avaient découvert la pierre philosophale !

— Vous croyez que j'en ai quelque chose à faire de Dolly, Molly ou qui que ce soit d'autre maintenant ? Où est donc passé cet homme ?

—On dîne ? Je vais tomber dans les pommes !

—Ne craignez rien, vous ne manquez pas de réserves, répondit sèchement Agueda, mais elle se ravisa aussitôt. Bon, écoutez, mangez. Moi, j'attends Jesús. Son portable est éteint, même si c'est toujours le cas quand il travaille. Peut-être qu'aujourd'hui il finit plus tard. C'est bizarre, mais comme ce ne sont plus les Galerías Preciados, les horaires ont peut-être changé.

—Ne fais pas la sotte et mange. Il est sûrement parti boire un verre avec ses collègues. S'il lui était arrivé quoi que ce soit au travail, on t'aurait appelée. Ce serait vraiment pas de chance pour qu'il ait un accident en rentrant à la maison, il y a à peine deux cents mètres.

—Je vais le chercher, il passe toujours par le même chemin. Peut-être qu'il s'est senti mal et est tombé dans la rue. Ou bien il a eu un autre problème.

Sans écouter les protestations de sa mère, Agueda prit son manteau et parcourut les deux pâtés de maisons qui la séparaient d'El Corte Inglés, mais elle ne trouva aucune trace de son mari. Le magasin avait déjà fermé et il n'y avait plus personne à qui demander des informations. La nuit, seuls les agents d'entretien et les réapprovisionneurs entraient, mais eux ne connaissaient pas les vendeurs, car ils ne travaillaient pas aux mêmes horaires.

Agueda rentra chez elle et attendit, assise.

—Tu vas sauter le dîner parce que ton mari est parti faire la fête et qu'il a oublié de te prévenir ? Ne sois pas bête, voyons, on est samedi, dit Aurora.

—Mais ce n'était pas son samedi de sortie. Et dans tous les cas, il serait repassé à la maison pour se changer, comme toujours. Il lui est arrivé quelque chose de grave, je le sens. Je vais tirer les cartes pour voir ce qu'elles me disent.

—Moi, je vais dormir.

Tirage après tirage, Agueda tombait sur la Mort ou sur la Roue de la Fortune, des cartes de changement. Au fil des heures passées à consulter le tarot, son interprétation évolua. Ainsi, les mêmes cartes qui au début de la soirée lui annonçaient un petit changement, la faisaient s'imaginer veuve vers quatre heures du matin, heure à laquelle elle entendit la porte s'ouvrir.

Jesús rentra dans un état lamentable, titubant et puant l'alcool, mais Agueda ne put que remercier Dieu de le lui avoir rendu en vie. Elle ne comprit pas un mot des explications que tenta de lui donner son mari, mais elle réussit à le guider jusqu'au lit. Il s'effondra comme un sac jusqu'à ce que, une heure plus tard, presque sans se réveiller, il vomisse sur l'oreiller avant de se rendormir. Agueda, qui n'avait pas encore trouvé le sommeil, nettoya la pagaille et changea les draps avec son mari étalé par-dessus, à demi inconscient. Quand elle eut terminé, elle se sentait épuisée.

Jesús se réveilla à midi avec une terrible gueule de bois qui l'empêcha de sortir du lit et même de goûter le bouillon maison que sa femme lui avait préparé, mais il put néanmoins lui raconter ce qui s'était passé.

—Ils m'ont licencié. Qu'est-ce que je vais faire ?

—Mais pourquoi ?

—Les chiffres de vente, ces foutus chiffres de vente. Qu'est-ce que je vais faire maintenant ? Dis-moi, qu'est-ce que je vais faire ?

—On trouvera bien une solution. On ne manquera pas d'argent, répondit-elle, consciente de ce que représentait pour son mari son travail aux grands magasins.

—J'ai très mal à la tête. Reprends le bouillon, s'il te plaît, et apporte-moi un seau, j'ai envie de vomir.

Quand Agueda revint à la cuisine avec le seau, sa mère la regarda d'un air condescendant.

—Quel sacré numéro, celui-là.

—Maman, ne me cherchez pas. Pas aujourd'hui.

AURORA, 2019

— Trouve-moi de la marie-jeanne, demanda Aurora à son arrière-petite-fille quand Agueda entra dans la dernière phase de la maladie.

— Marie qui ?

— Ne fais pas l'idiote, Alba, tu sais très bien de quoi je parle.

— Pourquoi tu en veux ? Je ne fume pas et je ne prends pas de drogue.

— Je sais, mais tu dois sûrement avoir des amis qui, eux, en prennent et ce sera plus simple pour toi d'en trouver que pour moi.

— Mais non. Tu pourrais te sentir mal. Tu as une liste de choses à faire avant de mourir ou quoi ? Même si la marijuana, tu nous as déjà raconté que tu en avais fumé avec ton amie la charbonnière.

— C'est pour en fumer avec ma fille, confessa Aurora. On dit que ça soulage la douleur.

— Je vais voir ce que je peux faire, accepta Alba, émue.

— Si tu peux me trouver des cigarettes déjà roulées, c'est mieux. J'ai déjà vu Ramona le faire mais ça remonte.

Armée du butin qu'Alba lui avait procuré, Aurora rendit visite à sa fille. Dès qu'elles se retrouvèrent seules, elle sortit les joints, soigneusement roulés, d'un porte-cigarettes qu'elle gardait dans sa poche.

— Tu en as déjà fumé, non ?

— Plein de fois. Avec Florita. Quand elle vivait à Oviedo et qu'on se voyait tous les dimanches, avoua Agueda, stupéfaite de voir ces cigarettes si bien roulées.

— Eh bien, aujourd'hui, on va en fumer ensemble. Et le reste, tu le gardes pour quand tu en auras besoin. Si tu n'en as plus assez, tu m'appelles et je t'en apporte d'autres. Si les Américains en vendent sur ordonnance pour les malades du cancer, c'est qu'il y a une raison.

Ana entra deux heures plus tard dans la chambre, agacée parce que sa mère et sa grand-mère y étaient enfermées depuis longtemps, et elle resta bouche bée en les voyant rire aux éclats, au milieu d'un nuage de fumée qui empestait le joint. Elle résista à son premier élan de les réprimander et, pour ne pas être vue, fit demi-tour. Elles ne faisaient de mal à personne et, aussi étrange que soit grand-mère Aurora, elles avaient bien le droit de se faire leurs adieux.

—Joins-toi à nous, Ana, lança Aurora.

—Pas aujourd'hui, grand-mère, une autre fois. Aujourd'hui, je vous laisse toutes les deux.

Aurora mit plusieurs heures avant de quitter le chevet de sa fille. Elle voulait lui dire quelque chose mais elle ne savait pas comment.

—Je n'ai pas su mieux faire, lâcha-t-elle enfin.

Et Agueda comprit.

—Ça n'a pas été si terrible. J'ai eu une belle vie.

—Ça paraît presque impossible que tu aies réussi à t'en sortir aussi bien.

—À cause du Maghrébin ?

Aurora acquiesça.

—Ce que j'aimais le plus chez Jesús, c'était qu'il était blond, confessa Agueda. Ça, et le fait qu'il m'ait remarquée, alors que tout le monde n'avait d'yeux que pour Florita. J'ai toujours aimé ses yeux gris et sa peau si claire, qui brûlaient même en se promenant sur la digue du Muro si je ne lui mettais pas de crème solaire. Même sans soleil, juste avec la brise de la mer. L'année où il a commencé à perdre ses cheveux, je n'y avais pas pensé et il s'est brûlé le crâne le premier jour où on est allés à la plage. Le pauvre. Il avait la tête rouge comme un homard cuit. Vous n'étiez pas là cet été-là.

—Tu as bien choisi. Malgré tout, tu as bien choisi. Personne n'est parfait et ton homme a été bon avec toi.

—Oui, Jesús m'a toujours bien traitée, mais je dirais que c'était aussi une question de chance parce que personne d'autre ne s'était intéressé à moi.

Quand Aurora reçut l'appel d'Ana lui annonçant la mort d'Agueda, elle ressentit une douleur si profonde et si intense qu'elle crut qu'elle allait s'étouffer. Et ça lui convenait. Elle voyait la mort depuis longtemps comme un soulagement ; elle ne trouvait aucun sens à rester dans ce monde, sinon pour faire son emmerdeuse. Quand l'air revint enfin à ses poumons, elle fut envahie par la déception. Dieu n'en avait pas encore fini avec elle et elle allait devoir continuer à souffrir. Son unique raison de vivre était Alba, et Alba n'avait pas besoin d'elle. Ou du moins, c'était ce que pensait Aurora. Elle n'avait pas de vraie relation avec Ana et ne parlait à ses autres enfants qu'aux anniversaires ou à Noël. Pedro était entré en maison de retraite à Gijón après le décès de sa femme, tandis que Paulino et son épouse Dora ne voyageaient plus depuis que cette dernière s'était cassé la hanche quelques années plus tôt. Sa mère, sa fille et Ramona manquaient à Aurora. Mais pas Ferino ni Paulino.

Elle mit des mois avant de ressortir de la maison de retraite. D'abord parce qu'elle n'en avait pas envie, et peu importait combien Alba insistait, tantôt en la menaçant, tantôt en usant de chantage affectif, Aurora ne cédait pas. Puis le coronavirus arriva et toute l'Espagne fut confinée. Aurora pensa alors que son heure était venue, mais alors que le virus emportait des milliers de vieux dans les maisons de retraite du pays, il passa à côté de la sienne. Ils faillirent la renvoyer pour non-respect des mesures sanitaires et elle n'accepta de mettre son masque que lorsqu'Alba la menaça de la faire interner pour démence si elle s'entêtait.

Aurora supposa que Dieu était encore plus têtu qu'elle et qu'il ne la laisserait pas quitter ce monde tant qu'elle n'aurait pas accompli son dessein. Elle devait découvrir ce que c'était pour pouvoir se libérer de la vie au plus vite. Cette visite qu'elle avait reçue plus de vingt ans auparavant lui revint alors en mémoire.

AURORA, 1997

À soixante-quinze ans, Aurora mouvait son corps de presque cent kilos avec une agilité surprenante. Le fait que sa fille, pour éviter qu'elle finisse par ne plus pouvoir bouger, lui ait confié la tâche d'aller ouvrir la porte chaque fois que la sonnette retentissait – ce qui, entre les clientes et les élèves, arrivait régulièrement – l'aidait.

—Maman ! criait Agueda depuis l'atelier pour la presser dès qu'une cliente impatiente sonnait à la porte.

Aurora acceptait parce que, s'il y avait une chose qu'elle comprenait, c'était l'importance de bien s'occuper des clientes. Mais aussi parce qu'elle n'avait nulle part ailleurs où aller. Elle n'avait plus de maison à Turón, ni l'envie de retourner vivre là-bas, et à Séville, les choses s'étaient mal terminées. Même si cela la mortifiait, elle trouvait toujours refuge chez sa fille. Les seuls inconvénients étaient qu'Agueda l'obligeait à se doucher et à mettre des vêtements propres tous les jours, surveillait ce qu'elle mangeait et insistait pour l'emmener faire des analyses de sang afin de vérifier, année après année, qu'elle était en excellente santé. En échange, Aurora aimait la remplacer en cours de temps en temps et l'aider avec les designs compliqués.

Ce matin de septembre, ce ne fut pas une cliente qui sonna à la porte, alors que l'atelier venait à peine de reprendre ses activités, mais un homme d'une quarantaine d'années qui cherchait Aurora Cangas.

—Qui la demande ? répondit-elle, sur la défensive.

—Je m'appelle Manuel Menéndez Miranda. Je suis journaliste. Vous êtes Aurora Cangas ?

Les alarmes se déclenchèrent immédiatement dans sa tête, toutes en chœur.

— Je suis son assistante.

L'homme dévisagea avec incrédulité cette femme énorme qui semblait avoir largement dépassé l'âge de la retraite.

— Écoutez, je ne viens pas pour vous déranger. Il y a des années, mon père enquêtait sur un événement qui s'est produit après la guerre. En 1977, deux cadavres ont été retrouvés dans le sous-sol d'une maison à Turón. Avez-vous entendu parler des faits dont je vous parle ? Les corps appartenaient à deux soldats africains. La presse l'a à peine mentionné. Je suppose qu'au vu de la situation politique de l'époque, personne ne souhaitait rouvrir de vieilles blessures. Accordez-moi quinze minutes, s'il vous plaît.

Aurora abandonna son rôle d'assistante et conduisit le journaliste dans le salon.

— Vous avez cinq minutes, l'avertit-elle lorsqu'ils s'assirent. Et c'est déjà beaucoup pour une histoire qui remonte à plus de cinquante ans. Je ne vois pas quel intérêt vous avez à la remuer maintenant. En moins de deux mois, l'ETA a tué ce pauvre garçon, le conseiller municipal du Pays basque, et Lady Di est morte dans des circonstances étranges. Si vous voulez mon avis, on a voulu se débarrasser d'elle. Et vous, vous enquêtez sur deux morts de l'après-guerre espagnole ? Je ne suis pas sûre que vous en tiriez quoi que ce soit. Vous ne deviendrez pas célèbre avec ça. Vous pourriez écrire des articles sur des sujets plus actuels et plus intéressants.

Le journaliste ne put s'empêcher de sourire.

— Mon père enquêtait sur cette histoire quand il est mort dans un accident de voiture. Il y a quelques mois, j'ai emménagé dans sa maison et j'ai trouvé ses papiers au fond d'un tiroir. Dans ses notes, il mentionnait qu'il avait été en contact avec votre fille une semaine avant de mourir. Elle lui a donné une adresse en Argentine, mais personne ne semblait savoir de qui il parlait là-bas.

—Et qu'est-ce que vous avez à gagner dans tout ça ?

—J'ai proposé à plusieurs médias de continuer le reportage que mon père a commencé et j'ai trouvé une section politique émergente intéressée pour financer mon enquête. En fonction des conclusions que j'obtiendrai, ils décideront de la publier ou non.

—Cette conversation est terminée, dit Aurora en se levant. Je ne serai pas celle qui vous aidera à chercher des coupables parmi ceux qui ont déjà souffert plus que quiconque ne devrait jamais souffrir.

—Écoutez-moi, s'il vous plaît. Ce n'est pas du tout ça. Ils recherchent des histoires de répression contre les femmes au cours du siècle dernier. Ils veulent raconter l'histoire depuis un angle mort, invisible, celui des femmes.

—Ça n'intéresse personne. Ça n'a jamais été le cas et ça ne l'est toujours pas. Maintenant qu'il semble possible d'évoquer ces choses sans crainte de représailles, personne ne veut en entendre parler. Et je vous avoue que ça ne m'étonne pas : qui voudrait revivre tout ça ? Aujourd'hui, tout le monde est scotché devant la télé pour regarder Carmen Sevilla radoter en direct au sujet de brebis. C'était une artiste si talentueuse et regardez ce qu'elle est devenue ! Et pourtant, elle est plus jeune que moi.

—Il y a aussi beaucoup de gens qui s'intéressent à ce qui est arrivé à leurs ancêtres, insista le journaliste. Peu importe leur camp. Ce n'est pas une question de politique, mais de rendre visible l'histoire des femmes, ces grandes oubliées. On veut donner une voix à cette partie de l'histoire qui est régulièrement passée sous silence.

—Sans que ce soit politique ? Personne ne croit à ça. Ne comptez pas sur moi. Ici, nous cousons et nous enseignons la couture, nous ne donnons la parole à personne et nous n'enseignons certainement pas l'histoire.

—Doña Aurora, réfléchissez-y au moins.

— Je vous ai dit que j'étais l'assistante. Je vous raccompagne à la porte et je transmettrai le message à madame.

— Prenez ma carte, vous savez, au cas où madame voudrait un jour me contacter.

Aurora prit la carte et congédia le journaliste sans ménagement. Elle alla ensuite aux toilettes et vomit. Elle se réjouit ensuite que la vieille Singer soit depuis des années chez Ana, à Madrid.

AGUEDA, 2013

Agueda ne fut jamais cinéphile, mais la nouvelle qu'un court-métrage sur les veuves des soldats africains qui avaient combattu aux côtés de Franco pendant la guerre civile soit en lice pour les Goya attira son attention.

Ces images de femmes âgées vivant dans la misère, travaillant du matin au soir alors qu'elles n'en avaient plus la force ni l'âge, lui rappelaient sa mère, car elles racontaient comment elles s'étaient retrouvées sans ressources à la mort de leurs maris, anciens combattants de la guerre civile espagnole.

Jesús dut penser à la même chose.

— J'espère que ta mère n'est pas en train de regarder la télé à la maison de retraite, car j'imagine d'ici son accès de colère et d'indignation. Ils risqueraient de nous la renvoyer, dit-il en buvant une gorgée de son deuxième whisky de la soirée. Pourquoi déteste-t-elle autant les Maghrébins ?

— À cause de la guerre.

L'un des rares secrets qu'Agueda n'avait jamais partagés avec Jesús était cette horrible conversation qu'elle avait eue avec sa mère des années auparavant, à El Palmar, au sujet des Maghrébins qui les avaient attaquées, de la tache sur la Singer et des cadavres enterrés dans la maison de ses grands-parents. Même elle, parfois, trouvait toute cette histoire si irréelle qu'elle songeait que sa mère l'avait inventée pour la tourmenter. Jusqu'à ce qu'elle se souvienne que les cadavres de ces deux soldats africains, dont l'un était son père présumé, avaient été retrouvés momifiés dans le sous-sol de ses grands-parents.

Elle entendit Jesús rappeler le moment où Aurora, des années plus tôt, avait appris qu'un tribunal avait accordé la révision de la pension d'un ancien combattant marocain. *Informe Semanal*, une émission de documentaires, avait relayé la nouvelle avec un petit reportage sur cette décision légale controversée.

Aurora avait commencé à marmonner dès que la présentatrice avait introduit le sujet : « Les combattants que Franco a laissés de côté, oubliés avec des pensions misérables qui n'ont pas été révisées depuis des années, vont enfin voir leurs droits reconnus. »

Cependant, Aurora s'était emportée en entendant le témoignage d'un homme qui avait été recruté par les forces insurgées au Maroc à l'âge de dix-sept ans : « Nous, les indigènes, on était toujours en première ligne, là où la mort nous attendait, mais aujourd'hui, personne ne se souvient de nous et nous vivons dans la misère. Franco nous avait promis des monts d'or et des femmes blanches. »

— Espèce de salauds, la mort, c'était vous. Fils de putes ! Partout où vous passiez, vous semiez l'horreur et les cadavres ! Des femmes blanches ? Je vous tuerais à nouveau de mes propres mains, même si je devais passer ma vie à coudre sur votre sang ! avait-elle crié, hors d'elle, à la télévision, avec une telle férocité qu'Agueda avait laissé tomber le cadre à broder avec les draps qu'elle préparait pour Ana.

— On peut savoir ce qui vous arrive ? Qu'est-ce que vous racontez ? avait demandé Jesús, qui pensait depuis longtemps que sa belle-mère n'avait plus toute sa tête.

— Mère, calmez-vous, vous allez faire une attaque. Je vous apporte une tisane ?

— Je m'en tape de ta tisane ! Des femmes blanches, bande de salopards ! Vous brûlerez en enfer ! C'est moi qui ai votre sang !

Cette scène vécue plus de dix ans auparavant revint à l'esprit d'Agueda comme si elle se déroulait à cet instant précis.

— Et elle s'en est prise à cette maudite Singer, commenta Jesús. Heureusement qu'Ana l'a prise avec elle quand elle s'est mariée. Tu te souviens comment ta mère a réagi quand elle l'a appris ?

Bien sûr qu'Agueda s'en souvenait.

— Maintenant, la Singer s'en va à Madrid ? avait dit Aurora à sa fille. Ce maudit Maure ne disparaîtra jamais de nos vies. Le voilà maintenant dans le salon d'une maison riche, le monde à l'envers !

— Quel Maure ? avait demandé Ana.

— Celui qui a gâché ma vie, dont je ne peux pas me débarrasser. Et maintenant, je dois vivre avec ta mère. Et quand elle mourra, il restera avec toi. Il est aussi tenace que la peste.

Ce documentaire empêcha Agueda de dormir pendant plusieurs nuits, jusqu'à ce que Jesús commence à se sentir mal et à se plaindre d'une douleur sourde et continue dans la partie droite de l'abdomen, ce qui lui fit oublier à nouveau les Maghrébins, car elle se consacra entièrement à soigner son mari jusqu'au jour de sa mort.

Ana, 2019

La mort d'Agueda provoqua chez Ana une troublante sensation de vide. Sans père ni mère, elle ne pouvait plus se tourner vers quiconque pour trouver soutien et réconfort. Elle était désormais le premier maillon de la chaîne. À cinquante et un ans, elle se sentit vieille pour la première fois.

— Tu n'es pas vieille. Tu as eu la chance d'avoir ta mère pendant plus d'un demi-siècle. C'est terrible de l'avoir perdue, mais c'est la loi de la vie, lui dit Beba, qui l'avait accompagnée tout au long de la maladie d'Agueda.

— J'ai l'impression d'avoir gâché ma vie. Je ne suis pas heureuse. Carlos n'est jamais à la maison, les enfants n'ont plus besoin de moi et je me fiche de tout ce que je fais.

— Tu vois les choses comme ça parce que tu es triste à cause de ta mère. Tu dois prendre soin de toi pour ne pas tomber en dépression.

— Je suis triste, mais je ne fais pas une dépression. Ce que j'ai, c'est de l'anxiété chronique due à cette vie absurde que je mène depuis que je me suis mariée. Rien de ce que je fais n'a la moindre importance.

— Et les œuvres caritatives de ta belle-mère ? Elles aident beaucoup de monde.

Ana rit avec sarcasme.

— Ce ne sont que des prétextes pour réunir un tas de richardes et resserrer les liens qui maintiennent leur cercle social uni. Et surtout, fermé.

— Aussi, mais les personnes que vous aidez sont réelles et en ont besoin, insista Beba.

Mais, comprenant qu'elle ne la convaincrait pas, elle changea de stratégie.

— À quoi voudrais-tu te consacrer ?

— Qu'est-ce que ça peut faire ? À ce stade, je ne sais plus rien faire.

Beba ne savait pas comment l'aider et elle se sentait coupable. Elle avait besoin qu'Ana soit forte parce que Carlos et elle allaient lui briser le cœur.

Quand elle entendit son mari parler de divorce, Ana fut incapable de dire quoi que ce soit, comme si elle attendait ça depuis des années.

— Je ne vais pas appliquer le contrat prénuptial que ma mère t'a obligée à signer, dit Carlos. Je veux que tu vives confortablement. Pour moi, tu resteras toujours la mère de mes enfants et la blonde au sourire doux qui m'a conquis dès que je l'ai vue à l'Oh ! Madrid.

— Tu pars avec une autre ?

— Je vais refaire ma vie sentimentale, mais pas parce que je pars avec une autre, parce que je me sépare de toi. Il n'y aurait jamais eu personne d'autre si notre relation allait bien. Or ça fait de nombreuses années que notre mariage n'est plus qu'une façade. Il n'y a ni passion, ni communication. Il existe des colocataires qui entretiennent des relations plus étroites que la nôtre.

— Comme tous les couples mariés depuis plus de vingt ans.

— Et c'est ce que tu souhaites ? Tu es heureuse ?

Ana haussa les épaules et regarda autour d'elle. Elle sentit ses yeux se remplir de larmes. Cette immense chambre à coucher décorée avec des meubles des meilleures marques, en harmonie avec le reste de la maison, lui avait toujours semblé faire partie de sa cage dorée, mais l'idée de la perdre lui donnait plus le vertige que celle d'y rester enfermée.

— Où est-ce que je vais vivre ? Et les enfants ?

— Dans la maison que tu choisiras. Avec suffisamment d'espace pour que Jesús puisse vivre avec toi les jours où il le souhaite. Il a déjà seize ans, l'année prochaine, il part étudier aux États-Unis, on ne va pas lui imposer un régime de garde. Alba vit seule et Carlos a déjà prévu de déménager. Je ne veux pas que tu t'inquiètes pour l'argent, car je pense être plus que généreux.

— C'est qui ? Je parie qu'elle est jeune et belle.

— Ana, j'ai soixante ans et j'ai toujours été à tes côtés. La personne avec qui je suis maintenant n'a rien à voir avec le divorce. Notre relation s'est brisée il y a bien longtemps et c'était uniquement notre faute.

— Tu as cessé de m'aimer après la naissance des enfants, l'accusa-t-elle.

— Tu te trompes, je t'ai toujours aimée.

Mais Ana n'était pas disposée à céder.

— Ma mère vient de mourir, comment peux-tu me faire ça maintenant ?

Carlos ne mentionna pas les années qu'il avait passées à attendre le moment opportun, pas plus qu'il ne voulut prolonger une conversation qui ne pouvait leur apporter que de la douleur à tous les deux. Il laissa Ana toute seule et elle chercha du réconfort auprès de Beba dès qu'il eut quitté la maison. Elle était en ligne.

Beba parlait à Carlos à ce moment-là.

— C'est fait, je le lui ai dit, lui annonça-t-il.

— Dommage que je ne puisse pas être à ses côtés. Dès qu'elle saura que tu es avec moi, elle va me détester.

— Sois-en sûre. Elle ne comprendra jamais que lorsque notre relation a commencé, notre mariage était déjà terminé depuis des années. Elle a toujours fait la même chose : si la réalité ne correspond pas à sa vision du monde, elle la déforme dans une vaine tentative de la changer. Je me souviens encore de sa réaction quand Alba nous a dit qu'elle était lesbienne.

— Ne sois pas si dure avec elle, elle traverse un moment difficile. Elle est en pleine crise existentielle, et avec sa mère…

— Peut-être que ça lui servira de déclic. Elle ne s'en sortira pas mal, du moins financièrement. J'y veillerai.

— Tu es un type formidable. Je crois que c'est pour ça que je t'aime tant, au fond.

— Si tu n'avais pas insisté pour ne pas officialiser notre relation avant que les enfants soient plus grands, je l'aurais quittée il y a des années.

Beba n'attendit pas qu'Ana découvre qui était la femme avec qui était son mari et alla le lui dire en personne.

— Beba ! Je suis tellement contente que tu sois là ! dit Ana en se jetant dans ses bras. Carlos m'a demandé le divorce.

— Je sais.

— Il te l'a dit.

— C'est plus compliqué que ça. Asseyons-nous.

— Je vais demander qu'on nous apporte un café.

Ana attendit qu'on les serve. Elle ne voulait pas que le personnel entende leur conversation. Elle regarda Beba en silence. Les années n'avaient épargné aucune des deux, mais Beba avait bien vieilli. Même si elle n'avait jamais été belle, c'était une femme sophistiquée. Ce jour-là, elle portait une tenue décontractée, à l'aise avec ses cheveux courts et son corps toujours athlétique grâce aux séances de sport intense qu'elle pratiquait quotidiennement et qui renforçaient cette aura d'autorité et de confiance en elle-même qu'elle avait acquise au prix de nombreux combats dans un monde de requins. Ana pensait que c'était précisément ça qui la rendait peu attirante aux yeux des hommes.

— Je suis amoureuse de Carlos, annonça Beba, sans détour, dès que la domestique eut fermé la porte du salon.

Ana regarda son amie en silence, incapable de réagir à cette déclaration inattendue.

— Je n'ai jamais cessé de l'être, depuis que nous sommes sortis ensemble à l'université et que Paloma a crié au scandale quand elle l'a appris, continua Beba. Il n'avait pas besoin qu'on le convainque beaucoup, parce qu'il n'a rien fait pour se battre pour moi. Puis tu es arrivée et il est tombé amoureux de toi. Et tu as plu à Paloma.

— Pourquoi tu ne m'en as jamais parlé ?

— J'ai essayé une fois, mais ce n'était pas une conversation facile.

— Il part avec toi ?

Beba acquiesça.

Ana se dirigea vers le bar, se servit un verre et en but une gorgée.

— Tu ne vas rien dire ?

— Demande la voleuse de mari, lança Ana.

— Il ne te quitte pas pour moi. Je ne suis qu'un second choix, il ne serait jamais avec moi si les choses s'étaient bien passées entre vous. Votre relation n'a pas fonctionné. Carlos voulait rompre avec toi il y a des années et Paloma voulait te laisser sans rien. L'affaire était déjà entre les mains des avocats. Ta belle-mère voulait organiser le divorce comme elle avait organisé votre mariage.

—Et pourquoi n'a-t-il pas divorcé à l'époque ?

—J'aimerais penser que je l'ai convaincu d'attendre, mais je suppose que je lui ai simplement dit ce qu'il pensait déjà. Jesús était encore petit et Carlos traversait une adolescence difficile.

—Et tu as alors vu ta chance. Comme une hyène qui sent la charogne.

—Loin de là. De toute façon, ce n'est pas important. Je voulais simplement que tu le saches. Je t'apprécie beaucoup, énormément même, et j'ai toujours compris ce que Carlos voyait en toi. Si seulement tu pouvais te voir de la même façon. Tu n'as pas besoin de vivre dans l'ombre de Carlos et de Paloma, recroquevillée comme une souris, à attendre que la vie passe sans t'attaquer.

—Il ne manquait plus que ça ! Dégage de chez moi, une bonne fois pour toutes !

Ana lui jeta son gin tonic au visage et, sans même la regarder, se leva pour se servir un autre verre.

20

Ana, 2020

Ma grand-mère Aurora ne fut pas emportée par le virus qui causa la mort de milliers de personnes âgées dans le monde, même si elle refusa de s'installer chez moi pendant la pandémie.

— Tu crois que j'ai peur du coronavirus ? me dit-elle. Moi qui ai tué deux Maures et empêché l'exécution de mon père en dénonçant un prêtre par l'intermédiaire de mon amant ? Il était contremaître, en plus. Ne crois pas que je visais bas, mais il n'a pas voulu de moi. Bien sûr, même si j'étais jolie, j'étais aussi la fille d'un mineur et je ne pouvais pas rivaliser avec une aristocrate. Cette doña Pilar avait même une voiture.

— Tu délires, grand-mère.

— Ouais, ouais, qu'est-ce que t'en sais ? Ça s'est passé comme ça, je te le dis.

J'attribuais les histoires de ma grand-mère à la démence sénile, même si elle était en pleine forme alors qu'elle approchait les cent ans. Et pourtant, même si elle avait perdu près de vingt kilos ces dernières années, elle pesait encore beaucoup plus que ce que les médecins considéraient comme sain, alors que ses analyses ne montraient aucun déséquilibre. Ni diabète, ni cholestérol, ni triglycérides. La démence sénile ne progressait pas non plus, d'après les résultats des contrôles annuels auxquels elle se soumettait à contrecœur. Nous commencions tous à nous demander si sa folie était vraiment une démence sénile ou simplement présente depuis sa naissance.

J'envoyai Alba pour la convaincre d'emménager chez nous jusqu'à la fin du confinement, que j'imaginais, comme beaucoup d'autres, ne durer que quelques semaines.

— Alba, essaie toi-même, parce qu'avec moi, elle recommence avec ses histoires absurdes sur les Maghrébins et je ne sais plus si elle est complètement folle ou si elle fait semblant pour qu'on la laisse tranquille.

— Écoute, maman, je pense aussi qu'elle n'a plus toute sa tête, mais je doute fort que ce soient des absurdités. Elle m'a aussi raconté cette histoire sur les Maghrébins, plusieurs fois, et sans jamais changer une virgule. Les fous ne sont pas aussi précis. Depuis la mort de mamie, bisa est obsédée par tout ça.

Alba ne la convainquit pas non plus et ma grand-mère passa le confinement dans la maison de retraite. À son âge, je craignais qu'elle ne sorte pas vivante de la pandémie, mais l'été arriva, le confinement prit fin et ma grand-mère était toujours en aussi bonne santé qu'au début.

L'été 2020, alors que nous espérions tous que le Covid avait disparu pour de bon tout en étant certains que ce n'était pas le cas, elle insista pour voyager dans les Asturies. Ma grand-mère était partie en 2011 et n'était revenue dans sa région que deux fois : pour l'enterrement de mon père et pour les funérailles de ma mère. C'est pourquoi, lorsqu'elle manifesta son intention de retourner dans les Asturies pour des raisons peu claires, je refusai. Le voyage me semblait trop dangereux pour elle, à cause de ce maudit virus, et pour ma santé mentale, qui en pâtirait si je devais la supporter à plein temps pendant plusieurs jours. Elle insista et je refusai à nouveau. À plusieurs reprises. Jusqu'à ce que je cède après qu'Alba ait proposé que nous voyagions toutes les trois.

C'est ainsi que, le 30 juillet 2020, nous entreprîmes le voyage, grand-mère Aurora, ma fille, son ami Fernando et moi. La présence de Fernando me réjouissait, car lui et Alba savaient gérer Aurora mieux que ma mère et moi n'avions jamais su le faire. Nous logerions à Gijón, dans l'appartement de ma mère, qui m'appartenait à présent, celui où, adolescente et jeune adulte, j'avais passé mes étés.

L'odeur de lavande qui se dégagea après avoir aéré pour éliminer l'odeur de renfermé me rappela ma mère, ma maison, mon enfance. Ces petits sachets que ma mère préparait avec le tissu des sacs de pommes de terre et les fleurs de lavande à l'intérieur imprégnaient les vêtements de leur odeur. Elle parfumait également l'eau avec laquelle elle aspergeait les vêtements lorsqu'elle les repassait, et les draps de bain dégageaient toujours ce parfum subtil et apaisant qui me procurait un sentiment de sécurité.

Chaque fin de printemps, ma mère, mon père et moi allions au marché du Fontán pour récupérer la lavande que ma mère avait commandée à une femme d'un village dont j'ai oublié le nom. Je ne me souviens pas non plus du prénom de cette dame. Je n'ai pas oublié cependant son apparence, vêtue d'un tablier et de sabots, qui ne lui étaient d'aucune utilité là-bas, mais lui causaient plutôt de l'inconfort. Je me souviens également que, le premier week-end de juin, elle nous réservait deux énormes paniers remplis de ces tiges violettes que nous transportions à nous trois jusqu'à la maison. Ce week-end-là, ma mère mettait une partie des plantes à sécher à l'envers dans le garde-manger et en faisait bouillir une autre partie. Au bout d'une heure, elle prélevait un peu d'eau encore claire pour la lessive. Elle mettait ensuite la casserole à feu doux, laissait le reste se concentrer et le conservait dans des flacons compte-gouttes pour imprégner l'oreiller si quelqu'un avait des problèmes d'insomnie. Herminia, la grand-mère de son amie Florita, lui avait appris cette technique et ma mère s'était prise de passion pour ce rituel. Nous découpions également le tissu des sacs pour faire des petits sachets, que nous nouions ensuite avec une ficelle.

— Tu veux en broder quelques-uns pour les rendre plus jolis ? me demandait-elle souvent.

J'acceptais toujours et je me laissais emporter par l'excitation de cette tâche qui sortait ma mère de sa routine à côté de la machine à coudre dans l'atelier, même si, après en avoir brodé quatre ou cinq, je me lassais et j'abandonnais. Elle me regardait avec compréhension et ne m'obligeait jamais à continuer.

La nuit de notre arrivée à Gijón, comme quatre étranges compagnons de voyage, ce fut cette même odeur dans les draps de lit de mon enfance qui m'enveloppa et me fit dormir onze heures d'affilée.

Après mon divorce un an plus tôt, j'avais commencé à souffrir d'insomnie et je me levais chaque matin fatiguée et la tête embrumée. Bien sûr, cela n'avait pas d'importance, car je n'avais rien pour occuper mes journées. Je ne participais même plus aux événements caritatifs que mon ex-belle-mère organisait, bien qu'elle n'ait jamais cessé de m'inviter et qu'elle n'invite jamais Beba.

Cette nuit-là, l'odeur de lavande m'empêcha de me réveiller à l'aube et j'émergeai avec la lumière du soleil qui filtrait à travers les stores.

ALBA, 2020

Alba ne manquait jamais son rendez-vous hebdomadaire avec son arrière-grand-mère. Le dimanche après-midi, et parfois aussi le samedi, elle allait la voir et lui apportait une surprise dont Aurora disait ne pas avoir besoin, même si elle passait la semaine à essayer de deviner ce que son arrière-petite-fille lui apporterait lors de sa visite. C'étaient parfois des moscovitas, ses biscuits préférés ; d'autres fois, de nouvelles pantoufles, qu'elle portait la majorité du temps ; et cette fois-là, à l'occasion du voyage dans les Asturies, une nouvelle application pour sa tablette et des écouteurs sans fil.

—Pourquoi est-ce que je voudrais ça ?

—Pour que tu puisses lire pendant le voyage et quand tu seras à Gijón, car il n'y a qu'une seule télé là-bas. Je veux que tu puisses t'occuper, sinon tu vas commencer à m'ennuyer, je te connais. Tu dis toujours que tu ne lis pas parce que tu ne vois pas bien et que tu as mal à la tête, mais avec cette application, c'est beaucoup plus confortable, tu verras.

Aurora regarda son arrière-petite-fille sans comprendre.

—C'est une collection d'audiobooks avec les dernières nouveautés. On les lit pour toi, donc tu n'as pas besoin de forcer ta vue. Je vais te montrer comment ça fonctionne. Je veux que tu écoutes celui-ci : c'est un roman qui se déroule à Oviedo à la fin du dix-neuvième siècle. À ton époque, la taquinai-je.

—Je vais t'en faire voir moi, hein ! Je suis autant du vingtième siècle que toi.

—Ne t'énerve pas, bisa, je sais bien quand tu es née. La protagoniste est lesbienne.

—Bon sang, ç'a l'air barbant.

—Mais non, tu vas bien aimer.

—C'est juste que je ne comprends toujours pas le lesbianisme. À mon époque, le sexe, c'était entre les hommes et les femmes, et je ne comprends pas bien comment vous le faites entre deux femmes, tu vois ce que je veux dire.

Alba éclata de rire.

—Quelle perverse, bisa ! C'est donc ça qui te préoccupe tant.

—Eh bien, oui, parce que je ne veux pas mourir sans comprendre. Toi avec cette fille, la garde civile, qu'est-ce que tu faisais ?

—Du crochet, bisa, tiens ! À ton avis ? Ce que font tous les couples.

—Tous, non. Parce que ce que je faisais avec Ferino, tu ne peux pas le faire.

—Comment ça, Ferino ? C'est qui lui ? Et qu'est-ce que tu faisais, petite coquine ?

Alba éclata de rire et Aurora rougit.

—Ce qui ne te regarde pas, morveuse. Tu me comprends.

—Tu sais qu'on peut faire d'autres choses que le simple va-et-vient, n'est-ce pas ? Ou tu n'as jamais fait de gâterie à ton mari ?

—À Paulino ? Non pas à lui.

—Comment ça, pas à Paulino ? Et avec ce Ferino, oui ? Oh, bisa, tu ne cesseras jamais de me surprendre.

—Vous les jeunes, vous pensez avoir inventé le monde.

—Donc, comme quoi arriver vierge au mariage, c'était du pipeau.

—Celles qui avaient de la chance y arrivaient. Parce qu'à l'époque, on ne perdait pas sa virginité, et on la cédait encore moins, on te la prenait.

—C'est trop triste, bisa ! Qui te l'a prise, à toi ?

—Cela n'a plus d'importance, c'était il y a longtemps. Et toi ? Tu fais la fille moderne, mais s'il n'y a pas de pénis, tu es encore vierge.

—Oh là là, bisa, t'exagères ! Tu es complètement paumée. Bien sûr que je ne suis pas vierge.

—Eh ben, tu m'expliqueras comment, parce que si le poisson n'a pas de queue…

—Les queues, comme tu dis, ça se vend dans plein de matières différentes.

—Eh bien, on aura tout entendu. Donc, en gros, tu remplaces le vrai par un en plastique. Très pratique, mais un peu dégueulasse quand même.

—Oh, ça va, moi je ne t'ai rien dit. Et si tu penses que c'est plaisant de t'imaginer la tête entre les jambes d'un inconnu, fit Alba en esquivant aussitôt le coussin que sa bisa venait de lui jeter.

— Aïe ! lança Aurora en se tenant l'épaule après l'effort. Tu vas finir par me tuer ! Me fais pas dire ce que je n'ai pas dit, je vois des avantages au fait d'être deux femmes. Les hommes sont des brutes et donnent du boulot. Si ç'avait été une option à mon époque, je serais peut-être devenue lesbienne aussi. Mais je ne sais pas avec qui… Parce que Ramona, elle était gentille mais qu'est-ce qu'elle était moche. Elle avait une fameuse moustache !

— Allez, bisa, arrête de dire des bêtises.

Aurora était habituée à la mort. Quand elle était jeune, les gens mouraient à la mine, sous les bombes, fusillés contre les murs du cimetière, aux mains de l'ennemi au front, de maladies qui frappaient et décimaient la moitié du village, comme lors des épidémies de tuberculose, ou de faim, qui était aussi une maladie dissimulée sous beaucoup d'autres et qui tuait plus que le grisou. C'est pourquoi elle ne comprenait pas l'agitation suscitée par ce fameux virus qui avait confiné la moitié de la planète chez elle. Selon elle, ce microbe avait réussi là où la guerre civile avait échoué. « Bien sûr, pendant la guerre, on n'était pas en sécurité chez soi non plus », disait-elle pour s'expliquer. Elle pouvait comprendre que sa petite-fille soit inquiète, car elle n'avait jamais eu d'autres problèmes dans la vie que d'ouvrir le réfrigérateur pour choisir ce qu'elle avait envie de manger, mais elle ne comprenait pas que certains des vieux avec qui elle partageait son logement et ses maux soient, comme elle les en accusait dans plus d'une crise de colère, morts de peur. Pas tous. La plupart étaient plus désabusées qu'effrayés, mais le désenchantement était propre à l'âge, quand on avait compris que la vie donnait beaucoup moins que ce qu'elle promettait. La pandémie réussit néanmoins à ennuyer Aurora. La perspective de passer ses journées à regarder des émissions de télé où elle ne connaissait plus personne ou à écouter la radio qui ne racontait rien qu'elle n'ait entendu des années durant, avec seulement le nom des politiciens qui changeaient, l'envahissait d'ennui profond et de souvenirs confus. Elle éprouva soudain l'envie de marcher à nouveau dans ces rues qu'elle avait quittées autrefois, pleine d'une culpabilité et d'une peur qu'elle avait déguisées en détermination, et de croiser les fantômes qui, pour le meilleur ou pour le pire, faisaient partie de son histoire. Ces derniers temps, elle ne cessait de penser à Olvido, sa mère, d'abord dans ses rêves, puis éveillée, et chaque fois, elle sentait avec plus d'intensité la chaleur réconfortante de son étreinte.

Ainsi, l'été du coronavirus, elle retourna dans les Asturies. Elle demanda à sa petite-fille de prendre l'avion, mais Ana était terrorisée à l'idée de monter dans un espace si petit et fermé avec une vieille femme obèse, des masques et des distances de sécurité.

—Et s'il t'arrivait quelque chose pendant le vol, grand-mère ?

—Quel drame ! Avec tout ce qui se passe dans le monde, tu penses que ça ferait la une des journaux si une vieille de presque cent ans venait à clamser pendant un vol ? Tu ne vas quand même pas m'enlever le plaisir de monter dans un avion !

En réalité, tout ce qu'Aurora voulait, c'était qu'Ana refuse de prendre l'avion avec elle pour qu'elle ne s'oppose pas au voyage en lui-même. Alba et Fernando, eux, riaient intérieurement, sachant qu'Aurora avait une peur bleue de l'avion. Mais ils gardèrent son secret. Peu de temps auparavant, elle leur avait dit que les avions étaient des cercueils miteux avec des ailes dans lesquels les passagers s'entassaient comme les cadavres dans les fosses communes de l'après-guerre.

Ils firent le trajet dans la voiture de Carlos, une Porsche Cayenne de plus de trois cents chevaux, car ils n'auraient pas tous tenu dans la Mini d'Ana. En échange, Carlos garda la Range Rover Evoque d'Alba, son cadeau pour les vingt-cinq ans de sa fille ou son offrande de paix après plusieurs années de disputes au sujet de la décision d'Alba de ne pas rejoindre l'entreprise familiale.

À l'aller, ce fut Alba qui conduisit. Aurora, qui depuis son diagnostic de démence avait trouvé dans la maladie une excellente excuse pour dire tout ce qui lui passait par la tête, ne perdit pas l'occasion de commenter la scène depuis son siège passager.

— Si tu laisses la fille conduire pendant que toi tu es assis derrière avec sa mère, je te prédis un avenir peu chanceux, mon garçon.

— Bisa, je suis lesbienne. Je t'ai même présenté une copine. Laisse Fer tranquille.

— Et toi, Fer, t'es lesbien aussi ? Parce que sinon, je ne comprends pas.

— Bisa, on ne dit pas « lesbien » pour les hommes, rétorqua Alba.

— En plus, c'est elle qui prend ta défense. Mon pauvre, t'es brillant pour les études mais pour la vie, t'es complètement nul, lança-t-elle, tandis que Fernando riait en silence. Et cette copine que t'avais, elle est devenue quoi ?

— Elle m'a quitté, répondit Fernando, loin de se vexer et amusé par les piques d'Aurora.

— C'est que tu ne t'y prends pas bien avec les femmes. Tu sais, gamin, le grand-père d'Alba aussi était homo, mais il a épousé ma fille. Bien sûr, c'était une autre époque et les pédés, on les foutait en taule et on leur en faisait baver, alors ils se mariaient pour passer inaperçus.

Ana aurait voulu être n'importe où sauf dans cette voiture lancée sur l'autoroute avec sa grand-mère qui racontait des choses dont elle ne devrait pas parler.

— Tais-toi, s'il te plaît, demanda-t-elle, sans songer qu'elle attisait ainsi la curiosité d'Alba.

— Alors, c'est vrai ? Mon grand-père était gay ?

Ana n'eut pas le temps de répondre, car Aurora le fit avant elle :

— Lesbien jusqu'aux os, mais à l'époque, faire son coming out, ce n'était pas comme aujourd'hui. Pour les femmes, c'était impensable, et pour les hommes, juste pour les coiffeurs et les couturiers, et encore, ça, c'était seulement sous la démocratie. Tu t'imagines un mineur de l'autre bord ? Les mineurs, c'étaient des pochtrons et des michetons. Et ton grand-père Paulino, lui, ni l'un ni l'autre, mais lesbien, alors là, non.

Aurora lâcha un rire qui résonna dans toute la voiture.

— Les hommes ne sont pas lesbiens, bisa, ils sont gays, insista Alba. Raconte-moi plutôt la suite pour papi, ça promet.

— S'il vous plaît, stop ! s'exclama Ana quand Aurora commença à raconter les aventures de Jesús. Heureusement que maman n'est plus là pour vous entendre.

— Comme si ta mère n'était pas au courant… Quelle naïveté, ma petite-fille !

— C'est intéressant, parce qu'on dit qu'il y a un facteur génétique, remarqua Alba.

— Comme l'hémophilie.

— Oh ça va, bisa, on te voit venir. Pourquoi tu dis pas plutôt comme la couleur des yeux ?

— Parce que la couleur des yeux, c'est génétique seulement quand ça vous arrange. Regarde les miens, verts et clairs, et ceux de ta grand-mère, noirs, assortis à sa peau mate qu'elle tenait de son père.

— Ça, c'est parce que ton gène est récessif, mais maman en a hérité quand même, vu que papi Jesús avait aussi les yeux très clairs. Mon arrière-grand-père était très brun ?

— Tu ne peux même pas imaginer.

— C'est marrant, sur les photos, ça ne se voit pas tant que ça. Enfin, évidemment, on n'en a pas beaucoup et elles sont toutes en couleur sépia de mauvaise qualité, commenta Ana, tandis qu'Aurora soupirait, résignée à l'incompréhension de sa petite-fille.

Ana, 2020

Une fois qu'elles furent installées à Gijón, Ana écouta la discussion entre Alba et sa grand-mère Aurora depuis sa chambre et ne put s'empêcher de sourire.

— Écoute, bisa, tu es assez grande pour décider si tu veux te laver ou pas. Ça te regarde. Tout ce que je dis, c'est que tu ne monteras pas dans la voiture si tu ne prends pas une douche avant. Mon père me l'a prêtée et je ne compte pas la lui rendre puante comme une porcherie.

— Qu'est-ce que vous êtes insolents, vous les jeunes d'aujourd'hui. Si tu m'avais parlé comme ça à ma belle époque, je t'en aurais collé une.

— Pas de bol, bisa, tu m'as eue à la mauvaise. Donc c'est toi qui vois si tu préfères qu'on t'emmène à Turón ou si tu te débrouilles.

Le silence qui s'ensuivit indiqua qu'Aurora s'était résignée devant la détermination d'Alba.

Ana se leva pour déjeuner. Alba et Fernando étaient descendus acheter de quoi manger : du lait, du café, des céréales, du pain, de l'huile, des tomates, des yaourts et quelques fruits.

— Merci les enfants. Quel festin ! Moi, un café, ça me suffit largement.

— Tu vas au moins manger une banane avant de partir. Tu ne vas pas sortir le ventre vide, répondit Alba d'un ton ferme.

— Hé oh, je te rappelle que je suis ta mère, pas bisa.

Alba la regarda en agitant son index, et Ana, par prudence, attrapa une pomme.

— Pour plus tard, dit-elle.

Une heure après, ils étaient tous les quatre dans la Cayenne en route pour Turón, sans que personne, sauf Aurora, connaisse le but de cette visite.

Ils mirent à peine une demi-heure à arriver.

—Où veux-tu aller, bisa ?

—À la maison de mes parents.

—Et c'est où ? demanda Alba, armée de patience.

—Elle n'existe plus.

—Encore mieux.

—Elle a été démolie il y a longtemps pour construire une rue à la place.

Grand-mère Aurora guida Alba jusqu'à une rue qu'Ana, la seule à connaître le village pour y être venue à la Toussaint, ne reconnaissait pas.

—Par ici.

Quand ils s'apprêtèrent à descendre, Aurora les en empêcha. Elle fit alors deux bras d'honneur en direction de ce qui n'était plus qu'un simple carrefour et lança, furieuse :

—Putain de Maures, que vous pourrissiez dans la fosse commune.

Puis elle fit signe à Alba de démarrer.

Personne n'osa commenter la scène.

Aurora parcourut Turón en voiture comme quelqu'un qui visite un cimetière, car chaque maison qu'elle connaissait appartenait à un voisin, un ami ou un ennemi, mais tous étaient morts. Tous, sauf elle. Certaines maisons étaient toujours debout ; certaines habitées, d'autres non. Beaucoup avaient été démolies pour construire des logements plus modernes à une époque où la vallée de Turón était encore prospère. Aurora se rendit compte que ce village avait, tout comme elle, un long passé, un présent formé par les souvenirs et aucun avenir. De nombreux quartiers n'avaient même plus de présent, abandonnés après la fermeture des mines.

Alba vécut la visite comme si elle était dans un parc d'attractions.

—Quel village laid ! s'exclama-t-elle.

Aurora abandonna ses rêveries pendant un moment.

—Il n'a jamais été beau, mais avant, il était très vivant. Aujourd'hui, il agonise. Il ne reste presque plus personne, que des vieux. On comptait autrefois plus de vingt mille habitants. Les fêtes du Christ attiraient des gens de toute la région des Asturies, même d'Oviedo. C'est comme ça que ta grand-mère a rencontré ton grand-père, au bal des fêtes. Ton grand-père cherchait une femme à épouser, car sinon, il aurait dû faire son service militaire et, rien que d'y penser, ça le rendait malade. Mais regarde, ç'a bien arrangé ta mère, car personne ne la courtisait au village. C'était comme Ramona, même si elle n'a jamais voulu se marier alors que ta grand-mère oui, mais le fait est que, quand bien même elle l'aurait voulu, elle n'aurait trouvé personne. Elle était bête comme ses pieds et la meilleure amie que l'on puisse avoir, mais les hommes étaient repoussés par son apparence. Figure-toi que je pense qu'elle était gouine comme toi. Mais je m'en fichais. Je ne sais pas ce que j'aurais fait sans elle.

— Tu n'as plus jamais eu d'amies comme elle ?

— J'ai eu Marisa, mais ce n'était pas la même chose. Ramona était unique.

La seule capable de tuer mon père pour me sauver, pensa Aurora.

Ana dévisagea sa grand-mère avec incrédulité. Même si elle connaissait l'existence de Ramona, elle ne pouvait l'imaginer être l'amie de qui que ce soit.

Aurora vit l'expression de sa petite-fille dans le rétroviseur et ne put s'empêcher de réagir.

— Quand la réalité ne correspond pas à tes schémas, cela signifie simplement que tes schémas sont erronés. C'est quelque chose que l'on apprend avec les années, et toi, ma petite Ana, tu en as déjà quelques-unes derrière toi, lui reprocha-t-elle.

— Je te le ressortirai la prochaine fois que tu essaieras de me convaincre de l'un de tes préjugés, dit Alba, privant Ana de son droit de réponse.

Ils passèrent devant la maison d'Herminia, Florita et son père. La deuxième, parce que le bâtiment où se trouvait le petit sous-sol humide qu'ils avaient loué à leur arrivée à Turón n'existait plus. Ils parcoururent la rue où se trouvaient les maisons d'Aurora et de Ramona, toujours debout mais inhabitées, et ne descendirent de la voiture que pour se rendre sur les tombes de tous ceux qui avaient fait partie de la vie d'Aurora : celle de Paulino, celle de Frutos et Olvido, celle de Ramona, sa mère et ses sœurs, ainsi que celle de Florita et Herminia.

Ana cherchait l'occasion de demander à Aurora où elle voulait être enterrée et ainsi de régler la question sur laquelle Agueda avait tant réfléchi chaque jour de Toussaint, mais sa grand-mère la devança.

—Si vous me mettez ici sous terre, je vous jure que je vous rendrai l'éternité amère.

—Et qu'est-ce qu'on doit faire, bisa ? Avec grand-mère dans le columbarium de la basilique San Juan ?

Ana frissonna à l'idée que sa pauvre mère passe l'éternité avec sa grand-mère Aurora. Même morte, elle ne pourrait pas se débarrasser d'elle.

—Non, bon sang ! Je ne cesse de le répéter : jetez-moi dans la rivière Turón. Je veux qu'elle m'emporte vers la mer. Je ne veux pas rester ici.

—Je sais bien, bisa ! Je te taquinais. Mais comme c'est moi qui vais décider, tu ferais mieux de me traiter avec respect, tu sais que j'ai hérité de ton fichu caractère.

—Petite impertinente, dit Aurora avec un air faussement réprobateur.

—Pourquoi tu ne veux pas rester ici ? Ce sont ton village, tes racines, demanda Ana, plus par curiosité qu'autre chose.

—C'était l'enfer, ici, Ana.

—Ç'a dû être trois années horribles, intervint Fernando.

—Trois années ? répéta Aurora, qui ne semblait pas comprendre.

—Les années de guerre. Presque trois.

— Qu'est-ce qu'on vous enseigne dans ces écoles et dans ces universités hors de prix ? La guerre n'a pas duré trois ans. Elle a commencé ici avec la révolution de 1934. C'était le début d'années de souffrance et de mort. Et après, ah après ! Il n'y a pas eu de période plus difficile que l'après-guerre : tout n'était que travail, jour et nuit, famine, peur et pénuries. Et quand la faim cessa, la peur perdura pendant des décennies. Dans les années 1960, ici, les salauds du Parti socialiste torturaient et tuaient encore en toute impunité. Il y a même eu un mouvement d'intellectuels qui a dénoncé Fraga pour les atrocités commises dans le bassin minier. Trois ans, tu dis, mon gamin ? Si seulement ça n'avait duré que trois ans ! Le nombre de vies qui auraient été sauvées…

Fernando n'osa pas poser la question à Aurora, mais il ouvrit le navigateur de son téléphone portable et tapa « Fraga ».

— Tu as été heureuse, grand-mère ?

— Je ne sais pas. Parfois, oui, par moments, c'est inévitable. Allez, allons à la voiture, nous n'avons plus rien à faire ici.

AURORA, 2020

La mission qui ramena Aurora dans les Asturies était de retrouver Manuel Menéndez Miranda, le journaliste qui, plus de vingt ans auparavant, s'était présenté chez Agueda pour lui poser des questions afin d'enquêter sur la mort des soldats africains retrouvés dans la maison de Frutos et Olvido.

Le numéro de téléphone fixe qui figurait sur cette carte jaunie ne correspondait plus à personne.

— Alba, ma p'tite, dit-elle en passant la tête par la porte de sa chambre, sais-tu comment localiser quelqu'un à partir d'un ancien numéro de téléphone ?

— Si tu connaissais le nom, ce serait plus simple, répondit Alba, qui était en train de se dessiner un très long trait sur l'œil gauche.

— Manuel Menéndez Miranda, journaliste et écrivain, d'après sa carte.

— Quel âge ? demanda-t-elle en estompant le trait avec un pinceau en mousse.

— Il doit avoir la soixantaine maintenant.

— Avec un peu de chance, on pourra le trouver sur LinkedIn, dit-elle en rangeant le pinceau dans sa trousse à maquillage pour sortir l'iPad de son sac à dos. Tu sais où il travaille ?

Aurora secoua la tête, fascinée par l'habileté de sa petite-fille avec les nouvelles technologies. Elle ne fit aucun commentaire sur son maquillage de vampire.

— Dommage que je sois si vieille, ma p'tite. Qu'est-ce que je ne donnerais pas pour avoir vingt ans maintenant ! Bon, même la quarantaine, ça me conviendrait.

— Alors, ici, j'ai trois candidats avec ce nom. Tu en reconnais un ?

Aurora mit ses lunettes, qu'elle portait autour de son cou, accrochées à une chaîne arc-en-ciel, un cadeau de son arrière-petite-fille, et scruta l'écran.

— Fais ce truc que tu fais avec les doigts et agrandis les photos, je ne vois plus rien, même avec mes lunettes.

Alba s'exécuta et Aurora reconnut l'homme qu'elle cherchait.

— Quel dommage, comme les années passent. Il a vieilli ! C'est lui, dit-elle en désignant l'un d'eux. Et maintenant, qu'est-ce qu'on fait ? Parce que je veux parler avec lui, pas voir sa photo.

— On va lui envoyer un e-mail, je m'occupe de le rédiger. Qu'est-ce que je lui dis ?

— Cher monsieur Menéndez Miranda. Deux points. Je m'appelle Aurora Cangas. Point. Mon assistante m'a transmis votre message. Point et à la ligne. Si vous souhaitez toujours connaître l'histoire des soldats réguliers morts dans la maison de mes parents à Turón, veuillez me contacter. Point final.

— C'est tout ?

Aurora acquiesça.

— Je vais lui donner mon numéro de téléphone, parce que les e-mails, c'est super lent.

— Mets le mien plutôt.

— Non, bisa, les trois quarts du temps, tu ne sais même pas où tu l'as mis. S'il m'appelle, je te le passerai.

— Pourquoi tu t'apprêtes autant ? On dirait que tu t'es mis de la suie dans les yeux. On ressemblait à ça quand on prenait le train à vapeur pour Oviedo et qu'il y avait une fenêtre ouverte.

— Je ne suis pas jolie ?

— Tu es jolie, ma p'tite, mais tu ressembles à un épouvantail.

— Épouvantail, mon œil. Tu verras, ce soir, je vais pécho. Ici, en tant qu'étrangère, j'attire beaucoup l'attention.

— Tu vas draguer une autre fille ? Et Fernando ?

— Bien sûr, une autre fille, pas un extraterrestre. Fernando n'a qu'à se débrouiller, il est grand et moi, j'ai besoin de m'amuser. Ça fait longtemps que je n'ai pas eu de relation et cette période d'abstinence me tue. Aujourd'hui, Irene va être de l'histoire ancienne.

— Quelle insolence ! la réprimanda Aurora en retenant un rire fier, alors qu'elle refermait la porte.

Le lendemain, Fernando annonça qu'il retournait à Madrid. Il le fit d'un ton joyeux et désinvolte, prétextant qu'il avait prévu d'aller faire du surf à Fuerteventura avec ses copains, mais Aurora ne le crut pas. Elle devina immédiatement qu'il était contrarié par le comportement d'Alba, qui ne l'avait pas inclus dans ses projets et qui était rentrée au petit matin.

—Oh, c'est dommage que tu t'en ailles ! dit Alba. Mais je comprends, ç'a l'air génial. Impossible de refuser après les mois de confinement qu'on a vécu.

—Profites-en bien et amuse-toi, tu es jeune, intelligent et beau. Elles vont se battre pour toi, dit Aurora.

Quand Fernando se leva pour rassembler ses affaires, Aurora le suivit.

—Je suis désolée, je sais bien ce que c'est de tomber amoureuse de la mauvaise personne.

Fernando regarda la vieille femme et sourit.

—C'est si évident que ça ?

—Seulement pour moi, j'ai beaucoup d'expérience en matière de déceptions. Ne t'inquiète pas pour Ana et Alba, elles ne se sont rendu compte de rien et ton secret est en sécurité avec moi. Je ne sais pas si tu vas aller à Fuerteventura ou pas, mais profite de ton été et drague quelques jolies filles, car tous les jeunes auront plus que jamais envie de faire la fête après le confinement. Mais plusieurs, hein ? Ne tombe pas amoureux de la première venue, je te vois venir. Change de conquête tous les soirs, comme si c'était un défi, et après les vacances, si tu veux recommencer les mêmes erreurs, tombe amoureux d'une autre.

Fernando ne put s'empêcher de rire en commençant à ranger ses vêtements dans la valise.

—Je vais suivre votre conseil, bisa, mais ne dites rien à Alba.

Alba ne sut jamais pourquoi Fernando s'était éloigné d'elle. C'est pourquoi cela lui fit énormément de peine lorsque son meilleur ami l'évita au moment le plus difficile de sa vie.

ALBA, 2020

L'appel de Manuel Menéndez Mirando réveilla Alba seulement quatre heures après qu'elle se fut couchée.

Après le départ de Fernando, elle sortit plusieurs soirs d'affilée et avait oublié de mettre son téléphone en mode silencieux ce matin-là, quand elle était rentrée de sa virée à six heures du matin.

—Aurora Cangas ? entendit-elle dire à l'autre bout du fil.

Quelques heures plus tard, Alba, fraîchement douchée et le visage caché par le masque, entrait avec son arrière-grand-mère dans la rédaction d'un journal asturien bien connu. Aurora lui avait demandé de ne rien dire à sa mère. Cela devait rester leur secret. Du moins, pour l'instant.

Un assistant les accompagna dans une salle de réunion où les attendait Menéndez Miranda, directeur du département d'investigation.

—Enchanté de vous rencontrer, doña Aurora. Votre visage me dit quelque chose ! Vous ne seriez pas de la même famille que votre assistante ? la salua le journaliste en respectant la distance de sécurité imposée par les mesures liées à la pandémie.

—Ne commencez pas avec vos petites blagues, sinon je m'en vais et je ne vous raconte rien. Si ça vous intéresse toujours, bien sûr.

—La curiosité me ronge depuis vingt ans. Asseyez-vous, je vous en prie. Je peux vous offrir un café ? J'ai demandé qu'on nous apporte des moscovitas. J'ai entendu dire que c'étaient vos préférés, dit-il en adressant un clin d'œil complice à Alba.

—Et comment les manger avec un masque ? Sachez qu'à Madrid, ce n'est pas obligatoire d'en porter comme ici.

—Mon arrière-grand-mère ne vous racontera pas son histoire tout de suite, intervint Alba. Nous voulons d'abord mettre certaines conditions par écrit.

—Mais ça s'est passé il y a quatre-vingts ans. Quelle importance cela a-t-il aujourd'hui ?

—Je m'appelle Alba Fresno et je suis la fille de Carlos Fresno, le président de…

—Je sais qui est votre père. Et vous êtes la petite-fille d'Aurora ?

—Arrière-petite-fille. Vous comprendrez qu'avant de publier une partie de l'histoire de notre famille, nos avocats devront donner leur accord.

—Je suppose que votre position dans le monde des affaires change la donne, admit-il avant de s'adresser à Aurora. Donc, vous êtes… la grand-mère de la femme de Carlos Fresno ? Et votre fille, celle qui a parlé à mon père, la belle-mère de Carlos Fresno ?

Aurora acquiesça d'un signe de tête.

—Eh bien, si ça vous convient, nos avocats vous feront parvenir demain l'accord de confidentialité que vous et le directeur du journal devrez signer, ainsi que le contrat précisant les conditions et les pénalités en cas de non-respect, dit Alba.

—Le directeur ne va rien signer sans connaître l'histoire.

—Je pense que vous n'avez pas manqué de remarquer que si nous souhaitons faire intervenir nos avocats, c'est parce qu'il ne s'agit pas d'une histoire banale.

—Non, mais la politique du journal est de ne pas s'engager tant que nous ne savons pas de quoi il s'agit.

—Alors, vous resterez sur votre faim. Et quelqu'un d'autre publiera l'histoire, si telle est la volonté de mon arrière-grand-mère, répliqua Alba en se levant et en aidant Aurora à en faire autant.

—Le nom de la famille Fresno pourra-t-il apparaître ?

Alba acquiesça.

—Et ce ne serait pas la seule famille de renom à être mentionnée, assura Aurora, en refusant néanmoins de révéler à qui elle faisait référence.

Elles sortirent du bâtiment peu après, avec la promesse du journaliste de négocier avec la direction du journal. Il était fermement décidé à s'occuper personnellement de cette histoire. Cependant, les avocats de la famille Fresno ne parvinrent pas à s'accorder avec le journal. Ils conclurent finalement un accord avec Manuel Menéndez Mirando, à titre d'indépendant, en tant qu'écrivain.

Il fallut deux jours à Aurora pour raconter à Manuel ce qui s'était passé avec les Maghrébins et quatorze autres pour lui faire le récit du reste de sa vie, car une fois qu'elle eut ouvert les vannes de sa mémoire, elle ne put plus s'arrêter. Alba fut le témoin silencieux de tout ce qui fut dit là-bas. Elle n'intervint à aucun moment ; au contraire, elle fit de son mieux pour passer inaperçue. Par respect. Mais surtout parce qu'elle ne voulait pas que son arrière-grand-mère se rende compte que l'histoire des Maghrébins était terminée depuis longtemps et qu'elle cesse de parler. Elle n'aurait d'ailleurs pas su quoi dire face à tout ce passé contenu dans les souvenirs de son arrière-grand-mère. Manuel enregistra chaque détail du récit d'Aurora, en posant peu de questions et en écoutant beaucoup. Au fil des jours, le journaliste voyait de moins en moins une vieille femme centenaire et obèse, et de plus en plus la jeune charbonnière qui, vêtue d'un uniforme phalangiste, représentait autrefois la prospérité des bassins miniers sous Franco.

Le jour où Aurora termina le résumé de sa vie, elle se tut sans prévenir et demanda à son arrière-petite-fille de l'aider à se lever de son fauteuil.

—Allons-y, ma p'tite, je n'ai plus rien à raconter, dit-elle en guise d'au revoir.

—Une dernière chose, l'arrêta le journaliste. Y a-t-il quelque chose que vous aimeriez faire et que vous n'avez pas encore fait ?

—Oui, mais cela ne vous regarde pas et j'espère régler cette question ce soir.

Aurora prit Alba par le bras et laissa Manuel Menéndez Miranda avec un sentiment d'irréalité, comme s'il venait de se réveiller d'un rêve étrange.

Alba fit démarrer la voiture pour rentrer chez elle et Aurora réussit à la surprendre à nouveau.

—Emmène-moi ce soir dans un de tes bars, lui demanda-t-elle alors qu'elle commençait à tourner le volant.

—Comment ça, un de mes bars ?

—Un bar pour filles. Ceux où on ne laisse pas entrer les hommes.

Alba remit le frein à main. Elle ne s'imaginait pas entrer dans l'établissement où elle avait passé la soirée de la veille avec une centenaire d'un peu moins de quatre-vingt-dix kilos.

—Ne me regarde pas avec cette tête et démarre, ma p'tite, ce n'est pas la mer à boire. Quoi, les vieilles ne peuvent pas sortir faire la fête ? Qui sait, je pourrais même pécho ! fit Aurora en éclatant de rire.

—Tu expliqueras ça à ma mère. Elle est déjà assez sur les nerfs avec l'histoire du journaliste.

—Depuis quand tu te laisses intimider ?

Ana, 2020

—Tu ne vas pas emmener bisa faire la fête, chérie, et encore moins cette année avec le Covid. Tu es devenue folle ? Je ne peux pas imaginer pire idée.

—Qu'est-ce que tu veux qu'il arrive, Ana ? intervint Aurora. Que je meure ? Parce qu'il est grand temps.

—Ce que je ne veux pas, c'est que quelqu'un de cette famille te tue en agissant de façon irresponsable.

—Oh ça va, ce ne serait pas une tragédie non plus, je suis déjà dans les arrêts de jeu. Laisse Alba tranquille, elle doit m'aider à me faire belle. Je ne vois même plus assez bien pour me maquiller.

Ana regarda Alba, impuissante.

—Je vous accompagne, décida-t-elle.

— Super, une de plus dans le cortège. Encore heureux que je ne vive pas ici ! grommela Alba. Je ne remettrai plus jamais les pieds à Gijón. Il y a déjà peu d'endroits où je peux aller draguer, et à partir d'aujourd'hui, on va m'interdire l'entrée.

Deux heures plus tard, le taxi les attendait devant la porte et Aurora continuait à protester contre la tenue qu'Alba avait choisie pour elle.

— Je ne comprends pas cette manie que vous avez maintenant de vous habiller comme si vous alliez à un enterrement pour être élégantes.

— C'est toi qui as apporté cette robe. Si elle ne te plaît pas, pourquoi l'as-tu mise dans ta valise ?

— Au cas où je devrais aller à un enterrement, tiens ! Je n'ai jamais vu personne draguer en tenue de deuil. Depuis toujours, les veuves n'attendent qu'une chose : pouvoir porter des couleurs plus gaies, et maintenant, vous êtes toutes en noir. Je ne vous comprends pas, les jeunes.

— Donc, selon toi, c'est beaucoup plus normal de voyager avec des vêtements noirs pour un enterrement que pour sortir. Et tu penses que c'est qui qui va mourir ? Parce que celle qui a le plus de chances, c'est toi.

— Eh bien, tu m'incinéreras dedans, ça marche aussi. Je suis déjà dans un état pitoyable, il ne me manque plus que la faux.

— Si tu continues de protester, tu restes à la maison.

Ana assista en silence à la discussion entre sa fille et sa grand-mère. Au fond, elle savourait l'instant. Depuis son divorce, elle ressentait le besoin de vivre des expériences que son ex-belle-mère jugerait répréhensibles, et se rendre dans un bar lesbien en telle compagnie était la chose la plus transgressive qu'elle ait faite depuis qu'elle avait trompé Carlos avec César.

— Au fait, maman, tu es superbe, dit Alba une fois dans le taxi.

Aurora était assise devant, elles derrière.

— Si ma belle-mère… ex-belle-mère me voyait. Je ne m'y habitue pas.

Le portier du Bruxa Curuxa regarda, perplexe, le trio qui descendit du taxi, prêt à entrer dans le bar, tout en conservant l'expression impassible qui le caractérisait pendant ses heures de travail.

— C'est magnifique ! s'exclama Ana.

Elle découvrit avec surprise une grande terrasse d'un blanc immaculé, couverte de pergolas et éclairée par des projecteurs arc-en-ciel qui balayaient les lieux et illuminaient la nuit. De nombreuses plantes d'un vert luxuriant dans des pots blancs apportaient de la chaleur à l'atmosphère et plusieurs petits bars, également blancs, chacun éclairé d'une couleur différente à l'intérieur, entouraient l'enceinte. De larges colonnes, aussi blanches que le reste, décorées d'énormes photos en noir et blanc représentant des groupes de femmes, certaines habillées en hommes, d'autres avec un monocle et d'autres encore dansant enlacées, conféraient de l'intimité aux tables. Ana manifesta de la curiosité pour les photos et Alba lui expliqua.

— Ce sont des reproductions de photos du Monocle, à Paris, le premier bar réservé aux femmes. On raconte que certaines portaient le monocle pour s'identifier comme homosexuelles, je ne sais pas si c'est vrai.

Aurora s'intéressa également à l'histoire qu'Alba leur racontait, mais seulement jusqu'à ce qu'elle explique que le bar avait été fermé par les nazis et que les homosexuels avaient été persécutés.

— Même à Paris, ils n'ont pas été épargnés, c'est lourd. Vous voyez, tout le monde est habillé en noir.

— Tu es superbe, bisa. Allons choisir une table pour nous asseoir, puis j'irai chercher quelque chose à boire. Regarde, maman, cette fille au coin te regarde.

— En fait, tout le bar nous dévisage. Depuis qu'on est arrivées.

— Peut-être que tu vas pouvoir pécho ce soir, plaisanta Alba.

— Eh bien, à ce stade, je n'exclus plus rien.

— Tu es si belle depuis que tu as pris quelques kilos que ça ne m'étonnerait pas.

— C'est ce qui arrive quand on n'a plus ta grand-mère Paloma sur le dos toute la journée.

— Et moi, je peux pécho ? Parce que si c'est une question de kilos, j'en ai en suffisance, dit Aurora. Comme ça, je ne mourrai pas sans savoir. Les hommes ne m'ont apporté que des déceptions. Bon, et quelques plaisirs aussi, un peu de tout.

— Tu nous as bien eues en tout cas ! Tu verras, maman, quand le livre sortira, tu vas halluciner de voir à quel point bisa était déjantée. Je ne sais pas comment mamie et toi avez fait pour être si coincées.

Ana essaya d'effacer l'image qui venait de se former dans son esprit et installa sa grand-mère près d'une table avant de se diriger vers le bar.

Ce soir-là, Aurora fut le centre de l'attention. Une fois passée la stupéfaction que son arrivée avait provoquée dans le bar, Deva, la fille avec qui Alba avait passé les nuits précédentes, s'approcha d'elles.

— Salut. Alors comme ça, c'est de famille ?

— Je te présente mon arrière-grand-mère.

— Waouh. Toi, tu ne perds pas de temps. Présenter l'arrière-grand-mère, c'est une grande étape. Je m'appelle Deva, dit-elle en cognant son coude contre celui d'Aurora.

— Ne fais pas tant de manières, veux-tu. Je me doute bien que si tu as le virus, ma petite-fille l'a déjà attrapé. Quels bons goûts elle a !

À ce moment-là, Ana revint avec les boissons.

— Maman, voici Deva, annonça Alba.

—Je suis avec quelques amies, ça vous dérange si elles se joignent à nous ou vous préférez rester en famille ? Je sais que c'est compliqué avec la situation, mais comme on est dehors, on peut garder un peu nos distances et comme ça, je ne les laisse pas toutes seules.

—Et puis quoi encore ! répondit Aurora. On en a ras le bol d'être en famille. Moi, je veux faire la fête. Qu'elles viennent près de nous.

—Attention à ce que tu dis, je te connais, la menaça Ana.

—Justement, ma p'tite Ana, tu me connais très mal.

À trois heures du matin, Ana et Aurora prirent un taxi pour rentrer à la maison et laissèrent Alba avec Deva.

—Chérie, je suis désolée, dit Ana avant de partir.

—De quoi ?

—De ne pas t'avoir accordé l'attention que tu méritais. Je ne savais même pas à quoi ressemblaient les endroits où tu sortais.

—Ne t'inquiète pas, maman, tu t'en es très bien sortie. Cette soirée était très amusante et inoubliable, mais à ne pas refaire. Occupe-toi plutôt d'être heureuse pour le reste de ta vie. Demain, fais en sorte que bisa se douche, moi je vais me lever tard. Peut-être que je ne rentrerai même pas dormir à la maison.

Ana aida Aurora à se déshabiller, à se démaquiller et à se coucher. Elle ne se réveilla que lorsque la police l'appela sur son portable. Alba était à l'hôpital, sous sédation et dans un état stable.

Alba, 2020

L'appartement de Deva se trouvait à quinze minutes à pied du bar. Comme il n'y avait pas de taxis en vue, elles décidèrent de faire une petite promenade. La nuit était fraîche, un peu humide mais agréable, comme souvent à Gijón. On pouvait même apercevoir quelques étoiles dans le ciel.

Deva prit Alba par la main.

— Je t'aime bien.

— Moi aussi, mais j'habite à plus de quatre cents kilomètres. Je suis venue ici cet été pour mon arrière-grand-mère et je suis restée plus longtemps que prévu, justement pour qu'elle puisse terminer ce qu'elle était venue faire ici. Dans quelques jours, on rentre à Madrid.

— Quatre cents kilomètres, ce n'est pas si loin, répondit Deva en s'approchant de son cou pour lui donner un baiser affectueux.

— Tu me connais à peine. Je ne sais même pas ce que tu fais dans la vie.

— Je suis prof de maths et de physique dans un lycée, en terminale.

— Allez, c'est pas vrai, sérieux ?

— Ça t'étonne tant que ça ?

— J'ai étudié dans une école catholique britannique. Je n'aurais jamais imaginé une prof de maths avec un string rose comme celui que tu portes et qui me rend folle, plaisanta-t-elle.

Deva regarda derrière elle, inquiète.

— Il y a un problème ? demanda Alba avant de se retourner.

Six hommes d'une vingtaine d'années descendaient la rue en marchant rapidement.

— Cours, dit Deva en lui tirant le bras.

Alba ne comprenait pas ce qui se passait, mais elle se mit à courir.

— Hé, les pétasses, si vous voulez vous amuser, on s'en charge, vous verrez que ça vous plaira encore plus, entendit-elle avant qu'ils se mettent à leur courir après.

Ils ne mirent pas deux pâtés de maisons à les rattraper. Alba reçut un coup au visage alors qu'elle essayait de donner un coup de pied dans les couilles du premier qui l'attrapa. Elle sentit le goût légèrement salé et métallique de son propre sang dans sa bouche pendant que deux autres la soulevaient et la jetaient à l'arrière d'une camionnette blanche sans fenêtre qui venait de freiner à leur hauteur. L'homme qui l'avait frappée l'attacha et la bâillonna avant même qu'elle ait eu le temps de réagir, tandis que les autres traînaient Deva à l'intérieur en lui plaquant un gros morceau de scotch sur la bouche.

Elle sentit la camionnette démarrer et chercha Deva du regard. Elle tenta de donner des coups de pied, en vain. L'un des types l'immobilisa pendant qu'un autre lui remontait la jupe et lui arrachait sa culotte.

—Votre problème, c'est que vous n'avez jamais goûté à une vraie queue de votre vie.

Alba fut prise d'effroi. Par peur de ce qu'ils allaient lui faire. Par peur de ne pas sortir vivante de là.

—Si tu résistes, je te défigure la gueule, lui dit celui qui l'avait fait monter dans la camionnette.

Il leva la main et Alba vit briller son poing américain orné de petits pics au bout de chaque phalange. Un frisson glacé la parcourut. Elle aperçut une croix gammée tatouée à l'intérieur de son poignet.

—Ne jouis pas tout de suite, sale chienne, je te l'ai même pas encore mise.

Alba ferma les yeux.

—Non, pas comme ça. Ouvre les yeux et regarde-moi.

Quand elle les ouvrit, son agresseur retira son poing américain, lui donna une gifle, puis le remit.

—Ne t'avise pas de fermer les yeux, sinon la prochaine fois, je ne l'enlève pas.

Alba fixa le plafond. La camionnette était vide et sentait les produits chimiques. Elle ne voyait pas Deva, cachée par les autres, et elle ne pouvait pas non plus l'entendre parce qu'ils l'avaient bâillonnée avec du scotch. Eux, par contre, elle les entendait. Deux d'entre eux ouvrirent des bouteilles de bière et se mirent à boire pendant que les autres s'occupaient de Deva.

— T'es vraiment incorrigible, sale pute, lui lançaient-ils.

C'est alors que son agresseur lui enfonça plusieurs doigts dans le vagin. Un autre néonazi lâcha un énorme rot qui lui donna la nausée. Celui qui s'occupait d'elle ne réagit même pas. Il sortit son sexe flasque de son pantalon et tenta de bander, sans succès. Furieux de l'inactivité de son membre, il l'attrapa et la força à se mettre à quatre pattes.

— Encule-la, ordonna-t-il à un autre qu'Alba ne put voir. Sans pitié.

La douleur fut si intense qu'Alba hurla. Elle faillit s'évanouir et sentit un liquide chaud couler le long de ses cuisses pendant que cet inconnu la pénétrait violemment. Elle saignait. Il l'avait déchirée en entrant.

Les tortures durèrent plus d'une heure, et Alba crut mourir. Ils lui dessinèrent des étoiles de David sur les seins, sur les fesses et sur les cuisses, et deux d'entre eux jouirent en elle pendant qu'ils buvaient de la bière tout en proférant des horreurs.

À plusieurs reprises, elle eut Deva en ligne de mire et chercha son regard, mais elle ne le lui rendit jamais.

Le temps sembla une éternité jusqu'à ce qu'ils se taisent tous et, sans un mot de plus, les abandonnent dans un pré à la périphérie de la ville. À moitié nues, les mains attachées et Deva toujours bâillonnée avec du scotch. Sans sacs à main. Sans téléphones. Deva ne réussissait même pas à regarder Alba pendant qu'elle essayait de lui retirer le scotch de la bouche avec ses orteils.

— Qu'est-ce qu'ils t'ont fait ? demanda Alba, assise sur l'herbe.

L'humidité lui donnait la chair de poule.

— Peu importe, je ne veux pas en parler. Tu as du sang séché sur les jambes. Je suis désolée. C'est moi qui t'ai entraînée là-dedans.

— Tu sais qui c'était ?

— Ton œil devient tout violet.

— Réponds-moi : tu sais qui c'était ? insista Alba.

Deva hocha la tête.

— Ce sont des amis de mon frère.

— Alors ce sera plus facile de les retrouver. On doit aller à l'hôpital tout de suite, dit Alba en gémissant de douleur lorsqu'elle se leva. Allons sur la route.

— Moi, je ne veux pas y aller. Je ne veux pas porter plainte. Il me faut quelque chose pour me couvrir.

— Qu'est-ce que tu dis ? Où vas-tu aller ? Tu n'as même pas de chaussures.

— Je me débrouillerai. Tu veux faire la une des journaux et qu'on explique qu'on a été attaquées parce qu'on est lesbiennes ? Parce que moi, non. Mon père ne le sait pas, et je n'imagine même pas le scandale au lycée. Si ça se sait, je suis fichue.

Alba l'écouta, partagée entre la colère et la compassion, mais ne revint pas sur sa décision.

— Ne parle pas de moi, la supplia Deva.

— Je ne sais même pas qui tu es, de toute manière.

21

Ana, 2008

Ma fille Alba avait treize ans quand elle eut ses règles pour la première fois. C'était le 4 novembre 2008. Elle se souvient de la date, car le même jour, Barack Obama gagna les élections aux États-Unis.

« Même si nous n'avons pas pu briser ce plus haut et dur plafond de verre, grâce à vous, il y a maintenant dix-huit millions de fissures dedans. » Tels étaient les mots prononcés par Hillary Clinton l'année où j'ai compris que les règles ne sont pas bleues et n'ont pas l'odeur des nuages, comme les publicités à la télé veulent nous le faire croire, et que les présenter ainsi, c'est manquer de respect à toutes les femmes. Et vous savez pourquoi Hillary Clinton a dit ça ? Parce que, pour la première fois de l'Histoire, les démocrates américains avaient dû choisir entre un homme et une femme. Un homme noir et une femme blanche. Barack Obama a battu Hillary Clinton dans la course électorale et est devenu le premier homme noir à être candidat à la présidence des États-Unis. Ce fut une victoire historique dans la lutte pour l'égalité raciale, même si elle avait obtenu plus de votes que lui. Cela dit, vive Obama ! Car après avoir remporté les élections dans une victoire historique contre John McCain, un homme blanc, il a nommé Hillary secrétaire d'État parce que, après des siècles de lutte, nous les femmes avons réussi à atteindre les seconds postes. Ce qu'on ne nous permet toujours pas, c'est d'être à la première place, et ça, c'est le combat de notre génération. C'est à nous, hommes et femmes, de dire au monde que les règles, c'est du sang, et que nous pouvons marcher ensemble sans que certains restent dans l'ombre des autres. C'est pour ça qu'aujourd'hui, je vous appelle tous à l'égalité, parce que l'égalité n'est pas une affaire de femmes ; l'égalité enrichit aussi les hommes qui, tout au long de l'histoire, ont dû endosser le rôle épuisant de sauveurs.

Tel fut le discours que ma fille prononça des années plus tard, lors de sa remise de diplôme, pour clore toute une vie passée à étudier dans l'école la plus chère de Madrid, celle où elle était entrée alors qu'elle savait à peine parler. Alba fut la première de sa promotion, avec la meilleure moyenne de son année et au bac, et la seule, au cours des longues années d'existence de l'établissement, à déroger aux thèmes habituels du discours prononcé par l'élève le plus brillant de sa promotion, provoquant un remue-ménage, selon moi inutile, qui me fit craindre que l'avenir de ses frères dans cette école soit compromis. Mais je n'avais pas à m'en faire. Porter le nom de famille Fresno aide beaucoup, et personne ne nous fit de reproches pour ce fichu discours, même s'il nourrit les conversations des parents, des professeurs et des élèves pendant longtemps. Seul le pauvre Carlitos subit quelques moqueries de la part de ses camarades, qui commençaient à imaginer ce qu'étaient les règles. Jesús quant à lui était si petit qu'il ne se rendit compte de rien. Dans sa classe, ils en étaient encore à la phase caca-prout-pipi.

Si pour Alba ce jour-là marqua le début officiel de ses revendications féministes, moi, tout ce que je ressentis, ce fut de la peur. La même peur que celle que j'avais ressentie ce 4 novembre lorsqu'elle était descendue me chercher dans le salon.

— Maman, apprends-moi à mettre un tampon, j'ai mes règles. Tu en as des mini ?

Le fait qu'elle dise ça avec une telle assurance me fit pâlir. Ma petite fille n'était plus si petite ; elle commençait une étape de sa vie où elle deviendrait une cible facile pour les prédateurs, et je voulais la protéger. Elle ne se laissa pas faire. Après avoir compris comment mettre un tampon et quand il fallait le changer, elle avait pris la boîte d'antidouleurs que je lui avais proposée pour lutter contre les crampes abdominales et avait regardé la couverture chauffante avec réticence, mais au moins, elle avait accepté ma proposition de nous blottir ensemble sur le canapé, sous une couverture, pour regarder un film. C'était elle qui avait choisi : *Million Dollar Baby*, Oscar du meilleur film. Ça racontait l'histoire d'un vieux boxeur, Clint Eastwood, qui entraînait une jeune femme, Hilary Swank, bien qu'il soit fermement convaincu que les femmes ne devraient pas boxer.

Alba montrait déjà son caractère à cette époque.

AURORA, 2020

Ana entra dans la chambre de sa grand-mère dès qu'elle reçut l'appel de la police.

— Qu'est-ce qui se passe ? Alba va bien ? devina Aurora.

— Elle est à l'hôpital.

— Allons-y, dit-elle en se redressant sur le lit avec une telle force qu'elle faillit tomber par terre.

— J'y vais toute seule.

— Hors de question. Que lui est-il arrivé ?

— Je ne sais pas, ils m'ont seulement dit qu'elle avait été agressée. J'y vais.

— Attends-moi, bon sang ! cria Aurora en commençant à s'habiller. Et si tu m'aides, j'irai plus vite. Appelle un taxi. Tu ne peux pas conduire dans cet état de nervosité.

— Tu n'as même pas bu un verre de lait. Tu vas faire un malaise et tu vas être plus un poids qu'autre chose.

—Eh bien, qu'il m'arrive ce qu'il doit m'arriver, on sera de toute façon à l'hôpital. Ils s'en occuperont là-bas.

—Avec le coronavirus, une seule personne peut entrer dans la chambre et je veux que ce soit moi.

—Ce n'est pas grave, je resterai en bas. Je veux la voir, même si c'est par la fenêtre.

Ana accepta comme un automate, car elle ne voulait pas se disputer, elle voulait juste courir auprès de sa fille. Et aussi pour Alba, qui aimerait avoir son arrière-grand-mère à ses côtés. Elle l'aida à s'habiller après avoir appelé le taxi. Elle sortit sans se laver ni prendre de petit déjeuner, elle n'avait pas le temps. Depuis la voiture, Ana prévint son ex-mari.

Quand elle entra dans la chambre, sa fille somnolait. Elle ne pouvait pas bien voir son visage à cause du masque, mais un hématome recouvrait son œil droit et semblait se prolonger sur la partie cachée de sa joue. Elle lui prit la main et Alba se réveilla.

—Ma chérie, comment vas-tu ? Ton arrière-grand-mère est venue avec moi, mais ils ne laissent entrer qu'une seule personne.

—Bien, c'est une mise en scène pour que bisa échappe à la douche, plaisanta Alba en essayant de se lever. Elle est en bas ? C'est là que les proches se mettent pour voir les patients par la fenêtre.

Ana acquiesça.

—Qu'est-ce qu'ils t'ont fait ?

—Je n'ai pas envie d'en parler. J'ai déjà tout raconté à la police, le médecin légiste m'a déjà examinée et un juge va prendre ma déposition ce matin.

—Mais, ils t'ont…

—Oui, maman, ils m'ont violée. Et j'ai porté plainte. Tu as appelé papa ?

—Il n'est pas trop tard pour retirer la plainte. Réfléchis bien : si la presse apprend qu'une Fresno a été violée, ce sera un scandale.

— Je ne transigerai pas là-dessus, maman. Ne pas porter plainte n'est pas une option pour moi.

— Tu veux qu'on cherche une clinique privée où tu auras plus d'intimité ? demanda-t-elle en montrant le lit voisin, vide à ce moment-là.

Alba secoua la tête.

— Je sors aujourd'hui et on m'a dit qu'en attendant, ils n'allaient pas occuper le lit. Aide-moi à me lever, je veux faire coucou à bisa. Je suis tellement contente que tu sois là ! J'ai cru que je ne vous reverrais plus jamais, dit-elle en fondant en larmes tandis qu'elle tendait les bras pour enlacer sa mère, qui la serra contre elle comme si elle voulait la remettre à l'intérieur de son ventre.

Alba mit un certain temps à se ressaisir et à lâcher Ana pour se pencher à la fenêtre. Dès qu'elle l'aperçut, Aurora se redressa dans son fauteuil roulant et agita les bras en guise de salut.

— Où avez-vous trouvé ce fauteuil ? demanda Alba.

— Je n'en ai aucune idée. Quand je l'ai laissée en bas, elle n'en avait pas.

— Ça, c'est bien ma bisa. Je veux rentrer à la maison, maman. Je veux m'en aller dès que possible. Je n'ai pas de vêtements. Les rares qu'ils m'ont laissés, je les ai donnés comme preuve. J'ai besoin de quelque chose à me mettre et que vous me sortiez d'ici, supplia Alba. C'est insupportable.

AGUEDA, 1952

Les règles mirent fin à l'enfance d'Agueda quand elle avait onze ans. Elle ne savait rien à l'époque du fonctionnement du corps féminin, à part quelques informations confuses que lui avaient données ses camarades de classe. Quand elle vit le sang dans la cuvette des toilettes, elle eut peur. Elle crut qu'elle était en train de mourir. Florita lui avait pourtant dit que les femmes saignaient par là, mais elle ne l'avait pas crue. Elle disait que c'était une punition de Dieu infligée aux femmes pour avoir corrompu Adam au paradis et, même si Agueda ne comprenait pas ce qu'elle avait à voir avec Adam, elle supposait que nous devions tous payer pour les péchés des autres, même si ceux-ci étaient morts depuis des milliers d'années. C'est pourquoi la vie était une vallée de larmes, comme le disaient les religieuses de l'école.

Elle hésita à raconter à sa mère ce qui venait de lui arriver, de peur qu'elle la punisse, mais elle n'avait pas le choix. Florita était malade et ne viendrait pas coudre ce jour-là, et elle ne pouvait pas traverser le village en saignant jusqu'à la maison de son amie. Pour aggraver la situation, elle pouvait entendre le cliquetis de la Singer à l'étage inférieur – or le pire moment pour interrompre sa mère était pendant une session de couture. Ce n'était qu'à côté de cette machine qu'elle semblait trouver un peu de paix.

— Maman, j'ai du sang là, annonça-t-elle.

Aurora reçut la nouvelle avec effroi.

— Mais tu n'as que onze ans ! Mon Dieu, quelle horreur ! Tu ne me donnes vraiment aucune joie. Pour les hommes, c'est comme agiter un drap rouge devant un taureau : bientôt ta poitrine va pousser et tu vas avoir un corps de femme.

Aurora tendit trois morceaux de tissu rouge à sa fille.

— Débrouille-toi avec ça pour l'instant. Je vais chercher de la flanelle pour t'en coudre d'autres. Mets-en un ; quand il sera saturé, lave-le et mets-le à sécher. Fais en sorte que tes frères ne les voient pas. Et n'en parle à personne, c'est compris ? Pas même à Florita.

Aurora ne lui donna aucune autre explication, alors Agueda plaça le morceau de tissu dans sa culotte et, quand les crampes arrivèrent, elle se prépara une camomille. Une heure plus tard, la douleur était si intense qu'elle mordit dans un mouchoir pendant si longtemps et si fort qu'elle ne se rendit même pas compte qu'elle s'était enfoncé les dents dans les doigts jusqu'à en saigner. Au moins, ce jour-là, sa mère ne l'envoya ni laver ni faire des tâches dans la maison. Elle ne lui demanda pas non plus comment elle allait. En revanche, Aurora se fit la promesse de ne jamais plus laisser Frutos approcher d'Agueda. La petite était laide, mais ce n'était pas une garantie suffisante pour éviter que ce qui lui était arrivé lui arrive aussi.

Cet après-midi-là, Agueda vit Felisina passer de maison en maison, comme elle le faisait toujours quand il y avait des nouvelles importantes à annoncer. Elle sauta celle d'Aurora, et Agueda se sentit rejetée par le monde entier.

Si Felisina ne s'arrêta pas chez Aurora, c'était parce que la nouvelle qu'elle colportait concernait Ramonón, un mineur de Langreo du même puits que Paulino et le dernier maquisard restant dans les Asturies. Il était mort à Gijón après qu'un camarade l'eut trahi et que la Guardia Civil lui eut tendu une embuscade. Elle n'avait pas pris le risque d'annoncer une telle nouvelle à la voisine phalangiste, mais Agueda y vit le signe que tout le monde lui était hostile et elle se sentit très seule.

Ses premières règles durèrent quatorze jours et elle n'en parla à Florita qu'au bout de trois, quand la fièvre de son amie tomba et qu'elle revint chez elle pour coudre. Florita trouva Agueda seule, pleurant de douleur. Comme Aurora était partie à Mieres enseigner la couture aux femmes du Service social, Florita courut prévenir sa grand-mère de ce qui se passait et Herminia fit le chemin jusqu'à la maison d'Aurora avec une célérité inhabituelle pour son âge. Une fois arrivée, elle coucha Agueda, lui posa une brique chauffée sur la cuisinière à charbon et enveloppée dans des linges, puis lui prépara un mélange de marjolaine, lavande, genièvre, mélisse, romarin et menthe, placé dans un sachet fait avec un bout de sac de pain, pour qu'elle le respire quand la douleur deviendrait trop forte. Elle lui tira aussi les cartes, car désormais, elle était une femme et elle pouvait lui lire son avenir d'adulte. Selon l'interprétation d'Herminia, un homme bon, des enfants et une maison magnifique attendaient Agueda. Ce que la vieille femme ne lui dit pas, ce fut tout ce qu'elle aurait à endurer avant d'en arriver là.

Alba, 2020

Carlos Fresno appela son chauffeur dès qu'il reçut l'appel d'Ana et se mit en route pour Gijón.

Pendant le temps que son père mit pour arriver, Alba prit la pilule du lendemain, reçut un traitement prophylactique contre les gonocoques, la chlamydia, les trichomonas, la syphilis et le VIH, et commença à se remettre des blessures physiques avant même que les blessures psychologiques commencent à apparaître.

Bien qu'elle n'ait été prise en charge par le personnel spécialisé dans les violences sexuelles ni au commissariat ni à l'hôpital, alors qu'elle l'avait demandé, son état n'étant pas considéré comme une violence de genre et ne relevant donc pas de la compétence de ce service, elle remercia la police et le personnel soignant pour la façon dont elle avait été traitée, refusa la thérapie qui lui fut proposée et demanda le transfert de son dossier médical à Madrid. Elle demanda ensuite les coordonnées de l'homme qui l'avait recueillie sur la route et l'avait conduite à l'hôpital, afin de lui envoyer un mot de remerciement.

Alba ne mentit pas dans sa déclaration. Elle donna à la police les informations qu'elle avait sur Deva, notamment son adresse. Puis elle rentra chez elle, accompagnée de son père, pour retrouver sa mère et son arrière-grand-mère.

La souplesse dont fit preuve Aurora pour entourer son arrière-petite-fille de son corps, malgré son poids et son âge avancés, aurait surpris quiconque ne la connaissait pas. Ana se joignit à elles, et Carlos, qui avait déjà eu l'occasion de prendre sa fille dans ses bras, resta en retrait pour observer la scène.

Elles pleurèrent toutes les trois pendant un long moment, Aurora plus que les autres. Au fond d'elle-même, elle demanda à Dieu de ne plus la faire souffrir, car elle avait déjà connu suffisamment de souffrances et de pertes.

Quand elles rompirent finalement leur étreinte, Alba s'approcha de son père.

— Papa, peux-tu faire en sorte que demain la presse publie une déclaration de ma part dénonçant les faits ? Je m'engage à suivre les instructions de la police concernant les informations que je peux et ne peux pas divulguer.

— Tu es certaine de vouloir faire ça ? Pourquoi ne pas prendre le temps d'y réfléchir ?

— J'ai besoin que ça soit publié le plus tôt possible, au cas où cela aiderait à les localiser. Je ne veux pas que ces gros porcs me fassent douter de moi-même. Est-ce que cela te pose problème ?

Carlos Fresno sourit à sa fille.

— Je serai toujours de ton côté, que nous soyons d'accord ou non. Je suis très fier de toi et je le resterai, que tu gardes cela privé ou que tu veuilles le partager avec le monde entier pour dénoncer les agressions sexuelles contre les femmes qui ont lieu tous les jours dans le pays. Tu es forte, tu peux supporter la pression médiatique que ta décision entraînera. Mais tu dois me promettre que tu suivras une thérapie. Même si tu penses ne pas en avoir besoin.

— D'accord. Et en échange, toi et moi devons parler affaires.

Son père la dévisagea avec surprise.

— Compte là-dessus.

Alba lui fit un clin d'œil, et Ana, à son grand regret, reconnut en lui l'homme qu'elle avait épousé autrefois.

Aurora, 1933

Aurora eut ses premières règles trois mois après avoir fêté ses onze ans. Depuis quelque temps déjà, Olvido observait, préoccupée, les changements qui s'opéraient dans le corps de sa fille. Beaucoup plus grande que les fillettes de son âge, elle avait une poitrine naissante qui semblait vouloir la faire sortir prématurément de l'enfance. *Elle est encore petite*, se disait-elle pour se rassurer, mais ses yeux lui disaient que sa fille grandissait rapidement.

Dès qu'elle en eut l'occasion, Olvido en parla à sa mère.

—Tu as vu comment Aurora grandit ?

—Moi et tous ceux qui la regardent. Elle est sur le point de devenir une femme. Comme ça m'est arrivé, à moi et à ta sœur Mercedes. En revanche, toi, tu as été plutôt tardive.

—Mais c'est toujours une petite fille.

—Et elle doit aussi avoir l'air d'une enfant si tu ne veux pas qu'elle te cause d'ennuis. Utilise un bandeau en tissu pour dissimuler sa poitrine et ne t'avise pas de l'habiller comme une jeune fille, elle doit avoir l'air d'une enfant pendant encore au moins deux ans. Il ne faudrait pas qu'elle subisse le même sort que moi, qui me suis mariée à seize ans.

—Mais vous et papa vous aimez beaucoup.

—Par la force des choses, Olvido, par la force des choses.

Olvido était trop préoccupée par Aurora pour prêter attention aux confessions de sa mère sur les divergences conjugales qu'elle pouvait avoir avec son père, dont elle préférait ne rien savoir.

Le jour qu'Olvido redoutait tellement arriva deux semaines plus tard, lorsque sa fille entra en pleurant dans la cuisine.

—Je vais mourir, maman, je vais mourir, lui dit Aurora entre deux sanglots.

Olvido pria pour que le drame soit autre que ce à quoi elle avait pensé, mais sa prière ne fut pas entendue.

—Ne sois pas idiote, ma fille, tu ne meurs pas. Cela arrive à toutes les femmes.

Elle lui attacha un morceau de tissu sur la poitrine et pria à nouveau, cette fois pour que cela suffise à cacher sa croissance pendant un certain temps et pour que personne ne le remarque.

—Mais, maman, je ne peux presque plus respirer avec ça.

—Écoute-moi bien, Aurora : pas un mot à qui que ce soit, dit-elle en ignorant les protestations de sa fille.

La fillette acquiesça. Elle n'avait pas l'intention de parler de ce qui lui arrivait, car elle mourait de honte.

—C'est pour cela que je mets cette bande de tissu, pour que personne ne se doute de rien.

—Et je dois aussi la porter à la maison ? Vous l'avez serrée trop fort.

Olvido eut pitié de sa fille. Elle avait raison, quel danger pouvait-il y avoir dans sa propre maison ?

—Si tu me promets de ne pas sortir sans, tu pourras l'enlever quand nous sommes seuls.

Aurora accepta, soulagée.

—Écoute bien ce que je vais te dire : tant que cela durera, tu ne pourras pas te baigner dans la bassine, tu te laveras uniquement dans la cuvette, et tu ne te laveras pas les cheveux, parce qu'on raconte que ç'a rendu une voisine folle de faire ça. Ah ! Et ne t'approche pas de la laitière, sinon notre lait va cailler.

—Maman, pourquoi cela n'arrive-t-il pas aux truies de la basse-cour de grand-mère ? Ni à la vache. Ni aux poules.

Olvido donna une petite tape à sa fille.

—Quelles absurdités tu racontes là ! Tu compares les personnes aux animaux ? Allez, et n'oublie pas les tissus. Ah ! Et ne les laisse pas à la vue de tous. Oh, Seigneur, quelle vie !

AURORA, 1934

Dans la nuit du 5 octobre 1934, les mineurs asturiens, hommes et femmes, déclenchèrent une révolution qui commença sous les meilleurs auspices après avoir obtenu en quelques heures la reddition de presque tous les quartiers généraux de la Guardia Civil situés dans les bassins miniers. Mais pas celui de Turón. Là-bas, les huit gardes civils résistèrent et les habitants entendirent des coups de feu toute la nuit jusqu'à ce que survienne la grande explosion : des mineurs firent sauter la caserne à la dynamite, assassinant tous ceux qui s'y trouvaient.

Frutos ne faisait pas partie de ceux qui prirent les armes pour un système égalitaire entre riches et pauvres, et encore moins de ceux qui souillèrent leur conscience du sang d'autres hommes. Frutos n'avait que deux passions : le vin et le sexe. Les revendications syndicales ne l'intéressaient pas. Il était né pour extraire du charbon de la mine comme son père et son grand-père avant lui, et même s'il voulait plus de sécurité, être payé quand il était malade ou toucher une pension pour sa famille si la mine l'emportait, il n'était pas prêt à mourir ou à tuer pour ça. Cette nuit-là, Olvido et lui passèrent une nuit blanche. La peur et le bruit des coups de feu les tinrent éveillés, les laissant à la merci de la crainte que les mineurs l'emportent et que l'un d'eux décide de traiter Frutos de traître.

Après le soulèvement, la vallée minière connut quelques jours de paix artificielle grâce à la mise en place d'un système de distribution de bons d'achat en pesetas entre les habitants, qui garantissait l'accès aux denrées alimentaires. Bien que les nouvelles commencent à arriver concernant les horreurs commises par la Légion contre les prisonniers et les familles des quartiers ouvriers d'Oviedo et la perte de pouvoir dans la capitale, des détails arrivaient également sur l'instauration du système communiste dans de nombreux quartiers et villages et sur la marche imminente des mineurs vers Madrid.

Le 9 octobre, Turón se révolta, choquée par les aberrations commises par les deux camps. L'armée avait bombardé les bassins miniers sans se soucier que les bombes touchent des enfants, des malades et des innocents. Les mineurs insurgés, quant à eux, avaient assassiné de sang-froid, à l'aube, dans le cimetière du village, huit moines et un prêtre, arrêtés le premier jour du soulèvement. La plupart des habitants du bassin étaient du côté des mineurs, mais peu d'entre eux souhaitaient un bain de sang. Et encore moins le massacre de moines désarmés, car, même si l'Église comptait moins de fidèles là-bas que dans d'autres régions d'Espagne, tout le monde ou presque croyait en Dieu, s'en remettait à sainte Barbe et se confessait à l'un ou à l'autre des prêtres. Ainsi, même si les peines sont moins lourdes quand elles sont accompagnées de pain, et encore moins lorsqu'elles touchent les autres, beaucoup furent horrifiés par la mort de ces hommes de Dieu.

Quelques heures plus tard, lorsque les bombes tombèrent sur Mieres, la déception et la peur se propagèrent dans les bassins aussi rapidement que la nouvelle de la mort de seize innocents qui faisaient la queue pour se procurer du pain sur la place du village. Amalia, la mère d'Olvido, était l'une d'entre eux. Elle était descendue à Mieres ce matin-là pour vendre du fromage, des châtaignes et du chorizo afin d'acheter ensuite des provisions avec l'argent récolté. Elle attendait son tour pour acheter le pain qui lui permettrait de tenir jusqu'au prochain jour de marché lorsque le bruit d'avions annonça le sifflement de la mort qui leur tomba du ciel.

Olvido passa la nuit chez son père qui, après avoir appris la nouvelle, n'avait pas parlé ni pleuré. Il ne sut rien des bombardements des jours qui suivirent ni de l'échec du soulèvement, car il ne se souciait plus de ce qui se passait dans le monde. Il s'assit sur une chaise et y resta jusqu'à ce que la mort réponde à son appel silencieux et vienne le chercher. Peu importait ce que disaient Olvido et ses sœurs. Il avait décidé de ne pas les écouter. Ce qu'Olvido ignorait, c'était que pendant qu'elle pleurait la mort de sa mère aux côtés de son père qui considérait que son heure était venue, sa fille Aurora vivait une descente en enfer après que Frutos se fut glissé pour la première fois dans son lit.

Après ce soir-là, Aurora passa de nombreuses autres nuits

blanches à regarder la rivière Turón depuis la petite fenêtre de sa chambre, rêvant de se jeter à l'eau et d'être emportée par le courant jusqu'à la mer, loin de cette vie à laquelle elle tenait de moins en moins à mesure qu'elle grandissait.

AURORA, 2020

Alba, Ana, Carlos et Aurora s'accordèrent pour rentrer à Madrid le lendemain. Aurora fut la première à aller se coucher.

—Les enfants, je suis épuisée. Quoi que vous en pensiez, je ne vais pas me doucher, annonça-t-elle.

—Je vais t'aider à te coucher, bisa. Aujourd'hui, c'est aujourd'hui, et avant-hier à cette heure-ci, on se préparait à sortir faire la fête, dit Alba en se levant du canapé et en jouant les fortes.

Carlos regarda les femmes avec étonnement.

—Avant que tout cela n'arrive, grand-mère, Aurora et moi sommes allées dans un bar pour filles, expliqua Ana à son ex-mari, qui l'écoutait, perplexe. Grand-mère et moi sommes rentrées à trois heures du matin. Alba est restée et…

—Maman, ne t'avise pas de te remettre à pleurer, sinon je vais faire pareil et on a déjà assez pleuré comme ça, la réprimanda Alba quand la voix de sa mère se brisa. Je vais mettre bisa au lit.

—Je viens avec vous. Tu n'es pas en état d'aider qui que ce soit. Tu as deux points de suture… là, en bas, je veux dire.

—Je sais où j'ai des points, mais je veux le faire. Je t'appelle si j'ai besoin de toi.

Aurora prit le bras que son arrière-petite-fille lui offrait et, se soutenant l'une l'autre, elles se dirigèrent vers la chambre.

—Ce n'est pas parce que tu ne prends pas une douche que tu n'en as pas besoin, parce que tu pues, lui dit Alba en l'aidant à enfiler sa chemise de nuit.

—Tu ne me changeras plus. Quand on atteint un certain âge, on sent le renfermé de partout. Ça ne vaut pas la peine de vivre aussi longtemps.

—Ne dis pas ça ! Tu aurais voulu rater l'occasion d'aller dans un bar gay ?

Aurora la regarda avec un sourire triste.

—De tout ce que j'ai fait, je ne regrette rien, même pas les mauvaises choses. Tu sais pourquoi ? Parce que je serais terrifiée à l'idée de changer quoi que ce soit dans ma vie et qu'à cause de cela, tu ne sois pas née ou que je ne t'aie pas connue. Tu dois tirer quelque chose de positif de ce qui t'est arrivé, dit-elle à son arrière-petite-fille.

—Tu te rends compte que même là-dessus, on se ressemble ?

—Oui, chérie, on nous a violées toutes les deux. C'est la première fois que j'utilise ce mot. En près de cent ans. Même avec le journaliste, je n'ai pas pu appeler ça comme ça.

—Il était temps. Ton cas était pire. Moi, j'ai un père qui me soutient et qui est un peu têtu, mais il m'aime beaucoup.

—Tu peux parler. Tu sais que ton prénom et le mien ont la même signification, n'est-ce pas ? Aube.

Alba acquiesça.

—Ce que je ne sais pas, c'est si ma mère est au courant.

—Je suis sûre que oui, mais je ne pense pas qu'elle s'en soit rendu compte. Si tu le lui dis, tu risques de la contrarier. Si tu savais combien d'aubes j'ai vu se lever ! Parfois, je voyais le soleil sortir en cousant, et d'autres en discutant avec Ramona. Comme Ramona et moi nous aimions !

—On dirait que tu as raison et que t'es lesbienne toi aussi.

—Je plaisante. C'était un autre type d'amour. J'ai toujours beaucoup aimé les hommes. Enfin, certains. Mais ceux qui me plaisaient me rendaient folle. J'ai fait beaucoup de bêtises, tu le sais bien. À présent, toi et ce journaliste, vous connaissez mon histoire.

—Et quand elle sera publiée, beaucoup plus de monde la connaîtra. Tu vas devenir célèbre.

—J'espère ne pas être là pour voir ça. Allez, fais-moi un bisou et laisse-moi dormir. Si je ne me couche pas quand j'ai sommeil, je reste éveillée et je tourne en rond jusqu'au petit matin.

Alba obéit, éteignit la lumière et ferma la porte.

Aurora s'endormit aussitôt et rêva de sa mère. Elle portait Aurora, encore bébé, enveloppée dans une couverture, et la berçait. Le lendemain, Ana la laissa dormir jusqu'à onze heures, puis Carlos commença à s'impatienter. Il voulait partir pour Madrid à midi. Aurora était généralement la première à se réveiller, mais Ana supposa qu'elle avait passé une mauvaise nuit après le choc qu'elle avait subi. Elle ouvrit donc la porte avec précaution pour ne pas l'effrayer et, dès qu'elle entra, elle reconnut l'odeur pénétrante de la mort. L'odeur que, alors qu'elle était beaucoup plus légère, Alba avait confondue avec celle de la sueur lorsqu'elle l'avait accompagnée jusqu'à son lit. Aurora était morte de vieillesse, selon le médecin légiste. Dans les Asturies. Après quatre-vingt-dix-huit ans d'existence.

ALBA, 2020

La police mit quarante-huit heures pour retrouver Deva Arias Fernández et ses agresseurs. Deva refusa de porter plainte et ne put pas fournir de nouvelles preuves. Elle s'était douchée à plusieurs reprises pour tenter d'éliminer l'odeur âcre et alcoolisée des agresseurs, qui n'était plus sur sa peau mais bien dans son esprit. Elle avait pris la pilule du lendemain de son propre chef et pensait avoir tout sous contrôle, mais elle s'effondra lorsqu'on lui parla de toutes les maladies qu'elle pouvait avoir contractées à la suite de l'agression, y compris le coronavirus, et elle accepta de recevoir un traitement médical.

Alba se rendit à la séance d'identification et reconnut immédiatement celui qu'elle surnomma « Pénis flasque ». Ce fut le nom qu'elle divulgua à la presse et sur les réseaux sociaux quelques semaines plus tard, qui se chargèrent de diffuser les photos des détenus, membres d'un groupe néonazi dont faisait également partie le frère de la seconde victime. Alba ne parla pas de Deva à la presse : c'était une chose de cacher des informations dans le cadre de l'enquête policière, mais révéler publiquement l'identité d'une personne qui souhaitait préserver son anonymat en était une autre. Elle pouvait ne pas être d'accord avec elle, mais sa décision méritait d'être respectée.

Elle lui téléphona cependant.

— Je suis désolée, lui dit Deva. Je ne peux pas faire ce que tu fais, je ne suis pas aussi courageuse que toi.

— Chacune a ses raisons. Je retourne demain à Madrid. J'avais prévu de partir plus tôt, mais mon arrière-grand-mère est décédée la nuit où j'ai quitté l'hôpital. Nous l'avons incinérée hier. Dès qu'on aura récupéré ses cendres, on lui rendra hommage, puis on s'en ira. Tu veux qu'on se voie ?

Deva rejeta la proposition. Elle ne s'en sentait pas capable.

— Je reviendrai pour le procès. Peut-être à ce moment-là.

— Peut-être. Continue à me donner des nouvelles. Je suis navrée pour Aurora.

— Il semble qu'ils vont être libérés sous caution. Sois prudente, dit Alba en guise d'au revoir.

— Oui, je le serai. Je veux juste reprendre ma vie, travailler, aller voir mes parents le week-end et, pour l'instant, rien de plus.

— J'espère que tu y arriveras.

AURORA, 2020

La seule personne qui souffrit sincèrement de la mort d'Aurora fut Alba. Pas parce qu'Aurora n'avait pas suscité beaucoup d'affection au cours de sa vie, mais parce qu'il ne restait plus personne pour en ressentir. Ana n'avait jamais beaucoup aimé sa grand-mère, car celle-ci traitait sa mère avec mépris et l'ignorait la plupart du temps depuis le jour de sa naissance.

Ce fut pourtant Ana qui pleura, car elle était remplie de tristesse à l'idée que sa mère ne soit plus là pour décider du lieu de repos de sa grand-mère. Alba s'en chargea.

— On ne va pas enterrer bisa, maman. On va l'incinérer et jeter ses cendres dans la rivière Turón. C'était son souhait.

— Mais ma mère ne voulait pas le faire, protesta Ana.

— Maman, mamie n'est plus là. C'est à nous de décider.

Ana fondit en larmes.

— Oh, maman, je ne pensais pas que tu aimais autant bisa, dit Alba en la prenant dans ses bras.

— Ce n'est pas ça.

Alba lui lança un regard réprobateur.

— On fera ce que tu décideras, mais il faudra au moins lui organiser une messe, concéda Ana.

Carlos modifia ses engagements à Madrid pour accompagner sa fille et son ex-femme. Il craignait qu'Alba ne sache rester forte après les deux coups durs qu'elle avait subis et qu'elle s'effondre à tout moment.

— Ça ne dérange pas Beba que tu restes avec nous ? demanda Ana.

— Et toi ? Ça t'ennuie que je reste ?

— En fait, je t'en suis très reconnaissante, avoua Ana. C'est un cauchemar. Comment tout cela a-t-il pu arriver en quarante-huit heures ?

Carlos haussa les épaules, la serra dans ses bras et Alba se joignit à eux.

— Faites-moi une place, j'ai tellement besoin de vous deux. Merci de ne pas vous disputer, sanglota-t-elle.

Les funérailles d'Aurora eurent lieu dans la basilique San Juan, à Oviedo, là où reposaient Agueda et Jesús dans leur columbarium. Seuls Alba, Ana, Carlos et quelques dames âgées qui avaient l'habitude d'assister à tous les enterrements qui s'y déroulaient y assistèrent.

— Tu la connaissais ? demanda l'une d'elles à celle qui était assise sur le banc devant elle.

—Sa fille, oui. Elle était couturière ici, à San Bernabé. Elle avait une école de couture, mais elle a fermé il y a des années. Vous voyez de quoi je parle ? Mais il me semble que cette dame a vécu à Madrid, après.

Après les adieux officiels à Aurora, ils entreprirent le voyage vers Turón.

—Dans quelle partie de la rivière la jetons-nous ? Où dois-je me garer ? demanda Carlos.

—Juste ici, à côté du parc, répondit Alba en serrant contre elle l'urne contenant les cendres de son arrière-grand-mère. C'était sa vue depuis sa chambre. Elle pourra enfin faire ce qu'elle n'a jamais pu : fuir Turón. La rivière se chargera de l'emmener vers la mer.

—C'est pour ça qu'elle voulait qu'on la jette dans la rivière ? demanda Ana, comprenant enfin le caprice de sa grand-mère. Ma mère ne le savait pas. Moi non plus.

—Tu croyais que c'était pourquoi ?

—Un dernier pied de nez de ton arrière-grand-mère.

Ils s'approchèrent prudemment de la rive, en évitant les arbres et les buissons qui la bordaient, et trouvèrent un endroit qui leur sembla approprié. La rivière était peu profonde mais l'eau coulait avec force et avait retrouvé sa clarté depuis la fermeture des mines.

—Vous êtes prêts ? On doit se dépêcher parce que si on nous surprend, on risque une amende, dit Alba.

Ses parents acquiescèrent et adoptèrent une posture solennelle.

—Adieu, bisa, que l'éternité t'apporte la paix que tu n'as pas trouvée dans cette vie.

Alba ouvrit le couvercle de l'urne d'Aurora et jeta les cendres dans l'eau, mais le vent se leva et les dispersa sur la terre. Ils se regardèrent tous les trois avec stupéfaction.

—On dirait que son destin était de rester ici, commenta Ana dans un sursaut.

22

Ana, 2021

— Les femmes qui se rendent dans un centre spécialisé après avoir été victime d'un viol ont besoin d'un accompagnement psychologique et légal, mais surtout, elles ont besoin de parler à des personnes qui ont vécu la même situation qu'elles, qui comprennent ce qu'elles ressentent, m'expliqua la psychologue que nous avions engagée à la Fondation, alors que nous prenions un café le matin avant que ma fille ne me charge d'organiser la nouvelle section des témoignages.

Dans des vidéos et des publications, plusieurs femmes qui avaient rejoint le projet de la nouvelle Fondation, dont Alba, ou d'autres d'associations similaires racontèrent leur expérience pour que toutes celles qui venaient chercher de l'aide sachent qu'elles étaient comprises ici.

Je n'avais jamais autant eu le sentiment d'être une impostrice qu'à ce moment-là. Alors qu'elles parlaient en toute honnêteté de leur expérience, je cachais la mienne tout en faisant imprimer des brochures pour convaincre les nouvelles arrivantes des effets positifs que pouvait avoir le partage de leur histoire dans le cadre de thérapies de groupe.

Alba avait même enregistré à haute voix des chapitres du livre de son arrière-grand-mère dans lesquels elle racontait les agressions subies aux mains de son propre père, mon arrière-grand-père, et bien sûr, des Maghrébins. J'avais encore du mal à ne pas m'émouvoir chaque fois que je l'écoutais. Nous avions également commandé des brochures avec un petit résumé de l'histoire de grand-mère Aurora.

En dépit de l'exemple donné par les autres, je mis longtemps avant de parler. J'essayai de m'enregistrer seule à plusieurs reprises, mais je ne parvenais jamais à terminer mon histoire et j'effaçais l'enregistrement. Je me sentais misérable de ne pas avoir dénoncé les faits à l'époque, d'avoir choisi la solution la plus lâche. C'est peut-être pour ça que je me sentais si proche de Deva.

— Essaie de l'écrire, me dit Rubén, mon psychologue, que je continuais de voir régulièrement. Mais avant, choisis la personne à qui tu vas confier ton expérience et envoie-lui ton texte une fois que tu l'auras écrit. Surtout, assure-toi que le destinataire ne te juge pas.

Je choisis l'avocate de la Fondation, chargée de conseiller les femmes qui venaient nous voir, en raison de la confidentialité dont les avocats sont censés devoir faire preuve envers leurs clients.

Je me lançai dans la tâche de raconter mes souvenirs et, au fur et à mesure que j'écrivais, les détails apparaissaient beaucoup plus clairement dans ma mémoire que lorsque j'essayais de les raconter face à une caméra, et même plus vifs que lorsque je me les remémorais. Je passai plus d'une heure à écrire : ce qui s'était passé, ce que j'avais ressenti, ce que je ressentais encore des décennies plus tard lorsque j'y repensais. Au moment où j'allais l'envoyer à l'avocate, je changeai d'avis et l'adressai à ma fille. Justement la personne dont je craignais le plus qu'elle me juge.

Ensuite, je me servis un gin tonic, puis un autre et encore un autre. Quand mon réveil sonna le lendemain matin, j'avais la gueule de bois, mal à la tête et l'estomac retourné.

Je vérifiai mes e-mails et WhatsApp, mais aucune trace d'Alba.

J'appelai la Fondation pour les prévenir que je ne viendrais pas ce jour-là, prétextant un virus intestinal. Puis je me levai, pris un café et deux aspirines et m'allongeai sur le canapé. Je tombai dans un demi-sommeil agité, dont me tira la sonnette de mon appartement.

C'était Alba. Je la regardai, craignant ce qu'elle allait me dire, mais elle s'approcha de moi et me prit dans ses bras.

— Tu as besoin de te débarrasser de tout ce qui a pourri là-dedans, dit-elle en posant sa main sur mon cœur.

Alba non seulement ne me jugea pas, mais elle me soutint et approuva la décision que j'avais prise à dix-neuf ans.

— À l'époque ? dit-elle. La seule chose que tu aurais obtenue en portant plainte, ç'aurait été du mépris et de te détruire la vie. Évidemment, tu ne te serais pas mariée avec papa. Mamie Paloma ne l'aurait jamais permis. Tu n'avais aucune chance de gagner.

L'avocate de la Fondation approuva également ma décision de l'époque lorsqu'Alba et moi lui racontâmes l'histoire. Pour savoir. Pour avoir l'esprit tranquille. Parce qu'il n'y avait plus rien à faire. Nacho était mort et enterré.

— C'était un cas impossible, nous expliqua-t-elle. Jusque très récemment, si la victime était droguée ou ivre, cela jouait en sa défaveur. Et si le violeur était drogué ou ivre, c'était aussi en défaveur de la victime. Dans les années 1990, dans une discothèque, sans signe de violence ni de résistance, sans souvenirs clairs, après s'être droguée de son plein gré, dans les toilettes pour hommes avec une petite robe d'été courte, ça n'aurait tout simplement pas été considéré comme un viol. En portant plainte, tu n'aurais fait que subir humiliation après humiliation et Nacho serait resté libre. Et tu aurais gâché ta vie, car il n'y avait pas de vie privée. Personne n'aurait été de ton côté.

— Mais cela ne t'empêche pas de tirer parti de ce qui t'est arrivé, ajouta ma fille. Maintenant, tu peux faire quelque chose de bien. Raconte-le. Sois une de plus. Comme nous.

Après m'être tue pendant trente ans, j'en parlai abondamment les mois qui suivirent. Et chaque fois, je me sentais un peu plus soulagée.

Alba, 2020

— L'Aube ! Tu en penses quoi ? demanda Alba à sa mère quand celle-ci répondit au téléphone.

— Je ne sais pas trop, chérie, mais je suis contente de te voir heureuse. C'est quoi, L'Aube ?

— À ton avis ? Le nom de la Fondation.

— Ça sonne bien. Ça veut dire quoi ?

— La même chose qu'Alba et Aurora.

Ana s'émut.

— C'est très beau.

— J'ai déjà trouvé les locaux et le projet de rénovation. Papa a donné son accord et j'ai signé ce matin. J'ai deux choses à te demander.

— Si c'est dans mes cordes, tu peux compter sur moi.

— La première, c'est que tu t'occupes de la rénovation.

— Chérie, ça fait des années que j'ai terminé mes études et je n'ai jamais exercé. Je ne suis même pas inscrite à l'ordre des architectes.

— Tu n'as pas besoin de faire les plans si tu ne t'en sens pas capable, mais je veux que tu t'occupes de contrôler le budget et l'avancement des travaux, de prendre des décisions et d'apporter des idées. Je ne peux pas m'en charger parce que je passe des entretiens et que je cherche des donateurs, même si je voulais aussi te demander de l'aide pour ça. Pour l'instant, je fais appel aux amies de mamie Paloma. Alors, qu'en dis-tu ? Tu participes ? On a peu de temps avant l'ouverture et je ne veux pas que quoi que ce soit tourne mal.

— Je ne sais pas quoi dire.

—Dis oui. Ce sera un travail à temps plein. Et tu en seras certainement capable, car je suis une patronne très exigeante et peu tolérante, et je n'accepte pas de refus.

—D'accord, alors.

—Tu commences demain.

Ana ne put s'empêcher de rire.

—Et la deuxième chose ?

—Je veux que tu me donnes la Singer.

—Non, Alba. Pourquoi tiens-tu à ce point à brûler la machine à coudre de bisa, ou à la détruire, ou quoi que ce soit d'autre ?

—Je ne vais rien faire de tout ça. Au contraire. Mais tu dois me faire confiance.

—Laisse-moi y réfléchir, répondit Ana, sachant qu'elle ne pouvait rien lui refuser après tout ce qu'elle avait enduré et la manière dont elle avait réagi.

—Il n'y a rien à réfléchir, je veux la Singer ici. Mais ce n'est pas urgent, on en reparlera calmement. Autre chose : la présentation du livre de bisa aura lieu en février prochain. Le lancement se fera dans les Asturies. Quelqu'un de la famille doit être présent et je pense que ça devrait être toi.

—Tu continues avec ça ? Ils vont étaler le linge sale de la famille que grand-mère Aurora a dévoilé et on doit faire comme si ça nous convenait ? Si ta grand-mère était en vie, elle serait totalement contre. Sans parler de Paloma. Elle va piquer une crise. Qui sait quelles conneries ton arrière-grand-mère a racontées au journaliste ?

—Ce n'étaient pas des conneries, j'ai tout entendu. Et grand-mère Paloma n'a pas son mot à dire là-dessus, car je ne compte pas lui demander son avis. De toute façon, si ça te rassure, tu peux le lire avant. J'ai reçu les épreuves et j'ai une copie pour toi.

—Ça sert à quelque chose que je le lise ? Si je ne suis pas d'accord avec ce qu'il raconte, le livre ne sera pas publié ?

—Si. C'était la décision de bisa et elle a signé un contrat. Quoi qu'il en soit, tu devrais le lire. Pour toi. Papa l'a déjà fait. Il voulait s'assurer, comme toi, qu'il n'y avait rien dedans qui puisse porter préjudice à l'entreprise. Il l'a lu hier soir et m'a appelée ce matin. Non seulement il n'a rien trouvé à y redire, mais il m'encourage à participer à la promotion.

Ana poussa un soupir.

— D'accord, apporte-le-moi et je le lirai.

ALBA, 2021

La phase d'introduction de la plainte se prolongea à cause de la pandémie, et le procès contre les violeurs d'Alba et de Deva n'eut lieu qu'au cours de l'hiver de l'année suivante. Pendant ce temps, Alba se consacra, outre la création de la Fondation, à préparer le procès et à organiser une campagne sur les réseaux sociaux pour faire pression sur les juges et obtenir l'exécution des jugements pour viol.

Alba disposait des moyens financiers et des ressources personnelles nécessaires pour faire en sorte que cette horrible expérience renforce encore davantage sa détermination à lutter pour les droits des femmes, et elle avait trouvé un nouveau moyen d'y parvenir. À présent, tout comme Malala, elle voulait raconter son histoire parce que, comme celle de Malala, elle n'était pas unique, mais représentait l'histoire de nombreuses femmes. Elle entra en contact avec des universités et certaines ONG qui finançaient des études sur les décisions judiciaires et la pression du processus judiciaire sur les victimes, et ils créèrent plusieurs hashtags :
#PersonneNeDemandeCeQuePortaitLAgresseur
#SiTuTrouvesDesExcusesAuVioleurTuEsAussiCoupable
#NeProtègePasLeVioleurProtègeLaVictime
#OnNeDemandeQuAuxVictimes DeViolSiEllesSeSontDéfendues
#CestUnViolMêmeSiJeNeMeDéfendsPas
#PourÊtreVictimePasBesoinDÊtreUneHéroïne
#SiOnTeCambrioleEtQueTuNeTeDéfendsPasCEst QuandMêmeUnVol

Ils sollicitèrent la collaboration d'influenceurs apolitiques et bloquèrent toutes les tentatives des organisations féministes politisées de s'approprier l'initiative, même s'ils ne purent les empêcher de s'y associer dès que les hashtags eurent rassemblé plusieurs milliers d'abonnés. Ils conçurent un plan visant à retransmettre en semi-direct les questions de l'avocat de la défense à la victime et à stimuler la pression sociale.

Ce fut dans ces conditions qu'Alba se présenta devant la Cour provinciale de Gijón, déterminée à convaincre les trois magistrats qui devaient se prononcer à l'unanimité sur la culpabilité des accusés. Après le retentissement médiatique du procès de La Manada quelques années plus tôt, les offres pour assurer la défense des agresseurs n'avaient pas manqué. L'un d'eux était en outre le mouton noir d'une famille aisée. Ses parents avaient cherché à contrer la campagne menée contre eux en engageant une femme comme avocate. Un cabinet madrilène, comptant plusieurs avocats dans ses rangs, avait proposé comme figure de proue de la défense une jeune pénaliste agressive en quête de popularité. Que celle-ci se montre bonne ou mauvaise, cette offre pourrait lui permettre d'accéder rapidement au statut d'associée du cabinet. Conscients qu'ils affrontaient les conseils de la famille Fresno, ils avaient consacré beaucoup de ressources et fait appel à des avocats chevronnés pour préparer l'interrogatoire d'Alba.

Alba, quant à elle, avait choisi un avocat masculin ; elle ne voulait pas que le procès perde de son intérêt pour la partie masculine de la société si tous les acteurs étaient des femmes ni qu'il se transforme en une guerre entre hommes et femmes si la défense choisissait un homme comme représentant.

Alba renonça à son droit de ne pas voir ses agresseurs pendant que l'avocate de la défense l'interrogeait. Elle ne voulait pas qu'il y ait de cloison ; au contraire, elle les regarda droit dans les yeux.

— Ce n'est pas moi qui dois avoir honte, dirait-elle plus tard à la presse. Ce sont eux, la lie de la société.

La défense évita dans un premier temps les questions qu'elle savait attendues par les auteurs de la campagne médiatique d'Alba, concernant les vêtements qu'elle portait ou le fait qu'elle ait opposé une résistance. Sa stratégie consistait à démontrer qu'il s'agissait d'un rapport sexuel consenti avec deux hommes, deux et seulement deux, car la police ne disposait pas d'autres traces d'ADN, et elle attaqua le point le plus faible : l'existence d'une deuxième victime et son refus de s'identifier et de témoigner.

« Pourquoi cette deuxième victime présumée reste-t-elle dans l'ombre ? » fut la première question de la défense. « S'il existe vraiment une deuxième victime, que pensez-vous qu'elle déclarerait si elle était ici ? » ; « Pourquoi cette victime présumée ne témoigne-t-elle pas si les faits sont tels que les décrit l'accusation ? » ; « Existe-t-il réellement une seconde victime ? Et si elle n'existe pas et que vous mentez sur un élément aussi important, comment pouvons-nous vous croire ? »

Le refus d'Alba d'identifier Deva nuisit à la stratégie de l'accusation. Ils apportèrent les échantillons d'ADN de deux des accusés, ceux qui avaient agressé Alba, le rapport médico-légal sur les blessures qu'elle présentait à l'anus et au visage, ainsi que la déclaration du chauffeur qui l'avait recueillie à moitié nue et sans sous-vêtements et l'avait conduite à l'hôpital, mais ils devaient démanteler la stratégie de la défense : « Le sexe en groupe n'est pas synonyme de viol. »

Ce ne fut que lorsque le conducteur déclara avoir ramassé Alba sur la route, presque nue, que la défense se sentit autorisée à poser des questions sur les vêtements de la victime.

—Portiez-vous des sous-vêtements ?

—Oui.

—De quels sous-vêtements s'agissait-il ?

—Un string et un soutien-gorge.

—Êtes-vous sûre que vous portiez ce string ?

Ce fut alors qu'un des magistrats intervint.

—Je pense que la réponse a été suffisamment claire, et si vous n'expliquez pas la raison de votre insistance, votre question n'est pas recevable, avertit-il la défense.

—Mes clients déclarent que la victime ne portait pas de sous-vêtements lorsqu'elle a accepté d'avoir des relations sexuelles avec eux, seulement une minijupe élastique. Je souhaite remettre en question le fait que la témoin était nue lorsque la voiture s'est arrêtée pour la prendre. Toute jupe de ce type peut s'enrouler autour de la taille comme une ceinture.

Le juge hésita.

—Veuillez reformuler la question de manière qu'elle soit recevable, finit-il par dire.

—Merci, Votre Honneur. Portiez-vous une jupe lorsque la voiture qui vous a emmenée à l'hôpital s'est arrêtée ?

—Non. Ils m'ont frappée et m'ont fait monter de force dans la camionnette, puis ils m'ont enlevé ma jupe et mon string et ne me les ont pas rendus après m'avoir violée et avant de me laisser dans le pré.

—Contentez-vous de répondre à ma question. Vous l'avez peut-être oubliée dans la camionnette ?

—Je n'ai rien oublié de ce qu'ils m'ont enlevé. Je n'ai pas eu la possibilité de récupérer quoi que ce soit.

—Est-il possible que vous les ayez perdus dans le feu de l'action des rapports ?

—Je n'ai pas eu de rapports, j'ai été violée.

—Votre Honneur, pouvez-vous demander à la partie civile de contrôler son témoin ?

—Je ne suis pas un témoin, je suis la victime d'un viol. Celui que vos clients ont commis.

L'un des juges avertit Alba :

—Vous ne pouvez pas répondre si on ne vous pose pas de question.

#QuEstCeQueÇaPeutFaireSiJePorteUneCulotteOuPas devint viral en moins de temps qu'il n'en fallut au procès pour reprendre.

Alba avait passé des mois à répéter les réponses à toutes les questions possibles avec une équipe d'avocats.

La controverse politique éclata presque immédiatement. Les partisans et les détracteurs commencèrent à se disputer, sans qu'Alba, la community manager ou les comptes des associations qui l'aidaient à retransmettre le procès aient à s'impliquer dans la discussion. Des extrémistes des deux camps et des trolls firent rapidement de ces hashtags des *trending topics*.

Les juges ne pouvaient rien faire pour arrêter ça. Le procès se déroulait à huis clos pour protéger la victime, mais ils ne pouvaient empêcher la victime et ses avocats de divulguer ce qui se passait à l'intérieur.

De retour dans la salle d'audience, l'interrogatoire se poursuivit dans la même veine. L'objectif des avocats de la défense était d'insister sur le fait qu'il n'y avait pas de preuve que la relation n'avait pas été consentie. En ce sens, les accusés déclarèrent qu'ils n'avaient pas la moindre idée de la manière dont la femme qui les accusait maintenant s'était retrouvée sur la route où elle avait été trouvée, car ils l'avaient déposée là où elle leur avait demandé de le faire, près de l'endroit où ils s'étaient rencontrés. Ils connaissaient l'orientation sexuelle de la plaignante parce que c'était la justification qu'elle leur avait donnée pour ce qu'elle voulait faire cette nuit-là. Ils ignoraient avoir provoqué une déchirure anale, mais si c'était le cas, ils le regrettaient profondément. Cela avait dû se produire dans le feu de l'action. Ils ne savaient rien du coup au visage. Et, bien sûr, ils nièrent la présence d'une deuxième femme avec eux cette nuit-là.

Carlos Fresno fit pression sur sa fille pour qu'elle autorise sa défense à divulguer l'identité de Deva aux médias. Alba refusa et son père, à contrecœur, respecta sa décision. Il n'en fut pas de même néanmoins pour certaines femmes qui étaient présentes au bar ce soir-là, pour qui la rencontre entre Deva, Alba, Ana et Aurora n'était pas passée inaperçue. Toutes avaient remarqué cette femme obèse qui buvait tranquillement un verre avec des filles plus jeunes assises à la terrasse. Elles avaient vu ensuite Alba quitter le bar accompagnée de Deva. Il ne fut pas difficile de faire le rapprochement et encore moins de révéler l'identité de Deva sur les réseaux sociaux en exigeant d'elle qu'elle porte plainte. #TonSilenceMeMetEnDanger fut le hashtag choisi pour l'initiative. Bien qu'un juge exige le retrait des publications révélant son identité, le mal était déjà fait et tout le monde pointait du doigt Deva Arias.

—Ce n'était ni moi ni personne de mon entourage, lui assura Alba lorsque Deva l'appela, hors d'elle.

—Je sais, et je sais qui c'était. Ce sont toujours les mêmes qui se retrouvent au Bruxa Curuxa. Il n'y a que pendant l'été qu'il y a des nouvelles têtes. Elles ont en partie raison, je ne suis qu'une lâche de ne pas porter plainte.

Deva pleurait.

—Non. Et elles n'ont pas le droit de te faire ça, tout comme nous n'étions pas responsables de ce qui nous est arrivé. Dès que j'en aurai fini avec ces fils de putes, nous nous occuperons de celles qui sont derrière les comptes qui t'ont dénoncée. On le leur fera payer.

—Tu ne comprends donc pas ? Je ne veux pas me faire justice ! Je veux juste qu'on me laisse tranquille ! cria Deva en pleurs avant de raccrocher.

Ana, 2020

Paloma Sánchez San Francisco ne fut jamais témoin de la croisade médiatique menée par sa petite-fille pendant le procès de ses agresseurs, ni de la publication des mémoires de grand-mère Aurora, car elle décéda du Covid un mois avant l'arrivée des premiers vaccins. Elle commença par présenter de légers symptômes grippaux, se confina chez elle, prête à rattraper son retard sur les séries Netflix et à entamer la lecture de livres qu'elle avait envie de lire depuis des mois, et ce fut là qu'elle fut victime d'une insuffisance respiratoire qui la conduisit aux urgences, puis en soins intensifs, et qui lui coûta la vie en moins d'une semaine. Juste avant Noël.

C'était la deuxième fois qu'Ana et Beba se voyaient depuis le divorce. Ana n'était jamais retournée au club et, comme elles ne fréquentaient pas les mêmes endroits, elles ne se voyaient plus qu'aux enterrements. D'abord celui de Nacho, puis celui de Paloma.

En raison des restrictions liées à la deuxième vague de coronavirus, Carlos et son père limitèrent la présence aux funérailles à la famille et aux amis proches de la défunte. Ce ne fut pas tâche facile d'en dresser la liste sans heurter les sensibilités.

— Es-tu sûr de vouloir inviter Ana ? demanda Carlos Fresno senior à son fils. Le coronavirus est l'excuse parfaite pour qu'elle ne vienne pas.

— Ana doit être là. Sauf si elle ne le veut pas. Et Beba aussi. Je ne vais pas contourner l'obstacle, aussi inconfortable que soit la situation. Elles se sont déjà vues à l'enterrement de Nacho.

— Mais là, ta mère était présente pour faire écran. Cette fois-ci, non.

La première réaction d'Ana fut de ne pas y aller, mais après avoir bien réfléchi, non seulement elle accepta l'invitation de Carlos, mais elle l'en remercia.

Deux heures avant la cérémonie d'adieu, Alba se présenta chez sa mère.

—Je ne veux pas que tu ailles toute seule à l'église. Pour l'enterrement de Nacho, c'est mamie qui t'a accompagnée. Pour le sien, c'est moi.

—C'est fou, mais si je repense au passé, je me rends compte que ta grand-mère est devenue une personne très importante dans ma vie. Ça n'a pas toujours été simple, et sa façon de me donner des leçons n'était pas toujours très douce, mais j'ai beaucoup appris d'elle. Du bon et du mauvais.

—Oh, maman, j'adore t'entendre parler comme ça.

—C'est grâce à toi. Je suis tellement fière de toi et je veux être à ta hauteur.

—Ce qui s'est passé nous rendra toutes les deux plus fortes, tu verras. Mais pas besoin non plus de sanctifier mamie Paloma, qui pouvait être une vraie sorcière quand elle voulait.

—Chérie, c'est pas bien de parler mal des morts, la réprimanda-t-elle avec le sourire.

Quand elles arrivèrent à l'église, Carlos et Beba étaient déjà là, ainsi que Carlitos, Jesús et Carlos senior. Les garçons étaient assis avec leur grand-père au premier rang à droite, en respectant les règles de distanciation sociale. Beba et Carlos étaient assis au rang de gauche.

Quand Ana et Alba entrèrent, Beba se déplaça sur le deuxième banc, derrière Carlos, pour leur laisser la place. Alba s'assit à côté de son père. Ana refusa l'offre de Beba et lui fit signe de retourner à sa place, mais elle ne bougea pas et elles restèrent toutes les deux sur le deuxième banc, chacune à une extrémité.

Toute la famille pleura, certains plus que d'autres. Paloma ne laissait personne indifférent.

À la fin de la messe, ils sortirent de l'église et Beba s'approcha d'Ana.

— Toutes mes condoléances, lui dit-elle. Et tu me manques.

— Moi, c'est mon mari qui me manque. Encore plus avec tout ce qui nous est arrivé ces derniers temps. Tu me manques aussi, mais j'ai appris à vivre avec ce que j'ai et à ne pas me lamenter sur ce que j'aurais aimé avoir.

— J'aimerais beaucoup prendre un café avec toi, mais je comprends que tu n'en aies pas envie.

— Pas encore. Peut-être plus tard. Ou peut-être pas.

Beba acquiesça en silence et s'éloigna de la seule femme qu'elle ait jamais considérée comme son amie.

Alba, 2021

Après que son identité eut été révélée sur les réseaux sociaux, Deva passa la nuit à se retourner dans son lit, mais elle prit son courage à deux mains et alla donner cours le lendemain. Plus tôt elle affronterait ses élèves, plus vite tout serait oublié. Elle n'arriva cependant jamais dans l'établissement et ne sut pas si ses élèves étaient de son côté ou non, car pendant la nuit, les murs du lycée avaient été recouverts de graffitis : « Gouine. Lâche. Tu l'as bien mérité ». Elle les vit depuis sa voiture, sous la pluie battante de ce matin d'hiver, comme pour l'avertir de ne pas entrer.

L'établissement reçut de nombreuses plaintes et quelques messages de soutien de la part des parents d'élèves. Des plaintes de la part de certains pour les avoir mis sous les feux des projecteurs, de la part d'autres pour les avoir obligés à avoir des conversations dont ils ne voulaient pas avec leurs enfants. Du soutien de la part de ceux qui craignaient qu'un jour leurs filles puissent subir la même chose.

Sans savoir où aller, Deva conduisit jusqu'au village où elle avait grandi pour voir ses parents.

Elle sonna plusieurs fois avant que sa mère n'ouvre la porte. Quand Deva fit mine d'entrer dans la maison, celle-ci lui barra le passage, prit un parapluie dans le porte-parapluies de l'entrée et sortit avec sa fille, non sans avoir préalablement fermé la porte derrière elle.

— Il vaut mieux que tu n'entres pas maintenant, ton père pourrait faire un infarctus. Attends un moment…

Sa mère rentra dans la maison puis en ressortit avec un gâteau au chocolat tout frais.

— Je l'avais préparé au cas où tu viendrais, mais avec ton père dans cet état… Tu sais comment il est. Je te l'ai emballé dans du film alimentaire pour qu'il ne soit pas mouillé.

Le gâteau encore chaud dans les mains et sans dire un mot, Deva fit demi-tour et remonta dans sa voiture. Elle démarra sans se retourner, mais à la sortie du village, elle dut s'arrêter, car les larmes l'empêchaient de voir la route.

— Mes parents ne me parlent plus, ils ne m'ont même pas laissée entrer chez eux, dit-elle à Alba lorsqu'elle trouva la force de l'appeler quelques heures plus tard pour lui raconter ce qui s'était passé ce matin-là.

— Tes parents sont des parents de merde. Et ces femmes n'avaient pas le droit de t'identifier. Mais c'est comme ça. À partir de maintenant, c'est toi qui décides.

— Je ne peux pas me permettre de perdre ma place, je viens de réussir le concours.

— Demande à être mutée à Madrid ou où tu veux. Loin. Au moins pour un certain temps.

— Je ne peux pas. Les concours pour devenir prof de lycée sont organisés par région, mon diplôme ne me sert à rien dans une autre. Et pour ce qui est du mouvement interacadémique, il me reste encore beaucoup de temps à attendre, au moins deux ans.

— Si tu veux partir d'ici, demande un congé sans solde et je t'aiderai à trouver du boulot à Madrid.

— Tu sais combien j'ai galéré pour réussir le concours ? J'ai le travail que je veux, là où je veux, et maintenant, à cause de ces fils de putes et de ces connasses, je devrais tout laisser tomber ? Ce n'est pas juste, ce n'est pas juste ! cria Deva.

— Je suis désolée pour ce que tu traverses et pour ce qui nous est arrivé, mais c'est comme ça. Le monde fonctionne comme ça.

— Je ne peux pas retourner en cours ici. Je ne peux pas.

— Va voir un médecin, raconte-lui ce qui se passe pour qu'il te mette en arrêt de travail. Ton état d'anxiété actuel le justifie.

— Je ne suis pas comme toi. J'aimerais bien, mais je ne suis pas comme ça, dit Deva.

— La différence entre toi et moi, c'est que moi je peux faire ce que je fais parce que j'ai les moyens et le soutien pour le faire. Mon père m'a donné un budget illimité pour foutre ces connards en prison. On est nées dans des familles différentes. Ça n'a rien à voir avec qui tu es.

— Tu es une meuf incroyable, conclut Deva avant de raccrocher.

Le médecin mit Deva en arrêt maladie pour anxiété et lui prescrivit cinq milligrammes de diazépam, un comprimé le matin et un autre avant de se coucher.

Cette nuit-là, Deva mangea la moitié du gâteau que sa mère lui avait préparé, accompagnée de la boîte de diazépam, le tout arrosé d'une bouteille de rhum. Elle se réveilla plusieurs heures plus tard, dans son propre vomi et mouillée d'urine, sans se souvenir de ce qui s'était passé, étourdie. Son corps lui paraissait celui d'une étrangère et elle avait un horrible mal de crâne. Il lui fallut plus d'une demi-heure pour atteindre son téléphone portable et appeler les urgences.

Le procès dura trois jours et, au bout d'un mois, le verdict tant attendu tomba : l'un des agresseurs d'Alba, celui que tout le monde connaissait désormais comme « Pénis flasque », fut condamné à douze ans de prison et à une amende de trente mille euros, tout comme celui qui l'avait violée et blessée. Le conducteur de la camionnette où les faits s'étaient déroulés écopa d'une peine moins lourde. Les autres furent remis en liberté, car Alba avait reconnu dans sa déposition qu'ils étaient avec la deuxième victime présumée, et n'avaient pas même prêté attention à ce qui lui arrivait à elle. Ils ne pouvaient être considérés ni comme coauteurs, ni comme complices, ni comme coopérateurs nécessaires. Alba ne se souvenait pas qui l'avait traînée dans la camionnette.

Les deux condamnés firent appel devant la Cour suprême, mais ils n'échappèrent pas à la prison.

Alba n'insista pas pour que Deva porte plainte contre ceux qui avaient été acquittés, même si après le verdict, elle fut de nouveau insultée sur les réseaux sociaux pour ne pas l'avoir fait.

En revanche, elle insista pour qu'elle quitte les Asturies après avoir appris que Deva n'avait reçu qu'un seul appel de la part de sa mère pendant son hospitalisation après sa tentative de suicide. Aucun de son père, ni de son frère. Et l'appel de sa mère n'avait rien arrangé.

—Tu ne t'imagines pas comme on souffre à cause de toi. Tout le village nous dévisage et nous critique, lui avait reproché sa mère.

Deva avait eu l'impression d'étouffer.

Mais en dépit de tout cela, quitter sa région natale et affronter unc nouvelle vie alors qu'elle se sentait au fond du trou lui faisait presque aussi peur que de rester et d'être la pestiférée de sa famille, de devoir affronter les parents au lycée ou encore que l'idée que ses agresseurs, une fois acquittés, reviennent la trouver. Puis elle pensa à Noël qui approchait. Elle s'imagina seule et n'eut plus envie de sortir de cette chambre impersonnelle où, au moins, les aides-soignants la traitaient avec quelque chose qui ressemblait à de l'affection.

—Viens deux semaines, lui demanda Alba quand elle alla

lui rendre visite à l'hôpital dès la fin du procès. Je voudrais te montrer la Fondation. Pour l'instant, on ne propose que des conseils juridiques et un suivi psychologique initial, mais de plus en plus de femmes viennent nous voir et on reçoit de plus en plus de dons. Notre objectif est de pouvoir, d'ici un an, offrir une prise en charge globale et accompagner tout au long du processus de guérison les femmes qui sollicitent notre aide après un viol.

— Si elles portent plainte, bien sûr, répliqua Deva.

— Tu te trompes. Tu es obsédée par ça. Nos avocates ont pour politique de ne recommander de déposer une plainte que lorsque les chances d'obtenir une condamnation sont élevées et que la victime est en mesure de supporter le procès. Je t'avoue qu'avant de vivre le processus moi-même, je ne comprenais pas non plus pourquoi tu ne le faisais pas, mais maintenant, je sais que le procès ne fait que multiplier le traumatisme et qu'il te détruit si tu le perds. C'est pour ça que, s'il n'est pas certain que la victime a des chances de gagner, il vaut mieux pour elle ne pas s'engager dans une procédure judiciaire. Et nous sommes toujours du côté de la victime. Cela dit, une partie du plan à moyen terme consiste à mettre en place un lobby indépendant, loin de toute ingérence politique, afin d'exiger des changements dans la prise en charge initiale, de former les policiers, les médecins et les juges qui s'occupent de ce type de délits, et de permettre aux victimes de bénéficier d'un accompagnement spécialisé.

— Et qu'est-ce que tu veux que je fasse dans tout ça ?

— Je voudrais que tu viennes voir et ensuite tu décideras.

— Je ne suis ni avocate ni psychologue.

— Tu peux trouver mille excuses et je peux toutes les réfuter, mais pour finir, c'est toi qui devras prendre ta décision.

— Je ne vais pas bien, Alba, et chaque jour, ça empire. Je ne suis pas en mesure d'aider qui que ce soit. Je ne suis pas comme toi.

Alba sourit.

—Tu sais pourquoi je fais ça ? Parce que sans ça, je me serais effondrée. Je le fais pour moi. J'ai besoin de trouver un sens à ce qui m'est arrivé et d'en tirer quelque chose de positif. Sinon, la seule chose dont j'aie envie, c'est de mourir.

Les yeux d'Alba se remplirent de larmes et lorsque Deva la prit dans ses bras, elle éclata en sanglots comme elle ne l'avait plus fait depuis le jour où ces sauvages avaient changé le cours de leur vie.

ANA, 2021

Ana lut et relut le livre d'Aurora pendant trois semaines. Elle consacrait la majeure partie de sa journée à L'Aube et le reste à la lecture. Elle oublia son coach sportif, son coiffeur et ses soins esthétiques. Vingt et un jours qui firent ressortir une partie d'elle-même qu'elle ignorait jusqu'alors, car se voir reflétée dans les pages de sa grand-mère l'obligea à plonger dans la vérité crue de celle qui raconte tout en sachant qu'elle ne sera plus là lorsque les autres l'écouteront. La vision qu'avait sa grand-mère de la vie et d'elle-même lui ouvrit l'esprit à une nouvelle réalité. Elle entrevit dans le récit d'Aurora que la vie est ce qu'elle est et non ce que l'on voudrait qu'elle soit, et que chacun peut l'accepter ou se rebeller, être heureux ou se blesser en se cognant contre un mur infranchissable.

Non seulement Ana assista à la présentation du livre dans les Asturies, mais elle prononça également quelques mots devant les personnes présentes. Elle était nerveuse, car elle n'avait pas l'habitude de parler en public, mais en même temps elle était fière de sa famille.

Quand Manuel Menéndez Mirando, l'auteur, lui demanda de signer les livres avec lui, elle resta stupéfaite.

—Moi ? Mais je n'ai pas écrit le livre.

—Moi non plus. Je n'ai fait que rédiger le plus fidèlement possible l'histoire que votre grand-mère m'a racontée.

Après la présentation, Ana resta quelques jours à Gijón. Il restait encore certaines formalités à régler à la suite du décès d'Aurora. Les démarches administratives après un décès étaient interminables.

Quelque chose s'était brisé en Ana après ce qui était arrivé à sa fille et quelque chose était né avec l'histoire de son arrière-grand-mère. Elle ressentit un sentiment qui s'apparentait à de l'admiration pour les femmes de sa famille, y compris pour sa grand-mère, qui avait commis de nombreuses erreurs et surmonté des expériences terribles.

Elle éprouva même un peu de honte envers elle-même, car elle comprit qu'elle avait passé la moitié de son existence à choisir la solution la plus confortable et à lécher les blessures inévitables causées par la vie sans les laisser cicatriser.

Elle se souvint de ce que Rubén, son psychologue, lui disait souvent : « Agis. Si tu ne sais pas quoi faire, fais quelque chose, peu importe quoi, change quelque chose, agis différemment de ce que tu fais d'habitude, même si c'est un petit truc. »

Et ce que fit Ana, ce fut appeler César, l'homme qu'elle avait rejeté deux fois pour des raisons qui avaient plus à voir avec elle-même qu'avec lui.

César ne répondit pas au téléphone. Elle essaya de le contacter pendant deux jours, jusqu'à ce qu'elle songe qu'il avait peut-être changé de numéro. Elle résista à l'envie d'appeler son ancienne amie pour lui demander le nouveau, au cas où elle l'aurait, alors elle se rendit à l'appartement où César l'avait emmenée la nuit qu'ils avaient passée ensemble. La femme qui répondit à l'interphone ne connaissait pas César et, sur la boîte aux lettres, figuraient les noms d'un couple qu'elle ne connaissait pas.

Elle était sur le point d'abandonner lorsqu'un voisin, un vieil homme avec une canne, apparut dans l'entrée.

—Un homme en fauteuil roulant ? dit-il, pensif. Roux, la cinquantaine. Bien sûr. César. Pauvre homme.

—Il se débrouille très bien avec son fauteuil roulant, répondit Ana, instinctivement agacée par le qualificatif que cet homme avait utilisé pour décrire César.

—Bien sûr qu'il se débrouillait bien. Et il était sportif, très sportif. Vous venez chercher le courrier ? Vous êtes de la famille ?

—Le courrier ? Il a déménagé ?

L'expression sur le visage de cet homme lui révéla la nouvelle avant qu'il ne réponde.

—Une crise cardiaque. Il y a un an environ. Ma fille, qui est anesthésiste, dit que les personnes invalides ont beaucoup plus de risques de souffrir de problèmes cardiaques. Et c'est ce qui s'est passé. Malgré tout le sport qu'il pratiquait.

—César n'était pas invalide, répondit-elle sèchement, reportant sur le vieil homme une partie de la colère que lui inspirait cette nouvelle.

—Paraplégiques, comme on les appelle aujourd'hui. Je suis désolé de vous l'apprendre. Il n'a pas souffert. Ç'a été fulgurant. Il était déjà mort quand ils l'ont emmené.

—Comment vous le savez ? César vivait tout seul.

—Non, pas du tout, il vivait avec sa femme.

—Impossible, ils étaient divorcés.

L'homme haussa les épaules. Il était presque vingt heures et son épouse l'attendait sans doute avec le repas prêt sur la table. Elle n'aimait pas qu'il rentre tard de sa balade.

—Toutes mes condoléances, dit-il avant de se diriger vers l'ascenseur.

Si je m'effondre, je sombre. Voilà la seule pensée qui traversa l'esprit d'Ana.

Alba, 2021

Une semaine après la fin du procès d'Alba, Ana alla chercher Deva à la gare de Chamartín. Les décorations de Noël avaient déjà envahi Madrid, y compris les magasins de la gare. Elle ne fit aucun commentaire sur les quatre énormes valises que l'amie de sa fille avait apportées. Heureusement, elle avait pris la voiture d'Alba et pas sa Mini.

— Prends ma voiture, au cas où, lui avait dit Alba.

— Mais elle ne vient pas seulement pour quelques semaines ?

— C'est ce qu'elle dit, mais je ne la crois pas.

— Cette fille et toi, vous êtes ensemble ?

— Non. Je ne suis ni avec elle ni avec personne. Ce n'est pas le moment pour moi d'avoir une relation stable.

— Alors, elle va loger où ?

— Chez moi.

— Ouais. Ça peut donner lieu à des malentendus entre vous, ça, tu ne crois pas ? Et si elle venait chez moi ?

— Sérieux ? Ce serait génial.

C'est ainsi que Deva et ses quatre valises arrivèrent chez Ana : un magnifique penthouse dans le centre-ville, près des locaux de la Fondation et non loin de l'appartement d'Alba, mais dans un quartier plus chic. C'était la première fois qu'Ana avait un chez-elle et elle aimait cette sensation. Une maison et un travail. Deva aussi apprécia l'appartement d'Ana.

— Waouh, quel appart de fou ! Je savais que la famille Fresno avait de la thune, mais là, c'est incroyable.

— Moi, je n'ai pas d'argent. C'est mon ex, le père d'Alba, qui l'a payé dans le cadre de l'accord de divorce. C'est lui l'homme d'affaires, moi je ne suis que son ex-femme, mais je dois dire qu'il a été très généreux avec moi. Comme tu peux le voir.

—Je ne veux pas vous déranger en restant chez vous, je peux aller à l'hôtel.

—Pas question. Alba m'a dit que tu avais été en arrêt maladie pendant un certain temps et que tu étais maintenant en congé sans solde.

—C'est vraiment la merde, on vit ce qu'on vit et puis je me retrouve sans boulot. J'ai dû demander un congé parce que je ne pouvais pas reprendre mon poste. Plusieurs parents ont demandé un changement de groupe pour leurs enfants afin que je ne leur donne pas cours. Quelle solidarité, n'est-ce pas ?

—C'est terriblement injuste, ma belle. C'est pour ça qu'Alba a créé L'Aube. On fait quelque chose de merveilleux pour toutes ces femmes. Pour nous toutes. Tu vas adorer.

—En fait, je ne sais pas très bien ce que je fais ici. Alba m'a convaincue, mais maintenant que je suis là, je ne fais que douter.

—Donne-toi une chance. Et si tu te changeais pour venir voir l'établissement et pour que je te présente à l'équipe qui y travaille ? On est peu nombreux, mais on a plusieurs projets pour élargir nos activités. Et couvre-toi bien, car l'hiver ici n'est pas le même que celui des Asturies et on est en pleine vague de froid.

Au cours des jours qui suivirent, Deva découvrit les locaux, les processus de travail, les projets futurs et les sources de financement, et elle s'entretint avec deux psychologues et avec deux avocates.

—Il n'y a que des femmes dans l'équipe ?

—Pour la prise en charge initiale des victimes, oui. Le premier contact se fait toujours avec une autre femme. C'est plus facile pour elles de raconter ce qui s'est passé, tu comprends. Dans les phases suivantes, ce n'est plus nécessaire. Même si on est une majorité de femmes, il y a aussi des hommes. Je vais t'en présenter un qui fait partie de l'équipe juridique.

— Il doit se sentir un peu mal à l'aise.

— D'après ce qu'il dit, il est ravi. C'est un type très sympa et il trouve qu'il a le meilleur travail du monde, que c'est comme être le seul homme de la discothèque.

Deva rit et se rendit compte que c'était la première fois que ça lui arrivait depuis un an. Elle ne put voir Alba que plusieurs jours plus tard. À une terrasse près de la Fondation. Il faisait froid mais le soleil brillait, alors elles se rapprochèrent d'un des radiateurs et s'assirent sans enlever leurs manteaux.

— Alors ? lui demanda Alba.

— Je ne sais pas ce que je fais ici.

— Décider si tu veux te joindre au projet.

— C'est merveilleux, mais qu'est-ce que je pourrais apporter ? Je ne sais que donner des cours de maths à des ados. À quoi je sers ici ? Je ne sais même pas m'occuper de moi-même, comment veux-tu que j'aide une autre femme qui a souffert comme nous ?

— Avec des témoignages, par exemple. Mais ce n'est pas juste ça, on a besoin de plus de choses. C'est comme une entreprise, la première étape, c'est de trouver des fonds. Sans ça, on n'existe pas. Et on ne veut pas être utilisés à des fins politiques, donc l'autonomie financière est essentielle pour rester indépendants. Ma grand-mère Paloma était experte en matière de collecte de dons, mais elle est décédée l'année dernière. Même si ma mère a passé sa vie à organiser des événements caritatifs avec elle et qu'on a conservé beaucoup de ses contacts, on doit impliquer les entreprises. Ce sont elles qui ont le plus de ressources. La Fondation a aussi un volet administratif et un volet ressources humaines, parce que tous ceux qui travaillent ici doivent se lever chaque matin avec l'envie de venir bosser, convaincus de l'utilité sociale de leur travail. On a aussi un département chargé de faire pression sur les politiques afin d'obtenir les changements juridiques qu'on cherche, un autre chargé du développement des services et, bien sûr, un service d'accompagnement individuel, juridique et psychologique, qui a encore beaucoup de chemin à parcourir, mais pour ça, on a besoin de plus d'argent, ce qui nous ramène au point de départ : collecter des fonds. Je suis sûre que tes compétences avec les chiffres pourraient nous être utiles. La seule chose qui compte, c'est que tu aies envie de le faire. Si ça t'intéresse, tu trouveras ta place ici.

Deva se tut. Elle but son café à petites gorgées tout en entourant la tasse de ses deux mains pour les réchauffer. Alba respecta son rythme.

— Je ne peux pas habiter avec ta mère pour toujours. Je dois trouver un logement, finit-elle par dire en posant la tasse sur la soucoupe.

— Ça veut dire oui ?

Deva acquiesça.

— Bon, rentrons, on a beaucoup de boulot et on se gèle ici.

ÉPILOGUE

ANA, 2022

— Le monde est étrange, tu ne trouves pas ? me dit Alba.

C'était le soir du 8 mars et nous étions toutes les deux seules dans le hall d'entrée de la Fondation, après avoir dit au revoir aux invités de la fête du premier anniversaire de L'Aube, organisée en l'honneur des donateurs, des mécènes et de tous ceux qui collaboraient avec nous et qui nous permettaient de grandir chaque jour un peu plus.

— Pourquoi tu dis ça ?

— Parce que nous sommes venues au monde à la suite d'un événement horrible. Parce que quatre-vingts ans après ce viol qui a abouti à la naissance de mamie, nous, on a créé un centre d'aide pour d'autres femmes, sur le sang des agresseurs.

— Tu es poète, ma puce. Tu es vraiment une artiste. Mais nous ne sommes pas *sur* le sang des agresseurs, mais *au-dessous*. Littéralement.

Nous levâmes toutes les deux la tête pour observer avec fierté le cube transparent, imaginé par Alba et conçu par moi-même, à l'intérieur duquel la vieille Singer, suspendue grâce à un système de câbles dissimulés et à un moteur silencieux, tournait lentement. On aurait dit qu'elle flottait en apesanteur.

—Tu imagines bisa lever la tête et voir sa Singer comme ça ? Elle commencerait à râler contre la pauvre machine, à jurer et à maudire le diable.

—Qui sait ? répondit Alba. Bisa arrivait toujours à nous surprendre. Quoi qu'elle en ait dit, moi, je trouve ça génial, maman. Finalement, c'est toi l'artiste de la famille.

—Non, je te laisse la place.

Alba secoua la tête.

—Pas possible. Ce que je veux maintenant, c'est travailler avec papa.

—Qu'est-ce que tu veux dire ? Tu as passé toute l'année à monter tout ça. Pourquoi veux-tu maintenant travailler avec ton père ? Pour faire quoi ?

—L'entreprise est mon héritage et je vais le défendre. Je ne sais pas comment Jesús va évoluer, mais Carlos n'a pas ce qu'il faut pour prendre la relève. C'est un bosseur et un atout précieux pour l'entreprise, mais ce n'est pas un requin. Et il y a encore du boulot dans le monde des affaires pour que nous ayons les mêmes opportunités que les hommes. Au début de sa carrière professionnelle, dans les années 1990, le patron de Beba lui demandait de porter des décolletés lorsqu'il voulait que les clients transfèrent leur portefeuille d'investissement à la banque. Tu le savais ?

—Non, je l'ignorais. Elle ne me parlait jamais de ça, mais je sais que quand elle a essayé d'avoir un enfant, ils ont voulu la démettre de ses fonctions.

—Tu vois ? Le chemin est encore long. Et j'occupe une position privilégiée que je ne vais pas laisser passer. Peut-être que pour l'instant, je ne vais pas pouvoir accomplir de grandes choses parce que papa m'oblige à commencer tout en bas de l'échelle, à un poste où je n'aurai pratiquement aucune décision à prendre, mais j'ai quelques années devant moi pour apprendre et ensuite, quand il voudra prendre sa retraite, je serai prête pour lui succéder. Je donnerai tout pour y arriver.

J'acquiesçai. Ça me donnait le vertige, mais je comprenais.

— Beba va m'aider. Ça ne te dérange pas ? me demanda-t-elle.

— Non, bien sûr, chérie. C'est la meilleure. Professionnellement parlant, je veux dire. Et la Fondation alors ? Tu ne pourras pas tout gérer.

— Je m'en désengage. Et ça ne me préoccupe pas parce que je la laisse entre de bonnes mains. Les tiennes. Je n'occuperai qu'un poste honorifique, mais la direction te revient. Tu as beaucoup de travail qui t'attend maintenant qu'on va ouvrir le service d'urgence vingt-quatre heures sur vingt-quatre, mais tu n'as pas besoin de moi. Je suis sûre que tu donneras le meilleur de toi-même dans ce projet. Et peut-être que Deva pourra t'aider un peu : on dirait que vous vous entendez bien.

Des larmes d'émotion me montèrent aux yeux et je sentis que, enfin, j'avais trouvé ma place dans ce monde.

Remerciements

À Cristina, mon éditrice, pour avoir cru en cette histoire alors qu'elle n'était même pas encore écrite.
À Alicia, mon agent, qui croit toujours en moi.
À David : tu fais de mes rêves une réalité.
À Álex, qui est arrivé, a rempli mon cœur d'amour inconditionnel, a donné un sens à ma vie et fait de moi une écrivaine.
À David et Alberto, parce que l'affection n'a que faire des conventions.
À Eva, David, Carlos et Pablo, mes premières pensées quand on me pose des questions sur ma famille.
Aux meilleurs parrains du monde : Juanma, qui ne se lasse pas de m'apprendre à profiter du présent, même si, pendant ce temps, je pense déjà au jour où il fera pareil avec Álex. Et Miguel, qui est toujours prêt à supporter mes premières ébauches, à me relire encore et encore et qui, malgré tout, s'enthousiasme pour mes histoires.
À Héctor et Darío, parce que vous accompagner pendant que vous grandissez est une expérience magique.
À María. Tu sais pourquoi. Et à tes parents, qui le savent aussi.
À ma bande de l'école, car vos messages font que mon monde sent à nouveau l'Alada, l'Eau Jeaune, l'Herbíssimo et le Don Algodón.
À sœur Cándida, car elle est tombée amoureuse de ma première histoire en CE2 et m'a fait rêver de devenir écrivaine.
À Guelbenzu, pour m'avoir appris que le secret pour survivre dans le métier d'auteur consiste à travailler dur, à profiter davantage et à ne pas se soucier de ce qui arrivera ensuite.
À mes bêta-lecteurs, Asier, Ainhoa, Begoña, Cristian, Christian S., Cristina, David, Eva, Miguel A., Miguel A. G., María José, María, María Jesús, Soraya et Vero : sans vous, le chemin aurait été beaucoup plus difficile.
À Mathilde, parce que c'est ce que je ressens.
À tous ceux qui ont partagé leurs souvenirs avec moi pour combler les lacunes de cette histoire.
À ceux qui m'ont appris à regarder le ciel tous les matins et à rendre grâce.
Et à vous, lecteurs, car seuls vous, votre soutien et votre affection donnent vie à mes histoires.

Retrouvez-nous sur les réseaux sociaux :

City Editions

www.city-editions.com

@cityeditions

www.facebook.com/cityeditions/

@CityEditions

@cityeditions

Achevé d'imprimer en octobre 2025
sur les presses de la Nouvelle Imprimerie Laballery
58500 Clamecy

Numéro d'impression : 510178

Imprimé en France

La Nouvelle Imprimerie Laballery est titulaire de la marque Imprim'Vert®